Claudia Cardozo

Magia peligrosa

~·~

A contraluz

Editado por Harlequin Ibérica.
Una división de HarperCollins Ibérica, S.A.
Avenida de Burgos, 8B - Planta 18
28036 Madrid

© 2024 Harlequin Ibérica, una división de HarperCollins Ibérica, S.A.
N.º 166 - 7.2.24

© 2022 Claudia Fiorella Cardozo
Magia peligrosa

© 2022 Claudia Fiorella Cardozo
A contraluz
Publicados originalmente por Harlequin Enterprises, Ltd.
Estos títulos fueron publicados originalmente en español en 2022

I.S.B.N.: 978-84-1180-692-3
Depósito legal: M-34637-2023
Impreso en España por: BLACK PRINT
Fecha impresión Argentina: 5.8.24
Distribuidor para México: Distibuidora Intermex, S.A. de C.V.
Distribuidores para Argentina: Interior, DGP, S.A. Alvarado 2118. Cap. Fed./Buenos Aires y Gran Buenos Aires, VACCARO HNOS.

ÍNDICE

MAGIA PELIGROSA

CLAUDIA CARDOZO

Solo quien ama vuela.

Miguel Hernández

PRÓLOGO

BALTIMORE

—Déjame ver si te he entendido. Crees que eres una bruja.

Las cosas no estaban saliendo como las había imaginado, se dijo Marie por tercera vez en lo que iba de la cita. Comprobó la hora en su reloj de pulsera con discreción, pero el hombre frente a ella era demasiado perceptivo como para no notarlo y, por la forma en que frunció el ceño al reparar en su gesto, fue evidente que le hizo poca gracia.

Era una verdadera pena, suspiró ella sin molestarse en disimular su decepción. No dudaba de que a él le ocurriera otro tanto. Parecía igual de incómodo.

Tendría que pensarlo dos veces antes de volver a aceptar que Ester le arreglara una salida por muy buenas intenciones que tuviera ella y por atractivo que resultara el candidato, concluyó tras echar un nuevo vistazo al hombre aprovechando que parecía muy entretenido al intentar mirar sobre su hombro en dirección a un grupo particularmente ruidoso en la barra.

En otras circunstancias, si una de sus amigas no se hubiera ocupado de organizar aquella salida y se lo hubiera encontrado una noche cualquiera, ella no habría dudado en mostrar interés. Pero claro, eventualmente sin duda habría llegado a la misma conclusión: era una pérdida de tiempo.

Con un carraspeo, consciente de que lo mínimo que podía hacer antes de dar por terminada la noche era responder la pregunta que él, sin embargo, no parecía estar esperando, Marie cabeceó y pasó una mano por su cabello que se había esmerado tanto por peinar antes de salir de casa y que ahora se arremolinaba a ambos lados de su rostro en un halo rojizo.

—Pensé que debía mencionarlo. Me ha ocurrido que no lo dije antes y eso terminó ocasionando algunos malentendidos. Por alguna razón, los hombres parecen pensar que es algo que debes mencionar en una cita.

El hombre bufó y se encogió de hombros en un ademán que acentuó tanto su expresión escéptica como el brillo de sus ojos grises. Unos ojos sorprendentes, reconoció Marie con un aguijonazo de anhelo en el estómago.

—Me pregunto por qué —replicó él en tono burlón, consciente de la inspección y sin que pareciera incómodo por ello.

Marie se puso a la defensiva de inmediato.

—No los critico, solo menciono un hecho.

—Bueno, me parece muy considerado de tu parte. Quiero decir que, después de todo, ellos tienen derecho a saber con qué clase de persona se encuentran, ¿no?

Marie frunció el ceño. De golpe la asaltó la profunda sospecha de que ese hombre podría no estar refiriéndose al hecho de que ella se considerara una bruja, no realmente. Más bien parecía como si pensara que era alguna clase de... ¿lunática?

—No me crees —expresó ella entonces, y más que una pregunta sonó como una afirmación—. Piensas que estoy mintiendo.

El hombre... Colin. Su nombre era Colin, se recordó

de mala gana. Le había parecido un nombre encantador y perfecto para él cuando se encontraron en el restaurante, pero ahora sintió cierta acidez en la punta de la lengua al pensar en ello. Era un nombre demasiado bonito para alguien tan odioso.

–No creo que lo que yo piense pueda ser importante –dijo él.

Marie odió el gesto displicente que hizo con la mano para restar valor a sus palabras como si algo de importancia capital para ella a él no le afectara en lo más mínimo. ¡Y con lo que le había costado decirlo! No pretendió parecer más interesante al revelar algo como aquello en su primer encuentro ni mucho menos mostrarse misteriosa para atraer su atención. Había estado hablando en serio cuando aseguró que creía que era justo mencionarlo para evitar cualquier tipo de malentendido en el futuro. El problema, como ya había descubierto, era que no había ni la más mínima posibilidad de que ese hombre y ella pudieran tener nada parecido a un futuro en común. Aún más, se sentiría feliz si no volvía a verlo en lo que le restaba de vida.

–¿Sabes qué? Es posible que tengas razón; no podría importarme menos tu opinión –replicó ella sin advertir que estaba apretando los dientes hasta que sintió un regusto amargo en la boca–. Lo siento, pero tengo que decirlo: esto es un desastre.

Para su sorpresa, Colin no pareció afectado por sus palabras; apenas acababa de terminar de hablar y él empezó a asentir con fervor, con lo que un mechón de cabello oscuro cayó sobre su frente.

–Ni que lo digas –masculló él.

Marie no pudo reprimir una sonrisa sardónica, preguntándose cómo un hombre en apariencia tan seguro de sí mismo podía mostrar semejante alivio al reconocer algo como aquello.

–Me pareció una buena idea cuando Ester sugirió...

Colin se encogió de hombros y alzó una mano para

interrumpirla al comprender que intentaba esbozar una excusa para haber aceptado ese encuentro. Culpar a los amigos siempre era más sencillo que reconocer los propios errores, pero tal vez no fuera lo más honorable, o al menos eso debía de pensar él, comprendió Marie, no sin cierta vergüenza al reparar en ello.

–Ha sido mi culpa. No soy la mejor compañía en este momento y cuando Morgan me habló de la amiga de su prima... –él carraspeó y alzó los ojos al techo antes de volver su atención a su rostro con la sombra de una sonrisa–. Hice mal en aceptar. La verdad es que no es un buen momento para esto. Acabo de salir de una mala relación y... creí... no importa qué creí, es obvio que estaba equivocado.

–¡Oh!

Por extraño que pudiera ser, Marie sintió un chispazo de decepción al oírlo. Se había sentido mucho más cómoda pensando que era solo un idiota presumido y que tendría suerte si conseguía librarse pronto de él; no había esperado que asumiera la responsabilidad de una cita que se convirtió en un desastre y que le diera una salida tan sencilla.

–He debido de decirlo antes –continuó él, sin duda ajeno a sus pensamientos y con una expresión sardónica en el rostro–. Así no hubieras tenido que inventarte eso de ser una bruja para asustarme.

Cualquier rastro de empatía que Marie hubiera podido sentir hasta ese momento pareció disolverse al oírlo y casi pudo escuchar la forma en que sus vértebras parecieron crujir al enderezarse en la silla.

–No me he inventado nada –replicó sin vacilar.

Colin entrecerró los ojos.

–En serio, no tienes...

–He dicho que no me he inventado nada –repitió ella en tono tenso.

Él cabeceó, escéptico en apariencia, pero debió de llegar a la conclusión de que, le estuviera mintiendo o no, no tenía sentido discutirlo. Seguro que debía de pensar lo mismo que ella, advirtió Marie; no tenía intención de verla nuevamente, así que en realidad no tenía por qué afectarle lo que pensara.

–Bueno, estoy seguro de que tu vida debe de ser muy interesante –dijo él al cabo de un momento sin parecer que estuviera alentándola a que lo confirmara–. ¿Te importaría...?

Colin dejó la frase en el aire y Marie no tuvo problemas en adivinar a qué se refería.

–Claro –respondió ella con un suspiro–. Quiero decir que no me importa... te refieres a terminar con esto de una vez.

Él cabeceó con un gesto indeciso.

–A menos que quieras esperar a que traigan el plato principal.

Marie observó los restos de la ensalada con los que había pasado varios minutos jugando y sacudió la cabeza de un lado a otro con un nuevo suspiro. Le resultó terriblemente deprimente pensar en la ilusión con que había esperado esa noche; cómo, pese a todas sus protestas, cuando Ester sugirió arreglar aquella salida con ese conocido de Morgan, en el fondo le había carcomido la curiosidad y una agradable sensación de anticipación que hacía mucho no sentía. Al final, era evidente que hizo mal en ilusionarse. Él parecía tan interesado en terminar aquella cita como ella y supuso que debería de sentirse agradecida de que fuera así. Pero en el fondo...

–La verdad es que no tengo hambre –reconoció ella con poco entusiasmo–. Preferiría irme.

–Estupendo.

Marie hizo como si no hubiera captado el alivio en su voz y asintió, forzando una sonrisa, porque que la mataran si reconocía que en el fondo se sentía decepcionada. Y era que... de verdad le había parecido un maravilloso candidato, pensó una vez más en tanto lo observaba llamar al camarero para pedir la cuenta. Tenía unas manos elegantes, de dedos largos y muñecas fuertes que le hicieron pensar en un artista acostumbrado a realizar labores físicas. ¿A qué había dicho Ester que se dedicaba? No podía recordarlo, pero era algo relacionado con relaciones públicas o algo así. Y con seguridad ahora nunca lo sabría porque no llegaron a la parte en que intercambiaban información respecto a sus trabajos. Bueno, ella lo intentó. Le dijo parte de lo que hacía, aunque dudaba de que él le creyera del todo.

–Disculpa, ¿me has oído?

Marie parpadeó y le devolvió una mirada curiosa. Podía decir a su favor que él no hizo ningún comentario al sorprenderla distraída.

–Decía que podemos irnos –indicó él.

–Claro. Genial.

Marie se apresuró a ponerse de pie, pero el tacón de su zapato se enganchó con la pata de la mesa y tuvo que apoyarse sobre esta, tirando del mantel en el proceso. Una copa de cristal se bamboleó en el borde, a punto de caer sobre el linóleo, y cerró los ojos con fuerza, preparándose para la vergüenza que le esperaba. Pero no oyó nada y al abrir los ojos se topó con el rostro sonriente de Colin, que sostenía la copa ante ella con una sonrisa.

–Buenos reflejos –dijo él dejando el objeto sobre la mesa con ademán desenfadado–. Apuesto a que te habría gustado ser una bruja de verdad para hacerla levitar o algo así, ¿no?

Marie había abierto la boca para agradecer su ayuda, pero la cerró de golpe.

–¿Te estás burlando de mí? –preguntó ella.

–Claro que no.

–Porque ha sonado como si así fuera.

Colin la observó con una ceja arqueada.

–¿Siempre eres tan susceptible? –replicó él, añadiendo por lo bajo–: ¡Dios! Seguro que si pudieras me convertirías en un sapo.

Marie tomó aire de golpe, a punto de responder, pero se lo pensó mejor y pasó por su lado con el mentón bien elevado en señal de desprecio. Una vez fuera del restaurante, se encaminó a la acera en espera de un taxi.

–Puedo llevarte...

–No, gracias.

Si termino con este hombre en un espacio cerrado es posible que termine realmente por intentar convertirlo en un sapo, se dijo Marie al oír su propuesta. ¿A quién quería engañar? Ella no hacía esa clase de cosas. Y no por falta de ganas sino porque no podía.

Aguardó en silencio y haciendo como que no era capaz de oír la respiración de Colin tras ella. Muy a su pesar, debió reconocer que era uno de esos hombres cuya presencia no pasaba desapercibida; tenía algo que demandaba atención. Tal vez fuera la energía que irradiaba y a la cual ella había descubierto que era extremadamente sensible desde el momento en que se presentó y le dio la mano. Recordaba el tacto de su piel con la temperatura precisa para despertarle un escalofrío y el anhelo que la asaltó al encontrarse con su mirada profunda. Ahora sentía su respiración acompasada a su espalda y le molestó hasta lo más profundo comprobar que no estaba en absoluto alterado por el desencuentro que acababan de tener. Tal vez incluso le causara gracia. ¿Por qué? ¿Por qué demonios no podía convertirlo en sapo?

–Escucha, Marie. Dijiste que no tienes auto, ¿por qué no permites que te lleve?

Marie apretó los dientes con fuerza y contó hasta tres antes de responder.

–No hace falta.

Él no pareció convencido; lo noté porque dio otro paso hacia ella y su cuerpo reaccionó de forma instintiva, tensándose ante la cercanía de su pecho contra su espalda.

–Vamos, no hace falta que terminemos la noche así; nadie dice que no podamos ser amigos. Deja que te lleve. A menos que tengas otro medio de transporte...

Marie giró de golpe y se encontró con su mirada plateada.

–Si dices la palabra «escoba», te pateo.

Él rio. La primera risa realmente honesta que le oyó en lo que iba de la noche y el sonido le provocó un cosquilleo en el estómago. Era varonil, fresca y muy, muy sensual.

Marie parpadeó, fastidiada por haber pensado todo eso y lo observó con el ceño fruncido y el mentón elevado. Ella era alta, algo de lo que siempre se había enorgullecido porque consideraba que la hacía parecer más segura de sí misma y también algo más esbelta de lo que en verdad era; pero Colin lo era también. Le sacaba al menos diez centímetros y pareció disfrutar de esa ventaja al inclinar el rostro hacia ella y sostener su mirada con un brillo divertido en los ojos.

–No pensaba mencionarlo, ni siquiera se me había ocurrido –dijo él.

–No te creo.

–Una pena, porque estoy diciendo la verdad.

Marie se llevó una mano a la cintura y sintió la suavidad de la seda de su vestido negro favorito bajo sus dedos. Amaba ese vestido. No podía creer que se lo hubiera puesto para impresionar a ese hombre.

–¿Sabes qué? No me importa; no podría estar menos interesada en si dices la verdad, te burlas de mí o, ya que estamos, te arrolla un autobús mientras vuelves a casa –espetó ella de mal humor–. Solo quiero que esta noche termine, y como tú has dejado claro que es lo que quieres también, ¿por qué no buscas tu auto y tomas tu camino?

Él no dijo nada de inmediato. Pareció más interesado en analizar su rostro, de sus ojos azules en ese momento brillantes por el enojo, pasando por su nariz afilada y sus pómulos pronunciados. Se detuvo en los labios llenos que ella mantenía crispados para no ceder a la tentación de decir algo más de lo que pudiera arrepentirse y Marie dio un respingo al verlo echar la cabeza hacia adelante para hablar sobre ellos con voz susurrante.

–Me pregunto...

Colin dejó la frase en el aire y Marie contuvo la respiración, tentada a cerrar los ojos y llevar una mano a su cabello oscuro. ¿Cómo había pasado de desear ponerle una zancadilla a preguntarse lo que se sentiría al besarlo?

Probablemente habría terminado por descubrirlo de no ser porque una bocina sonó tras ellos, sobresaltándolos, y ella dio un par de pasos hacia atrás trastabillando. Colin tomó su mano para sostenerla, pero Marie dio una sacudida un tanto brusca para soltarse; le gustó tanto como le perturbó lo que sintió al tocarlo. Y pareció como si a él le hubiera ocurrido algo similar porque la observó con el ceño fruncido antes de abrir la boca como si estuviera a punto de decir algo. Ella no le dio tiempo de que lo hiciera, sin embargo; no estaba segura de querer oírlo.

En lugar de ello, se apresuró a ir hacia el coche que acababa de estacionarse junto a la acera y exhaló un hondo suspiro al ver el rótulo de taxi en el frente. Sin molestarse siquiera en decir una palabra, abrió la portezuela y subió tirando de su falda con descuido dando algunas rápidas indicaciones al chófer; pero cuando estaba a punto de cerrar la puertezuela, se topó con que esta parecía trabada y, al buscar el motivo de ello, encontró la mirada de Colin observándola con un pie en la acera y otro en la calzada, su mano mantenía asida la puerta y por más que Marie tiró de ella, no hubo forma de que la soltara.

–¿Ni siquiera pensabas despedirte? –preguntó él.

Al parecer a su frustrada cita no le iban los malos

modales, supuso. Lo que tenía gracia, porque había pasado los últimos minutos burlándose de ella; pero no pensó comentarlo, no tenía ningún deseo de sostener una discusión con alguien que no dejaba de ser un extraño. Además, el taxista había echado ya el parquímetro a andar y si había algo que a ella no le sobraba, era dinero. De modo que forzó fingir una sonrisa lo más que pudo.

—Buenas noches —dijo ella con voz tirante, y dio una cabezada para señalar a la puerta— ¿Te importa?

Él vaciló un instante antes de suspirar y sacudir la cabeza de un lado a otro.

—No. No me importa —replicó él—. Diría que fue un placer, pero...

—Estarías mintiendo —supuso ella encogiéndose de hombros—. ¿Ves cómo ahora sí te he creído?

Colin no respondió, pero soltó la portezuela y Marie aprovechó para cerrarla con un gesto brusco. Luego dio nuevamente su dirección al chófer y cuando el coche se puso en movimiento mantuvo la mirada fija al frente, aunque tan pronto como se hubo alejado unos metros, no pudo evitar ceder al impulso de mirar sobre su hombro con discreción y se sorprendió al encontrarse con la silueta de Colin de pie en la acera con las manos en los bolsillos de la chaqueta oscura. Veía el coche alejarse y habría jurado que sus ojos se encontraron un segundo con los suyos antes de girar en un recodo y perderlo completamente de vista.

1

CHICAGO

Cuatro meses después

Colin despertó diez minutos antes de que el despertador sonara a las cinco y media de la mañana y ahogó un suspiro al llevarse una mano a los ojos. Su cuerpo funcionaba como un reloj, poniéndose a trabajar mucho antes de lo que debía, y aunque era algo por lo que siempre se había sentido agradecido y que le fue muy útil durante su tiempo de servicio, en ese momento lo encontró casi molesto, hubiera preferido quedarse dormido. De ese modo, cuando sonara el despertador, habría podido tirarlo de la mesilla de un manotazo y volver a cerrar los ojos. Así hubiera tenido una buena excusa para perder su vuelo y luego disculparse por no haber podido cumplir con el pedido de Morgan. El problema fue que, tan pronto como lo pensó, lo asaltó un aguijonazo de culpa; él no era de los que incumplían una promesa o le fallaba a sus amigos.

Con una maldición ahogada, hizo a un lado las sábanas y asentó los pies sobre la moqueta, aliviado por el frío que sintió en los pies desnudos y que le ayudó a despejarse del todo. Se incorporó de golpe y abrió las persianas del dormitorio para dar una mirada afuera.

Su apartamento se encontraba en el cuarto piso de uno de los edificios más modernos en el centro de la ciudad; tenía una buena vista de la torre del John Hancock Center a lo lejos y solo su dormitorio era lo bastante espacioso para albergar algunos de los lugares en los que había vivido cuando era niño. No pudo evitar una sensación de complacencia al recordar lo que sintió al firmar el contrato de venta. Nada mal para un chico que pasó su infancia con ropa donada y sin un centavo a su nombre, se dijo antes de dirigirse a la cocina para prepararse una taza de café tan cargado que hizo un gesto de desagrado al bebérsela de golpe. Le vendría bien, iba a necesitar estar muy despierto para el día que le esperaba.

Había hecho la maleta la noche anterior y la había dejado en el recibidor hasta que llegara el coche que había pedido que lo fuera a buscar para llevarlo al aeropuerto. Tendría que asegurarse de dejar las llaves al portero para que se las entregara a la mujer de la limpieza durante el día. No tenía idea de cuánto tiempo estaría fuera, aunque cuando aceptó dar una mano a Morgan le hizo prometer que, sin importar cómo fueran las cosas, él regresaría a Chicago como mucho en cuatro semanas. Si no conseguía resolver su caso en todo ese tiempo, no sería culpa suya.

Se dio un baño con agua fría y se vistió con los vaqueros y la camisa oscuros que dejó sobre un sillón; tomó una cazadora y se arrebujó bien en ella, preguntándose cómo estaría el clima en Baltimore. Supuso que algo más frío que allí, así que tomó unos guantes de piel de un cajón y los guardó en el bolsillo. Solo por si acaso.

Había perdido la cuenta de las veces que se había topado con una mirada extrañada cuando alguien que no lo conocía a fondo se topaba con lo que llamaban su «naturaleza previsora». Él no acostumbraba mencionarlo, pero no se trataba de algo precisamente natural, no era un rasgo de su carácter con el que hubiera nacido, sino que se vio en la necesidad de desarrollarlo porque no tuvo otra alternativa. Cuando no sabes si vas a tener un plato de comida caliente en la mesa o durante cuánto tiempo tendrás que hacer durar un par de zapatos antes de tener unos nuevos, te acostumbras a pensar en el futuro y a intentar cubrir tantos huecos como te sea posible, se recordó con un gesto de irritación antes de tomar sus cosas para esperar al taxi fuera del edificio. No era algo en lo que le gustara pensar, pero los recuerdos lo asaltaban con frecuencia y sin aviso. Lo bueno era que se iban con la misma rapidez y naturalidad con que llegaban, así que no era algo que lo torturara demasiado.

El chófer del taxi puso una estación de noticias tan pronto como iniciaron el camino y Colin aprovechó para cerrar los ojos y relajarse un poco antes de enfrentar el ajetreo propio del aeropuerto. Dio vueltas en su mente a lo que Morgan mencionó del caso para intentar ordenar sus ideas y poder responder a sus preguntas en cuanto fuera a su oficina una vez que bajara del avión:

Un campo apartado de Baltimore. Hallazgo a media mañana por una mujer que buscaba a su perro perdido.

Hombre caucásico, mediana edad, altura y peso regulares, calvicie incipiente. Sin identificar.

Hora aproximada de la muerte: tres de la mañana.

Brazo derecho roto, moretones en el rostro, arañazos en el torso. Sin corazón.

–Sin corazón –musitó Colin sin abrir los ojos, consciente de que era eso lo que más le había llamado la atención del informe que Morgan le envió por correo hace unos días y lo que había terminado por convencerlo de aceptar ayudarle.

No era del todo extraño, había visto cosas como esa antes, incluso peores; pero tampoco era habitual. Los

asesinos no iban por el mundo eviscerando a sus víctimas, se recordó con una mueca de desagrado.

¿Qué pasaba por la mente de un hombre o una mujer para hacer algo como aquello? ¿Qué clase de mensaje había intentado dejar? Cuando Colin lo mencionó
por teléfono, Morgan dijo que no necesariamente tenía
que tratarse de un mensaje, que tal vez el asesino se
encontrara tan solo muy enojado, pero él no estaba de
acuerdo. En su experiencia, siempre había un mensaje. Era parte de la naturaleza humana. Todo el mundo
obraba con la intención de dejar algo en manifiesto,
fuera consciente o inconscientemente; en especial los
criminales. Por lo general, pensando así, era que conseguía atraparlos.

El auto se detuvo y Colin abrió los ojos de golpe.
Pagó al taxista y, tras tomar su maleta, que pesaba algo
más de lo habitual porque odiaba necesitar algo y no
tenerlo a mano, se encaminó a la puerta de embarque
de los vuelos nacionales.

Parte de él se encontraba fastidiado por volver a
Baltimore. Intentaba ir cuando era del todo necesario,
pero no era algo que disfrutara; le traía malos recuerdos. De no ser por su vieja amistad con Morgan era
posible que ni siquiera pasara por allí más de lo indispensable cuando su trabajo lo exigía. La última vez que
estuvo allí fue hace unos cuatro meses y las cosas no
pudieron salir peor.

La compañía del cliente que había solicitado un
presupuesto de su empresa, y por quien había estado
dispuesto a arreglar una estadía de varias semanas, estaba cerca de la bancarrota, tal y como su equipo finan-
ciero descubrió tras hacer unas cuantas llamadas. El
pobre hombre debió de pensar que aliándose con ellos
podría burlar a sus inversionistas, pero Colin sabía que
en esos tiempos hacía falta mucho más que unas cuantas promesas para convencer a un grupo de banqueros.

Pese a ello, se había quedado porque llevaba meses

sin tomarse un respiro del trabajo y Morgan estaba entusiasmado porque su mujer estaba a punto de dar a luz. Como futuro padre primerizo, quería a uno de sus mejores amigos cerca, le dijo, y Colin no pudo negarse. Incluso, Morgan fue lo bastante considerado para arreglarle una cita en tanto se encontraba allí; así tal vez conociera a alguien interesante que lo convenciera de alargar su estadía.

La bruja.

Colin sonrió al pensar en la mujer de la cita. ¿Cuál era su nombre? Marie, recordó de inmediato. Por extraño que pudiera ser o lo poco que le agradara reconocerlo, no la había olvidado; en realidad, tenía bastante frescos los recuerdos de aquella noche.

Bueno, se dijo al ocupar su asiento en el avión y sonreír de nuevo, esta vez para agradecer los esfuerzos de una atractiva aeromoza que pareció arrogarse su cuidado exclusivo, uno no conocía a una mujer que se autoproclamaba como una bruja todos los días.

Intentó evocar su rostro y no tuvo problemas para ello si bien hubiera preferido que no fuera así. El recuerdo de una maraña de cabello rojizo, unos ojos sorprendentemente azules y unos labios que en su momento se le antojaron deliciosos lo asaltó de golpe. Cuando la vio en la entrada del restaurante y ella se presentó como la amiga de Ester, la prima de Morgan, se dijo que tal vez su amigo hubiera acertado esa vez. Él ya había intentado presentarle a un par de conocidas antes, pero nunca se había sentido tan atraído como le ocurrió entonces.

Marie tenía algo que lo sedujo de inmediato, aunque dudaba de que ella se hubiera dado cuenta de ello; lo que fue una suerte porque un rato a su lado le hizo ver que ninguna atracción valía la pena para involucrarse con alguien tan... extraño.

A Colin se le daba bien calar a la gente; era posiblemente su mejor cualidad y lo que le había convertido en el hombre que era. Se habría quedado como un veterano más sin saber qué hacer con su vida y con una pensión miserable de no ser porque encontró la forma de explotar esa particularidad que ya le había dado tan buenos réditos en el pasado. Fue un niño observador que podía adivinar el humor de la gente incluso antes de que dijeran una palabra; se había librado de muchas palizas manteniendo la boca callada y cierta distancia; lo mismo que hizo según fue creciendo, atento al momento preciso para actuar, siempre analítico del mundo a su alrededor, listo para dar un paso adelante antes que los demás.

Siempre le había fascinado la mente humana y por eso tomó unos cursos de psicología a la par que cumplía con su servicio en el ejército. Sus compañeros se burlaban de él porque siempre llevaba un libro bajo el brazo, pero como pese a su talante reservado sabía ser también encantador y tan buen soldado como el que más, lo dejaron en paz pronto, intrigados por ese muchacho taciturno y que parecía destinado para algo grande que ninguno pudo imaginar por aquel tiempo. Cuando terminó con su servicio y decidió quedarse a hacer carrera en el ejército e intentar entrar al cuerpo de marines, donde conoció a Morgan, continuó con sus estudios aun a trompicones y con frecuencia utilizaba a sus compañeros como conejillos de indias para experimentar con ellos.

Fue así como descubrió que tenía un talento especial para analizar la naturaleza humana. Sus superiores lo notaron casi de inmediato y a nadie extrañó que lo destacaran al cuerpo de encargados de los interrogatorios.

Le parecía que de eso hubiese pasado una eternidad; pero en realidad no habían sido más de doce años. El tiempo transcurría de forma extraña cuando se pasaba de la vida militar a la civil, como descubrió cuando decidió pedir su baja para formar su compañía hacía unos cinco años ya. Aunque estaba muy a gusto con su vida en la actualidad, a veces echaba de menos ese orden establecido al que se acostumbró en la armada. Las cosas parecían más sencillas entonces. Pero conservaba sus instintos intactos y por eso le había sorprendido tanto el carácter de Marie.

Esa mujer debía de ser la más transparente con la que se había topado en su vida. En tanto él fingía un aburrimiento que estaba en realidad lejos de sentir, una actitud que adoptaba cuando conocía a alguien nuevo para hacerse una idea de ante quién se encontraba, se dio cuenta de que no hacía falta que se esforzara para adentrarse en su mente. Ella habría podido llevar un letrero fijado en la frente; a ese grado fue capaz de adivinar lo que le pasaba por la cabeza.

Lo encontraba atractivo, cosa que su ego agradeció y de lo que en primera no habría dudado en sacar partido porque él también se sintió muy atraído por ella. Con su rostro luminoso y su cuerpo voluptuoso, no era precisamente la clase de mujer por la que habría girado a mirar en la calle, pero ella tenía algo más que le cautivó de inmediato. Un brillo en la mirada, una sonrisa honesta y una voz increíblemente seductora.

Pero ella también pensaba que no era de fiar; se dio cuenta por la forma en que lo veía, con los ojos entornados y los labios fruncidos. A Colin no le extrañó eso del todo porque sabía cómo mantener un semblante indescifrable y era habitual que la gente lo encontrara un poco molesto; era difícil descifrar el carácter de un hombre cuando mantenía todo el tiempo una cara de póquer que no se inmutaba ante nada. No le habría costado mostrarse más abierto; hubiera podido encandilarla con una sonrisa y un par de frases hechas, lo había hecho muchas veces antes, pero no quiso usar esos trucos con ella, quería conocerla de verdad. Entonces, sin embargo, ella había parecido muy aburrida y soltó aquello de que era una bruja para librarse de él y solo atinó a aceptar en dar por terminada la cita.

¿Qué otra cosa hubiera podido hacer? ¿Decirle que le creía? ¿Sugerirle empezar de nuevo? Había estado a punto de hacer eso último, pero cuando intentó aligerar el ambiente con un par de bromas ella solo pareció más molesta y no quiso presionarla. Tal vez tuviera razón y estuviera haciéndole un favor.

Porque fue evidente, según la oía hablar y sostenía su mirada sin parpadear como pocos prisioneros habían podido hacerlo en sus tiempos en el ejército, que ella realmente creía ser una bruja. No había sido una excusa ni una pose para parecer más interesante. Es más, de no ser porque sabía que era imposible, no dudaba de que habría estado encantada de convertirlo en un sapo, una rata, o cualquier otro bicho.

¿De dónde diablos la habría sacado Morgan?, se preguntó entonces, aliviado de poder escapar de esa situación aun cuando en el fondo resintió que no fuera una mujer más... normal. Porque de serlo, le habría encantado continuar con ese encuentro y con algunos más. Algo que solo confirmó cuando se encontraron muy cerca en tanto él se ofrecía a llevarla a casa y ella lo rechazaba. Había podido oler su perfume y estudiar la forma en que sus labios se contraían por el enojo. Le habría encantado besarla hasta hacer desaparecer ese gesto que no le iba en absoluto; quiso oírla reír porque no dudaba de que hubiera sido un sonido precioso y descubrir también si su piel era tan suave como le pareció bajo ese vestido de seda que se amoldaba a sus curvas.

Pero entonces el taxi llegó, ella salió corriendo como si él apestara a azufre y no le quedó más alternativa que dejarla marchar.

La mañana siguiente de aquello tuvo unas cuantas palabras con Morgan y le hizo prometer que nunca volvería a arreglarle una cita. Le hubiera encantado también interrogarlo acerca de Marie porque la noche anterior no tuvo tiempo de preguntarle prácticamente nada y era poco lo que sabía de ella, pero se convenció de que no tenía sentido hacer algo como eso. No iba a volver a verla; no deseaba hacerlo y aun cuando eso no fuera cierto, con seguridad no les convenía a ninguno de los dos. Él ni siquiera vivía en la ciudad.

Un par de semanas después, luego del nacimiento de Lucy, la hija de Morgan, los dejó a él y a su esposa Ángela disfrutando de la nueva adición a la familia y volvió a su vida en Chicago.

Ahora, sin embargo, su amistad lo llevaba nuevamente a Baltimore y no pudo evitar preguntarse qué sería de Marie, si habría conocido a un hombre que apreciara sus peculiaridades y si lo había olvidado, lo que a él le costaba tanto hacer.

Un tanto fastidiado por la idea, se recostó en el asiento y decidió dormir hasta que dieran el aviso de aterrizaje. Algo le dijo que, si el caso de Morgan resultaba tan complejo como estimaba, lo último que le sobrarían serían horas de sueño. De modo que se obligó a apartar el recuerdo de la bruja Marie de su mente pero, para su desgracia, su inconsciente le jugó una mala pasada porque hubiera podido jurar que en tanto cedía a la somnolencia, aún con toda la cafeína que llevaba en el cuerpo, su rostro se le apareció un par de veces en sueños.

Morgan lo esperaba en el aeropuerto pese a que habían acordado que Colin pasaría por el piso que había alquilado para dejar sus cosas y luego se presentaría en su oficina antes de que terminara la mañana; pero era evidente que su amigo se encontraba bastante inquieto con el caso que tenía entre manos. Tanto, que apenas lo saludó después de preguntar cómo había ido el vuelo y no volvió a abrir la boca hasta que se encontraron en el auto con la maleta de Colin en la cajuela.

Colin observó a su amigo con su discreción habitual,

atento a la forma en que sostenía el volante, golpeando el tablero cada dos segundos como si se encontrara demasiado nervioso para conservar del todo la calma. Lo cual no dejaba de ser un poco raro porque Morgan era un hombre bastante sereno la mayor parte del tiempo; había conocido a pocos francotiradores con nervios como los suyos. Las cosas habían cambiado para él, sin embargo. Durante su tiempo de servicio cumplía con las órdenes que recibía de la misma forma en que lo hacía Colin. No eran responsables más que de sus propias vidas y quizá también de las de sus compañeros, pero al pertenecer a una hermandad como la suya, en que los hombres estaban dispuestos a morir por su deber, todo era mucho más sencillo.

Ahora Morgan era un esposo devoto con un bebé a su cargo y con un puesto importante en la policía de Baltimore como consultor. Era la cabeza de un equipo de varias personas, respondía tan solo ante el comisionado e incluso los oficiales del departamento se encontraban bajo sus órdenes. Con su intuición y la disciplina militar con que se había formado, no era de extrañar que le fuera tan bien en su trabajo. Si Colin no hubiera encontrado su propio camino, era posible que hubiera terminado a su cargo; su amigo se lo propuso tan pronto como lo nombraron en el puesto. Para entonces él ya tenía la compañía andando, sin embargo, y aunque no se lo comentó a Morgan, no le seducía la idea de volver a ponerse a las órdenes de nadie, ni siquiera las suyas.

Visto lo ocurrido durante esos años, había sido una buena decisión; su compañía especializada en control de riesgos para corporaciones industriales se había cimentado en lo más alto de su rubro y contaba con una cartera de clientes que incluía a algunos de los hombres más poderosos del país. Pese a ello, jamás se negaba a echar una mano a Morgan cuando lo contactaba, y esa era una de esas ocasiones.

Su amigo tenía sus tupidas cejas tan juntas que simulaban una fina línea y Colin advirtió que apretaba los dientes en un gesto que le recordó a las muchas veces en que lo viera apuntar en dirección al blanco antes de apretar el gatillo.

–Deja de hacer eso.

Colin parpadeó y se topó con los ojos oscuros de su amigo, que aprovechó un semáforo para dirigirle una mirada de fastidio.

–¿Qué? –preguntó él.

Morgan puso el coche en marcha antes de responder.

–Estudiarme como si fuera una rata –espetó sin mirarlo y tomando una salida con un movimiento hábil–. Sabes que no me gusta.

Colin exhaló un suspiro, pero no intentó negarlo. En lugar de ello, bajó la ventanilla y atisbó entre los autos. Hacía frío, tal y como supuso, pero no era tan malo como otros inviernos que viviera allí, en especial cuando era niño. Dudaba de que fuera a necesitar los guantes.

Morgan no volvió a hablar hasta que enrumbaron a la parte alta de la ciudad, donde se encontraba la estación de policía en que trabajaba. Según se fueron acercando, sin embargo, disminuyó la velocidad y detuvo el coche a unos metros del edificio. Al mirar a su amigo se encontró con su expresión intrigada.

–No me gusta nada de lo que estoy viendo, Colin –anunció él tras apagar el motor–. ¿Te importa que te ponga en antecedentes antes de llevarte a casa?

Colin sacudió la cabeza de un lado a otro.

–Claro que no –respondió él.

–Porque no me importaría esperar...

–Si fuera así no estaríamos aquí.

Morgan ahogó una risa carente de humor.

–Cierto –reconoció de mala gana–. Pero no quiero incomodarte, acabas de bajarte del avión.

–Fue un viaje de menos de dos horas; pasamos más

tiempo sumergidos en el mar durante nuestras prácticas, ¿recuerdas? –comentó su amigo con una sonrisa–. Anda, cuéntalo todo de una vez y dime también por qué prefieres decírmelo aquí y no en la estación.

Morgan se masajeó el puente de la nariz antes de responder y Colin advirtió el tatuaje que llevaba en la muñeca. Era prácticamente igual a uno que él tenía en la espalda a la altura de las costillas. Las siglas USMC que los identificaban como miembros del Cuerpo de Marines de Estados Unidos y su número de identificación en el ejército en tinta negra. Más que por motivos estéticos, se trataba de un gesto de compromiso para con los que consideraban sus hermanos, una marca de la que se encontraban orgullosos. Eso y que, según decían los veteranos, era una forma de asegurarse de que si volaban en pedazos gracias a alguna mina antipersona siempre podrían identificarlos, incluso si perdieran las placas que llevaban al cuello.

No importaba cuánto pensara en ello, se dijo Colin intentando centrarse en el rostro preocupado de su amigo: siempre sonaba mal. Muy mal. En especial porque había tenido oportunidad de comprobar que era cierto.

–¿Y bien? –Lo apuró empezando a sentirse más intrigado aún–. ¿Qué es?

Morgan carraspeó.

–Sabes que soy un hombre de fe, ¿cierto? –preguntó su amigo al fin.

Colin frunció el ceño, sin entender adónde deseaba ir a parar.

–¿Te refieres a que crees en Dios y todo eso?

–No lo llames «todo eso». Muestra un poco más de respeto; que tú no creas en nada no quiere decir que los demás tampoco debamos hacerlo.

–¿Quién dice que no creo en nada? Creo en mí mismo.

Morgan bufó e hizo una mueca.

–Eso se llama ego y el tuyo lo tienes muy bien desarrollado –apuntó irónico–. A lo que me refiero es a creer en un poder superior, algo o alguien que está por encima de todos nosotros.

–Bueno, por eso mencioné a Dios –recordó Colin sin ganas de entrar en esa clase de discusiones–. Y sé que crees en Él, no es ningún secreto y está bien. Un hombre tiene que creer en algo.

–Exacto. Y siempre lo he hecho. –Morgan se vio más sosegado al encontrarse con su expresión atenta–. Mi madre me educó para eso; ya la conoces, podría soportar cualquier cosa menos un hijo hereje.

Colin asintió, recordando a la temible señora Reynolds que vivía en una zona alejada de la ciudad, en el mismo lugar en que criara a su hijo y donde disfrutaba de una bien merecida jubilación luego de trabajar durante treinta años como maestra. Pero dudaba de que Morgan estuviera actuando de una forma tan extraña tan solo para recordar a su madre, de modo que esperó a que fuera al grano.

–Ahora, es posible que me haya alejado un poco durante el tiempo con los chicos; uno no ve las cosas que nosotros vimos sin cuestionarse qué tanto hay de cierto en la religión. –Morgan continuó refiriéndose a su época en el ejército–. Pero entonces conocí a Ángela y me di cuenta de que hacía mal al desconfiar, que tenía suerte de haber encontrado a una mujer con quien pudiera compartir mi forma de pensar, que no creyera que era un cucufato o algo así.

Colin asintió de nuevo porque responder algo habría sido una obviedad; su amigo sabía bien lo que pensaba acerca de todo eso. Tal vez él no fuera un hombre del tipo espiritual y sí, entraba en la categoría de escéptico, convencido de que no tenía sentido creer en un poder superior, por lo que uno mismo debía de trabajar por labrarse un destino, pero podía respetar a quienes no pensaban como él. Le alegraba que Morgan se sintiera cómodo con sus creencias y que se topara en el camino con Ángela; ella le había ayudado a ahuyentar algunos demonios y a construir la familia que siempre había deseado.

Era precisamente por eso por lo que le extrañaba ver a su amigo tan alejado de esa imagen de hombre calmado y satisfecho de su vida que tenía ante él.

–¿Esto tiene algo que ver con el caso en que estás trabajando? ¿Por el que estoy aquí? –preguntó, empezando a sentirse realmente inquieto.

Su amigo asintió sin que pareciera muy contento reconociéndolo.

–¿Viste las fotos que te envié? –preguntó él.

–Sí, claro. Te lo dije la última vez que hablamos; no es la clase de cosas que quieres ver antes del desayuno.

–Tú no estuviste allí. –Morgan lo miró a los ojos–. Parecía... se ensañaron con el hombre, era como... un carnicero no lo hubiera hecho peor.

Colin cabeceó recordando las imágenes que le revolvieron el estómago. La posición del cuerpo del hombre, las huellas de los golpes en el rostro y el pecho, y sobre todo, ese gran hoyo en su pecho en donde antes se encontraba su corazón.

–Entiendo –dijo él al notar que Morgan lo veía atento a su reacción–. Pero hemos visto cosas como esas antes. No me interrumpas; no digo que no fuera horrible, es un asco y espero que atrapemos a quien lo hizo, pero me cuesta entender que te afecte tanto.

–No he visto nada así antes –negó su amigo, enfático–. Ni aquí ni durante nuestro servicio, y estoy seguro de que tú tampoco.

Colin no estaba seguro de estar de acuerdo.

–¿Te acuerdas de los meses en Irak?

–¡No! ¡Ni siquiera allí! –Su amigo lo interrumpió con un ademán–. Y no necesito recordarlo, muchas gracias. Ya tengo bastante con esto.

Colin asintió y no profundizó en el tema, aunque él

no tuvo tan sencillo apartar sus recuerdos de aquellos meses. Aún se despertaba en medio de la noche por las pesadillas y le costaba comprender que Morgan hubiera visto algo allí, en una ciudad como Baltimore, que pudiera considerar peor.

–¿Entonces? –lo alentó, empezando a acusar el cansancio de las pocas horas de sueño y el vuelo–. ¿Qué es lo que te ha alterado tanto?

Su amigo suspiró y tomó una carpeta de debajo de su asiento que le tendió en silencio.

–No quise comentártelo por teléfono, pero fueron los mensajes los que me pusieron más nervioso. Sé que te dije que no todos los criminales quieren decir algo y que tal vez solo se tratara de un tipo muy molesto, pero no lo pensaba en verdad. No en este caso. Todas esas cosas... el hombre ha querido dejarnos un mensaje, pero no tengo idea de qué se trata y no estoy seguro de querer saberlo.

Morgan habló con bastante rapidez y lo veía atento en tanto Colin estudiaba las fotografías que encontró dentro de la carpeta. Se encontró nuevamente con varias imágenes del cuerpo del hombre al que encontraran en un terreno baldío cerca del muelle y de las heridas que presentaba, pero en este caso se trató de fotografías mucho más nítidas de las que recibió en el correo hacía unos días.

Estudió con cuidado cada huella, la forma de las heridas, la postura de la víctima con los miembros extendidos al máximo y sus ojos abiertos que le daban una expresión de terror absoluto. Había algunas más que no había visto, sin embargo, como las que se tomaron de los elementos a su alrededor.

Vio un cuchillo afilado que el asesino debía de haber dejado en un acto, cuando menos, inusual. Ningún criminal en sus cinco sentidos abandonaría el arma homicida luego de tomarse tantos problemas para ubicar a su víctima en una posición como aquella; si había tenido tiempo para todo eso, era ridículo que dejara el cuchillo. A menos, claro, que hubiera sido a propósito y el arma no fuera más que una declaración más. No se lo preguntó a Morgan, pero estaba seguro de que no habrían encontrado ni una sola huella en ella.

Se topó también con unos extraños dibujos trazados con lo que le parecieron restos de arcilla rojiza alrededor del cuerpo, pero no estuvo seguro de qué se trataba; eran extraños y no creía haberlos visto antes. Solo reconoció una estrella de cinco puntas y una especie de hilera de llamas sobre ella.

Visto todo como un conjunto completo resultaba sin duda un cuadro perturbador, reconoció para sí, haciéndose una idea de por qué el asunto había afectado tanto a Morgan. Él, que lo observaba sin quitar un instante la atención de su rostro, chasqueó la lengua cuando lo vio cerrar la carpeta sin decir una palabra.

–¿Y bien? –lo apuró sin disimular su inquietud–. ¿Qué opinas?

Colin se encogió de hombros y mantuvo el semblante imperturbable.

–Es un asunto feo –reconoció él sin alzar la voz–; pero insisto en que no es peor que muchas cosas que hemos visto antes. Tal vez un poco más dramático...

–¡Le arrancaron el corazón a un hombre y lo rodearon con dibujos satánicos! ¡Desde luego que es dramático!

Colin arqueó una ceja y sus ojos grises destellaron por el interés.

–¿Satánico? –repitió–. ¿Piensas que todo eso es parte de algún tipo de ritual?

Morgan golpeó el timón con la mano abierta y arrancó al coche un bocinazo.

–Claro que sí –respondió bajando un poco la voz–. La estrella, la posición del cuerpo, la ausencia del corazón... todo eso es propio de esa clase de cosas. He preguntado a algunos expertos, pero no encuentran un patrón que les convenza del todo. Podría tratarse de un aficionado.

—Yo no estaría de acuerdo con eso último —acotó Colin dando un suave golpe a la carpeta antes de entregársela—. Es demasiado preciso. Quien sea que lo haya hecho, sabe perfectamente lo que hace y lo planeó con cuidado; no se despertó un día pensando que sería divertido eviscerar a un hombre.

Su amigo cabeceó de mala gana, parecía que era algo que ya había considerado, aunque no le hiciera mucha gracia reconocerlo. Colin aprovechó el silencio para continuar con su idea.

—Y si estás en lo cierto respecto a lo del ritual, lo que no tendría nada de raro, porque ambos sabemos que es más común de lo que nos gustaría, eso hace las cosas un poco más sencillas —declaró.

—Tal vez sea común para ti, pero te aseguro que es la primera vez que veo algo como esto —replicó Morgan con un gesto de enojo—. Desde que empecé a trabajar aquí me he topado con todo tipo de cosas, pero te aseguro que los rituales satánicos están totalmente fuera de mi jurisdicción. Y no puedo ver qué hay de sencillo en semejante atrocidad, por cierto.

Colin se encogió de hombros.

—¿Es por eso por lo que estás tan alterado? ¿Que alguien haga algo como esto para hacer una declaración de lo que piensa del Dios en el que crees? Porque sabes que no puedes tomar estas cosas como si fuera personal —recordó él con una mirada acerada—. Quien hizo esto no es tonto; es posible, incluso, que se trate de alguien muy inteligente, pero eso no lo hace menos perturbado. No puedes dejar que te afecte.

No hizo falta que Morgan le diera una respuesta porque fue evidente que, aunque el hombre sensato que prevalecía en él tenía eso muy claro, el resto de él no estaba tan seguro. Colin intentó ponerse en su lugar y aunque le resultó complicado porque nunca había albergado esa clase de fe, concluyó que debía de ser duro plantearse por qué una persona llegaba a un punto en que decidía renegar de las creencias en las que la mayor parte del mundo había sido criado para hacer todo lo contrario en un acto de odio tan radical. Y entendió también que deseara hablar de ese tema en privado porque no era la clase de cosas que se compartían con sus subordinados; ante ellos era necesario que él se mostrara tan ecuánime y seguro de sí mismo como fuera posible.

–Mira, Morgan, comprendo que debe de ser un asunto desagradable para ti –comentó al cabo de un momento cuando juzgó que su amigo se veía algo más calmado luego de reconocer lo que le incomodaba del caso–. Y está bien, no hay nada de malo con eso; pero vas a tener que sobrellevarlo un poco mejor o se van a nublar tus ideas y ya sabes lo peligroso que es eso en nuestro trabajo. Estoy aquí ahora y te ayudaré en todo lo que haga falta. Descubriremos quién hizo esto y lo sacaremos de circulación para que no pueda lastimar a nadie más. Lo que pueda pensar o qué tan mal esté su mente, bueno, eso no es asunto nuestro y no tienes que dejar que te inquiete más de lo necesario, ¿de acuerdo?

Colin aguardó a ver a su amigo asentir y sonrió.

–Si necesitas hablar de esto o de cualquier otra cosa, sabes que puedes hacerlo conmigo. O con Ángela; seguro que ella sabrá, mejor que yo, qué decir –continuó.

Morgan parpadeó un par de veces antes de asentir una vez más y Colin exhaló el aire contenido. A veces olvidaba lo sensible que podía ser su amigo en el fondo. Cuando lo veías solo pensabas en un hombre con la contextura de un oso, firme y en apariencia seguro, la clase de persona en la que los demás se apoyaban. Sin embargo, él sabía que era una imagen un tanto engañosa. Morgan se había criado en un hogar afectuoso y estaba acostumbrado a expresar sus sentimientos con naturalidad, algo que le granjeó algunas burlas en el ejército. Fue eso, en realidad, lo que los convirtió en buenos amigos. Colin siempre había salido en su defensa aun cuando en el fondo Morgan no lo necesitase; y cuando descubrió que además provenían de la misma ciudad, su amistad se cimentó hasta convertirse en lo más parecido a un hermano.

—De acuerdo. —Su amigo cabeceó al cabo de un par de minutos en silencio en los que Colin no le quitó la vista de encima—. Gracias.

Colin sonrió y sus músculos en tensión fueron relajándose. Morgan puso el coche en marcha para adelantar los metros que los separaban de la estación y, una vez allí, estacionó de nuevo, esta vez con un semblante mucho más tranquilo.

—Me alegra que estés aquí —dijo él antes de bajar.

—A mí también me alegra; tengo muchas ganas de ver a Lucy.

Morgan sonrió como hacía cada vez que alguien hacía mención a su bebé.

—No vas a reconocerla, está enorme. Y es preciosa, idéntica a su madre —comentó él, orgulloso.

Colin silbó y fingió un suspiro de alivio.

—¡Menos mal! ¿Imaginas si hubiera sacado tu rostro? ¡Pobre niña!

Su amigo le pegó en el hombro y bajó del coche, pero antes de enrumbar en dirección a las puertas de la estación apoyó los antebrazos sobre el capó y señaló a Colin con una cabezada.

—Muy gracioso —dijo él—. Tal vez debamos aprovechar el tiempo que te quedes por aquí para presentarte a alguien. Ángela tiene una colega...

Colin sacudió una mano en el aire y una vez fuera se enfrentó al rostro divertido de Morgan con expresión amenazante.

—Ya hablamos de eso —recordó—. Ni una cita a ciegas más. Todavía no supero la última.

Su amigo rio a carcajadas y fue tras él cuando le dio la espalda para dirigirse a la entrada. Morgan parecía haber encontrado divertidísimo esa última confesión, pero Colin no estaba dispuesto a decirle que a él le causaba cualquier cosa menos gracia.

2

Marie rodeó con tanto sigilo como pudo el escritorio que la separaba del resto del aula y fue acercándose de puntillas hasta la tercera hilera de pupitres sin que una sola cabeza agachada se le pasara por alto. Todas estaban precisamente como esperaba: con la vista hacia abajo y muy atentas a la hoja que había puesto ante ellas hacía solo unos minutos. Excepto dos de ellas, claro. Las de la tercera fila. Con las que de vez en cuando tenía pesadillas.

Una vez que llegó junto a ellos, sin que pareciera que hubieran notado su presencia, carraspeó con delicadeza y usó su tono más dulce para llamar su atención. Dulce según su opinión, desde luego. La mayor parte de sus alumnos consideraban que era más bien letal.

–¿Hay algo que no te ha quedado claro, Connor? Tal vez necesites que te lo explique de nuevo. Siéntete libre de preguntar; no hace falta que distraigas a Peter.

Vio al chiquillo tensar cada músculo de su cuerpo antes de relajarlo en señal de resignación. Su compañero, que hasta entonces mantuviera la cabeza pegada a la suya en tanto cuchicheaban señalando el examen que, se suponía, deberían de responder cada uno por su cuenta y en silencio, se echó hacia atrás de golpe y

Marie tuvo la satisfacción de ver cómo su rostro pecoso adquiría un matiz de rojo encendido.

–Señorita Worth, solo estaba explicando a Connor la pregunta doce porque no se veía bien...

Marie arqueó una ceja en señal de escepticismo y la voz del chico fue apagándose hasta adquirir un tono agudo que en otras circunstancias le habría provocado un poco de lástima. Llegar a la adolescencia y cambiar la voz ya era bastante malo sin que ocurriera en medio de un salón atestado de compañeros que parecían estarlo pasando bomba viéndote hacer el ridículo.

–¿Ah, no? –preguntó ella fingiendo inocencia–. Qué curioso. La leí varias veces al hacer el examen y me pareció que estaba muy clara. Tal vez deberíamos llevar el papel al director para que nos diga lo que piensa.

–Pero...

–Ahora mismo, Peter. –El tono de Marie adquirió un matiz helado–. Y tú también, Connor.

El aludido, que apenas la había mirado hasta entonces, le dirigió una mirada de enojo, pero no pretendió protestar como su compañero, algo que secretamente Marie esperaba. Le preocupaba ese muchacho. Lo había tenido durante todo el año y no encontraba la forma de llegar a él. Era descortés, desconfiado y le daba la impresión de que disfrutaba meterse en problemas y arrastrar con él a tantos como fuera posible. Había intentado hablar con él, y también con sus padres, pero ni él pareció interesado en prestarle atención ni su familia contestó nunca a sus llamadas. Lo único que le quedaba en la mayor parte de los casos era intentar controlarlo y dejarlo en manos del director cuando su falta era demasiado descarada, como en ese momento.

Lo vio marcharse en silencio arrastrando los pies. Era espigado y llevaba el cabello a rape como si no le importara su aspecto; el bajo de sus pantalones rozaba el piso y sus camisetas eran demasiado grandes para él. A su lado, el pelirrojo Peter, que lo seguía de mala gana y con expresión asustada, parecía su hermano pequeño, aunque ambos tenían en realidad la misma edad, doce años.

Cuando los muchachos se fueron, Marie dio una rápida mirada alrededor del aula, con lo que los pocos estudiantes que habían prestado atención a ese incómodo momento bajaron la cabeza de golpe y continuaron con la prueba. Suspiró, un poco preocupada por los chicos que acababa de enviar con el señor Houston, el director, y se prometió pasar por allí apenas terminara la hora para saber qué pensaba hacer con ellos. Tal vez fuera una oportunidad para forzar a los padres de Connor a ir a la escuela; no podían mostrarse tan negligentes.

Marie volvió al escritorio y ocupó su silla sin dejar de lanzar rápidas miradas al silencioso grupo. Miró su reloj de pulsera e hizo una mueca al sentir un aguijonazo en el estómago. No había desayunado; apenas llegó a mordisquear un durazno en el camino de ida a la escuela porque se quedó dormida, algo muy raro para ella. Pero llevaba teniendo unas noches difíciles; despertaba en la madrugada y pasaba las horas dando vueltas en la cama. No importaba cuánto intentara meditar o las bolsitas de lavanda que pusiera bajo su almohada; nada le ayudaba a recuperar la calma y conciliar el sueño. Era horrible y empezaba a desesperar. Tenía pensado pasar por la tienda de la señora Phillips por la tarde para que le recomendara alguna hierba que pudiera ayudarle; ella había probado con camomila y romero, pero estaban lejos de haberle servido.

Apartó sus pensamientos al oír el sonido del timbre que señalaba el final de la hora y dio una palmada para apurar a los chicos. Estos, que la conocían bien y sabían que no lo haría de nuevo, dejaron caer los lápices y juntaron sus exámenes para dejarlos sobre su escritorio antes de salir. Marie fue mirando a cada uno para hacerse una idea de quiénes podrían haber tenido problemas durante la práctica, segura de que la esperaba una tarde de corrección que no contribuiría a que pasara una buena noche.

Pasó por la dirección para ver cómo iban las cosas para Connor y Peter, pero el señor Houston todavía no los había visto y ellos permanecían sentados al pie de su despacho con las mismas caras con las que habían dejado el salón.

Aún inquieta, regresó por sus cosas y habló un momento con la asistente del director, la señora Premoli, para que estuviera pendiente de ese caso y le contara lo que ocurriría al día siguiente.

La secundaria Harbor se encontraba al noreste de la ciudad, una zona diversa cercana a la universidad estatal Morgan, donde esperaba que varios de sus chicos fueran a estudiar si lograban hacer los méritos para ello. Ella llevaba solo tres años en Baltimore, así que aún no había tenido la satisfacción de ver que uno de sus estudiantes diera ese paso; pero esperaba que ocurriera pronto porque no pensaba moverse de allí en un futuro cercano.

Le gustaba la ciudad. Tal vez no fuera tan tranquila como Los Ángeles, que era donde había nacido y donde vivió toda su vida hasta que decidió mudarse, pero tenía un encanto que la conquistó de inmediato.

La gente era amable en su mayoría y se encontraban muy orgullosos de su ciudad natal; la vida no era tan relajada como estaba acostumbrada, el ritmo allí era algo más frenético y la tasa de criminalidad bastante alta, pero en general lo pasaba bien la mayor parte del tiempo. Había buenos teatros y museos, algo que le encantaba; se disputaban un sinnúmero de deportes y siempre había un lugar en el cual divertirse. Tenía alquilada una casita minúscula pero muy acogedora en Erdman Avenue, no muy lejos de la escuela, en la que se sentía muy cómoda e incluso había recibido la visita de su hermano Brian un par de veces.

Era una buena vida. Y era suya, se recordó en tanto mordisqueaba un gran sándwich de ricota y nueces que compró en un deli, camino a la tienda de la señora Phillips. Lo terminó poco antes de cruzar la verja que delimitaba su local y procuró limpiarse los labios con un pañuelo antes de tirar de la campanilla para avisar de su llegada. Eso último no era del todo necesario; la puerta siempre se encontraba abierta en horario regular y la señora Phillips recibía a todos sus clientes con su amabilidad habitual, pero a Marie le gustaba avisar de su llegada porque creía que era una muestra de cortesía que no costaba nada.

La tiendecita olía tan bien como siempre y Marie aspiró con fuerza al cruzar el umbral para inundarse de todos esos aromas que le infundieron una calma inmediata. Reconoció el olor penetrante del sándalo, el sutil matiz de los jazmines y el dulce picor del jengibre. Habría sido feliz quedándose a vivir allí, pensó sonriendo, una idea que la asaltaba cada vez que ponía un pie en ese lugar.

Era un espacio diminuto, apenas unos cuantos metros cubiertos del suelo al piso con estantes que albergaban todo tipo de plantas y especias y algunos otros con rumas de libros que fue acariciando según avanzaba hasta el mostrador para encontrarse con el rostro apergaminado de la dueña, que esperaba por ella con una sonrisa.

–Hola, cielo, ¿qué te trae por aquí hoy? ¿Problemas para dormir?

La voz de la señora Phillips era tan baja que uno debía inclinarse discretamente hacia ella para oírla con claridad, algo que Marie ya tenía acostumbrado. Tanto como el hecho de que la mujer pareciera capaz de adivinar el motivo de su visita incluso antes de que hubiese tenido oportunidad de abrir la boca.

–¿Se lo han dicho mis ojeras? –Marie bromeó señalando su rostro.

La anciana sacudió su pequeña cabeza y sus ojillos

oscuros y sorprendentemente despiertos la examinaron con fijeza.

–La palidez. Y tienes la piel un poco delgada; te falta descanso, cualquiera puede verlo. –Señaló ella con tranquilidad como si fuera muy evidente.

A Marie no le pareció que lo fuera, no tanto así, y esperaba no ser la única que lo pensara porque no le hacía gracia ir por la calle pareciendo un zombi, que era como le había parecido que sonaba la descripción de la señora Phillips. Pero como sabía que no lo decía con mala intención, sonrío y aguardó a que ella desapareciera entre las hileras de frascos tras el mostrador en tanto daba una mirada a las nuevas adquisiciones del local. Vio unas cuantas velas que no estaban allí antes y también unas botellas de esencias que se apresuró a destapar para inhalar su contenido.

Para cuando la señora Phillips volvió, ella ya se había apartado un par de frascos de unas deliciosas fragancias que olían a té verde y a flor de la pasión y una vela de un rojo deslumbrante con forma de corazón que le pareció demasiado bonita como para no llevarla con ella. Quedaría fantástica en su altar del salón.

–Maracuyá. –La anciana señaló los frascos con un gesto de apreciación–. Una maravilla para los nervios. –Después, tendió un dedo huesudo en dirección a la vela y le dirigió una sonrisita divertida–. Sin perspectivas en el horizonte todavía, supongo.

Marie se ruborizó al caer en la cuenta de que ella debió pensar que había elegido la vela porque tendría algún poder para encontrar una pareja. Ella no recordaba haber mencionado nunca la ausencia de un hombre en su vida, pero no era de extrañar que la señora también lo supiera. Ella lo sabía todo, se recordó con un gesto de fastidio. No es que le importara, claro.

–No pensaba... –Marie carraspeó y puso los ojos en blanco sin poder evitarlo–. No estoy buscando a nadie. Es solo que es una vela muy bonita.

–Ah, pero hiciste bien en elegirla –la cortó la señora con una cabezada–. Acaban de traérmela. Dijeron que es infalible. Tendrás a un caballero encantador a tu puerta antes de que termine la semana; solo recuerda encenderla en luna llena y dejarla arder durante toda la noche. Creo que hoy será un día perfecto para eso; tendremos una luna preciosa.

Marie se abstuvo de responder que no pensaba hacer eso en absoluto. No estaba interesada en conocer a nadie; lo más parecido a una relación que había tenido en los últimos meses era la que sostenía con su vibrador y con eso estaba muy bien. Más que bien, en realidad. Los hombres solo daban problemas, lo había comprobado a lo largo de su vida y, pese a que de vez en cuando cedía a la tentación de darles una oportunidad, terminaba más decepcionada aún, como cuando permitía que alguna amiga le organizara una cita a ciegas, por ejemplo. Todavía le costaba olvidar la última.

Pero la señora Phillips no tenía por qué saber eso, de modo que respondió a sus consejos con una sonrisa amistosa y, tras pagar las fragancias y la vela, junto al preparado de hierbas que había elegido para ayudarle a conciliar el sueño y alejar las pesadillas, dejó su tienda con cierto alivio.

Tomó un autobús porque se sentía demasiado agotada para ir a pie hasta su casa y una vez allí acarició a su perro, Napoleón, un pug afectuoso que salía siempre a recibirla dando tumbos y llenándole el rostro de lametazos. El gato, Suerte, cuando mucho atisbó por detrás de la encimera de la cocina y le dirigió una mirada de complacencia para dar a entender que le alegraba que hubiera llegado a casa con vida. Alguien tenía que alimentarlo.

Luego de dejarles la comida, cambiar la arena de Suerte y dar un rápido paseo a Napoleón, se cambió el traje que usaba en la escuela por ropa más cómoda y colocó sus compras. Mientras hervía el agua para preparar su té, probó un poco de la fragancia que acababa de comprar en sus muñecas y el cuello, sintiendo cómo el ajetreo del día empezaba a decaer. Sostuvo la vela ante sus ojos, tentada a meterla en un cajón y olvidarse de ella solo como un acto de rebeldía, pero recordó cuánto le había costado y lo poco que le sobraba el dinero y decidió que era una niñería. Era una vela bonita y aunque dudaba de que fuera tan efectiva como creía la señora Phillips, decidió colocarla en el lugar que había planeado para ella tan pronto como la vio: el pequeño altar que había erigido sobre una mesilla del pequeño salón, junto al retrato de sus padres.

Observó el rostro sonriente de los señores Worth un momento, con el mismo tirón de dolor en el corazón que supuso habría de acompañarle por siempre. Se habían ido demasiado pronto y los extrañaba todos los días.

Sacudió la cabeza de un lado al otro al darse cuenta de que si seguía pensando en ello se echaría a llorar y, tras dudar un segundo, encendió la vela con un suspiro de rendición. ¿Qué más daba? Seguro que olía bien y las velas estaban para eso, para encenderlas. No es que pensara atraer nada ni a nadie con ella; solo quería disfrutar de su compra.

La observó de reojo en tanto se ponía con los exámenes que debía revisar en la mesa de la cocina, pero las palabras de la señora Phillips no dejaron de resonar en su mente una y otra vez.

Tendrás a un caballero encantador a tu puerta antes de que termine la semana.

–Sí, claro –susurró para sí misma sin poder evitar una sonrisa.

Tal vez fuera una mujer de mente abierta, pero en todo el tiempo que llevaba intentando mantener un estilo de vida carente de escepticismo y siempre propenso a creer en lo imposible, no había visto nada que la llevara a pensar que una sentencia como esa fuera a convertirse en realidad.

Al paso que iba, en una casa sin calefacción y con tantas noches de mal sueño, lo único que se presentaría ante su puerta sería un resfriado, pensó mientras intentaba concentrarse en su trabajo. De caballeros, nada, y mucho menos encantadores.

Aunque Morgan le aseguró que él y Ángela estarían encantados de que se quedara en su casa durante tanto tiempo como deseara, Colin rechazó la invitación como hacía siempre que viajaba a Baltimore y alquiló un apartamento cerca de la estación en que trabajaba su amigo para poder ir y venir con rapidez. Le costaba compartir sus espacios con otras personas sin sentirse incómodo, lo que era un poco raro, suponía, ya que pasó varios años viviendo en dormitorios comunes durante su tiempo en el ejército; tal vez tuviera que ver con el hecho de que entonces no había tenido otra alternativa y con el tiempo construyó una especie de familia con sus compañeros.

En la vida civil, sin embargo, prefería mantener sus distancias.

Ya había tomado antes ese lugar, además, así que se sintió bastante cómodo al regresar. Era amplio, confortable, y lo suficientemente independiente para ir y venir sin problemas.

Pertenecía a la viuda de un juez que prefería rentarlo en tanto ella vivía en un lugar algo más modesto para asegurarse un ingreso que le permitiera mantener su estilo de vida desahogado.

Se hizo también de un coche para poder moverse por la ciudad y, tan pronto como estuvo seguro de que no dejaba nada sin atender, se puso a órdenes de Morgan. Su equipo se haría cargo del trabajo en Chicago y había dado instrucciones para que se pusieran en contacto con él a cualquier hora si era necesario. Él, por su parte, pensaba llamar con frecuencia y programar algunas videoconferencias para asegurarse de que todo marchaba como debía.

Solo llevaba un día en Baltimore cuando Morgan lo llamó muy temprano para que se reuniera con él en el campus de la universidad para hablar con un profesor especializado en rituales paganos; pero cuando Colin llegó a la cita y conoció al experto de marras, comprendió que tal vez no lo fuera tanto en realidad.

El profesor Boyle tenía ese hablar pausado y aleccionador que encontraba irritante en las personas que se creían superiores a la media. Había padecido a varios de ellos durante sus seminarios en la universidad y fue evidente para él que muchos de esos profesores estaban lejos de dominar el campo del que aseguraban sentirse tan orgullosos. Y, por la expresión en el rostro de Morgan, cuando sus miradas se encontraron después de oírlo disertar durante casi una hora acerca de los lugares que había visitado y los trabajos que consiguió publicar en algunas cuantas revistas de reputación más bien mediocre, comprendió que pensaba exactamente lo mismo. Cómo un hombre tan petulante como él había conseguido una cátedra en una universidad de cierto prestigio, era un misterio que no tenía interés en averiguar.

Él y Morgan abandonaron el campus cuando la tarde estaba al caer, ambos con similares rostros de frustración. El profesor había parecido sorprendido de que ellos no desearan continuar escuchándolo o que no lo invitaran a ir con ellos a la estación para que compartiera su sabiduría con el resto del cuerpo de policía.

–Tendré que ser yo quien lo diga, ¿cierto?

Colin dirigió una sonrisa sesgada a su amigo. Habían tomado un atajo para atravesar el campo de fútbol e ir directamente al estacionamiento.

–Fuiste tú quien lo contactó –recordó él con tono burlón.

Morgan exhaló un suspiro.

—Supongo que es lo justo —aceptó él tomando aire antes de continuar con una entonación de hartazgo—. Esto ha sido un desastre. No oía a un hombre tan idiota y pagado de sí mismo desde que conocí a mi suegro.

Colin rio.

—Que no te oiga Ángela —comentó, cambiando el semblante al cabo de un momento—. Sabes que tendremos que buscar a alguien más, ¿no? Alguien que tenga siquiera una idea de qué va esto.

Morgan cabeceó un par de veces, pensativo. Cuando Colin creyó que no diría nada porque ya se encontraban cerca de donde dejaron estacionado el coche en que fue a buscarlo a la estación, su amigo se detuvo de golpe y lo miró como si acabara de tener una idea.

—¿Sabes lo que necesitamos? —preguntó de pronto.

—Vacaciones.

—No. No vacaciones. —Su amigo descartó la idea con un gesto de la mano y lo miró con lástima—. Por triste que suene, en lo que a ti respecta, al menos, no sabrías qué hacer con ellas. Lo que necesitamos es una bruja.

Colin lo observó con atención, preguntándose si no se trataría de algún tipo de broma, pero su amigo lo veía con mucha seriedad.

—¿Perdona? —preguntó.

—Para el caso. Podría ayudarnos.

Colin acusó la idea, pero aún le costaba entender del todo. Era demasiado raro. Incluso para él.

—Una bruja —repitió.

—Sí, claro. Tienes que reconocer que hay ciertos elementos que llevan a pensar en algo como eso, te guste o no.

—Ya. —Colin intentó no sonar demasiado receloso al continuar—. No estarás tan desesperado, ¿verdad?, porque en serio, una bruja...

—¿Qué tiene de malo? —Morgan contestó con una naturalidad que encontró desconcertante—. Solo piénsalo e intenta ser razonable y dejar tu escepticismo de

lado. Estamos ante un hombre que cree en cosas sobre-
naturales y actúa de acuerdo con ello, eso lo tenemos
ambos claro, ¿cierto? –Esperó a que su amigo asintiera
de mala gana antes de continuar–. ¿No es lógico entonces que busquemos a alguien que crea en las mismas
cosas para que nos ilumine un poco acerca de cómo
piensa esta clase de gente? Es lo que hago todo el tiempo; hablar con personas que puedan entender la mente
de los criminales. Tú siempre dices que al final todo se
trata de eso, ¿no? Ponerse en su lugar, aprender a pensar como ellos.

A Colin no le hizo ninguna gracia que Morgan lo
citara con tanto acierto. Era verdad que decía esa clase
de cosas, y lo hacía porque en verdad lo pensaba. ¿Sería
realmente una locura o tal vez él tuviera algo de razón?
Supuso que si su amigo había pasado semanas sin dar
con una pista decente y, por lo que había podido ver en
el tiempo que llevaba en la ciudad, al ver que no parecía
que las cosas fueran a mejorar, nada perdían con probar. El supuesto especialista había resultado un desastre y, después de todo, quizá alguien con otro tipo de
formación les fuera más útil.

–De acuerdo –dijo al cabo de un momento procurando no hacer como que no veía lo orgulloso que parecía
Morgan de haberlo convencido–. ¿Y dónde consegui-
mos una? ¿La busco en los clasificados?

–Bueno...

–No hablaba en serio –se apresuró a aclarar.

–Supongo que puedo preguntar en la estación. Hay
alguna gente que sabe de esas cosas y puede recomen-
darnos a alguien.

Colin cabeceó, dándose por satisfecho con esa posibilidad. ¿No había oído que la brujería estaba de moda
o algo así? O lo que se entendía en la modernidad como
tal. No se movía en un ambiente en que fuera habitual
toparse con ese tipo de personas y en Chicago aún se les
veía como poco menos que lunáticos, pero había leído

con frecuencia que existía toda una ola en ciudades como Nueva York o Los Ángeles. Una mujer con la que trabajaba estuvo de vacaciones en la costa y mencionó que era increíble la cantidad de locos con los que te podías topar.

Colin acababa de poner una mano sobre la manija del coche pero se detuvo de golpe cuando una idea fue abriéndose paso en su mente. Morgan, que no le había prestado mucha atención hasta entonces luego de dejar su idea en claro, se detuvo también y lo observó con el ceño fruncido.

—¿Qué ocurre? —preguntó él.

Colin parpadeó y fijó su mirada plateada en los ojos intrigados de su amigo.

—Estaba pensando… te va a costar creerlo, pero acabo de recordar que es posible que conozca a una.

Morgan no pareció entenderlo de inmediato, pero al cabo de un par de segundos asintió como si acabara de hilar sus ideas y las relacionara con la charla que acababan de mantener.

—¿Tú? —Tanteó sin disimular su suspicacia—. ¿A una bruja?

—O al menos a una que cree serlo.

Su amigo emitió un bufido de incredulidad y sonrió como si creyera que le jugaba una broma, pero al ver que Colin permanecía serio e incluso pensativo, con un aire de nostalgia poco habitual en él, cabeceó sin disimular qué poco había esperado eso.

—Y yo pensando que tu vida es aburrida —musitó entre dientes, viéndolo bajo una nueva luz—. ¿Y bien? ¿Crees que podría ayudarnos?

Colin sacudió la cabeza de un lado a otro como si pretendiera rehuir de unos pensamientos que no fueran demasiado agradables y recuperó la movilidad al entrar al coche, en espera de que su amigo hiciera lo mismo. Cuando Morgan se sentó a su lado y puso el coche en movimiento, este continuó con la charla.

–¿Vive aquí en Baltimore? Porque si no tienen una buena relación, puedo ser yo quien se ponga en contacto –sugirió él con tiento.

Colin se abstuvo de comentar que aun cuando posiblemente no la conociera en persona, había jugado un papel importante para que él sí lo hiciera. Después de todo, fue Morgan quien fungió de contacto para que tuvieran esa cita, aunque luego descubrió que él nunca la había visto y que solo hizo de enlace con su prima, quien sí era amiga de Marie.

Marie.

¿De verdad iba a verla de nuevo? No estaba seguro de qué sentir frente a esa posibilidad. Lo tenía del todo descartado pero, por cómo iban las cosas, era posible que tuviera que replanteárselo. Claro que tal vez ella ni siquiera deseara verlo...

–¿Colin? ¿Me estás oyendo? Necesito saber si puedes hablar con ella o prefieres que lo haga yo. No tengo ningún problema con eso.

Parpadeó para centrarse, un tanto disgustado de haberse distraído, en especial cuando se encontró con la mirada de su amigo y advirtió que lo veía con curiosidad. Incómodo, negó con brusquedad y fijó la mirada al frente mientras el coche se ponía en movimiento.

–No, está bien. Yo lo haré –declaró con una ligereza no del todo natural.

Morgan asintió, aunque no pareció muy convencido, pero tuvo el tacto de no hacer más comentarios al respecto y Colin agradeció el gesto. No estaba de humor para contestar preguntas; algo le decía que iba a necesitar toda su paciencia para el encuentro que ya había empezado a planear.

Para el viernes, lo único que Marie deseaba en el mundo era que esa semana terminara de una buena vez. Había sido una pesadilla. El director de la escuela había decidido suspender a Connor a menos que sus padres se presentaran a hablar con él, pero por más que enviaron un par de notificaciones e incluso aunque la misma Marie intentó comunicarse con ellos por teléfono, nadie respondió a sus llamadas ni mostraron mayor interés por su hijo. De modo que su alumno más problemático y el que necesitaba recibir sus clases con mayor desesperación, se perdería de ellas durante semanas. La posibilidad de presentarse en su casa para hablar con los padres en persona se le había pasado por la cabeza más de una vez, pero procuraba no hacer esa clase de cosas, no cuando se trataba de alumnos de los últimos grados. Ellos lo consideraban como una intromisión imperdonable y lo último que deseaba era que la viera como su enemiga.

Como si eso no fuera suficiente, recibió una llamada de su hermano en que le anunció que tendría que posponer la visita que había organizado para un par de semanas después; Brian había seguido los pasos de su padre y entró a la escuela de medicina, especializándose en enfermedades autoinmunes, algo que le apasionaba. Hacía unos años, poco antes de que Marie decidiera dejar Los Ángeles, se había enrolado en Médicos sin fronteras y, desde entonces, pasaba mucho tiempo dando vueltas por el mundo. Marie se sentía muy orgullosa de él, pero también lo extrañaba; era su única familia y le parecía que verse solo unos cuantos días tres o cuatro veces al año era simplemente penoso.

Ahora tendría que cancelar todos los planes que había hecho para la visita de Brian. Incluso usó parte de sus ahorros para comprar buenas entradas para el partido de su equipo de béisbol favorito. Tendría que revenderlas u obsequiarlas a algún compañero de la escuela; habría sido un crimen que se perdieran con lo que le habían costado.

Hacía un frío de los mil demonios, además, y cada vez que volvía de la escuela tenía que envolverse en las mantas de su cama como un esquimal bebiendo té caliente hasta que le ardía la lengua. Napoleón permanecía a sus pies en tanto se arrebujaba en el sillón de su salita para preparar las clases porque la cocina era demasiado fría. El pobre perro resoplaba cada tanto buscando su calor mientras el gato los veía desde su lugar sobre la encimera con mal disimulado desprecio.

A ese paso tal vez se cumpliera su profecía de coger un resfriado, se dijo una tarde particularmente fría en que apenas había conseguido deshacerse del traje al llegar de la escuela para ponerse un jersey desgastado y sus pantalones más gruesos. Se puso otro par de medias sobre las viejas de lana que su madre le tejió poco antes de morir y se resignó a abandonar los guantes porque le habría resultado imposible escribir con ellos. Tenía una gran taza de su té favorito en la mesilla a su lado y, como le ocurría siempre cuando se enfrascaba en su trabajo, apenas sintió el tiempo pasar en tanto tomaba anotaciones e iba cotejando algunos datos en su ordenador. Cuando mucho, resoplaba de cuando en cuando para despejar su rostro de los mechones que le caían sobre la frente; se había sujetado el cabello rojizo en lo alto de la cabeza en un moño desangelado que se mantenía en su sitio por obra de algún milagro.

Desde luego, ningún hombre y mucho menos uno encantador se había presentado a su puerta en los últimos días pese a los buenos deseos de la señora Phillips; lo que tal vez fuera lo único bueno en esa semana para el olvido. No tenía tiempo o ganas para recibir a nadie; a menos que ese alguien trajera con él una estufa y una buena dotación de chocolate caliente, se dijo mirando a Napoleón como si él fuera capaz de leer su mente y esperara a que se mostrara de acuerdo con ella.

En esas guisas se hallaba cuando oyó el sonido del timbre y lo dejó pasar un par de veces sin prestarle mucha atención; creyó que provenía de la casa vecina porque eran todas tan pequeñas en ese lado de la calle

que a veces los ruidos se confundían. Ante la insistencia, sin embargo, se vio obligada a dejar lo que hacía y,
frunciendo el ceño, se puso de pie llevando la manta
con ella para envolverla alrededor de sus hombros.

¡Qué raro!, pensó al comprobar la hora en el reloj
que tenía colgado junto a la puerta. Eran casi las siete
de un viernes por la noche y afuera hacía un frío ho-
rroroso. De por sí no era habitual que recibiera visitas,
pero en un día como ese y a esas horas era ya sencilla-
mente extraño. No por primera vez, se dijo que debería
encontrar un momento para pedir que instalaran una
mirilla. Había una ventanita junto a la puerta, pero ni
se molestó en mirar por ella; desde el ángulo en que se
encontraba no podría ver nada del exterior en medio
de la oscuridad. Vivía en un vecindario bastante tranquilo; sin embargo, solo luego de mirar sobre su hombro para dirigir una mueca a Napoleón, que seguía sus
movimientos con interés y un poco de fastidio por haber sido abandonado en el sillón, abrió la puerta lo suficiente para ver quién se encontraba al otro lado.

Entrecerró los ojos porque le pareció que no había
nadie y entonces cayó en la cuenta de que la figura ante
ella era tan oscura que casi se mimetizaba con la ne-
grura en el exterior. Fue registrando lo más resaltante
con velocidad en tanto su vista se acostumbraba a la
penumbra y comprendió que se trataba de una figura
evidentemente masculina. Un hombre alto, muy alto,
esbelto y de hombros anchos enfundados en una ga-
bardina que le llegaba hasta las rodillas. Una pieza tan
negra como el jersey que parecía llevar debajo, lo que
explicaba que en un principio él le hubiera parecido
una masa oscura, como la noche que la envolvía. Un
tanto inquieta, Marie fue subiendo la mirada hasta posarla en su rostro y se topó con una mirada gris fija en
ella, una mirada que se le antojó sorprendentemente
familiar.

Tenía que tratarse de una alucinación, se dijo dando un paso hacia atrás y cerrando los ojos en un movimiento instintivo. Debía de ser una broma de su inconsciente, que había estado burlándose de ella al pensar en las palabras de la señora Phillips respecto a esa vela que ahora sabía que debería de haber tirado. Cuando los abriera, él ya no estaría allí, seguro que no.

–No importa cuánto tiempo mantengas los ojos cerrados, estaré aquí cuando los abras.

No solo recordaba esa voz con claridad. También le provocó la misma reacción que cuando la oyó por primera vez: un cosquilleo en el pecho seguido de una sensación de molestia causada por la seguridad que parecía irradiar. Nadie debería estar tan seguro de nada; mucho menos de sí mismo.

Marie abrió los ojos de golpe y los fijó en... Colin; recordó. En realidad no había olvidado su nombre, lo tenía muy fresco en su mente, pero había intentado hacer como que sí tan solo para resguardar parte de la dignidad que aún conservaba luego de esa desastrosa cita.

–¿Es alguna clase de amenaza? –preguntó elevando el mentón.

Mantenía el filo de la puerta asida entre sus dedos con fuerza. Estuvo tentada a cerrársela en la cara, pero no era esa clase de persona; en ese momento lamentó que sus padres se esmeraran por inculcarles buenos modales con tanto ahínco.

Colin sostuvo su mirada y habría podido jurar que sabía perfectamente lo que estaba pasando por su mente y eso, por extraño que pudiera resultar, pareció divertirle.

–Solo intentaba hacer una broma –dijo él al cabo de un momento–, pero es obvio que no fue gracioso. Mira, me gustaría hablar un momento contigo, ¿puedo pasar?

El ceño de Marie se acentuó al oírlo.

–¿Cómo supiste dónde vivo? –preguntó ella.

No intentó esconder su desconfianza. En realidad,

había estado tan sorprendida por encontrárselo en su puerta que apenas entonces reparó en que él no debería de conocer su dirección; jamás la mencionó en el breve tiempo que compartieron en el restaurante y estaba segura de que Ester no se la habría dado sin preguntárselo primero a ella.

Él no pareció sorprendido por la pregunta; en cierta forma, pareció como si la hubiera estado esperando porque no dudó al responder.

–Le diste tu dirección al taxista esa noche –recordó.

Marie frunció el ceño. Bueno, eso era cierto, pero no creía que él la hubiera oído y mucho menos que lo recordara.

–¿Y simplemente lo almacenaste en tu memoria por si te servía luego? –inquirió ella entonces.

–Es lo que hago: recuerdo cosas. Por si acaso.

Por si acaso, repitió ella para sí. ¿Por si acaso qué? ¿A qué era que se dedicaba ese hombre? Intentó recordarlo, pero solo se le vino a la mente algo relacionado con las relaciones públicas. Al mirarlo con atención una vez más se dijo que sin duda parecía la clase de persona acostumbrada a tratar con gente. Con ese atractivo refinado y tan seguro de sí mismo y su ropa, que por cierto debía de costar más que el contenido de su armario, seguro que sería capaz de fascinar a quien le viniera en gana. Pero había algo que no pegaba del todo, se dijo reparando en su mirada despierta y en la forma en que mantenía el cuerpo en un permanente estado de tensión. Él no solo podría fascinar a alguien, también se veía perfectamente capaz de aplastar a quien se le pusiera en el camino.

La idea no le pareció muy agradable, así que sacudió la cabeza para despejar sus pensamientos y lo observó con recelo.

–Bueno, da igual. –Ella contuvo un escalofrío y se arrebujó en la manta–. ¿Por qué estás aquí?

–Acabo de decírtelo: necesito hablar contigo.

–¿Acerca de qué?

Colin dio una mirada sobre su hombro y volvió su atención a ella al cabo de un segundo con expresión de desconcierto.

–¿No vas a invitarme a pasar? –preguntó él.

–¿Por qué lo haría? No te conozco.

–Claro que me conoces.

Marie contuvo un resoplido.

–Compartir una ensalada en una mala cita no califica como conocer a alguien –comentó ella.

–Bueno, tal vez no, pero al menos no soy un total extraño –acotó él–. Marie, me estoy helando aquí. ¿Dónde están tus modales?

Marie se habría echado a maldecir con gusto. Tenía que mencionar los modales, desde luego, se dijo al encontrarse con su mirada puesta en su rostro. Recordó entonces que debía de parecer una desarrapada con el pelo sobre la cara, el moño que sentía oscilar peligrosamente sobre la coronilla y la ropa vieja. Supuso que él debería de sentirse muy agradecido en ese momento de no haber prolongado esa cita desastrosa.

Enojada consigo misma por permitir que la afectara de esa forma porque después de todo podía vestirse como le viniera en gana, en especial si se encontraba en su hogar, se hizo a un lado de mala gana.

–Entra. Pero más te vale darte prisa con lo que tengas que decir porque estoy muy ocupada.

Colin cabeceó, no supo si en señal de agradecimiento o con la intención de burlarse de ella, pero le dio igual y le bastó con verlo en el interior de su pequeña casa después de cerrar la puerta para preguntarse si no habría cometido un gran error.

Se veía tan fuera de lugar allí. Tan alto, tan elegante, tan... oscuro. Nunca como hasta entonces le pareció que tal vez se había excedido con la decoración del lugar. Era una estancia evidentemente femenina; con cortinas lilas en las ventanas, muebles blancos y cojines a juego que encontró en una subasta de segunda mano. No había ni una sola superficie que no se encontrara ocupada, fuera por plantas o fotografías, además del siempre presente aroma a canela del incienso que acostumbraba encender al llegar a casa.

Sin embargo, podía decir algo a favor de Colin. Si se sintió incómodo al verse devorado por toda esa parafernalia tan ajena a él, se cuidó bastante de mencionarlo. Al menos hasta que vio a Napoleón.

–¿Qué es eso?

El perro no se había movido del lugar en el sillón y tampoco emitió un solo sonido en tanto dirigía a Colin una mirada recelosa. Tenía las patas asentadas sobre el cojín y alternaba sus enormes ojos de uno a otro; sus orejas puntiagudas muy alertas y el hocico en su omnipresente gesto de enojo.

–Es un perro –respondió Marie mientras despejaba el resto del sillón de sus libros y papeles.

–Sé que es un perro, ¿pero de qué clase?

–Un pug –señaló ella–. Son muy territoriales, no vayas a tocarlo hasta que no se acerque él primero.

–Descuida. No pensaba hacerlo.

Colin intercambió otra mirada de desconfianza con el perro y ocupó el extremo del sillón.

–¿Tienes algún problema con los animales?

–No, ninguno; pero no parece que les agrade mucho.

–Me pregunto por qué.

Marie contuvo una sonrisa, divertida a su pesar por la forma en que Napoleón veía a su inesperado visitante en tanto se dejaba caer con las patas extendidas ante él. Colin carraspeó y le dirigió una mirada de reproche, pero no dijo más al respecto y esperó paciente en tanto ella acomodaba sus cosas en la encimera de la cocina.

–¿Quieres un té? –preguntó ella.

–¿Podría ser un café?

Marie asintió, en absoluto sorprendida de que desdeñara el té. En parte le alegraba; solo le quedaba un poco de su favorito y tenía una lata repleta de café que había comprado en previsión a la visita de su hermano. No pudo evitar preguntarse en qué habrían estado pensando sus amigos al arreglarles una cita con la idea de que podrían congeniar. No podían ser más distintos.

Cuando tuvo las bebidas hechas, le llevó una taza y sostuvo la suya entre sus manos para calentarlas en tanto ocupaba una antigua poltrona frente a él. No se sentía cómoda ante la idea de sentarse a su lado; con Napoleón tan plácidamente recostado en el otro extremo del sillón habría tenido que sentarse muy cerca. Colin se había retirado el abrigo al entrar y el jersey negro se le ajustaba a pecho y brazos de una forma que la ponía un poco inquieta. Quizá más de lo que le habría gustado reconocer.

–¿Y bien?

Él no pareció oírla. Veía de un lado a otro con interés y fijó un momento su mirada en la pequeña mesilla junto al sillón, donde se hallaba el retrato de sus padres, un delicado jarrón de cristal con rosas frescas y los restos de la vela que comprara a la señora Phillips que, recordó de nuevo, debía tirar de inmediato.

–¿Son tus padres? –preguntó él.

Marie asintió con un gesto brusco.

–No viven aquí, supongo –continuó él dando una nueva mirada alrededor.

–No. Murieron.

Vio la forma en que el rostro de Colin se tensó al recibir la información y cómo adquiría una expresión compasiva al mirarla de nuevo.

–Lo siento –dijo él.

Marie cabeceó, elevó las manos y se encogió de hombros, todo al mismo tiempo en una retahíla de gestos inconexos que, pese a lo extraños que resultaban, era lo único que podía hacer cuando se encontraba en esa clase de situación. Nunca sabía comportarse como una persona normal cuando se trataba de sus padres;

no era capaz de decir nada que considerara apropiado y empezaba a gesticular sin sentido, aterrada de que le preguntaran lo que había ocurrido con ellos.

Por suerte, Colin pareció darse cuenta de eso porque no dijo nada más y sorbió su café en silencio, pero no dejó de observarla por encima de la taza hasta que Marie empezó a revolverse en la poltrona, un tanto incómoda por la forma en que sus ojos la recorrían desde su desastroso peinado, pasando por su ropa demasiado grande y descuidada y sus pies enfundados en esas medias peludas que le hacían parecer un yeti. No lo había advertido hasta entonces pero, aunque sus ojos eran de un gris nebuloso, sus pupilas eran asombrosamente oscuras y en ese momento le pareció como si se encontrara atisbando a un abismo sin fondo. Un abismo que le devolvía la mirada y que pareció capaz de atraerla hasta devorarla.

Asaltada de golpe por una sensación de ahogo bastante extraña considerando que estaban a cuatro grados, carraspeó para llamar su atención y lo señaló con su taza luego de tragarse por lo menos la mitad de su contenido de golpe.

–¿Y bien? –preguntó de nuevo–. ¿Por qué estás aquí?

Colin apoyó una mano sobre la rodilla cubierta con un pantalón de tejido grueso que debía de ser deliciosamente caliente, supuso ella desviando la mirada antes de que él se diera cuenta de que seguía sus movimientos con tanta atención, y se acomodó mejor en el asiento. Acababa de abrir la boca cuando una sombra pasó entre ellos a la velocidad del rayo, sobresaltándolos.

Bueno, se dijo Marie al pensar en ello después. Ella se vio sobresaltada, asustada incluso, pero la reacción de Colin fue distinta. Se envaró de golpe, llevó la mirada de un lado a otro con rapidez tensando su cuerpo como si se encontrara listo para enfrentar a un enemigo invisible, con las manos extendidas y una expresión alerta que le provocó un escalofrío.

Relaciones públicas, claro. Asesino a sueldo le iba a mejor, se dijo Marie al examinarlo con el ceño fruncido. ¿De dónde diablos había sacado Ester a ese tipo?

—Es solo Suerte —explicó ella al reconocer la figura que se meneaba a sus pies—. Mi gato.

Colin se relajó de forma casi palpable al observar al animal.

—Suerte —repitió él.

Al encontrarse con su mirada, Marie reparó en que esbozaba una pequeña sonrisa y se vio incapaz de contener el deseo de corresponderle. Pasaba con frecuencia, reconoció al pensar en la reacción de las personas que conocían al gato y oían su nombre. Supuso que era natural. Podía parecer un poco raro que hubiera decidido llamar así a un animal negro como la noche pese a la reputación que los pobres arrastraban por ser de ese color, amén de la falta de una pata que no le impedía en absoluto moverse de la forma en que lo hacía.

—Espero que no te ofenda, pero no te ves muy afortunado que digamos, amigo. —Colin se inclinó hacia el animal y lo observó con los ojos entrecerrados.

—Eso es porque no lo has visto apoderarse de la mayor parte de mi cama y rechazar la comida para gatos barata —comentó Marie con una ceja arqueada.

Colin levantó la mirada y se encontró con la suya, pero la devolvió al gato en cuanto este empezó a acariciar su mano con la cabeza, ronroneando. Marie arrugó el entrecejo, un poco sorprendida por ese gesto afectuoso. A ella solo le hacía algo como eso cuando estaba de muy buen humor y por lo general luego de haber ocasionado algún desastre, como volcar los contenedores de basura.

—Es simpático —comentó Colin cuando Suerte se enroscó entre sus piernas—. Mucho más que este otro.

Marie intercambió una rápida mirada con Napoleón, que veía a su compañero con cierta sorpresa y un leve aire de reproche.

–Su nombre es Napoleón –lo corrigió ella–. Y creí que no te gustaban los animales.

–Dije que yo no les gusto a ellos.

–¿Nunca tuviste una mascota? Uno por lo general descubre esas cosas siendo niño.

Colin dudó antes de responder.

–No –indicó él, lacónico–. Pero seguro que de haberla tenido no habría sido tan simpático como este chico.

Marie observó lo feliz que parecía Suerte en tanto él le daba unas palmaditas entre las orejas.

–Pues, de ser tú, no estaría tan seguro; pero no se lo tengas muy en cuenta. Suerte tiene gustos raros; piensa que los ratones muertos son buenos regalos.

–¿Me estás comparando con un ratón maloliente?

Marie le dirigió una mirada que le dejó en claro que ya habían tenido bastante de frases hechas y bromas para salir del paso.

–¿Por qué estás aquí, Colin? –insistió.

Él abandonó la expresión cálida que adoptó acariciando al gato y la cambió por otra más firme al posarla sobre su rostro.

–Necesito preguntarte algo y espero que no te lo tomes a mal cuando lo haga porque no hay una forma correcta de hacerlo –respondió él, y continuó tras vacilar solo un instante–. ¿Qué tan bruja eres?

3

A Colin le pareció encantadora la forma en que Marie empezó a abrir y cerrar la boca en cuanto oyó su pregunta. Sus ojos azules destellaron como zafiros al posarlos sobre su rostro y un grueso mechón de cabello le cayó sobre la frente por el brusco movimiento que hizo al enderezar los hombros. A él lo sacudió una punzada de deseo al pensar en lo mucho que le habría gustado extender una mano para sostenerlo entre sus dedos; lo imaginó sedoso y con seguridad olería tan bien como parecía hacerlo el resto de ella.

No tenía idea de qué aroma sería, pero le recordó a un día que pasó con su madre cuando no podía tener más de cuatro o cinco años, lo que ahora le pareció una eternidad. Su madre había reunido el poco dinero que tenían y, luego de una discusión particularmente violenta con su padre, lo había tomado de la mano y se lo llevó con ella a lo que llamó una excursión y que no fue más que una salida a un descampado no muy lejos de casa, pero sí lo suficiente como para que Colin olvidara al menos por un rato todo lo que acababa de ver; devoraron sobre el césped unas hamburguesas y un vaso de limonada después de corretear durante horas. Su madre lo llevó luego al muelle, donde acababa de llegar un parque de atracciones y lo subió con ella a una noria oxidada; luego le compró un helado y dejó que jugara con los perros de los empleados que vagabundeaban por allí. No podía recordar un día en que se sintiera tan feliz.

Y Marie olía a todo eso. De una forma extraña, probablemente imposible y bastante absurda, toda ella parecía condensar sus recuerdos en un aroma. La noche en que la conoció había estado tan concentrado en hacerse una idea de quién era, de analizarla como hacía siempre con la gente a la que conocía, que no fue consciente de ello. Le había parecido que olía muy bien y más de una vez se preguntó cómo sería enterrar el rostro en su cuello e inhalar ese aroma, probarlo con la lengua; pero lo achacó a un deseo natural que habría despertado en él cualquier otra mujer que le resultara atractiva. Ahora, en cambio, la necesidad se hizo más urgente porque se dio cuenta de que también despertaba en él otro tipo de emociones. Y la idea no le gustó nada.

–¿Que no hay manera correcta de preguntar, dices? Entonces es algo que ni siquiera deberías decir. No puedo creer que te hayas tomado el trabajo de venir hasta aquí para burlarte de mí. ¿Qué clase de loco eres?

Colin parpadeó y sus palabras fueron abriéndose paso en su mente. Tanto como el hecho de que lo miraba como si hubiera estado encantada de retorcer su cuello.

–¿Qué? ¡No! No he venido aquí a burlarme de ti, te lo prometo –explicó él intentando centrarse en el motivo por el que se encontraba allí–. Fue una pregunta honesta.

–¿Te parece que preguntar qué tan bruja soy es una pregunta honesta? –indicó ella, incrédula.

–Sí. Porque no tengo idea de cómo funciona eso. ¿Hay niveles? Me refiero a si te consideras una aficionada o lo tuyo es más serio...

Marie boqueó una vez más y se puso de pie con tanta brusquedad que la manta con la que se envolvía cayó a sus pies, pero ella no pareció darse cuenta.

–No voy a escucharte más –declaró ella–. Vete de mi casa.

Colin hizo como que no vio su brazo extendido que señalaba a la puerta o el hecho de que el pequeño perro hubiera levantado las orejas y lo viera con redoblado rencor.

–No lo dije para ofenderte –aclaró él.

–Pues es así como ha sonado.

–Pero no fue mi intención.

Marie alternó la mirada de sus ojos al gato que permanecía enroscado en sus pies. Colin no habría sabido decir qué consideró más insultante: que no fuera capaz de ver la mentira que con seguridad esperaba encontrar o que el gato la traicionara de esa forma.

–Marie, por favor, escúchame un momento. Después, si continúas deseando que me vaya, te prometo que lo haré –aseguró él al advertir una leve indecisión en su rostro.

Ella apretó los dientes y tiró de su jersey con gesto violento. Tal vez ella habría preferido que esa fuera su cabeza, supuso Colin al verla vacilar antes de volver a sentarse. Tantos movimientos habían terminado por deshacer su peinado y ahora largos mechones de cabello de un rojo encendido enmarcaban su rostro, pero no pareció que a ella le importara; cuando mucho, los hizo a un lado con un manotazo y Colin estuvo a punto de detenerla porque le pareció un crimen hacerlo con semejante brusquedad cuando él habría estado encantado de mostrarse mucho más delicado. Claro que sin duda luego hubiera tenido problemas para detenerse y seguro que a ella no le habría hecho gracia que soñara siquiera con tocarla.

Se sintió disgustado consigo mismo por pensar de esa forma en un momento como aquel. Y no solo eso, también le desconcertó sentirse atraído a ese grado por una mujer que, no tenía sentido negarlo, no solo no era su tipo, sino que además estaba muy lejos de mostrarse sugerente o seductora. Llevaba ropa dos veces su talla y con seguridad tendría al menos otro par de calcetines bajo esos peluches horrorosos con lo que cubría sus pies. ¡Por Dios!, se recriminó con enojo. Ella no lo quería allí.

–Piensas demasiado –Marie lo señaló con una cabezada.

Colin parpadeó una vez más.

–¿Qué? –Preguntó él.

–He dicho que piensas demasiado –repitió ella–. Te quedas allí callado y mirando a la nada, pensando...

–¿Y qué tiene eso de malo?

–Pareces calculador. Demasiado –señaló ella, y Colin captó un leve toque de desconfianza en su voz–. ¿A qué decías que te dedicabas?

Colin se cruzó de brazos.

–Trabajo en seguridad –respondió él.

No quiso profundizar demasiado en su vida en Chicago o en la compañía que había creado. No por mostrarse modesto o enigmático, pero era de naturaleza reservada y tampoco estaba interesado en parecer presuntuoso. Nunca había tenido la necesidad de alardear de lo que poseía para atraer a una mujer y ya que, en teoría, no estaba interesado en esa mujer en particular, era aún menos necesario mencionarlo.

–Estoy de vacaciones –continuó, haciendo como que no recordaba la forma en que Morgan se había burlado al oírlo–. Pero tengo un amigo aquí que pertenece a la policía de Baltimore y a veces, cuando él me lo pide, le doy una mano con su trabajo.

–La policía –repitió ella con el ceño fruncido– ¿Y qué tiene que ver eso conmigo?

–No dije que tenga algo que ver contigo –aclaró él–. A menos que aceptes ayudarme, claro.

–No entiendo...

Colin carraspeó y unió sus manos ante él, asentando los antebrazos sobre sus rodillas en una postura expectante.

–Fue por eso por lo que te pregunté acerca de qué clase de bruja eres, qué tanto conoces de ese mundo –él se adelantó a continuar antes de que ella pudiera interrumpirlo–. Necesitamos a alguien que esté familiarizado con todo esto y pensé en ti porque recordé que pareció que hablabas muy en serio cuando me lo contaste aquella noche.

–Desde luego que hablaba en serio –indicó ella en un tono levemente ofendido–. Te lo dije entonces: no estaba bromeando. Y si lo mencioné en primer lugar fue porque...

–Porque crees que es algo que debes compartir, que no quieres sorprender a nadie y que luego resulte siendo un problema –recordó él.

Marie parpadeó y se llevó una mano al cuello con un leve toque de rubor en su rostro al oírlo.

–¿En verdad recuerdas todo lo que te dicen? –Preguntó ella.

Colin cabeceó, sonriendo.

–Solo lo importante. Y lo que me parece un poco raro, claro –reconoció él–. Tienes que estar de acuerdo conmigo en que no es algo que oigas todos los días.

Marie tuvo que asentir, aunque no le agradara hacerlo, pero entonces pareció recordar lo que hablaban antes porque lo miró con renovado interés.

–¿Por qué necesitan a alguien que sepa acerca de estas cosas? Dijiste que estaba relacionado con la policía.

–Sí –Colin frotó sus manos, sin dejar de observarla–. Voy a contarte de qué va esto, pero tal vez quieras servirte un poco más de té en tanto lo hago. A mí no me importaría otro café.

Marie apretó los labios y pareció como si estuviera tentada a protestar, preguntándose por qué daba todos esos rodeos, pero consideró que cualquier excusa era buena para servirse otra bebida caliente y fue a la cocina para tirar los restos helados y poner nuevamente la tetera en el fuego. En tanto, le dirigía unas cuantas miradas de reojo que Colin hacía como si no notara. Intentaba hacerse una de quién era ella al inspeccionar sus cosas; los adornos elaborados y femeninos, las fotografías en que posaba al lado de sus padres y otro hombre muy parecido a ella que, supuso, era su hermano. Era obvio que provenía de una familia feliz y le alegró que así fuera. Marie parecía la clase de persona que merecía y necesitaba recibir esa clase de amor. A diferencia suya.

Cuando volvió y puso la taza en sus manos, no pudo resistir el deseo de acariciar sus dedos al recibirla. Fue un roce apenas perceptible, pero supo que lo había sentido y que le afectó de la misma forma en que le ocurrió a él; un cosquilleo que permaneció latente incluso luego de que la soltara y ella ocupara de nuevo su lugar en la poltrona. El perro, Napoleón, había seguido sus movimientos con atención, pero Suerte continuaba a sus pies. ¿Qué clase de mujer era capaz de conseguir que un perro consentido y un gato impasible vivieran en armonía?

–Bueno, cuéntamelo.

Marie habló con seriedad y Colin supo que no tenía sentido continuar retrasando el tema. Había ido para pedir su ayuda, después de todo, y por desagradable que resultara todo aquello, no tenía sentido intentar adornarlo u ocultar algo. De modo que, tras aclararse la garganta, pasó a contarle todo lo que sabía del caso de Morgan y la relación que habían conseguido establecer entre el asesino y esa inclinación por el paganismo que parecían indicar sus movimientos.

Al final, cuando terminó de hablar, esperó en silencio a que ella hiciera algún comentario, pero en tanto más la veía, más seguro estaba de que, o le costaba creerle, o acababa de convencerse de que, ciertamente, había invitado a pasar a su casa a un absoluto desquiciado.

¿Cuánto tardaría en correr hasta la puerta antes de que él se diera cuenta e intentara detenerla?, se preguntó Marie haciendo como que disfrutaba de su té en tanto lanzaba rápidas miradas al hombre sentado ante ella en expectante silencio.

Rituales satánicos, ¿eh? De todas las locuras que había escuchado en su vida...

Marie puso la taza con suavidad sobre una mesilla y miró sobre su hombro en dirección a la puerta una vez más, pero al volver el rostro a Colin se topó con su mirada impasible puesta en ella. No, no del todo impasible, comprobó al observarlo con mayor atención. Parecía como si también estuviera divirtiéndose un poco a su costa.

–Te atraparía antes de que hubieras dado dos pasos.

Él sonrió ante su expresión de horror y sacudió la cabeza de un lado a otro.

–No que piense hacerlo, claro. Pero podría –continuó Colin sin parecer preocupado mientras Suerte empezaba a ronronear a sus pies–. No soy un psicópata, Marie, y definitivamente no estoy aquí para jugarte una mala broma. En verdad necesito tu ayuda.

Pareció tan sincero que ella no pudo mantener su actitud recelosa. Bueno, continuaba desconfiando de él, pero ya no creía que fuera un demente a punto de atacarla.

–Eso que has dicho es horrible –indicó ella cuando al fin encontró la voz para hacerlo–. Ese pobre hombre...

Colin asintió.

–Lo sé. Y por eso queremos detener a quien sea que haya hecho esto; pero tengo que reconocer que estamos un poco perdidos respecto a qué pasos seguir.

–¿Y por qué piensas que yo sí lo sabría? –Marie se vio sinceramente confundida al buscar su mirada–. Colin, esto no tiene nada que ver conmigo, o con lo que hago.

–Claro que no; eres una maestra de escuela sin antecedentes que comparte su vida con un gato renco y un caniche. Desde luego que no tiene nada que ver contigo.

–Es un pug, no un caniche. –La corrección de Marie escapó de sus labios sin que lo pensara, pero casi de inmediato asumió nuevamente el talante desconfiado y se envaró en la butaca–. ¿Cómo es que sabes todo eso de mí?

Colin suspiró como si esperara esa pregunta; era posible que hubiera mencionado lo que dijo con el fin de que así fuera para dejarlo en claro desde un principio.

–Te investigué –comentó él como si señalara lo frío del clima o la acidez del café que bebía–. Era necesario que lo hiciera considerando estas circunstancias; no podía contarle a cualquiera persona las cosas que te he dicho. Se trata de un caso oficial.

Marie buscó con la mirada la taza que acababa de dejar y observó con el ceño fruncido lo poco que le quedaba de té; lo bebió de golpe y apretó el asa de su taza con fuerza, pero se dio cuenta de que si seguía haciéndolo terminaría por quebrarla y era su favorita, fue el último obsequio de su madre. De modo que, para salvaguardar un objeto que era tan especial para ella, la dejó una vez más sobre la mesilla antes de buscar la mirada del hombre ante ella que continuaba con ese semblante impasible que le habría encantado borrar de una bofetada.

–¿Me investigaste también antes de nuestra cita? –Preguntó ella en voz baja.

Marie no fue capaz de advertirlo, pero su tono revelaba cuán importante era su respuesta para ella y Colin suavizó la expresión al observarla.

–No. Nunca haría algo como eso –aseguró él y, por

alguna extraña razón, ella le creyó–. Pero esto es distinto. No se trata solo de mí. Morgan... –él exhaló un hondo suspiro y se llevó una mano a la nuca–. Es un buen amigo, el mejor que tengo, y quiero ayudarle. Por eso pensé en ti.

–Pero yo no sé...

Pareció como si Colin fuera capaz de ver la duda en su rostro y decidiera aferrarse a ella como a un clavo ardiente. Inclinó el cuerpo hacia ella y buscó su mirada sin parpadear.

–¿Por qué no lo piensas un poco? –sugirió él–. Te dejaré algunas anotaciones que tomé y tal vez cuando las hayas leído se te ocurra algo. Cualquier cosa que se te venga a la mente nos será de ayuda.

Colin rebuscó en su chaqueta, que había dejado sobre el sillón, y sacó un legajo doblado que alisó antes de tenderle.

–Hay algunos dibujos de uno de los agentes para que te hagas una idea de los elementos que encontramos y que creo que pueden ser familiares para ti –apuntó él.

Marie echó una mirada a la carpeta como si se tratara de un animal ponzoñoso y lo observó luego con el entrecejo fruncido.

–¿No hay fotografías?

–No, no tienes por qué ver nada de eso –Colin respondió de inmediato como si la idea ya se le hubiera ocurrido–. Con los dibujos es suficiente.

Ella vaciló un instante antes de asentir y tomar la carpeta, pero esta vez se cuidó de que sus dedos no se rozaran.

–Lo veré –indicó ella sin mirarla antes de dejarla en un tembloroso equilibrio sobre el apoyabrazos de la butaca–. Pero no te prometo nada. Puede ser que no reconozca algo útil.

–Con que lo intentes será suficiente –aseguró Colin–. Gracias.

Marie cabeceó y empezó a jugar con sus dedos antes de que él se pusiera de pie de golpe, sobresaltándola. También Suerte pareció sorprendido porque dio un salto y, tras emitir un maullido de disgusto, desapareció con la misma velocidad con la que había llegado. Napoleón apenas se inmutó cuando el extraño se dirigió a la puerta tras echar una rápida mirada a su alrededor.

Marie reaccionó y lo imitó con rapidez, adelantándose para abrir la puerta con cuidado de mantener cierta distancia entre ambos.

–Mi número está en la primera página –indicó Colin volviéndose para mirarla–. Puedes llamarme en cualquier momento.

–Claro.

–Si se te ocurre algo...

Marie cabeceó y sostuvo la puerta con dedos nerviosos.

–Te llamaré –prometió ella.

–De acuerdo.

Colin dio un par de pasos hacia atrás hasta que se encontró fuera del umbral, pero ella no se vio capaz de cerrar la puerta. No aún.

–Gracias por aceptar oírme. –Él la sorprendió al dirigirle una sonrisa torcida que tuvo un efecto no del todo extraño en ella: sintió un aguijonazo en el estómago y de pronto le pareció como si la temperatura hubiera ascendido unos cuantos grados–. Cualquier otra me hubiera lanzado al perro.

Marie le devolvió la sonrisa y dio una mirada sobre su hombro para toparse con la figura de Napoleón, tendido sobre el sofá; ya había empezado a cabecear.

–No hubiera servido de nada –señaló ella con un gesto de resignación–. Y no soy cualquier otra, por cierto.

Colin ensanchó la sonrisa y se llevó una mano al bolsillo antes de dirigirle una profunda mirada.

–Eso lo tengo muy claro, Marie; no eres en absoluto como cualquier otra –respondió él–. Buenas noches.

Ella solo atinó a asentir, sin saber qué responder.

Cuando lo vio alejarse por la calzada, cerró la puerta con suavidad y pasó el seguro antes de dejarse caer junto a Napoleón en el sillón. Un profundo suspiro escapó de sus labios y cerró los ojos antes de caer en la cuenta de que estaba precisamente en el lugar que había ocupado Colin hasta hacía unos minutos. Parpadeó, inquieta por la extraña sensación que la asaltó al reparar en que el cojín aun parecía conservar su calor y que rastros de su perfume se habían quedado impregnados en el ambiente. Un aroma muy agradable y en absoluto invasivo; le hizo pensar en la playa que acostumbraba visitar con frecuencia en Florida antes de mudarse.

Deslizó la palma de la mano a lo largo del respaldo, tentada a enterrar el rostro en él; pero entonces su mirada se encontró con la expresión curiosa de Napoleón y dio un leve brinco, avergonzada, como si el animal estuviera juzgándola. Era probable que así fuera, concluyó al reparar en que la veía con el ceño más acentuado de lo habitual.

–No me mires así –indicó ella un poco picada–. Me ha sorprendido verle, pero eso es todo.

Si el perro hubiera podido hablar posiblemente le habría dicho que no le creía y que si estuviera diciendo la verdad no actuaría de forma tan extraña; pero para su suerte no podía, de modo que se contentó con lanzarle otra mirada reprobadora y emitió un gemido antes de cerrar nuevamente los ojos para dormir.

Marie subió los pies al sillón y apoyó la sien sobre el suave tapizado, tentada a seguir su ejemplo. Aún tenía mucho trabajo por hacer, pero con el fin de semana por delante y la truncada visita de su hermano, se dijo que nadie la culparía si dedicaba la noche de un viernes a descansar. Ya tendría tiempo al día siguiente para ocuparse de lo que tenía pendiente. Los cuales incluían, recordó de golpe y con un quejido de enojo, el estudio de la escena de un crimen, cortesía de un hombre al que creyó, en su momento, que no vería nunca más.

Tal vez la señora Phillips no estuviera equivocada del todo, pensó un tanto atontada según iba venciéndola el sueño y sus pensamientos empezaban a perder sentido. Sí que había recibido la visita de un hombre antes de que terminara la semana. Pero no era un caballero. Y con seguridad estaba lejos de ser encantador, al menos no la mayor parte del tiempo. Además, no estaba interesado en ella sino en obtener su ayuda. Y algo le dijo que eso tan solo la metería en problemas, le gustara o no.

Debió tirar la vela, concluyó antes de quedarse dormida.

4

Colin no tuvo noticias de Marie durante todo el fin de semana y, para la tarde del lunes, decidió ir a buscarla a la escuela.

Dudaba de que ella recibiera su presencia con agrado; después de todo, no le había dado una fecha límite con la esperanza de que ella lo tomara con calma y se pusiera en contacto cuando lo creyera conveniente; pero Morgan acababa de recordarle por quinta vez en lo que iba del día que corrían contra el tiempo porque no tenían cómo saber si se trataba de un crimen aislado o el asesino atacaría de nuevo.

Su amigo no estaba aún del todo convencido de que Marie pudiera serles de utilidad, pero había dejado todo en manos de Colin, convencido de que él sabría encargarse de ello en tanto él continuaba con la investigación por un sendero algo más tradicional y se ocupaba de mantener a raya a sus superiores, que respiraban sobre su oído un día sí y otro también.

Fue precisamente en consideración a la inquietud de Morgan que Colin decidió ir en busca de Marie para saber si había estudiado los informes que le dejó y si había visto algo que llamara su atención.

Tal y como reconoció ante ella, hizo algunas indagaciones acerca de su vida antes de ponerse nuevamente en contacto; solo las suficientes para saber a qué se dedicaba y qué tan limpia estaba en lo que se refería a problemas con la ley, de modo que sabía en dónde encontrarla.

En tanto conducía en dirección a la escuela, se dijo que era sorprendente que alguien hubiera conseguido llegar a su edad con un legajo tan impecable como el suyo. Ni un solo arresto o una multa de tráfico; en realidad, ni siquiera tenía un auto a su nombre. Había cambiado su dirección unos cuantos años antes de Los Ángeles a Baltimore y por eso sabía en dónde trabajaba; pero no vio nada que saltara sus alarmas más allá de lo mucho que le sorprendió imaginarla como maestra en una escuela secundaria. No parecía ir del todo con su personalidad apacible y cálida, aunque era justo reconocer que posiblemente él tuviera una imagen un tanto distorsionada de lo que cabía esperar en alguien que se dedicaba a educar adolescentes.

La escuela a la que él asistió no era precisamente un ejemplo de buen trato y maestros afectuosos, recordó con un gesto de desagrado al dejar el coche en el aparcamiento.

El edificio de la secundaria Harbor estaba compuesto por un conjunto de bloques unidos por largos pasillos que fue atravesando hasta dar con el despacho de la dirección. Una mujer mayor, tan delgada y de apariencia tan frágil como un junco que se presentó como la asistente del director, le indicó que la señorita Worth estaba aún en clase, pero que el timbre de término de la hora sonaría en cualquier momento y que en tanto podría acercarse a su aula para esperar. Le dio las indicaciones con una sonrisa y una mirada cargada de curiosidad que Colin no se molestó en satisfacer. Se había presentado como un amigo que necesitaba dar un mensaje en persona a Marie, pero si la señora se divertía entretejiendo historias románticas, eso no era asunto suyo.

Seguro que Marie no estaría de acuerdo con él, supuso, consciente de que posiblemente le esperara un buen regaño en cuanto ella lo viera aparecer, pero no creyó que una llamada telefónica hubiera sido lo apropiado, considerando el tema que debían tratar. Siempre estaba la posibilidad de esperar a la noche y presentarse nuevamente en su casa, pero algo le dijo que no era buena idea exponerse a un ambiente tan íntimo otra vez.

Le había resultado muy complicado actuar con ecuanimidad mientras se encontraban tan cerca en un espacio tan pequeño, mareado por el olor de su perfume y la atracción que ejercía sobre él. Su mente lo traicionó más de una vez recordándole que se encontraban en un lugar en que nadie podría interrumpirlos y que una de las puertas que había atisbado en el corredor al lado del salón debía de conducir a su habitación.

Habitación. Cama. Sexo. Marie desnuda.

Ese había sido su hilo de pensamientos durante buena parte de su charla y no quería volver a ello. No porque en el fondo no lo deseara sino porque sabía que nada bueno podría salir de eso. No había ido tras ella para seducirla, por atractiva que la idea le pareciera de repente; necesitaba su ayuda y una vez que la obtuviera, si es que eso ocurría, podría volver a lo suyo. Seguro que Marie deseaba lo mismo.

El corredor bajo sus pies empezó a temblar tan pronto como llegó ante la puerta que señalaba la clase que le indicó la señora Premoli y solo entonces reparó en el timbre que había empezado a sonar hacía un par de segundos. Las puertas a su alrededor empezaron a abrirse con brusquedad, pero la que tenía ante él tardó un poco más.

Colin observó con cierta sorpresa a la multitud de chiquillos que empezaron a abandonar los salones. Algunos lo veían con interés, en particular unos cuantos corros de jovencitas que le lanzaban miradas de reojo y se daban codazos entre ellas antes de que los grupos que venían detrás les dieran de empujones para que se apresuraran a avanzar.

Todo ese caos le resultó más familiar; al menos coincidía con los recuerdos de su época de estudiante. Una idea que se acentuó cuando la puerta de la clase de Marie se abrió de golpe y un muchacho larguirucho y de gesto hosco pasó por su lado tras dirigirle una mirada de desconfianza. Había visto a muchos otros como él en su escuela, recordó con el ceño fruncido. Demasiados.

Siguió al chico con la vista hasta que desapareció al doblar el corredor y varios otros siguieron su camino hasta que solo quedaron algunos rezagados ante las taquillas. Una cierta quietud pareció envolver el lugar y Colin aprovechó ese momento para atisbar por la puerta del aula, entrando tan pronto como reparó en que no quedada ningún estudiante en su interior.

Solo estaba ella.

Le costó un momento reconocer esa figura enfundada en un traje severo con la mujer a quien viera unos días antes envuelta en un lío de ropas peludas. Incluso su cabello se veía distinto. En lugar de suelto sobre los hombros, lo llevaba en lo alto de la cabeza en un moño tirante que, por una razón que no habría sabido explicar, odió con todas sus fuerzas.

Marie no pareció notar su presencia de inmediato. Estaba inclinada sobre una pila de papeles y los observaba con el ceño fruncido, haciendo algunos a un lado cada tanto con semblante concentrado. Solo cuando Colin se encontró ante el escritorio y empezó a golpetear suavemente el piso con la punta del zapato pareció darse cuenta de que no se encontraba sola y fue levantando su mirada con lentitud hasta posarla en su rostro.

Gafas, por supuesto. Tenía que llevar gafas.

Colin nunca había experimentado mayor interés por los juegos de roles que parecían estimular tanto a otros, pero en ese momento los comprendió un poco mejor. Porque nunca en su vida se había sentido tan excitado como cuando recorrió la figura de Marie; de sus pies enfundados en esos zapatos cerrados que parecían tan incómodos hasta su rostro pálido sin rastros de maquillaje con las rígidas gafas enmarcando sus preciosos ojos. Llevaba una falda sin forma hasta debajo de la rodilla y una gruesa cazadora oscura cubría una blusa blanca de puños cerrados.

Parecía precisamente el retrato de una maestra severa capaz de castigarte a la menor infracción. Podía pensar en algunos compañeros de su regimiento que habrían estado encantados de permitir que lo hiciera.

–¿Qué estás haciendo aquí?

Colin parpadeó varias veces para apartar esas ideas por las que, posiblemente, podría terminar arrestado y la observó con una sonrisa que, dudaba mucho, consiguiera aplacarla.

–Vine a hablar contigo –explicó él.

–Dije que te llamaría si se me ocurría algo.

–Lo sé. Pero, aunque no quiero apresurarte, han pasado unos días desde la última vez que nos vimos y como comprenderás, corremos un poco contra el tiempo. Tenemos que atrapar a este tipo por lo que hizo pero, además, necesitamos asegurarnos de que no lo haga de nuevo.

Marie abrió mucho los ojos al oírlo. Era obvio que no había considerado la posibilidad de que eso pudiera suceder de nuevo. Tras pensar un momento, rebuscó en una gaveta del escritorio y sacó el expediente que Colin le dejara, tendiéndoselo con una mirada de angustia.

–Nunca había visto que alguien hiciera cosas como esas –dijo ella dejándose caer sobre la silla como si sus piernas no la sostuvieran–. Los símbolos que encontraron, la crueldad… Colin, eso no tiene nada que ver conmigo o con lo que hago.

Él asintió. Comprendía bien cuánto debía de haberle afectado ver esas imágenes aun cuando fuera solo en bocetos o leer el detallado informe que él redactara, por mucho que se hubiera esforzado por no ahondar en detalles truculentos. Marie simplemente no parecía la clase de persona que había estado nunca mezclada en esa clase de asuntos. Era demasiado amable para eso. ¿En qué había estado pensando al acudir a ella?

Fastidiado consigo mismo por haberlos puesto a ambos en esa situación que, en ese momento, se le antojó ridícula, dio una cabezada.

–Tienes razón. Tal vez hice mal en acudir a ti, no tenía derecho a involucrarte en algo como esto. Lo siento.

Estaba a punto de volverse cuando ella lo detuvo con un gesto.

–Espera. No tienes que irte.

–Acabas de decir...

–¿Dije que te fueras? –Preguntó ella con un leve toque de exasperación en la voz.

Colin se dio cuenta de que Marie parecía librar una batalla consigo misma y que tal vez sí que hubiera preferido que se marchara, pero al final su sentido de la responsabilidad pareció ganar la partida porque exhaló un hondo suspiro de resignación antes de señalar la puerta del aula con una cabezada.

–¿Podrías cerrarla, por favor?

Colin no esperó a que lo repitiera. Se apresuró a cerrarla y corrió el seguro antes de volver a su lado. En tanto él se ponía con su pedido, Marie se había deshecho de la chaqueta que ahora colgaba con descuido de la silla y hurgaba en un estante elevado situado en un extremo del aula. Sacó una llave de su bolsillo y abrió el cajón más alejado del suelo, poniéndose de puntillas para buscar algo que en ese momento Colin no pudo ver.

Había estado tentado a ofrecerle su ayuda, pero dudaba de que fuera a aceptarla; parecía estar disgustada porque la hubiera puesto en esa situación y él no podía culparla. Solo atinó a mantenerse a cierta distancia sin despegar la mirada de sus movimientos y procurando no dejarse tentar por la imagen que proyectaba en esa posición. La blusa se le pegaba a la piel de la espalda dejando traslucir un delicado sujetador que, hubiera podido apostarlo, no se conjugaba con la imagen severa que se preocupaba por proyectar allí. La falda se le subió hasta los muslos cuando dio un pequeño brinco para tomar lo que fuera que buscaba y tuvo que apartar la vista para no ceder al deseo de acercarse y deslizar una mano por...

¿Qué demonios le ocurría? ¿Tenía quince años de nuevo?, se recriminó avergonzado y dando otro paso hacia atrás en tanto apartaba la vista para fijarse en los detalles del salón. Era todo ese ambiente, seguro. Le hacía volver a la adolescencia y por eso actuaba como un simio con las hormonas revueltas.

—Quiero mostrarte algo.

Cabeceó al oír el llamado de Marie y fue hacia ella con cuidado de que nada en su expresión revelara lo que había estado pensando hacía un momento. No quería ni imaginar lo que ella diría de saber que en lugar de preocuparse por la ayuda que pudiera prestarle había estado más entretenido imaginando todo tipo de escenarios en que la ponía de espaldas sobre el pupitre.

—Estás muy callado, ¿no? —Ella lo miró con el ceño fruncido.

Colin se encogió de hombros.

—Nunca he sido del tipo hablador.

—Ya. —Marie no pareció muy convencida, pero lo dejó pasar y señaló su mesa con un gesto de la mano—. Se trata de esto. Creo que contiene alguna información que puede servirte de ayuda.

Colin miró lo que le indicaba y arqueó una ceja al reparar en ello: un libro.

—Lo compré antes de dejar Los Ángeles; pagué el sueldo de un mes por él, pero fue la mejor compra de

mi vida. –Marie pareció muy entusiasmada al continuar y a él no se le ocurrió interrumpirla–. Es algo así
como un compendio de brujería moderna; pero no se
trata tan solo de lo que ahora entendemos como tal
sino también un estudio de cómo la antigua magia ha
influido en nuestro estilo de vida.

–¿Nuestro estilo de vida? –repitió él en tono de inte-
rrogación sin poder evitarlo.

Marie asintió como si no entendiera el porqué de su
extrañeza.

–El de las brujas –indicó ella con naturalidad.

–Claro. –Colin carraspeó tras dar una nueva mirada
al tomo de guardas doradas que parecía tener cuanto
menos unas seiscientas páginas–. Mira, Marie, no estaba bromeando el otro día cuando dije que no tengo
idea de qué va todo esto.

–Puede ser un poco confuso para los no paganos,
entiendo eso.

«No paganos», repitió Colin para sí con un estremecimiento que no supo a qué achacar. Tal vez se debiera
a lo extraño de la expresión, lo que le hizo pensar en un
grupo de gente en túnica con antorchas en mano danzando alrededor de un círculo de piedra; pero procuró
que su desconcierto no fuera demasiado evidente. Es
más, y aquello le significó un esfuerzo casi sobrehumano que sin duda hubiese sorprendido a Morgan, intentó mantener su mente tan abierta como le fue posible
y observó a Marie con expresión honesta e interesada.

–Bueno, en ese caso explícamelo –pidió él en tono
resuelto–; tal vez, si te entendiera, podría hacerme una
idea de a qué nos estamos enfrentando.

Fue el turno de Marie para parecer escéptica.

–¿Ahora quieres entenderme? –preguntó ella.

–Por motivos meramente prácticos, claro.

–Claro.

Colin sonrió y, para su sorpresa, ella le devolvió la
sonrisa antes de asentir.

–No sabría por dónde empezar –comentó titubeante.

–Explícamelo con tantos detalles como puedas –sugirió él–. Asume que soy tonto.

Marie se llevó una mano a la mejilla y lo observó con los ojos entrecerrados.

–Puedo hacer eso.

Colin alzó los ojos al cielo procurando no sentirse ofendido por eso último y ocupó el pupitre más cercano al escritorio. Estiró sus largas piernas y apoyó los codos sobre la superficie de madera con expresión atenta en tanto veía a Marie apoyar las caderas sobre el borde del escritorio como si estuviera preparándose para impartir una de sus clases.

–Soy todo oídos –indicó él sin quitar los ojos de su rostro.

Ella apretó los labios un momento y, luego de exhalar un suspiro, cabeceó con ademán solemne antes de empezar. Seguro que no había sido así como ninguno imaginó que terminaría el día.

–¿Y qué pasa con los hechizos? ¿Puedes hacer hechizos? Espera un momento, ¿hubieras podido realmente convertirme en sapo esa noche?

Marie elevó la comisura de sus labios solo un instante antes de resistir el deseo de echarse a reír. Hubiera sido sencillo ofenderse, pero fue evidente, al encontrarse con la mirada brillante en el rostro de Colin, que él solo había estado bromeando. Al menos con lo de si podía o no convertirlo en sapo.

–Las cosas no funcionan así, al menos no para mí –explicó ella no por primera vez en la última hora–. Me refiero a que la mayor parte del mundo tiene un concepto de la magia como si se tratara de algo eminentemente sobrenatural.

–¿Y no lo es?

–No en realidad. No todo el tiempo, y de hecho que

no para mí –negó ella–. O, en todo caso, tal vez dependa de lo que entiendas por sobrenatural. Para mí, y para muchos otros, la hechicería es un estilo de vida. Atesorar la tierra en la que vivimos, utilizar lo que hay en ella con sabiduría, la búsqueda del equilibrio.

Colin cabeceó sin que pareciera del todo convencido por su tono apasionado, aunque podía decir en su favor que era obvio que lo intentaba.

–Recuerdo que una vez conocí a alguien que acostumbraba usar plantas para todo –comentó él con un leve aire de nostalgia–. Era una locura. No importaba lo que tuvieras, ella parecía pensar que todo podía solucionarse con un té de camomila o algo así.

Marie cabeceó y lo observó con curiosidad. Le habría gustado saber qué tan importante había sido esa mujer para él porque no le costó mucho darse cuenta de que así había sido; si acaso la amó y si aún formaba parte de su vida.

–Bueno, se podría considerar que ese es el aspecto de la hechicería más conocido: el uso de plantas para superar dolencias y mejorar tu vida en todo nivel, físico o emocional –reconoció ella.

–Esta... amiga acostumbraba también sembrar algunas plantas donde podía porque decía que también atraían cosas buenas –continuó él, como si los recuerdos le hubieran venido en oleadas–. Tenía una maceta con una mata de un olor horrible que ella decía que atraía el amor.

Marie se encogió de hombros.

–Romero –asintió ella–. Es una creencia muy antigua.

Colin sostuvo su mirada y ella habría jurado que, de alguna forma extraña y con seguridad improbable, podía leer su mente y adivinar cuánto le había costado reconocer eso último.

–¿Lo has hecho alguna vez? –Preguntó él.

Marie habría deseado negarlo, pero se había prometido ser honesta respecto a su estilo de vida y nunca había considerado que debiera excusarse por sus creencias.

–Planté una maceta en la entrada cuando me mudé, pero no duró mucho –asintió ella con semblante relajado–. Fue una lástima porque me encanta el té de romero.

Colin no dijo nada y ella empezó a revolverse, un poco incómoda por la forma en que la veía. Era demasiado personal, demasiado profunda como para que cualquiera pudiera tolerarla durante mucho tiempo. Sentía como si fuera capaz de ver a través de su alma, sondeando hasta lo más hondo de su mente para capturar algo en su interior que hacía suyo y que la volvía vulnerable ante él.

–Mira, he intentado ser tan clara como he podido, pero sé que no es fácil de entender. Entonces, te lo resumo: no puedo convertir a nadie en sapo sin importar cuánto me gustaría hacerlo; no me baño en sangre de vírgenes durante los eclipses y, definitivamente, no voy por ahí arrancando el corazón de nadie –indicó ella un poco a la defensiva–. Tan solo... creo en la energía. En la sabiduría de la naturaleza y en su efecto sobre los que habitamos la Tierra. Así como también creo que nuestros actos pueden afectar o beneficiar a quienes nos rodean. ¿Eso me convierte en una lunática?

Colin sacudió la cabeza de un lado a otro en señal de negación. Parecía fascinado por su perorata; tanto como asombrado de que ella fuera capaz de mostrarse tan honesta ante él pese a lo evidente que era preferir alejarse sin mirar atrás y olvidar esa charla.

–La verdad es que dicho así suenas bastante cuerda –respondió él a su pregunta al cabo de un momento que le pareció eterno–. Pero eso de plantar romero en la entrada para atraer al amor...

Marie apretó los labios y le dirigió una mirada de enojo que él correspondió con una sonrisa.

–Lo siento –se disculpó él–. Esto es demasiado extraño para mí.

Marie llevó las manos a sus caderas y fue su turno para mirarlo con sorna.

–¿En serio? Porque algo me dice que es posible que hayas visto cosas aún más extrañas que yo.

Ella dio unos pasos hacia él sin dejar de observarlo; fue su turno para internarse en sus ojos y escarbar en lo que encontró. Reconocimiento a su valor, tal vez; una buena cuota de fastidio y, lo que más le asombró, una ínfima parte de miedo. ¿A qué podría temerle un hombre como él?

Colin no le dio oportunidad de profundizar en ello porque esquivó su mirada y se puso también de pie, andando hacia ella hasta quedar a un palmo de distancia.

–Esto no se trata de mí –señaló él.

Marie suspiró e hizo acopio de todas sus fuerzas para no dar un paso hacia atrás; o hacia adelante. Era su mayor problema en lo que a ese hombre se refería: quería alejarse de él tanto como fuera posible y al mismo tiempo la seducía a un punto en que solo conseguía pensar en lo mucho que le habría gustado fundirse con él.

Enojada consigo misma por no ser capaz de ser lo bastante fuerte para aclarar sus deseos, lo observó con el ceño fruncido.

–Te equivocas –dijo ella–. Sí que se trata de ti. Mira, creo que es importante que te diga lo que pienso: no me siento cómoda contigo.

Colin echó el cuerpo hacia atrás y se quedó en silencio durante lo que le pareció una eternidad; como si encontrara sus palabras demasiado ofensivas como para reaccionar, pero cuando al fin consiguió hacerlo la observó con una expresión de enfado muy similar a la que ella exhibía.

–¿Qué hay de malo conmigo? –preguntó él.

–No he dicho que haya algo malo contigo. De verdad eres de esas personas que piensan que el mundo gira a su alrededor, ¿no? Mira, el problema es que no eres bueno para mí. Toda esa mala energía que llevas encima... me molesta. Y procuro no rodearme de personas que me afectan de esa forma porque ya es bastante difícil vivir en paz en un mundo como el nuestro como para que vaya por allí involucrándome con un hombre como tú. Lo siento.

Para su sorpresa, Colin correspondió a lo que en otras circunstancias habría considerado una estupenda declaración de principios con una suave risa que le erizó cada centímetro del cuerpo.

–¿Fue por eso que saliste corriendo aquella noche?

Él la veía con los ojos entrecerrados, rendijas plateadas que refulgían ante ella con un brillo peligroso que habría amedrentado a alguien menos valiente.

–No corrí. Puse distancia...

–Por mi mala vibra.

Marie elevó el mentón e intentó parecer más segura de lo que en verdad se sentía.

–Eso es lo que intento decir –repuso ella.

–Yo no sentí nada de eso.

–Bueno, hace falta cierta sensibilidad...

Colin dio un paso más hacia ella, con lo que Marie se encontró con su rostro muy cerca del suyo. Sentía el calor que emanaba con una fuerza tan perceptible que se alegró de haberse despojado de la chaqueta o con seguridad ya habría empezado a sudar.

–Pero sentí otras cosas –él continuó como si no fuera consciente del efecto que tenía en ella pese a que Marie habría podido apostar a que eso no era del todo verdad; desde luego que lo sabía–. Además de que también me resultaste bastante molesta, claro.

–¿Ah, sí?

–Sí. Y no le llamaría mala vibra.

Marie se humedeció los labios resecos con la punta de la lengua y advirtió que él seguía sus movimientos con atención.

–¿Y cómo le llamarías? –Preguntó ella no muy segura de querer conocer la respuesta.

–Tensión sexual.

Marie exhaló el aliento que no sabía que hubiera estado conteniendo y decidió que bien valía quedar como una cobarde porque si no escapaba de esa situación terminaría por hacer una locura. De modo que doblegó a su orgullo e intentó alejarse, pero Colin fue más rápido que ella porque, sin saber cómo o en qué momento ocurrió, cayó en la cuenta de que la tenía apresada por la cintura y que sus dedos se asentaban con firmeza sobre su piel, impidiéndole moverse como no fuera para apoyarse contra él.

–¿Qué estás haciendo? –surgió de sus labios en un hilo de voz.

–Necesito saber.

–¿Qué cosa?

Colin inclinó el rostro y recorrió su mejilla con la nariz en una caricia que le provocó un cosquilleo. A Marie le costó creer que esa fuera ella; la voz quebrada, el cuerpo tembloroso y el corazón latiendo a toda velocidad en tanto apoyaba las manos sobre su pecho. También su corazón parecía ir muy rápido, tanto como su respiración que calentaba su piel allí donde posaba los labios entreabiertos. Ahora no solo la acariciaba, también besaba su rostro con una sutileza maravillosa.

Marie sintió el suave roce en su frente y en el puente de la nariz; luego él continuó por sus mejillas y la tensa barbilla. Cuando llegó allí, levantó la mirada para encontrarse con sus ojos vidriosos y acercó la boca a sus labios deteniéndose hasta que ella asintió con un ademán casi imperceptible al tiempo que los entreabría en un gesto reflejo, rendida más allá de las palabras. Él tomó aquello como el permiso que necesitaba para ir en busca de la respuesta a esa pregunta que Marie no conseguía entender, pero que en ese momento le dio igual.

Cuando Colin la besó... cuando la besó de verdad devorando sus labios sin darle apenas tiempo para tomar aire antes de verse sumergida en ese remolino de pasión en que se convirtió aquello, dejó de pensar y se rindió con un gemido que pareció condensar todo lo que sentía. Él llevó una de sus manos a su mejilla y la acunó entre los dedos para levantar su rostro hacia él y profundizar el beso; la otra, que aun la sostenía por la cintura, tiró de ella hacia arriba hasta que Marie sintió la dureza de su cuerpo contra el suyo y solo atinó a ponerse de puntillas para profundizar el contacto.

¿Cuánto hacía que no besaba a alguien? Un año, cuando menos; pero muchos más desde que nadie la besaba de esa forma. En realidad, se descubrió pensando con la mente atontada y las rodillas corriendo grave riesgo de doblarse hasta hacerla caer, no recordaba haber sentido nada ni remotamente parecido a lo que experimentó entre los brazos de Colin. Él era delicado y apasionado a la vez; su boca la devoraba con una lentitud que la incitaba a ir hacia él con mayor rapidez y al mismo tiempo le provocaba tal emoción que se veía incapaz de corresponder con igual vehemencia.

La arrollaba. Era como un ciclón que lo arrancaba todo a su paso y, en lo que a ella se refería, se llevaba también su sentido común, cualquier atisbo de contención y, según comprobó sorprendida al notar que había empezado a moverse con él hasta dar contra el borde de su escritorio, buena parte de su decencia.

Porque sin duda no podía estar bien que le permitiera tenderla de esa forma sobre los ensayos que debería de estar revisando o que recorriera el interior de sus piernas sin hacer ni el más mínimo intento de detenerlo. Era demasiado agradable. Sus manos subieron la falda hasta medio muslo; llevaba medias y no dudó de que debían de haberse estropeado con todos esos tirones, pero no le importó excepto para considerar que de haber sabido que terminaría el día así nunca se las hubiera puesto en primer lugar.

Marie arqueó las caderas para facilitarle el avance y emitió un suave gemido cuando sus manos se internaron entre sus muslos; habría dado cualquier cosa por sentir su piel contra la suya, que no dejara de tocarla nunca y hacerlo ella también. Confusa y con el corazón acelerado, lo sujetó por la nuca con ambas manos y profundizó el beso buscando su lengua con la suya, fascinada por su suavidad.

Colin abandonó sus labios para enterrar el rostro en su cuello; respiraba con dificultad y Marie percibió un leve temblor en sus manos, que en ese momento se encontraban posadas sobre su pecho. No tenía idea de en qué momento había llegado allí o cómo se las había arreglado para desabotonar los primeros botones, tan pequeños y delicados que ella rezongaba cada mañana con ellos. El borde de su corpiño estaba a la vista y sintió sus pezones tensos y a la espera de sus caricias. Quería que continuara, que la acariciara e hiciera a un lado la poca ropa que aún le quedaba encima; pero no pareció como si él fuera a hacerlo y eso le ayudó a recuperar parte del control.

No era posible que se hubiera dejado llevar de esa forma, se dijo al empujarlo suavemente por los hombros para intentar incorporarse. Colin no se resistió, así lo sintió, y lo vio dar unos pasos hacia atrás, alejándose en tanto ella intentaba recomponerse. Una batalla perdida desde el inicio, comprobó al darse cuenta de que se le había deshecho el peinado en toda esa refriega; o tal vez él lo hubiera hecho a propósito, pensó al caer en la cuenta de que no encontraba las horquillas con las que lo sujetaba.

Con la vergüenza empezando a abrirse paso, se abotonó la blusa nuevamente y fue deslizándose del escritorio hasta poner nuevamente los pies sobre el suelo; su falda volvió a su lugar tras tirar de ella con brusquedad y se llevó una mano al rostro, aliviada de su costumbre de no maquillarse en la escuela; no quería ni imaginar cómo se vería de haberlo hecho.

Mientras ella hacía todo aquello, silenciosa y con cuidado de no mirarlo, Colin sí que se había permitido observarla. Estaba de pie al lado de las ventanillas abiertas que daban al jardín trasero de la escuela y aunque no lo mencionó entonces ni pensaba hacerlo luego, no pudo evitar pensar que habrían dado un tremendo espectáculo a quien fuera que hubiera pasado por allí. No le pareció ver mucho movimiento, supuso que la mayor parte del alumnado ya habría abandonado la escuela y que los pocos maestros que quedaran allí estarían ocupados poniendo orden en sus aulas para hacer otro tanto. Gracias al cielo.

A diferencia de Marie, él no pareció demasiado preocupado por su aspecto. No tenía por qué en realidad; había sido ella la que terminó semidesnuda sobre el escritorio, se recordó con la mandíbula tensa al recordar lo que sintiera al recorrer cada parte de su cuerpo que ese jaloneo salvaje le permitió. Le ardían los dedos y tenía la piel del cuello tan tensa que dolía, pero se obligó a respirar con tranquilidad hasta que su corazón recuperó el ritmo habitual. Una de las ventajas de su formación militar. Aunque nunca le había costado tanto controlar sus emociones como en ese momento.

Quería ir con ella y terminar lo que habían empezado. Estaba seguro de que era lo mismo que Marie deseaba; lo vio todo el tiempo en sus ojos y en la forma en que respondió a sus caricias. Pero estaba mal. Muy mal. No había ido hasta allí con esa intención.

No que no lo deseara, claro, se recordó con un suspiro. Si Morgan se enteraba de que ponía su caso en riesgo por algo como eso lo despellejaría vivo. Al recordar el motivo por el que se encontraba allí, que había convenientemente olvidado, cerró los ojos un segundo y, cuando volvió a abrirlos, se encontró con la mirada de Marie puesta en su rostro.

Su hermoso cabello le rodeaba el rostro como un halo; la piel de sus mejillas se encontraba sonrosada y sus labios inflamados por los besos que compartieron. Colin sintió un tirón en el estómago y nada en su vida le costó tanto como contener el deseo de mandar todo al demonio e ir hacia ella para continuar con lo que estaba seguro que ambos deseaban.

—Marie...

Ella alzó una mano para hacerlo callar.

—No. No quiero hablar contigo. Lo siento, pero creo que ya ha quedado claro que no puedo ayudarte e incluso si pudiera... no creo que sea una buena idea. Tú y yo...

—¿Qué pasa con nosotros?

—No hay un nosotros —negó ella—. Solo quiero decir que prefiero que busques a alguien más.

Colin olvidó lo que había pensado hacía un momento, que debía apartar de su mente lo que esa mujer inspiraba en él y enfocarse en su problema para así ayudar a Morgan y volver a su vida lo antes posible. En ese instante solo pudo pensar en que no deseaba dejar de verla y, mucho menos, que ella hablara de lo que ocurría entre ellos como si no tuviera importancia, como si fuera algo fácil de descartar con unas cuantas palabras.

—¿Por qué tienes miedo? —preguntó él con el mentón elevado en un ademán desafiante—. Lo que ha pasado entre nosotros, todo lo que podría ocurrir si nos lo permitiéramos, ¿es eso lo que te asusta?

Los ojos de Marie llamearon y Colin la vio apretar los labios con fuerza. Parte de él se sintió satisfecho de haberla obligado a abandonar esa expresión de indiferencia y mostrar lo que en verdad sentía: que estaba ciertamente asustada, quizás tanto como en el fondo lo estaba también él.

–No te atrevas a intentar suponer lo que siento. No es asunto tuyo –espetó ella–. Eres un idiota, presumido... –Tomó aire antes de dirigirle una mirada cargada de rencor y coger un bolso del respaldar de la silla–. Tengo que irme. Puedes tomar el libro, si quieres, tal vez le ayude a tu amigo; envíamelo por correo en cuanto hayas terminado con él. Y cierra la puerta al salir.

Sin darle tiempo a decir nada, aunque Colin no estaba seguro de haber podido pensar en algo de haber tenido la oportunidad, Marie abandonó el salón con paso apurado y sus fuertes pisadas resonando por el corredor.

5

Colin se llevó el libro. No solo eso. Lo leyó de cabo a rabo y tomó tantas anotaciones que para cuando terminó con él habría podido escribir otro igual de detallado. Y durante todo el tiempo en que se mantuvo sumergido en él, en tanto intentaba comprender lo que leía, deseó que Marie se encontrara cerca para hacerle algunas preguntas e intercambiar ideas respecto a todo ese mundo que a él se le antojaba tan extraño. Algo le dijo que ella habría encontrado la forma de ayudarle a entender.

Pero no había intentado buscarla nuevamente, ni ella hizo el intento de ponerse en contacto siquiera una vez para recodarle que debía devolverle su adorado libro. Había pasado toda una semana desde su encuentro en la escuela y todo parecía indicar que las cosas continuarían de la misma forma a menos que alguno hiciera algo; el problema era que Colin no estaba seguro de que eso fuera lo mejor.

Las cosas en la estación no iban mucho mejor; no para él y Morgan, al menos. Aunque el asesino no había dado señales de vida ni se habían topado con otra macabra escena que los llevara a pensar que continuaba acechando, su amigo estaba convencido de que alguien capaz de cometer un crimen tan horrendo sin duda estaría dispuesto a hacerlo de nuevo. Desafortunadamente, Colin estaba de acuerdo con él.

–No consigo entenderlo; de verdad que no. Siempre he pensado que no soy más tonto que la media, pero esto es demasiado para mí. ¿Dices que alguien simplemente puede hacer algo como esto para satisfacer a un... ente invisible que en teoría va a premiarlo por ir eviscerando a otros seres humanos? ¿Y que luego se va a su casa para esperar su recompensa?

Colin contuvo un suspiro y se llevó una mano al puente de la nariz para aligerar la tensión, aunque estuvo lejos de ayudarle mucho. Morgan lo observaba desde el otro lado del escritorio ante el que se encontraba sentado y el sonido de sus dedos golpeando sobre el tablero solo consiguió incrementar su incomodidad.

Había ido con él tan pronto como llegó a la estación para mostrarle sus anotaciones luego de terminar con el libro e intentar aclarar sus ideas hablándolas con él, pero dudaba de que su amigo lo hubiera entendido del todo o que, incluso peor, creyera que algo de lo que había dicho tenía algún sentido. Por un instante, al encontrarse con su semblante escéptico, pudo hacerse una idea de lo que debía de sentir Marie cada vez que intentaba explicar sus creencias. No la envidiaba en absoluto.

–Mira, no puedes esperar encontrar lógica en nada de esto, ya te lo he dicho antes –recordó armándose de paciencia–. La mente de este hombre no funciona como la tuya o la mía; tienes que intentar ponerte en su lugar, ver las cosas de la forma en que lo hace él. Tal vez para ti el contenido de este libro sea absurdo, pero para él tiene todo el sentido del mundo y obra de acuerdo a ello. Acabo de explicártelo. –Colin señaló el libro y las anotaciones que dejara sobre el escritorio–. Hay muchas cosas allí que se ajustan a lo que hemos visto.

–¡Pero es ridículo!

Colin contó hasta tres antes de responder y, cuando lo hizo, fue dirigiendo a su amigo una mirada ceñuda que acentuó el semblante malhumorado con el que parecía cargar desde hacía unos días. No era culpa de Morgan, sabía eso, pero parecía como si fuera incapaz de recobrar siquiera una parte de su serenidad habitual y tenía muy claro a qué se debía eso.

–Quizás para ti, o para mí –respondió Colin una vez que consiguió calmarse lo suficiente para no decir alguna tontería–; pero insisto en que no lo es para él, y es así como debemos verlo. Según el libro, esta clase de rituales fueron muy comunes en la antigüedad cuando los seguidores de estas deidades querían ofrecer un sacrificio.

–Pero acabas de decirlo: en la antigüedad. –Morgan hizo un gesto de fastidio al señalar los papeles–. En nuestra época no existen esas cosas, o en todo caso no deberían hacerlo; y si a alguien se le ocurre intentar imitar ese tipo de prácticas, como según ha hecho este tipo ahora, no se trata de un seguidor sino de un psicópata.

Colin hizo un gesto indeciso y se encogió de hombros.

–Quizá. Pero un psicópata con una motivación. Y ambos sabemos que esos son los más peligrosos –señaló él–. Además, se trata de un hombre muy listo y con la suficiente sangre fría para dejar todos los rastros que creyó convenientes antes de desaparecer. Él quería que supiéramos por qué hizo esto y aun así no hemos podido atraparlo. Tienes que darle un poco de mérito.

Morgan emitió un bufido y empezó a dar vueltas al anillo de bodas que llevaba en la mano morena y robusta; un gesto con el que Colin estaba familiarizado. Lo hacía siempre que se encontraba preocupado.

–No voy a darle ningún crédito a un demente –objetó enojado–. Pero puedo coincidir contigo en que no se trata de ningún tonto. Ahora, sin embargo, lo que me gustaría saber es cómo vamos a atraparlo. ¿De qué nos ha servido que te pasaras toda la semana leyendo ese testamento? Y además, como si no fuera suficiente con eso, ¡me traes otro de todas las notas que has tomado! ¿Dice allí algo de cómo podemos encontrarlo?

Colin carraspeó al tiempo que se recostaba en la incómoda silla; sus pies extendidos chocaron contra el borde del escritorio y fijó la mirada en sus manos cruzadas a la altura del pecho.

—No exactamente —reconoció sin mucho entusiasmo.

—Lo sabía.

Colin hizo como si no hubiera oído la réplica mordaz de su amigo y continuó:

—Pero me ha ayudado a comprender muchas cosas respecto a la forma en que piensa —indicó elevando la mirada.

Colin no tenía cómo saberlo, pero el oscuro del iris parecía acentuarse cuando se encontraba de aquel talente y eso pareció surtir el efecto de intrigar a su amigo al grado que lo observó con mayor atención.

—Bueno, pues no tengo claro en qué nos va a servir eso como no sea para aumentar tu colección de chiflados particulares con los que has tenido que tratar —señaló disgustado, pero varió un poco el tono al continuar— ¿Y qué ocurre contigo, por cierto?

Colin arqueó una ceja y le devolvió una mirada inescrutable.

—¿Conmigo? —repitió.

—Sí. Estás actuando muy raro, más de lo habitual, al menos. —Morgan lo señaló con la carpeta que acababa de dejar sobre su escritorio—. Estás así desde que fuiste a ver a esa mujer. ¿Por qué?

—¿Por qué?

—¿En serio vas a repetir todo lo que te diga? ¿Cuántos tienes? ¿Seis años? —Su amigo bufó, fastidiado—. Intento hacerte una pregunta porque me preocupas.

Colin se masajeó el puente de la nariz por, calculó, la tercera vez desde que había llegado y procuró mostrarse algo más animado al responder.

–Lo siento, no es un buen día; creo que todo este asunto empieza a afectarme tanto como a ti –se disculpó.

Morgan no pareció encontrar aquello fácil de creer porque emitió un bufido al tiempo que se inclinaba con los codos sobre el escritorio y lo observaba incluso a mayor profundidad. Colin recordó entonces que aun cuando él nunca hubiera tenido fama de observador o de ser especialmente perspicaz, era lo bastante listo y conocía lo suficiente a los suyos, como acostumbraba referirse a las personas más cercanas a su entorno, como para darse cuenta de cuándo había algo mal.

–Tonterías –dijo con seguridad–. A ti no te afectan estas cosas; en el fondo, y por raro que pueda ser a veces, diría que casi las disfrutas. Estudiar la mente de un asesino sanguinario y jugar al rompecabezas con ella para atraparlo, es un día de campo para ti. –Morgan entrecerró los ojos marrones y lo señaló con un dedo–. Lo tuyo es otra cosa. Y está relacionado con esa mujer... Marie ¿no?, la bruja.

Colin hizo un gesto de desagrado al oír la forma en que Morgan se refirió a Marie aun cuando sabía que tenía razón y que con seguridad ella no lo hubiera encontrado insultante porque no pareció que él intentara mostrarse ofensivo, solo señalaba un hecho. ¿No había sido el propio Colin quien la llamó así cuando le habló de ella?

–Marie está bien –señaló una vez que consiguió ahogar ese injustificado enojo–. Y no, no tiene nada que ver con ella.

Morgan bufó de nuevo y lo observó con un brillo de diversión en los ojos.

–Sí, claro. ¿Jugamos un rato a que te creo y damos vueltas con eso o reconoces qué es lo que de verdad te molesta para terminar de una vez y poder ponernos con el trabajo?

–No hay nada que me moleste.

–Colin...

Fue el turno de Colin para inclinarse sobre el escritorio hasta que se encontró cerca del rostro de su amigo y sostuvo su mirada con una firme expresión de disgusto.

–Es complicado –dijo él entre los dientes apretados–. Y no quiero hablarlo contigo.

Morgan no pareció intimidado por su actitud; por el contrario, esbozó una pequeña sonrisa.

–Pero reconoces que ocurre algo –dijo él como si eso le diera algún tipo de satisfacción–. Contigo y la bruja.

–Te voy a...

Un sonoro carraspeo lo interrumpió justo cuando estaba a punto de decir algo de lo que posiblemente no se arrepintiera luego pero que sin duda no sonaría muy bien en una oficina.

–¿Interrumpo?

Colin dirigió una última mirada de advertencia a su amigo antes de volver a su posición original sobre la silla; con las piernas extendidas y los brazos cruzados a la altura del pecho, observó al hombre que permanecía de pie en el umbral y que veía de uno a otro con las cejas arqueadas y una leve sonrisa.

–No, Logan, está todo bien. Pasa. –Morgan lo alentó a entrar en la oficina y le señaló una silla al lado de Colin, pero este negó con una cabezada.

–Será solo un minuto; quería dejarte los dibujos que encargaste. Los he trabajado en el ordenador para asegurarme de captar todos los detalles, pero no estoy seguro de que sea lo que tenías en mente. Te he enviado una copia al correo, pero supuse que preferirías verlos de inmediato.

Colin estudió al recién llegado en silencio en tanto desplegaba sus dibujos sobre el escritorio tras hacer a un lado el libro y sus apuntes con una vaga mirada de curiosidad. Morgan atendió sus explicaciones con expresión atenta y fue asintiendo tras hacer algunos comentarios respecto a lo que iba viendo.

No estaba seguro de qué pensar de Logan Spencer y el hecho de que Morgan solo hablara maravillas acerca de él no contribuía a que pudiera hacerse una idea clara. Según le contara su amigo, el hombre era una especie de prodigio del departamento. Se había graduado con honores de la escuela de oficiales y no pasó mucho tiempo antes de que fuera ascendido a detective; desde entonces había logrado acumular unos cuantos arrestos que lo habían puesto en la mira de sus superiores y Morgan estaba convencido de que en unos cuantos años se convertiría en el jefe de su propio departamento.

Como si eso no fuera suficiente, era la clase de persona que siempre parecía saber qué decir y poseer algún tipo de habilidad que le hacía útil. Como dibujar, por ejemplo, y de forma notable. Era el encargado de trabajar con los retratos de las personas sin identificar, tanto criminales como víctimas, además de los elementos que relacionaban con el caso, y Colin debía reconocer que se le escapaban pocos detalles; fue por eso por lo que decidió llevar sus retratos a Marie para evitarle el disgusto de ver las fotografías de la escena del crimen.

–Ya lo he pasado por el programa de identificación, pero todavía no ha dado ninguna coincidencia; quien fuera la víctima, tal vez no tuviera antecedentes.

Morgan oía lo que Logan iba señalando según esparcía los dibujos ante él y fue cabeceando con el ceño fruncido.

–Ni huellas digitales –señaló él.

–No pareció que el asesino las hubiera removido; no de forma violenta, en todo caso, solo parecían… desgastadas.

Colin abandonó su postura relajada y se incorporó

a medias en el asiento, atento a la charla. No habían conseguido todavía dar con la identidad del hombre que encontraron hacía semanas y Morgan empezaba a desesperar, pero en realidad no era algo del todo extraño. Mucha gente fuera del sistema carecía de identificación; además, el hecho de que careciera de huellas dactilares hacía su identificación casi imposible a menos que alguien lo conociera y les diera la información.

–Tal vez fuera escritor –comentó Colin llamando la atención de los otros al hablar luego de un rato en silencio–. Leí que les ocurre a veces: sus huellas dactilares simplemente se borran con el paso del tiempo; eso o se hacen ilegibles.

Logan lo miró por encima del hombro e hizo una mueca que reveló su indecisión. Tenía el cabello marrón oscuro cortado de forma dispar y los mechones se le enroscaban alrededor de la cabeza; sus ojos de un verde opaco se veían un tanto apagados al dirigirse a él.

–Algo he oído –reconoció él–. Pero no siempre se trata de escritores, también ocurre con las personas que pasan mucho tiempo ante un ordenador; por el tecleo constante y eso.

Colin asintió.

–Es más habitual entre escritores –insistió él–; pero supongo que tienes razón. Podría ocurrirle a cualquiera con esa clase de actividad.

–Ya, pero, ¿en qué nos ayuda eso? Escritor, oficinista. Da igual. Lo que necesitamos nosotros es saber de quién se trata y quién le hizo todo eso –intervino Morgan con un gesto de molestia.

Colin ladeó el rostro para mirar a su amigo y cabeceó, pensativo.

–¿Se han repartido volantes con los dibujos? –preguntó.

–Desde hace semanas cuando hice el primer boceto –respondió Logan–, pero nadie lo ha identificado.

–¿Y los diarios? ¿Se ha publicado algo de él allí? Tienen mucha mayor difusión que unos cuantos volantes en los alrededores. No sabemos de dónde era este hombre y es posible que nadie de la zona lo conociera.

Morgan chasqueó la lengua.

–Hay mucha gente desaparecida y aunque la noticia rebotó en la prensa en su momento, no publicaron los retratos –indicó él–. Los hemos repartido entre nuestras unidades, sí, pero ocurre lo mismo porque, tienes razón, no hay una gran difusión entre la gente de a pie.

–Entonces tienen que intentarlo de nuevo –replicó Colin–. Habla con tus superiores para que se publique en los diarios; es la única opción que veo.

–Dudo de que a ellos les preocupe mucho eso ahora; estamos lejos del periodo de elecciones –señaló su amigo en tono bajo y cargado de sarcasmo.

Colin sacudió la cabeza de un lado a otro y caviló, pensativo, antes de hablar nuevamente.

–Conozco a algunas personas en Chicago que podrían ayudarnos; tienen contactos en los diarios de allí y quizás conozcan a alguien en Baltimore que tenga poder sobre las agencias conocidas para difundir los retratos y la información del caso; la que podemos difundir al público, claro –se apresuró a aclarar al ver que Morgan estaba a punto de decir algo–. Deja que haga algunas llamadas y debo tener una respuesta para esta noche; pero no creo que haya muchos problemas.

Su amigo se vio aliviado y cabeceó agradecido.

–Estupendo. Eso será de gran ayuda. –Dirigió su atención a Logan, que había seguido el intercambio en silencio–. Prepara todo por si tenemos que hacérselo llegar a los medios.

El detective cabeceó y a Colin le pareció que había estado a punto de encuadrarse y llevar una mano a su frente; pero se contuvo a tiempo y, tras hacer un gesto en señal de despedida, se marchó con paso apurado.

–Supongo que eso es un avance –comentó Morgan una vez que se quedaron a solas.

–A estas alturas eso es mucho decir –aceptó Colin desviando la mirada de la puerta–. No te preocupes, solo tenemos que dar con la punta de la madeja y entonces las cosas empezarán a verse con claridad.

Su amigo no pareció muy convencido, pero no tenía sentido discutirlo. Ambos sabían que no contaban con muchos recursos y que la sugerencia de Colin podía hacer una gran diferencia en el rumbo del caso.

–Bueno, espero que tengas razón –dijo él–. Esperaremos a ver qué dicen esos amigos tuyos y, en tanto, yo tengo que hablar con los jefes.

Al decir aquello, Morgan señaló al techo refiriéndose al piso superior donde se encontraban las dependencias de los oficiales al mando de la estación. Él no se encontraba entre el personal policial y pese a ello contaba con una buena oficina y la suficiente autoridad para hacer y deshacer en su área; sin embargo, todas sus decisiones debían ser informadas en su momento y, si algo salía mal, su puesto se encontraría tan en riesgo como el de cualquiera.

–Pierde cuidado. Todo saldrá bien.

Colin se puso de pie tras intentar animarlo y, luego de darle una palmada en el hombro, se aprestó a abandonar la oficina, pero su amigo lo detuvo con un gesto de la mano.

–No creas que he olvidado el asunto de la bruja –señaló él con un tono levemente risueño.

Colin respondió con un gruñido y lo dejó riendo entre dientes.

Marie abandonó la oficina del director Houston con cuidado de no azotar la puerta tras ella aun cuando no podía pensar en nada que deseara más. Sus ojos se cruzaron con los de la señora Premoli, que le dirigió una mirada de conmiseración en cuanto llegó a su mesa.

–Nada ¿eh?

La señora dejó a un lado las fichas en las que trabajaba y la observó con interés. Marie sacudió la cabeza de un lado a otro y se apartó un mechón de cabello de la frente.

–No. Dice que no recibirá nuevamente a Connor a menos que uno de sus padres venga a hablar con ambos, pero ya ha visto que ellos no lo harán. ¿Por qué tiene el chico que pagar por eso?

Marie apenas pudo disimular el enojo en su voz, pero no pareció como si la secretaria lo reprobara; sus pobladas cejas, tan blanquecinas como su cabello, se elevaron en un gesto de comprensión.

–Lo siento mucho, pero sabes que es el procedimiento regular. Si un estudiante es puesto en observación, es necesario que uno de sus padres venga a interesarse por el problema y que hable con su maestro, e incluso con el director. Y tienes que reconocer que este chico tuyo se ha metido en demasiados problemas ya.

A Marie no le quedó más alternativa que asentir de mala gana, ¿qué otra cosa podría haber hecho? Sin embargo, eso no le ayudó a sentirse mejor.

La señora Premoli tenía razón: Connor no dejaba de sabotearse a sí mismo como si su mayor interés fuera obligarlos a expulsarlo. Luego de recibir una nueva sanción por intentar copiar durante su examen, se había visto envuelto en una pelea con un estudiante de un grado superior y recibió una nueva suspensión; esta vez, el director Houston había insistido en que sus padres se presentaran en la escuela para acordar qué hacer con el muchacho, pero ellos habían hecho oídos sordos a sus llamadas. Parecía como si no les importara cuál pudiera ser su futuro. Esta vez, sin embargo, a diferencia de lo que ocurriera en otras ocasiones, el director no estaba dispuesto a cambiar de opinión por la displicencia de esas personas; no importaba cuánto insistiera Marie, no permitiría que Connor pusiera un pie en la escuela si no era acompañado por uno de sus padres.

Luego de hablar unos minutos con la señora Premo-li, que se interesó por cómo iban sus cosas, Marie logró poner una excusa para regresar a su aula en busca de sus cosas. Quería pasar por la tienda de la señora Phillips antes de volver a casa y, además, en cuanto la secretaria empezó a hacer preguntas referidas al hombre que fue a buscarla, supo que tenía que salir de allí lo antes posible. No quería tocar el tema de Colin con nadie.

Tan pronto como pudo escabullirse sin parecer ofensiva, tomó sus cosas lo más rápido que pudo y fue deshaciéndose en parte de ese uniforme que se veía obligada a usar en la escuela. La chaqueta era muy pesada y la falda incómoda, pero estaba convencida de que un traje así de austero ayudaba a imponer cierta autoridad en clase. Dudaba mucho de que sus alumnos la vieran con el mismo respeto si se aparecía con el chándal que acostumbraba usar en casa.

Había recibido un mensaje de la señora Phillips el día anterior en que le pedía que pasara por su tienda porque había algo de lo que deseaba hablarle; según la anciana, necesitaba su ayuda, pero no fue muy clara en el mensaje y Marie la conocía ya lo suficiente para saber que no entraría en muchos detalles si la llamaba y que lo mejor sería presentarse en su tienda para que le contara lo ocurrido.

Bajó del autobús un par de paradas antes de lo necesario para caminar un rato y disipar su mente. Era algo que hacía con frecuencia últimamente: pensar.

Y sus pensamientos no eran tan agradables como le habría gustado. Casi todos giraban alrededor de un hombre y de cómo había estado a punto de cometer un gran error. De nuevo.

Pocas cosas en su vida le habían costado tanto como resistirse a lo que Colin le hizo sentir durante su encuentro en la escuela. En realidad, se recordó no por primera vez y con una buena dosis de vergüenza, que ella no se había resistido del todo; era posible incluso que hubieran llegado mucho más lejos de no ser porque él se detuvo y con eso la obligó a intentar actuar con sensatez.

¿Cómo pudo dejar que las cosas se le fueran de las manos de esa forma? No tenía excusa, y eso solo le hacía sentirse más avergonzada.

Dudaba de que pudiera volver a verlo a la cara. ¿Cómo hacerlo sin recordar la forma en que se había abandonado a sus caricias? ¿En que la había besado y cómo ella correspondió sin detenerse a considerarlo siquiera?

Ese hombre era peligroso, se recordó como hacía con frecuencia desde aquella tarde, y había hecho bien al dejar en claro que no deseaba verlo de nuevo. Ya podía enviar el libro por correo en cuanto terminara con él, como le pidió que hiciera; cualquier cosa con tal de no volver a toparse con su rostro nunca más.

Pero entonces, le susurraba una vocecita al oído cada vez que se permitía pensar en ello. Si estaba tan segura de que hacía lo correcto, ¿por qué le dolía tanto?

Llegó a la puerta del negocio de la señora Phillips justo para evitar considerar una respuesta justa a esa pregunta y exhaló un suspiro de alivio al cruzar la puerta y hacer sonar la campanilla. Ya pensaría en eso luego. Su mente se ocuparía de que lo hiciera.

No vio a la señora de inmediato pero, al cabo de un rato, cuando se encontraba husmeando entre los estantes, oyó una imprecación proveniente del mostrador y se apresuró a ir hacia allí. No recordaba haber oído a la señora Phillips decir una sola palabra mal sonante en todo lo que llevaba de conocerla y le extrañó oírla seguir con una retahíla de maldiciones al llegar a su lado y advertir que intentaba reunir el contenido de un frasco que se le acababa de volcar en el mostrador. Un rocío de perlas de fantasía destellaba contra el cristal y Marie se apresuró a intentar reunirlas.

–Déjeme ayudarle –ofreció apurada.

La señora no dijo nada y Marie continuó tomando

una perla tras otra para dejarlas dentro de un cubo de plástico que encontró a mano. Cuando terminó, exhaló un suspiro y sonrió buscando con la mirada el rostro de la anciana, pero al toparse con su expresión consternada, cualquier rastro de alegría desapareció de su semblante.

–Señora Phillips, ¿se encuentra bien? –preguntó inquieta.

La mujer asintió, pero pareció como si en verdad no la hubiera oído.

–¿Señora...?

–Espera un momento –la anciana la detuvo con un gesto, sorprendiéndola–. Saldré un momento; hay algo que quiero mostrarte.

La señora tomó algo de debajo del mostrador y salió por un pasillo lateral hasta encontrarse a su lado. Marie advirtió entonces que llevaba un diario enrollado bajo el brazo, pero no hizo ningún comentario al respecto, prefirió esperar a que ella dijera lo que quería en cuanto lo considerara conveniente porque se veía tan nerviosa que temió empeorar su estado si insistía.

–Salió hace un par de días. –La señora extendió el diario sobre una mesita luego de hacer a un lado un florero y fue pasando una hoja tras otra–. Mira.

Marie echó un vistazo y procuró leer con rapidez, pero no vio nada que le dijera mucho. Ella no acostumbraba leer el diario; veía algún noticiero en las mañanas antes de salir a la escuela y eso era todo. Le desesperaba esa avalancha de malas noticias con las que se topaba con frecuencia; no veía el sentido a sobreinformarse cada día. De modo que encontró pocas cosas que le resultaran familiares al atisbar el diario, pero la señora Phillips, comprendiendo su desconcierto, señaló una pequeña nota en la tercera página encabezada por un retrato digitalizado que, a primera vista, no le llamó mucho la atención.

Se trataba de un hombre de mediana edad, con el

cabello castaño un tanto ralo, como si empezara a escasear; sus facciones no tenían nada de particular salvo por una nariz prominente y una frente despejada. La tez, pálida y un tanto macilenta, le habló de alguien poco acostumbrado a tomar el sol, pero eso fue todo lo que consiguió registrar con su atenta observación. Le pareció un hombre como, sin duda, debían de haber otros mil millones más en el mundo.

Fue obvio que la señora Phillips no compartía su desinterés porque volvió a señalar el retrato y, a continuación, hizo el amago de subrayar con el dedo la leyenda que lo acompañaba.

Marie entrecerró los ojos para leer y, según iba recorriendo una línea tras otra, una desagradable sensación fue haciendo presa de ella. ¿Sería posible?

Hombre hallado en un terreno baldío al este de Inner Harbor. Se presume un violento asesinato cuya causa aún está por esclarecer... la policía se encuentra ya tras los pasos del asesino. Se agradecerá cualquier información que ayude a identificar a la víctima.

Marie tragó con fuerza y, tras releer la nota y analizar una vez más el rostro que le devolvía una mirada apagada, volvió su atención a la señora Phillips.

–¿Qué tiene esto que ver con usted? –preguntó.

La anciana elevó un dedo tembloroso y delineó el contorno del retrato.

–Lo conocía –dijo ella después de carraspear para aflojar el nudo que parecía haberse alojado en su garganta.

Marie frunció el ceño.

–¿Cómo?

–Es... era un buen amigo –indicó la señora–. No tenía idea... creí que estaba bien, a salvo, y ahora...

La anciana rompió a llorar y Marie tardó un instante en reaccionar, sobrepasada por esa situación tan extraña. Pero recuperó el temple casi de inmediato y se apresuró a tomar a la señora Phillips por los hombros para ayudarle a ocupar una silla bajo el mostrador. Luego, buscó en la trastienda hasta dar con un poco de agua y se la llevó junto con una cajita de pañuelos desechables que acostumbraba llevar en el bolso.

–Beba un poco y respire hondo, tómelo con calma. –Acarició la espalda de la anciana con suavidad y forzó una sonrisa para infundirle un poco de tranquilidad–. Me quedaré con usted y podrá contarme lo que desee en cuanto esté mejor.

La señora Phillips asintió y empezó a sollozar con algo menos de energía, pero de cualquier forma tardó al menos un cuarto de hora en recuperar del todo el autocontrol, e incluso cuando lo hizo, se vio tan afectada que Marie creyó que no podría hilar una sola frase con coherencia; sin embargo, la anciana la sorprendió cuando, en un momento determinado y cuando estaba a punto de ofrecerle otro poco más de agua, la tomó de la mano y tiró de ella para que le prestara atención.

Marie se puso de cuclillas y la observó con atención, a la espera.

–Lo conocí hace muchos años, cuando no era más que un muchacho –empezó la señora tras aclararse la garganta. Su voz se oyó como venida de muy lejos–. Era tan... tan talentoso. Pero estaba un poco perdido y pensé que podría ayudarle. Para entonces, Martin ya no estaba aquí, así que creí que sería una buena forma de usar el tiempo, ¿entiendes?

Marie cabeceó, pero la verdad era que estaba lejos de hacerlo. Sabía que Martin había sido el esposo de la señora Phillips, que había muerto hace casi veinte años. Marie no lo conoció, pero la señora le hablaba de él con frecuencia y era obvio que habían sido muy unidos. Pero todo lo demás le resultó de lo más extraño; pese a ello, aguardó en silencio a que ella continuara.

–Acababa de dejar la escuela y no tenía dónde quedarse, así que le ofrecí que se quedara en el piso de arriba en esa habitación en la buhardilla. ¿Recuerdas que te hablé de ella? –Marie cabeceó nuevamente. Lo había mencionado alguna vez, sí, pero nunca le habló de ningún huésped en ella–. Seth no aceptó al comienzo, pero le hice ver que podría trabajar allí hasta que las cosas le fueran mejor, que en tanto podría ayudarme con la tienda. Por un tiempo pareció que todo iba bien. Escribía mucho, ¿sabes?, y era muy bueno, pero la gente no podía verlo y empezó a deprimirse; quise ayudarlo, pero no sabía cómo, y entonces empezó a meterse en todos esos problemas, fue muy cruel y se marchó. Y siento mucho decirlo, pero me sentí un poco aliviada cuando lo hizo; incluso pensé que sería bueno para él, pero ya ves lo que le ha ocurrido. De haberlo sabido jamás hubiera permitido que se marchara, habría continuado ayudándole, seguro que con el tiempo la gente se habría dado cuenta de lo bueno que es... que era... y...

La señora rompió a llorar de nuevo y Marie tardó otro buen rato en intentar calmarla, además de que también procuró ordenar las piezas de ese rompecabezas en que parecía haberse convertido todo ese asunto.

Seth. El nombre de la víctima era Seth. No insistió en conocer el apellido porque supuso que la señora Phillips lo sabría y ya se lo diría luego. Lo importante era que lo había conocido. Le pareció increíble que el hombre del que le hablara Colin, porque estaba convencida de que se trataba de él, hubiera vivido en ese mismo lugar y que la anciana que en ese momento abrazaba y que se esforzaba por tranquilizar lo hubiera conocido tan bien.

De alguna forma que no conseguía aun entender, su destino parecía haberse unido al de ese tal Seth, no había otra forma de verlo. Por Colin, a quien se había esforzado tanto por evitar, y ahora por la señora Phillips, quien al parecer terminaría involucrándola aún más en todo aquello, le gustara o no.

Sus sospechas se vieron confirmadas cuando la señora consiguió dejar de llorar y la sostuvo de los brazos con una fuerza sorprendente para alguien tan frágil como ella.

–Necesito que me ayudes, Marie. Tengo que decirle a la policía quién era Seth; él no merece que lo traten como a un desconocido. Y tienen que saberlo también para que atrapen a quien sea que le haya hecho esto. –La anciana usó una voz cascada que estuvo a punto de hacerla llorar también.

Marie no lo pensó, ni siquiera intentó considerarlo; de haberlo hecho posiblemente su respuesta hubiera sido muy distinta y sabía que eso no hubiera sido justo. De modo que no le quedó más alternativa que darle una palmadita en la mano temblorosa y asintió afligida.

–La ayudaré, señora Phillips; le doy mi palabra de que haré cualquier cosa para esclarecer todo este asunto –prometió.

La anciana se vio más calmada luego de aquello, pero en tanto Marie le ayudaba a cerrar la tienda luego de que le dijera que no había forma de que pudiera continuar atendiendo y que quería ponerse de inmediato con lo que le había pedido, no pudo evitar pensar que acababa de hacer una promesa que posiblemente le resultara muy difícil de cumplir y que, si lo hacía, las consecuencias tal vez fueran terribles.

6

Morgan consiguió que en la comisaría se designara una pequeña oficina para Colin mientras estuviera en Baltimore ayudando con el caso. Más que una oficina propiamente dicha, en realidad, era un cubículo cercano al cuarto en que almacenaban las evidencias, pero para él supuso un alivio tremendo contar con un espacio propio desde el cual ocuparse de la empresa en Chicago y poder, al mismo tiempo, mantenerse al pendiente de la labor que lo había llevado allí.

Estaba trabajando en el ordenador, con la atención dividida entre un informe de su encargado en la empresa Phillip Morris, en el que le consultaba acerca de un nuevo cliente que acababa de contactarlos, y los estudios que acababa de descargar para leer. Era un ensayo conductual de un psiquiatra de Illinois que trataba a profundidad el comportamiento de pacientes con enfermedades mentales, en particular, de aquellos que tenían conductas violentas y excusaban sus actos amparándose en sus creencias religiosas o la ausencia de ellas.

Era extremadamente interesante, concluyó Colin tan pronto como se sumergió en la lectura. Seguro que Morgan habría pensado que era también perturbador y que debía de estar un poco chiflado para encontrarlo tan fascinante; pero estaba convencido de que serían precisamente esa clase de estudios los que más le ayudarían con ese caso.

No supo cuánto tiempo transcurrió, pero cuando levantó la mirada del ordenador vio que había pasado al menos un par de horas recluido allí y, al estirarse en la incómoda silla, reprimió un escalofrío. Llevaba sin comer desde el desayuno y ya era media tarde, además de que la temperatura parecía haber descendido de golpe. Se frotó los antebrazos enfundados en un grueso jersey oscuro y sacudió la cabeza de un lado a otro para despejar su mente, aun un poco aturdido por todo lo que acababa de leer.

Fue así como lo encontró Morgan, poco después.

–¿Sigues aquí? Llevo un rato buscándote –indicó su amigo, y tras dirigirle una profunda mirada, continuó en un tono algo exasperado–: No me digas que has estado todo este tiempo leyendo esas locuras. ¿Hace cuánto que no comes? Olvida la comida, ¿hace cuánto que no te das una buena afeitada?

Colin parpadeó y se llevó una mano al rostro, donde la aspereza de la barba le cosquilleó en los dedos. No pensaba decírselo a Morgan, pero no consiguió recordar cuándo fue la última vez que cogió una navaja; posiblemente no lo había hecho en todo el tiempo que llevaba en Baltimore. Tal vez lo dejara así hasta que acabaran con eso, decidió de golpe al considerar lo poco que le apetecía preocuparse por algo como aquello en ese momento; seguro que no podía verse tan mal. Llevaba barba en el ejército y no recordaba que alguna de las mujeres con las que saliera entonces se hubiera quejado.

–No te metas con mi cara –respondió de malos modos luego de ahogar un bostezo–. Pero no me molestaría si me ofreces algo de comer.

Morgan descartó la posibilidad con un brusco ademán y lo observó con lo que le pareció una expresión intrigada que en ese momento no alcanzó a entender.

–Olvida la comida –dijo él–. Tenemos otras cosas de las que ocuparnos primero.

–¿Cómo qué?

–Como tu bruja, por ejemplo.

Colin se envaró en el asiento y observó a su amigo con el ceño fruncido.

–¿De qué hablas? –preguntó él.

Morgan tardó un momento en responder y, cuando lo hizo, pareció demasiado divertido como para intentar siquiera ocultarlo.

–Tu bruja –repitió–. Está aquí.

Colin tardó un momento en comprender a qué se refería e incluso cuando lo hizo no creyó haber acertado.

–¿Marie? –preguntó, en su necesidad de confirmarlo–. ¿Marie está aquí? ¿En la comisaría? ¿Por qué?

–Estarás encantado cuando lo sepas –respondió Morgan–. Ven conmigo.

Colin no necesitó que lo repitiera; en realidad, ya estaba de pie cuando Morgan ni siquiera había terminado de hablar y pasó por su lado como un tornado, dirigiéndose al piso inferior donde supuso que debía de encontrarse ella. Oyó el sonido de las fuertes pisadas de su amigo tras él e intentó reducir su velocidad al descender por las escaleras tras evitar el lento ascensor porque no deseaba que su interés fuera aún más evidente para él.

Llegó al vestíbulo en que se encontraban las oficinas de la comisaría solo un minuto antes que Morgan y distinguió a Marie de inmediato. No fue difícil; ella parecía resplandecer entre la multitud que la rodeaba. Un par de oficiales se encontraban de pie en la entrada atendiendo a los recién llegados, a quienes orientaban y conducían al área respectiva para atender sus consultas; otros se hallaban ante una hilera de escritorios tomando manifestaciones o trabajando en el papeleo que debían entregar antes de terminar su turno.

Marie parecía haber pasado por el primer trance porque se encontraba sentada en una silla diminuta ante un escritorio de metal y atendía con interés lo que decía una mujer entrada en años y de apariencia frágil repantigada a su lado y que sostenía una de sus manos con ademán lánguido. Colin fue hacia ellas y reparó en que no se hallaban solas; Logan Spencer estaba tras el escritorio y les hablaba con suavidad. El detective tenía los hombros echados hacia adelante y parecía muy atento a lo que Marie decía. Demasiado, en opinión de Colin, al notar que la observaba con una pequeña sonrisa en absoluto apropiada en una situación como aquella.

Morgan pasó por su lado, obligándolo a reanudar el camino, y encabezó la marcha hasta que llegaron junto al grupo.

–Señorita Worth, el detective Spencer acaba de avisarme. –Morgan dio una cabezada y extendió una mano para estrechar la que Marie le tendió; después, observó a la anciana con esa expresión calmada que hacía maravillas para apaciguar a su hija recién nacida–. Señora Phillips, ¿cierto? Muchas gracias por venir. Quizá podamos hablar en un lugar más tranquilo.

La anciana asintió, agradecida, y se puso de pie con la ayuda de Marie, que desvió la vista tan pronto como su mirada se topó con la de Colin, que se había mantenido en un segundo plano mientras Morgan se ocupaba de ordenar las cosas. Sin que ninguno dijera nada más de inmediato, siguieron a este por un largo pasillo en el primer piso hasta llegar a una amplia oficina dominada por una mesa oval con varias sillas a su alrededor que fueron ocupando en silencio.

Marie se apresuró a sentarse al lado de la señora Phillips y Morgan eligió la silla a la izquierda de la anciana en tanto Logan se ubicaba a la derecha de Marie.

Ocultando su desagrado, Colin se dejó caer en un asiento justo frente a ella y clavó sus ojos en su rostro, atento a su expresión, pero salvo por la evidente preocupación que mostraba por su acompañante, no vio nada en ella que le dijera lo que sentía al verlo.

Tal vez eso fuera justo después de todo, se dijo procurando mantener un semblante indescifrable; tampoco le habría gustado que ella supiera lo que sentía él.

María llevaba el mismo uniforme con el que la viera la última vez, así que supuso que se habría reunido con la anciana tan pronto como salió de la escuela. Cuando mucho se había deshecho el tenso peinado que acostumbraba usar, reemplazado por un recogido flojo del que caían algunos mechones que enmarcaban su rostro; por lo demás, era la imagen de la sobriedad y Colin no pudo evitar recordar con cuánta facilidad había conseguido desbaratar esa compostura, la piel que atisbó bajo todas esas capas de ropa y lo suave que le pareció aun cuando hubiera terminado frustrado por no haber podido explorarla como le habría gustado... los gemidos que le arrancó...

–... Estamos muy agradecidos de que vinieran hasta aquí, aunque de habernos llamado hubiéramos ido a verlas en persona.

Colin ladeó el rostro para abandonar su contemplación de Marie, procurando apartar sus recuerdos, y fijó su interés en las palabras de Morgan, que mantenía aun ese talante amable que siempre le daba tan buenos resultados en su trabajo.

–Tenía que venir de inmediato, no quise perder más tiempo.

Fue la anciana quien respondió y Colin encontró su voz tan frágil como su aspecto si bien consiguió distinguir un leve tono firme en medio de todo. Tal vez la señora fuera delicada, pero no era débil, y algo le dijo que estaban a punto de tener una prueba de ello.

–Bueno, en todo caso se lo agradecemos mucho

–continuó Morgan con otra sonrisa formal–. Por lo que dijeron al detective Spencer, tienen información que puede sernos de utilidad para identificar a nuestra víctima...

–Seth. Su nombre era Seth Smith –lo corrigió la señora con firmeza–. Era un buen amigo.

Morgan empezó a tomar notas tan pronto como la mujer abrió la boca e hizo un gesto discreto a Logan para que él se ocupara de hacer otro tanto. Colin se mantuvo a la expectativa, alternando la mirada de uno a otro de los ocupantes de la habitación; tenía los codos apoyados sobre la mesa y los dedos entrelazados en un ademán relajado pero engañoso.

–Comprendo –asintió Morgan, comprensivo–. ¿Por qué no nos cuenta lo que sabe de él y cómo fue que se hicieron amigos? Eso nos sería de mucha ayuda.

La señora cabeceó y tardó un instante en responder. Antes de hacerlo, intercambió una mirada ansiosa con Marie, quien le sonrió tomando su mano. Eso pareció dotarla de la energía necesaria para empezar a hablar.

Todos la oyeron con atención; el sonido de las lapiceras rasgando las libretas fue lo único que rompió un poco con el melódico sonido de la voz de la anciana. Aunque Colin no tomaba notas, iba registrando todo lo que esta decía, muy atento, y almacenaba la información según iba procesándola sobre la marcha.

Al parecer, Seth Smith era oriundo de Texas, el hijo de un matrimonio acomodado que tenía sus esperanzas puestas en que su único hijo se ocupara de elegir una buena carrera tan pronto como dejara la escuela; pero se vieron defraudados cuando él les informó que había decidido dedicarse a tiempo completo a la que había sido su pasión desde que podía recordarlo: la escritura. Ante la imposibilidad de contar con el apoyo de sus padres, Seth decidió abandonar su hogar y terminó dando tumbos por varios Estados; trabajaba en lo que fuera que le diera algunos centavos para mantenerse y continuar con su sueño de convertirse en un autor consagrado.

Tras varios años subsistiendo de esa forma y cuando ya había llegado a la mitad de los veinte, el destino lo puso en el camino de una viuda dueña de una tienda en Baltimore, quien le tomó simpatía de inmediato y, tras enterarse de lo mal que lo había pasado, le ofreció un lugar donde vivir a cambio de que trabajara para ella.

La señora Phillips no lo mencionó, pero a Colin le pareció una oferta más que generosa de su parte. Quizás demasiado. Tras observarla con atención, estudiando el matiz de su voz al referirse a su protegido y la forma en que sus ojos se humedecían cada vez que hablaba de él, concluyó que no había tenido una motivación sexual. Ni entonces ni luego. Su preocupación y el afecto que destilaban sus palabras parecían más relacionados con el que mostraría una madre por un hijo descarriado. Aún no había tenido tiempo para estudiar su expediente, pero no dudaba de que Morgan se ocupara de ello en cuanto terminara esa entrevista y hubiera podido apostar cualquier cosa a que descubriría que ella y su marido no tuvieron hijos.

Posiblemente ella hubiera volcado todo su amor en Smith y, según fue concluyendo con su relato, comprendió que este no le había pagado con la misma moneda.

Tras muchos años viviendo a su aire, en un inicio el joven Seth pareció encantado con tener un techo seguro sobre su cabeza, tres comidas calientes al día y un trabajo flexible que le permitía aprender y al mismo tiempo continuar con sus escritos. Él y la señora Phillips vivieron en armonía durante al menos tres años antes de que empezara a encontrar molestos sus cuidados y echara en falta esa idea de libertad que tenía tan arraigada.

Empezó a mostrarse arisco, indicó la señora; se mantenía meditabundo, callado y, cuando ella le preguntaba al respecto, respondía con desinterés y a veces con una dureza que la desconcertaba. Fue entonces cuando Seth, sorpresivamente, empezó a desarrollar una curiosidad desmedida por todo lo que tenía en la tienda: los libros, los objetos para rituales místicos, las velas, hierbas; todo aquello que, hasta entonces, le había resultado casi anecdótico.

Colin no lo tenía por seguro y no quiso interrumpirla para comentarlo, pero supuso que ese inesperado interés y su brusco comportamiento debían de tener algún tipo de conexión que, si la anciana no conocía, ellos tendrían que desentrañar. Intercambió una mirada con Morgan y comprendió que él pensaba lo mismo, pero también parecieron acordar que no tenía sentido profundizar en ello en ese momento; mejor que la anciana terminara con su historia.

No había mucho más por decir; el final era fácil de adivinar. Un día empezó a echar en falta algunas sumas pequeñas de dinero de la caja, pero no le dio mucha importancia, ni siquiera cuando los montos aumentaron y comprendió lo que estaba ocurriendo. Pero cuando Seth empezó a tornarse grosero y mostró algunas conductas violentas en las que ella no profundizó, decidió que ya había tenido suficiente. Estaba determinada a pedirle que le permitiera ayudarle o tendría que marcharse cuando, un día cualquiera, al bajar a abrir el negocio, se topó con que Seth había desaparecido con todas sus pertenencias, no sin antes desvalijar la caja fuerte que tenía oculta en la trastienda.

No dejó una nota ni un mensaje, tan solo se desvaneció. La señora Phillips ni siquiera consideró denunciarlo, pero cambió las cerraduras de todas las puertas, determinada a no recibirlo de nuevo si volvía a pedirle ayuda y rogando por tener la voluntad de hacerlo llegado el caso. Pero no tuvo que ponerse a prueba. Seth nunca volvió ni intentó ponerse en contacto con ella. Con el paso de los meses y luego de los años, supuso que se habría olvidado de ella y decidió guardar el recuerdo de ese amigo que se portara tan mal y a quien, pese a ello, solo le deseaba lo mejor. Esperaba haberse convertido en una anécdota de su vida y que él hubiera logrado encontrar alguna estabilidad con el paso del tiempo.

Por eso, el reportaje en el diario le impactó tanto. Habían pasado casi quince años desde la última vez que lo vio, pero no tuvo problemas en reconocer al joven a quien ayudara y le costó creer que su vida hubiera tenido un fin tan macabro. No tenía familia a quién pedir ayuda y no se atrevió a ir sola a la estación, por eso llamó a Marie y, de no haber sido por ella, posiblemente no hubiera conseguido reunir el valor para contar toda esa historia.

Un tupido halo de silencio se instauró en la habitación durante varios minutos luego de que la señora Phillips concluyera con su relato y, cuando al fin todos parecieron recuperarse de la suerte de hechizo en que habían caído, rendidos por su voz cadenciosa y lo dramático de su historia, Morgan fue el primero en hablar luego de aclararse la garganta.

–Muchas gracias por contarnos todo esto, señora Phillips, nos será de mucha ayuda –dijo él, poniéndose de pie para servir en un vaso un poco de agua de la jarra en el centro de la mesa–. Tenga. Le vendrá bien.

La anciana cabeceó, agradecida, y bebió en silencio en tanto los otros ocupantes de la estancia se encontraban perdidos en sus pensamientos.

–Ahora que contamos con un nombre nos será más sencillo desarrollar un expediente para saber a qué se dedicó el señor Smith durante todo el tiempo que transcurrió entre la última vez que lo vio y... –Morgan retomó la palabra, pero se vio un tanto incómodo antes de continuar–... bueno, todo lo que pasó luego. Es posible que debamos hablar con usted de nuevo, pero creo que por ahora ha tenido bastante. Vuelva a casa y descanse; nos pondremos en contacto con usted en cuanto sea necesario.

Marie asintió y dirigió a Morgan una sonrisa de agradecimiento; fue evidente que había reparado también en el estado de debilidad en que se encontraba la anciana y temía que insistieran en que contestara más preguntas.

–La acompañaré cuantas veces haga falta –prometió ella en voz alta–. Y si necesitan comunicarse con ella pueden también llamarme a mí. Me ocuparé de ayudar en todo lo que pueda.

Morgan correspondió a su sonrisa, la estudió con una de las profundas miradas que reservaba para la gente que le causaba interés y terminó por cabecear, al parecer complacido de la conclusión a la que había llegado.

–Estupendo. Muchas gracias, señorita Worth –comentó–. Les encontraremos una forma de volver a casa.

–Puedo ocuparme de eso. Mi turno terminó hace un par de horas y estaba por salir–Logan se ofreció antes de dirigir una mirada a su superior–. A menos que me necesites para algo más hoy.

Morgan lo pensó un momento y, tras considerarlo, asintió de buena gana.

–No, está bien –indicó–. Colin y yo nos ocuparemos de lo que la señora Phillips nos ha contado y mañana podrás unírtenos cuando empiece tu turno. Encárgate de que las señoras lleguen sanas y salvas a casa.

Colin apretó los labios y mantuvo la mirada puesta en sus manos unidas que había empezado a estrujar una contra otra tan pronto como Logan abrió la boca. ¿Qué necesidad había de que se ofreciera? Para eso estaban los taxis. O habría podido hacerlo él aun cuando sabía que con eso solo hubiera conseguido ponerse en evidencia, al menos ante Morgan.

Y no tenía mayor interés en eso así como tampoco quería incomodar a Marie. De modo que debería de haberse sentido agradecido de que Logan se ofreciera, pero no pudo hacerlo. Por el contrario, estaba fastidiado y tuvo el absurdo impulso de ir hacia él y dejar en claro que estaba loco si pensaba que podía mostrar cualquier interés por ella que no estuviera relacionado con el mismo que podría sentir por la anciana que la acompañaba.

Incómodo por esa sensación tan desagradable y tan poco propia de él, aspiró con fuerza y compuso una expresión de educado interés al estrechar la mano de la señora Phillips para agradecer su ayuda. Luego, sostuvo la mirada de Marie un segundo, pero no hizo amago de tocarla. Ella lo había tratado hasta entonces como si se tratara de un mueble más de los muchos que componían la comisaría; apenas lo miró, mientras la señora Phillips contaba su historia, y después, cuando Logan se ofreció a acompañarlas a casa, cuando mucho cabeceó, agradecida porque la anciana se había aliviado con la oferta.

Antes de marcharse, sin embargo, cuando estaba por abandonar el edificio luego de prometer nuevamente que estaría atenta a sus llamadas, sus ojos buscaron los de Colin un instante y él vio en su mirada un reflejo de su propia necesidad. Fue un intercambio breve que solo consiguió aumentar su confusión y, cuando ella al fin se marchó, tardó un buen rato en recuperar la calma necesaria para prestar atención a todo lo que Morgan tenía para decir.

Su amigo había estado muy atento a ese silente intercambio entre ellos, pero tuvo la delicadeza de no decir nada al respecto, al menos no en ese momento, aunque Colin estaba seguro de que lo haría eventualmente. Por ahora, casi agradeció la posibilidad de despejar su mente ocupándose de desgranar cada una de las palabras de la señora Phillips en voz alta. Pese a ello, no obstante, no pudo evitar preguntarse más de una vez en todo el tiempo que permanecieron confinados allí, si Logan habría dejado ya a la anciana en su casa y si Marie había decidido quedarse con ella aquella noche o si, por el contrario, se habían marchado juntos para llevarla a la suya.

Nunca un pensamiento le había atormentado tanto como aquel.

Marie atravesó el umbral de su casa luego de despedirse del detective Spencer y, tan pronto como puso un pie en el suelo alfombrado y Napoleón corrió a recibirla con la lengua afuera, se dijo que aquel día parecía haber durado una semana. Suerte se contentó con observarla desde lo alto de la encimera de la cocina con lo que, quiso pensar, era una expresión de alegría, y maulló pidiendo atención, o, lo que era lo mismo, se dijo Marie en tanto atendía su pedido, que le pusiera su comida. Hizo lo mismo con Napoleón, que se mostró mucho más agradecido que su compañero gatuno y, tras sacarlo a dar una rápida vuelta, se dio una ducha con la idea de meterse a la cama. No le apetecía ponerse con el trabajo que se había traído de la escuela esa noche; podría hacerlo el día siguiente. En ese momento sentía como si su cabeza estuviera a punto de explotar y lo único que deseaba era cerrar los ojos y dormir.

Mientras el chorro de agua tibia golpeaba sus hombros doloridos por la tensión y despejaba su mente, rememoró lo ocurrido desde que ella y la señora Phillips abandonaron la estación.

El detective Spencer se había mostrado muy amable. Esperó a que acompañara a la señora Phillips hasta el apartamento que tenía en los altos de la tienda, que le preparara un té y se asegurara de que estaba bien. Se había ofrecido a quedarse con ella hasta el día siguiente, pero la anciana rechazó el ofrecimiento con un gesto; había vivido sola durante casi quince años, no había nada por lo que debiera preocuparse. Una buena noche de sueño haría maravillas con ella, aseguró.

Marie se despidió con la certeza de que la anciana era mucho más fuerte de lo que aparentaba, como había tenido ocasión de comprobar alguna vez, y bajó a reunirse con el detective Spencer. Tan pronto como puso un pie en el coche, le dio las señas de su casa y cerró los ojos, demasiado agotada como para considerar siquiera intentar entablar una conversación. Él pareció comprenderlo porque se mantuvo también en silencio y a lo sumo encendió la radio en una emisora de música suave y cadenciosa que terminó por adormecerla. Cuando el coche se detuvo, la sacudió con delicadeza del hombro y Marie reaccionó un tanto sobresaltada; sin embargo, cuando su mirada se encontró con sus amables ojos, no pudo menos que sonreír, agradecida tras disculparse por haberse distraído de esa forma.

El detective Spencer, o Logan, como insistió en que lo llamara, la dejó ante la puerta y le dio su tarjeta por si necesitaba ponerse en contacto con él. Cualquier cosa que necesitara, indicó, él estaría encantado de ayudarle. Marie le agradeció nuevamente y, tras hacer un gesto de despedida, entró a su casa y cerró bien la puerta tras ella.

Tal vez debería de haberle ofrecido algo, se cuestionó luego. Un café o agua. El pobre hombre les había hecho de chófer a ella y a la señora Phillips luego de un largo día de trabajo. Pero se había sentido tan sobrepasada por todo que lo único que deseaba era meterse en su casa y descansar. Se disculparía luego si se presentaba la oportunidad, se prometió.

Permaneció en la ducha durante varios minutos y, cuando las reservas de agua caliente empezaron a agotarse, y sus dientes dieron un leve castañeo, se preguntó si se daría esa ocasión. ¿Tendría que volver a la comisaría con la señora Phillips? ¿Vería a Colin de nuevo?

Tomó una toalla para secarse y se envolvió luego en un grueso albornoz; sus pies levemente húmedos se arrastraron, más que caminaron, en dirección a su dormitorio y se dejó caer sobre la cama con un escalofrío mientras intentaba secarse. Era un lugar tan pequeño como el resto de su casa; pero le gustaba, le gustaba mucho. Había puesto todo de ella allí, era su lugar favorito y donde se sentía más a gusto. Las paredes de un suave tono de malva inspiraban calidez y calma, la lámpara con forma de orquídea sobre la mesita de estilo antiguo junto a su cama había sido un obsequio de su hermano cuando se mudó y nada le hacía más feliz que tenderse sobre el suave lecho cubierto con un grueso edredón que le costó un ojo de la cara, pero en el que podría sumergirse y permanecer así durante días.

Había sido raro ver a Colin en esas circunstancias, pensó abrazando su almohada.

Napoleón subió poco después ayudándose con una grada que Marie había comprado con ese fin; el pobre no podía subir por sí solo y le gustaba dormir a sus pies. Suerte prefería quedarse sobre su cama en un rincón de la habitación, mirándolos con su siempre presente expresión de superioridad.

Colin se había mostrado tan distante con ella, pareció tan poco interesado en su presencia, su atención totalmente puesta en la señora Phillips y en su historia, que no pudo evitar sentir un aguijonazo de decepción al considerar que ya había olvidado su existencia o cuando menos lo ocurrido entre ambos la última vez que se vieron. Pero entonces se topó con su mirada antes de marcharse y supo que no había sido así; que, lo mismo que ella, había procurado ocultar lo que en verdad sentía.

No era tonta y había tenido suficiente experiencia con hombres como para saber que Colin no se encontraba rendido de amor por ella. Era solo deseo. Eso lo tenía muy claro porque lo sentía también. Posiblemente, si él no se hubiera detenido esa tarde en la escuela y hubieran consumado esa necesidad en ese momento no se sentiría tan frustrada ni él la vería de la forma en que lo hacía.

Tensión sexual, lo llamó él, ¿no? Bueno, se dijo Marie cerrando los ojos con sus brazos fuertemente aferrados a su almohada, eso no era nada del otro mundo. Podría vivir con algo como eso; era la clase de cosa que podría sentir por cualquier otro hombre atractivo en el mundo. Eso no significaba que tuviera que lanzarse a sus brazos cada vez que se encontraran. Esa distancia que mantenía entre ambos era lo mejor que podía hacer y estaba dispuesta a que continuara así.

Contar finalmente con el nombre de la víctima hizo toda la diferencia del mundo al momento de abordar el caso, como comprobó pronto todo el equipo designado a él, con Morgan y Colin a la cabeza.

Seth Smith había tenido una vida de lo más interesante luego de dejar a la señora Phillips, descubrieron tan pronto como empezaron a investigar al respecto. A la anciana le dolería saberlo, pero su protegido estuvo lejos de retomar el buen camino con el paso de los años; todo lo contrario.

Según averiguaron, la vida de Smith antes de encontrar a la señora Phillips había sido tal y como se lo contara entonces. Hijo de una familia acomodada, buenas escuelas, un puesto en la universidad que rechazó por su ilusión de convertirse en un autor afamado y unos cuantos años de vagar de un trabajo mal pagado a otro hasta encontrar a la que posiblemente fuera la única persona que alguna vez creyó en él.

Luego de dejar Baltimore, sin embargo, su vida empezó a dar de bandazos en una espiral de malas decisiones que terminó por ponerlo en el lugar en que había terminado hacía unas cuantas semanas.

Tal y como Colin supusiera, el oficio de escritor se había encargado de volver sus huellas digitales casi ilegibles, pero una vez que tuvieron su nombre pudieron ubicarlo de inmediato en el sistema. Smith se había visto involucrado en algunos crímenes de poca monta en los últimos años y por varios estados del país. Robos en gasolineras por unas cuantas decenas de dólares, estafa de alquileres, cheques sin fondo. Nada lo bastante grave como para terminar en prisión por más de un par de semanas; eso, cuando pudieron atraparlo.

En los últimos dos años, sin embargo, el sistema no registraba ninguna alerta con su nombre. Parecía como si hubiera desaparecido. Eso, o tal vez se aburrió de esa vida delictiva que le había dado tan malos resultados, como sugirió Morgan. Pero Colin no estaba tan seguro. Al examinar las fotografías de su cadáver y las que pudieron conseguir en el sistema de la última vez que pasó por el registro, algo le dijo que Smith estaba lejos de encontrar la redención. Los hombres como él no cambiaban de un día para otro; él lo sabía bien. Estaba convencido de que debió de ocurrirle algo que le obligó a reenfocar sus esfuerzos. Pero, ¿hacia dónde?, se preguntó, sin conseguir llegar a una respuesta.

Morgan se ocupó de enviar alertas a varios departamentos de los estados en los que alguna vez se había visto a Smith con la esperanza de dar con alguna pista que les sirviera para seguirle el rastro y averiguar qué había hecho desde su último arresto. En tanto, se comunicó con la señora Phillips para preguntar por las personas con las que Smith acostumbraba reunirse durante el tiempo que vivió con ella; tal vez alguna de sus viejas amistades supiera algo que les fuera de ayuda.

En el fondo, y aun cuando hubieran tenido que torturarlo para que lo reconociera en voz alta, Colin lamentó que Morgan no hubiera optado por pedir a la señora Phillips que se presentara en persona para hacerle esas preguntas. Ello habría significado que vería a Marie nuevamente; no podía pensar en nada que deseara más.

Pensaba en ella con frecuencia, en especial cuando se encontraba en esas horas que dedicaba a estudiar sus apuntes y daba una mirada al libro que le dejara. Lo había leído un par de veces ya y empezaba a encontrar interesante todo ese asunto de vivir en armonía con la naturaleza y buscar el significado oculto en lo que le rodeaba. En realidad, se sorprendió pensando más de una vez, lo segundo era una de las máximas que había regido su vida desde que podía recordarlo.

Debería devolvérselo, se dijo más de una vez. Era importante para ella y no había nada más que pudiera sacar de él que le fuera de utilidad. Lo correcto, además, era que se lo llevara personalmente, nada de enviarlo por correo. ¿Quién hacía algo como eso?

Había tomado la costumbre de pasar los dedos por el lomo del libro, imaginando que se trataba de la piel de su dueña, lo que le hacía sentir estúpido y frustrado hasta límites inimaginables. Como no hiciera algo con todo eso que sentía, terminaría por volverse loco.

Una tarde en que las cosas habían estado particularmente tranquilas en la comisaría y en que esperaban la respuesta de un contacto de Morgan en el departamento de Minnesota, donde acababan de descubrir hacía un par de días que se había perdido la pista de las correrías de Seth Smith, decidió que no podía continuar así. Necesitaba hablar con ella, verla una vez más.

Cogió el libro, sus llaves y, tras urdir una excusa que posiblemente su amigo no creyera, abandonó la estación para dirigirse a la escuela de Marie. Esta vez no tuvo que preguntar por ella, sabía dónde encontrarla. Lo que nunca hubiera podido imaginar fue en qué circunstancias ocurriría eso.

7

Marie acababa de terminar de hacer algunas rápidas anotaciones en la pizarra antes de que el timbre sonara y los chicos se marcharan para que no tuvieran excusa de no estudiar para el examen del día siguiente. Sería algo sencillo, la clase de prueba que hacía de vez en cuando para hacerse una idea del nivel de la clase y reforzar lo que considerara necesario. Los muchachos anotaron a toda velocidad entre quejas, pero no les prestó mucha atención; era lo habitual. Además, al mirar en dirección a la ventana reparó en una silueta que atisbaba por entre los arbustos y no le costó adivinar de quién se trataba.

Con el ceño fruncido, oyó el timbre sonar y, tras asegurarse de que todos habían anotado los temas para el examen, los despidió con una sonrisa forzada.

Cuando los pasos de los estudiantes empezaron a perderse en el pasillo, se deshizo de la chaqueta y acomodó los puños de su blusa con los sentidos alerta. No le extrañó oír un sonido proveniente de la puerta; sin embargo, no se dirigió hacia allí, sino que prefirió mantenerse en su lugar ante el escritorio con los brazos cruzados y una expresión de calma que en realidad no sentía del todo.

Al pasar los minutos, comprendió que sería ella quien tuviera que apresurar las cosas.

–Puedes pasar, Connor; también me gustaría hablar contigo –dijo ella en voz alta para hacerse oír al otro lado de la puerta.

Tal y como supuso, la silueta del muchacho apareció poco después bajo el dintel y, tras vacilar un segundo, se internó en el aula arrastrando los pies y con ese talante enojado que le era tan conocido.

La ausencia de clases no parecía haber hecho mucho bien al muchacho, descubrió al observarlo en silencio. Tenía unas profundas ojeras en su rostro alargado y parecía como si llevara días sin darse un baño; su camiseta a rayas estaba sucia en algunos lugares y los pantalones le colgaban de las caderas con descuido. Marie sintió una oleada de compasión al toparse con sus ojos oscuros pese a la animosidad que vio en ellos.

–¿Cuánto tiempo estuviste afuera?

Fue ella quien habló nuevamente ante el silencio del muchacho, que no se detuvo hasta encontrarse a solo unos pasos de ella.

–Un rato –respondió al fin con su voz aguda más propia de alguien mucho más joven–. Estaba esperando que se fueran.

–Porque quieres hablar conmigo.

El chico asintió de mala gana y le lanzó una mirada de enojo que la tomó un poco por sorpresa.

–Tiene que dejar de llamar a casa y tiene que pedirle al director que no lo haga tampoco –exigió, atragantándose con las palabras como si fuera eso lo que más le preocupaba decir–. Me está metiendo en problemas.

Marie imaginó que ese era el motivo por el que se encontraba allí; dudaba de que hubiera pasado a saludarla, pero no por eso se sintió menos preocupada al advertir la desesperación en esa voz que parecía estar en una constante batalla con el odio que hervía en su mirada.

-¿En qué clase de problemas, Connor? ¿Se trata de tus padres? Si no les gusta que los llamen, ¿por qué no han venido ellos en persona a hablarlo conmigo y con el director Houston? Nosotros estamos también ansiosos por tener una charla con ellos.

Marie habló con suavidad y procuró imprimir un tono firme pero amable en su voz, pero no pareció como si el muchacho captara el matiz. Él dio un paso más hacia ella y levantó una mano con el enfado bullendo en sus pupilas.

-No llamen. Ya no quiero venir a esta estúpida escuela, es una pérdida de tiempo -espetó él con una mirada de desprecio al aula.

-¿En verdad piensas eso? ¿O son tus padres quienes te lo han dicho? -inquirió Marie con sus sentidos alerta-. Porque ambos sabemos que eso no es verdad; venir a la escuela es bueno para ti, podría ser lo que te ayude a salir de aquí si eso es lo que quieres.

Vio una sombra de anhelo en el rostro del chico, pero se apagó como una cerilla puesta al viento casi de inmediato.

-¿Y a dónde voy a ir? Estoy bien aquí, me gusta este lugar -refutó él-. Nadie puede obligarme a estudiar si no quiero hacerlo.

-Te equivocas. Eres un menor y como tu maestra estoy obligada a velar por tu bienestar. Mereces recibir una buena educación, vivir en un ambiente agradable....

Unas secas carcajadas brotaron de la garganta del muchacho y Marie sintió un escalofrío mezclado con un aguijonazo de pesar por lo amargado que le pareció. Ningún chico de su edad debería de ser capaz de reír así.

-¿Un ambiente agradable? ¿Está loca, señora? ¿Sabe siquiera dónde vivo? -replicó él con un retintín burlón en la voz, pero no le dio tiempo de responder-. Usted no sabe nada. Solo le gusta meterse en lo que no le importa, pero ya me ha dado demasiados problemas. Vine solo para pedirle que deje de llamar o...

–¿O qué? –Marie sostuvo su mirada con firmeza.

La barbilla del muchacho tembló un poco y ella comprendió que tal vez no esperara un desafío tan abierto, pero se recompuso con rapidez y dio otro paso hacia ella. Marie reparó entonces en que tenía los puños cerrados con fuerza a los lados y que su mirada angustiada y cargada de rencor no podía augurar nada bueno; no importaba la edad que tuviera, era un poco más alto que ella y bastante más fornido. No quiso permitir que él advirtiera su inquietud y por ello mantuvo sus brazos firmemente cruzados a la altura del pecho, a la espera.

–No llame de nuevo –repitió él remarcando las palabras–. O haré que se arrepienta.

–¿Sí? ¿Y cómo harás eso?

–Sé dónde vive.

Marie contuvo el aliento y apretó los labios antes de responder; su mente trabajaba a toda velocidad. Eso no era del todo extraño; su dirección no era un secreto, pero no le hizo ninguna gracia que el chico procurara amenazarla con algo como eso. Sabía lo que un hombre violento podía hacer sin importar los años que tuviera, y aunque sentía compasión por Connor y la mayor parte del tiempo lo veía como un chiquillo perdido y necesitado de atención, no era tan ingenua como para pensar que no sería capaz de hacerle daño aun cuando después pudiera arrepentirse de ello.

De modo que hizo acopio de toda su serenidad y mantuvo su tono firme al hablar nuevamente.

–Eso no ha sonado nada bien, Connor, pero lo dejaré pasar esta vez porque, de no hacerlo, tendría que suponer que estás hablando en serio y no me quedaría más alternativa que hablar con la policía, ¿cierto? Y estoy segura de que ni tú ni yo queremos eso.

El muchacho acusó sus palabras con un gesto de frustración y los dientes apretados. Tal vez pensara que se burlaba de él o que no creía en lo que, sin duda, le había costado tanto decir, porque dio otro paso más hasta que su aliento rozó su rostro y elevó la mano ante sus ojos con los dedos doblados como si considerara tomarla del cabello o tirar del cuello de su blusa. Ella nunca lo sabrá, en realidad, porque justo en ese momento se oyó una voz grave, y tan helada como el filo de un cuchillo surgiendo desde la puerta, que tuvo el efecto de paralizar al muchacho como si acabara de recibir una descarga eléctrica.

—Baja ese brazo, chico.

Marie advirtió el temor en los ojos de Connor, pero el muchacho no se movió y cuando buscó el origen de la voz se topó con el rostro de Colin, que entraba en el salón con un andar pausado y elegante que le recordó al de un animal listo para embestir a su presa. Intentó llamar su atención para decirle que no hacía falta que hiciera nada, pero él no parecía verla; toda su atención estaba puesta en el chico que lo veía a su vez sin atinar a nada.

—El brazo, bájalo —repitió Colin con ese tono suave que precisamente por ello pareció mucho más amenazador—. Y aléjate de ella.

Connor sacudió la cabeza como si acabara de despertar de un sueño y empezó a trastabillar hacia atrás, poniendo distancia entre él y Marie. A ella le pareció más joven que nunca con su expresión asustada y el temblor en sus piernas. Quiso ir hacia él para calmarlo, pero Colin se puso ante ella obstruyéndole el paso sin desviar su atención del muchacho.

—Colin, no hace falta...

Él la ignoró, lo que le arrancó un bufido de furia. ¿Cómo se atrevía a actuar de esa forma? ¡Era solo un chico! Ella era perfectamente capaz de tratar con cualquiera de sus alumnos. Dio un paso hacia él, dispuesta a tirar de la manga de su chaqueta para apartarlo de su camino cuando la sorprendió al hablar nuevamente, una vez más dirigiéndose a Connor, que lo veía como si se tratara de una aparición.

–La navaja. Dámela –ordenó.

Marie frunció el ceño, pero entonces advirtió que, tras vacilar un instante, el chico se metía una mano al bolsillo del pantalón y le tendía un objeto de metal oscuro que Colin tomó con rapidez. Tras estudiarla un segundo, se la guardó en la chaqueta. Marie apenas podía respirar. ¿Había ido armado? ¿En qué había estado pensando?

–¿Sabes su nombre?

Marie tardó un momento en comprender que Colin se dirigía a ella aun cuando era al muchacho al que veía.

–Claro que sé su nombre –respondió aun un tanto confusa.

–¿Y su dirección?

–Sí, pero...

Colin no volvió a dirigirse a ella; en lugar de eso inclinó el torso en dirección a Connor.

–¿Oíste eso? Ella sabe tu dirección, lo que significa que también yo la sé. ¿Te haces una idea de por qué sería eso? –preguntó él.

Marie tragó espeso, consciente de lo que Colin pretendía implicar con sus palabras, la supuesta relación entre ambos; pero no le agradó que se sintiera en libertad de mentir de una forma tan descarada aun cuando intentara hacerlo para protegerla. No dijo nada, sin embargo, y tal vez hubiera dado igual si lo hiciera porque en ese momento no pareció que él se encontrara muy receptivo a una interrupción. Estaba del todo concentrado en Connor, que al cabo de un momento empezó a asentir de mala gana; fue evidente que entendía a la perfección lo que él había deseado implicar.

–Bien –continuó Colin con un matiz satisfecho en la voz–. Entonces, solo para dejarlo en claro y que puedas marcharte de aquí: no me importa cuál es tu problema o la edad que tengas, si vuelves a acercarte a ella o a hacer cualquier cosa que pueda incomodarla, aquí, en su casa, o en cualquier otro lugar, me encargaré de que lo pagues. ¿Comprendes lo que te digo?

Connor asintió una vez más; ahora pareció tan asustado como avergonzado. Con seguridad no era algo que hubiera esperado cuando tomó la decisión de presentarse a amenazar a su maestra. Y pese a ello, Marie no pudo evitar sentir una oleada de compasión al toparse con su rostro sonrojado un segundo antes de que corriera en dirección a la puerta y sus pasos se perdieran en el corredor.

Tan pronto como se quedaron a solas, las manos de Marie empezaron a temblar. Había tenido desencuentros con estudiantes antes, e incluso también con sus padres, estaba acostumbrada a tratar con todo tipo de personas; pero nunca se vio en una situación como esa. La violencia la perturbaba a un grado que muchos no habrían conseguido entender. Su corazón empezó a bombear con fuerza y tuvo que buscar el borde del escritorio para apoyarse sobre él, aspirando una y otra vez para recuperar la calma.

Tenía los ojos cerrados con fuerza y sus dedos se aferraban a la madera cuando percibió la presencia de Colin a su lado; él apoyó entonces una de sus manos sobre su espalda y empezó a acariciarla con suavidad subiendo y bajando con movimientos circulares hasta que su respiración empezó a normalizarse y sus rodillas dejaron de temblar.

–Está bien. Ya ha pasado. Todo está bien.

Colin usó un tono bajo y apacible, el mismo que posiblemente hubiera conseguido tranquilizar a un animal asustado. A Napoleón le habría encantado, se dijo Marie un tanto confundida aun por todo lo que acababa de ocurrir. Sacudió la cabeza de un lado a otro y aspiró una gran bocanada de aire para terminar de calmarse. Estaba haciendo el ridículo.

Un poco enojada de haber tenido una reacción como aquella precisamente frente a él y también porque estaba convencida de que se había tomado una atribución que no le correspondía al pasar por encima de su autoridad para amedrentar a uno de sus alumnos en sus narices, se deshizo de su toque y giró para enfrentarlo con el mentón elevado.

–Estoy bien –dijo ella aun cuando su tono tembloroso desmentía sus palabras, por lo que carraspeó hasta que supuso que podría sonar más natural–. De verdad. No tenías que intervenir, hubiera podido arreglarlo por mí misma. Es solo un niño.

Colin ladeó el rostro y una leve sonrisa se dibujó en sus labios. Marie empezaba a creer que era la actitud que adoptaba cuando pretendía dejar en claro lo poco que le creía; como cuando aseguró que la tensión entre ellos se debía más a la atracción que al desagrado mutuo.

–No es un niño; es un muchacho –negó él sin alterarse–. Y está enojado.

–Porque tiene miedo.

–Lo que lo hace más peligroso –insistió él–. La gente hace muchas tonterías cuando está asustada.

Marie no se vio capaz de negar algo como eso; sabía que era verdad.

–Tiene problemas en casa –dijo intentando defender al muchacho de cualquier forma.

Colin cabeceó como si no dijera nada que le sorprendiera.

–Es una pena. Tal vez el susto que acabo de darle le sirva de algo, pero en este momento no estoy preocupado por él sino por ti.

Marie llevó un mechón de cabello detrás de la oreja y suspiró.

–Estoy bien. De verdad, fue solo... me impresionó un poco. ¿A quién no? –Ella arqueó una ceja con un retintín burlón al continuar–: Bueno, quizás a ti no.

Colin se encogió de hombros.

–He visto cosas peores –dijo él.

–Puedo imaginarlo.

Ninguno habló durante todo un minuto hasta que Colin rompió el silencio al dirigirse a ella nuevamente.

–¿Por qué no recoges tus cosas y te llevo a casa para que descanses? Puedes...

Marie empezó a negar incluso antes de que terminara de hablar.

–No hace falta. De verdad estoy bien y prefiero ir sola.

Colin suspiró y la sorprendió al hablar con un tono que revelaba que, en el fondo, no se sentía tan tranquilo como deseaba aparentar.

–Por favor, Marie. Mira, he tenido una mala semana; no he probado bocado desde el desayuno y apenas dormí anoche –indicó él, y continuó antes de que pudiera interrumpirlo–: Y tampoco lo haré hoy si no me aseguro de que estás sana y salva en casa. ¿Podrías hacer eso por mí?

Marie bufó, rendida incluso antes de que lo supiera.

–Para que puedas dormir –resumió ella con cierta burla.

–Exacto. Me pongo insoportable cuando no duermo.

Ella comprendió que intentaba quitarle seriedad a lo ocurrido pero que no por ello era menos importante para él. Y lo agradeció de corazón incluso aunque no pudiera sacudirse de esa persistente turbación que la asaltaba cada vez que se encontraba a su lado.

–No imagino cómo sería eso posible, pero está bien. Deja que reúna mis cosas –aceptó ella antes de darle vuelta al escritorio para tomar su maletín.

Colin aguardó y no hizo ningún intento de entablar conversación. Cuando Marie estuvo lista salieron juntos al estacionamiento y puso el coche en marcha tan pronto como ella se ajustó el cinturón de seguridad. No encendió la radio y Marie estuvo a punto de agradecérselo porque no tenía interés de llenar el silencio con ningún ruido.

Tal vez se debiera a que no se trataba de un silencio desagradable, consideró al pensar en ello. Había algo en sus movimientos calmados y apenas pèrceptibles, en su respiración acompasada y en cómo ladeaba el rostro levemente de cuando en cuando para buscar su mirada y asegurarse de que se sentía cómoda, que le inspiraba una sensación bastante agradable. Era curioso que un hombre que podía aturdirla de la forma en que él lo hacía con unas cuantas palabras o unas caricias tuviera también el poder de relajar sus nervios alterados.

Colin detuvo el coche ante su puerta y Marie se dijo que no debía sorprenderle que no necesitara indicaciones aun cuando solo hubiera estado allí una vez. En realidad, se sorprendió pensando, parecía bastante familiarizado con la ciudad y no pudo evitar sentir un poco de curiosidad al respecto.

–Antes de que te marches. –El sonido de la voz de Colin luego de todo aquel silencio la desconcertó un poco y tuvo que parpadear para entender lo que decía–. Tengo algo que te pertenece.

Él se estiró para buscar algo en el asiento trasero y el movimiento provocó que su pecho rozara su hombro, provocándole un escalofrío. Casi agradeció cuando volvió a su lugar y le tendió el libro que le había prestado.

–¿Te sirvió? –preguntó ella.

–Mucho. Es muy interesante –dijo él sonando sincero–. Perteneces a un mundo fascinante, Marie; solo lamento que haya quienes lo aborden de la forma equivocada.

Ella asintió, tanto para agradecer sus palabras como para dar a entender que se encontraba de acuerdo con eso último.

–¿Esto podría servir para atrapar a ese hombre?

–Quizás –Colin cabeceó, pensativo–. Al menos me ha ayudado a entenderlo mejor.

–Este no es un manual de psicología, Colin –señaló ella con una pequeña sonrisa.

Él correspondió al gesto y se encogió de hombros.

–Lo es si lees entre líneas –aseguró él.

Fue el turno de Marie para mostrarse escéptica, pero decidió que no sería muy considerado de su parte cuestionar algo en lo que con seguridad él tendría más experiencia. A ella jamás se le dio bien profundizar en la mente de las personas, se guiaba más por la energía que emanaban y por sus instintos. Lo cual no quería decir que no se hubiera equivocado con frecuencia, recordó con cierta molestia.

Al observar al hombre sentado a su lado, sin embargo, se dijo que por primera vez en mucho tiempo tenía claro lo que le habría gustado hacer aun cuando no pudiera estar segura del resultado. Quizá, más que a sus instintos, sería un buen momento para seguir a su corazón.

Un tanto incómoda, carraspeó para llamar la atención de Colin y lo observó con el ceño fruncido.

–¿De verdad no has comido desde esta mañana? –preguntó ella.

Él parpadeó como si no hubiera esperado esa pregunta y, tras pasar un instante, cabeceó con ligereza.

–Sí, pero no es la gran cosa, solo lo dije para convencerte de que me permitieras acompañarte –reconoció con una sonrisa.

Marie apretó los labios, no muy segura de lo que pensaba de esa confesión, pero decidió apartar la idea a un lado y centrarse en lo que de verdad deseaba.

–Ya lo imaginaba –dijo ella en tono seco–. Pero de cualquier forma debes de tener hambre; no es bueno saltarse las comidas...

–Está bien.

–... porque puedo compartir mi cena contigo. –Ella sostuvo su mirada de un gris insondable y se encogió de hombros antes de continuar–. Te advierto, eso sí, que no será más que un emparedado de pollo frío y una soda, pero no deja de ser comida.

Colin demoró un instante en responder, pero cuando lo hizo fue con una seriedad que la descolocó un poco. Pareció realmente agradecido y como si estuviera poco habituado a esa clase de gestos.

–Un emparedado de pollo frío suena estupendo en este momento –comentó él.

Marie asintió y bajó del coche haciendo malabares para encontrar sus llaves, pero Colin se apresuró a ayudarle tomando sus cosas para que ella pudiera buscar en su maletín y, una vez que consiguió abrir la puerta, lo invitó a entrar con un gesto.

Había dejado el lugar un poco desordenado esa mañana, pero nada de cuidado, recordó aliviada al dar una rápida mirada por encima de su hombro. Napoleón salió a recibirla, como hacía siempre, pero al toparse con Colin se detuvo de golpe y lo observó con las orejas paradas.

–Creo que no se alegra de verme –indicó él sonriendo.

–No estés tan seguro. No te ha ladrado; eso es algo –comentó ella tras dejar sus cosas sobre el sofá–. ¿Podrías llenarle el cuenco que está tras la encimera de la cocina mientras abro las ventanas?

Colin se apresuró a hacer lo que le pidió sin despegar la mirada del animal que trotaba tras él. Suerte apareció poco después y él sí que pareció contento de verlo, o al menos eso pareció indicar el hecho de que se acercara para enroscarse entre sus piernas y el maullido que emitió al verlo dejar caer un poco de comida en su plato.

–En verdad que no entiendo cómo es posible que sea tan amistoso contigo. –Marie los observó con el ceño fruncido y un poco de envidia–. Lleva conmigo un año y parece como si continuara desconfiando de mí.

Colin, con semblante pensativo, observó a los animales comer.

–Bueno, es obvio que lo ha pasado mal; no puedes culparlo por ser desconfiado –comentó él–. Pero es un buen chico y le gustas. No se habría quedado aquí de no ser así.

Marie cabeceó, no muy convencida de eso último, pero vio algo en el rostro de Colin, en su mirada cabizbaja y la forma en que parecía perdido en sus pensamientos, que le dijo que tal vez, de alguna forma, él y Suerte consiguieran simpatizar de la forma en que lo hacían porque se reconocían el uno en el otro. ¿Sería eso? ¿Era él también un ser dañado?

Cuando los animales terminaron de comer, sujetó a Napoleón para atarle una correa al tiempo que veía a Colin dar una vuelta por el lugar como si no hubiera tenido oportunidad de examinarlo a placer la última vez que se encontró allí.

–Tengo que llevarlo a dar una vuelta. Serán solo cinco minutos –aseguró ella–. ¿Te importa?

–Claro que no. Tal vez yo pueda dar una mirada a la cocina mientras tanto –sugirió él.

El rostro de Marie pareció resplandecer ante la oferta.

–¿Sabes cocinar? Me refiero a… ¿sabes cocinar bien? ¿Comida buena y esas cosas?

Colin rio con ganas al oírla.

–Bueno, no he envenenado a nadie aun –comentó él y la observó con los ojos entrecerrados–. ¿Tú sí?

–¡Claro que no! Pero he estado a punto. –Ella sonrió también y sacudió la cabeza tras contener a Napoleón, que había empezado a tirar de la correa para reclamar su paseo–. La verdad es que no soy muy buena, solo lo necesario para no morir de hambre. De modo que si no es mucha molestia… porque entiendo que estés cansado…

–Veré qué puedo hacer –dijo él.

Marie sonrió de nuevo y atendió a los ruegos del perro. Tardó un poco más de lo esperado porque se topó con uno de sus vecinos en el camino, y como este también llevaba a su perro, Napoleón decidió que no le vendría mal hacer una carrera con el otro animal. Cuando volvió se sentía un poco avergonzada de haber dejado a Colin a solas tanto tiempo, pero le bastó con cruzar el umbral de la puerta para darse cuenta de que él posiblemente ni siquiera hubiera notado su ausencia.

Él se veía muy cómodo yendo de un lado a otro de la minúscula cocina y apenas miró sobre su hombro un instante para sonreírle al oírla llegar.

–¿Te gusta el espagueti? –preguntó él, y continuó sin esperar respuesta–, asumí que sí porque vi varios paquetes en la alacena. ¿*Fettuccine* estará bien?

Marie asintió y fue a lavarse las manos, inhalando con agrado todo el camino hasta su habitación, donde dejó su chaqueta y cambió sus zapatos cerrados por unas sandalias más cómodas. Pensó en cambiar también la blusa y la falda, pero decidió que no quería dar una mala impresión poniéndose algo más atractivo. Se trataba de una cena con un conocido que la había rescatado de una situación desagradable, eso era todo; se recordó con el ceño fruncido en tanto se reunía nuevamente con él.

El fuego de la sartén chisporroteaba en tanto Colin iba dejando caer algunas verduras y los restos del pollo frío que ella dejara en la nevera. Se había deshecho también de la chaqueta y los puños de su camisa blanca estaban arremangados dejando a la vista unos antebrazos cubiertos de un fino vello oscuro. Era curioso, se dijo Marie al observarlo de reojo cuando él le indicó que se pusiera a su lado para ayudarle a controlar los espaguetis que había puesto a hervir, que un hombre con un natural tan vehemente y que parecía encontrarse siempre en tensión pudiera mostrar semejante paciencia al añadir los ingredientes, esperando el tiempo justo para ir por el siguiente, muy concentrado en su labor.

La curiosidad que le inspiraba pareció incrementarse hasta el infinito y no pudo evitar pintar mil escenarios que explicaran todo lo que le intrigaba; sin embargo, no consiguió llegar a ninguna conclusión que le satisficiera, de modo que decidió preguntar directamente:

–¿Cómo aprendiste a cocinar?

Colin dio una leve sacudida a la sartén antes de mirarla de reojo.

–Te lo diré si aceptas contestar también a mis preguntas –propuso él–. Una cada uno. ¿Qué dices?

Marie lo observó con los ojos entrecerrados, tentada a negarse, pero decidió que eso hubiera sido una tontería. Después de todo, era justo y ella sentía mucha curiosidad. Si no le gustaba una de sus preguntas, bien podría no contestar. Así que asintió en silencio y Colin sonrió antes de responder.

–Viví con una mujer que era una excelente cocinera e insistía en que la ayudara. Al comienzo me pareció una tontería, pero terminé por tomarle el gusto y me ha sido muy útil desde entonces. Es bastante relajante, además.

Marie cabeceó y se mordió el labio inferior. «Por favor, no preguntes. Por favor, no preguntes», se rogó en silencio.

–Esta mujer, ¿era tu novia o algo así? –Al final su curiosidad venció la partida y se odió un poco por eso.

Colin sonrió como si esperara esa pregunta y negó suavemente tras reducir el fuego.

–Tu turno –indicó él.

Marie ahogó un suspiro, un poco nerviosa por lo que le esperaba.

–¿Por qué tienes tanto chocolate en la alacena? –preguntó él al cabo de un segundo.

Marie abrió mucho los ojos, desconcertada, y dirigió la mirada al mueble sobre sus cabezas.

–Yo... este... –Ella carraspeó antes de hilvanar una respuesta coherente en un tono levemente defensivo–.

No a todos nos relaja la cocina; algunos necesitamos otras cosas.

–Supongo que tienes razón –comentó él con una sonrisa.

–Y no es que vaya por allí devorando una tableta tras otra; soy consciente de las calorías, ¿sabes?, pero son altos en cacao y tienen muchísimas vitaminas.

Colin dio una última sacudida a la sartén y apagó la llama.

–Marie, no era una crítica, solo me dio curiosidad; a mí también me gusta el chocolate, te haré un soufflé un día de estos –prometió él.

Ella sintió su rostro arder y asintió, sin saber qué decir. ¿Cuándo iba a prepararle un soufflé? ¿Acaso pensaba que iba a permitirle irrumpir en su cocina de nuevo? Fue una suerte que Colin decidiera ignorarla en ese momento para escurrir los espaguetis y volcarlos en la sartén porque así no vería su expresión de desconcierto.

–¿Quieres comer aquí o lo llevamos a la mesa? –preguntó él poco después sacándola de su confusión.

Marie alternó la mirada de la pequeña mesa bajo la ventana a la encimera que dividía a la cocina del salón y dudó un momento antes de señalar a la mesa con una cabezada.

–Allí estará bien. Yo me ocupo de los platos –ofreció ella encantada de tener una excusa para escapar de su mirada.

Puso la mesa en silencio y, cuando Colin dejó un humeante plato ante ella que despedía un delicioso aroma a limón y especias, se le escapó un pequeño gemido. Sus ojos se encontraron luego de que él se sentara en la silla contraria y Marie no pudo evitar preguntarse si no habría cometido un terrible error.

Chocolate.

Eso era todo en lo que podía pensar. Incluso el sabor

de la pasta y la salsa con un leve toque cítrico y salado se diluía en su lengua al pensar en que habría preferido estar saboreando un poco de ese chocolate que Marie guardaba en la alacena muy al fondo como si le avergonzara que alguien descubriera esa debilidad.

A él, tal y como le había dicho, le pareció algo absurdo e innecesario porque compartía ese gusto. En ese momento, además, en tanto la veía saborear la comida con una sonrisa, lamiéndose con delicadeza la comisura del labio en un gesto de deleite, se dijo que nada le habría gustado más que fundir ese chocolate y volcarlo sobre su cuerpo para saborearlo de ella.

—Tengo otra pregunta.

Colin parpadeó y tragó espeso antes de levantar la mirada y encontrarse con los ojos de Marie puestos en su rostro.

Había estado tan concentrado mirando sus labios y dejando correr su imaginación que debía de parecer un estúpido; pero procuró recomponer el semblante y sonar un tanto indiferente al responder.

—¿Sí? —inquirió él—. ¿Seguimos jugando?

La vio fruncir el ceño luego de masticar un trozo de pollo.

—No es un juego —negó ella—. Solo es un intercambio de información.

—Qué técnico —comentó él en tono risueño; pero continuó antes de que ella pudiera interrumpirlo—. De acuerdo. Pregunta.

Marie carraspeó.

—¿Por qué no tuviste mascotas cuando eras niño? —preguntó ella de golpe.

Colin contuvo el aliento durante unos segundos y lo dejó escapar con suavidad entre sus dientes; apenas parpadeó al fijar la mirada en su rostro.

—A mi padre no le gustaban —respondió al fin.

—¿A tu madre tampoco?

—No, a ella sí; pero a él eso le tenía sin cuidado. Nunca tuvo su opinión muy en cuenta, y tampoco la mía, de hecho.

Colin usó un tono desapasionado al responder, pero en el fondo se sintió un poco inquieto ante la posibilidad de haber revelado más de lo que le hubiera gustado. La relación con sus padres no era un tema que le agradara tratar. Sin duda Marie no estaría de acuerdo con él, sin embargo, porque la vio abrir la boca como si estuviera a punto de profundizar en aquello y se apresuró a interrumpirla.

–Mi turno –dijo él–. ¿Por qué dejaste Los Ángeles?

Fue obvio que ella habría preferido no responder, pero era demasiado decente como para romper el trato, de modo que contestó luego de jugar un rato con los restos de su plato.

–¿No lo sabes? Pensé que me habías investigado –recordó ella.

Colin frunció el ceño. Para su sorpresa, él, que casi nunca se tomaba nada personal o, en todo caso, nunca le importaba lo que la gente pudiera pensar de él, se encontró sintiéndose un poco ofendido por lo que implicaban esas palabras.

–No tu vida personal; jamás se me habría ocurrido hacer eso –aseguró en tono tenso–. Tenía que estar seguro de que no había nada ilegal en tu historial, pero eso fue todo. ¿Me crees?

Marie apretó un momento el tenedor antes de apoyarlo sobre el borde del plato y sostuvo su mirada sin pestañear.

–Te creo –dijo ella al fin, y Colin soltó el aire que había estado conteniendo.

–Gracias.

Marie cabeceó.

–Respecto a tu pregunta –ella carraspeó antes de continuar–. Dejé Los Ángeles porque necesitaba un cambio. Mis padres habían muerto un par de años antes y mi hermano se unió a una organización en el extranjero. De pronto estaba sola, no sabía lo que deseaba hacer, pero sí que Los Ángeles no era la ciudad para mí. Empecé a enviar currículos y me llamaron de la escuela aquí. Nunca había estado en Baltimore, pero me gustó lo que averigüé y me alegra haber venido; me siento muy a gusto aquí.

Colin era lo bastante perceptivo para saber que ella no le estaba diciendo toda la verdad. Tal vez gran parte de aquello fuera cierto; no lo dudaba porque ya se había dado cuenta de que Marie era una muy mala mentirosa, pero el ocultar cosas no necesariamente es mentir y eso era lo que ella hacía. ¿De qué más habría escapado al decidir vivir en Baltimore? Le hubiera encantado saberlo, estuvo a punto de preguntar, pero supo que ella no lo habría agradecido y le pareció tan agradable ese ambiente de camaradería que se había instaurado entre ambos desde su llegada que nada le apetecía menos que arruinarlo con su curiosidad. De cualquier forma, almacenó la información en su cabeza para profundizar en ello luego.

–Te toca –le recordó él.

Marie

–La noche de nuestra cita... de nuestra mala cita –comentó ella con un ligero encogimiento de hombros–, dijiste que venías de terminar una mala relación. ¿Qué ocurrió?

Colin rebuscó en su memoria y recordó que sí, efectivamente lo había dicho, y no pudo menos que extrañarle porque no era la clase de cosas que acostumbraba decir a alguien que veía por primera vez. Pero lo hizo con Marie entonces y no tuvo otra opción que reconocer que ella le inspiraba una confianza que pocas veces había experimentado en su vida. Por eso, no dudó al responder a su pregunta.

–En realidad ya habían pasado un par de meses de eso cuando nos conocimos –comentó él una vez que terminó con su comida y bebió un trago de agua–. No soy de relaciones largas, ¿sabes? No tengo mucho tiempo o interés.

Marie arqueó las cejas al oírlo y Colin sonrió un tanto avergonzado de cómo debía de haberse oído aquello, por lo que intentó explicarse al continuar.

–Estoy acostumbrado a estar solo, a velar solo por mí; es difícil compartir con alguien más. Amanda... –Colin frunció el entrecejo al recordar ese periodo de su vida–... ella era... es genial, una mujer estupenda. La conocía desde hacía varios años cuando empezamos a salir y estuvimos juntos durante un buen tiempo.

–¿Qué tanto?

–Cuatro meses, creo; quizá cinco, no estoy seguro.

Marie bufó y lo observó con sorna.

–Disculpa, pero fueron cuatro o cinco meses, eso es mucho para mí. –Se defendió él un poco picado por la burla–. ¿Cuánto es lo máximo que has estado con alguien en una relación?

La sonrisa desapareció del rostro de Marie y Colin supo que acababa de tocar una fibra sensible. Posiblemente ella habría preferido no responder, pero debió de considerar que, ya que él había sido tan honesto, no podía quedarse atrás. Además de que era su turno de preguntar.

–Tres años –dijo ella al fin, cabeceando–. Mi relación más larga, de hecho.

–¡Vaya! Tres años. Suena como un matrimonio –comentó Colin, no muy seguro de que la idea le agradara–. ¿Y qué ocurrió para que terminara?

Marie suspiró e hizo a un lado la servilleta que había estado estrujando hasta entonces como si apenas se diera cuenta de ello.

–Si no te importa prefiero no hablar de eso –indicó ella–. Supongo que eso significa que acabo de perder el juego.

Ella intentó imprimir un tono bromista a su voz, pero Colin se dio cuenta de que el asunto en verdad le afectaba y, sin poder contener por más tiempo su necesidad de tocarla, en especial en ese momento en que le pareció tan vulnerable, extendió una mano y la posó sobre la suya.

–Tenías razón: no era ningún juego –reconoció él.

Marie cabeceó; no pareció como si encontrara incómodo o extraño el que la tocara. Para su sorpresa, apretó su mano un segundo antes de soltarse y ponerse en pie con un gesto enérgico.

–Odio dejar los platos sucios. ¿Te importa si los lavo? Creo que es lo justo; después de todo, tú cocinaste.

Colin la imitó al ponerse de pie y cabeceó antes de seguirla a la cocina.

–Solo si me dejas secar –comentó él.

Marie lo observó con una sonrisa y asintió sin disimular su agrado.

–Sabes que eres el sueño de cualquier mujer, ¿no? –preguntó ella en tono burlón.

Colin correspondió a su sonrisa y osciló la cabeza de un lado a otro, mirándola con una expresión inescrutable en tanto ella abría el grifo.

–Yo no estaría tan seguro de eso –comentó él en tono bajo–. Espera a conocerme un poco mejor y quizá cambies de opinión.

Marie ladeó el rostro y lo observó con curiosidad, pero no dijo nada, cosa que Colin agradeció y se quedaron un rato así, trabajando codo a codo en un agradable silencio hasta que terminaron con todo. A él no se le ocurrió nada que prolongara su estancia allí, de modo que, tras tomar su chaqueta, se dirigió a Marie.

–Gracias por todo –dijo él–. Lo he pasado muy bien.

Ella cabeceó y lo acompañó a la puerta.

–Gracias a ti, no recuerdo cuándo fue la última vez que comí tan bien –comentó sonriente.

–Podríamos decir que ha sido como la cita que no tuvimos.

Marie recibió la sugerencia con un ademán indeciso.

–Quizás –aceptó a medias–. Seguro que no habría salido corriendo entonces de haber sabido que eras tan buen cocinero.

–De haberlo sabido, lo hubiera dicho.

Marie rio y abrió la puerta haciéndose a un lado para franquearle el paso. Colin miró sobre su hombro y se encontró con Napoleón, que lo vigilaba desde el otro lado del pasillo mientras Suerte permanecía hecho una bola sobre una mesa sin despegar la mirada de ellos.

–Me preguntaba... –Colin se dijo que tenía que hacerlo o nunca se lo perdonaría– ¿Podemos repetir esto? Sé que tienes tus dudas respecto a mí por... ¿cómo le llamaste?, ¡ah!, mi mala vibra –recordó con una sonrisa–, pero de verdad me gustaría intentarlo.

Marie lo observó con el rostro ladeado. Parte de su cabello se le había salido del peinado y ahora le rozaba el cuello y las mejillas; le habría encantado apresarlo entre los dedos y sentir su suavidad.

–¿Intentar qué? –preguntó ella.

Su voz se oyó ronca y a Colin le sonó como un canto de sirena. Su cuerpo se inclinó hacia adelante como si estuviera dotado de voluntad propia y acercó los labios a su oído.

–No tengo idea –reconoció él en un susurro acompañado de una suave risa–, pero podríamos descubrirlo juntos.

Oyó a Marie contener el aliento y, cuando ladeó el rostro para buscar su mirada, su boca rozó su mejilla y le costó un esfuerzo sobrehumano resistir el impulso de besarla. Pero no quería ir demasiado rápido o abrumarla con otro asalto llevado por la pasión como el de la escuela.

–De acuerdo –dijo ella al cabo de un segundo.

–¿Sí?

–Sí.

Colin sonrió y se apartó para mirarla a los ojos.

–¿Podemos empezar mañana? –preguntó él.

Marie asintió.

–Mañana estará bien.

–Bien. Entonces te llamaré para saber si te parece bien que pase por ti a la escuela y...

–Pensaremos en algo –comentó ella–. Conozco un restaurante cerca al campus de la universidad que no está muy lejos de la escuela. No puedo explotarte en la cocina todos los días.

Colin rio.

–Agradezco la consideración –señaló él.

–Entonces mañana.

–Sí.

Marie abrió la boca como si deseara decir algo más, pero Colin hizo un ademán de despedida y se alejó en dirección al coche y no le quedó más alternativa que callar. Cuando él se perdió en la calle, ella permaneció un rato allí pero, al volver a casa, una sonrisa ilusionada le iluminaba el rostro.

8

Tal y como Colin prometió, la llamó al día siguiente y pasó por ella a la escuela para cenar en el lugar sugerido por Marie. Hicieron lo mismo un día después y el que siguió. Tres salidas en las que descubrió, con cierta sorpresa, que lo pasó mejor de lo que podía recordar que le hubiera ocurrido antes.

Colin era divertido una vez que bajaba sus defensas y abandonaba ese aire misterioso con el que lo había relacionado hasta entonces. También era inteligente, parecía como si no hubiera un tema acerca del que no tuviera algún tipo de conocimiento y a Marie le encantó poder hablar con él acerca del empleo de su hermano en el Medio Oriente, un lugar con el que Colin parecía estar muy familiarizado, o también de su interés por la jardinería, una afición que no había podido desarrollar del todo en Baltimore. Él sugirió unos cuantos libros que podrían interesarle y ella le prometió que, si conseguía mantener con vida a una orquídea, uno de sus mayores anhelos, se la regalaría con gusto.

Durante cada una de esas salidas, además, habían intercambiado información acerca de ambos como una continuación de esa especie de juego que iniciaran en su casa: una pregunta cada uno. A veces eran totalmente frívolas, la misma clase de preguntas que se hacen a alguien a quien acabas de conocer en un bar; pero otras eran también muy personales, y Marie se encontró compartiendo cosas que no le había dicho a nadie más hasta entonces. Quería pensar que lo mismo le ocurría a Colin.

Así descubrió, por ejemplo, que su relación con sus padres había sido muy complicada y que, según pudo deducir, estuvo lejos de disfrutar de una niñez tan feliz como la suya. Por lo que dio a entender, su padre fue un hombre poco afectuoso con quien mantuvo siempre un trato distante hasta que desapareció del escenario cuando era apenas un niño. Colin no aclaró si había muerto o si tan solo decidió marcharse un día, y Marie no creyó que agradeciera que se lo preguntara; tenía claro que él solo compartiría aquello con lo que se sintiera cómodo.

En cuanto a su madre fue obvio, por el cariño del que dotaba a su voz cada vez que hablaba de ella, que la quiso mucho y que fue una especie de refugio durante su niñez. De nuevo, Colin no entró en detalles, pero por lo que dijo pudo concluir que había muerto poco después de la desaparición de su padre y eso pareció afectarle mucho más de lo que él se veía capaz de reconocer.

Lo que había sido de Colin después de esas pérdidas... eso no lo tenía tan claro. Él no había profundizado mucho al respecto salvo para decir que una vez que terminó en la escuela se enroló en el ejército y luego de servir durante varios años había decidido pedir su baja y empezar un negocio propio en Chicago.

Marie intentaba llenar los huecos dejados por él, leer entre líneas y adivinar lo que le decía su mirada cuando se permitía hablar acerca de sí mismo; pero tenía la impresión de que era demasiado reservado para su bien. Tal vez, y aquello le pareció insólito en su momento, aunque con el tiempo comprendió que podía estar en lo cierto, él tan solo tuviera miedo de revelar demasiado de un pasado del que evidentemente no se sentía muy orgulloso.

Para aligerar esos momentos en que las confesiones se hacían pesadas y los silencios se asentaban entre ambos, ella intentaba compartir tanto de su vida como creyó sensato. En realidad, se sorprendió pensando con frecuencia, su vida podía considerarse bastante aburrida al lado de la suya. Salvo por un par de acontecimientos que se cuidó de comentar, nunca le había ocurrido algo fuera de lo común.

Le contó de su niñez con sus padres y su hermano mayor en Los Ángeles; de los días en la playa y su tiempo en la escuela; de cómo descubrió su vocación de maestra, aunque sus padres habrían preferido que optara por la medicina igual que Brian. Mencionó lo difícil que fue para ella iniciar la universidad porque tuvo que dejar la casa de su infancia por primera vez, pero lo mucho que disfrutó con el tiempo de su independencia. Le contó de su primer trabajo y de cómo había pasado buena parte de la clase deseosa de esconderse bajo el escritorio porque no creyó que fuera capaz de llevar con éxito un grupo de chiquillos que no dejaban de mirarla como si pensaran que estaba loca. Con el tiempo, sin embargo, encontró que, si se mostraba muy firme y asumía un aire de autoridad sin que ello le impidiera ser también considerada y respetuosa de las necesidades de sus alumnos, lograba cumplir con sus objetivos sin mayores esfuerzos.

Al final, le habló de la abrupta muerte de sus padres en un accidente marítimo cuando salieron a navegar con unos amigos y de lo mucho que les afectó a ella y a Brian perderlos. Su hermano se volcó en su trabajo y ella hizo otro tanto, pero era una herida que no se creía capaz de superar nunca. Cuando Colin le preguntó al respecto, Marie se escudó en aquello para explicar su decisión de mudarse a Baltimore, pero fue evidente que él no le creyó del todo. Y hacía bien, claro, reconoció ella para sí. Porque le estaba mintiendo. Había más. Pero aún no estaba lista para contárselo.

Y así, pese a las cosas que ambos aun ocultaban y al poco tiempo que en realidad pasaban juntos, podía decir que esos momentos compartidos con Colin habían sido algunos de los mejores que podía recordar.

Entonces, se preguntaba Marie con frecuencia, y en especial luego de aquella tercera salida después de que él la dejara ante la puerta luego de saludar a Suerte y Napoleón, una deferencia que este último empezaba a apreciar, ¿por qué demonios no la besaba?

Algo debía de ir mal, supuso, porque no encontraba otra explicación. Le había dado algunas señales para dar a entender que no le molestaría que lo hiciera, y luego de la segunda salida incluso rozó su mano cuando le ayudó a buscar las llaves dentro de su bolso. *Quédate*, había querido decirle. *Quiero que te quedes conmigo.*

Pero no pudo ponerlo en palabras y creyó que estaba implícito en ese gesto. Fue obvio que Colin no lo vio así, claro, porque se despidió al cabo de un rato y la dejó con la idea de que, o ella había sido demasiado sutil, o él nada perceptivo.

Tal vez debió ser ella quien lo besara. ¿Por qué tenía que hacerlo él? Lo hizo aquella vez en la escuela; ese era su turno. El problema era que a Marie nunca se le había dado bien tomar la iniciativa. Le temía al rechazo, al lanzarse de cabeza a por algo que posiblemente no podría obtener, lo que solo la avergonzaría.

De modo que para cuando la semana terminó estaba sumida en un estado de nervios y anhelo que le impedía concentrarse y actuar como una persona medianamente normal. Colin se había disculpado al explicar que no podrían verse esa noche porque tenía que hacer un rápido viaje con el inspector Reynolds para reunirse en persona con el director del departamento de policía de la ciudad en que se vio a Seth Smith antes de su desaparición.

Sería un viaje corto, le indicó, pero no tenía idea de a qué hora estaría de vuelta o si tendrían que aplazar el regreso hasta la mañana del domingo. Colin sugirió que se vieran por la noche y aunque Marie se dijo que habría sido más considerado de su parte insistir en que lo mejor para él sería que descansara al regresar, no pudo negarse a verlo. Sin embargo, sugirió que no hacía falta que salieran a ningún lugar a comer y que podrían reunirse en su casa; pero Colin la sorprendió al proponer que tal vez fuera ella quien podría visitarlo.

Marie no había estado en su apartamento aún. Sabía que rentaba un lugar al norte de la ciudad, en Homeland, un barrio acomodado de Baltimore que ella no acostumbraba frecuentar pero que en realidad no se encontraba muy lejos de su casa. La propuesta de Colin le pareció una muestra de confianza más que una invitación propiamente dicha a dar un paso más allá en lo que fuera que hubiera entre ambos. Y no dudó en aceptar.

La mañana del domingo amaneció soleada y se sentía tan ansiosa que decidió ir a correr un poco por el parque para aligerar sus nervios. Le puso la correa a Napoleón, que empezó a dar de saltos tan pronto como la vio aparecer con la ropa de deporte, y se llevó al pobre con ella sin ocurrírsele siquiera hacer algo parecido con Suerte, que tan solo los vio marchar tras ahogar un bostezo.

Era temprano y el parque se encontraba poco transitado, lo que le permitió trotar a gusto en tanto Napoleón le iba siguiendo el paso con sus patitas cortas y los brincos que daba de cuando en cuando para alcanzarla. Llevaba su correa extensible atada a la cintura de las mallas y tenía puestos los auriculares a un volumen bajo para no distraerse demasiado. Pese a ello, sin embargo, perdió la noción de tiempo y antes de que se diera cuenta había pasado una hora. Consultó su reloj y abrió mucho los ojos, en cierta medida aliviada de haber sido capaz de desconectar de esa forma de todo lo que la llevaba volviendo loca los últimos días.

Al mirar a Napoleón se topó con su rostro agotado y, arrepentida de no haber pensado antes en él, lo alzó y lo llevó contra su pecho para acariciar sus orejas. El perro pareció recuperar el ánimo como por encanto y Marie le sonrió en tanto se dirigía al centro del parque para darle algo de beber y tomar también ella un poco de la bebida que llevaba en el morral.

–Bueno, cariño, dudo de que todo esto me ayude a dejar de pensar en ya sabes quién, pero seguro que ya he quemado todas las calorías de la última barra de chocolate –comentó ella dejándose caer sobre un espacio libre de césped en tanto Napoleón bebía de la tacita plegable que llevaba siempre cuando salía con él–. Es un ganar o ganar.

El perro levantó el rostro para mirarla un segundo antes de volver a sumergir el morro en el agua para beber, salpicando todo a su alrededor sin que pareciera que le importara mucho lo que tuviera que decir.

Marie apoyó las palmas abiertas sobre el césped, echando el cuerpo hacia atrás y elevó los ojos al cielo para admirar el cielo azul y los escasos rayos de sol que se colaban entre las nubes. Era un bonito día, tenía que reconocer. Además, una brisa muy agradable empezó a soplar y se sorprendió inhalando con fuerza para llenar sus pulmones de aire.

Llevaba un buen rato así cuando oyó unos pasos acercándose. Creyó que se trataría de otro corredor que la pasaría de largo una vez que llegara a su altura, pero se sorprendió al advertir que frenaba de golpe y una sombra obstruía el paso del sol. Abrió los ojos, sorprendida y tuvo que parpadear un par de veces para acostumbrar su vista de nuevo a luz; solo entonces reconoció el rostro que se dibujaba ante ella.

–Hola. Me pareció que se trataba de ti, pero tuve que acercarme para asegurarme. ¿Cómo va todo?

Marie carraspeó y sostuvo la correa de Napoleón, que había empezado a revolverse sobre la hierba pero que ahora veía al recién llegado con expresión huraña. Sonrió al detective Spencer, «Logan», se corrigió mentalmente, y se puso de pie apoyándose sobre las palmas de las manos.

–¡Hola! Estoy bien –saludó ella sin disimular su sorpresa– ¿Y tú? ¿También acostumbras correr por aquí?

El detective se acomodó las gafas sobre el puente de la nariz y sonrió.

–No, la verdad es que no corro mucho –reconoció él con un mohín–, pero hacía un día tan bueno...

–¿Cierto? Lo mismo pensé yo.

–Sí. Y cuentas con una estupenda compañía, por lo que puedo ver.

Logan se inclinó para intentar acariciar a Napoleón, pero este retrocedió y lo observó con sus ojillos entrecerrados y los colmillos echados hacia afuera.

–Lo siento, no es muy sociable –se disculpó ella–, y no le gustan los extraños.

El hombre se encogió de hombros.

–Descuida. Me alegra que tengas un guardián tan bueno para que te cuide –señaló él–. No que lo necesites, claro, pero ya sabes, solo por si acaso. Baltimore puede ser ciudad complicada para una mujer sola en estos días.

Marie cabeceó, en absoluto ofendida por sus palabras. Era evidente que al detective no se le daba muy bien entablar charlas triviales y podía reconocerse un poco en eso, así que procuró mostrarse amable al responder.

–Creo que lo es para todos. Una ciudad insegura, quiero decir –indicó ella–. Pero con todo y eso, me gusta.

–A mí también. Bueno, crecí aquí y me cuesta ser imparcial, pero hay pocas como ella –comentó él.

Marie cabeceó y sintió un tirón de la correa, por lo

que miró hacia abajo y se encontró con el gesto ceñudo de Napoleón.

–Creo que alguien está ansioso por comer –comentó ella con una sonrisa de disculpa–. Odia pasarse sus horas.

Logan miró al animal un segundo antes de dirigir su atención a ella con las cejas arqueadas y una mueca de pena un tanto exagerada para dar a entender que no importaba.

–No pasa nada, fue bueno verte –dijo él–. Conservas mi tarjeta, ¿no? Ya sabes, por si me necesitas para algo. Cualquier cosa...

Marie asintió, agradecida, y se echó la mochila a la espalda después de guardar sus cosas.

–Sí, claro. Gracias.

Estaba a punto de marcharse cuando Logan la detuvo con un gesto, luego de echarse el cabello rizado hacia atrás.

–Tal vez sea yo quien te llame un día de estos –dijo él, sorprendiéndola–. ¿Lo considerarías? Me refiero a salir por allí, quizá a cenar o al teatro...

Marie abrió y cerró la boca un par de veces, sin saber qué decir de inmediato pero, cuando al fin consiguió hallar su voz nuevamente, lo miró con expresión incómoda.

–Es muy amable de tu parte, pero no creo que pueda. Me refiero a que... verás...

Normalmente no habría tenido problemas en dar una respuesta apropiada en una situación como aquella. No era la primera vez que un hombre le sugería salir; no que pasara todos los días, claro, pero no era tan raro. Sin embargo, de un tiempo a esa parte sabía cómo manejar esas cosas. Si el hombre en cuestión no le atraía, inventaba alguna excusa para salir del paso, y de ocurrir lo contrario, consideraba aceptar. Claro que las veces que había hecho eso último las cosas no salieron bien, pero esa era otra historia.

Sin embargo, tratándose de Logan... lo estudió con una sonrisa tensa durante lo que no pudieron ser más de un par de segundos, pero por más que lo intentó no consiguió hacerse una idea clara de lo que inspiraba en ella. Era un hombre atractivo, sin duda, y parecía ser la clase de persona de buen carácter y espíritu abierto que a ella le agradaba, pero no sintió el mayor deseo de explorar un trato más profundo. De habérselo pedido hacía unas semanas quizá no habría dudado en aceptar solo para salir de la duda, pero en ese momento no se vio capaz.

Y estaba Colin, claro. Quizás fuera precisamente por él por lo que no se imaginaba mostrando interés por nadie más. Cualquier cosa que hubiera experimentado antes palidecía ante lo que le hacía sentir él.

Logan, que pareció comprender su indecisión, dio un paso hacia ella y se inclinó un poco para mirarla a los ojos.

—Te he incomodado –dijo él.

—No, no. Claro que no.

—Debí preguntar antes si estás con alguien más.

Marie llevó el peso de un pie a otro y sacudió la cabeza de un lado a otro.

—No es exactamente así. O tal vez sí. No estoy segura, pero no quiero...

Ella hizo un gesto de incomodidad y Logan se encogió de hombros en ademán filosófico antes de apartarse.

—Está bien, no te preocupes. Tenía que intentarlo –dijo él–. Quizás algún día, ya que no estás tan segura, y si las cosas no salen bien...

A Marie no le hizo mucha gracia que dijera aquello, pero no le pareció que lo hiciera con mala intención, así que forzó una sonrisa.

—Me alegró verte –dijo ella al fin–. Tengo que irme ahora. Que disfrutes tu ejercicio.

Fue una despedida un poco idiota, pero se sentía

demasiado incómoda como para decir algo mejor y, cuando él asintió, le dio la espalda y emprendió el camino a casa con Napoleón trotando tras ella.

Había sido un encuentro raro, se dijo al volver a casa e irse despojando de la ropa de deporte para darse una ducha. Había pasado el mediodía y pensaba comer algo antes de ponerse con el trabajo de la semana siguiente para la escuela. Apenas terminara con eso se arreglaría para ir al apartamento de Colin; quedaron que estaría por allí antes del anochecer.

Marie pasó las siguientes horas bastante tranquila, pero para cuando calculó que era hora de irse preparando cayó en la cuenta de que los efectos calmantes del ejercicio habían desaparecido hacía mucho ya y que ahora volvía a sentir ese revoloteo en el estómago provocado por la expectación.

Vería a Colin de nuevo y algo le dijo que ese encuentro tal vez marcara un antes y un después en lo que fuera que ocurriera entre ellos. Lo único que le preocupaba era el no estar segura de si se encontraba realmente lista para eso.

El viaje con Morgan resultó siendo tan productivo como estresante. Lo primero porque dieron con el rastro de Seth Smith y el nombre de una mujer con quien fue arrestado en un par de ocasiones por irrumpir en propiedad privada. No les dieron más de unos días porque los calabozos se encontraban tan atestados como en Baltimore, además de que no robaron nada de valor; pero como reincidentes debieron pagar una fianza importante que a todos les resultó un tanto extraño que pudieran costear. Luego de eso, tras la amonestación del juez y la advertencia de que una tercera infracción no sería perdonada, tanto Smith como la mujer desaparecieron y desde entonces no habían vuelto a ser fichados por ningún tipo de falta, al menos no en esa ciudad.

El nombre de la mujer era May Freeman y Morgan ya había echado a andar a sus hombres en Baltimore para que prepararan un expediente incluso antes de subirse al avión que los llevaría de regreso.

Esa fue la parte productiva, claro, porque una vez que Morgan se sintió lo bastante satisfecho por haber obtenido tan buenos resultados que sin duda ayudaban a echar muchas luces sobre la vida de Smith y con ello a resolver su asesinato, decidió que bien podrían usar el tiempo del vuelo para acosar a Colin con preguntas acerca de Marie.

Su amigo estaba encantado con la idea de que hubieran salido en varias ocasiones, aunque encontraba un poco insultante que no se lo contara antes y que hubiera tenido que deducirlo por sus sistemáticas negativas a cenar con él y su familia cada vez que lo invitara en la última semana. Colin se había disculpado entonces, diciendo que ya tenía otros compromisos pactados y a Morgan no le resultó difícil sumar dos más dos. Asumió que esos compromisos estaban relacionados con una mujer y, tras sondear un poco, adivinó que se trataba de Marie.

Para disgusto de Colin, él pareció encantado con la idea. Y tal vez aquello no hubiera sido tan malo porque sabía que su amigo se preocupaba por él, pero le habría gustado que no se mostrara tan insistente desde entonces.

Evadió sus preguntas y terminó por fingir dormir en el avión para no terminar por mandarlo al diablo. Morgan no lo tomaría a mal, sabía que podía ser muy testarudo cuando buscaba respuestas y que Colin era poco receptivo a sus interrogatorios, por bienintencionados que pudieran ser; lo que más le incomodó fue la posibilidad de terminar reconociendo ante su amigo que no podía contarle nada acerca de lo que ocurría entre él y Marie porque ni siquiera él tenía idea de qué era.

La deseaba. Mucho. Era una de las mujeres más

fascinantes con las que había tratado en su vida, pero también la que lo había intrigado más. En un principio creyó que sería fácil descifrarla, y en cierta forma así había sido: no era complicado adivinar lo que pensaba o sentía. Por eso podía ver un reflejo de su propio anhelo en ella y era eso lo que lo mantenía expectante de descubrir a dónde los llevaría todo aquello.

Pero no se trataba solo de lo mucho que le atraía o de cuánto quisiera tenerla en su cama. Había mucho más acerca de Marie que deseaba conocer. Ella tenía secretos, lo mismo que él, y aunque pudiera parecer una mujer sencilla que gustaba vivir su vida sin grandes complicaciones, algo le dijo que ocultaba un pasado que había influido en la forma en que veía las cosas. Y él quería conocerlo. Quería saberlo todo de ella. Incluso, y aquello le resultó tan sorprendente que quizá por eso le fuera tan difícil ponerlo en palabras, le habría gustado compartir el suyo con ella.

Cuando el avión aterrizó aceptó compartir el taxi con Morgan, pero solo con la condición de que dejara de hablar del tema y de que lo dejara primero en su casa. Dudaba de que su amigo fuera capaz de callar aun cuando lo prometiera y además necesitaba un poco de tiempo a solas.

Luego de dejar a Morgan y prometerle que se verían a primera hora del día siguiente en la comisaría, pidió al taxista que se detuviera un momento para comprar algunas cosas en un deli a unas cuadras de su apartamento y, una vez que se encontró allí, arrastrando las bolsas y la pequeña maleta con la que viajara, dio una mirada alrededor con un suspiro de alivio.

Silencio.

Ni todo el afecto que sentía por Morgan compensaba tener que aguantar su conversación cuando estaba determinado a hacerse oír. A su parecer, su mujer, Ángela, era una santa.

Dejó sus compras en su lugar y se dio luego una larga ducha que ayudó a disipar buena parte de la tensión del fin de semana. Por unos minutos olvidó las palabras de Morgan y los detalles del caso que acostumbraban dar vueltas en su mente incluso cuando dormía.

Pensó tan solo en Marie y en que volvería a verla pronto. Muy pronto, concluyó al dirigirse a su habitación y comprobar la hora; llegaría en poco tiempo y él aún tenía mucho por hacer.

Se puso un jersey gris sobre los pantalones oscuros y dedicó la hora siguiente a cocinar la cena. El apartamento en sí se encontraba bastante ordenado; había dejado las llaves al portero del edificio para que se las entregara a la mujer que iba a limpiar y, como pudo comprobar tan pronto como puso un pie en él, había hecho un gran trabajo.

Una vez más, agradeció por tener la suerte de poder rentar ese lugar. Era cómodo y espacioso, el salón tenía unos grandes ventanales que daban a una terraza y la cocina se encontraba totalmente separada del resto del conjunto.

El timbre del portero sonó cuando acababa de terminar de poner la mesa en el comedor adosado al salón para que Marie pudiera disfrutar de la vista desde la ventana sin exponerse al frío de la noche y, tras atender el intercomunicador y dar orden al conserje de que la dejara subir, fue a abrir la puerta.

Esperó a verla aparecer al otro lado del pasillo tan pronto como se abrió el ascensor y tuvo que apoyar un hombro contra el dintel de la puerta al encontrarse con su mirada.

El vestido negro.

Marie había elegido ponerse el mismo vestido que llevó durante su cita frustrada y que él había deseado tanto quitarle entonces. Se preguntó si se trataría de alguna clase de señal, pero no se le ocurrió hacer ningún comentario al respecto; supuso que lo averiguaría luego.

Hasta entonces había intentado poner algo de distancia entre ambos y ser muy cauto al acercarse a ella, pero al verla llegar a su lado no pudo evitar ceder a la tentación de tomarla del brazo y besarla en la mejilla. Inhaló su aroma de fruta exótica que acostumbraba usar como perfume y cuyo nombre nunca podía recordar, y deslizó la nariz por un lado de su rostro. Marie exhaló un hondo suspiro y sintió su piel erizarse bajo sus dedos antes de apartarse y cederle el paso para que entrara al apartamento.

La vio dar una mirada cargada de curiosidad y fue tras ella con las manos en los bolsillos en tanto iba de un lado a otro, examinando los muebles antiguos y la chimenea de mármol que Colin encendió al llegar. Él sonrió al oírla emitir un pequeño chillido de deleite al descubrir el ventanal que se apresuró a abrir para recorrer la terraza antes de volver al salón y quedarse de pie junto a la mesa con las manos en las caderas. El movimiento acentuó el corte del vestido; la seda se amoldaba a sus caderas y al escote bajo y fue Colin entonces quien debió contener las ganas de gemir.

–¿Sabes? Pensé que alguien debía de estar loco para preferir rentar un apartamento en lugar de un hotel; todo el mundo sabe que son más cómodos y baratos. –Ella lo obligó a centrar la mirada en su rostro al hablarle con un tono divertido en la voz–. Pero creo que hiciste bien. Este lugar es fantástico.

Colin agradeció sus palabras con una sonrisa y le hizo un gesto para que lo siguiera a la cocina.

–Y el precio no está mal –comentó él agachándose para dar una mirada al horno a través del cristal–. Sería mucho más costoso si su dueña no me conociera.

–Suerte la tuya –comentó ella empezando a olfatear–. ¿Vamos a comer pescado?

Colin asintió y destapó una olla para revelar su contenido.

–Con verduras –señaló el guiso humeante y, luego,

dio una cabezada al horno invitándola a mirar–. Y de postre...

Marie frunció el ceño y se inclinó para pegar la nariz con los ojos entrecerrados intentando adivinar de qué se trataba. Colin supo exactamente el momento en que lo hizo porque vio su rostro iluminarse al incorporarse con una sonrisa brillante.

Él se dijo entonces que sería capaz de morir por verla sonreír siempre de esa forma y tuvo que reprenderse a sí mismo por haber llegado a una conclusión tan ridícula.

Ella, que no pareció notar su desconcierto, puso una mano sobre su brazo y dio un saltito de emoción.

–Soufflé de chocolate –dijo anhelante–. Quedaría fatal si propusiera empezar por el postre, ¿no?

Colin fingió pensarlo y, al cabo de un segundo sacudió la cabeza en señal de negación, pero sus ojos prometían que la espera valdría la pena.

Marie se ofreció a ayudarle con el vino que Colin había puesto a enfriar y le hizo jurar que permitiría que fuera ella quien se ocupara de lavar los platos cuando terminaran. En tanto él se ocupaba de ver que todo estuviera listo, ella continuó con su inspección del apartamento, aunque no se atrevió a ir más allá del vestíbulo y el salón.

Ante su pregunta, Colin fue contándole como le había ido en el viaje y lo que él y Morgan habían conseguido averiguar acerca de Smith y la mujer con la que se metiera en algunos problemas entonces.

–Pero eso es bueno, ¿cierto? Aun cuando su rastro desapareciera, seguro que podrán averiguar algo de esa mujer y, si dan con ella, tal vez pueda decirles qué fue de Seth.

Colin cabeceó al oírla.

–Esa es la idea –concordó él–. A partir de mañana nos pondremos tras su pista, aunque no me extrañaría que Morgan ya esté en eso. Sus hombres deben de haber empezado a recibir sus llamadas tan pronto como llegó a su casa.

Marie sonrió.

—Puedo imaginarlo. Le gusta mucho su trabajo, ¿no?

—Sí, aunque es la clase de persona que se toma muy en serio cualquier cosa que haga; es uno de los mejores soldados que he conocido —recordó él con un leve aire de nostalgia—. Si alguien puede atrapar a ese tipo, es él.

—Con tu ayuda.

Colin se encogió de hombros y llevó un par de platos a la encimera de la cocina cuando ella se reunió con él, atenta a sus movimientos.

—Supongo —aceptó él a medias—. Aunque no siento que esté haciendo mucho por ahora.

—Eso no es justo —negó ella—. Morgan no te habría pedido que vinieras si no lo creyera, y por lo que sé, haces mucho más de lo que te gusta reconocer. ¿Tengo que sumar la modestia a tus virtudes?, porque empieza a ser un poco molesto.

Colin rio y sirvió la comida, señalando con una cabezada para dar a entender que podía empezar a llevarlos. Fue tras ella poco después y, tras servir el vino en un par de copas una vez que se encontraron ante la mesa, levantó la suya.

—Gracias por venir —dijo él.

Marie asintió y dio un sorbo. A Colin le pareció encantadora la forma en que frunció la nariz al probar la bebida, paladeando con delicadeza para profundizar el sabor.

—Gracias a ti por invitarme. —Ella lo observó entonces con los ojos entrecerrados y hundió su tenedor en el filete de pescado, pero antes de llevárselo a la boca se dirigió a él con expresión un tanto insinuante—. Ahora, ¿seguimos con las preguntas?

Colin tardó un momento en comprender, pero cuando se dio cuenta de que se refería a esa especie de juego en el que intercambiaban información acerca de sus vidas, cabeceó.

—Tú primero.

Marie sonrió y tragó un bocado. Cuando volvió la mirada a él luego de permanecer un momento en silencio, como si estuviera pensando en cuál sería la mejor pregunta para hacer a continuación, Colin fijó la mirada en sus labios húmedos y rogó porque no se tratara de nada muy personal porque no se creyó lo bastante sereno para echar mano de subterfugios o medias verdades. Marie tenía la capacidad de enardecerlo al grado en que estaba dispuesto a darle cualquier cosa que le pidiera. Incluso a sí mismo.

—Así que la mujer que te enseñó a cocinar fue la misma aficionada por la horticultura de la que me hablaste. La del romero.

Marie miró sobre su hombro y observó el rostro de Colin con atención. Le pareció pensativo y creyó detectar un poco de nostalgia en la forma en que cabeceaba con la mirada perdida en sus manos apoyadas sobre la encimera de la cocina.

Habían terminado de cocinar y, tal y como Marie ofreció, se encontraba en ese momento lavando los platos en el fregadero de la cocina en tanto él permanecía atento a sus movimientos unos metros más allá.

Cuando creyó que él no respondería nada, sin embargo, y se preguntaba si no había ido demasiado lejos y si debió mantener sus preguntas en un plano algo menos personal, como había procurado hacer hasta entonces, Colin la sorprendió al exhalar un suave suspiro y levantar la vista de golpe para fijarla en sus ojos.

—Su nombre era Claudine. Fue una buena amiga de mi madre y me mudé con ella poco después de que muriera —contó él en un tono bajo.

Marie arqueó las cejas, un tanto sorprendida, y el

detergente empezó a resbalar por sus dedos, pero ella no le prestó mucha atención.

–¡Oh!

Seguro que hubiera podido decir algo mejor, pero no se le ocurrió nada, y tal vez no hiciera falta, porque Colin pareció capaz de reconocer la comprensión y el pesar en su voz.

–Era una mujer un poco excéntrica; te habría gustado –continuó él–. Hasta entonces yo había estado acostumbrado a la protección de mi madre, ¿sabes? Creo que ella intentaba compensar el trato de mi padre tanto como podía y por eso a veces era un poco sobreprotectora. Me llevaba con ella a todas partes y procuraba adelantarse a lo que pudiera necesitar incluso aunque no teníamos mucho. Pero Claudine... –Colin sacudió la cabeza de un lado a otro con la sombra de una sonrisa en el rostro–. Ella vivía sola, nunca estuvo casada ni tuvo hijos y el único ser vivo que había conseguido cuidar eran sus plantas. Creo que al comienzo estuvo tan asustada como yo por la responsabilidad de hacerse cargo de mí, pero con el tiempo decidió que no tenía sentido preocuparse tanto. Más que como un hijo o un niño a su cuidado, me tomó como a un compañero. Me enseñó a valerme por mí mismo, a estudiar en serio; me hizo darme cuenta de que la vida es dura y que al final solo obtenemos aquello por lo que estamos dispuestos a luchar. Me ayudó a crecer.

A Marie no le quedó muy claro lo que pensaba de esa filosofía de vida o del hecho de criar a un muchacho con la idea de que no importaba cuánto lo intentara, siempre estaría solo. Seguro que la tal Claudine no tenía ninguna mala intención al inculcarle esas ideas y que solo intentó hacerlo lo mejor que pudo, pero aun así, su corazón penó por el joven Colin y lo desolado que debió sentirse cuando se vio arrebatado del amor y la protección de su madre para tener que crecer de golpe en un ambiente extraño.

–¿Y qué pasó con ella? –preguntó Marie después de un momento en silencio.

Colin parpadeó como si se hubiera encontrado muy lejos de allí, sumido en sus pensamientos, pero cuando ella estaba a punto de repetir la pregunta, la sorprendió al responder con voz desapasionada.

–Murió poco antes de que terminara la escuela – dijo él.

Marie suspiró y terminó de enjuagar los platos e hizo un gesto para que se mantuviera en su lugar en tanto se ocupaba de secarlos. Lo había prometido y, además, necesitaba tener sus manos ocupadas; en todo el tiempo que llevaba de conocer a Colin, y a pesar de todas las preguntas que le hiciera hasta entonces, debía reconocer que era la primera vez que lo oía siendo tan sincero respecto a su pasado. No quería que parara.

–Y entonces te uniste al ejército –adivinó ella.

Pareció como si él hubiera estado tentado a recordarle que ya había respondido a su pregunta y que era su turno, pero debió de pensarlo mejor porque asintió con un ademán, inclinando el cuerpo hacia adelante. La suave tela del jersey se pegaba a sus hombros y la barba le cubría buena parte del rostro; Marie sintió un tirón en el estómago al recordar lo que había experimentado al sentir el áspero contacto sobre su rostro cuando la besó al llegar.

–Sí. Y fue la mejor decisión de mi vida –comentó él en un tono más distendido–. Casi todo lo que sé lo aprendí allí; hice los mejores amigos y encontré un sentido, una...

–Familia –completó ella con una mirada dulce.

Colin carraspeó y se llevó una mano al mentón.

–Sí, supongo que sí –reconoció él.

Marie asintió y dejó el último plato en su lugar antes de volverse a mirarlo con lo que esperaba fuera una expresión que no delatara todo lo que en verdad sentía.

–¿Te parece si preparo un poco de café? –preguntó ella.

Colin se apresuró a asentir y, antes de que pudiera decir más, se adelantó para ocuparse de ello.

–Ve a sentarte, te lo llevaré en un momento –ofreció.

–Estaré en la terraza.

Marie abrió la puerta del ventanal y salió a la terraza para contemplar la ciudad bajo la oscuridad de la noche. Apoyó los codos sobre la balaustrada y poco después sintió la presencia de Colin tras ella. Oyó el sonido de las tazas sobre la mesita en un extremo del estrecho mirador y sonrió al mirar de reojo y descubrirlo a su lado en una posición similar.

–Qué pequeños somos, ¿no? –dijo ella señalando con un dedo el cielo sobre ellos.

Colin cabeceó y sostuvo la balaustrada con las manos, pensativo.

–Minúsculos –coincidió él–. ¿Has visto alguna vez las estrellas desde el desierto?

Marie sacudió la cabeza de un lado a otro y mantuvo la mirada puesta en su rostro que parecía presa de algún tipo de recuerdo.

–Es impresionante –continuó él–, y aterrador. Te hace sentir humilde, vulnerable...

–No creí que hubiera algo que pudiera asustarte –comentó ella.

Él abandonó su contemplación del cielo y fijó sus ojos en su rostro.

–Hay muchas cosas que me asustan –comentó tras encogerse de hombros.

–¿Cómo qué?

–Creo que ya has agotado tus preguntas por esta noche.

Marie se arrimó a él y sus hombros se rozaron.

–La última –pidió con un mohín.

Colin cabeceó de mala gana.

–Está bien –aceptó–. No me gustan los espacios cerrados.

–¿Qué más?

–Los submarinos. Aunque supongo que de por sí califican como espacios cerrados, claro –supuso él, pensativo–. Tampoco soporto a las serpientes.

–Que algo no te guste no necesariamente significa que le temes –señaló ella.

–Quizá. Pero te aseguro que, en el caso de las serpientes, el miedo y el desagrado van de la mano –comentó Colin con una sonrisa torcida–. Lo entenderías si me hubieras oído gritar cuando mi madre me llevó al zoo y vi una por primera vez.

Marie rio y, sin ser del todo consciente de lo que hacía, apoyó el rostro sobre su hombro. Lo sintió tensarse un instante antes de relajarse y sus dedos buscaron los suyos entre las sombras.

–También me da un poco de miedo esto.

El susurro de Colin reverberó en su oído y levantó un poco la mirada para observarlo.

–¿Esto? –repitió ella–, ¿te refieres a mí?

Colin asintió suavemente y unas hebras de cabello oscuro rozaron su mejilla provocándole un agradable cosquilleo.

–Claro que me refiero a ti –señaló él.

–¿Por qué?

–No estoy seguro. Es un poco raro. –Colin ladeó el cuerpo para ponerse frente a ella y buscó su mirada con los ojos grises más oscuros que nunca–. ¿Y tú? ¿A ti no te asusta nada de esto?

–¿Quieres decir, si tú me das miedo? –inquirió ella a su vez.

Colin cabeceó y permaneció callado a la espera de su respuesta.

–A veces. Pero no es un miedo malo.

–¿Existen los miedos buenos?

Marie se mantuvo en silencio cuando menos un minuto antes de responder y, cuando lo hizo, fue hablando con una voz pensativa y queda.

–Cuando tenía doce años, soñaba con ser gimnasta; podía pasarme horas viendo las competiciones en la televisión –empezó ella sin mirarlo de frente y con una entonación risueña en la voz–. Decidí intentar entrar al equipo de la escuela y mi hermano me ayudó a armar algunos aparatos para practicar en la cochera. Entrené todas las tardes durante semanas y el día de las pruebas me dije que estaba lista; tal vez no fuera Nadia Comaneci, pero no era mala.

Colin la oía con atención y, cuando ella calló, sumergida en sus recuerdos, apretó sus dedos instándola a continuar.

–Era la tercera. Nunca lo olvidaré. Las dos primeras no lo hicieron mal, pero sabía que podía hacerlo mejor. El problema fue que, cuando estuve ante el potro, lista para empezar mi rutina y con la música que había elegido con tanto cuidado, me paralicé.

Marie calló una vez más y buscó su mirada con los ojos muy abiertos, como si aún le costara recordar ese día sin sentirse horrorizada.

–No estoy segura de qué ocurrió, supongo que estaba tan asustada de fallar que mi cuerpo se negó a moverse para librarme de la humillación –comentó ella al fin–. Lo intenté, de verdad que sí, pero no logré hacer ni un solo movimiento. Volví a casa llorando y, cuando mi padre volvió del trabajo, mi hermano le contó todo y fue a hablar conmigo. Él me dijo que no había nada de vergonzoso en tener miedos porque no todos eran malos; que algunos estaban allí solo para enseñarnos que somos más fuertes de lo que creemos y que no hay nada que no podamos conseguir si estamos dispuestos a vencerlos.

–¿Y qué ocurrió después?

Marie sonrió al detectar la curiosidad en la voz de Colin y levantó la mirada para verlo a los ojos con cierta expresión de suficiencia poco propia de ella pero que en ese momento le pareció más que justificada.

–Hablé con el entrenador al día siguiente para hacer la prueba nuevamente y esa vez no me paralicé –recordó satisfecha–. Estuvo lejos de ser una rutina perfecta, pero fue suficiente para entrar. Pertenecí al equipo hasta que tuve que dejar la escuela para ir a la universidad y nunca me he sentido más feliz de haber seguido un consejo de mi padre.

Colin cabeceó y le devolvió la sonrisa.

–Entonces, según lo que dices, lo que siento por ti, este miedo, puede ser un miedo bueno –resumió él.

Marie asintió y contuvo un suspiro al sentir su mano recorrer el interior de su brazo.

–Bueno, eres libre de verlo como quieras, claro; solo te contaba mi experiencia...

Las palabras murieron de golpe cuando Colin rodeó su cintura con la mano libre para atraerla hacia sí; tocada por la sorpresa y por el deseo que vio en sus ojos, dio un paso hacia atrás y su espalda golpeó contra el borde de la balaustrada.

–Creo que no soy el único que tiene miedo –musitó él, sondeándola con la mirada; sus dedos abarcaban su espalda y estuvo a punto de emitir un jadeo al percibir el calor que despedía contra la fina seda del vestido–. Pero si tú estás dispuesta a intentar vencerlo, a mí también me gustaría hacerlo.

Marie lo observó con los labios entreabiertos y un leve atisbo de temor en sus ojos. Algo le dijo que, si respondía que no, el riesgo era demasiado alto y que tal vez lo mejor fuera dejar las cosas como estaban antes de que cualquiera de los dos resultara lastimado, él no se opondría. Haría lo que ella le pidiera.

Intentó recordar también que la estancia de Colin en Baltimore era temporal, que en cuanto terminara de ayudar a su amigo volvería a su vida en Chicago de la que sabía más bien poco y que, aun cuando con el tiempo consiguiera olvidarla, a ella posiblemente terminaría por romperle el corazón.

Pero nada, ni siquiera el recuento de las muchas razones que le recordaron por qué aquello no era una buena idea y que tal vez luego no le alcanzara el tiempo para arrepentirse, le impidió asentir lentamente bajo su mirada y llevar las manos a su rostro para buscar sus labios. Era ella quien decidía. Quien se jugaba el todo por el todo y quien tal vez terminara por pagar un precio mayor por ello.

Oyó a Colin suspirar antes, corresponder al beso y cerró los ojos al encontrarse con los suyos. Creyó que así sería más fácil, que si le permitía que viera lo que ocultaba en lo más profundo de su corazón entonces se daría cuenta del poder que tenía sobre ella. Y eso era lo último que deseaba. Prefería que pensara que ambos se encontraban en igualdad de condiciones aun cuando eso no fuera del todo verdad.

Colin tiró de ella para alejarla de la balaustrada y Marie se dio cuenta entonces de que se hallaban a la vista de cualquier vecino al que se le ocurriera salir a contemplar el anochecer. Sintió sus mejillas arder bajo sus manos y dejó que la llevara con él sin dejar de besarla. Su lengua se enroscaba alrededor de la suya con movimientos suaves y calculados y tuvo que sostenerse en sus antebrazos para evitar caer. Avanzaron trastabillando hasta dejar atrás el salón y el vestíbulo. Marie apenas se dio cuenta del momento en que Colin abrió una puerta entornada al final del corredor y entró con él sin saber dónde estaba.

Cuando se separó un instante para recuperar el aire, sin embargo, y dio una rápida mirada alrededor, comprendió que evidentemente se encontraban en su dormitorio. Alcanzó a atisbar una cama enorme cubierta por mantas oscuras antes de que Colin buscara sus labios de nuevo y entonces simplemente dejó de pensar. Enredó los dedos en su cabello y tiró de él para profundizar el beso, lamiendo y mordisqueando; exhaló un hondo suspiro al sentir sus manos enterrarse en sus hombros descubiertos, deslizando los dedos por todo lo largo de sus brazos antes de apartarse tan solo lo suficiente para mirarla a los ojos. Respiraba agitado, igual que ella, que solo pudo sostenerse apoyando las manos abiertas sobre su pecho.

La mirada de Colin recorrió su silueta; destellaba al posarse sobre cada centímetro de piel a la vista.

El vestido de Marie revelaba mucho más de lo que ocultaba; lo eligió precisamente por eso, aun cuando en su momento no lo consideró de forma consciente. Ahora, sin embargo, al reparar en la forma en que Colin la veía, la lentitud con que su mirada descendía de su rostro arrebolado a la línea de su cuello y al sendero que llevaba a su pecho, expuesto en buena parte por ese escote descubierto, se dijo que había elegido bien.

Le gustó ver el deseo en sus ojos tanto como sentir un violento cosquilleo en cada centímetro de piel en que su mirada se detenía. Estaban cerca, muy cerca, y aun así le pareció que no era suficiente; quería sentir sus manos recorrerla por completo, tocarlo también y percibir el calor que estaba segura debía de emanar de su piel porque le hubiera parecido muy injusto que no ardiera siquiera una ínfima parte de lo que lo hacía ella.

Colin pareció adivinar lo que pensaba porque dio otro paso hacia ella hasta que su pecho se amoldó al suyo y Marie sintió la solidez de sus músculos. Lo delineó con las manos y buscó el borde del jersey para tirar hacia arriba y ayudarlo a deshacerse de él. La prenda cayó a un lado y Colin la alejó de una patada antes de articular un gemido cuando los dedos de Marie se internaron en el suave vello de su pecho, perdiéndose por la curva de las costillas para trazar el tatuaje que llevaba grabado en la piel.

–¡Qué bonito! –musitó ella–. ¿Te dolió?

Colin sonrió y sacudió la cabeza en señal de negación antes de llevar las manos a su espalda para bajar el cierre del vestido y luego, sin dejar de mirarla, ir hacia los tirantes y deslizarlos por sus hombros con delicadeza. La seda escurrió por su cuerpo con un susurro y él dio un paso hacia atrás para contemplarla con los ojos entrecerrados.

La combinación que Marie llevaba bajo el vestido era la más bonita que tenía, y también la más sensual que había usado jamás. No la habría comprado de no ser por un rapto de coquetería y su sentido del ahorro, porque la encontró en las últimas rebajas luego de las fiestas. No pudo resistirse a todo ese encaje negro y los triángulos diminutos que componían las piezas; en su momento dudó de que alguien la viera vestida alguna vez con ellas, pero no le pareció que ese fuera motivo para negarse el capricho.

Y allí estaba, ante Colin, que la miraba como si dudara entre venerarla y arrancarle el conjunto a dentelladas. Al final, pareció llegar a un saludable punto medio porque la sorprendió al ir hacia ella y, tomándola por la cintura, la elevó pegándola a su pecho y se dirigió a la cama, donde la dejó caer con suavidad sobre las mantas mullidas que parecieron envolverla.

Marie apoyó los codos y retrocedió con torpeza con los párpados entornados. Colin se deshizo del calzado y subió a la cama con las rodillas apuntaladas sobre el colchón; la observó recorriendo su cuerpo con una expresión ardiente antes de deslizar una de sus manos a lo largo de su pierna hasta detenerla sobre el muslo para soltar el liguero y tirar de la prenda hasta deshacerse de ella. Hizo lo mismo con la otra y, al tiempo que iba descubriendo su tersa piel, iba acariciándola con la yema de los dedos hasta arrancarle unos suaves gemidos que reverberaron en la habitación.

Las manos de Colin subieron hasta posarse sobre su pecho cubierto por el satén y delineó su forma con la delicadeza de una mariposa. Marie se revolvió, incómoda por esa barrera, y arqueó la espalda para ayudarle a soltar los broches y liberarse de la prenda, que cayó fuera de la cama junto con las otras hasta hacer un montón informe al cual ninguno le prestó atención.

Marie ahogó un grito cuando Colin abarcó sus pechos con las manos y miró hacia abajo para contemplarlo en tanto deslizaba los pulgares por sus cumbres, estimulando cada una de sus terminaciones nerviosas hasta que creyó que estallaría por la necesidad. Sus uñas cortas rasguñaron la suave piel antes de llevarse un pezón a la boca y a Marie no le quedó otra alternativa que rendirse a él y echar la cabeza hacia atrás con los ojos cerrados para dedicarse a sentir.

Colin alternó su atención de un pecho a otro y Marie apenas se dio cuenta del momento en que sus dedos empezaron a hurgar entre sus muslos. Le pareció como si se encontrara dentro de un sueño y lo único que atinó a hacer fue elevar las caderas cuando lo sintió tironear con la última prenda que terminó de deslizar por sus piernas en un parpadeo.

Uno de sus dedos se internó en lo más íntimo de su cuerpo y Marie se arqueó con un quejido al sentirlo tantear con suavidad hasta dar con el punto exacto para provocarle el máximo placer. Él no había abandonado la adoración a la que sometía a sus pechos, solo que ahora también deslizaba los labios por su estómago y la línea de su cuello, saltando de un punto a otro sin perder la serenidad. Una calma que Marie admiró tanto como envidió un poco. ¿Cómo podía conservar el control en un momento como aquel?

Sin embargo, cuando consiguió reunir las fuerzas para elevar el rostro luego del estallido que le provocó entre las piernas, y se encontró con sus ojos brillantes y su frente perlada por el sudor, comprendió que no se encontraba tan calmado como pretendía aparentar. Un tanto aliviada de haber llegado a esa conclusión, Marie se incorporó a medias y llevó las manos a la cintura de sus pantalones para desabrochar el cinturón y el botón, tirando hacia abajo con su ayuda hasta que pudo deshacerse de él y de la prenda interior hasta que se encontró tan desnudo como ella.

No precisamente en igualdad de condiciones, se dijo Marie al deslizar la mirada por su cuerpo bronceado y de músculos bien marcados que por un segundo le provocaron una oleada de aprehensión. Le pareció hermoso, y también un poco intimidante; pero él arrasó con cualquier rastro de timidez al tenderse sobre ella. El roce de su piel contra la suya le infundió una calma inmediata y se sorprendió sonriendo cuando sus miradas se encontraron.

Los dedos de Colin recorrieron la curva de su cintura sin dejar de contemplarla. No desvió la mirada de ella ni un solo segundo, ni siquiera cuando separó sus muslos con la mano o cuando fue cayendo sobre ella para internarse en su interior con una sola embestida que le arrancó un grito ahogado.

Marie le rodeó las caderas con las piernas y se arqueó una y otra vez para recibir sus acometidas; se aferró a su espalda con todas sus fuerzas, obligándose a mantener los ojos abiertos fijos en los suyos sin dejar de emitir pequeños gemidos que Colin acalló con un profundo beso. Su piel brillaba por el sudor y creyó que se partiría en dos como aquello continuara; el tirón en el estómago que había terminado por considerar natural cada vez que se encontraba al lado de Colin se había convertido en un torbellino que destrozaba todo a su paso y que apenas conseguía contener.

Él incrementó la rapidez y ella apenas consiguió igualarlo durante unos segundos antes de quebrarse del todo y dejarse ir, cerrando los ojos hasta que le dolieron. El mundo pareció disolverse por lo que le pareció una eternidad antes de recuperar parte del sentido y descubrir que Colin aún se movía sobre ella hasta que su cuerpo se tensó de una forma brutal y, tras emitir un bramido que resonó en sus oídos, se dejó caer sobre ella sumido en un temblor que le llevó a abrazarlo con todas las fuerzas que aún conservaba.

Quería agradecerle por todo lo que le había hecho sentir; pero también deseaba consolarlo. Y ni siquiera sabía por qué. O si lo necesitaba en verdad. Quizá fuera ella quien lo deseaba. De cualquier forma, se sentía demasiado confusa como para intentar poner en claro nada; estaba flotando en el vacío y lo único que la mantenía atada a la tierra era el hombre al cual se aferraba como si fuera un ancla.

Colin elevó entonces el rostro y posó la mirada en el suyo. Parecía haber recuperado parte del aliento, lo mismo que ella, y Marie sintió un acceso de ternura al toparse con su expresión levemente confusa. Delineó sus rasgos con un dedo y él besó su muñeca antes de apartarse con un suspiro para tenderse a su lado.

Ella no tuvo tiempo para lamentarse por la separación porque sintió sus dedos buscando los suyos sobre la manta y los aferró con firmeza. No dijo nada, sin embargo, y él tampoco lo hizo, lo que en cierta forma fue un alivio. No se creía capaz de poner en palabras lo que acababan de experimentar y mucho menos confesar lo mucho que le había afectado.

Tal vez ni siquiera importara, se dijo al ladear el rostro para encontrarse con la mirada de Colin. Su corazón le dijo que, al menos en ese momento, todo estaba bien.

9

Colin entreabrió los ojos en cuanto un rayo de sol se coló por entre las persianas y le tomó al menos un par de minutos situarse en el tiempo y recordar dónde se encontraba.

Una vergüenza para un soldado, se dijo al echar a un lado las sábanas y sentarse con los pies fuera de la cama, rozando la alfombra en un vaivén. Por lo general se despertaba con la puntualidad de un reloj suizo y no le tomaba más de unos segundos estar completamente despierto. Ahora, sin embargo, tuvo que sacudir la cabeza varias veces para despejarse del todo y, cuando consiguió hacerlo, su mirada buscó de inmediato alrededor con el ceño fruncido.

Marie.

El lado contrario de la cama, en el que ella había dormido, conservaba aun su calor, lo mismo que la almohada, la forma de su cabeza. Al inhalar a profundidad, registró las suaves notas de su perfume, pero no vio su ropa sobre la alfombra.

Le pareció difícil creer que se hubiera ido sin despedirse, no era la clase de cosas que habría cabido esperar de ella, pero comprendió que, de haberlo hecho, no habría podido culparla. Tal vez estuviera asustada. No le agradaba reconocerlo, pero pese a la charla del día anterior acerca de enfrentar los miedos y de cómo algunos de ellos podían ser buenos, la verdad era que él lo estaba aún un poco.

Asustado. Quizás incluso algo más que un poco, reconoció buscando unos pantalones en el armario. Las cosas entre ambos se habían puesto, cuando menos, intensas la pasada noche, y aun cuando no fuera algo que lamentara en absoluto, habría sido una tontería esperar salir indemne de algo como eso. Y supuso que a Marie debía de haberle ocurrido lo mismo.

El sexo había sido grandioso, pero no fue eso lo que más le sorprendió; no había mentido a Marie al decirle que la tensión sexual entre ambos había sido evidente desde que la conoció. Estaba seguro de que si alguna vez las cosas llegaban a ese punto sería memorable, tal y como fue. Varias veces.

Lo que más le inquietaba era la profunda conexión que parecieron establecer en esas horas. Había aprendido a conocerla durante sus últimos encuentros, intercambiando información acerca de su pasado aun cuando cada uno se guardara algunos secretos; pero haber cruzado esa raya que ambos trazaron desde un inicio, compartir una intimidad tan profunda al conocer su cuerpo por completo, saber lo que ansiaba y a lo que le temía, las cosas que ambos habían dicho sin ser conscientes siquiera de ello, las confesiones a media voz...

Se había dejado llevar por completo, y como no había hecho con mucha frecuencia en su vida, concluyó Colin al dejar el dormitorio y dirigirse al salón. Y no estaba seguro de que la idea le gustara.

Advirtió la presencia de Marie unos segundos antes de que ella lo sintiera a él y eso le dio tiempo de observarla a profundidad.

Se encontraba ante el ventanal entornado, al parecer muy entretenida en admirar el amanecer; iba totalmente vestida; el vestido se adhería a sus caderas y flotaba alrededor de sus piernas, pero no había vuelto a ponerse las medias y su cabello caía en un remolino de ondas rojizas por su espalda.

A Colin se le escapó una bocanada de aliento, lo que delató su presencia y la sintió ponerse en tensión antes de mirarlo sobre su hombro. Cuando sus ojos se encontraron creyó detectar un atisbo de incertidumbre en ellos, quizá la misma que debía de mostrar él; pero se dio cuenta de que, por encima de ella, se encontraba también una vertiente de complicidad, de satisfacción mutua, y decidió que no haría absolutamente nada que pudiera arruinarles ese momento.

Fue hacia ella y la abrazó por la espalda, rodeando su cintura con las manos, al tiempo que enterraba su rostro en su cabello, aspirando su aroma antes de besar su cuello. La sintió temblar bajo sus manos después de apoyar su espalda contra su pecho.

–No iba a irme sin despedirme –musitó ella al cabo de un momento.

Colin sonrió y la apretó contra él, cabeceando.

–Lo sé –dijo él, sonando algo menos seguro antes de continuar–. Bueno, tal vez lo temí un segundo.

–¿Te hubiera molestado que lo hiciera?

–Supongo que sí; pero lo habría entendido. De estar en tu lugar quizá sí que lo hubiera hecho.

Marie giró sin soltarse y lo observó con una ceja arqueada. Su rostro lavado se encontraba sonrosado y sus labios un poco inflamados por sus besos; a Colin le pareció más hermosa que nunca.

–Lo pensé –reconoció ella con un mohín–. Pero entonces me dije que era una tontería. Eso sí, si no despertabas hubiera tenido que hacerlo de cualquier forma porque ya he llamado a un taxi. Entro a trabajar en dos horas y necesito darme una ducha y ponerme ropa decente.

Colin cabeceó y acarició la curva de su pecho con los nudillos.

–Te ves bastante decente para mí –comentó él.

Marie le dirigió una mirada de reproche.

–Pero no para una clase de veinte adolescentes, eso te lo aseguro –bromeó ella.

–Supongo que tienes razón.

Ella asintió y se puso seria de golpe antes de apoyar una mano sobre su mejilla y delinear la línea de la barba con un dedo.

–Esto no hará que todo se ponga raro entre nosotros, ¿no?, porque no es lo que quiero.

Colin tuvo que inclinar el rostro para oír el murmullo de Marie y, al comprender, se apresuró a negar una y otra vez con la cabeza.

–Yo tampoco –aseguró él–. Nada tiene por qué cambiar entre nosotros. Es solo... somos solo tú y yo, Marie, a donde sea que nos lleve esto.

Ella suspiró y esbozó una pequeña sonrisa; pareció como si estuviera a punto de decir algo, pero entonces se oyó un claxon que quebró el silencio y no le quedó más alternativa que callar, deshaciendo el abrazo para ir por el bolso que había dejado sobre un sofá.

Colin la dejó marchar con un suspiro renuente, pero la acompañó hasta la puerta y, una vez allí, tras abrirla para ella, se quedó de pie observándola dudar en el corredor. Alternaba su mirada de él al elevador, pero antes de ir a este último, trotó de regreso hacia él y buscó sus labios un segundo sin decir una palabra. Luego se alejó con la misma rapidez y lo único que Colin pudo hacer fue contemplar las puertas del ascensor cerrándose hasta que desapareció de su vista.

Si alguien le hubiera preguntado a Marie en el futuro cómo definiría los días pasados junto a Colin luego de esa noche, hubiera tenido que hacer a un lado la vergüenza y reconocer que posiblemente fueran de los mejores de su vida.

Vivía en una nube pese a que siempre se había sentido por encima de esa clase de cosas. Hasta entonces, se consideró una mujer realista y con la suficiente experiencia para considerar que no tenía sentido pasar los días suspirando por un hombre, en especial cuando la relación que compartían era tan incierta. Pero no podía evitarlo. Contaba las horas para verlo de nuevo y cada vez que se encontraban, fuera en el apartamento de Colin o en el suyo, sentía su corazón a punto de estallar.

En el fondo, consideró varias veces al pensar en ello, posiblemente no actuara muy distinto de cómo lo hacían sus alumnos adolescentes cuando se enamoraban.

Amor.

La palabra había dado varias vueltas en su mente en los últimos días, pero se resistía a evocarla del todo. No podía ser amor propiamente dicho, se repetía una y otra vez, apartándola cuando se le presentaba en la mente en los momentos menos oportunos; en particular cuando se encontraba en medio de una clase.

Aunque sus sentimientos por Colin eran muy profundos, era consciente de que no se conocían lo suficiente como para empezar a tejer ideas ridículas. Vivían en distintas ciudades, se guardaban demasiados secretos y ninguno había mencionado jamás la posibilidad de llevar todo aquello al siguiente nivel, sin importar cuál fuera ese. La estancia de Colin estaba supeditada a la resolución del asesinato de Seth Smith y eso era lo único que debía importar. Una vez que eso terminara, con seguridad él desaparecía de su vida de la misma forma en que había llegado.

Pero entonces, ¿Por qué dolía tanto pensarlo?

Marie parpadeó al oír el timbre que señalaba el final de la clase y despidió a los chicos con un ademán. No pensaba dejarles deberes aquel día; tenían exámenes importantes dentro de un par de semanas y no quería agobiarlos con tarea extra, pero ya les había mandado un listado de lecturas para reforzar las clases que les diera los últimos meses. Eso debería de ayudarles.

Cuando el último se marchó, dio una mirada al teléfono y no le sorprendió encontrarse con un mensaje de Colin. Decía que iba a tener que acompañar a Morgan en una reunión con el comisionado de policía para informarle de sus avances en el caso y que no tenía idea de a qué hora podría ir a verla. Marie le respondió diciéndole que no hacía falta que se preocupara, que también tenía mucho trabajo y que podrían verse al día siguiente, que era sábado. Así ella podría dedicar la noche a adelantar sus pendientes y contarían con tiempo libre para ambos.

Colin respondió al cabo de unos minutos en los que decía que aun cuando odiaba reconocerlo, era una buena idea, pero que se ocuparía de compensarla. A Marie empezaron a temblarle las rodillas y se le aceleró la respiración al pensar en cómo lo haría.

Con esa estupenda perspectiva, revisó nuevamente sus mensajes y frunció el ceño al toparse con una llamada perdida que la señora Phillips le había hecho hacía una hora. Le respondió de inmediato, pero tuvo que repetir la llamada un par de veces hasta que la anciana respondió. Le pareció que se encontraba un poco nerviosa y lo único que sacó en claro fue que se habían comunicado con ella de la estación porque deseaban mostrarle unas fotografías de la mujer con quien relacionaban a Seth Smith.

La señora se ofreció a ir en persona, pero le prometieron que un agente la visitaría para ahorrarle el viaje. A ella le daría una enorme tranquilidad contar con Marie a su lado, dijo, aun cuando entendía si eso no era posible. De allí el motivo de la llamada: el agente se había comprometido a presentarse a las cinco y, si era posible, le encantaría que se reuniera con ella en la tienda.

Marie no lo pensó dos veces. Comprobó la hora y, tras ver que contaba con tiempo para llegar, aseguró a la señora Phillips que estaría allí antes que el agente. La señora colgó aliviada y Marie reunió sus cosas, resignada a otro almuerzo a saltos en el autobús.

Pero no podía quejarse, se dijo al mordisquear un sándwich de pavo en tanto aguardaba su turno en la parada. Esa semana se había alimentado mejor que nunca, recordó al pensar en las cenas compartidas con Colin; él estaba determinado a que aprendiera a preparar algunos platillos y aunque ella estaba lejos de ser una estudiante modelo, debía reconocer que empezaba a mejorar. Con su ayuda, había conseguido preparar un par de comidas decentes y era habitual que las compartieran en la terraza charlando luego de hacer el amor.

Sí. Un sándwich de pavo no estaba mal de vez en cuando, concluyó al descender del autobús poco después.

Tal y como prometió a la señora Phillips, estuvo frente a la puerta de la tienda diez minutos antes de las cinco; sin embargo, cuando entró luego de hacer sonar la campanilla, se dio con la sorpresa de que no era la primera en llegar.

La señora se encontraba sentada en un taburete al lado de un enorme macetero junto al mostrador y la silla ante ella se hallaba también tomada, pero su ocupante se levantó de inmediato al verla llegar.

–Hola. La señora Phillips dijo que llegarías en cualquier momento.

Marie se adelantó para estrechar la mano de Logan con una sonrisa. Bien pensado, no se sintió sorprendida de que fuera él quien se encontrara allí. Ahora que sabía que Morgan y Colin se había visto obligados a asistir a la reunión con el comisionado, era de esperar que fuera él el encargado de ocuparse del caso en su ausencia.

Tras saludar a la señora Phillips con un cálido apretón en sus manos cruzadas sobre el regazo, ocupó la silla que Logan arrastró para ella y esperó paciente a que él hurgara entre las hojas de una carpeta en la que apenas reparó entonces.

–Tengo que decir de nuevo que estamos muy agradecidos por su ayuda, señora Phillips –comentó el agente en tanto sacaba unos cuantos folios–. Entiendo que puede ser un poco molesto.

La señora chasqueó la lengua y esbozó una suave sonrisa en sus labios agrietados.

–Me hace bien ayudar; haré lo que pueda por saber lo que ocurrió con Seth.

Logan asintió y, tras comprobar algo en sus papeles, les tendió un par de ellos que se apresuraron a tomar. Eran fotografías un tanto antiguas y algunos bocetos; todos de la misma mujer. En las fotografías parecía estar en los treinta en tanto que en los retratos se vía algo mayor, ya más cerca de los cincuenta. Tenía el cabello castaño oscuro en rizos desordenados y unos ojos de un subido tono de azul, con facciones duras y afiladas. A Marie le pareció muy guapa, sin duda, con una belleza exótica, pero había algo en su expresión que no le terminó de gustar y que le provocó un recelo inmediato.

–Esa es May Freeman, la mujer con la que relacionamos a Seth; al menos todo parece indicar que sostuvieron algún tipo de relación hasta hace unos años. –Logan retomó la palabra luego de darles unos minutos para estudiar los retratos–. Las fotografías son las últimas que encontramos de ella; no ha hecho un solo trámite desde entonces, ni siquiera revalidó su licencia de conducir. Los bosquejos se han hecho según como consideramos que debe verse ahora, aunque pueden no ser exactos; a las personas les pasan muchas cosas en el transcurso de los años y no siempre se puede saber qué tanto afectan a su aspecto.

Marie cabeceó, comprensiva, y estudió uno de los bocetos en tanto la señora Phillips permanecía atenta a la mirada que le devolvía la mujer de la fotografía.

–¿Los hiciste tú? –preguntó Marie dirigiéndose al agente.

Él asintió y se encogió de hombros.

–Son buenos –continuó ella con una sonrisa–. Eres muy talentoso.

Logan hizo un gesto para restar importancia al asunto, pero fue evidente que apreció el halago porque le dirigió una sonrisa de agradecimiento antes de aclararse la garganta para volver a hablar.

–Es solo parte del trabajo –comentó él, para luego continuar en un tono algo más seguro–. Pero creo que puede sernos de utilidad. Si la señora Phillips consiguiera identificar a esta mujer como alguna con las que viera a Seth nos ayudará a confirmar nuestras teorías. Que tuvieron una larga relación y que esta pudo empezar aquí.

El agente observó a la anciana con atención y Marie hizo otro tanto. La señora estudiaba la fotografía con sus pequeños ojos entrecerrados y con una expresión de profunda concentración; cuando Marie estaba a punto de tomarla del brazo para llamar su atención, considerando que tal vez se hubiera perdido en sus recuerdos, la sorprendió al extender la fotografía en dirección a Logan, quien la recibió de vuelta con cierto desconcierto.

–La vi. Sí que la vi –dijo ella al fin–. Casi la había olvidado.

–¿Está segura de que se trata de ella? –preguntó Marie adelantándose al agente.

La anciana asintió con firmeza.

–Claro que sí. Tiene un rostro muy peculiar, ¿no te parece? En su momento me asombró lo guapa que era, pero luego me di cuenta de que no era tan solo eso lo que llamaba la atención en ella. Tiene un «algo» raro, como que repele, que da miedo.

Marie cabeceó sin pensar en nada que contradijera esa afirmación. Al estudiar el rostro de May Freeman, se dijo que sin duda así era.

–Entonces, la vio en compañía de Seth cuando él vivía aquí. –Logan interrumpió su breve charla, atento a las palabras de la anciana.

–Sí y con cierta frecuencia. –Cabeceó ella–. Ahora que lo pienso, empezó a frecuentarla unos meses antes de que se marchara. Una vez bajé para avisarle de que podía cerrar y subir a comer cuando lo encontré charlando con ella ante el mostrador. Me la presentó como una amiga y, hasta la última vez que los vi juntos, siempre se refirió a ella de esa forma; no he sabido su nombre hasta que usted lo dijo.

Colin asintió, sin parecer que eso lo hubiera sorprendido.

–Ya. ¿Y vio algo que llamara su atención? ¿Alguna conducta extraña o fuera de lo regular? –preguntó él.

La señora arrugó el entrecejo en un gesto de desagrado.

–Ese es el problema –dijo ella–. Todo en esa mujer era extraño. Su contacto influyó mucho en Seth, y no precisamente para bien. No me malentienda, él ya era un hombre hecho y derecho cuando la conoció; no se me ocurriría achacar sus actos de entonces a su influencia, por mala que pudiera ser. Él debió saber lo que hacía...

La anciana se aclaró la garganta y Marie se puso de pie para traerle un poco de agua de la jarra que sabía que tenía siempre tras el mostrador. Luego de beber, cabeceó y continuó con un tono más seguro.

–Seth empezó a llegar más tarde de lo acostumbrado, a veces no se presentaba a la hora de las comidas y hasta entonces él había sido muy puntual en esas cosas; le encantaba comer. –La señora esbozó una mueca cargada de nostalgia–. Incluso, se quedaba dormido y debía ir a despertarlo para que abriera el negocio. Recuerdo que bajaba rezongando y apenas me hablaba por horas, pero luego, cuando me reunía con él, lo encontraba de mejor humor y algo me decía que eso se debía a que ella había estado aquí.

Marie dio una mirada alrededor para darse una idea de cómo debió de verse el lugar hacía unos quince años y llegó a la conclusión de que, siendo la señora Phillips tan aferrada a sus costumbres como era, debía de estar prácticamente igual. Imaginó a un hombre joven y deslumbrado por una mujer mayor y misteriosa y no pudo menos que preguntarse de qué cosas hablarían en tanto exploraban un lugar tan peculiar como aquel.

–Al comienzo creí que no había nada por lo que preocuparse; Seth parecía un poco ausente y a veces podía ponerse un poco antipático, pero supuse que era lo habitual en un hombre enamorado. –La señora retomó la charla con un leve encogimiento de hombros–. Luego, sin embargo, como les conté el otro día, empecé a notar que faltaba dinero y él se mostró muy brusco cuando le pregunté al respecto. Eché en falta también dos de mis libros más valiosos y antiguos; recuerdo que los tenía en esa vitrina junto a la entrada y solo los sacaba para hacer alguna consulta y no acostumbraba mostrárselos a nadie porque nunca estuvieron en venta.

Marie y el agente dirigieron sus miradas al mueble que la señora señalara, un armatoste de roble que parecía capaz de resistir a un tornado y que ella, en particular, había admirado con frecuencia.

–Seth dijo que tal vez alguien podía haber tomado el dinero y llevarse los libros; quizá alguno de los chiquillos que a veces rondaban por aquí. –La voz de la señora atrajo su atención y volvieron a oírla con curiosidad–. Hubiera podido creerle lo del dinero; no era mucho y es verdad que he tenido esa clase de problemas durante todo el tiempo que lleva abierto el negocio; ¿pero los libros?, eso me resultó más difícil de creer. Solo Seth y yo teníamos la llave y no parecía como si hubieran forzado la cerradura; era evidente que quien los tomó sabía de qué se trataban y no tuvo problemas para hacerse con ellos. Aun así, él nunca lo reconoció y desde entonces las cosas se pusieron más difíciles. Discutíamos con frecuencia y estaba a punto de pedirle que aceptara hablar conmigo para decirme lo que le ocurría o tendría que marcharse, cuando él desapareció y no volví a verlo. Ni a él ni a esa mujer.

Logan cabeceó pensativo, en un gesto muy similar al exhibido por Marie, que también intentó unir cabos respecto a lo que la señora acababa de contarles. No hacía falta tener una formación detectivesca para darse cuenta de que la desaparición de Seth Smith estaría relacionada con la de esa mujer y que ella era, tal y como ya sospechaban, la clave para saber qué fue de él durante todos esos años antes de aparecer mutilado en el descampado en que lo hallaron.

–¿Está absolutamente segura de que no la vio nunca más? Con los bocetos puede hacerse una idea de cómo podría verse ahora.

El agente se adelantó a mirar a la anciana y señaló los papeles que Marie aun sostenía.

La señora Phillips los tomó con una mano temblorosa y los estudió durante varios minutos antes de sacudir la cabeza.

–No. Lo siento. Estoy segura de que la habría reconocido; al menos si se hubiera presentado ante mí directamente –señaló ella–. Ahora, si alguna vez ha rondado por aquí sin que yo la viera, bueno, en ese caso es posible que no me diera cuenta.

Logan suspiró y tomó los pliegos que la señora le tendió.

–Gracias. Nos ha sido de mucha ayuda –comentó él, incorporándose–. No le quito más tiempo, tengo que volver a la estación.

El agente se dirigió a Marie con una mirada que no pudo ocultar su anhelo.

–¿Quieres que te acerque a casa? –ofreció él.

Ella estuvo a punto de aceptar. En circunstancias normales lo habría hecho sin dudar; tan solo tenía que asegurarse de que la señora Phillips se marchara a descansar y entonces podría obviar el autobús de vuelta y llegar pronto a casa para ponerse con todo lo que tenía por hacer. Pero cuando su mirada se encontró con la de Logan supo que lo mejor era negarse; no deseaba verse obligada a rechazar cualquier otro tipo de avance. Tal vez él fuera amable y nunca la pusiera en una posición penosa, pero el simple hecho de que dijera algo le hubiera hecho sentir muy incómoda.

De modo que, tras mirar a la anciana que aún sostenía su mano con una sonrisa, sacudió la cabeza de un lado a otro en señal de negación.

–Creo que me quedaré un rato más para hacerle compañía; pero te acompañaré a la puerta –sugirió.

Si Logan encontró decepcionante su respuesta, se cuidó de decirlo. Tan solo cabeceó y, luego de estrechar la mano de la señora Phillips y agradecerle una vez más por su ayuda, se despidió con un ademán luego de atravesar la puerta. No volvió a sugerir una salida y Marie le sonrió, aliviada, tan pronto cuando se perdió en el interior de su coche.

Volvió a entrar a la tienda y, tras poner un poco de orden en el lugar, puso el cartel de cerrado y ayudó a la señora Phillips a subir a su apartamento. Era un lugar pequeño pero muy confortable y le recordó en algo a su propio hogar, aunque no había ningún perro ruidoso ni un gato indiferente por ningún lado.

Le costó un poco, pero logró convencer a la señora de beber un té y de recostarse en la cama a descansar, a ser posible hasta el día siguiente; había tenido una tarde muy intensa, señaló; siempre era duro sumergirse en los recuerdos, en especial cuando no eran felices. La anciana aceptó y, luego de dejarla bien repantigada debajo de las mantas, Marie prometió que la llamaría al día siguiente y que, si le parecía bien, tal vez pudiera pasarse a charlar un rato.

Para cuando dejó la tienda ya había oscurecido del todo y apenas consiguió tomar uno de los últimos autobuses. Caminó las pocas calles que la separaban de su casa, resignándose a dormir un poco menos porque no deseaba dejar su trabajo pendiente para el día siguiente; no si quería dedicar el fin de semana a Colin y pasar también para ver a la señora Phillips a la tienda, tal y como le había prometido.

Al acercarse a la acera en que se encontraba la entrada a su casa, sin embargo, distinguió una figura enroscada al lado del pequeño jardín, una sombra alargada doblada sobre sí misma que la hizo detenerse de inmediato.

Sorprendida y un tanto temerosa, miró sobre su hombro, pero la calle estaba desierta. Dudó si acercarse o buscar un policía, pero se dijo que no podía ser tan cobarde y dio un par de pasos más hasta plantarse junto a la figura que, tan pronto como oyó el sonido de sus pasos, levantó la mirada de golpe y clavó sus grandes ojos en su rostro.

Marie se llevó una mano a la boca y contuvo un grito al reconocer de quién se trataba, pero no dudó un segundo en observarlo con expresión de absoluto desconcierto antes de llevarse las manos a las caderas y dirigirle una mirada airada.

–Pero ¿qué demonios crees que estás haciendo aquí?

Tan pronto como Marie puso un pie en su apartamento algo después del mediodía del sábado, Colin supo que algo había ocurrido. Lo vio en sus ojos y en la forma en que rehuyó su mirada, así como también en que en un inicio se mostrara algo ausente. Como si hubiera algo que le preocupara y estuviera tentada a decirlo y no encontrara la forma de hacerlo.

Él no lo preguntó directamente, sin embargo, cuando mucho preguntó por sus clases y sus mascotas, la clase de cosas acerca de las que hablaban con frecuencia; pero no dejó de experimentar esa desagradable sensación de que ella le ocultaba algo que le inquietaba. Lo que fuera ese algo, no obstante, no pareció afectar en absoluto lo que ocurría entre ambos; no fue capaz de detectar ningún signo de incomodidad o arrepentimiento que le llevara a pensar que se había planteado ponerle fin.

Marie deseaba encontrarse a su lado con la misma necesidad que sentía él. Eso lo reconfortó lo suficiente como para intentar no insistir en sus sospechas. Si ella deseaba decirle lo que le preocupaba, sin duda lo haría en su momento. O tal vez estuviera imaginando cosas, intentó convencerse, una vez que ella empezó a comportarse con más naturalidad.

Hicieron el amor en el sillón con la misma pasión de siempre aunada a una prisa inconsciente, la avidez propia de dos amantes que hubieran pasado más tiempo separados. Pero así era todo con Marie, se recordó Colin cuando la acunó entre sus brazos luego de llegar al orgasmo y de acariciar su cabello con los dedos, lo que se había convertido en una de sus cosas favoritas en el mundo. Con ella sus límites parecían desaparecer; le costaba pensar y actuar con la misma calculada serenidad con la que lo hacía todo hasta entonces. Esa mujer había conseguido hacer pedazos la disciplina que a él le había costado tanto construir. Y lo único que tenía que hacer para llevarlo a ese estado era sonreírle.

Con el tiempo a su favor, decidieron tomarse las cosas con calma aquel día y cuando mucho salieron de la cama para picotear un poco de pan y queso que Colin se había ocupado de comprar el día anterior. Continuaron con sus confidencias entre risas, en especial cuando él se ocupó de contarle algunas de sus anécdotas en el ejército.

Marie había crecido en una familia un tanto relajada en cuanto a la disciplina; nada exagerado, no eran una panda de hippies, como se apresuró a aclarar, pero sus padres creían que la mejor forma de criar a sus hijos para que construyeran su propio juicio era darles la suficiente libertad para que exploraran el mundo y cometieran los errores que los convertirían en adultos. Y no les había ido mal con eso; ella y Brian eran personas bastante sensatas con virtudes y defectos, como todos, pero que siempre ponían por encima de todo a la familia y no tenían problemas en reconocer cuando habían cometido un error.

De allí que le costara un poco entender el ambiente en que se desarrolló la vida de Colin. Aunque él no se explayó en la vida durante su niñez, fue evidente que su padre era extremadamente estricto y que lo único que le ayudó a sobrellevar ese tiempo fue la presencia de su madre, tal y como ya le había contado alguna vez. Pero el verdadero reto de su vida fue sin duda sobrevivir a la vida castrense cuando se enroló al terminar la escuela.

Marie intentó contener las carcajadas cuando le habló de lo horrorizado que se sintió al saber que no solo tendría que recibir la instrucción militar que, al fin y al cabo, esperaba. Esa era tan solo la punta del iceberg de toda esa experiencia.

Sus superiores y maestros pusieron a prueba su disciplina y su capacidad de sobrevivir en un entorno difícil sin que aquello le afectara. Por suerte, como reconoció Colin de mala gana, su experiencia con su padre le había proveído de una buena dotación de resiliencia. Él no lo dijo con esas palabras, pero Marie se dio cuenta de ello cuando se le escapó que, con el tiempo y superada la primera impresión, acatar las órdenes de su sargento le pareció un día de campo al lado de lo que había tenido que aguantar hasta entonces.

Fue por eso, precisamente, porque no lo dudó dos veces en solicitar su ingreso oficial una vez que terminó el periodo de servicio. No podía imaginarse haciendo otra cosa o en compañía de otros que no fueran quienes habían terminado por convertirse en su familia.

Le contó a Marie de los estudios paralelos que tomó al tiempo que servía en el ejército y de su fascinación por el funcionamiento de la mente humana. Ella lo oía encantada y procuraba grabar su voz en su mente, asimilar sus palabras y hacerlas suyas. Quería abrazar sus recuerdos, comprenderlo y entregarle los suyos también.

Para cuando llegó el anochecer de aquel día, se encontraban arrebujados el uno contra el otro bajo las mantas y no hubo forma humana de convencer a Marie de que dejara el abrigo para unirse a él para cocinar algo para la cena. Se contentaron con algo más de queso, vino, y unas tabletas de chocolate que ella llevaba en la cartera. A Colin no le quedó más alternativa que reconocer que no hubiera podido pensar en una forma más agradable de pasar el tiempo.

–Lo que me parece raro es que decidieras no seguir los pasos de Morgan cuando ambos se retiraron del ejército. Lo de la compañía suena bien, pero no puede ser lo mismo, ¿no?

Colin oyó su pregunta y, tras dar una mordida a un trozo de chocolate, lo pensó un momento antes de responder.

–¿Te refieres al peligro y la adrenalina? –inquirió él a su vez.

Se encontraban muy cerca bajo las mantas, ambos desnudos y uno frente al otro, apenas apoyados sobre los gruesos almohadones. Marie tenía una pierna enrollada alrededor de la suya y su cabello le rozaba el brazo en tanto intentaba dar con una respuesta apropiada.

–Bueno, sí –dijo ella al fin.

Colin arqueó una ceja e hizo una mueca al devolverle la mirada.

–Para serte sincero, el mundo corporativo puede ser despiadado; a veces creo que hay más honor entre los criminales comunes que entre los que usan cuello y corbata –señaló él con el ceño fruncido–. He visto cosas en estos años que nunca hubiera podido imaginar y estoy seguro de que no habría sabido cómo actuar frente a ellas de no ser por lo que aprendí en el ejército. Ahora, respecto a tu pregunta, supongo que sí lo extraño; las cosas eran más fáciles entonces. Me refiero a que no hacía falta volverse loco buscándole un sentido a todo; las cosas estaban claras. Seguías las reglas y hacías lo que te enseñaron; en cierta forma es lo mismo que hacen los policías. El criterio es elemental, claro, o al menos debería serlo, pero mientras te apegues a lo que la institución espera de ti las cosas deberían salir bien.

—Pero no lo cambiarías por lo que haces ahora —adivinó ella mirándolo con interés—. Te gusta tu trabajo.

Colin suspiró y dobló el brazo para apoyar su cabeza sobre él.

—Al comienzo fue difícil; me pregunté muchas veces si no me habría vuelto loco al intentar empezar de cero; Morgan me gritó por horas cuando le dije que no pensaba volver a Baltimore y mucho menos trabajar con él. Habrás notado que se preocupa mucho —mencionó con una sonrisa cargada de afecto—, pero luego comprendió que no podría hacerme cambiar de opinión y ha sido un gran apoyo. En cuanto a mí, he disfrutado de cada horrendo minuto en estos años. Lo que supongo que no hablará muy bien de mí.

Marie sonrió y sacudió la cabeza de un lado a otro.

—No. En realidad, habla sí que muy bien de ti y de tu valor —dijo ella—. Y deberías de sentirte muy orgulloso de eso.

Colin le devolvió la sonrisa y acarició su hombro antes de asentir pensativo.

—Tenías razón en algo más —dijo él—. De vez en cuando echo en falta ese tipo de trabajo. No pensar solo en satisfacer a los clientes y asegurar un buen contrato; no que sus asuntos no sean importantes, me gusta pensar que lo que hago no solo se trata de dinero sino también de proteger la seguridad de lugares que necesitamos que sean protegidos. Pero es distinto a las cosas que hace Morgan, por ejemplo; eres tú contra los malos. Nada más.

—Fue por eso por lo que no pudiste negarte cuando te pidió que vinieras esta vez.

Él asintió ante su observación.

—Sí, eso creo –dijo, fijando la mirada en sus ojos antes de continuar en un tono más grave–. Pero hubo algo más.

—¿Qué?

—Había conocido a alguien la última vez que estuve aquí –recordó él.

Marie arqueó las cejas y una casi imperceptible sonrisa se dibujó en sus labios.

—¿Sí? –preguntó ella acercándose más a él hasta que sus hombros se tocaron y sintió la rigidez de su cuerpo contra el suyo–. ¿A quién exactamente?

Colin sonrió y tardó un momento en responder, instante que usó para torturarla al recorrer toda la extensión de su espalda con un dedo hasta arrancarle un gemido.

—A una bruja –respondió él.

Marie fingió una expresión de sorpresa.

—¿En serio? ¡Qué interesante! ¿Y la dejaste escapar?

—Mucho me temo que sí; las cosas no empezaron muy bien entre nosotros. Creo que le habría encantado convertirme en sapo.

Marie lo miró por debajo de sus pestañas entornadas e inclinó el rostro para apoyar la mejilla en su rostro.

—Estoy segura de que nunca habría hecho algo como eso –susurró ella–. Aunque no podría asegurar que no lo haya considerado.

—¿Eso crees?

El aliento de Colin rozó su piel y eso fue suficiente para desatar del todo el incendio que había empezado a nacer en lo más hondo de su pecho.

—Estaba enojada –reconoció ella con un suspiro ahogado buscando la comisura de los labios para dejar caer un reguero de besos con expresión compungida–. Fuiste bastante molesto.

La mano de Colin descendió por su cadera y sujetó uno de sus muslos con firmeza, acercándola hasta que se vio obligada a soltar un chillido tan pronto como lo sintió tanteando entre sus piernas para introducirse entre sus pliegues con los dedos.

–¿Lo estoy siendo ahora? –preguntó él con un susurro contra su oído.

Marie no supo qué responder. No habría podido, ni aun habiéndolo deseado; de pronto perdió la capacidad de hablar y lo único que pudo hacer fue cerrar los ojos y entregarse a lo que Colin le hacía sentir. Tenían tiempo, continuarían charlando, se prometió sin prestar atención a esa vocecilla que le recordó al oído que posiblemente eso fuera lo último con lo que pudiera contar.

–Tienes que sacar las semillas...

–Lo sé.

–Pero sin llevarte medio tomate en el proceso. ¡Qué despilfarradora has resultado!

Marie sonrió ante el tono reprobador en la voz de Colin y le hizo un gesto al levantar el cuchillo y señalarlo con la punta afilada.

–Es más difícil de lo que parece. Y lo sabes. ¿Por qué no vienes aquí y me das una mano?

Se encontraban en la cocina, donde Marie intentaba preparar una salsa de tomates bajo sus instrucciones, pero las cosas no estaban resultando según como había esperado. Le costaba concentrarse bajo su mirada y pese a que Colin apenas le dirigía la palabra para dejarla trabajar en calma, no podía dejar de sentir como si cada uno de sus gestos fuera una caricia. ¿Quién diablos iba a despepitar tomates de la forma correcta en una situación como esa?

Colin fingió considerarlo e incluso dio un par de pasos hacia ella, pero cuando mucho se apoyó en la encimera para tener una mejor vista de su trabajo.

–No necesitas ayuda –negó él–. Lo estás haciendo bien.

–¿Y qué pasó con lo del despilfarro?

–Lo harás mejor con el siguiente.

Marie bufó y le dirigió una mirada recelosa antes de ponerse con lo demás. Descubrió al cabo de un rato que había tenido razón; después de todo, los siguientes resultaron algo más sencillos, pero no se le ocurrió mencionarlo.

En tanto ella continuaba con aquello, el teléfono de Colin resonó y él se disculpó para tomar la llamada. Lo vio dirigirse al ventanal y alternó la mirada de la mesada a su silueta bañada por la luz del sol que se colaba por las ventanas entreabiertas.

Había aceptado su oferta de quedarse a dormir y, luego de quedarse en la cama buena parte de la mañana, ofreció ocuparse del almuerzo; el plan era que regresara a casa al terminar la tarde, pero nada le apetecía menos que marcharse. Habían compartido un tiempo tan agradable, recordó al mirarlo nuevamente. Le pareció extraordinario que ese hombre calmado que hablaba por teléfono con voz neutra y asintiendo cada tanto según oía a su interlocutor fuera el mismo con el que había pasado las últimas horas.

Había aprendido de él que, reservado como era, no era fácil acceder a todas esas capas en las que parecía haberse dividido a sí mismo con el fin de mantenerse a salvo del mundo exterior. Pero ella las había visto y experimentado. Quizá no todas, era consciente de que aún había cosas que no conocía de él, que se mantenían ocultas, pero no pudo evitar pensar que, tal vez, si tuvieran el tiempo y la oportunidad...

Marie parpadeó al oírlo despedirse en un tono algo más animado del que usara hasta entonces y fingió que no había estado observándolo al volver su atención a las verduras que intentaba trozar.

Cuando Colin volvió a su lado, esperó a que fuera él quien hablara y así lo hizo al cabo de un momento.

–Parece que han encontrado a esa mujer –dijo él al fin.

Marie tardó un momento en hilar cabos y, cuando lo hizo, dejó de aparentar interés en lo redondeadas que eran las semillas de los pimientos y lo observó con los ojos muy abiertos.

–¿La del caso de Seth? ¿May...?

–Freeman, sí –completó él–. Está en Kansas. O estaba, no lo tenemos aún muy claro. Morgan acaba de recibir un reporte de allí y va a enviar a alguien para que se ocupe de confirmarlo. Si dan con ella y consiguen una orden, tal vez puedan traerla aquí para interrogarla en persona.

Marie asintió, pensativa.

–Pero eso es bueno ¿no? –preguntó ella.

–Sí, claro, es fantástico. –Colin cabeceó y habló con un tono seguro–. Incluso si no tiene relación con la desaparición de Smith, estoy seguro de que sabe muchas cosas que podrían ayudarnos a descubrir qué fue de él luego de que se separaran.

Marie continuó con su labor, pero no dejó de pensar en ello y cuando volvió a hablar al cabo de unos minutos lo hizo con la expresión de quien está convencida de tener la razón.

–Pues algo me dice que ella tiene algo que ver con todo esto –dijo, sin dejar de picar con movimientos bruscos–. Es demasiada casualidad, ¿no? Él lo dejó todo para irse con ella. Dudo de que simplemente la dejara un día.

–Quizás fue ella quien lo dejó a él –sugirió él–. Es posible que solo deseara utilizarlo para algo, como robar ese dinero y los libros y luego lo abandonara cuando dejó de servirle. Ha pasado mucho tiempo de eso. Tal vez Smith hiciera luego una nueva vida que no tuvo nada que ver con ella.

Marie sacudió la cabeza.

–Supongo que es posible; pero debiste oír la forma en que la señora Phillips habló de lo que ocurría entre esos dos –recordó Marie–. Incluso si la tal May no le correspondía, está claro que Seth se moría por ella. No pudo dejarla ir así como si nada.

–¿Aunque ella no lo quisiera?

–Bueno, a veces los hombres no saben leer las señales –comentó Marie encogiéndose de hombros–. Y aunque parece que no era una mujer muy simpática, tienes que reconocer que era guapísima; él estaba totalmente fascinado por ella. ¿Has visto sus fotografías? ¿Y los retratos que Logan hizo de cómo se vería ahora? No dudo de que se seguirá viendo estupenda.

Marie esperó a que Colin dijera algo, tal vez que coincidiera con ella, pera al caer en la cuenta de que no parecía que fuera a decir nada, levantó la mirada de lo que hacía y se encontró con sus ojos puestos en ella. Parpadeó un poco sorprendida al advertir un leve atisbo de recelo en su mirada.

–¿Qué? –preguntó ella.

Colin se encogió de hombros y volvió a apoyarse sobre la encimera con los brazos cruzados, pero Marie percibió cierta tensión en él que no se encontraba allí antes.

–He visto los retratos –coincidió él– ¿Cuándo los viste tú?

Ella cabeceó al entender.

–Ah, el otro día en la tienda de la señora Phillips cuando Logan los llevó para que ella los viera. Me llamó para que la acompañara.

–Ya.

Marie frunció el ceño al notar algo en su voz.

–¿Qué?

–¿Qué?

Ella ladeó el rostro y le dirigió una mirada entendida al oír su respuesta.

–¿Hay algo de malo con eso? –preguntó.

–¿He dicho que lo haya?

–Colin, ¿tienes algún problema con Logan? ¿Se llevan mal o...?

Él sacudió la cabeza antes de que terminara de hablar.

–No tengo nada en su contra.

–¿Entonces es en contra mía?

Colin suspiró y apoyó el mentón sobre una mano sin dejar de observarla con los ojos entrecerrados.

–No se trata de eso –aseguró él.

–¿Entonces?

–Bueno, es obvio que te encuentra atractiva. Tienes que haberte dado cuenta.

Una vez superada la sorpresa que le produjeron sus palabras, Marie respondió con un gruñido apagado, lo que solo pareció confirmar lo que él pensaba porque le dirigió una mirada de triunfo.

–Entonces sí que te has dado cuenta. Supongo que es demasiado evidente incluso si, como me contaste, puedes ser un poco distraída –comentó él, casi como si le aliviara no haber sido el único en notarlo–. Creí que haría falta que te invitara a salir o algo así para que lo notaras.

Marie rehuyó su mirada y se encogió de hombros, con lo que solo consiguió que la observara con mayor atención.

–¿Lo hizo? –preguntó él luego de unos segundos en silencio– ¿Te invitó a salir?

Ella hizo un gesto indeciso antes de responder.

–Algo así –reconoció al fin.

–¿Y qué le dijiste?

–Que sí, desde luego. Iremos al cine el viernes.

Colin bufó, disgustado, pero ella no pareció encontrarse de mucho mejor humor y se sostuvieron la mirada durante un buen rato antes de que él exhalara un hondo suspiro que pareció disipar parte del enojo que pareció dominarlo hasta entonces.

—Lo siento —dijo en un tono algo más conciliador—. Fue una pregunta estúpida.

—Sí que lo fue.

—Pero...

—Pero, ¿qué? —Marie se envaró apoyando una mano sobre la encimera—. Porque no estoy dispuesta a oír nada que no sea una disculpa. Escucha, no me gustan los hombres celosos o posesivos y no tengo por qué disculparme si alguien me invita a salir, en especial si ese alguien fue muy correcto al hacerlo y evidentemente dije que no.

No pareció como si ella se hubiera dado cuenta, pero Marie fue elevando su tono según hablaba hasta que sus palabras resonaron en el salón. Colin la observó entonces con curiosidad como si ese estallido le hubiera permitido verla bajo otra dimensión, una que lo intrigó y que lo llevó a ladear el rostro para estudiarla como si intentara sondear en su mente y descubrir el porqué de semejante reacción.

—Desde luego que no tienes que disculparte, no pretendía que lo hicieras —habló él al cabo de un momento en un tono calmado, el mismo que había usado ante Napoleón en más de una oportunidad cuando el pug se había puesto especialmente arisco—. Lamento si te he dado esa impresión, no quise hacerlo, solo me tomaste por sorpresa y dije una tontería.

Marie le dirigió una mirada ceñuda, lo que le hizo pensar que quizás no le creía del todo.

—Marie, hablo en serio: lo siento —insistió él—. ¿Puedes dejar de apuntarme con el cuchillo de esa forma? Empiezas a ponerme nervioso.

Ella dirigió la mirada a su mano y dejó caer el cuchillo de golpe haciendo un sonido brusco contra la tabla por el impacto. Luego lo miró a los ojos y sacudió la cabeza de un lado a otro con suavidad.

—Disculpa.

—Está bien, no pasa nada.

—¿Cómo va a estar bien? ¡Te estaba apuntando con esa cosa!

Colin suspiró y extendió una mano ante ella con suavidad; se movía muy lentamente dándole tiempo a rechazarlo si eso deseaba pero, tras dudar un instante, ella lo sujetó entre los dedos con fuerza.

—Te sentiste amenazada —dijo él en tono sereno—. Es la clase de cosas que hacemos cuando nos sentimos así: intentamos defendernos.

—¿Por qué iba a intentar defenderme de ti?

—No lo sé. Tal vez no se tratara de mí en realidad.

Colin la miraba a los ojos y Marie exhaló un suspiro ahogado al sostener su mirada. Él pudo ver en ella un atisbo de dolor y miedo que le encogió el corazón, pero no hizo lo que habría sido su primera reacción de haber sido otro el caso. No fue hacia ella ni la envolvió entre sus brazos, tan solo sostuvo su mano por encima de la encimera y la observó con fijeza, determinado a que viera en sus ojos la verdad; en su experiencia, eso era lo único que le permitiría apartar ese miedo y volver a mostrarse tal y como era.

—Marie, no desconfío de ti, y definitivamente no intento controlarte, mostrarme celoso o posesivo, como dijiste. No soy nada de eso —aseguró él sin abandonar la calma—. Pero fue raro oír que Logan te había invitado a salir. Porque lo conozco y trabajo con él, y no mentiré, es un poco incómodo pensar que está interesado en la mujer con la que yo... —Colin suspiró y forzó una sonrisa carente de entusiasmo—. Pero esas cosas pasan, e hice mal en darle importancia. ¿Puedes creerme?

Marie sostuvo su mirada y Colin aguardó con el aliento contenido hasta que la vio asentir lentamente.

—Bien, gracias —asintió él—. Ahora, ¿quieres hablar acerca de qué te hizo reaccionar de esa forma?

Marie dudó unos segundos antes de sacudir la cabeza de un lado a otro; sus ojos le dijeron quizá más de lo que habría podido poner en palabras. No estaba lista, y necesitaba que él lo entendiera. Pese a ello, a verlo con tal claridad, Colin estuvo a punto de insistir porque algo le dijo que era demasiado importante como para pasarlo por alto, pero comprendió que no era el momento y que no le haría ningún bien mostrándose obstinado. De modo que, tras suspirar, asintió con pesadez y le dio un cálido apretón antes de dejar caer su mano.

–Está bien –dijo él–. ¿Te parece bien si volvemos con eso entonces?

Marie esbozó una tensa sonrisa e inhaló un par de veces antes de dirigir su mirada a las verduras abandonadas. Cuando levantó la vista, sin embargo, Colin advirtió que se veía más calmada y ello le infundió también cierta tranquilidad.

–Claro. –La voz de Marie surgió muy baja, pero sin atisbos de la tensión que mostrara hasta entonces–. ¿Qué tengo que hacer ahora?

Colin fue con ella y, tras dirigirle una sonrisa que Marie correspondió, una sonrisa de verdad, ya sin las sombras que la habían opacado hacía unos minutos, le dio algunas indicaciones que ella se apresuró a seguir con semblante pensativo.

Recuperaron la normalidad con rapidez, pero habría sido absurdo negar que aquel momento no afectó el resto del día. Y cuando Marie se marchó de regreso a su apartamento luego de rehusar su oferta de ir con él, Colin se quedó con la impresión de que algo estaba mal y que esa charla pendiente entre ambos volvería a surgir en cualquier momento. Solo esperaba que cuando ello ocurriera se encontraran listos para hacerle frente.

10

Cuando Marie llegó a su apartamento al final del día, apoyó un instante la frente contra la puerta antes de meter la llave en la cerradura.

Había sido un día extraño.

Aún le costaba contener el temblor cada vez que pensaba en su reacción contra Colin por el tema de Logan. Tal vez él no hubiera sido muy sutil en un inicio, pero ella había aprendido a conocerlo lo suficiente para saber que su actitud no estaba tan relacionada con ella como con sus propios temores; algo que no tenía mayor asidero y que no dejaría de ser una anécdota de no ser por lo mucho que a ella le había afectado.

Sabía que no era justa, que Colin no tenía la culpa de sus inseguridades y sus malos recuerdos; él apenas la conocía y no podía imaginar cuán espinosa podía volverse una situación como esa para ella. Algo con lo que otra mujer quizás hubiera bromeado o le habría hecho sentir halagada, a ella la sumía en un estado de nervios que la volvía una absoluta desconocida.

Colin se había esforzado por restar importancia al asunto durante el resto del día y buscó una forma tras otra de distraerla. Vieron una mala película de acción y la hizo reír más de una vez con sus comentarios al burlarse de todo lo que saltaba a la vista que se había hecho mal. Cuando se despidieron, luego de que ella pidiera a un taxi, se besaron ante la puerta y él sostuvo su mano durante lo que le pareció una eternidad en tanto veía a sus ojos como si necesitara asegurarse de que se encontraba bien y que nada había cambiado entre ambos. A Marie aquel gesto le provocó un sordo latido en el corazón y tuvo la capacidad de hacerla creer que así era, que todo estaba bien. Cuando se separaron, sin embargo, y se vio sola en el elevador, y luego durante el corto trayecto a casa, se dijo que tal vez estuviera equivocada. Quizás eso no era para ella. Ya no.

Tenía demasiados asuntos pendientes: a su ya incierta relación con Colin y sus temores de que aquello no les llevara a nada, debía sumar la enorme desconfianza que arrastraba y que posiblemente terminara por arrebatarle cualquier oportunidad de ser feliz.

Con un suspiro, metió la llave en la cerradura e intentó hacer a un lado lo ocurrido, o cuando menos no pensar en ello más aquella noche. En casa le esperaba otro problema, uno que no se había buscado pero que ahora tenía entre manos y que sin duda le costaría mucho solucionar.

Napoleón fue el único que salió a recibirla cuando abrió la puerta, como siempre; pero a diferencia de otras veces, el perro pareció aún más ansioso de lo habitual. Suerte la observó desde lo alto de la heladera y no hizo falta ser muy perspicaz para saber que la expresión que le dirigió fue de un profundo enojo, alejada de su indiferencia de siempre.

Genial, se dijo Marie al dejar sus cosas sobre un sillón con pocos cuidados. Incluso sus mascotas la juzgaban.

Y no era para menos, reconoció de mala gana al advertir un olor desagradable que le llevó a fruncir el ceño y apresurarse a abrir las ventanas que daban a la calle para que el aire entrara y disipara el ambiente.

Dirigió la mirada a la cocina y distinguió un cuenco sucio en el fregadero, con lo que su expresión de enojo pareció incrementarse. Habría seguido inspeccionando el lugar de no ser porque el culpable de todo aquello apareció ante ella proveniente del dormitorio con toda la apariencia de haber estado echándose una buena siesta.

–Señorita Worth, no la oí llegar. ¿Todo bien con su cita?

Marie se llevó las manos al pecho y dirigió a su alumno, o ex alumno, como debiera llamarle, una mirada cargada de furia.

–¿Qué te he dicho acerca de fumar aquí? –le increpó–. Aún más ¿qué te he dicho acerca de fumar en absoluto?

Connor cogió aire y balbuceó una disculpa que la llevó a poner los ojos en blanco.

–Eres muy joven para un hábito tan horrible –continuó ella con un ademán cansado–. Hablo en serio, no quiero que vuelva a ocurrir. Si en el futuro... ¿Qué estoy diciendo?, no hay ningún futuro –rumió ella en tanto el muchacho la veía con los ojos entornados–. Mira, ¿por qué no lavas los platos que dejaste en la cocina y luego hablamos un momento?

Connor vaciló un momento y abrió la boca como si estuviera dispuesto a negarse, pero debió de comprender que Marie no estaba con ánimo para discutir porque sacudió la cabeza de mala gana y arrastró los pies en dirección a la cocina.

Aliviada de no haberse visto en la necesidad de entablar una discusión, Marie fue a su dormitorio para cambiarse de ropa y sustituir el vestido que usó aquel día por un conjunto de deporte afelpado. Al mirarse en el espejo para hacerse un moño, sus ojos se detuvieron un momento en su piel brillante y sus labios sonrosados. El tiempo pasado al lado de Colin tenía la propiedad de perpetuarse de alguna forma en ella incluso mucho tiempo después de que se separaran. Era una huella que iba más allá de cualquier signo que pudiera permanecer en su piel, estaba en su corazón y en su mente y el ser consciente de ello una vez más solo contribuyó a que se sintiera algo más desanimada.

Cuando volvió a la sala se topó con Connor, que secaba los platos con una parsimonia casi conmovedora; parecía como si le provocara terror dejarlos caer y que se rompieran. Tal vez creyera que esa sería suficiente razón para que Marie perdiera la paciencia del todo y terminara por echarlo.

Ella aprovechó ese momento en que él no pareció notar su regreso para examinarlo con ojo crítico, preguntándose una vez más qué iba a hacer con él.

Aún le costaba creer que no se hubiera echado a gritar como una desequilibrada al toparse con él esperándola en su puerta. En ese momento solo atinó a invitarlo a entrar porque era obvio que el muchacho no solo estaba aterrado, también temblaba y, por la forma en que su nariz se dilató cuando le puso un vaso con leche y galletas ante los ojos, se encontraba además hambriento.

Él apenas le dio las gracias y le dirigió unas cuantas miradas de desconfianza en tanto engullía todo lo que ella le había servido. Luego, cuando fue obvio que ella no estaba dispuesta a esperar más por una explicación, le dijo que había tenido que huir de su casa porque no soportaba seguir viviendo allí y que ese fue el único lugar al que se le ocurrió ir porque no conocía a nadie más que pudiera ayudarle.

Marie tardó poco en procesar la información; como maestra, se había encontrado con ese tipo de casos en más de una ocasión, pero era la primera vez que un alumno fugado de casa acudía a ella de esa forma. De cualquier forma, sabía por experiencia que lo peor que podía hacerse en un caso como aquel era acribillar a un chico a preguntas y mostrarse intransigente. En especial tratándose de un muchacho tan desconfiado y arisco como Connor; de modo que lo dejó hablar tanto como quiso y se sorprendió de lo elocuente que se mostró una vez que se dio cuenta de que no lo echaría a patadas, al menos no esa noche, y que estaba dispuesta a escucharlo.

Según Connor, las cosas en su casa habían empeorado desde que su padre se quedó sin empleo y su madre empezó a amenazar con marcharse a vivir con una hermana en Virginia y llevarse con ella a su hija pequeña. A Marie no le costó demasiado adivinar que Connor no estaba en sus planes; según confesó él después ante su silente pregunta, nunca se había llevado bien con su madre y ella le había dicho en más de una ocasión que estaba lo bastante mayor para arreglárselas por sí mismo.

Marie tuvo que hacer un gran esfuerzo para no empezar a maldecir tan pronto como oyó eso último, pero logró contenerse y forzó una expresión inmutable en tanto Connor continuaba con su historia.

El chico le contó que cada vez le resultaba más difícil quedarse en casa, en especial desde que tuvo que dejar de ir a la escuela. Reconoció que había sido su culpa que lo suspendieran, pero juró también que echaba de menos las clases no tanto por el hecho de estudiar en sí, como soltó sin asomo de vergüenza, sino porque era una forma de evadirse un poco de sus problemas. Había intentado convencer a su madre de que fuera a hablar con ella y el director, pero la señora se negó en redondo porque no estaba dispuesta a responder todas las preguntas que sabía que le harían.

Connor no tardó demasiado en llegar a lo que había terminado por llevarlo a tomar una decisión tan radical como abandonar su casa. Sus padres habían tenido una discusión el día anterior. Nada fuera de lo normal, o a lo que no estuviera acostumbrado, pero esta vez las cosas se pusieron muy violentas y, cuando pensó que la policía llegaría en cualquier momento, su madre cogió un par de cosas y se fue arrastrando a su hermana con ella. A él apenas le dirigió una mirada antes de dejarlo al lado de su padre, que estaba tan borracho y enojado que apenas pareció notar que él se había quedado allí, demasiado consternado como para atinar a hacer nada que no fuera mantenerse en un rincón y tan callado como le fue posible para que no desatara su furia en él.

Luego, cuando se durmió, no lo pensó dos veces y decidió marcharse también. Incluso si su madre volviera, explicó a Marie, no pasaría mucho tiempo antes de que terminara por irse del todo y ya que él no estaba en sus planes ni deseaba quedarse con su padre, solo se le ocurrió buscar refugio fuera de allí. Se habría quedado en las calles o en el gimnasio de la escuela hasta que se le ocurriera otra cosa, pero al llegar al edificio se topó con el guardián y vio que no tenía oportunidad de entrar durante la noche; por otra parte, aunque no lo reconoció con palabras, Marie se dio cuenta de que la idea de permanecer deambulando por las calles lo sobrepasaba por completo. Tal vez Connor pareciera mayor de lo que era, y le gustara adoptar ese aire de chiquillo rebelde que fumaba a escondidas y se metía en problemas, pero no dejaba de ser un niño perdido.

Marie no hizo más preguntas por esa noche, y le permitió que se quedara durmiendo en el sofá siempre y cuando prometiera que al día siguiente hablarían de nuevo para buscar una solución a ese problema. El chico accedió de inmediato, desde luego; algo le dijo que habría aceptado cualquier cosa con tal de quedarse allí. Ella, en tanto, pasó la noche en vela preguntándose qué iba a hacer.

Connor no podía quedarse allí ni ella ocultar lo ocurrido a las autoridades. Además, recordaba las palabras de Colin respecto a lo peligroso que podía ser un muchacho asustado cuando se veía acorralado. Se prometió que aquello no duraría, que haría lo que fuera para solucionar todo ese asunto lo antes posible.

Sin embargo, las cosas no resultaron tan sencillas como había esperado.

Al día siguiente, luego de dejar a Connor en casa tras hacerle prometer que no se movería de allí y que no ocasionaría un desastre, fue a la escuela y usó el primer momento libre que tuvo para hablar con el director Houston. Le contó lo ocurrido y aunque este se mostró muy comprensivo, en el fondo tan poco sorprendido como ella, dijo que salvo avisar a las autoridades era poco lo que él podía hacer.

Seguro que servicios sociales intentaría ponerse en contacto con los padres; eso siempre y cuando dieran con ellos, pero con seguridad eso supondría que, considerando sus antecedentes, Connor sería puesto en manos del Estado y enviado a alguna institución que pudiera acogerlo.

A Marie aquella posibilidad le asustó tanto como echarlo a la calle. Sabía que había muchos chicos que crecieron en lugares como los que el director mencionó y que recibían una buena atención, pero creyó que sería demasiado duro para Connor hacer una transición de esa naturaleza de un día para otro. Rogó al director porque le diera un poco de tiempo para hablar con el chico y ayudarlo a comprender que posiblemente esa fuera su única oportunidad y que ella no se desentendería de él de ninguna forma; que incluso se ocuparía personalmente de que fuera acogido en un lugar que velara por él de una forma adecuada.

Al señor Houston no le hizo mucha gracia su pedido, pero tampoco era nada que no esperara y, reconoció, no dejaba de tener algo de razón. Un poco de tiempo extra tal vez le permitiera, además, tirar de algunos de sus contactos para dar con un lugar adecuado. Pero solo dejarían pasar una semana; diez días, cuando mucho, y luego darían aviso a las autoridades.

Marie se lo agradeció de todo corazón y desde entonces no había pasado un día en que no se abocara a intentar llegar a un acuerdo con Connor, lo que, debió reconocer, no estaba resultando nada sencillo.

El muchacho había dado un brinco a la primera mención a un centro de acogida. No solo eso, sino que poco después Marie lo atrapó intentando escapar durante la noche, por lo que no le quedó más remedio de discutir con él hasta prometerle que no haría nada sin avisarle antes. Desde entonces, mantenían esa clase de conversaciones un día sí y otro también, siempre con el mismo resultado, y Marie sentía el tiempo pasar sin llegar a un acuerdo. No quería presionarlo y descubrir un día que había desaparecido para terminar Dios sabía dónde y en qué clase de peligros. Lo peor era que el muchacho parecía confiar realmente en ella y no deseaba defraudarlo.

Creyó que dejarlo a solas un par de días en tanto ella pasaba ese tiempo con Colin podría ayudarle a pensar, pero al toparse con su expresión ensimismada en tanto terminaba de poner orden en la cocina, se dio cuenta de que tal vez había sido demasiado optimista. Cuando el chico atrapó su mirada, debió de ver algo en ella porque se dirigió en su dirección y se dejó caer sobre el sillón junto a su altar con un suspiro abrumado.

–Connor...

–¿Se divirtió con su novio?

Marie sonrió, en absoluto sorprendida de que él intentara llevar la conversación a cualquier tema que los alejara de lo que debían hablar y se dejó caer a su lado con suavidad. Napoleón trepó para subir a su regazo y observó a su obligado huésped con una expresión ceñuda que pareció disolverse en cuanto ella empezó a acariciarle las orejas.

–Algo así –respondió ella con ligereza antes de buscar su mirada–. Pero no es mi novio.

–Pues debería decírselo porque él cree que lo es –replicó el chico de inmediato con un gesto burlón–. No diga que no se ha dado cuenta.

—Connor...

—¿Y de dónde sacó a un tipo como él? En clase decíamos que, si algún día le veríamos a un novio, seguro que sería un hippie o algo así.

Marie sacudió la cabeza y se encogió de hombros, no muy segura de querer profundizar en ese asunto. Ya bastantes dudas tenía por sí misma como para elegir por confidente a un adolescente. De modo que se aclaró la garganta y le dirigió una mirada ceñuda.

—No voy a hablar de ese tema contigo —negó tajante–. Lo importante ahora...

Connor emitió un resoplido.

—Usted piensa que lo importante es que me vaya de aquí, ¿no? —espetó él ya sin rastros de risa en la voz.

—Yo no he dicho eso.

—No, pero lo está pensando, y es lo mismo.

Marie ahogó un suspiro e intentó imprimir a su voz de tanta calma como le fue posible.

—Connor, he procurado ser sincera contigo y explicarte bien tus opciones —recordó ella–. Sabes que no puedes quedarte aquí por siempre.

—¿Por qué no?

Ay, Dios, se dijo Marie llevándose una mano al corazón al toparse con la expresión enfurruñada del chico y advertir su mano aferrada al cojín.

—Porque no soy la persona adecuada para cuidar de ti, y también porque no es lo correcto —intentó explicar ella con voz serena–. Sé que en este momento es muy difícil de entender y que lo último que quieres es ver que las cosas cambien de esta forma, pero tienes la edad suficiente para entender que no siempre obtenemos lo que queremos. Te he prometido que ocurra lo que ocurra estaré cerca de ti y que siempre podrás contar conmigo. Pero necesitas un lugar que vele por ti de la manera correcta, donde te cuiden y recibas todo lo que necesitas...

El chico se puso de pie de golpe y Marie se echó hacia atrás al toparse con sus ojos vidriosos. Lo habría abrazado de no advertir una buena cuota de rencor, por debajo de otras emociones, que parecía desbordarlo.

–Usted solo quiere librarse de mí –espetó él–. Y está bien, no tiene ninguna obligación conmigo, pero pensé...

Connor se cortó de golpe y Marie contuvo el aliento sintiéndose de pronto mucho más joven de lo que en verdad era, quizás tanto como él; se sintió tan desprotegida e inútil como debía de sentirse también él y no pudo menos que pensar en cuán injusta era la vida y lo poco capacitada que estaba para lidiar con una situación como aquella.

–Connor, necesito que confíes en mí –pidió en un susurro–. No permitiré que nadie te haga daño o que debas pasar de nuevo por lo que me contaste. Te prometo que estarás bien y que cuando todo esto haya terminado solo será una pesadilla. Pero necesito que me ayudes y ambos saldremos de esta, ¿de acuerdo? No hagas ninguna tontería y deja que yo me encargue.

Él la miró con los párpados caídos y pareció tentado a negarse tan solo para dejar en claro su enojo, pero al final se vio demasiado cansado incluso para ello y lo vio asentir con brusquedad.

–Bien. –Marie forzó una sonrisa y se incorporó lentamente–. ¿Por qué no preparas el sillón para esta noche en tanto yo saco un rato a Napoleón?

El muchacho no contestó, tan solo dio su asentimiento con un gruñido y ella se dijo que podría haber ido peor. Mucho más cansada de lo que pensó que podría sentirse alguna vez, paseó al perro por el vecindario como si tuviera los pies de plomo. Echó en falta la presencia de Colin con tanto anhelo que casi dolía; le hubiera gustado hablarle del problema de Connor, algo le dijo que, de no poder dar tampoco con una solución, cuando menos le habría ayudado a sobrellevarlo y a echar un poco de claridad en todo ese tema. Él nunca parecía perder la calma; era la clase de persona en la que parecía natural apoyarse y dejarse guiar.

Pero estaba segura también de que de saber que le había ocultado una cosa como esa luego de todas sus recomendaciones respecto a no involucrarse con Connor después de que fuera a amenazarla a la escuela, no le haría ninguna gracia saber que prácticamente se había puesto una diana en el pecho para convertirse en una participante más en todo ese enredo.

Las luces del apartamento estaban apagadas al volver y notó el bulto larguirucho de Connor bajo unas mantas en el sofá. Procuró no hacer ruido y, con Napoleón y Suerte tras ella, se metió en su dormitorio y se dejó caer sobre la cama con un suspiro.

¿En qué momento su vida se había vuelto tan complicada?, se preguntó antes de cerrar los ojos y verse secuestrada por el sueño. Hasta hacía unos meses su mayor preocupación era mantener a un pug contento, ganarse el cariño de un gato hosco y procurar vivir su vida de la forma en que había elegido, en armonía con la naturaleza. Ahora tenía a un chiquillo asustado durmiendo en el sillón y a un hombre que había dado un vuelco a todo lo que daba por seguro.

Nunca debió encender esa vela, musitó ya medio dormida; pero incluso así, atemorizada e inquieta por lo que le deparaba el futuro, tuvo que reconocer que no pensaba eso en verdad.

—Esperamos que el oficial enviado por el comisario llegue con Freeman alrededor de las doce del viernes; algo después del mediodía si se cumplen los horarios. Yo los recogeré y me ocuparé del traslado, pero me vendrá bien un poco de ayuda para acelerar el papeleo.

Morgan asintió, orgulloso, al oír el informe de Logan, pero al buscar el rostro de Colin, quizá en espera de que pareciera tan satisfecho como él, cualquier rastro de entusiasmo desapareció de su expresión al sorprender-lo con el ceño fruncido. Carraspeó, un tanto incómodo cuando el agente terminó de hablar y un pesado silencio recayó en el despacho.

Habían estado tratando la llegada de May Freeman desde Kansas, una operación que le había costado echar mano de casi todos sus contactos en varios estados. No era fácil que una prisionera, como habían descubierto finalmente que era el caso de la vieja amiga de Seth Smith, fuera trasladada de un lado a otro; pero un viejo amigo del FBI le había dado una mano con eso. Contaban con un par de días para ultimar el interrogatorio y entonces ella tendría que volver a cumplir con su sentencia en Kansas, pero confiaba en que eso fuera suficiente. Si mantenían el caso en su jurisdicción todo sería más sencillo.

El camión con Freeman y el oficial encargado de su custodia llegaría en setenta y dos horas, con lo que contaban con tiempo para armar el interrogatorio y terminar así con ese asunto de una buena vez. Creyó que aquello le haría la misma ilusión a Colin que a él, pero al atra-parlo dirigiendo otra mirada de desagrado a su agente estrella se dijo que tal vez estuviera equivocado.

–Bueno, creo que ya lo tenemos todo resuelto –dijo al fin para llenar ese incómodo silencio–. ¿Por qué no vuelves con lo tuyo ahora, Logan, y yo pondré a alguien para que se ocupe con lo del papeleo y te lo lleve en cuanto lo tenga adelantado?

El agente asintió y solo entonces pareció reparar en el gesto de animadversión en el rostro de Colin, que apenas había abierto la boca en tanto exponía su informe. Tras despedirse con un ademán y una nueva mirada de desconcierto, abandonó la oficina dejándolos a solas.

Solo entonces, tras asegurarse de que sus pasos se habían perdido por el corredor, Morgan apoyó los antebrazos sobre el escritorio y se dirigió a su amigo con gesto serio.

–¿Qué ha sido eso? –preguntó él.

Colin parpadeó y le devolvió una mirada fría.

–¿Qué? –inquirió él a su vez.

–Eso. –Morgan señaló a la puerta con un bufido–. Has sido muy grosero.

–¡Dios! No vas a regañarme, ¿verdad? No estoy de humor.

–Ya me he dado cuenta de eso.

–Mira...

Morgan chasqueó la lengua y dio un leve golpe sobre el escritorio con la mano abierta, por lo que a Colin no le quedó más alternativa que guardarse cualquier cosa que hubiera estado a punto de decir y mirarlo con el ceño fruncido.

–Sé que Logan no te simpatiza, y está bien, eso es cosa tuya, pero desde hace días no haces más que mirarlo como si quisieras aventarlo por la ventana y empiezas a ser bastante molesto. ¿Vas a decirme ahora qué ha ocurrido o vamos a tener que quedarnos aquí gastando un tiempo que no tenemos hasta que lo hagas?, porque lo harás de cualquier forma y lo sabes.

Colin apretó los dientes y pareció como si se estuviera planteando no responder, pero al final debió de reconocer que su amigo tenía razón y que, de una forma u otra, terminaría por reconocer lo que le molestaba, y decidió ahorrarles ese tiempo a ambos. Con voz monótona y sin entrar en detalles, le contó lo que Marie le había dicho respecto a la invitación de Logan y lo poco que le había gustado eso a él.

Cuando terminó, lo que no tomó mucho porque apenas lo soltó en un par de frases renuentes, esperó pacientemente a que Morgan dijera lo que pensaba al respecto, como que era un idiota o que actuaba como un niño, la clase de cosas que sin duda le habría dicho él de haberse encontrado en su lugar. Pero su amigo no dijo nada de eso; al menos no en ese momento. En lugar de ello, lo observó con una sonrisa que lo hizo sentir más incómodo que cualquier cosa que hubiera podido haber dicho.

–¿Qué? –preguntó él cuando creyó que ya había tenido suficiente–. ¿Qué te hace tanta gracia?

Morgan sacudió la cabeza sin dejar de sonreír.

–No he dicho que me estuviera divirtiendo.

–Qué extraño, porque lo parece –replicó Colin con poco entusiasmo.

–Es solo... –Su amigo enserió un poco el semblante y miró una vez más a la puerta para asegurarse de que se encontraban a solas–. Te gusta mucho, ¿no? Hablo de Marie.

Colin lo observó como si no entendiera a qué venía esa pregunta; para él era bastante evidente.

–Claro que me gusta –respondió, y al cabo de un segundo se dio cuenta de lo que su amigo en verdad deseaba implicar–. Pero no te hagas ideas, no se trata solo de eso; es mucho más complicado.

–¿En qué sentido?

–He estado pensando... no se trata tan solo de lo que ocurre entre nosotros ahora sino en qué pasará después cuando todo esto haya terminado. No sé cómo explicarlo; me refiero a que... ¿qué haría con ella? –Colin no pudo contener una sonrisa al encontrarse con el gesto divertido de Morgan–. Sabes lo que quiero decir.

–Me hago una idea de lo que quieres decir –respondió su amigo–. Te da miedo.

Colin contuvo un gruñido. Allí estaba el miedo de nuevo. No tenía ningún interés en explicar a Morgan lo que pensaba de eso o hablarle de la charla que sostuviera con Marie precisamente cuando el tema salió entre ellos. Eso solo les competía a ellos. Pero a esas alturas tenía claro que todo aquel asunto iba más allá de eso; no dudaba de que pudiera superar cualquier duda que pudiera sentir; lo que le preocupaba era si sería capaz de no arruinar las cosas entre ambos. Algo le decía que se encontraban en un punto complicado y que si daba un paso en falso tal vez no hubiera otra oportunidad para ellos.

–Mira, Colin, no tienes que tomarme de confidente. –Morgan lo señaló con una lapicera luego de recostarse sobre el respaldar de su sillón con una mirada curiosa–. Sabes que solo me preocupo por ti.

–Lo sé.

–Pero eres un hombre grande, sabes lo que quieres de la vida y no soy nadie para sermonearte.

Colin lo observó con los ojos entrecerrados y se puso en guardia de inmediato. Esa clase de ecuanimidad no calzaba en absoluto con el carácter de su amigo cuando estaba determinado a meterse en sus asuntos, y le bastó con ver su rostro para saber que se encontraba precisamente pensando en ello. Sin embargo, antes de que pudiera decir algo, Morgan lo sorprendió al dirigirle una mirada calmada y una sonrisa inocente que no lo engañó un segundo.

–Todo este asunto del caso empieza a afectarnos; precisamente me lo decía Ángela anoche, que apenas me soporta –comentó él con desenfado–. Creo que tiene razón, necesitamos un respiro. ¿Por qué no vas a cenar mañana con nosotros y llevas a Marie también? Nos hará bien a todos.

Colin arqueó una ceja, lo que pareció indicar con bastante claridad lo que pensaba de esa oferta, porque su amigo lo observó con expresión ofendida.

–No es un truco, no tengo planeado acorralarla ni nada de eso, sabes que Ángela me mataría si lo intentara –comentó él con un escalofrío casi palpable al pensar en la posibilidad–. Pero no sería tan malo compartir un rato agradable entre amigos, ¿verdad? Sabes que somos familia y la familia no se juzga, pero sí comparte. Deja que conozcamos a Marie.

Colin vaciló un rato antes de responder, pero Morgan no consideró apresurarlo porque sabía que era la clase de cosas que él necesitaba reflexionar sin sentirse abrumado. Al rato de un momento, cuando ya se había puesto a ordenar los papeles sobre su escritorio, sintió su mirada sobre su rostro y lo observó con semblante paciente.

–Tengo que preguntarle a ella; no sé si estará dispuesta o le guste la idea –empezó Colin un tanto indeciso–. No tenemos muy claro en qué punto estamos y no quiero que se sienta incómoda.

–Lo entiendo perfectamente. ¿Por qué no se lo sugieres y me cuentas luego qué dice? –aconsejó Morgan con una sonrisa.

Colin cabeceó, sin decir nada esta vez, pero para su amigo eso fue suficiente. No dudaba un segundo de que Marie diría que sí porque le parecía la clase de persona que no temía socializar; en cuanto a Colin, bueno, ya verían luego qué hacer con él, se prometió con una sonrisa que apenas pudo ocultar tras una carpeta.

–No sé en qué estaba pensando al elegir este vestido; aún peor, no sé por qué lo compré. Una compañera de la escuela decía que las pelirrojas deberían de tener prohibido el rosa. ¿Tengo el cabello en su sitio?

Colin exhaló un suspiro y contuvo a duras penas una sonrisa antes de responder a la pregunta de Marie. Acababa de estacionar el coche ante la puerta de la casa de Morgan, pero no pareció como si Marie tuviera muchas ganas de bajar y decidió dejar que se tomara su tiempo hasta que se encontrara lista.

Sabía que no fue sencillo para ella aceptar esa invitación y que debía de estar considerando que tal vez hubiera cometido un error. Quizá para otras personas el compartir tiempo con sus amigos no fuera más que un trámite más propio de cualquier día, pero él sabía, porque le ocurría también, que tratándose de una situación tan incierta como la suya en la que además ambos protegían su intimidad con uñas y dientes, un gesto de confianza como aquel tenía un gran significado.

Sin embargo, independientemente de las dudas que él pudiera albergar, deseaba que esa noche fuera agradable para ambos. Aún más, estaba determinado a no permitir que nada ensombreciera la oportunidad de disfrutar de ella.

De modo que, venciendo la resistencia de Marie, que parecía totalmente concentrada en mantener en su sitio un mechón de cabello que insistía en caer sobre su frente, acunó su rostro entre las manos y le sonrió.

–Estás perfecta –dijo él en tono grave–. No sé en qué estaba pensando tu amiga al decir eso de las pelirrojas y el rosa porque no recuerdo haber visto una mejor combinación. Y en cuanto a tu cabello, no tienes que hacerle nada más. Te ves hermosa.

Un cálido rubor afloró a las mejillas de Marie al oírlo y le devolvió la sonrisa con un gesto emocionado.

–Eso es lo más bonito que me han dicho –confesó ella acariciando la línea de su barbilla con los dedos–. Te besaría, pero no quiero arruinar mi maquillaje.

Colin rio con ganas.

–Supongo que no puedo intentar convencerte de lo contrario –comentó él alejándose con un gesto renuente para abrir la puerta–; pero me lo debes.

Marie no respondió, pero él no dudó un momento en que esa promesa los acompañaría durante lo que restaba de la noche y que ambos se esmerarían por cumplirla llegado el momento.

El vaporoso vestido de Marie de un rosa sutil le envolvió las piernas hasta las rodillas al bajar del vehículo y Colin admiró el corte discreto que acentuaba sus curvas. Un largo medallón de cuero trenzado y gemas rosas colgaba de su cuello y él no pudo resistir el impulso de acariciarlo con los dedos.

–Muy bonito –comentó él.

Marie tomó su mano y dejó que tirara de ella hasta la entrada en tanto le lanzaba miradas divertidas de reojo.

–¿Verdad que sí? Me lo vendió la señora Phillips; se supone que da buena suerte –confesó ella–. Te conseguiré uno.

Colin arqueó una ceja y sacudió la cabeza luego de llamar a la puerta; de inmediato, se oyó el ruido de pasos al otro lado y no le costó adivinar que Morgan debía de encontrarse ansioso porque llegaran. Antes de que abrieran, sin embargo, acarició los dedos de Marie entre los suyos y le dirigió una sonrisa que pareció detener el tiempo.

–No hará falta –aseguró él–. Nunca me he sentido más afortunado que ahora.

Marie parpadeó y entreabrió los labios para decir algo, pero entonces la puerta se abrió y la magia pareció disolverse entre ambos. Aquel instante, sin embargo, resultó tan importante para ella que supo que lo guardaría en el fondo de su corazón por siempre.

A Marie siempre le había gustado observar a las parejas sin importar en qué circunstancias se encontraran o qué tan cercanas fueran a ella. Le gustaba imaginar cómo sería su vida en común, lo que sentían el uno por el otro y esos pequeños detalles que dejaban en evidencia su complicidad.

Al ver a Morgan junto a Ángela, decidió casi de inmediato que sin duda eran una de sus favoritas.

Presentaban un curioso contraste. Él tan grande, extrovertido y con la capacidad de atraer las miradas por sus comentarios resueltos y sus gestos amistosos. Ella, en cambio, le recordó a una delicada muñeca de cristal. Pequeña, de modales refinados y una piel brillante y aceitunada que parecía atrapar el brillo de la luz. Hablaba poco, además, parecía como si prefiriera prestar su atención a las palabras de su marido para luego intercambiar unas rápidas miradas divertidas, como si compartieran una broma privada que solo les complitiera a ellos. A Marie aquella muestra de amor le pareció fascinante.

Por lo demás, ambos se mostraron encantadores con ella. Morgan no dejó de parlotear durante toda la cena compartiendo anécdotas del tiempo que él y Colin compartieron en el ejército, en tanto que Ángela se interesó por su trabajo y su vida en Baltimore. Marie se sintió inmediatamente a gusto en su compañía y, antes de que se diera cuenta, se sorprendió compartiendo con ellos de una forma que no acostumbraba hacer con personas a las que acababa de conocer.

Aunque Colin no lo mencionó, sus miradas se encontraron con frecuencia y fue evidente que se sintió muy satisfecho de que hubieran simpatizado con tanta rapidez. La comida estuvo deliciosa y, una vez que terminaron, Morgan se levantó de inmediato para ofrecerse a llevar los platos a la cocina y tiró de Colin para que fuera con él mientras Marie y Ángela se quedaban conversando en el salón.

Colin no pensó en negarse, aunque podía hacerse una idea de lo que en verdad encerraba un movimiento como aquel de parte de su amigo. Morgan jamás podría morderse la lengua y esperar un momento más adecuado para dar su opinión, tenía que aprovechar cualquiera que se le presentara, y no dudaba de que ese fuera el caso.

Tan pronto como llegaron a la cocina, dejó los platos sobre la isla y empezó a tirar las sobras para ponerlos luego en el lavavajillas. Fue de un lado a otro en silencio, pero no dejó de sentir la mirada de su amigo puesta en su cuello ni un solo segundo.

–Suéltalo ya o vas a estallar –dijo al fin empezando a perder la paciencia.

Morgan, que se había quedado de pie en el umbral de la cocina con los brazos cruzados a la altura del pecho y sin que pareciera en absoluto inclinado a ayudarle, lo señaló con el mentón tras asentir un par de veces.

–Me cae bien –comentó en tono bajo y pensativo.

Colin no tuvo que preguntarle a quién se refería; desde luego que hablaba de Marie, todo parecía tratarse de ella aquella noche. Procuró no parecer demasiado satisfecho por ello, de cualquier forma, aunque no hubiera tenido sentido negar, al menos para sí mismo, que le alegraba que hubiera congeniado tan bien con sus amigos.

–¿Me has oído? Acabo de decir que me agrada –insistió su amigo ante su silencio.

–Te he oído.

–Pues di algo.

Colin se encogió de hombros antes de encender el lavavajillas.

–¿Qué exactamente?

Morgan resopló y se alejó de la puerta para ir hacia él. Al llegar a su lado, se irguió en toda su altura y sostuvo su mirada con los ojos entrecerrados.

–¿Sería tan malo? –preguntó él.

Colin parpadeó y lo observó con el entrecejo fruncido.

–¿Qué?

–Que fuera algo más. Que te enamoraras de ella. Me cae bien –repitió.

Fue el turno de Colin para resoplar, pero en su caso no pareció como si se tratara de un gesto de impaciencia como de preocupación. Pese a ello, no se vio capaz de bajar la guardia del todo y poner en palabras lo que en verdad le inquietaba, prefirió tomarlo con ligereza porque sabía que esa era la única forma de mantener la curiosidad de Morgan a raya.

–Sí, esa es la razón por la que me acerco a una mujer –comentó desviando la mirada–. Me preocupa que te caiga bien.

–Debería. Soy la única familia que tienes. –Su amigo le dirigió una sonrisa afectuosa–. No has respondido.

Colin se llevó una mano al cuello y suspiró, más incómodo de lo que se había sentido en mucho tiempo.

—No estoy enamorado de ella –aseguró al fin.

Aunque había procurado hablar con seguridad, ni a él ni a Morgan les pasó por alto el hecho de la casi imperceptible vibración en su voz al decirlo o que le resultara tan difícil mirarlo a los ojos al hacerlo.

—Que tú sepas. –Morgan lo señaló con un dedo.

—Lo sé.

—¿Cómo así? ¿Lo has estado alguna vez?

Colin apretó los dientes. Empezaba a sentirse un poco agobiado por el interrogatorio y habría terminado por decir alguna tontería de no ser porque Ángela llegó en ese momento y se quedó un minuto de pie en medio de la cocina alternando la mirada de uno a otro con una ceja arqueada. Una invitación para que le dijeran lo que ocurría, sin duda, pero antes de que su marido pudiera abrir la boca, Colin se dirigió a ella con expresión de fastidio.

—¿Cómo soportas a este hombre? –preguntó él.

Ella observó a su esposo con los ojos entrecerrados, sin duda haciéndose una idea de lo que ocurría, pero al responder a Colin lo hizo con el semblante risueño de quien decide mirar las cosas con buen humor.

—En el fondo no está tan mal; aprendes a quererlo con el tiempo –indicó ella.

—¿Sí?

—Sí. Y mira esos mofletes. –Ángela señaló el rostro de Morgan con un gesto–. Fue lo primero que me gustó de él.

Colin sonrió de mala gana y observó a su amigo como si acabara de descubrir algo en él que no hubiera notado antes.

—Ahora que lo mencionas, creo que tienes razón –comentó él abarcando sus mejillas con un ademán–. ¿Cómo dejar pasar esos mofletes?

La tensión en el ambiente pareció disolverse con la misma rapidez con que el rostro de Morgan empezó a teñirse de un tono subido de rosa y Colin dirigió a Ángela una sonrisa de agradecimiento. Ella, sin embargo, no pareció del todo convencida en dejar la conversación allí porque lo observó con expresión concentrada antes de dirigirse a él con su tono suave y musical.

–Me gusta –dijo ella–. Y a ti también te gusta mucho, ¿no?

–Precisamente acabo de decir...

Ángela hizo un gesto para callar a su esposo y mantuvo sus ojos oscuros puestos en el rostro de su amigo. Colin no pudo mostrarse con ella tan parco como había sido con Morgan; el tacto de Ángela y sus maneras preocupadas invitaban a la confidencia. De modo que, sin saber muy bien lo que decía, se vio hablando en tono bajo y apurado, atento al sonido proveniente del salón, donde supuso que debía de encontrarse Marie.

–No quiero hacer algo que lo arruine –dijo él.

Ángela le sonrió sin que pareciera que hubiera dicho algo que le sorprendiera.

–No lo harás si no quieres –replicó ella–. Solo sé sincero con ella, dile lo que sientes.

–Ese es el problema. No sé qué es.

Morgan intervino tras carraspear con suavidad y, antes de que su esposa pudiera detenerlo, posó una mano sobre el hombro de su amigo y lo observó con sus ojos muy serios.

–Mira, no puedo asegurar qué es eso, el único que lo sabe eres tú, pero lo que sí puedo decirte es lo que acabo de notar esta noche al verlos –dijo él–. Ustedes parecen ser ese tipo de parejas que ves en una fiesta y que te hace preguntarte por qué están juntos. Apenas se miran, casi no se tocan en público, pero entonces captas un momento entre ellos, una sonrisa, un gesto, y te das cuenta de que están pasando muchas cosas allí. Eso y que deben de tener un sexo fabuloso.

–¡Morgan!

Su amigo ignoró el reproche en la voz de su esposa y mantuvo la expresión firme, aunque las comisuras de sus labios se elevaron unos cuantos milímetros al continuar.

–En serio, Colin, solo dale una oportunidad –aconsejó en tono persuasivo–. Nunca te había visto tan...

–¿Tan qué?

–Feliz. –Fue Ángela quien se adelantó a su esposo al responder–. En eso él tiene razón, Colin; al menos en lo que a mí respecta, no puedo recordar haberte visto jamás tan a gusto con nadie. Y si es Marie quien te hace sentir así, serías un tonto si permitieras que cualquier duda que puedas tener arruine esto.

Colin abrió la boca para decir que eso era precisamente lo que más temía, que de alguna u otra forma, aun cuando no lo deseara, terminaría por hacerlo; pero entonces Morgan dio un paso hacia él y le dio una suave palmada en la nuca que le obligó a mirarlo a los ojos.

–No eres tu padre. –Su amigo habló con un tono grave que no acostumbraba usar con él y que precisamente por ello pareció penetrar más en su mente–. Tienes que asumirlo ya y hacer tu vida sin temer convertirte en él. Eso no sucederá.

Colin sostuvo su mirada con los labios apretados. Se vio como si estuviera tentado a refutar esa declaración tanto como si deseara aferrarse a ella con todas sus fuerzas para convencerse de que era verdad. Al final, posiblemente hubiera terminado tan solo por agradecerlo porque sabía que Morgan lo dijo con buenas intenciones, tantas como las que tenía también Ángela, que los observaba con una sonrisa; pero un ruido proveniente del salón hizo que intercambiaran una sonrisa confusa y se apresuraran a ir hacia allí con paso apurado.

Al llegar, se toparon con el motivo de ese alboroto.

Marie se hallaba repantigada en una butaca del salón con las piernas recogidas y sostenía entre los brazos extendidos a la pequeña Lucy, a quien Ángela debía de haber bajado antes de reunirse con ellos en la cocina. La bebé movía brazos y piernas en tanto Marie hacía todo lo posible por mantenerla tan alejada como podía; al fijarse bien, Colin reparó en que una de sus manitas sostenía su colgante y tiraba de él con todas sus fuerzas.

Ángela se apresuró a ir hacia ella para contener a su hija, inquieta ante la posibilidad de haber puesto a su invitada en un apuro, pero se detuvo de golpe al verla reír. Marie hacía unos ademanes exagerados, como si se encontrara luchando hasta el cansancio para resistir los embates de la niña.

–¡Es una guerra! –dijo ella mirándolos a todos con expresión divertida–. Y está ganando. Creo que no me va a quedar más alternativa que dárselo.

Ángela sostuvo a su hija contra su pecho con suavidad y le dirigió una mirada de reproche.

–Debería darte vergüenza asaltar de esa forma a nuestros amigos. –Aunque procuraba parecer seria, la mujer no podía evitar sonreír al alternar la mirada de una a otra–. Lo siento, es un peligro, nunca sabe cuándo darse por vencida. Se parece a su padre.

Marie sonrió y se encogió de hombros al tiempo que se despojaba del medallón haciendo a un lado los mechones de cabello que se le habían terminado desperdigando por el cuello.

–No pasa nada. –Tendió la pieza ante los ojos de la niña, que relampaguearon de gusto y la observó con una ceja arqueada–. Tal vez no puedas usarlo en un tiempo, pero en su momento te alegrará haber peleado por él. –Marie acarició su mejilla con un dedo–. Te dará mucha suerte.

Ángela agradeció el gesto y tomó el amuleto con la mano libre antes de hacerles un gesto para indicar que iría a dejar a la niña al piso de arriba. En tanto, Morgan se apresuró a ofrecer algo de beber y Marie aceptó con gusto. En algún momento, sin embargo, sin que se hubiera dado cuenta de cuándo ocurrió, cayó en la cuenta de que Colin se encontraba a su lado y que la observaba con una expresión curiosa en el rostro.

–¿Qué? –preguntó ella un poco extrañada.

Él sacudió la cabeza de un lado a otro y no respondió de inmediato; en lugar de ello, se sentó a su lado sobre el apoyabrazos de la butaca y pasó un brazo sobre sus hombros, atrayéndola hacia sí para depositar un suave beso sobre su sien.

–Nada –contestó él al fin en un tono pensativo–. Todo está bien.

Marie frunció el ceño y pareció estar a punto de decir algo, pero entonces Morgan fue hacia ellos y terminó por encogerse de hombros. Ni a su anfitrión ni a ella se les pasó por alto, sin embargo, que Colin se mantuvo a su lado en el mismo lugar durante el resto de la noche.

11

Aunque Colin insistió en ir con ella a casa, Marie consiguió arreglárselas para convencerlo de que no hacía falta que fueran allí porque estarían más cómodos en su apartamento. Ella se iría temprano por la mañana para llegar a la escuela con tiempo de sobra, aseguró, y tampoco hacía falta que se preocupara por los animales porque había dejado todas sus necesidades cubiertas hasta el día siguiente.

Él aceptó sin dar demasiadas pegas, pero Marie supo que no le creyó del todo y que cada vez se sentía más intrigado por su actitud. No podía culparlo, se dijo ella al intentar llenar el silencio en el coche una vez que se despidieron de sus amigos y se pusieron en camino. Al mirarlo de reojo, algo que había descubierto que hacía con frecuencia porque le gustaba aprovechar esos momentos para observarlo a gusto, descubrió su perfil concentrado y la forma relajada en que sostenía el volante.

Ojalá ella se encontrara tan calmada, pensó luego de que él respondiera a uno de sus comentarios respecto a la cena sin que se le alterara ni un músculo del rostro. Sus manos temblaban sobre su regazo desde que dejaron la casa de los Reynolds y no estaba segura de lo que le provocaba ese nerviosismo. En un inicio había supuesto que se debía a la incomodidad que le producía ocultar a Colin la presencia de Connor en casa, pero ya no estaba tan segura. Había algo más.

Dejaron el coche en la cochera del edificio antes de tomar el ascensor hasta el piso de Colin en silencio. Marie había abandonado sus intentos de rellenar la conversación con temas intrascendentes; pero eso no alivió su ansiedad, en especial cuando se encontraron dentro del apartamento y advirtió que Colin la veía cada tanto con los ojos entrecerrados en tanto iba despojándose de la chaqueta que usara durante la cena.

Con la inquietud acrecentándose a cada segundo, dejó caer su bolso sobre la mesa del comedor y se quitó los zapatos con un suspiro de alivio. Podía enfrentar lo que fuera con mayor disposición si no sentía sus pies punzando por los tacones. Tal vez le viniera bien refrescarse el rostro también, decidió encaminándose al baño, pero Colin la detuvo al pasar por su lado. Su mano la tomó por el codo y tiró de ella para que se situara ante él.

—¿Qué ocurre?

Marie lo observó con expresión confundida al toparse con su mirada; parecía incluso más inquieto y preocupado de lo que se había sentido ella hasta hacía un minuto. Sus ojos relampagueaban al posarse en los suyos y le sorprendió notar que tragaba con dificultad, como si no diera con las palabras que deseaba decir. Su asombro se disparó hasta la estratosfera cuando, a punto de preguntar de nuevo qué estaba pasando, la abrazó con tanta fuerza que dejó escapar el aire de golpe por el impacto.

Sus manos abarcaron su espalda y sintió la firmeza con que se enterraron en su piel tanto como advirtió que Colin respiraba profundamente con los labios apoyados contra su cuello. Lo oyó inhalar una y otra vez como si pretendiera absorberla de alguna forma; su cuerpo estaba firmemente pegado al suyo y no habría podido alejarse ni siquiera de haberlo querido. Pero de eso se trataba, comprendió una vez que se repuso de la sorpresa; no deseaba hacerlo. Correspondió al abrazo y cerró los ojos arrebujándose contra él en una muestra de agitación similar.

Permanecieron así durante varios minutos, sus respiraciones disminuyendo en intensidad, lo mismo que el latido de su pulso hasta que volvió a un ritmo normal. De pronto, Marie se sintió más calmada de lo que se había permitido estar durante toda la noche y no se sorprendió cuando Colin la tomó de los antebrazos para alejarla tan solo lo suficiente para mirarla a los ojos.

–Marie...

Él carraspeó y ella aprovechó ese momento de indecisión para dirigirle una sonrisa y posar una mano sobre su mejilla; la barba espesa le provocó un leve cosquilleo y enroscó los dedos en ella con suavidad.

–¿Qué pasa?

–Si alguna vez... si yo dijera o hiciera algo que pudiera herirte, tú me lo dirías, ¿cierto?

Marie frunció el ceño; no sabía qué había estado esperando escuchar, pero con seguridad no era eso.

–Colin, tú nunca...

Él la interrumpió antes de que pudiera terminar de hablar.

–Hablo en serio –insistió.

–También yo. –Marie entreabrió los labios y continuó en tono firme–. Tú nunca me lastimarías.

–¿Cómo lo sabes? No me conoces; no sabes la clase de persona que soy.

Colin la soltó de golpe y ella trastabilló un par de pasos hacia atrás sin dejar de observarlo. Advirtió su gesto atormentado y aquello pareció hacerle comprender que se encontraban en medio de una conversación mucho más importante de lo que había imaginado. Y que tenía que actuar con mucha astucia si deseaba llegar al quid de todo ese asunto.

—Sé quién eres —aseguró ella sin que su voz vacilara–; pero siento que eres tú quien no está muy seguro.

Colin se pasó una mano por el cabello, revolviéndolo con una furia contenida que parecía dirigida a sí mismo.

—Es que no lo sé; creí que sí, pero ya no. —Él suspiró y la observó con semblante angustiado–. Y es todo por ti.

Marie abrió mucho los ojos y estuvo a punto de protestar, ofendida por lo que tomó como una acusación injusta, pero Colin debió de ver el dolor en sus ojos porque fue hacia ella y tomó su mano para apresarla entre los dedos.

—Hay algo acerca de lo que me gustaría hablarte –dijo él tras tragar como si tuviera una piedra alojada en la garganta–. ¿Podrías oírme?

Marie asintió y permitió que la guiara al sofá del salón, donde se dejó caer a su lado sin decir una palabra. Colin apoyó los antebrazos sobre las rodillas e inclinó el cuerpo hacia adelante; no la veía directamente, pero iba dirigiéndole miradas de reojo cada tanto como si su rostro fuera lo único que le permitiera seguir el hilo de sus pensamientos en ese momento.

Cuando volvió a hablar, a ella le pareció como si su voz proviniera de un lugar muy lejano y tuvo que inclinarse un poco hacia él para oírlo con claridad aun cuando tampoco se atrevió a buscar su mirada.

—Te he hablado de lo mala que fue la relación con mi padre –empezó él–; pero nunca te dije qué tanto lo fue. No solo para mí sino, en especial, para mi madre. Él... ¿has oído eso de que los monstruos nunca se ven como lo esperamos? –No le dio tiempo a responder y continuó en un tono cargado de amargura que le puso los vellos de punta–. Bueno, él no se veía como uno, pero lo era. La gente pensaba que era un buen tipo, que teníamos suerte de contar con él porque se suponía que nos cuidaba y se ocupaba de que estuviéramos a salvo. A él le gustaba eso: que lo admiraran y hablaran de cuán afortunados éramos. La gente ve lo que quiere ver.

Marie aguardó en silencio, consciente de que aquello no había hecho más que empezar. Le habría gustado tocarlo, sostener su mano, pero supo que aún no era el momento.

–No puedo recordar un momento de mi vida en que mi madre no pareciera asustada –reanudó él su charla con un matiz pesaroso en la voz–. Era como si siempre estuviera esperando algo malo: un grito, una ofensa, una crítica, cualquier cosa que la obligara a encogerse cada vez más. Pasé toda mi niñez viéndola volverse cada vez más pequeña, Marie; tanto que a veces me parecía como si las cosas fueran al revés. Yo crecía y ella iba volviéndose una criatura aterrada a la que no podía ayudar. Él...

Marie comprendió de golpe por qué a Colin parecía costarle tanto hablar de ese asunto y aun cuando hubiera deseado decirle que no hacía falta que dijera más, que podía imaginar el resto, no se le ocurrió hacerlo. No podía. No cuando parecía como si a él le hubiera costado todo el valor que poseía para ponerlo en palabras y compartir algo que era evidente que aún le lastimaba tanto.

–Nos apoyamos lo mejor que pudimos –continuó él–. Ella intentaba alejarme de allí tanto como le era posible y yo hice lo único que se me ocurrió: quererla. E intenté ser bueno, tanto como puede serlo un niño. Obtuve buenas calificaciones, no di problemas; pero nunca parecía ser suficiente, no compensaba todo lo demás. ¿De qué demonios iba a servir que llegara a casa con una felicitación de un maestro si la encontraba llorando en la cocina?

Ella no pudo resistirlo más y buscó su mano por encima del sofá, apretándola con todas sus fuerzas. Colin no hizo amago de retirarla; por el contrario, dejó caer los hombros y ladeó el rostro para mirarla con una mueca de tristeza.

–La habría convencido de marcharnos eventualmente; es algo en lo que pienso con frecuencia. Empezaba a crecer, hubiera podido hacerle frente, lo intenté un par de veces, pero aún no estaba listo... de haber tenido más tiempo, lo hubiera hecho –continuó él con el odio bullendo en su voz–; pero él se nos adelantó. Siempre lo hacía. Un día no regresó, ni tampoco al siguiente; creímos que le había ocurrido algo, pero luego nos enteramos de que se había ido con otra mujer a otro Estado. Creo que nunca había visto a mi madre tan feliz, pero yo no pude sentirme de la misma forma, ¿sabes? En el fondo siempre lamenté que no hubiera muerto.

Marie suspiró profundamente y negó una y otra vez, ahora sí buscando su mirada.

–No creo que eso sea cierto –habló ella al fin después de mucho tiempo en silencio y su voz le sonó extraña, demasiado afligida por él como para parecerle normal–. Estabas enojado, y lo estás ahora también, y sin duda tienes todo el derecho del mundo a estarlo, pero no lo piensas en verdad. Tú no eres así.

Colin expelió un quejido y se llevó una mano a la frente.

–¿No lo entiendes? –preguntó él– ¿Qué, si lo soy? ¿Qué pasa si en el fondo soy igual a él?

–Colin...

–Siempre he pensado que no, que no puedo ser más distinto, pero estamos hablando de mi padre. Me guste o no, debe de haber algo de él en mí –reconoció él con talante angustiado–. ¿Cómo puedo estar seguro de que no me convertiré en él en algún momento? No quiero hacerlo, Marie, pero tal vez no pueda evitarlo.

Marie tiró de su mano para forzarlo a mirarla.

–Sabes que no es así –aseguró ella.

–¿No? ¿Cómo? ¿Cómo lo sabré? –continuó él, enredándose con las palabras al continuar–. ¿Sabes lo que decía él cada vez que se ponía furioso con mi madre? Que lo hacía porque la quería, porque le importaba demasiado.

–Tu padre era un hombre cruel.

–¡Sí! Y estaba convencido de que tenía la razón. –Colin emitió una risa seca y amarga–. Y yo me dije muchas veces que jamás me pondría en una posición en que pudiera cuestionarme lo que estaría dispuesto a hacer por alguien a quien amara.

Marie lo observó con el ceño fruncido e intentó escarbar en esa mezcla de miedo y angustia que vio en sus ojos.

–Nunca he tenido problemas para mantenerme alejado de la gente. Después de lo de mi madre, me dije que no corría ningún riesgo, no había nadie más a quien quisiera. –Él hizo un gesto de desaliento al continuar–. Claudine fue muy buena conmigo, y siempre tendré un buen recuerdo de ella por cuidar de mí cuando mi madre murió, pero no tuvimos tiempo ni la disposición para desarrollar una relación muy profunda, ¿entiendes? Nunca sentí que la quisiera en verdad. Y luego, con el tiempo, ¿recuerdas lo que te conté respecto a lo cortas que son mis relaciones? ¿Lo poco que me gusta implicarme? Creo que en parte se debe a eso: no quiero hacerlo porque tengo miedo de que si las cosas van muy lejos entonces no podré evitar empezar a comportarme como él.

Marie sacudió la cabeza, pero ningún sonido salió de sus labios, lo que tal vez fuera lo mejor porque era obvio que él aún no había terminado.

–Mentiría si dijera que ha sido difícil. Mantener distancia con las mujeres con las que he salido, quiero decir, la verdad es que ha sido vergonzosamente sencillo. Demasiado, supongo, y eso sin duda es mi culpa –continuó Colin con un leve tono burlón antes de buscar su rostro una vez más, con lo que su expresión cambió de golpe por una totalmente opuesta–. Pero contigo es distinto. Todo lo es. Las cosas que siento, el miedo, nunca había... cada vez que te veo, cuando oigo tu voz, la necesidad que siento de estar contigo, de que nada ni nadie te aparte de mi lado... ¿Qué es eso? ¿Son sus... genes apareciendo de golpe? ¿De pronto me he vuelto él?, porque no quiero ser como él y no quiero lastimarte; haría cualquier cosa, lo que fuera porque nunca te ocurriera nada malo. Si tuviera que desaparecer...

A Marie se le ocurrió una respuesta bastante evidente a las preguntas de Colin, pero no se vio capaz de ponerla en palabras porque eso habría significado exponer sus sentimientos también y no estaba segura de poder hacerlo. Sin embargo, había algo que sí podía decir, comprendió en cuanto sus ojos se encontraron. Colin había compartido sus recuerdos y miedos pese a lo difícil que sabía que había sido para él. Ella se sintió en la obligación de hacer lo mismo.

El silencio empezó a hacerse casi palpable y sintió el calor de la mano de Colin aferrada a la suya, lo que pareció darle las fuerzas para encontrar su voz perdida.

–La muerte de mis padres fue el momento más difícil que me ha tocado vivir –empezó ella en un tono pausado y vacío–. A diferencia de ti, tuve una buena niñez. Ellos fueron los mejores padres que podría haber tenido y la relación con mi hermano siempre fue estupenda. Incluso cuando crecimos y cada uno fue tomando un camino distinto, siempre supimos que estaríamos allí si hacía falta. Procurábamos reunirnos para las fiestas y cada vez que tenía un problema llamaba a mamá para pedirle consejo. Era esa clase de hija, y me gustaba serlo, me daba seguridad y de alguna forma siempre me sentí protegida por ellos. Pero de pronto, de un día para otro, se fueron.

Marie se aclaró la garganta con suavidad y frunció levemente el ceño; sentía la respiración de Colin cerca de su rostro, atento a sus palabras.

–Fue un accidente, como los hay todo el tiempo, pero no es algo que uno pueda comprender en su momento; en realidad, dudo de que pueda hacerlo alguna vez sin importar cuánto tiempo pase –continuó ella con rastros de enojo en la voz–. Luego de eso, Brian y yo nos apoyamos el uno en el otro, pero con el tiempo tuvimos que retomar nuestras vidas. Yo seguí con mi empleo en la escuela y él empezó a hacer los papeleos para unirse a una organización médica en África. No se lo dije entonces pero, aunque sé que hacía mal al verlo de esa forma, sentí como si él también fuera a abandonarme. –Marie se encogió de hombros–. Fue justo por esa época que empecé a salir con Patrick.

Marie sintió que una fina partícula de sudor empezaba a cubrir su piel tan solo con mencionarlo; no recordaba cuándo fue la última vez que pronunció su nombre en voz alta y estuvo a punto de mirar sobre su hombro como si temiera haberlo conjurado. Pero Colin aun sostenía su mano y debió de advertir lo que sentía porque le dio un leve apretón y, aunque no se atrevió a mirarlo, aquel gesto pareció servir para infundirle algo más de valor porque encuadró los hombros y continuó en un tono más firme.

–Era también maestro en la misma escuela que yo y habíamos sido amigos por unos meses; llegó a Los Ángeles al iniciar el nuevo curso desde Boston y me pareció un hombre encantador. –Marie arqueó una ceja e hizo una mueca al continuar–. Al comienzo me dio la impresión de que era perfecto para mí; parecía entenderme a la perfección, siempre sabía qué decir, le gustaba lo mismo que a mí y nunca tuvimos ninguna discusión de ningún tipo. Él siempre se mostraba de acuerdo en todo y actuaba como si lo único que le importara en el mundo fuera hacerme feliz.

Marie sacudió la cabeza de un lado a otro y exhaló un hondo suspiro. Vaya que había sido tonta, se dijo sin poder evitarlo.

–Desde luego que la perfección no existe; ahora lo sé, pero entonces me costó verlo porque... –Al fin, se atrevió a mirar a Colin a los ojos y le dirigió una sonrisa mordaz–. Es como dijiste hace un momento: vemos lo que queremos ver.

Él asintió sin decir una palabra, pero Marie supo que se encontraba muy atento a lo que decía y que esperaba el momento adecuado para hablar. Lo mismo que ella cuando le contó su historia, debió de adivinar que aún había más por decir.

–Pero entonces las cosas empezaron a cambiar –continuó ella en tono resuelto y con cierta rapidez, como si no estuviera interesada en profundizar demasiado en ello–. Se mostraba posesivo y desconfiado, me hizo un par de escenas de celos en la escuela y criticaba a mis amigos. Luego, claro, se disculpaba, y aunque al comienzo lo dejé pasar, con el tiempo me di cuenta de que no podía continuar así. Sin importar cuánto pensara que lo quería o que lo necesitaba a mi lado para no quedarme del todo sola, que era como veía mi futuro entonces, comprendí que necesitaba terminar con eso y alejarme de él.

Los dedos de Colin apretaron los suyos y Marie experimentó nuevamente esa paz que la embargaba al sentir su toque firme.

–¿Él...? –Colin carraspeó antes de hablar y Marie advirtió que en el fondo quizá no se sintiera tan calmado como procuraba aparentar–. ¿Te hizo daño de alguna forma? Me refiero a si...

Marie exhaló un hondo suspiro y sacudió la cabeza de un lado a otro.

–No, no hubo nada de eso; no fue como con tus padres, Colin, no tienes que imaginarte cosas –negó ella convencida–. Tal vez, de haberme quedado... no lo sé. Lo único de lo que estoy segura es de que hice bien en irme porque no era la clase de vida que quería para mí. Por eso dejé Los Ángeles; no te mentí al decir que necesitaba empezar de nuevo. Lo he hecho aquí y me siento muy contenta de la vida que he construido.

Marie se mordió el labio y buscó su mirada; no volvió a hablar hasta que no estuvo segura de que él oía cada una de sus palabras y la veía a los ojos porque era importante que viera la verdad en ellos.

–Tú no eres como tu padre, Colin, y tampoco eres como Patrick; no eres un hombre cruel o abusivo, y estoy segura de que nunca te aprovecharías de la vulnerabilidad de una mujer para lastimarla –dijo ella muy segura–. Te gusta ayudar a la gente; has arriesgado tu vida por hacerlo durante mucho tiempo en el ejército y continúas haciéndolo ahora; por eso haces lo que haces, quieres mantener a los demás a salvo. Crees en la amistad y tienes personas en tu vida que te defenderían de cualquier cosa, como Morgan. Lo único que he vivido contigo durante todo el tiempo que llevo de conocerte han sido momentos hermosos. Bueno, tal vez no todos lo fueran tanto, aún no supero lo de la cena...

Marie sonrió y su corazón se saltó un latido al encontrarse con la mirada de Colin. Vio tanto en ella que habría deseado poder grabarla en su mente de alguna forma para que permaneciera allí por siempre.

–Lo que quiero decir es que, no importa lo que ocurra en el futuro, nunca serías capaz de lastimarme –aseguró ella–, porque eres un buen hombre y aun cuando en algún momento todo esto termine y no te vea nunca más, siempre me sentiré agradecida de haberte conocido. He sido muy feliz estas semanas y es algo que nunca olvidaré. Me gustaría que tú pensaras lo mismo porque es la verdad y no quiero que nada afecte lo que sentimos el uno por el otro. Ni mis malos recuerdos ni tus miedos. No hay nada de malo con nosotros, Colin, y cualquier error que podamos cometer será solo cosa nuestra, no tiene que ver con nadie más.

Marie aguardó con el aliento contenido hasta que lo vio asentir con suavidad; solo entonces se sintió lo bastante segura para relajar sus músculos tensos y dejar ir el aire por entre los dientes apretados. Había temido que él no pudiera comprenderla y que optara por aferrarse a sus propios temores para no enfrentar lo que en verdad importaba en ese momento para ellos. Por eso, cuando la envolvió en un abrazo apretado que conservaba poco de la desesperación que mostrara poco antes, no dudó en cerrar los ojos y corresponder con todas sus fuerzas.

Los labios de Colin se posaron sobre su mejilla y sintió la piel de su espalda bajo sus dedos a través del tejido del jersey. Sin pensar, recorrió toda su extensión con delicadeza, de los omóplatos a su cintura en una caricia instintiva con el fin de infundirle la misma tranquilidad que le daba él a ella, pero sintió su respiración agitarse junto a su oído y dio un pequeño bote al advertir que sus manos habían empezado a reptar bajo su falda, envolviendo sus muslos hasta dejar un reguero de fuego en su piel.

Colin se tendió sobre ella y Marie mantuvo los ojos firmemente abiertos para sostener su mirada, asintiendo cuando los pliegues de su vestido se arremolinaron alrededor de sus caderas. Él la veía también sin parpadear; parecía como si ambos acabaran de descubrir un lenguaje silencioso que les permitía comunicarse sin necesidad de palabras, un pacto secreto que estuvieran a punto de sellar.

Colin exhaló con fuerza cuando las manos de Marie se deslizaron al frente de sus pantalones para soltar el botón, envolviéndolo con suavidad para llevarlo entre sus piernas. Fue ella también quien emitió un gemido de placer al sentirlo hundirse en su interior y quien llevó el ritmo de su unión, alzando las caderas una y otra vez en tanto sus manos permanecían aferradas a sus caderas. Él sostenía su rostro entre las manos y se movía con una lentitud maravillosa que le arrancaba un suspiro tras otro. Y en tanto, no dejaron de verse a los ojos ni un solo segundo, ni siquiera cuando los movimientos fueron incrementándose en velocidad e intensidad y los gemidos de ambos empezaron a resonar en sus oídos.

El mundo pareció estallar en un momento dado y cuando entreabrió los labios para emitir un grito, llevada por la emoción, Colin acalló el sonido al besarla. Fue un beso dulce, lento, y cargado de una emoción que no supo identificar pero que le provocó un llanto callado y extraño. Él lo notó de inmediato y abandonó sus labios para recorrer sus mejillas y la línea de su barbilla, sorbiendo sus lágrimas y dejando una retahíla de suaves besos en cada centímetro de piel.

Aun unidos y aferrados el uno al otro como si temieran soltarse y abandonar ese lugar sin tiempo o espacio que parecían haber creado solo para ambos, cerraron finalmente los ojos y se dejaron envolver por el eco de los ruidos provenientes del interior que fueron colándose de golpe por la estancia y el sonido de sus propias respiraciones aceleradas. Corazones y piel tocándose en ese pequeñísimo instante en el universo.

Colin y Morgan fueron los encargados de recibir a May Freeman la mañana del viernes cuando llegó a la estación custodiada por Logan y el agente enviado por el comisionado de Kansas. Al verla bajar de la furgoneta con el traje gris que caracterizaba a los reclusos en su Estado, las manos enmarrocadas y una expresión desafiante en el rostro, Colin no pudo menos que reconocer que Marie había estado en lo cierto al decir que sin duda debió de tratarse de una mujer muy hermosa en su juventud.

En el presente, sin embargo, y a diferencia de lo que llevaban a considerar los retratos trabajados por Logan para hacerse una idea de cómo se veía, consideró que el agente había sido un tanto optimista. El tiempo no había sido amable con May, o tal vez fuera más bien responsabilidad suya, supuso al encontrarse con su mirada cuando la llevaron a la sala de interrogatorios. Después de todo, un rostro no es más que la huella que los años y nuestras propias acciones dejan sobre nosotros. Y vio tal falta de humanidad y desprecio por todo lo que le rodeaba en sus ojos, que Colin no dudó de que esos actos debieron de ser terribles.

–Muy bien. No quiero perder tiempo, así que estaré muy agradecido si contesta a mis preguntas sin rodeos. Con un poco de suerte, podrá estar de vuelta para el desayuno en su celda el jueves.

Colin oyó el tono desenfadado en la voz de Morgan, pero no apartó sus ojos del rostro de la mujer, a la que habían sentado ante una mesa con las manos sujetas sobre la superficie de metal. Mientras Logan se mantenía tras ella y su amigo ocupaba el asiento justo al frente, él había optado por disponer cierta distancia de la escena; estaba de pie en un rincón del estrecho cuarto con la espalda apoyada contra el cristal que servía de división con el salón desde donde se grababa la charla.

May tosió un par de veces y los ojos de Colin se desplazaron de sus mejillas hundidas a sus manos manchadas de nicotina. Ella continuó en silencio; no había dicho una sola palabra desde su llegada, tan solo veía a uno y otro con expresión ceñuda.

–Mire, son solo unas preguntas; no le afectará en nada responderlas y tal vez podamos hablar con los encargados de su prisión para que compensen de alguna forma su colaboración. –Morgan apoyó los antebrazos sobre la mesa y usó su voz más persuasiva.

Los ojos de la mujer se entrecerraron en un gesto desconfiado, pero continuó sin decir una palabra y Colin advirtió que su amigo se encontraba a punto de perder la paciencia. Su mirada se encontró con la de Logan, que contemplaba la nula interacción con similar expresión de fastidio.

–Parece que es siempre así de locuaz –señaló él con

una mueca de desagrado–. El viaje de venida fue muy divertido.

Sorprendentemente, su comentario pareció provocar la diversión de la reclusa, que elevó sus ojos rasgados para mirar por encima de su frente y dirigirle una mirada socarrona.

–Eso es porque eres tonto –espetó ella con desprecio.

Morgan se inclinó hacia ella, al parecer encantado con que hubiera abierto la boca aun cuando fuera solo para insultar a su agente estrella. Colin, en tanto, ocultó una sonrisa y se cruzó de brazos, atento y en absoluto tentado todavía a participar en la conversación.

–No soy...

Morgan contuvo la réplica de Logan con un gesto y mantuvo su mirada fija en el rostro de la mujer.

–Seth Smith –pronunció el nombre con cierta dureza–. Cuéntenos todo lo que sepa sobre él.

May frunció el ceño, pero no pareció sorprendida por la pregunta; si tenía un ápice de sentido común, debía de haber imaginado el motivo de su presencia allí. Eso, o tal vez ya le hubieran hecho algunas preguntas al respecto antes de dejar Kansas; cualquiera que fuera el caso, a Colin le pareció evidente que se dividía entre decir lo que deseaba y mantenerse en silencio tan solo por el gusto de no darles lo que querían.

–Sabemos que se conocieron hace muchos años y que sostuvieron una relación cercana –continuó Morgan sin que su voz delatara del todo su enojo ante la falta de respuesta–. Necesitamos saber qué cree que pudo haber pasado con él.

La mujer se encogió de hombros y las esposas en sus muñecas resonaron cuando empezó a llevar una mano de un lado a otro en un movimiento de calculado descuido.

–¿Qué es lo que me darán?

Logan bufó y los ojos de Colin brillaron al dirigirse

a él en señal de advertencia. May Freeman no era la clase de persona que acogía las burlas con agrado, de allí que fuera precisamente una la que la llevó a romper el silencio que tanto le debió de costar mantener. La necesitaban receptiva y dispuesta a colaborar, no arisca y ofendida.

El agente no pareció percibir la exhortación porque mantuvo su semblante sarcástico incluso cuando la mujer lo miró nuevamente con un gesto de enojo que, por suerte, Morgan captó, lo que le llevó a enviarle una sutil orden con la mirada que pareció aplacar cualquier otro intento de desesperar a la detenida.

–Llegaremos a un acuerdo. –Morgan llamó la atención de May con un ademán pacificador–. Una vez que veamos qué tan útil puede ser la información acerca de Seth que tengas para nosotros.

La mujer arrugó el entrecejo e intentó llevarse una mano a la frente, pero el peso de las esposas frustró sus movimientos y la dejó caer con brusquedad.

–¿Qué pasa con Seth? ¿Qué fue lo que hizo esta vez? –preguntó ella al cabo de un momento.

Morgan entornó los párpados antes de responder y Colin sintió cómo propio su cuerpo iba asumiendo una tensión inspirada por la expectación. Sus sentidos se aguzaron y observó a la mujer con mayor atención, aunque nada en su semblante hubiera podido traicionar cuán interesado estaba en lo que iba a decir.

–Pensamos que su amigo puede haberse metido en algunos problemas –respondió Morgan con cautela.

Habían acordado ser muy cuidadosos con lo que revelaran ante ella porque no deseaban darle más información de la necesaria; si desconocía la muerte de Seth, sería más sencillo que les hablara de lo que sabía de su vida y de a qué se dedicó hasta el momento en que dejaron de verse. La noticia del asesinato y las circunstancias en que encontraron su cuerpo las dejarían caer según fuera desarrollándose el interrogatorio.

–¿Qué clase de problemas?

–Con gente peligrosa –indicó Morgan, sucinto, y redobló su gravedad al continuar–. ¿Cuándo fue la última vez que lo vio?

La mujer echó el cuerpo hacia atrás y los observó con los ojos entrecerrados. Sus cabellos, que según las viejas fotografías algún día fueron de un hermoso todo cobrizo oscuro, ahora se veían deslavados y con mechones de un gris apagado que enmarcaba su frente con descuido.

–Déjeme ver. –Ella hizo una mueca y fingió considerarlo antes de continuar–. Seguro que no lo he visto en los últimos tres años que llevo encerrada, ni siquiera me hizo una sola visita...

–¿Y antes de eso? –Morgan la cortó con poca delicadeza–. ¿Lo vio antes de eso?

Los ojos de la mujer relampaguearon y pareció tentada a esbozar una respuesta grosera, pero debió de ver en el rostro de su interlocutor que no estaba dispuesto a tolerar más juegos porque exhaló un hondo suspiro y lo observó de mala gana antes de asentir con brusquedad.

–Unos cuatro años, cuando menos, si no es que más; el tiempo pasa de forma rara en la cárcel, pero seguro que ustedes ya han oído eso. –Abarcó a los tres con una cabezada hosca–. Creo que fueron pocos meses antes de que me detuvieran. Por una tontería, por cierto.

Logan abrió la boca como si estuviera a punto de señalar que a su parecer una estafa sistemática contra un grupo de pensionistas a quienes despojó de los ahorros de toda su vida estaba lejos de poder considerarse una tontería, pero la mirada de su jefe lo obligó a callar.

–¿Mantuvieron el contacto durante tanto tiempo? ¿Desde que se conocieron aquí en Baltimore y se marcharon juntos, hasta hace unos cuatro años? Debieron de ser muy unidos. –Morgan observó a la mujer con interés.

Ella puso los ojos en blanco y Colin advirtió que sus

dedos golpeaban contra la mesa arrancando un sonido metálico y molesto que, sin embargo, ella pareció encontrar tranquilizador porque su semblante se suavizó y en lugar de emitir una respuesta brusca terminó por asentir un par de veces con gesto lacónico.

–Algo –reconoció–. Le tenía cariño, ¿sabe? Era joven cuando lo conocí.

–Y estaba enamorado de usted.

La mujer rio sin gracia.

–Muchos lo estaban entonces –señaló ella con un casi imperceptible aire de suficiencia en la voz–. Él era solo uno más.

–Pero Seth no lo veía así, él la quería en verdad. Lo dejó todo por usted y robó a alguien que había sido, en mucho tiempo, lo más cercano a una familia, y solo para complacerla.

May oyó las palabras de Morgan con un gesto de desagrado.

–¿Se refiere a la vieja esa? –preguntó ella, continuando antes de darle tiempo a responder–. Claro que debe de referirse a ella, ¿a quién más? No me diga que está viva aún.

Morgan no respondió y ella debió de decidir tomar aquello como la respuesta que esperaba porque empezó a reír hasta que las carcajadas fueron apagándose dejándola sumida en una suave tos.

–Esa mujer debe de tener algún tipo de pacto con el demonio –comentó ella al fin una vez que su respiración recuperó la normalidad–. Debe de tener como doscientos años...

–¿Cómo fue que Seth terminó yéndose con usted? –inquirió Morgan tras apretar los labios en un gesto que revelaba su enfado–. ¿Qué hicieron después?

La mujer carraspeó y sacudió la cabeza de un lado a otro.

–Lo conocí un día que entré a la tienda porque llovía fuera y estaba aburrida –habló ella como si narrara la vida de alguien más–. Había pasado un par de veces por allí, me parecía un lugar horrendo y nunca me dieron ganas de entrar. Pero esa tarde lo hice y él empezó a dar vueltas alrededor de mí y a hablar como un perico de todo lo que había allí. Se lo tenía muy creído, ¿sabe? Esa mujer lo había convencido de que absolutamente todo lo que ella le contaba era real; creo que hasta pensaba que era una bruja de verdad.

Colin inclinó un poco el cuerpo hacia adelante y ladeó el rostro para no perderse una palabra de lo que la mujer decía; algo le dijo que, finalmente, había llegado al punto que a todos más les interesaba.

–Empezó a obsequiarme velas, hierbas y todas las chucherías que se puedan imaginar. –May ahogó una carcajada–. Me rogó que volviera y le dije que sí para que dejara de insistir, pero la verdad es que volví, sí; todavía no sé por qué lo hice, supongo que era todo tan raro que me dio curiosidad. En esa época no tenía mucho por hacer, además, acababa de dejar al que era mi primer marido, así que tenía mucho tiempo libre.

Logan puso los ojos en blanco, pero se mantuvo en silencio; había empezado a dar un lento paseo por la sala y continuaba atento a los movimientos de la mujer y a las palabras de su jefe.

–Iba por las tardes porque Seth decía que era cuando la anciana nunca se encontraba por allí; la vi unas cuantas veces y siempre se mostró muy fría conmigo, supongo que no confiaba en mí. –La mujer se encogió de hombros como si aquello le trajera sin cuidado o incluso le agradara–. La verdad es que nunca había estado en un lugar así, y menos con un hombre que se creyera tantas locuras, así que al comienzo fue divertido. Me llevaba algunas cosas para casa: esencias y velas... en fin, no estaba tan mal.

–Y Seth bebía los vientos por usted, además; supongo que eso debía de gustarle también.

–Sí, bueno, algo había de eso, supongo –coincidió

ella con una sonrisa satisfecha–. No es que fuera la gran cosa, pero los había peores. A la vieja le daría un ataque si supiera todo lo que hicimos en su preciosa tienda.

Contrario a lo que parecía ocurrirles a Morgan y Logan, que veían a la mujer con creciente desagrado, Colin se sorprendió, intrigado y en cierta forma fascinado por ella y su comportamiento; lo que más le llamaba la atención era todo lo que no se veía a simple vista. Estudió los rasgos tensos que ella se esforzaba por disimular con la expresión confiada y la forma en que sus dedos no dejaban de moverse sobre la mesa; sus hombros rígidos que subían y bajaban una y otra vez delatando un nerviosismo que apenas lograba contener. Cada vez que hacía alguna mención a la señora Phillips, descubrió consternado, parecía que esos gestos se acentuaban hasta el límite.

–¿Y por qué Seth decidió irse? Si todo iba bien con usted, que parecía tan entretenida por allí, ¿qué lo llevó a marcharse y abandonar el único hogar que había conocido en todo ese tiempo? ¿Por qué se fue usted con él si no era al fin y al cabo más que una distracción?

May apretó los labios y no pareció como si fuera a responder a las preguntas de Morgan, pero entonces Colin decidió que quizá fuera momento de intervenir. Rebuscó en su chaqueta al tiempo que daba unos pasos hasta situarse ante la mesa. Una vez allí, dejó caer algo sobre la mesa y su mirada se encontró con el rostro sorprendido de la mujer, que pareció como si apenas entonces cayera en la cuenta de su presencia.

Aturdida, miró lo que dejara ante ella y su rostro adquirió una expresión de alegría que habría encontrado conmovedora de tratarse de alguien menos ruin.

–¿Puedo...?

May buscó la mirada de Morgan, quien era evidente poseía la mayor autoridad en la sala, como pidiéndole permiso. Él alternó la mirada de ella a la cajetilla de cigarrillos y el mechero que Colin acababa de ofrecerle.

Luego, miró a su amigo con una ceja arqueada; tal vez deseara preguntarle qué diablos hacía con aquello si no fumaba, pero entonces sus ojos se encontraron y debió de ver algo en ellos que lo llevaron a guardar silencio en ese momento y asentir de mala gana.

La mujer exhaló un hondo suspiro de anticipación y se las arregló para llevarse el cigarrillo a los labios; tuvo problemas para encender el mechero, sin embargo, y Colin se apresuró a hacerlo por ella, ganándose una mirada agradecida. Una vez que ella hubo dado un par de caladas con deleite, Morgan carraspeó y, tras mirar a su amigo una vez más con una nueva expresión de entendimiento, cabeceó y lo señaló con un ademán discreto. Colin tomó aquello como el permiso que necesitaba y observó a la mujer desde su altura con una serenidad casi palpable.

–Le agradaba Seth, ¿verdad? Me refiero a que le gustaba de verdad, por lo menos le tenía cariño. –Colin habló con suavidad y una casi imperceptible sonrisa en el rostro, toda su atención puesta en los gestos de la mujer ante él.

Ella dio una nueva calada al cigarrillo y frunció el ceño antes de asentir con cierta cortedad; parecía como si no le hiciera gracia reconocerlo, pero no le quedaba más remedio que hacerlo. Tal vez considerara que no tenía sentido negarlo, o quizá temiera que le quitaran el cigarrillo si no colaboraba; daba igual, lo importante fue que lo hizo y eso pareció satisfacer a Colin porque cabeceó sin variar su expresión.

–¿Fue él quien propuso que se fueran? –preguntó él.

May se aclaró la garganta antes de responder.

–Algo así –dijo ella–. Llevábamos ya un tiempo juntos por entonces. Iba a la tienda, pasábamos un rato allí; salíamos por las noches de vez en cuando. Él bebía mucho en esas ocasiones y terminaba metiéndose en problemas con esa mujer porque despertaba tarde y no trabajaba como debía. A mí eso no me preocupaba mucho, la verdad; no era asunto mío. Me gustaba Seth, sí, me daba algo de lástima, ¿sabe? No era un mal chico, pero sí un poco tonto. Creía que se lo merecía todo y estaba seguro de que si no conseguía todo el éxito que deseaba era porque los demás no sabían reconocerlo. Jamás se le ocurrió que simplemente no tuviera talento, o que tuviera que trabajar más para ganárselo. –La mujer emitió una seca carcajada e inhaló el cigarrillo con fuerza antes de continuar–. Sus padres se lo habían hecho creer así y esa mujer, también. Entonces, cuando las cosas se ponían feas él solo huía. Se le daba bien, podía perderse muy rápido.

Colin asintió y aguardó a que ella siguiera.

–La anciana se había dado cuenta de que faltaban algunas cosas; ya les dije, eran chucherías que Seth me regalaba a veces, nada más, pero no le hizo gracia y empezó a presionarlo. Quería que me dejara y volviera a ser el chico bueno que a ella le gustaba –indicó ella con un resoplido de desprecio–; pero él no estaba dispuesto a eso. Quería estar conmigo. Así que un día me dijo que estaba pensando en marcharse y, si quería, que nos fuéramos juntos. En esa época yo no tenía muchos planes, no sabía lo que quería hacer exactamente, estaba...

–Aburrida –completó Colin por ella al verla vacilar.

La mujer sonrió y le dirigió una mirada divertida. Luego, lo señaló con lo que le quedaba del cigarrillo y asintió.

–Exacto –dijo ella con ojos brillantes–. Así que no me pareció una mala idea.

–Y decidieron robarle a la señora Phillips antes de marcharse.

La sonrisa desapareció del rostro de May al oír la intervención de Logan y giró el rostro de golpe para dirigirle una mirada rencorosa.

–Eso no fue idea mía –espetó ella de mala gana.

–Supongo que se le ocurrió a Seth.

–Supones bien. –La mujer elevó el mentón y llevó su

atención a Colin–. Estoy diciendo la verdad. Jamás se me habría ocurrido. Y no porque la vieja se mereciera la consideración, sino porque no podía imaginar que hubiera nada valioso allí aparte de los pocos dólares que había en la caja; todo me parecían chucherías. Pero entonces Seth dijo que sí, que había algunos libros por los que nos podrían dar un buen dinero y que eran de los malos, que le haríamos un favor al mundo sacándolos de allí.

–¿Libros malos? –repitió Colin sintiéndose un tanto confundido por primera vez desde que tomara el control de la charla– ¿Qué clase de libros son esos?

May se encogió de hombros.

–No estoy segura, ni siquiera lo tengo muy claro ahora. Ya les he dicho que Seth se creía cualquier locura y supongo que esta mujer lo convenció de que eran muy poderosos o algo así. Él me dijo que se trataba de libros de historia, con recetas y hechizos y todas esas tonterías por las que alguna gente chiflada paga un montón de dinero.

–Y eso la convenció de tomarlos.

Ella cabeceó y le dirigió una mirada indecisa. Tal vez se preguntara qué tanto le afectaría reconocerlo considerando sus circunstancias; pero debió de llegar a la conclusión de que con el tiempo que le faltaba aun para cumplir su condena, que según sabía Colin eran unos diez o doce años y todo lo que pasara desde la época acerca de la que hablaban, bien valía ser sincera a fin de asegurarse esos beneficios que Morgan prometiera.

–Seth insistió mucho –aseguró ella entonces como si deseara dejarlo en claro–. Y además no me pareció como si esa mujer fuera a echarlo en falta; después de todo, estaba en una vitrina a la que según Seth apenas se acercaba y que estaba con llave. Creyó que pasaría mucho tiempo antes de que se diera cuenta de que no estaban y que no le afectaría en nada. Pero para ser sincera, espero que se diera cuenta rápido y que rabiara mucho entonces.

Colin detectó el rencor en la voz de la mujer y observó los últimos rescoldos del cigarrillo extinguirse entre sus dedos.

—La señora Phillips le desagradaba tanto como ella a usted, ¿no? —preguntó él.

May se encogió de hombros y lo observó por debajo de sus ojos entornados.

—Ella no confiaba en mí —espetó al fin.

—Y según lo que ocurrió, es obvio que hacía bien.

Morgan apretó los labios al darse cuenta de que habló en voz alta y se cruzó de brazos, echando el cuerpo hacia atrás al tiempo que desviaba la mirada. Tal vez temiera que su intervención arruinara los avances de Colin, pero la mujer no le prestó mucha atención más allá de hacer un gesto de desagrado al oírlo; todos sus sentidos estaban puestos en el hombre ante ella y quien a su vez la observaba con curiosidad.

—Se lo merecía —dijo ella—. No es una viejecita tan simpática como parece.

Colin ladeó el rostro, pero no hizo comentarios al respecto y la alentó a continuar con un gesto.

—Un par de días antes de eso tuvimos una discusión —indicó ella.

—¿Con Seth?

—No. Con ella. —May negó con la cabeza—. Estaba sola esperando a Seth en la puerta; él demoró en bajar, supongo que se quedó dormido o algo así. Entonces ella empezó a decirme que todo era mi culpa, que Seth estaba muy bien antes de que llegara y que lo había arruinado todo, que había destrozado a su familia. —La mujer frunció la nariz, despectiva—. Yo no le hice mucho caso y la dejé hablar. Me dijo un montón de cosas, algunas ni siquiera las entendí; pero creo que me maldijo o algo así, porque tenía la cara que pone alguien cuando te desea mal. Poco después llegó Seth y pareció como si él sí que la hubiera entendido porque pareció muy enojado y empezaron a discutir a gritos, así que me fui. Poco después de eso recibí una llamada suya para acordar cuándo nos iríamos y así lo hicimos. Él se reunió conmigo en la estación de autobuses y nos fuimos a Phoenix.

La mujer reinició el golpeteo a la mesa con los dedos y Colin suspiró antes de rebuscar por otro cigarrillo que le tendió una vez más y que ella se apresuró a tomar con prisas.

–¿Y después de eso? ¿Continuaron juntos durante mucho tiempo? –preguntó él.

May cabeceó indecisa.

–Más o menos –indicó ella–. Luego de dejar Baltimore permanecimos juntos durante casi un año; Seth había tenido razón en eso de que los libros eran valiosos. Nos dieron una buena cantidad por ellos, aunque tardó en encontrar un comprador; parece que algunos los consideraban peligrosos y les daba miedo comprarlos. Como fuera, entre eso y el dinero que ambos teníamos, pudimos vivir sin problemas durante un tiempo.

–¿Qué pasó entonces para que se distanciaran?

–¿Qué pasó? –repitió ella–. Seth pasó, claro. ¿No les he dicho que era muy difícil? No había forma de tenerlo contento; estaba obsesionado con ser un gran escritor y decía que con todo lo que había visto en la tienda de esa mujer, las cosas que ella le contó y lo que vio en esos libros, haría una gran historia. El problema era que nunca se ponía en serio con eso. Era disperso y perezoso, y no le gustaba que se lo recordaran. Creo que en el fondo terminó por echar de menos la vida en ese lugar con la mujer aquella tratándolo como si fuera un niño. Yo no pude aguantarlo más y me fui.

Colin asintió e intercambió una rápida mirada con Morgan.

–Pero según lo que dijo, volvieron a verse –recordó Colin en tono neutro.

–Bueno, sí, mantuvimos el contacto –indicó ella–.

Algunas llamadas por teléfono de vez en cuando y él escribió un par de veces; pero unos meses después conocí a alguien y nos mudamos a California. Cuando Seth se enteró actuó como si lo hubiera traicionado a pesar de que le dije que nunca volvería con él. En fin, él se quedó todo ese tiempo en Phoenix y dejamos de hablar por unos cinco años, más o menos...

–Lo que duró su relación con su nuevo novio, supongo.

Logan intervino una vez más, aunque fue evidente que tan pronto como las palabras salieron de sus labios hubiera querido tragárselas una a una. Colin habría sentido lástima por él debido a la mirada iracunda que Morgan le dirigió, pero entonces recordó a Marie y se dijo que le daba más bien igual.

Por suerte, la interrogada no pareció dar demasiada importancia a la interrupción porque, tras lanzarle una mirada venenosa, continuó con su historia.

–Cuando las cosas empezaron a ir mal con mi segundo esposo –indicó ella remarcando las palabras–, decidí que necesitaba un respiro y se me ocurrió que podría ir a Phoenix para visitar a viejas amistades, como Seth. Sabía que él estaba algo enojado conmigo, pero supuse que se le pasaría en cuanto me viera de nuevo.

–¿Y fue así? –preguntó Colin.

–Claro que sí –respondió ella sin disimular su satisfacción–. Lo encontré en el mismo apartamento en que lo había dejado; tenía un empleo en un supermercado y parecía como si lo estuviera llevando bien. Continuaba con sus cosas, ya saben, sus delirios de convertirse en un autor famoso, pero por lo demás me pareció bastante más resignado a que tal vez nunca ocurriera. Nos quedamos juntos un par de años esta vez.

Colin sacó cuentas y calculó que eso habría sido cuando menos hacía unos siete u ocho años; un lapso de tiempo importante que aún debían rellenar.

–¿Y qué ocurrió?

La mujer se miró las uñas y dio una buena calada al cigarrillo antes de responder; fue obvio para Colin que hubiera preferido no hacerlo.

–¿Qué crees tú que ocurrió? –preguntó ella a su vez.

Colin entrecerró los ojos.

–Seth tuvo una ocurrencia –supuso él.

La interrogada se encogió de hombros y esbozó una sonrisa afilada.

–Bingo –asintió ella–. Un día se apareció diciendo que acababa de dar con una mina de oro. Al comienzo yo creí que se refería a una mina de verdad, quiero decir, a una forma de hacer más dinero o algo así, pero resultó que no se trataba de nada de eso sino de que había encontrado a un grupo de chiflados como esos con los que había trabajado durante su tiempo aquí, en Baltimore, los clientes y amigos de la vieja esa.

–La señora Phillips –corrigió Colin con suavidad.

Ella hizo un gesto de fastidio, como si no tuviera ningún interés en mostrarse más cortés al referirse a la anciana y a Colin no se le ocurrió insistir para evitar perder ese sorprendente arranque de sinceridad impulsado, sin duda, por las grandes dosis de nicotina que la mujer estaba consumiendo.

–Como sea. Parece que esa gente está en todas partes y de alguna forma Colin empezó a relacionarse con ellos. Tenían reuniones en un lugar, no recuerdo en dónde; él me invitó a ir una vez y lo hice, pero me pareció una tontería y no quise volver. Después de eso, Seth empezó a desaparecer por días, dejó el trabajo y dijo que ellos le ayudarían con algo de dinero para que pudiera dedicarse a lo que en verdad quería, que era escribir, y que, mientras tanto, también les daría una mano con sus asuntos.

–¿Y qué asuntos eran esos?

–No tengo idea, nunca los discutió conmigo; pero si tuviera que adivinar, supongo que se trataría de algo parecido a lo que hacía para esa mujer aquí, ¿no? Llevar una tienda, barrer, cuentas, qué sé yo. De cualquier forma, yo estaba harta de todo eso por aquella época y me di cuenta de que Seth nunca cambiaría, así que decidí marcharme.

–Déjeme adivinar: conoció a alguien.

La mujer no tomó a mal la suposición de Colin porque él no usó un tono de reprobación o crítica, tan solo pareció llegar a una conclusión que resultó siendo bastante razonable porque le arrancó una risa seca.

–Bueno, sí, y fue un flechazo, así que no tuve que pensarlo mucho –reconoció ella–. Pero esta vez no pareció que a Seth le importara mucho, ¿sabe? Tal vez ya lo imaginara o estaba tan metido en lo suyo que ni siquiera le lastimó. –Se encogió de hombros y apagó los restos del cigarrillo contra la mesa–. Me deseó suerte y me dijo que si necesitaba algo me pusiera en contacto con él; yo le dije lo mismo y me fui.

–¿A dónde?

–No muy lejos, me mantuve en Arizona. Mi tercer marido trabajaba para una empresa de construcción –indicó ella con una mirada mordaz en dirección a Logan–. Mantuve el contacto con Seth igual que antes, pero ya sabe cómo es eso, las llamadas empiezan a hacerse cada vez más esporádicas hasta que dejan de darse. Creí que era lo mejor, que tenía derecho a hacer su propia vida, y la verdad es que yo tenía también algunos problemas entonces, así que no estaba como para andar muy al pendiente de sus locuras.

Morgan, que había permanecido en silencio y muy atento en los últimos minutos, abrió la carpeta que tenía ante él y buscó una página que leyó con rapidez antes de dirigir a la mujer una mirada entendida.

–¿Por casualidad ese tercer marido del que habla no fue el mismo que terminó metiéndola en todo este problema en primer lugar? –preguntó él.

La interrogada hizo un rictus de enfado y se llevó una mano a los ojos.

–El mismo –reconoció ella de mala gana–. Les dije que trabajaba en una constructora, ¿no? Bueno, también se llevaba el dinero de la caja cuando podía.

–Y estafaba a sus clientes –continuó Morgan señalándola con un dedo–. Con su ayuda.

La mujer se envaró en el asiento y cerró la mano en un puño.

–¿Y eso qué importa ahora? –espetó ella–, porque si me han traído para culparme por alguna otra de sus fechorías aquí...

Colin dio un paso más hacia adelante y rozó el codo de su amigo en un falso gesto de descuido; en realidad, fue claro para ambos que procuraba pedirle que no interviniera más porque estaba a punto de arruinar sus avances. Morgan se tensó, con seguridad fastidiado de que se metiera en su trabajo de esa forma, pero terminó por asentir con un ademán casi imperceptible antes de cruzarse de brazos y recostarse contra la silla.

–No tenemos interés en ese hombre, solo deseamos su ayuda para saber más de Seth. –Colin apoyó ambas palmas sobre la mesa y buscó la mirada de May–. ¿Qué pasó luego? Dijo que la última vez que lo vio fue hace unos cuatro años antes de que la arrestaran. ¿Cómo estaba él entonces? ¿Le dijo o vio algo en él que la llevara a pensar que podría estar metido en algún tipo de problema?

La mujer parpadeó y le devolvió la mirada; él detectó un leve gesto de confusión en sus pupilas y se dijo que posiblemente hubieran llegado al final de ese camino. Lo que les dijera les ayudaría a terminar de armar ese rompecabezas, pero era posible que aun así las piezas no terminaran por encajar del todo. De cualquier forma, estaban muy cerca; podía sentirlo.

–Seth siempre parecía metido en problemas, es así de raro –indicó ella–. Pero no sé en qué andaría exactamente. Fui a visitarlo una última vez por esa época. Acababa de tener una gran pelea con mi marido porque descubrí que se había metido en algo más gordo de lo que podía manejar y tenía miedo de que terminara arrastrándome a mí también, lo que terminó haciendo de cualquier forma. –Ella arqueó una ceja y sonrió con burla–. Seth se había mudado, ahora estaba viviendo en un apartamento mejor que el anterior y me di cuenta de que no le iba mal. Parece que esos amigos suyos le habían ayudado después de todo, como él dijo que harían, pero continuó sin contarme qué hacía para ellos.

–¿Y no tiene ninguna sospecha? –preguntó Colin.

–No. Y le digo la verdad. Él apenas me habló de eso cuando fui a verlo; solo dijo que pasaba mucho tiempo con ellos, que entregaba cosas que le encargaban y que todo eso le estaba sirviendo porque además de hacer dinero le permitía continuar con las investigaciones para su libro. –Ella bufó antes de continuar–. De eso sí que hablaba mucho, por cierto. Decía que tenía toneladas de información y que cuando consiguiera ponerlo todo junto, los editores se pelearían por él. Que había descubierto un montón de cosas a escondidas...

–¿A escondidas?

–Sí. Parece que a esa gente para la que trabajaba no le haría mucha gracia saber que estaba escarbando en sus asuntos y planeando ponerlo en papel; así que iba tomando notas sin que se dieran cuenta y pensaba trabajar en eso en su tiempo libre, que ya les digo yo que era mucho porque mientras estuve allí apenas lo vi salir. –Se encogió de hombros–. Me quedé unas semanas con él y luego volví con mi marido. Le dije que le llamaría, pero pasaron muchas cosas y bueno, perdimos el contacto del todo luego de que me detuvieran. Probé a llamarlo una vez desde prisión, pero nunca respondió y supuse que, o no quería hablar conmigo, o había perdido el número.

Colin asintió pensativo.

–¿Cree que esta gente para la que trabajaba podría haber querido lastimarlo? ¿Le pareció que se trataba de personas peligrosas?

La mujer abrió mucho los ojos y pareció sinceramente sorprendida.

–¿A Seth? ¿Quién iba a querer lastimar a Seth? Si es un buen tipo –indicó ella–. Un poco idiota a veces, quizá, pero buena gente.

Colin suspiró e intercambió una rápida mirada con Morgan, asintiendo en dirección a la carpeta ante su amigo. Este, al comprender, rebuscó en ella y sacó unas cuantas fotografías que fue ubicando ante la mujer de modo que pudiera verlas con claridad. Se trataba de las imágenes de la escena del crimen de Seth Smith, una hilera macabra que la interrogada estudió con expresión de horror.

–Pero esto...

Colin estudió el rostro de la mujer y vio un sinfín de emociones en él: confusión, espanto, reconocimiento y, sin asomo de duda, una profunda pena tan pronto reconoció de quién se trataba.

–¿Es Seth? –La mujer se llevó una mano a la boca y sus ojos lucieron empañados al mirar a Colin; cuando este asintió, emitió un pequeño sollozo–. Pero, ¿por qué le harían algo tan horrible?

–Eso es lo que intentamos descubrir –señaló él en tono suave–. Con base en lo que nos ha dicho, es posible que los responsables fueran esas personas para las que trabajaba en Phoenix.

–Pero... creí que eran una panda de locos, pero no los imaginaba peligrosos.

–Acaba de decir que pagaban bien a Seth por hacer algo que a todas luces parece ser ilícito, ¿por qué, de ser traicionados, no harían algo así, por ejemplo?

La mujer frunció el ceño y le dirigió una mirada recelosa.

–Oiga, yo tampoco soy una santa, ¿sí? He hecho muchas cosas malas, pero nunca he matado a nadie ni podría hacerlo –aseguró ella–. Y Seth tampoco. Quien fuera que hiciera esto no es un criminal cualquiera.

Colin asintió.

–En eso estamos de acuerdo –reconoció él–. Pero eso no nos dice mucho. Vamos a necesitar que nos dé toda la información que pueda recordar.

–Ya les he dicho...

Él hizo como si no la hubiera oído.

–Haga memoria. Piense en algún nombre que Seth haya mencionado, la dirección de ese lugar al que lo acompañó en una de las reuniones de las que nos habló; cualquier cosa nos será de utilidad para descubrir quién le hizo esto –indicó él con una entonación persuasiva en la voz–. Porque es lo que quiere también, ¿verdad? Le gustaría saber quién le hizo esto a Seth. Él era su amigo y lo quería.

La mujer sorbió por la nariz y apretó los dientes con furia; había mantenido los párpados caídos y los hombros echados hacia adelante hasta entonces, pero en ese momento se arqueó sobre la silla para mirar a Colin a los ojos y lo observó con los ojos abiertos al máximo. Sin decir una palabra, asintió con sequedad.

Colin procuró contener la satisfacción que le produjo ese gesto y, tras dirigir una mirada de reojo a Morgan, que ya tenía la lapicera en la mano y una expresión de absoluta concentración en el rostro, exhaló un hondo suspiro. Definitivamente se encontraban muy cerca.

12

Fue poco lo que May Freeman consiguió recordar en concreto, cuando mucho un par de apodos de la gente con la que Seth trabajó en Phoenix, lo que no les aclaró mucho el panorama, pero el agente enviado por el gobernador les prometió que se pondría inmediatamente con la base de datos de su Estado para intentar dilucidar de quiénes podría tratarse. Además, May sí que recordó con exactitud la dirección del lugar en que Seth acostumbraba reunirse con ellos, lo que les sería muy útil. Con toda esa información en manos del agente y Morgan, que se apresuró a delegar trabajo en los suyos, Colin se despidió esa noche con la promesa de regresar la mañana siguiente muy temprano.

Se sentía exhausto. Casi como si le hubieran drenado todas sus reservas de energía y lo único que deseaba era ver a Marie al menos un par de minutos antes de volver a casa y empezar con todo de nuevo luego de dormir unas cuantas horas.

No había hablado con ella en todo el día porque sabían que el interrogatorio de May lo absorbería por completo. Acordaron hablar al día siguiente para que Colin le contara cómo había ido todo y si podrían verse en algún momento, tal vez para la cena; pero cuando enrumbaba en el coche camino a su apartamento, se dio cuenta de que no podía esperar tanto, y que con seguridad una llamada al llegar a casa no sería suficiente. Quería verla al menos un momento, ver su rostro y besarla, aunque para ello tuviera que tolerar las miradas hurañas de Napoleón y el gesto displicente de su gato.

Con esa idea y seguro de que no podría pegar un ojo si no lo hacía, viró el coche para dirigirse a la casa de ella. Esperaba encontrarla despierta; en realidad, al comprobar la hora en su reloj, se dijo que sin duda así sería, porque sabía que Marie acostumbraba aprovechar quedarse hasta muy tarde por la noche cuando no se veían para avanzar con sus trabajos para la escuela.

Cuando detuvo el coche ante la puerta, no le sorprendió ver las luces del salón encendidas a través de las cortinas floreadas que cubrían la ventana que daba a la calle. Al situarse ante la puerta, examinó el pequeño cuadrado de césped a sus pies y no pudo evitar sonreír al toparse con un matojo que alguna vez debió de ser algún tipo de planta aromática. El fracasado romero de Marie, supuso.

Llamó al timbre un par de veces y aguardó con las manos dentro de los bolsillos. Era una noche templada, pero corría un viento brioso que le provocó un leve escalofrío. Le extrañó que Marie tardara tanto en abrir, considerando lo pequeño del lugar y se preguntó si no habría salido, pero lo descartó por lo avanzado de la hora.

Estaba a punto de sacar el teléfono para llamarle tras considerar que bien podría encontrarse en la ducha cuando un seco golpe proveniente del interior lo puso en alerta. Al sonido le siguió un maullido y unos cuantos ladridos que empezaron a resonar alterando el silencio en que se hallara sumida la calle hasta entonces. Colin oyó un segundo golpe, como el impacto de una pieza pesada al dar contra el suelo y a aquello siguió un grito apagado. Reconoció la voz de Marie de inmediato y empezó a aporrear la puerta sin dudarlo un segundo.

—¡Marie!

Un silencio atronador recibió a su llamado; el ruido se detuvo de golpe con la misma impresionante brusquedad con que se iniciara, pero eso estuvo lejos de calmarlo. Siguió llamando una y otra vez, dispuesto a echar la puerta abajo si continuaba así, pero entonces oyó unas pisadas al otro lado de la puerta y esta se abrió de golpe.

Se encontró con el rostro horrorizado de Marie y estuvo a punto de lanzarse sobre ella para atraerla hacia sí en un arranque desesperado por ponerle a salvo de lo que fuera que hubiera ocasionado ese ruido. No se dio cuenta, hasta que se encontró con sus ojos, que lo veían como si se tratara de una aparición, pero estaba aterrado. Le temblaban las manos y tenía la respiración agitada; apenas había conseguido mantener la mente clara al actuar y no podía creer que toda su sangre fría hubiera desaparecido de una forma como aquella tan solo ante la posibilidad de que ella se encontrara en peligro.

—¿Estás bien? —preguntó él en tono grave, recorriendo su rostro y su cuerpo con una mirada rápida— ¿Qué está ocurriendo?

—¿Por qué estás...? —Ella se humedeció los labios y miró sobre su hombro con lo que le pareció un gesto de desconfianza—. Estoy bien, no es nada, yo...

Colin la observó con mayor atención entonces y reparó en que llevaba el mismo chándal que usara aquella vez en que se presentó a su puerta por primera vez al poco tiempo de su llegada a Baltimore. Su cabello estaba sujetado en lo alto de la cabeza con un lápiz y parecía como si se encontrara a punto de ir a la cama.

—¿Qué ocurre? —insistió él al notar que veía nuevamente sobre su hombro y le dirigía una mirada avergonzada—. Marie...

Ella abrió la boca, posiblemente para decir alguna mentira, adivinó él poco después, pero debió de comprender que no tenía sentido hacerlo porque nunca le creería y, tras exhalar un hondo suspiro que pareció sacudirla por completo, lo observó con una expresión de disculpa que a él le costó interpretar entonces.

–Será mejor que entres –dijo ella.

Marie se hizo a un lado para dejarlo pasar y, tras dirigirle una mirada cargada de confusión, él asintió y se adentró en la casa. Ella cerró la puerta tras ellos, pero Colin apenas se dio cuenta; estaba totalmente concentrado en estudiar el cuadro que se presentó ante él una vez que se recuperó de la sorpresa y su mente empezó a funcionar de una forma medianamente normal.

Vio una silla volcada y un jarrón sobre el suelo al lado de la cocina. Por primera vez desde que los conocía, Napoleón y Suerte se encontraban uno al lado del otro y sin rastros de antipatía entre ambos; el gato tenía una mirada más despierta de lo habitual y el pug asentaba las patas hacia adelante en una postura defensiva que le hizo pensar en un pequeño tanque dispuesto para la guerra. Ambos veían en la misma dirección, hacia una figura larguirucha pegada a la puerta al final del corredor y, al hacer él otro tanto, se topó con un rostro familiar.

El muchacho, Connor, según recordaba, estaba de pie y con las manos caídas a los lados; llevaba una camiseta a rayas y unos pantalones caídos que le iban pequeños, resaltando su delgadez. Pero no fue eso lo que más le sorprendió, más allá de su presencia, sino el hecho de que su rostro se veía tenso por la furia, una emoción que, advirtió, remarcaba sus facciones afiladas. Sin embargo, reparó también en que, además de la cólera, parecía también como si se hallara preso de un profundo temor. Si aquello se debía tan solo a su llegada o también a la explosión anterior, de la que lo declaró culpable de inmediato, supuso que lo descubriría pronto.

–¿Qué fue lo que te dije?

Colin fue hacia él con los ojos entrecerrados y lo cogió del borde de la camiseta a la altura del cuello en un parpadeo. El chico no atinó a reaccionar como no fuera para hacer un gesto de sobresalto y mirarlo con los ojos abiertos al máximo; ya no quedaban restos de desafío o enojo en ellos, solo un profundo miedo.

–Colin, no. Déjalo

Colin escuchó la voz de Marie tras él, pero no giró a mirarla ni aflojó el agarre.

–¿Qué crees que estás haciendo? –Colin acercó al rostro al del muchacho y lo sacudió hasta que empezó a temblar–. Marie, ¿has llamado a la policía?

El color desapareció del rostro del chico e intentó echar a correr, pero Colin no le permitió que se moviera ni un centímetro; hubiera jurado que oyó su corazón martillear con fuerza y aun cuando en otras circunstancias habría sentido lástima por él, no se vio capaz de sentir nada que no fuera enojo. Y miedo, mucho miedo; oleadas que en lugar de desaparecer no hacían más que incrementarse a medida que empezaba a comprender que había algo allí que no encajaba y que no conseguía adivinar.

Sin embargo, sus dudas se vieron resueltas casi de inmediato, al sentir la mano de Marie sobre su brazo. El contacto de su piel cálida pareció obrar el milagro de disminuir parte de su angustia, pero esta pareció volver tan pronto como cayó en la cuenta de que tiraba de él para forzarlo a soltar al muchacho.

–Colin, está bien, de verdad –habló Marie cerca de su oído con voz calmada–. No te preocupes, no ha pasado nada.

Colin abandonó su análisis del rostro del muchacho y lo dirigió al de ella, mirándola como si le estuviera hablando en un lenguaje extraño.

–Marie, ¿qué está ocurriendo?

La vio suspirar y llevarse una mano a la frente; pareció como si deseara encontrarse en cualquier otro lugar que no fuera aquel.

–Lamento no habértelo dicho. –Ella carraspeó y alternó la mirada de él al muchacho, que permanecía tembloroso y asustado aún bajo las manos de Colin, quien lo sostenía con menos fuerza de lo que hiciera hasta entonces–. Suelta a Connor, por favor, y podremos hablar entonces.

Los dedos de Colin fueron soltando la camiseta del chico y este tomó aquello como la señal para empezar a retroceder hasta que su espalda dio contra la puerta que conducía al dormitorio de Marie y al cual iba lanzando miradas desesperadas cada tanto. Ella, que advirtió sus intenciones, sacudió la cabeza y emitió un resoplido mezcla de lástima y fastidio.

–Ve allí. –Señaló la puerta con un dedo dirigiéndose a él–. Y no salgas hasta que te lo haya dicho. Ya hablaremos tú y yo también.

Su voz surgió tan fría y evidentemente cargada de furia que el muchacho no atinó a hacer nada que no fuera asentir y, tras mirar a Colin como si pensara que necesitaba su permiso para moverse, y ante el gesto inescrutable de él, se perdió tras la puerta, cerrando con fuerza tras él. Marie hubiera podido jurar que lo oyó correr el seguro.

Cuando se quedaron a solas, buscó la mirada de Colin, pero aun cuando él la veía a los ojos, no fue capaz de hacerse una idea de lo que pensaba. No vio nada en ellos y, salvo por sus rasgos tensos y la forma en que permanecía con las manos hechas puños a los lados, lo que delataba la ira que debía de sentir por verse burlado de esa forma, le pareció imposible adivinar sus pensamientos.

Rendida y consciente de que los había llevado a una posición de la que no podría salir nada bueno y que posiblemente terminara por apresurar ese fin que tanto temiera desde que volvieron a encontrarse, exhaló un hondo suspiro y dejó caer la mano que hasta entonces tuviera sobre su brazo.

–¿Podrías…? ¿Quieres sentarte conmigo? –preguntó ella, yendo hacia el sofá.

Colin vaciló, pero terminó por sacudir la cabeza en señal de negación y en lugar de sentarse a su lado fue hacia la encimera de la cocina para apoyar la espalda contra ella y mirarla de frente. Los restos de los objetos caídos permanecían a sus pies y aun cuando tanto Suerte como Napoleón se veían más sosegados, a Marie no se le escapó que ambos permanecían junto a Colin, una señal de que se encontraba sola en esa batalla.

Luego de abrazar un cojín contra su pecho y dirigir una mirada angustiada a la mesilla en la que se encontraban las fotografías de sus padres, como si pretendiera así pedirles alguna clase de ayuda, miró a Colin y empezó a hablar.

Le contó de la llegada de Connor y de cómo no se había visto capaz de echarlo aun cuando sabía que corría un gran riesgo al no hacerlo. De lo que el muchacho le contara de la vida con sus padres, que había sido abandonado por su madre y que había decidido huir para no tener que continuar con su padre exponiéndose a una vida de abusos peores a los que ya había sufrido. Fue obvio para ella que todo eso conmovió a Colin; conocía su historia y hubiera sido imposible que no ocurriera así al verse reflejado en la desgracia del muchacho, pero sabía también que el problema que había surgido entre ellos no iba por ese lado.

Independientemente de lo que pudiera sentir él por las circunstancias de Connor, lo que le dolía y enfurecía era el hecho de que ella se lo ocultara. Que pese a saber lo mucho que desconfiaba del muchacho y tras haberla ayudado cuando él fue a enfrentarla a la escuela y descubriera que en su desesperación había llevado un arma para amenazarla, ella pagara su preocupación con lo que debía de considerar una traición.

Colin no la interrumpió para hacer ninguna pregunta, la dejó hablar incluso cuando le contó de sus discusiones con Connor a raíz del ultimátum dado por el director de la escuela para que llegara a un acuerdo con él y aceptara que fuera internado en una casa de acogida en tanto solucionaban sus problemas. El punto más álgido había tenido lugar esa noche, precisamente cuando Marie, agobiada porque apenas le quedaban un par de días para que se cumpliera el plazo, decidió enfrentarlo y hacerle entender que no había lugar para seguir esperando, que no había otra alternativa y que más le valía entenderlo ya o todo sería más difícil.

Connor no respondió muy bien a su actitud autoritaria, creyó que estaba preparando el camino para que un día cualquiera fueran por él y lo llevaran a la fuerza, aun cuando esa no había sido su intención en ningún momento; solo había estado desesperada. Pero el chico no lo vio así y, luego de una explosión de rabia, en que tiró su jarrón favorito antes de tropezar con una silla y casi abrirse la frente en el proceso, empezó a gritar lo mucho que la odiaba. Marie alzó la voz también, los animales empezaron a hacer ruido, alterados por la discusión, y fue entonces cuando Colin llegó.

La voz de Marie surgió en un sordo murmullo al ponerlo en antecedentes. Creyó importante dejar en claro que no se arrepentía de haber acogido al muchacho a pesar de su terrible carácter y lo incierto que era su futuro, en lo que estaba aún dispuesta a ayudarlo.

—No intento excusarme por lo que hice, creo que cualquiera hubiera terminado haciendo lo mismo en mi lugar, no podía dejar al chico en la calle —dijo Marie buscando la mirada de Colin y alzando un tanto la voz en señal de angustia al notar que no había mayor alteración en su rostro—; pero eso no es una excusa para habértelo ocultado. Supongo que tenía miedo de que intentaras convencerme de que estaba equivocada porque crees que es peligroso...

Marie se interrumpió de golpe al toparse con la sonrisa sardónica en el rostro de Colin, que alternó la mirada entre los restos del jarrón a sus pies y su rostro lívido.

–¿No lo es?

Marie se echó hacia atrás al oír su pregunta hecha en un tono burlón que nunca había usado hasta entonces. No con ella. Y tampoco la había visto así antes, concluyó al toparse con su mirada brillante por la rabia y, comprendió también, por algo más. ¿Decepción? No estaba segura, y tampoco sabía si deseaba averiguarlo.

–No pretendió lastimar a nadie con eso, Colin, fue el arranque de un chiquillo asustado. –Ella se aclaró la garganta e intentó imprimir a su voz algo de la seguridad que en el fondo ya daba por perdida–. Cuando llegaste estaba a punto de hablar con él y hacerle entender que no conseguiría nada con eso; sé cómo tratar a muchachos con problemas, llevo haciéndolo desde hace años.

Colin resopló y sacudió la cabeza de un lado a otro.

–Creo que ya te he hablado de lo peligroso que puede ser un chico asustado, pero no tiene sentido hacerlo de nuevo porque es evidente que no te importa lo que pueda pensar –espetó él–. Pero te diré algo: has perdido la razón si piensas que tu experiencia como maestra puede protegerte en una situación como esta más de lo que lo haría contra una fiera que se siente en peligro. Tal vez este chico no quiera lastimarte, no en el fondo, pero si tuviera que hacerlo para mantenerse a salvo, no lo dudaría un segundo.

–Pero...

–Yo he estado allí –continuó él como si no la hubiera oído y Marie se dio cuenta de que su voz temblaba un poco al hablar, tanto como el dedo con el que la señalaba–, y no tienes idea de lo que serías capaz de hacer si te encontraras en esa posición. Cuando te oí gritar... todo ese ruido...

Marie contuvo el aliento y dejó caer el cojín a un

lado al echar el cuerpo hacia adelante para observarlo con atención. Los rasgos de Colin, lejos de encontrarse relajados, como sin duda habría preferido él porque eso le hubiera permitido fingir una falta de emociones que estaba lejos sentir, se veían tensos por la desesperación y el miedo. Y entonces entendió.

Su madre.

Todo en esa situación debía de recordarle los años de abusos vividos por ambos a manos de su padre. Los gritos, las cosas lanzadas al suelo. El terror que debió de experimentar entonces, una vez tras otra, por lo que él habría de hacerles. Y al llegar a su casa, seguro de que la encontraría a salvo, se había topado con un recordatorio de todo aquello. No solo eso. De alguna forma, al miedo se le sumaba el hecho de que debía de sentirse traicionado por su falta de confianza al no hablarle de lo que ocurría y darse de bruces con todo ese caos.

–Colin, escucha, yo no he estado en peligro en ningún momento, te lo aseguro. Sé que resulta difícil de creer, pero en verdad habría sabido manejarlo y, de no ser así, no hubiera dudado en pedir ayuda. –Marie habló con suavidad procurando que él fuera capaz de ver la verdad en su rostro–. Pero eso no ocurrió, y no pasará nunca, porque Connor es un buen muchacho. Sí, está asustado, y eso lo convierte en alguien a quien hay que tratar con mucho cuidado, pero no me lastimaría. Estos días en que ha estado aquí me he dado cuenta de que solo quiere una vida normal, ser un chico como cualquier otro, y quiero ayudarlo a que lo consiga. Ningún niño debería de pasar por todo esto y sé que tú lo entiendes mejor que nadie.

Los ojos de Colin relampaguearon al toparse con los suyos y Marie supo que sí, que había tenido razón en eso último porque él sería incapaz de no sentir empatía ante un caso como ese; pero también comprendió que estaba muy lejos de disculparla o de entender una muestra de desconfianza como la que había tenido con él. Debía de estar recordando las muchas ocasiones en que ella había urdido alguna excusa tonta para no ir a su casa y quedarse en su apartamento; todo aquello con el fin de ocultárselo.

Lo vio suspirar y negar al tiempo que se incorporaba con movimientos lentos y pesarosos; parecía como si también a él le costara de pronto moverse y sus miembros se sintieran tan oxidados como le ocurría a ella. Sin mirarla, levantó la silla y la dejó a un lado, sobresaltando a los animales en el proceso, que corrieron para ubicarse en un rincón del salón con similares expresiones de alerta.

–Esto no se trata de lo que entienda o no, Marie, ni de lo que pueda pensar de ese chico –dijo él pasados unos segundos en silencio y mirándola nuevamente, esta vez sin rastros del enojo que mostrara antes; ahora tan solo se veía agotado y dolido–. Se trata de ti y también de mí. Nosotros... ¡Dios! Está tan lejos de haber un nosotros, ¿no?

Sus ojos buscaron los suyos y Marie se quedó sin aliento. Le habría gustado ponerse de pie e ir hacia él para decirle que estaba equivocado, que desde luego que había un nosotros para ambos. Estaba en su corazón y hasta entonces había pensado que también lo estaba en el suyo; pero ya no estaba tan segura. Y fue eso lo que la inmovilizó. No pudo levantarse, ni hablar, ni siquiera se vio capaz de sostener su mirada, en cambio la posó en sus manos unidas sobre su regazo. Sintió tan solo que sus ojos empezaban a escocer y odió la idea de ponerse a llorar porque no era la clase de cosas que hacía. Ya no.

Colin la observó durante todo un minuto en silencio antes de suspirar y encogerse de hombros. De haberlo visto, Marie habría notado que no se veía mucho mejor que ella y que, tal vez, si hubiera dicho una palabra, cualquiera, de haber sido capaz de dejar a un lado su propia impotencia, se habría visto reflejada en él.

Pero no lo hizo. Y eso a él pareció decirle mucho más de lo que hubiera podido poner en palabras. Tras apretar la mandíbula con furia e ignorar a Suerte, que había empezado a acercarse con cuidado para empezar a enroscarse alrededor de sus piernas, le dio una última mirada y abandonó la casa con un portazo que remeció los goznes de la puerta hasta mucho después de haberse ido.

Y Marie se quedó allí por tanto tiempo que, de haberlo intentado, no habría podido decir cuánto fue. Lo único que tuvo claro fue que no pensó en Connor confinado en su habitación y a la espera de que le diera permiso para salir, ni en los animales que, rendidos al fin por la lástima y dejando al lado su molestia por considerarla la responsable del caos en que se habían sumido los últimos días, empezaron a rondar a su alrededor en una señal de simpatía por su tristeza.

Ella solo pudo pensar en Colin y en que posiblemente acabara de perderlo. Lo que tenía gracia, se dijo al reparar en que unas cuantas lágrimas caían sobre sus dedos aferrados. No se había dado cuenta de en qué momento había empezado a considerarlo suyo.

Si alguien le hubiera dicho a Logan que él, agente especial de la policía, artista aficionado y hombre con serios problemas para entablar relaciones con otras personas, de lo que daban fe sus frustrados idilios con el sexo opuesto, habría de sentir simpatía por un hombre que estaba lejos de resultarle simpático, y que además empezaría a preocuparse por él, se habría reído en su cara. Y luego sin duda hubiera terminado dándole la espalda y volviendo a lo suyo.

Pero allí estaba. Observando a Colin en tanto este revolvía entre la pila de documentos que acababa de dejar ante él porque Morgan había tenido que marcharse a hacer una videoconferencia con el comisionado de Phoenix para recibir los informes acerca de las pistas que May Freeman les había dado y que él se había ofrecido a contrastar. En su ausencia, Colin estaba a cargo y aunque no le hacía gracia responder ante él, no le quedó más remedio que hacerlo.

Había ido a la oficina sin disimular su fastidio y dispuesto a ser tan desagradable como él si era necesario, pero bastó con echarle una mirada para darse cuenta de que Colin parecía estar muy lejos de prestarle atención; es más, no le dio la impresión de que pareciera muy interesado en él o que se hubiera dado cuenta siquiera de que seguía allí.

Logan ya había reparado hacía semanas en la naturaleza de la relación de Colin y Marie. Había tenido sus sospechas cuando ella acompañó a la señora Phillips para identificar a Seth Smith; hubiera tenido que estar ciego para no darse cuenta de la corriente oculta entre ambos; una que se encontraba muy en la superficie, tuvo que reconocer de mal talante. Desde luego que eso no le impidió invitarla luego; no tenía pruebas de nada y a su parecer esos dos estaban lejos de poder hacer una buena pareja. Pero cuando ella lo rechazó y luego captó un par de charlas al vuelo entre él y Morgan, lo que no había hecho a propósito sino que era responsabilidad de su jefe, que parecía incapaz de dominar su voz de trueno, cayó en la cuenta de que había algo un tanto más serio entre ambos de lo que había supuesto.

Ahora, sin embargo, algo le dijo que ese algo, fuera lo que fuera, debía de haber sufrido algún tipo de revés. Solo eso explicaba la expresión lacónica de Colin y el hecho de que pareciera más distante de lo usual.

–¿Vas a quedarte allí para siempre?

La voz de Colin lo obligó a parpadear y, al mirar nuevamente en su dirección, se topó con su mirada acerada fija en su rostro.

–¿Y bien? –insistió él.

Algunas personas hacían realmente difícil que uno

intentara mostrarse amables con ellas, se dijo Logan poniendo los ojos en blanco.

–¿Y bien qué? –replicó él en tono adusto–. Soy yo quien está esperando. Necesito saber si esos expedientes están bien para volver con lo mío.

–¿Y esperas que los lea ahora mismo para que puedas ir tranquilo?

–Sería un buen gesto.

Colin suspiró y se llevó una mano al cabello que ya de por sí se encontraba revuelto. No era de extrañar, supuso, llevaba toda la mañana haciendo lo mismo. Eso y mirar el móvil cada cinco minutos batallando para contener el impulso de marcar el número de Marie.

No había sido sencillo, pero consiguió mantenerse lejos de ella durante todo lo que iba de la semana. Resultaba curioso, sin duda, que una mujer, a la que ni siquiera conocía hasta hacía unos meses, se hubiera hecho de un lugar tan importante en su vida como para que oír su voz fuera lo primero que deseara hacer cada día. Pero no podía. Y definitivamente no debía. Pero eso no lo hacía más fácil.

Se había dicho con frecuencia en esos días que tal vez ambos se hubieran dejado llevar por el calor del momento luego de lo ocurrido en su casa, en especial él, que había terminado por asumir una actitud de amante decepcionado sin darle la oportunidad de explicarse. Ni siquiera había intentado ponerse en su lugar. Dejó que el miedo y la furia lo dominaran y, aún peor, permitió que sus malas experiencias tomaran el control y lo único que hizo fue relacionar esa situación con lo que viviera en su niñez.

Al pensar en ello luego, se dio cuenta de que no fue muy distinto de lo que hizo Marie unas semanas antes cuando tuvo esa mala reacción ante ese inexistente ataque de celos al compararlo con el hombre con quien lo pasó tan mal en Los Ángeles. Ambos cargaban con un pasado tan complejo que les impedía bajar la guardia del todo y los llevaba a reaccionar de una forma desatinada con las personas que menos lo merecían. Si al menos la hubiera escuchado, si tuviera el valor para llamarla...

–Oye, sabes que tengo otras cosas que hacer, ¿cierto?

Colin emitió un gruñido y levantó la mirada para posarla en el rostro de Logan. No podía imaginar un peor momento para ver a ese hombre; no cuando no podía dejar de pensar en Marie y su presencia solo le recordaba que tal vez, tan solo tal vez, y en una medida realmente pequeña, sí que se había sentido celoso al saber que la había invitado a salir.

Conteniendo el deseo de mandarlo al diablo tan solo por el gusto de hacerlo, apretó los dientes, dio una mirada al folio que dejara ante él, y empezó a leer con rapidez para hacerse una rápida idea de qué iba eso y poder deshacerse de él. Morgan jamás le perdonaría que no le prestara atención a algo relacionado con el trabajo solo porque su agente favorito le caía tan mal como una patada en el estómago.

–¿Qué es esto? –preguntó al cabo de un momento.

Oyó a Logan suspirar y al mirarlo vio que se acomodaba las gafas sobre el puente de la nariz con un ademán aburrido.

–El expediente de la señora Phillips –respondió él.

–Ya me he dado cuenta. –Colin leyó un par de líneas más y su ceño se acentuó–. ¿Por qué lo tenemos y por qué estoy leyéndolo?

–Tenemos un expediente de todo el mundo. Bueno, no de todo el mundo, pero sí de las personas relacionadas con los casos que llevamos.

–Ya lo sé – interrumpió Colin con un gesto indeciso–, pero ella... no es más que una testigo.

Logan se encogió de hombros.

–No creo que eso sea del todo correcto. Ella está directamente relacionada con Seth Smith, es más que solo una testigo y es importante conocer sus antecedentes.

Colin tuvo que reconocer que estaba en lo cierto y cabeceó en tanto leía con algo más de interés. No había nada fuera de lo habitual, advirtió cuando acababa de dar cuenta de casi todas las páginas que componían el informe, que eran más bien pocas. Al llegar a la última, sin embargo, frunció el ceño y llevó la mirada del papel al hombre de pie ante él.

—¿Qué organización es esta? ¿La que pone entre sus contactos frecuentes? —Colin señaló un párrafo más extenso que el resto.

Logan ni siquiera se inclinó para ver a qué se refería; parecía que esperaba que fuera eso lo que llamara su atención.

—Es un grupo de gente que se dedica a la brujería: Wiccas —indicó él con tranquilidad—. Tiene cientos de miles de miembros en el país.

—No tenía idea de que estuvieran organizados a ese nivel.

—Yo tampoco; pero saltó de inmediato en el sistema cuando empecé a armar el expediente. —Colin apoyó una mano sobre el escritorio y extendió un dedo para señalar el informe—. Es una cosa un poco rara... bueno, hablamos de gente que está convencida de que puede hacer magia, claro que es extraño, o por lo menos, peculiar. Lo curioso es que tienen una red de contactos muy bien establecida, hacen reuniones con frecuencia y tienen una presencia brutal en las redes. Te asombraría la cantidad de *influencers* que se autodenominan brujos modernos. Vi el video de una en la que enseñaba como hacer un ritual para limpiar la mala energía en casa...

—¿Lo intentaste?

Logan entornó los párpados al toparse con la mirada burlona de Colin.

—Claro que no —negó de inmediato, quizá demasiado rápido, y continuó en un tono algo defensivo–; los ingredientes son un poco raros, en casa ni siquiera tengo velas.

Colin sonrió.

–Tal vez debas ir de compras a la tienda de la señora Phillips –sugirió él, viéndolo con curiosidad–. Te tomas estas cosas con bastante calma. ¿No te parece una locura?

Logan lo observó a profundidad, tal vez preguntándose si pretendía burlarse de él, pero al notar que no había más que interés en su rostro, cabeceó pensativo y chasqueó la lengua.

–No estoy seguro. Supongo que al comienzo puede parecer un poco raro, ¿no? Pero si lo piensas, tiene bastante sentido. En su mayoría es solo gente que quiere tener una vida más... no sé, conectada con la naturaleza o algo así. No le veo nada de malo a eso.

Colin asintió e hizo un gesto de tristeza al pensar en que Marie había dicho algo parecido al intentar explicar el por qué se sentía tan atraída por esa vida. Miró a Logan bajo una nueva luz, preguntándose si acaso no habría sido mejor que ella lo ignorara por completo y aceptara la invitación que él le hiciera. Sin duda Logan hubiera podido entenderla mejor; era menos escéptico, más dispuesto a abrirse a los demás aun cuando le costara una barbaridad. Él, en cambio...

Pero al pensar más en ello, al considerar siquiera que él hubiera podido ocupar su lugar, que conociera a Marie de la forma en que él había llegado a conocerla, que supiera de sus manías y de las mil y un cosas que la hacían tan preciosa para él, se le revolvió el estómago. Ella no era para él; en realidad no era para Colin tampoco, tuvo que reconocer de mala gana. Era única, perfecta a sus ojos y tan propia, que lo único a lo que podría aspirar un hombre era a que le permitiera compartir esa magia con él.

Y en ese momento, de golpe y sin saber cómo diablos ocurrió, supo que haría cualquier cosa que estuviera en sus manos para que ese hombre fuera él.

–Oye, no bromeaba cuando dije que tenía otras cosas que hacer.

Colin parpadeó y observó a Logan como si, una vez más, hubiera olvidado que se encontraba allí.

–¿Qué?

–En serio, ¿qué pasa contigo? –El agente bufó, en una mezcla de hastío y preocupación– ¿Tienes algún problema?

Colin abrió la boca para responder, pero nunca supo lo que habría respondido de haber tenido la oportunidad: si le habría dicho que se metiera en sus propios asuntos o en un arranque de necesidad por compartir lo que le ocurría hubiera terminado por hablarle de Marie al hombre menos indicado para ello. Y no lo supo porque Morgan irrumpió en la oficina precisamente en ese momento.

–Qué bueno encontrarlos juntos. –El hombre tenía el rostro bronceado presa de una emoción casi palpable y los señaló antes de que ninguno atinara a preguntar lo que ocurría–. Vamos, de pie; tenemos trabajo que hacer.

–¿Trabajo?

–¿Qué clase...?

Morgan los ignoró e hizo un gesto para apresurarlos.

–Se los contaré en el camino –dijo él–. Vamos, dense prisa, tengo un agente en el coche. Colin, no olvides tu arma.

Su amigo arqueó una ceja y, aunque no dijo nada, no pudo evitar pensar que tal vez estuviera ocurriendo algo más serio aun de lo que había supuesto. Morgan insistía en que prefería que fuera desarmado pese a que tenía un permiso y a que en Chicago llevaba siempre su arma de reglamento con él. En Baltimore no era necesario porque no era más que un consultor y nunca sería necesario que la usara, le había dicho Morgan más de una vez; sin embargo, al parecer las cosas acababan de cambiar.

Colin suspiró y, tras intercambiar una mirada con Logan, que se veía tan desconcertado como él, aunque tampoco había dudado en ponerse en movimiento tan pronto como oyó la orden, fue tras su amigo para ponerse en camino a donde fuera que tuvieran que ir.

Una vez en el coche, en tanto Morgan iba poniéndolos en antecedentes, y pese a que lo oyó con total atención y se mostró dispuesto a hacer lo que hiciera falta, no pudo evitar conjurar más de una vez el rostro de Marie, rogando por tener la oportunidad de hablar nuevamente con ella para arreglar las cosas entre ambos. Tan solo una vez más.

El césped bajo los pies de Marie vibró por el paso del tren en las vías que cruzaba la zona de Cherry Hill, en la región sur de la ciudad. No era precisamente el área más atractiva de Baltimore y definitivamente no la que le recomendaría a un turista, tuvo que reconocer ella al dejar atrás el edificio de varias plantas adjunto a una parroquia que acababa de abandonar.

Pero en realidad no estaba mal, se dijo en tanto recorría el largo camino de entrada hasta encontrarse en la acera. Miró su teléfono para ubicarse con el mapa que había descargado y enrumbó en dirección contraria; la parada de autobuses debía de encontrarse unas calles más allá. La esperaba un viaje de al menos media hora para regresar a casa y usó el tiempo para pensar en lo que acababa de hacer.

El director Houston le había arreglado una cita con el funcionario encargado de llevar el albergue principal de la zona, el San José. Él, junto a un joven sacerdote que colaboraba con la obra, la recibieron para hablar de Connor y de lo que se podría hacer con su problema.

No había nada de particular en su caso, habían coincidido ambos; desgraciadamente el lugar, y muchos otros como aquel, estaban llenos de niños y adolescentes de diversas edades que se habían visto obligados a dejar sus hogares en busca de un refugio que les permitiera llevar una vida más acorde a su edad, o al menos tanto como era posible en sus circunstancias.

Hogares deshechos, padres negligentes, muertes imprevistas... en fin, la lista de motivos era interminable, pero el propósito era el mismo: proteger a los chicos.

Marie había tenido oportunidad de recorrer las instalaciones y no pudo menos que aceptar que el lugar se veía muy confortable; incluso le permitieron asistir a algunas de las clases que se impartían en los salones dispuestos en el primer piso y fue evidente para ella que los maestros estaban muy bien preparados para tratar con todo tipo de muchachos.

Connor estaría bien allí, se dijo tras oír al encargado con atención. En realidad, como mencionaron él y el sacerdote, no era sencillo encontrar un cupo en un lugar como aquel, los albergues del Estado eran en su mayoría mucho menos acogedores, tugurios, en verdad. En el caso de un muchacho como Connor, considerando su edad y sus problemas de conducta, lo habitual sería que una vez que entrara en el sistema se le asignara a un lugar como esos, pero gracias a las gestiones del director Houston, que había tirado de sus influencias y cobrado un par de favores, podrían hacerle un lugar allí. Desde luego, necesitarían que él colaborara porque la mayor parte de los muchachos que serían sus compañeros se encontraban ya del todo acoplados al sistema y lo último que necesitaban era a un recién llegado que pusiera todo de cabeza.

Marie prometió que Connor pondría de su parte y les rogó que guardaran ese cupo disponible para él hasta el final de la semana; se comprometió también a que ella y el señor Houston, tal y como ya habían acordado, se ocuparían de presentar todo el papeleo necesario para que fuera admitido y que, si hacía falta, estaba dispuesta incluso a asumir cualquier responsabilidad adicional.

Eso último había sido un poco arriesgado, reconoció ella para sí cuando se encontró dentro del autobús y apoyó la cabeza en la ventanilla, viendo las casas pasar una tras otra ante sus ojos entornados. Ella no tenía los medios o el historial como para hacerse cargo de respaldar a nadie; apenas conseguía mantenerse a flote a sí misma, pero fue lo único que se le ocurrió en el momento para convencer al funcionario. Además, tal vez ni siquiera hiciera falta que asumiera esa responsabilidad. Estaba determinada a convencer a Connor de que debía colaborar o terminaría poniéndose en una posición aún más complicada para él.

Las cosas habían estado un poco tensas entre ambos luego de la explosión de hacía unos días. Después de que Colin se marchara esa noche y de que, al fin, él se atreviera a dejar su habitación, aun asustado por lo que habría de encontrarse esperando por él, se había mostrado un poco sorprendido de hallar a Marie sumida en un mar de llanto y aunque no se atrevió a preguntar, no hacía falta ser especialmente perspicaz para darse cuenta de que su presencia había desatado un problema entre ella y ese hombre con el que parecía tener algún tipo de relación.

Pero Marie no había hecho ninguna mención al respecto; actuó incluso como si Colin nunca hubiera estado allí. Todo lo que le dijo estuvo específicamente relacionado con su actitud antes de que su estallido fuera interrumpido. Le increpó por haber reaccionado de una forma tan violenta, por su terquedad al no aceptar que ella intentaba ayudarlo de la mejor forma que podía y que no había absolutamente nada que no hiciera que no fuera pensando en su bienestar. Fue amable, como siempre, pero también muy firme, y habría sido imposible para cualquiera no reconocer que parecía encontrarse ya muy cansada de esa situación.

Aunque Connor no lo dijo entonces y se mostró tan hosco como siempre, si bien se disculpó por su actitud y prometió que pondría todo en orden y que, de alguna forma, reemplazaría el jarrón que rompió, fue obvio que sus palabras calaron en él y, luego de que hablaran y lo dejara para que durmiera en el sofá, permaneció varias horas dando vueltas y pensando en lo que le había dicho.

Al día siguiente y los que siguieron a ese, Marie se sorprendió al notar que Connor se quedaba largo tiempo en silencio y que la veía de vez en cuando con expresión lastimera. Ella entonces suspiraba, se llevaba una mano al rostro y procuraba componer una sonrisa, invitándole a hacer cualquier cosa que lo animara un poco. Lo invitó a ver una película de superhéroes al cine, dieron algunos paseos por el parque cercano a casa e incluso cocinó para él, lo que le trajo algunos recuerdos de su tiempo con Colin, y aunque intentó que aquello no le afectara tanto, hubiera sido hipócrita de su parte no reconocer que así era.

Lo extrañaba tanto que dolía. Pasaba casi todo el día pensando en él, y también buena parte de sus noches. Abrazaba su almohada y cerraba los ojos intentando conjurar su rostro; susurraba las cosas que le había dicho alguna vez y suspiraba al recordar sus manos sobre su cuerpo y cada instante que habían pasado juntos. Las charlas, las risas, sus confidencias...

Marie sacudió la cabeza de un lado a otro y abrió los ojos de golpe al comprender que había estado a punto de quedarse dormida y perder su parada. Era lo malo de pasar tan malas noches, refunfuñó al descender del autobús con paso cansado: pasaba el día atontada y somnolienta, amén del mal humor que varios de sus alumnos habían tenido que sufrir.

Cuando llegó a casa, se sorprendió al captar un aroma extraño tan pronto como puso un pie en la entrada. Era un dulzor un tanto chamuscado que la obligó a apurar el paso y correr a la cocina, donde encontró a Connor de pie ante la estufa con expresión consternada. Sostenía una sartén por el mango y le daba vueltas como si acabara de surgirle una nariz o algo así.

–¿Qué estás...?

El muchacho levantó la cabeza hacia ella; ni siquiera pareció que se hubiera dado cuenta de que había llegado hasta ese momento.

–Quería hacer palomitas –balbuceó él mirando el contenido de la sartén, una mezcolanza de un tono subido de café.

–¿Qué?

–Palomitas dulces.

Marie miró la sartén también y reparó entonces en que Napoleón se encontraba a sus pies, olisqueando con expresión de desagrado. De Suerte solo vio su larga cola surgiendo de debajo del aparador; tal vez, más listo y con un instinto de supervivencia más desarrollado, había decidido poner cierta distancia con la cocina. Solo por si acaso.

–Bueno, no se ven tan mal –dijo ella volviendo su atención al muchacho–. Huele... no es tan terrible.

Lo intentó con todas sus fuerzas, pero terminó por romper a reír y, tras ahogar una carcajada, observó a Connor preocupada porque lo tomara a mal, pero le sorprendió al verlo empezar a reír también y estuvieron un rato así hasta que las carcajadas fueron espaciándose y, cuando al fin consiguieron recuperar la seriedad, se miraron a los ojos presas de un nuevo entendimiento y, tras intercambiar una mueca cómplice, se las arreglaron para echar la sartén humeante en el fregadero.

Luego de limpiar todo y de que Marie prometiera que le enseñaría a hacer unas palomitas decentes para la cena, ella le pidió que la acompañara al salón y, sin dar demasiadas vueltas ni hacer intento de ocultar nada, le contó todo lo que había estado haciendo esa mañana. Su visita al centro de acogida, su charla con las autoridades del lugar y lo que se esperaba de él, además de describirle al detalle todo lo que había visto.

El muchacho la oyó con mucha mejor disposición de lo que ella había esperado, aunque fue obvio que la idea no le emocionó demasiado, en especial cuando mencionó al sacerdote y la disciplina impartida en el lugar.

–Pero... pero yo no quiero hacerme cura.

Marie sonrió al oír su comentario y sacudió la cabeza de un lado a otro con semblante calmado.

–Nadie espera que lo hagas –dijo ella–. En realidad, dudo mucho de que alguno de los chicos que están allí aspire a eso. La iglesia es solo un aliado para llevar el centro de la mejor manera, nada más. Lo único que se espera de ti es que tengas un buen comportamiento y que pongas todo de tu parte para llevar una vida en armonía con el resto de estudiantes. Si te esfuerzas, y ellos intentarán ayudarte para que te pongas pronto al día con los demás, podrás terminar tu educación secundaria y luego elegir lo que quieres para tu futuro. Podrías ir a la universidad –sugirió con cierta ilusión que decayó un poco al ver su gesto indeciso–; o tal vez no. Quizá quieres aprender algo distinto o trabajar por tu cuenta; estoy segura de que ellos también te ayudarán con eso. Lo que sea que elijas, no tendrás que hacerlo solo, y lo más importante es que tendrás muchas oportunidades; ellos te las darán y estarán pendientes de ti.

Connor se mordió una de las uñas, una manía que Marie relacionaba con su interior asustado, y la observó por debajo de sus párpados caídos.

–¿Y usted? –preguntó él– ¿Estará también allí?

Ella frunció el ceño y lo observó conmovida al reparar en que no había sido sencillo para él decirlo aun cuando no hubiera sido un reconocimiento muy claro de que deseaba que continuara cerca para él.

–Bueno, no viviré allí, claro –dijo ella con una sonrisa cálida–; pero estaré siempre pendiente de ti y te visitaré con frecuencia si eso quieres. También podemos hablar por teléfono y si tienes alguna duda o quieres decirme algo, lo que sea, siempre estaré aquí para ti. Sabes dónde vivo. –Marie lo señaló con un dedo–. Pero que conste que no es un permiso para que huyas cuando te plazca. Estoy segura de que no tendrás motivos para sentirte incómodo, Connor; estarás con buenas personas y con el tiempo te darás cuenta de que has ganado a una nueva familia. Por favor, dales una oportunidad.

El muchacho carraspeó y apoyó las manos sobre las rodillas huesudas que asomaban por sus jeans con agujeros. Marie lo vio morderse los carrillos y golpetear el suelo con las puntas de las zapatillas un par de veces antes de volver a mirarla con una nueva determinación que no había visto antes en él.

–Está bien –dijo al fin–. Lo haré. Iré a ese lugar, pero si... – vaciló el chico un instante antes de continuar, pero mantuvo la barbilla firme y no desvió la mirada–... no prometo que no huiré si veo algo que no me gusta.

No era algo que Marie no hubiera considerado, pero supuso que no tendría sentido mostrarse inflexible en ese punto; confiaba en que no llegaran a enfrentarse a esa situación. Algo le dijo, tal vez su instinto de maestra acostumbrada a tratar con todo tipo de muchachos y lo que había visto durante su visita al centro, que Connor terminaría por encajar allí. No sería fácil, pero lo lograría.

–De acuerdo –respondió ella en un tono solemne muy similar al usado por él–. Supongo que es justo. Pero te ruego que no te rindas a la primera, ¿está bien? Dale tiempo y esfuérzate; ellos también lo harán. Después... bueno, ya veremos qué sucede. Un paso a la vez.

Connor cabeceó y extendió una mano hacia ella,

que Marie tomó un segundo antes de tirar de ella y envolverlo en un apretado abrazo. Sintió el cuerpo del muchacho tensarse, pero un segundo después se sorprendió con agrado al notar que correspondía al gesto e incluso lo oyó inhalar y exhalar un par de veces como si intentara contener el llanto.

Al separarse, él la miró con las mejillas ardiendo y se cruzó de brazos en un gesto con el que parecía pretender restaurar su dignidad; sus ojos brillantes desmentían un poco el conjunto, pero Marie no lo mencionó. Se sentía satisfecha y confiada de que las cosas saldrían bien para él y que, si actuaba con inteligencia, podría dejar atrás su horrible pasado. Ella lo ayudaría con todo lo que estuviera en sus manos para que así fuera.

Connor se mostró algo más animado el resto de la tarde e incluso se ofreció para sacar a Napoleón para su paseo; Marie dudó acerca de eso, pero al ver que el pug se veía más tranquilo de lo habitual, le dio permiso y aprovechó el tiempo para revisar algunos trabajos de la escuela. Le costó concentrarse, sin embargo, le tomaba el triple de lo acostumbrado leer cada prueba y fue así como la encontró el muchacho al regresar: con los papeles desperdigados ante ella sobre la mesa del comedor y la mirada perdida en la nada.

–¿Señorita Worth?

Marie parpadeó y forzó una sonrisa amable, observando el gesto huraño de Napoleón. El perro olisqueaba sus patas, pero a pesar de su talante malhumorado no pareció que hubiera dado demasiados problemas al muchacho; incluso permitió que le quitara la correa sin hacer muchos aspavientos.

–¿Todo bien? –preguntó ella.

El muchacho asintió y la observó con el ceño fruncido.

–Oiga, estuve pensando... –Él carraspeó y se vio un tanto incómodo antes de continuar–... Tal vez cuando me vaya pueda arreglar sus problemas con su novio.

Marie abrió y cerró la boca un par de veces, sin saber qué decir. Cuando encontró las palabras, sin embargo, se sorprendió al reparar en lo frágil que sonó su voz entonces.

–Él no... tu presencia aquí no tiene nada que ver con lo que ocurra entre nosotros –dijo al fin tras encogerse de hombros.

Connor le dirigió una mirada escéptica que le habría hecho reír en otras circunstancias y no le quedó más alternativa que asentir de mala gana.

–Bueno, tal vez un poco, pero en realidad las cosas son más complicadas –reconoció ella.

–Pero lo quiere.

Marie vaciló antes de exhalar un hondo suspiro. Le habría gustado negarlo; hasta hacía unas semanas lo hubiera hecho sin dudar y en ese momento, incluso, su primera reacción, la más sensata, habría sido sostener la mentira con todas sus fuerzas. Pero estaba cansada de reprimir lo que sentía y de no reconocerlo siquiera ante sí misma. ¿Por qué no ponerlo en palabras aun cuando fuera ante ese chico que la veía con sincera preocupación?

–Sí, lo quiero.

Fue sorprendente la naturalidad con la que las palabras salieron de sus labios y el alivio que sintió en lo más profundo de su pecho al aceptarlo. Parecía como si acabara de excavar en su interior para sacar una roca atascada que hasta entonces tan solo le permitía respirar a medias.

–Y él la quiere a usted. –Connor, que tal vez no fuera capaz de imaginar lo que esa confesión significó para ella, la observó con curiosidad.

Marie sonrió con suavidad.

–De eso no estoy tan segura –dijo ella.

–Debería. Se nota.

–¿Sí?

Connor cabeceó sin asomo de duda en su rostro.

–Nunca he visto a un hombre mirar a una mujer como él la mira a usted. Bueno, quizá en las películas, pero no en la vida real. Ni siquiera sabía que se pudiera.

Marie sintió sus mejillas colorearse y apartó la mirada, preguntándose cómo había llegado a un punto en que se sonrojara como una colegiala ante un alumno por algo que, además y muy en el fondo, le hacía sentir de una forma tan maravillosa. Pero, finalmente, no era más que una fantasía, intentó convencerse con todas sus fuerzas; Connor no podía imaginar lo que ocurría entre ella y Colin, ni lo imposible que parecía que ambos pudieran reconocer lo que sentían, el uno por el otro, en ese momento. Y tal vez eso fuera lo mejor.

Como no podía pensar en nadie con quien se sintiera más incómoda poniendo en palabras unos pensamientos tan deprimentes, forzó una sonrisa amable y observó a su alumno con gesto tranquilo.

–Bueno, eso no importa ahora –mintió ella porque no había nada que le importara más–. ¿Quieres que te cuente algo más del centro y luego te ayude a hacer una lista de las cosas que vas a necesitar?

Connor cabeceó tras considerarlo un momento y Marie se sintió aliviada de que no intentara insistir con lo otro. Pasaron unas cuantas horas ultimando detalles de lo que haría falta para que el muchacho pudiera ingresar al centro y Marie estimó que tendrían todo listo en un par de días. Decidió hablar al día siguiente con el director Houston para ponerlo en antecedentes y que él se ocupara de confirmar con las autoridades que Connor tomaría el cupo que ella se había encargado de apartar para él.

Esa noche durmió mejor de lo que había hecho en varios días; solucionar el asunto de Connor le había quitado un enorme peso de encima. Sin embargo, estuvo lejos de sentirse del todo tranquila; tuvo una pesadilla tras otra en la que veía a Colin desvanecerse ante sus ojos dejando un reguero de fuego que la hicieron despertar sudorosa y asustada. Le habría encantado llamarlo para preguntar si se encontraba bien, pero decidió que era una tontería y se obligó a dejarlo pasar; era solo su inconsciente manifestando su nostalgia. Ella no tenía sueños premonitorios, estaba muy lejos de eso; aun así, incluso a la mañana siguiente y durante todo aquel día, no hubo forma de que consiguiera deshacerse de esa desagradable sensación de que algo terrible estaba a punto de ocurrir.

13

Colin no necesitó usar su arma en el operativo organizado por Morgan. Las cosas resultaron más sencillas de lo que habían estimado, aunque no por ello menos peligrosas o confusas.

Morgan los puso en antecedentes durante el camino de ida. Luego de terminar su charla con el comisionado de la prisión de Phoenix, recibió una llamada del mismísimo gobernador de Arizona en la que le informaba de que había puesto a su propio departamento de policía tras la pista de los nombres y lugares que May Freeman les diera durante el interrogatorio. En un inicio, no habían tenido mucha suerte para identificar a los que fueron conocidos de Seth Smith, pero las cosas fueron mucho mejor cuando allanaron la casa en la que se acostumbraba organizar esos encuentros de los que la mujer habló.

Se trataba de la propiedad de un conocido empresario de la zona que contaba con varios negocios a su nombre. Suministros médicos, alimentos, un par de hoteles; parecía que el sujeto tenía desperdigados sus activos en varios rublos y en todos tenía bastante éxito. Al escarbar en sus antecedentes, sin embargo, se toparon con algunas denuncias por maltrato laboral y evasión de impuestos, lo que les permitió interrogarlo y así indagar un poco más en qué tan relacionado podría estar con la desaparición de Seth.

El hombre fingió no haber oído nunca su nombre, pero luego de presionarlo un poco no le quedó más alternativa que reconocer que tal lo hubiera visto alguna vez. Dijo que formaba parte de un grupo conformado por hombres y mujeres de todo tipo que se reunían de cuando en cuando para compartir sus intereses. Al indagar acerca del tipo de intereses a los que se refería, descubrieron que se trataba de un grupo bastante numeroso que practicaba lo que se conocía en la actualidad como Wicca, o brujería moderna.

Sin embargo, no se trataba en absoluto de esa noción un tanto superficial y absolutamente inofensiva que conocía Marie, descubrió Colin, según fue oyendo lo que Morgan decía. Eso era algo totalmente distinto. Rituales grotescos, orgías, cualquier tipo de desenfreno que pudiera imaginar, ese grupo lo practicaba a escondidas y tenían tentáculos en diversos Estados del país; incluso algunos miembros eran lo bastante acaudalados y poderosos como para cubrir muchos de los varios desmanes que habían protagonizado a lo largo de los años.

Era habitual, continuó Morgan una vez que se encontraron cerca del este de la ciudad, en la región limítrofe con Erdman Avenue, sin duda una de las áreas más convulsas de Baltimore, con el índice de criminalidad más alta, que esa organización reclutara nuevos miembros. Y era allí donde Seth Smith entraba en juego. Según el hombre al que interrogaran en Phoenix, fue Seth quien se puso en contacto con ellos al intentar vender los libros que robara a la señora Phillips. Él no tenía cómo saberlo entonces, pero esos tomos eran lo bastante valiosos como para atraer el interés de muchos de los miembros que podían pagar por ellos. Al final, quien ofreció una suma más alta fue precisamente uno de los líderes del grupo en esa ciudad quien, no solo se contentó con adquirirlos, también mostró interés por la persona que los había llevado hasta él.

Fueron tendiendo un cerco apretado alrededor de Seth sin que él se diera cuenta, y tras su separación con May, fue aún más fácil abducirlo del todo. En un inicio, lo usaron como a una especie de mascota a la que pagaban bien por hacer trabajos sencillos, algunos no del todo lícitos, pero que él llevaba a la práctica sin hacer ninguna pregunta. A cambio, además del dinero, tan solo pedía que le permitieran asistir a sus reuniones y se mostraba un tanto ufano al recordar el tiempo que trabajó con la señora Phillips, por lo que creía conocerlo todo acerca de sus actividades. A nadie se le ocurrió sacarlo de su error y hacerle ver que lo que había visto en la tienda de Baltimore no era más que un juego de niños comparado con lo que ellos llevaban a cabo.

El tiempo transcurrió sin mayores diferencias, pero entonces algunos miembros empezaron a notar que Seth se mostraba más curioso de lo habitual y que acostumbraba intentar sonsacarles información que jamás le habrían dado de buena gana. Empezó a correrse la voz de que se había vuelto demasiado peligroso porque, al fin y al cabo, jamás lo consideraron uno de ellos y que lo mejor habría sido librarse de él.

El hombre al que interrogaron en Phoenix y cuya declaración Morgan leyó al detalle en el coche, aseguró que jamás pensaron en hacerle ningún tipo de daño. Cuando mucho tenían en mente asustarlo un poco, amenazarlo para que mantuviera la boca cerrada y expulsarlo del grupo. No llegaron a hacerlo, sin embargo, porque al parecer él debió de intuir lo que ocurría y un día simplemente desapareció. De eso, según pudieron deducir por lo que el hombre contó, debían de haber transcurrido a lo sumo unos cuantos meses. Desde entonces no se había sabido absolutamente nada de él.

Eso fue todo lo que el hombre dijo y por mucho que

insistieron los agentes encargados en Phoenix, no hubo forma de arrancarle ni una sola palabra más, excepto para indagar acerca de sus contactos en Baltimore, ya que consideraron que ya que Seth había vivido mucho tiempo allí y ese era el lugar donde fue encontrado su cuerpo, tenía sentido suponer que fue a esa ciudad a donde huyó cuando se creyó en peligro.

No fue sencillo, pero tras mucho insistir y prometerle llegar a un acuerdo que lo ayudara a solucionar algunas de sus cuentas pendientes con la justicia, terminó reconociendo que tenía algunos contactos en Baltimore que tal vez pudieran darles la información que él no tenía. Si Seth había terminado por allí, dijo, no habría sido raro que entablara contacto con ellos o que ellos lo ubicaran porque su nombre había corrido entre todos los miembros de la organización.

Igual que había sucedido en Phoenix, los nombres de los contactos mencionados por aquel hombre saltaron en el sistema de la policía de Baltimore de inmediato. Eran dos y, a diferencia de lo que ocurriera en la otra ciudad, no se trataba de empresarios u hombres ilustres sino de un par de delincuentes de alto vuelo y sin necesidad de fachadas que entraban y salían de prisión con cierta asiduidad.

A Morgan le destellaban los ojos cuando estacionaba el coche tras la patrulla que habían llevado de escolta ante un edificio ruinoso y rodeado por una serie de construcciones en peor estado, muchas de ellas ocupadas por pandillas cuyos miembros los vieron llegar con desconfianza. Colin comprendió de inmediato el porqué de la insistencia de su amigo en que fuera armado.

No se trataba de un operativo muy trabajado ni contaban con autorización para llevar a nadie que no fuera su blanco con ellos, por lo que dejaron las sutilezas de lado y decidieron ir sobre la marcha.

La lluvia empezó a caer incluso antes de que pusieran un pie dentro del edificio. Sentían los ojos de la gente en las afueras puestos sobre ellos a cada segundo, pero nadie intentó detenerlos; con seguridad pensaban que en tanto no fueran ellos su objetivo no tenía sentido atacar a un grupo de la policía, por mucho que les desagradaran y resintieran su presencia en sus dominios.

Morgan abría la marcha porque no podría haber sido de otra forma; Colin sabía que se habría dejado cortar una mano antes de permitir que uno de sus hombres se pusiera en la primera línea de fuego, pero no dudó en ponerse tras él para cubrirlo, en caso de ser necesario, y a su amigo no se le ocurrió cuestionar su conducta. *Es casi como estar nuevamente en zona de guerra*, se dijo Colin sintiendo la adrenalina correr por sus venas y el ritmo cadencioso y calmado de su corazón al martillar el arma y mantenerla en lo alto, listo para disparar de haber sido necesario.

Una vez ante la puerta del apartamento del par al que iban a buscar, irrumpieron sin dar tiempo a que advirtieran su presencia. Colin oyó la voz de Logan cuidando la retaguardia y dando órdenes a los oficiales que llevaron con ellos, atento para no darles la oportunidad de escapar por ningún flanco.

Gruesas gotas de lluvia impactaban contra los cristales rotos del corredor en el que aguardaron antes de que Morgan diera la orden de romper la puerta del apartamento y registrar cada metro hasta dar con sus ocupantes.

Encontraron a uno de ellos en una habitación diminuta que servía de dormitorio; estaba tendido bajo la cama y, tras comprobar que se hallaba desarmado, lo dejaron en manos de Logan, que lo esposó y llevó con él rumbo a la salida, dejándoles a ellos la labor de ocuparse del que les faltaba.

Con él las cosas fueron un poco más difíciles. A diferencia de su compañero, él sí que tenía un arma y no dudó en usarla un par de veces cuando lo acorralaron en el baño. Pese a lo tenso de la situación, ni Morgan ni Colin perdieron la calma un solo segundo. Lo dejaron gritar, amenazar y acabar con sus municiones, lo que les dijo que estaba lejos de ser un hombre entrenado en esa clase de lides; por el contrario, solo confirmó lo que ya sabían de él, que era un matón con más pergaminos que sentido común, y solo tuvieron que aguardar para, luego de un rápido intercambio de gestos, acordar romper la puerta e inmovilizarlo antes de que tuviera tiempo de recargar.

Fue Colin quien se ocupó de aquello. A una señal de Morgan, que mantuvo su arma en lo alto, echó la puerta abajo de una patada y entró registrando todo a su alrededor en el transcurso de un par de segundos. Fue así como advirtió el arma en el piso, los casquillos incrustados en la puerta y, sobre todo, la forma del hombre tendida en la bañera, sobre la que se lanzó sin vacilar, una vez que comprobó que no había una segunda arma por la que debiera preocuparse.

El hombre luchó lo mejor que pudo, pero Colin lo inmovilizó de un solo golpe, haciendo martillar su cráneo contra los azulejos. Su oponente, desconcertado, intentó luchar una vez que superó parte del impacto, pero para entonces Morgan ya estaba sobre él también y, apuntando, ayudó a Colin a sacarlo de la bañera y lo llevaron fuera del edificio tras asegurarse de que no había nadie más en el apartamento. Él y su compañero fueron conducidos a la comisaría y, una vez allí, luego de leerles sus derechos, iniciaron el interrogatorio de inmediato.

Ambos hombres, Julius Marvelle y Glen Costa, tenían la suficiente experiencia en trato con la ley como para saber cuándo tenía sentido negarlo todo y cuándo era mejor confesar. Reconocieron de inmediato su papel en la organización, aunque se aseguraron de aclarar que no creían en ninguna de esas tonterías que el resto del grupo afirmaba a pie juntillas. Ni les gustaba participar en rituales a la luz de la luna ni tenían mayor interés en rendir pleitesía a seres cuyos nombres ni siquiera podían pronunciar. Eran algo así como un brazo armado, miembros reclutados más con el fin de servirles para quebrar la ley que para convertirse en compañeros de correrías.

Conocían a Seth Smith solo de oídas, aseguraron, nunca lo habían visto antes de que les llegara el encargo de buscarlo y darle un buen susto para evitar que empezara a difundir los secretos de la organización, que era lo que los líderes temían. En ningún caso recibieron la orden de asesinarlo, aseguraron; y sin duda no hubieran aceptado hacerlo a menos que les hubieran ofrecido una buena cantidad de dinero, reconocieron sin ambages, lo que no ocurrió.

Nunca encontraron a Seth por más que lo buscaron y terminaron por darse por vencidos porque tenían cosas más importantes por las que preocuparse. Les pagaron de cualquier forma, contaron, pero no devolvieron el dinero porque después de todo sí que se tomaron muchas molestias. Si el hombre no aparecía, no era culpa suya.

Su confesión desconcertó a Morgan lo suficiente como para dejar el interrogatorio en pausa para reunirse con sus hombres e intentar armar del todo y de una vez por todas ese rompecabezas en que se había convertido el caso y que empezaba a volverlo loco.

—Hay algo que no termina de cuadrarme. Si no fueron ellos quienes asesinaron a Seth Smith, ¿quién lo hizo?

Colin miró de reojo el semblante confundido de Logan y no pudo menos que reconocer que estaba tan perdido como él. Habían llegado a un punto en que ya deberían de tener una respuesta clara y se habían topado con una tapia que no veían cómo iban a poder sortear.

Morgan tenía esa mirada que Colin le había visto muchas veces antes, una mezcla de impotencia e irritación porque veía limitados sus movimientos luego de haber hilado con tanto cuidado para armar cada detalle del caso de modo que el seguir cada pista resultara de una facilidad casi natural. Ahora, sin embargo, veía que las cosas se le iban de las manos y a él nunca se le había dado bien sobrellevar las situaciones en las que se veía obligado a improvisar.

–No lo sé, pero creo que es evidente que aun cuando ese par que acabamos de atrapar no lo hicieran, todo esto está relacionado con su organización. –Colin respondió a la duda del agente frente al silencio de su amigo–. Tal vez se trate de otra facción del grupo, alguien que lo odiara por algún motivo que fuera más allá de los anticuerpos que hubiera podido hacerse durante su vida en Phoenix.

–¿Alguien de allí o de aquí?

–Tampoco tengo como saberlo aún. Quizás de allí.

Logan cabeceó; parecía como si no se encontrara del todo convencido por esa opción pero tampoco se le ocurría ninguna otra idea que aportar. Miró entonces a su jefe, que permanecía en silencio ante la pizarra de la sala a la que fueron tan pronto como llegaron a la comisaría. Morgan les daba la espalda y tenía la mirada fija en las anotaciones que habían hecho en el transcurso de los últimos meses que habían dedicado a desentrañar ese extraño caso. Había algunas fotografías pegadas a la superficie de acrílico y una serie de nombres y hechos resaltados en distintos colores.

Colin se aclaró la garganta y dio un paso hacia él para llamar su atención.

–Morgan...

–Tiene que haber sido alguien de aquí.

La respuesta de Morgan, dicha en tono bajo y un tanto distante, les dijo que no estaba tan sumido en sus pensamientos como habían pensado.

–No habría tenido sentido que alguien de Phoenix lo siguiera hasta aquí para asesinarlo –continuó él.

–¿Ni siquiera para cubrir sus huellas? No sería extraño –comentó Logan en tono pensativo.

Su jefe hizo un gesto con la mano para restar valor a esa posibilidad.

–No. El asesino estaba demasiado seguro de lo que hacía; no fue un hecho fortuito, lo pensó bien y siento que por alguna razón era importante que lo hiciera aquí –indicó él.

Logan intercambió una rápida mirada con Colin y este suspiró antes de afirmar con la cabeza.

–No dudo de que un hombre como Seth se hiciera enemigos donde fuera que estuviera. Vivió mucho tiempo en Baltimore, así que bien puede haber dejado personas aquí que estarían felices de desaparecerlo –reconoció él–. Pero, aun así, estamos en un punto muerto.

Morgan giró para mirarlos y a Colin no le sorprendió toparse con su expresión determinada.

–No, eso no el del todo cierto –negó él–. Sabemos mucho más acerca de Seth Smith y de sus correrías de lo que sabíamos al empezar con esto. Y tienes razón en algo, Colin: también creo que todo está relacionado con esa organización a la que se unió en Phoenix.

Su amigo asintió, un tanto aliviado de que estuviera de acuerdo con él tanto como de que pareciera haber recuperado el dominio de sí mismo. Tal vez Morgan se sintiera un poco perdido hacía un momento, pero ahora estaba de nuevo en el ruedo y listo para continuar.

–De acuerdo. Entonces lo que toca ahora es seguir sus pasos aquí –resolvió Colin con tranquilidad–. ¿Tenemos una idea de en dónde podría haberse quedado cuando regresó a Baltimore?

Logan intervino entonces tras asentir con suavidad.

–He estado averiguando eso –señaló él–. No hay registros de su estadía en ningún hotel de la ciudad; si se hospedó en alguno, dudo de que lo hiciera con su nombre.

–¿Tendría los medios para algo como eso? –Colin

frunció el ceño-. Por lo que sabemos de él, no era un hombre muy organizado con sus finanzas; tal vez no le sobrara el dinero al llegar y tuviera que buscar algo más modesto que un hotel.

-Pero May Freeman dijo que recibía una buena paga mientras estuvo en Phoenix...

-Sí, pero también dijo que la gastaba a manos llenas y no estamos seguros de en qué momento dejó de recibirla antes de decidirse a abandonar la ciudad -acotó Colin con calma.

A Logan no le quedó otra alternativa que cabecear en señal de conformidad. Parecía como si el operativo de aquel día y la necesidad de enfrentarse a un enemigo común en una situación tan peligrosa como aquella, hubiera contribuido para que parte de la antipatía que él y Colin parecían sentir el uno para el otro, se hubiera desvanecido. Al menos por ahora.

-Tal vez se quedara con algún amigo -sugirió él entonces.

-¿Tenía amigos cercanos aquí en Baltimore? -preguntó Morgan con el ceño fruncido-. No recuerdo que la señora Phillips mencionara nada de eso.

-Y ha pasado mucho tiempo, además; incluso si los tuvo, es poco probable que conservara el contacto.

Logan sacudió la cabeza y observó a uno y otro con semblante indeciso.

-Bueno, es probable que no tuviera ningún amigo en quien confiara del todo, pero estamos hablando de un hombre desesperado que decidió volver al único lugar en el que consideraba que podría ponerse a salvo -señaló él tras encogerse de hombros-. No perdemos nada con averiguar.

-No, claro que no -coincidió Morgan-. Ocúpate de eso; vuelve a indagar en los hoteles, pero centra tus esfuerzos en los moteles también, lugares cercanos a la carretera, sitios para sin techo; cualquier establecimiento que te ofrezca una cama por poco dinero. -Después de dar la orden, se dirigió a Colin–. Creo que es un buen momento para volver a hablar con la señora Phillips, ¿no te parece? Tengo la impresión de que hay algunas cosas que no nos ha dicho.

Colin cabeceó. Estaba de acuerdo. Había algunos vacíos en la historia de la señora que necesitaban llenar para ver el panorama completo. Luego de haber oído lo que May Freeman les había contado respecto a la vida de Seth en Baltimore y de su relación con esa organización en Phoenix, estaba claro que se trataba de alguien que había tenido una existencia mucho más interesante de lo que habían pensado.

–¿Puedes ponerte con eso o prefieres que lo haga yo?

Colin ladeó el rostro para observar a su amigo y se dio cuenta de que no le había estado prestando atención. Morgan debió de ver el desconcierto en su mirada porque fue hacia él y le dirigió una mirada pensativa.

–Preguntaba si te sientes cómodo yendo a hablar con la señora Phillips o prefieres que me ocupe yo de eso. No tendría ningún problema –indicó él.

Colin comprendió de inmediato el motivo de los reparos de su amigo. Aunque no lo había puesto en palabras, debía de haberse cuenta de que algo había ocurrido con Marie; cada vez que Morgan la nombraba él respondía con monosílabos y se mostraba más reservado de lo habitual. Era evidente que procuraba evitarle un mal momento pero, aunque Colin apreció el gesto, no estaba dispuesto a que eso le impidiera terminar con lo que había ido a hacer allí; además, hubiera sido hipócrita de su parte no reconocer, cuando menos para sí mismo, que en ese momento se habría aferrado a cualquier excusa como a un clavo ardiente con tal de verla de nuevo.

–No, está bien –respondió él–. Yo lo haré. Pasaré esta tarde a hablar con ella.

Su amigo asintió, agradecido, pero no dijo más; y luego de mirar a Logan, que ya se había puesto a hacer algunas anotaciones en su teléfono, se frotó las manos una contra otra con expresión determinada.

–Muy bien, señores, vamos a trabajar –indicó él–. Si no hemos solucionado este asunto para el fin de semana, me como mi placa.

Colin no pudo menos que sonreír y, tras hacer un gesto que indicaba lo que pensaba de una declaración como esa, abandonó la sala. Tenía que ponerse en contacto con la señora Phillips y rogó porque, de alguna u otra forma, aquel movimiento lo pusiera nuevamente en el camino de Marie. Qué tan masoquista era eso de su parte considerando las circunstancias en que se separaron la última vez, bueno, eso ni siquiera quiso pensarlo.

La lluvia no había dejado de caer en todo lo que iba del día y Marie se dijo que había sido una estupidez de su parte no llevar un paraguas con ella pese a que vio temprano en el noticiero que una tormenta se cernía sobre la ciudad. Sin embargo, había estado demasiado ocupada ultimando los detalles del traslado de Connor al centro de acogida y, qué sentido tenía negarlo, andar como alma en pena pensando en Colin y en qué ocurriría de ahora en adelante entre ellos.

¿Se verían siquiera de nuevo? ¿Tendrían que hablar cuando menos para aclarar las cosas entre ambos antes de que él volviera a Chicago? La idea de no verlo más le revolvía el estómago tanto como la posibilidad de que la última charla que tuvieran fuera para saber que se encontraba decepcionado de ella por su falta de confianza.

Había estado a punto de llamarlo más de una vez, pero al final desistía porque temía que él no quisiera hablar con ella, confirmando sus peores temores porque significaría que tendría que decirle adiós para siempre y no creía que se encontrara lista para eso.

Por suerte o no, dependía de cómo se viera, el semestre en la escuela estaba a punto de culminar, así que tenía mucho trabajo preparando los exámenes, y como si eso no fuera suficiente, se había ofrecido a ocuparse del papeleo para presentar al centro en que se quedaría Connor. Entre todas esas cosas y mantener el ánimo del muchacho para que no cambiara de opinión a última hora y desistiera de permitir que le ayudara, tenía su día copado hasta el último minuto.

De allí que cuando aquella tarde recibió una llamada de la señora Phillips, no pudo contener un gruñido ahogado, algo de lo que se arrepintió de inmediato. Sabía que la anciana no la llamaría a menos que fuera necesario, así que respondió procurando sonar alegre y atenta, avergonzada en el fondo de haberse planteado no contestar con la excusa de que tenía mucho por hacer.

La señora le dijo que odiaba molestarla, pero que había recibido un mensaje y que al parecer la policía quería hablar nuevamente con ella, por lo que enviarían a un agente a la tienda al terminar la tarde. Se preguntaba, si no era mucha molestia, si tendría la amabilidad de reunirse con ella para hacerle compañía. Se sentía muy nerviosa en esas situaciones aun cuando se tratara tan solo de charlar con un agente tan amable como el que fue la última vez.

Marie ni siquiera consideró negarse. Dijo que sí de inmediato y tan pronto como colgó empezó a correr para tener listo todo lo que necesitaba antes de salir para allí. Dio un par de clases más, pasó por la oficina del director Houston para entregarle el formulario con los datos de Connor que debían entregar al centro de acogida y llamó al muchacho para informarle que llegaría a casa un poco más tarde de lo que había calculado, pero que tan pronto como lo hiciera le ayudaría a terminar de armar su equipaje. Había echado mano de sus ahorros para comprarle el día anterior lo elemental, porque descubrió que apenas tenía lo que llevara consigo la noche que se apareció ante su puerta y que le daba terror presentarse en su casa para buscar lo poco que había dejado allí.

Cuando tuvo todo eso resuelto, se puso en camino a la tienda de la señora Phillips. En esa ocasión no sería puntual, se dijo con un gesto de molestia al reparar en la hora; iba a llegar mucho después de que lo hiciera Logan. Estaba segura de que sería él quien iría nuevamente para hablar con la señora y parte de ella se sintió un poco incómoda ante la idea de enfrentar otro de sus avances. No había tenido motivo hasta entonces para quejarse de su conducta, había sido muy cortés siempre, pero en ese momento se sentía particularmente vulnerable y temía que si la invitaba a salir terminara por decir alguna tontería.

Tuvo que ponerse el abrigo sobre la cabeza una vez que bajó del autobús y al ver su reflejo sobre el cristal de la ventana de la tienda, ante la puerta, se dijo que parecía un *spaniel* empapado. Gruesos mechones de cabello rojizo se le pegaban a la frente, tenía la piel pálida por la carrera y su pecho subía y bajaba con rapidez bajo el jersey de cuello alto que se ajustaba a su cuerpo por la humedad.

Suspiró, segura de que algo bueno podría sacar de eso: en cuanto Logan la viera, abandonaría cualquier intento de invitarla nuevamente a salir. La idea le arrancó una sonrisa y, tras ahogar un escalofrío, se puso en movimiento y estiró una mano para tirar de la campanilla; pero reparó entonces en que la puerta se encontraba entreabierta y supuso que la señora Phillips la había dejado así para ella.

Sin vacilar, entró con paso apurado y se detuvo un momento para secarse los zapatos antes de entrar a la tienda. Una vez que cerró la puerta tras ella exhaló un suspiro de alivio; la temperatura estaba algo más elevada allí dentro y el calor la envolvió como un abrazo.

Dio una mirada alrededor según iba internándose en la tienda, pero no vio a nadie ni oyó nada; la señora Phillips y Logan no se encontraban junto al mostrador, como había sido durante la primera visita de este último y aquello la llevó a fruncir el ceño. Apenas prestó atención al contenido de los estantes, que eran ya tan familiares para ella.

Un tanto renuente de entrar de esa forma sin haber sido invitada, atisbó tras el mostrador y notó entonces que la puerta al otro lado que comunicaba la tienda con el pequeño apartamento del piso superior se encontraba abierta y supuso que la señora Phillips habría llevado a Logan allí.

Con un mohín y, tras dudar entre esperar allí y llamar a voces, se dijo que no hacía falta que sobresaltara a nadie o que se mantuviera como un muñeco inanimado. La señora le había pedido que fuera y creía que ya había la suficiente confianza entre ellas como para subir a su casa y tocar la puerta para anunciar su presencia.

Con esa idea, aseguró la puerta de la tienda por seguridad, y rodeó el mostrador para subir las escaleras con cuidado; eran muy empinadas y en más de una ocasión la señora Phillips había mencionado que era una suerte que nunca hubiera tenido un accidente al bajar cada día.

Oyó el rumor de unas voces tan pronto como puso un pie en el descanso y frunció el ceño al reparar en que la que reconoció como la señora Phillips, parecía un poco elevada, lejos del suave murmullo que acostumbraba usar para hablar. La puerta del apartamento se encontraba también entornada, pero no se atrevió a entrar sin avisar antes, de modo que dio unos suaves golpecitos y aguardó a oír la voz de la anciana invitándola a entrar.

Una vez dentro se vio deslumbrada por la cantidad de luces encendidas, a diferencia de la penumbra en que se encontrara la tienda; sin embargo, no se trataba de luz artificial, comprendió al sentir también cierto sofoco provocado por el calor que irradiaban lo que le parecieron decenas de velas encendidas aquí y allá.

Vio a la señora Phillips de inmediato; estaba recostada sobre un sofá con una gruesa manta sobre sus piernas y las manos apoyadas en el regazo; se veía cansada y su expresión le pareció demasiado tirante como para considerarla natural. Sus miradas se encontraron y un gesto de bienvenida se dibujó en sus facciones; Marie esbozó una sonrisa de disculpa, dispuesta a justificarse por haber llegado tarde y subir sin invitación, pero entonces el hombre ante ella, que se hallaba también sobre un asiento que no se veía tan cómodo, giró de golpe y ella perdió el aliento.

A diferencia suya, no pareció que a Colin le sorprendiera verla; una vez que se recompuso del impacto inicial, Marie supuso que la señora Phillips le habría dicho que la esperaba de un momento a otro. Aun así, no fue capaz de recuperarse del todo o de que su respiración recobrara la normalidad una vez que entendió que era él el enviado por la policía para hablar con la anciana. Había estado tan segura de que sería Logan...

Permaneció de pie sin poder moverse; la voz de la señora Phillips le pareció venida de muy lejos y apenas reparó en que actuaba como una tonta cuando vio a Colin ponerse de pie e ir hacia ella con movimientos calmados. Una vez que se encontró ante ella, sus miradas se encontraron y le fue imposible dejar de observarlo; ni siquiera cuando tomó el abrigo mojado de sus manos o cuando la sujetó suavemente del codo para acercarla al asiento que acababa de dejar.

Marie solo atinó a seguirlo, todavía confusa y alterada por la sensación de su mano sobre su cuerpo, aun cuando fuera a través de la tela húmeda del jersey. Prácticamente se dejó caer sobre la silla para evitar que se le doblaran las rodillas y terminar de hacer el ridículo.

–La tetera está sobre la mesilla del comedor; sí, la azul. Póngale dos terrones de azúcar, si es tan amable, parece un poco descompuesta. Es el clima, seguro, debe de haberse enfriado.

Marie parpadeó y cayó en cuenta de que Colin se apartaba de ella y solo entonces prestó atención a las palabras de la señora Phillips, que la veía con una expresión curiosa en el rostro.

–El señor Moore te traerá algo para calentarte en un segundo –indicó ella–. Me siento tan mal por haberte pedido que vinieras aquí a esta hora y con este clima...

Marie sacudió la cabeza, pero ningún sonido escapó de sus labios; parecía como si la voz se le hubiera atascado en la garganta y solo fue capaz de hablar cuando Colin volvió con ella y dejó una taza sobre sus manos. Sus dedos se rozaron un instante antes de que se apartara y estuvo a punto de emitir un suave gemido de dolor por la necesidad que la asaltó al sentir una vez más su piel en contacto con la suya.

–No se preocupe, es solo que me sorprendió la lluvia y olvidé traer un paraguas conmigo –respondió al fin, tras beber un sorbo de la bebida y sentir cómo calentaba sus miembros–. Pero ya estoy bien. Gracias.

Dijo la última palabra mirando a Colin directamente a los ojos y él asintió antes de desviar la mirada y dirigirse a la chimenea, donde ardía un suave fuego que no hacía más que acentuar la sensación un tanto asfixiante del lugar.

–El agente... perdón, el señor Moore... –La señora corrigió con una suave sonrisa–... me acaba de decir él que no es un agente. Bueno, me estaba haciendo algunas preguntas, pero le dije que prefería que llegaras antes de responderlas. Además, estaba un poco preocupada porque eres siempre tan puntual... no pensé en la lluvia, lo siento.

Marie restó importancia una vez más a aquello con un ademán de los hombros y alternó la mirada de uno a otro. El rostro de la señora Phillips delataba cierto nerviosismo que achacó al hecho de tener a un extraño en su casa, alguien que estaba lejos de mostrarse tan complaciente como había sido Logan. En el caso de Colin, mantenía su semblante distante, aunque era evidente que procuraba mostrarse amable con la anciana y atento a sus pedidos. Sin embargo, Marie, que sentía como si lo conociera bien y que había aprendido a leer en su rostro en las últimas semanas, se dio cuenta de que estaba lejos de sentirse a gusto y no supo si ello se debía a que se le daba mal tratar con una mujer mayor a quien debía interrogar en su hogar, o porque le afectaba su presencia tanto como le ocurría a ella.

—Estoy bien —repitió Marie desviando la mirada de sus ojos porque no se sentía segura de ser capaz de dar una respuesta coherente en tanto él la veía de la forma en que lo hacía—. Solo un poco cansada, pero se me pasará en un segundo. El té está delicioso.

—Hibisco y menta. Es una mezcla muy revitalizadora; te daré un poco antes de que te vayas —ofreció la anciana con una sonrisa y ladeó el rostro para mirar a Colin—. Y le daré también un poco a usted, señor Moore.

Colin cabeceó en señal de agradecimiento, pero no respondió de inmediato; en lugar de ello, esperó a que Marie hubiera terminado con su bebida y solo entonces se llevó las manos a los bolsillos y miró de una a otra con los párpados entornados.

—Tal vez ahora pueda contestar a mis preguntas, señora Phillips —empezó él con su voz grave, y Marie sintió un escalofrío recorrer su cuerpo al oírla después de lo que le había parecido una eternidad—. Así la señorita Worth podrá volver pronto a casa.

Marie abrió la boca para decir que no hacía falta que se preocupara por ella, pero la anciana se le adelantó al asentir.

—Sí, claro —aceptó con un rictus en sus labios delgados—. Aunque si he de serle sincera, y como le dije al señor Reynolds cuando me avisó que vendría, no puedo imaginar cómo puedo ayudarles. Ya les dije todo lo que sé.

Colin asintió un par de veces componiendo un semblante comprensivo, pero Marie pudo ver en sus ojos que no se encontraba del todo seguro de aquello.

–Claro pero, tal vez si le hago otras preguntas recuerde algo que pueda ayudarnos. –Colin habló en un tono carente de emociones al dirigirse a la anciana–. Hemos descubierto algunas cosas desde la última vez que nos vimos y creo que eso le ayudará a recordar cualquier cosa que se le olvidara entonces.

–Bueno, siempre he pensado que tengo una buena memoria...

–¿Sabía que Seth vivió varios años en Phoenix y que en tanto estuvo allí entabló relaciones con un grupo de personas que practican la Wicca?

Marie frunció el ceño. Le resultó extraño oír esa palabra en labios de Colin con esa naturalidad cuando hasta hacía unos meses consideraba todo lo relacionado con la brujería un absurdo.

La señora Phillips también pareció desconcertada al oírlo, pero se recompuso con rapidez y sacudió la cabeza de un lado a otro antes de responder.

–No, no lo sabía –indicó ella.

–Es obvio que su vida aquí dejó una huella en él. Es más, hablamos con alguien que mantuvo el contacto con Seth durante todo el tiempo que transcurrió entre su estancia con usted y el momento en que le perdimos la pista, y parece que lo que aprendió en Baltimore lo acompañó durante toda su vida. Sentía verdadera pasión por todo lo que aprendió de usted.

La anciana parpadeó y entreabrió los labios un par de veces; Marie advirtió una casi imperceptible humedad en las comisuras de sus ojillos almendrados y contuvo el deseo de darle una palmadita en el hombro.

–Comprendo. –La mujer se aclaró la garganta, pensativa–. No creí que Seth tomara muy en cuenta las cosas que le decía, si he de ser sincera; siempre pensé que me toleraba porque no tenía otra salida. –Rio sin gracia con una seca carcajada antes de fijar su mirada en el rostro imperturbable de Colin–. Esta persona con la que dice que Seth mantuvo el contacto todo este tiempo... ¿Se refiere a esa mujer? ¿Con la que huyó y quien le ayudó a robarme?

Colin asintió.

–May Freeman –declaró él–. Hablamos con ella hace poco y nos contó lo que sabía. Ella y Seth tuvieron una relación intermitente durante años; lo conoció bien y me atrevería a decir que sintieron un afecto sincero el uno por el otro.

Marie se sorprendió al oír el bufido que emitió la señora Phillips tras hacer un gesto de desprecio.

–Es algo difícil de creer considerando todo el daño que le hizo –indicó ella en tono tenso.

–Creo que ambos se las arreglaron para lastimarse en partes iguales –contradijo Colin con una mirada despierta–. Tal vez sea momento de reconocer que Seth estaba lejos de ser perfecto.

–No dije que lo fuera.

–Pero es lo que parece pensar –habló Colin con tranquilidad y sin mover un músculo–. Él cometió muchos errores, señora Phillips, y es posible que fueran precisamente esos errores los que le llevaron a ese final tan terrible.

Marie apretó los labios y dirigió a Colin una mirada de reproche. Sabía que no decía nada que no fuera verdad, pero no creyó que fuera considerado de su parte mostrarse tan sincero en presencia de la anciana, a quien era obvio que le afectaban mucho sus palabras.

–¿Qué importancia tiene eso ahora? –intervino ella.

Colin reaccionó a su pregunta mirándola directamente por primera vez desde su llegada y Marie sintió un escalofrío al encontrarse con sus ojos.

–Lo es porque creo que tal vez el cariño que la señora Phillips sentía por Seth podría nublarle el juicio y eso la lleva a obviar algunas cosas que son importantes para descubrir qué fue exactamente lo que ocurrió con él.

La anciana sacudió la cabeza de un lado a otro.

–Eso no es verdad. He dicho todo lo que recuerdo – insistió ella–. Y nunca he negado los errores de Seth, señor Moore; es solo que cuando uno habla de alguien a quien ha querido tanto es habitual que nos centremos más en las cosas buenas. Eso es todo. Seguro que puede entenderlo.

Colin desvió la mirada de las facciones tirantes de Marie al gesto sereno asumido nuevamente por la señora Phillips.

–No dudo de que tenga razón, pero quizás ha llegado el momento de intentar hacer a un lado sus sentimientos por Seth y se esfuerce por recordar la figura completa –sugirió él sin variar su tono desapasionado– ¿Él se metió en algún tipo de problema serio mientras vivió con usted? ¿Algo a lo que, quizá, no le diera mucha importancia en su momento?

La señora frunció el ceño y Marie advirtió que empezó a frotar una mano contra la otra en un gesto de nerviosismo inconsciente.

–No lo sé. Supongo que es posible... Seth era un chico difícil, ¿sabe? Muy bueno, sí, pero tenía un carácter que a veces podía resultar complicado de comprender. Era curioso e inteligente y le gustaba saberlo todo; si veía algo que le causaba curiosidad, inmediatamente se veía impulsado a descubrir de qué se trataba. Le dije que era novelista, ¿no?

Colin asintió e inclinó el torso suavemente hacia adelante, atento a la reacción de la anciana.

–Entonces no era extraño que se metiera en algunos problemas de vez en cuando –comentó él.

–Sí, supongo que podría decirse así; pero eran tonterías y nada distinto respecto a otros hombres como él.

–Ya veo. ¿Y alguno de estos pequeños problemas que menciona estuvo relacionado con las personas que acostumbraban visitar su tienda? –Colin se adelantó a continuar antes de que la señora pudiera interrumpirlo–. No me refiero a sus clientes habituales sino a la gente que componía su círculo más cercano. Personas como usted.

La señora Phillips parpadeó y lo observó con el ceño fruncido.

–¿Personas como yo? –repitió, pareciendo confundida.

–Sí. Seguro que entiende a lo que me refiero.

–La verdad es que no.

Las comisuras de los labios de Colin se elevaron de forma casi imperceptible, y Marie, que no perdía detalle de cada uno de sus gestos, advirtió aquello tanto como que empezaba a mostrarse cada vez más alerta.

–Gente que cree en la brujería como un estilo de vida –respondió él sin vacilar–. No me refiero a los turistas que vienen a curiosear en su tienda o a los chiquillos que pasan a burlarse y comprar baratijas. Hablo de las personas con las que se ha reunido con cierta frecuencia desde hace décadas; sus amigos más cercanos, los que se toman todo esto con mucha seriedad y quienes estarían dispuestos a hacer cualquier cosa por proteger su estilo de vida.

La señora Phillips aspiró con fuerza y lo miró con los ojos entrecerrados.

–Lo hace sonar como si se tratara de una organización criminal, señor Moore –replicó ella en tono encendido.

–No ha sido mi intención –indicó él sin alterarse–. No dudo de que la mayor parte de sus miembros compartan un interés totalmente inofensivo y que les haga sentir que viven en un estado más auténtico que la mayoría; pero en todo grupo hay personas que desvirtúan las creencias comunes. Gente radical que no dudaría en deshacerse de cualquier cosa o persona que pudiera alterar su estilo de vida o hacer escarnio de sus creencias.

–¿Está usted insinuando que alguno de mis conocidos podría haber sido quien hizo daño a Seth?, porque si es así debo decirle...

Colin la interrumpió sin que pareciera que encontrara sorpresivo el gesto de enojo que afloró a las facciones de la señora Phillips al dirigirse a él.

–Por eso le pregunté en primer lugar si puede recordar algún incidente relacionado con Seth en que hubiera podido tener algún tipo de discusión o hacer enfadar a uno de sus amigos –explicó él con calma–. Supongo que organizaban algunas de sus reuniones aquí y que en más de una ocasión Seth participó en ellas.

La anciana hizo un mohín.

–Claro que Seth formaba parte, era como de mi familia y fue siempre muy respetuoso de mis creencias; mis amigos le tenían mucho cariño –declaró ella.

–¿Todos? ¿No había ninguno a quien no le resultara tan simpático? ¿Cualquiera que, por el contrario, encontrara molesta esa curiosidad de la que habló?

Marie buscó la mirada de la señora Phillips y se sorprendió al notar que el gesto de desafío que mostrara hasta entonces había mutado a otro de incertidumbre y cierta congoja.

–Bien, quizá no les agradara a todos, pero jamás recibí ninguna queja de él; con el tiempo terminaron por aceptar su presencia y les gustaba que se mostrara tan atento a lo que decíamos...

–Como una mascota.

Ni Marie ni la anciana tenían como saberlo, pero Colin usó precisamente las mismas palabras que dijo May Freeman durante su interrogatorio para referirse al papel de Seth en la organización de Phoenix. Un hombre complaciente y metomentodo que no sabía cuándo dejar de hacer preguntas, pero que llegaba con frecuencia a un punto en que resultaba realmente molesto.

–Esa es una expresión muy desagradable, señor Moore, no veo la necesidad de enturbiar la memoria de Seth de forma innecesaria –reprendió la señora con gesto serio.

Colin abandonó su postura indiferente e inició un lento caminar que lo llevó directamente ante ella.

–No tengo ningún interés en hacer algo como eso, así como tampoco pretendo ensalzar los logros de su protegido –indicó él sin mayor emoción en la voz–. Lo que quiero, y supongo que es lo mismo que querrá también usted, es descubrir quién lo asesinó y hacer que los responsables paguen por ello. ¿Comprende? Y para eso necesito su colaboración. Hemos llegado a un punto en que cualquier cosa, por pequeña que pueda parecer, nos será de gran utilidad. Estamos convencidos de que un miembro de su organización, posiblemente alguien de aquí, decidió que ya había tenido suficiente de Seth.

La señora le dirigió una mirada horrorizada.

–Pero, ¿por qué haría alguien algo como eso? Seth no...

–Usted acaba de decirlo: no les gustaba a todos sus amigos aquí y tal vez se sintieron aliviados cuando se fue. Pero descubrieron luego que había estado viviendo en Phoenix y, en contacto con otros como ellos, empezaba a hacerse de ciertas antipatías porque hacía demasiadas preguntas y sospechaban que estaba planeando exponerlos y ridiculizarlos en ese libro en que se encontraba trabajando. Luego él dejó la ciudad y decidió regresar aquí. Estaba de nuevo en su territorio y hubo algunas personas a las que eso no les gustó. Piénselo con calma. ¿Había alguien en particular con quien Seth se llevara mal? ¿Alguna persona a quien usted consideraría quizás un tanto radical? ¿Alguien que pudo enterarse del regreso de Seth e ir en su búsqueda?

La anciana se cubrió las mejillas con las manos y empezó a parpadear una y otra vez; Marie la observó con los labios entreabiertos y tan atenta a su reacción como el mismo Colin. Habría deseado ayudarla, pero no supo cómo y algo le dijo que necesitaba mantener cierta distancia para que ella pudiera ordenar sus pensamientos y, si había algo que debiera reconocer, lo hiciera sin que nadie la interrumpiera.

Al cabo de varios minutos en que el silencio se hizo casi palpable y Marie empezó a revolverse incómoda en el asiento, oyó un suave carraspeo proveniente de la señora y la observó con renovado interés. Ella mantenía las manos sobre su rostro, pero ahora tenía los ojos muy abiertos y fijos en la figura de Colin, que permanecía expectante.

–Había alguien –empezó ella con la mirada un tanto perdida–; en realidad, tengo que reconocer que eran varios los que se mostraban un poco desconfiados con Seth; pero con el tiempo y mis pedidos, empezaron a ser más pacientes con él. Aun así... a él nunca terminó de agradarle.

–¿A quién?

La pregunta de Colin, hecha en un tono de voz pausado, no pareció sorprender a la señora.

–Marvin... su nombre es Marvin Quinn –indicó ella–. Fue un buen amigo de mi esposo, más que mío, en realidad; pero cuando él murió mantuvimos el contacto. Fue él quien nos ayudó a abrir la tienda en sus inicios; llevaba mucho tiempo practicando la *wicca* y conoce al dedillo todo lo relacionado con este mundo. Nos consiguió clientes y nos puso en contacto con nuestros proveedores; fue él quien nos obsequió esos libros tan valiosos que...

–Los que Seth robó.

Fue Marie quien intervino esta vez y, tras permanecer tanto tiempo en silencio su voz le sonó extraña incluso a sus oídos. Se preguntó si Colin resentiría que interviniera de esa forma en su interrogatorio, pero al buscar su mirada, advirtió que él no parecía verla; toda su atención estaba puesta en la reacción de la anciana, que al oír el comentario de Marie no pudo hacer otra cosa que no fuera asentir con una sonrisa amarga.

–Sí, fueron precisamente esos –reconoció tras exhalar un hondo suspiro.

–¿Lo supo este amigo suyo, Marvin? –preguntó Colin entonces.

–Sí, yo se lo dije poco después y, aunque fue evidente que se sintió muy decepcionado, me dijo que era un bajo precio a pagar por librarnos de Seth.

Fue obvio que la señora había resentido esas palabras, pero no había sido capaz de negarlas en su momento. Ahora, sin embargo, bajo las especulaciones de la policía, tal vez se preguntara si no debió mostrarse más desconfiada entonces.

–¿Qué era exactamente lo que le molestaba a este Marvin de Seth? ¿Era porque se mostraba demasiado curioso? –Colin retomó sus preguntas.

–En parte, pero siempre sentí que había algo más. –La señora cabeceó insegura–. Fue uno de esos casos de antipatía inmediata, ¿sabe? Creo que a Marvin no le pareció correcto que acogiera a Seth, considerando que apenas lo conocía. Me dijo en más de una ocasión que mi esposo no lo hubiera aprobado, pero yo, que lo conocía mejor, sé que sí lo habría hecho; él tampoco lo hubiera dejado en la calle. Marvin no entendió eso, decía que no le inspiraba confianza y que algún día me arrepentiría. Luego de que Seth se marchara con el dinero y los libros, me recordó esa conversación y no pude menos que darle la razón.

Colin asintió, pensativo.

–¿Seth y él tuvieron algún tipo de enfrentamiento?, algo fuera de lo habitual, quiero decir.

La señora guardó silencio un momento y pareció como si se encontrara perdida en sus recuerdos; cundo habló nuevamente lo hizo en un tono levemente apagado.

–Sí, eso creo –dijo ella–. Fue unos meses antes de que Seth se marchara. Habíamos tenido una reunión aquí. Por cierto, debo decir que hace años que no participo en ninguna; me cuesta moverme y este es un lugar pequeño, cabemos pocos aquí y reconozco que no tengo ya el ánimo para hacer de anfitriona. –La mujer arqueó una ceja y dirigió a Marie una mueca–. Pero entonces aun recibía a algunos amigos. Solo los más cercanos, grupos muy pequeños.

–Entre ellos Marvin –concluyó Colin.

–Sí, claro, él nunca faltaba; ya le dije que se tomaba esto muy en serio –recordó ella–. Bueno, aquel día había tenido una discusión con Seth y creí que no asistiría; por aquel tiempo ya había conocido a esa mujer, May, y era habitual que faltara a las reuniones, ni siquiera lo esperaba. Pero llegó a esta, si bien lo hizo un poco tarde y no me pareció que estuviera en muy buen estado.

–¿Estaba ebrio?

–Diría más bien que un poco achispado.

Marie apenas pudo contener una sonrisa al oír ese término y no tuvo que mirar a Colin para suponer que debía de ocurrirle lo mismo.

–¿Y qué ocurrió entonces?

–Bueno, todo iba muy bien hasta que Seth empezó a hacer algunas preguntas –indicó la señora–. Él siempre lo hacía, no era algo raro y en un inicio nadie le prestó mucha atención, pero él no entendía cuándo parar y empezó a incomodar a los demás. En especial porque se puso a tomar notas, algo que él sabía que estaba estrictamente prohibido. Me sentí muy incómoda, claro, porque siempre me consideré responsable de él, así que les ofrecí disculpas y sugerí dar por terminada la reunión. La mayoría se mostró muy comprensiva y se marcharon de inmediato.

–Excepto Marvin.

La señora asintió ante el comentario de Colin.

–Excepto Marvin –reconoció ella–. Él se mostró furioso con Seth, le dijo que había hecho el ridículo y que me había avergonzado delante de mis amigos. Para ser sincera, él tenía razón, pero en ese momento solo podía pensar en que Seth no lo había hecho con mala intención; por esa época culpaba de todo a esa mujer con la que salía, creía que de no haber sido por ella las cosas hubieran continuado como siempre, pero creo que en el fondo sabía que estaba equivocada. En fin, normalmente no habría tenido problemas para contener a Seth, pero él se encontraba un poco alterado, como le dije, y se enfrentó a Marvin. Él es un hombre mayor, pero es muy fuerte también, y creí que lastimaría a Seth... le dijo unas cosas horribles: que estaba harto de él y que lo mejor que podría hacer era desaparecer por el bien de todos.

La anciana hizo un gesto de dolor al recordar lo que debió de ser una escena muy triste para ella.

–¿Y qué ocurrió después? –preguntó Colin.

–Seth... él le dijo que lo haría pronto, que se iría porque estaba también harto de vivir aquí y que tenía muchos planes. Dijo a Marvin que era un viejo ridículo y que estaría encantado de ver su cara cuando todo el mundo supiera que pasaba sus días haciendo rituales estúpidos. Por cierto, Marvin tiene una tienda de antigüedades cerca del puerto y es un empresario muy bien considerado en la ciudad.

Colin asintió.

–Supongo que su amigo no tomó muy bien la amenaza de Seth –comentó él.

–Bueno, no creo que fuera realmente una amenaza; Seth podía tener muchos defectos, pero no era capaz de lastimar a nadie. Estaba molesto y dijo cosas hirientes para enojar a Marvin, pero al día siguiente apenas recordaba lo ocurrido y cuando se lo dije me pareció que se sentía un poco avergonzado y me ofreció disculpas –respondió ella–. Le sugerí que se disculpara también con Marvin, pero dijo que eso solo le traería más problemas.

–¿Qué clase de problemas?

–No lo sé. Tal vez temió que, sin importar lo que dijera él, no lo comprendería y se vería envuelto en otra discusión. –La señora se encogió de hombros–. O tal vez no le importara lo suficiente como para intentarlo. Unas semanas después, Seth se marchó; así que supongo que en realidad no es algo tan importante.

Colin cabeceó.

–Este... Marvin, ¿ha hablado con él recientemente? ¿Mantienen el contacto?

–Muy poco, en realidad –respondió ella sin que pareciera que lo lamentara mucho–. Luego de ese incidente con Seth, y poco después de que se fuera, retomamos las reuniones aquí y él siempre asistió; pero empecé a sentirme un poco agotada, ¿sabe?, y decidí dejar de ofrecer la tienda para organizarlas. Marvin se mostró como un buen amigo por esa época, debo reconocerlo; se preocupó mucho cuando Seth se fue y supimos del robo. Trajo algunos hombres para que reforzaran las entradas e insistió en que me comunicara con él si necesitaba cualquier cosa. Pero según pasó el tiempo dejamos de hablar, aunque llama de vez en cuando para preguntar cómo me va.

–¿Y sabe si él continúa asistiendo a las reuniones que se organizan en otro lugar? ¿Es aun un miembro activo del grupo? –preguntó Colin.

–Oh, sí; de eso no me cabe duda. Marvin no dejaría de formar parte del grupo de ninguna forma, se arrastraría a las reuniones de ser necesario. –La señora frunció el ceño y observó a Colin con expresión pensativa–. Tal vez pueda considerársele como una de esas personas que viven y respiran por sus creencias, como usted las llamó; en el fondo admiro su compromiso, aunque a veces he pensado que podría tomárselo con más calma.

Colin asintió y permaneció un momento en silencio con los ojos fijos en el rostro de la anciana. Cuando habló nuevamente, lo hizo en un tono suave que, al menos en Marie, tuvo el efecto de una caricia deslizándose por su columna, y al observar el rostro de la señora Phillips comprendió que a ella también había conseguido hechizarla.

–Tengo que hacerle una pregunta más, y es muy importante que me responda con la verdad –dijo él, atrayendo su atención a sus palabras–. Usted dijo que no volvió a ver a Seth desde que dejó Baltimore hace varios años y que solo supo nuevamente de él cuando vio la noticia de su muerte en los diarios.

La anciana no respondió, pero Marie advirtió que había empezado a apretarse las manos que reposaban sobre el regazo y que su rostro adquirió una lividez mortecina a la luz de las velas.

–Verá. Estamos seguros de que cuando Seth dejó Phoenix sabía que estaba en serios problemas y lo único que atinó a hacer fue volver aquí, el único lugar al que posiblemente considerara su hogar. Creemos, además, que no tenía mucho dinero y que estaba asustado; usted lo ha dicho, no era un hombre de hacer amigos y debió de sentirse acorralado cuando llegó. Me resulta difícil creer que no la haya buscado. Usted es lo más parecido a una familia que tuvo alguna vez; de haber estado en su lugar, no habría dudado un segundo en venir a pedirle ayuda.

Un tenso silencio siguió a las palabras de Colin y Marie reparó en que contenía el aliento, intentando atar los cabos de su razonamiento. Miró entonces a la señora Phillips y vio que empezaba a boquear de una forma que le aceleró el corazón. Sin dudar, extendió una mano para posarla sobre la suya y le dirigió una sonrisa calmada.

–Responda con la verdad, señora Phillips; nadie aquí pretende juzgarla, el señor Moore solo quiere ayudar –dijo ella.

La anciana la observó con la desesperación bullendo en sus ojos apagados y apretó su mano con tanta fuerza que Marie dio un respingo de dolor, pero ella no pareció darse cuenta de ello. En su lugar, y sin soltarla, llevó su mirada al rostro atento de Colin.

–Solo fue una vez –respondió ella al fin con una voz que le recordó a un cristal rompiéndose–. Hace unos meses. Bajé a abrir la tienda una mañana y lo encontré en la puerta, escondido entre los arbustos; al principio no pude reconocerlo, estaba muy cambiado, había perdido peso y su rostro... ya no parecía el Seth que conocí una vez. Pero entonces me habló y su voz era como siempre, y no pude echarlo.

Marie exhaló un suspiro y su mirada se encontró un instante con la de Colin; pareció como si él acabara de escuchar algo que le aliviara profundamente. Tal vez siempre lo sospechó o fue una idea que fue brotando en las últimas semanas según avanzaba su investigación, pero resultó evidente que era una conclusión a la que le había dado muchas vueltas y que se sentía satisfecho de saber que había estado en lo cierto.

–Nadie la criticaría por hacer lo que hizo; tal vez fuera peligroso, pero no podemos juzgar a alguien por seguir a su corazón y actuar con nobleza. –Marie advirtió que Colin hablaba mirándola directamente a los ojos y fueron sus manos entonces, aun sujetas a las de la anciana, las que empezaron a temblar–. Usted solo intentaba ayudarlo.

La señora, que no pareció consciente del intercambio entre ambos, cabeceó un par de veces y sus ojos se empañaron.

–Dijo que se había metido en algunos problemas; se disculpó por la forma en que desapareció, me aseguró que estaba muy arrepentido –dijo ella con voz entrecortada–. Yo le dije... le dije que ya lo había perdonado y no estaba mintiendo, lo hice hace mucho tiempo.

Colin dio un paso más hacia ella y sostuvo su mirada con fijeza.

–¿Le dijo exactamente en qué clase de problemas se había metido? –preguntó él.

–No. Ni siquiera mencionó que hubiera estado en Phoenix o que había estado trabajando con esas personas que usted mencionó –aseguró ella–. Es más, debe saber que él no se quedó aquí entonces, pese a que le dije que podía hospedarlo un par de días si hacía falta. Seth dijo que ya tenía un lugar y que no quería involucrarme en sus problemas.

Marie no pudo menos que aceptar que, por muy mal que se hubiera comportado ese hombre, aquel había sido un gesto bastante considerado.

Tal vez en verdad se encontraba arrepentido de la forma en que pagara los cuidados de la anciana y no había querido exponerla al peligro que sabía que se cernía sobre él.

La señora Phillips carraspeó antes de hablar nuevamente en tanto Marie y Colin la observaban envueltos en un expectante silencio.

–Solo me pidió una cosa entonces –continuó ella.

–¿Qué? –preguntó Colin.

–Quería que le guardara algo; un par de libretas que dijo que eran muy importantes para él –indicó la mujer–. Me aseguró que no podía llevarlas de un lado a otro y que solo deseaba guardarlas en un lugar seguro; dijo que volvería pronto por ellas. No pude negarme y le hice prometer que no se trataba de nada malo y él respondió que contenían el trabajo de toda su vida, que no había nada que no le perteneciera en ellas. Decidí creerle porque me pareció que estaba diciendo la verdad y lo vi tan desesperado que no habría tenido corazón para negarme. Él me aseguró que se pondría en contacto conmigo pronto, pero no supe de él durante semanas hasta... –Ella suspiró y una gruesa lágrima resbaló por su mejilla.

–Hasta que leyó el diario y se enteró de lo que le había ocurrido –terminó Marie por ella.

La anciana asintió en silencio.

–¿Por qué no lo dijo antes? –preguntó Colin entonces.

–No creí que fuera importante; Seth insistió mucho en que no debía hablarle a nadie de que había vuelto a verlo. ¿Qué diferencia habría hecho? Ya le dije que apenas pasó un momento para dejar sus cosas, eso fue todo. Nunca volví a hablar de él ni dije nada que creyera que pudiera ayudarles con su investigación.

Para Marie fue obvio que Colin no estaba de acuerdo con ella y no pudo menos que reconocer que estaba en lo cierto; pero no se vio capaz de juzgar a la anciana que, al fin y al cabo, había actuado llevada por el miedo y una mal entendida lealtad.

–Señora Phillips, ¿cree que podría ver lo que Seth le dejó? –Colin se dirigió a ella en un tono algo menos áspero–. Es importante que vea de qué se trata.

La mujer suspiró y, tras asentir, soltó las manos de Marie y le dirigió una media sonrisa cansada.

–¿Podrías ayudarme, querida? Al lado de la mesa, en el aparador, el último cajón de la derecha; hay una llave bajo el mantel –indicó señalando el mueble con un dedo tembloroso.

Marie intercambió una rápida mirada con Colin y, tras verlo asentir, se puso de pie y sacudió sus miembros aletargados antes de dirigirse al lugar que la señora indicara. Encontró lo que buscaba casi de inmediato, escondido en el fondo del cajón entre viejas madejas de lana. Un par de libretas gastadas con manchas en los bordes que entregó a Colin una vez que volvió a su lugar.

Lo vio estudiar su contenido con gesto serio, un análisis que no duró más que un par de minutos, pero cuando las cerró y las sostuvo ante él, dirigió a la señora Phillips una mirada de reconocimiento.

–Gracias –indicó él–. Es lo que esperaba encontrar. Entiende que necesito llevarlas conmigo, ¿cierto?

La señora cabeceó de mala gana.

–Claro que sí.

–Haré todo lo posible por traérselas de vuelta cuando esto haya terminado –ofreció él–. Estoy seguro de que eso es lo que querría Seth.

La anciana le dirigió una sonrisa agradecida y asintió, cabizbaja.

No había nada más que pudiera hacerse allí, comprendió Marie de golpe, sintiendo cómo el cansancio empezaba a atenazarla. Al mirar a Colin, advirtió que él debía de pensar lo mismo porque exhaló un suspiro y se llevó una mano al cuello con expresión que delataba su agotamiento.

Él agradeció nuevamente a la señora Phillips por su tiempo y por haber accedido a contarle todo, insistiendo en que haría todo lo que pudiera para devolverle las libretas de Seth una vez que hubieran cerrado el caso. La anciana lo despidió con un gesto, pero no pareció que le prestara demasiada atención; Marie supuso que deseaba quedarse a solas y sumergirse en sus recuerdos. Incluso desestimó su oferta de quedarse con ella un rato más diciendo que era ya muy tarde y que lo único que deseaba era dormir, que Marie debía volver pronto a casa o enfermaría luego de haber permanecido tanto tiempo con la ropa húmeda. Que ya hablarían luego, aseguró sin ceder, por mucho que ella insistió.

De modo que poco después Marie se vio en la acera de la tienda con su abrigo aun húmedo en las manos y una expresión de desconcierto en el rostro por todo lo que acababa de oír. La lluvia había amainado en la última hora y aunque aún caían unas cuantas gotas, no había visos de comparación con lo que había sido. Miró de un lado a otro, preguntándose si podría correr en dirección a la parada de autobuses sin mojarse demasiado nuevamente, cuando sintió una agradable calidez sobre sus hombros y, al mirar tras ella, se encontró con el rostro de Colin.

Él acababa de deshacerse de la chaqueta, que mantuviera puesta durante su conversación con la señora Phillips, para envolverla con ella; Marie sintió el suave roce del cuero pegado a su blusa delgada, ofreciéndole un refugio inesperado. El aroma de Colin permanecía impregnado en ella y se sorprendió inhalando con fuerza para llevarlo a su interior, sacudida por los recuerdos que la embargaron al sentirlo tan cerca.

–¿Dejarás que te lleve a casa? –Él permanecía tras ella y su aliento le rozó la nuca, despertando todas sus terminaciones nerviosas–. No hace falta que hablemos, solo quiero saber que estás bien.

Marie no se vio capaz de negarse, ni siquiera consideró hacerlo; en el fondo sabía que no había nada que deseara más en el mundo que quedarse a su lado. Así que asintió y fue con él, agradecida más allá de las palabras al entrar en el coche y sentir el abrigo de la calefacción envolviéndola. Se arrebujó en la chaqueta de Colin, apretándola contra su pecho, y cerró los ojos, sin atreverse a llenar el silencio con frases vacías. No había lugar para cosas como esas entre ambos, se dijo al suspirar; podían decirse muchas cosas sin palabras que posiblemente no fueran capaces aun de reconocer de otra forma.

Colin condujo con rapidez, de modo que se encontraron ante su casa mucho antes de lo que le habría gustado y, cuando él apagó el motor y se quedaron un momento allí totalmente en silencio, uno al lado del otro sin atinar a mirarse siquiera, Marie exhaló un suspiro, consciente de que debía entrar a casa. Tal vez si Connor no se hubiera encontrado dentro le habría pedido que fuera con ella para hablar un momento aun cuando no tenía idea de lo que hubiera podido decir de haber sido ese el caso.

–Tengo...

Marie carraspeó e intentó deshacerse de la chaqueta, pero las manos de Colin se detuvieron sobre las suyas y su mirada se vio atraída por sus dedos aferrados a sus hombros.

–Quédatela –dijo.

–Pero...

–Me la devolverás después.

¿Después?, quiso repetir ella. ¿Habría acaso un después para ambos? Pero no se atrevió a mencionarlo, tan solo asintió y buscó la manija de la puerta para abrirla con dedos temblorosos.

–Gracias por traerme –dijo ella antes de bajar.

Colin no intentó retenerla, pero Marie reparó en que no ponía en marcha el motor y en que, cuando metió la llave en la cerradura, él seguía sus movimientos desde el interior del coche. Una vez dentro de la casa, tras hacer un esfuerzo sobrehumano para no girar a mirarlo, apoyó la espalda sobre la puerta cerrada y empezó a exhalar una y otra vez como si estuviera a punto de ahogarse. Comprendió entonces que no podía simplemente dejarlo estar, que necesitaba hablar con él, decirle todo lo que estaba ardiendo en su corazón y que no le daría paz mientras no fuera capaz de reconocerlo. Lo quería. No importaba si él no sentía lo mismo; tal vez la idea la destrozara, pero lo haría más el quedarse con ese sentimiento enclavado en su interior sin dejarlo salir.

Acababa de poner la mano sobre el pomo de la puerta, dispuesta a ir con él antes de que se fuera, cuando reparó en algo que no había notado hasta entonces. Había demasiado silencio.

Con el ceño fruncido, dio una mirada alrededor de su apartamento y se encontró con las figuras de Suerte y Napoleón tendidas no muy lejos la una de la otra sobre la alfombra de la salita. El Pug le movía la cola, pero no pareció muy animado a ir con ella; tal vez percibiera su angustia y por eso mantenía cierta distancia. En el gato la indiferencia era más habitual, solo que ahora parecía también algo más alerta de lo normal.

Marie miró con mayor atención y se dirigió a su habitación, recorriendo su pequeño apartamento con rapidez. Entendió entonces lo que iba mal.

No había señales de Connor.

Con un presentimiento royéndole el estómago, fue al armario en que el chico guardaba sus escasas pertenencias mientras se quedaba allí y no le sorprendió comprobar que no había rastro de sus cosas.

Con el corazón latiéndole a mil y sin detenerse a pensar en lo que hacía, salió corriendo de la casa en busca de la única persona en el mundo que podría ayudarle.

14

Colin permaneció durante lo que le pareció una eternidad con las manos apoyadas sobre el volante sin atreverse a poner el coche en movimiento. No quería irse aún. Hacerlo era como aumentar la distancia entre él y Marie y en ese momento la idea le pareció insoportable.

Lo único que deseaba era ir a su puerta y pedirle que le permitiera quedarse con ella. Estaba a punto de hacerlo, en realidad, sin considerar siquiera que ese muchacho aun debía de estarse quedando con ella, cuando oyó el sonido de la puerta al abrirse con tanta fuerza que le pareció que habían estado a punto de arrancarla y la vio correr hacia el coche.

No le dio tiempo a decir una palabra: ella estuvo dentro antes siquiera de que atinara a abrirle la puerta o preguntarle lo que había ocurrido.

–Connor se ha ido –dijo ella sin apenas respirar–. Se ha llevado sus cosas. Debe de haberse arrepentido de ir al centro; le conseguí una plaza, tenía que llevarlo mañana por la tarde. Creí que estaba de acuerdo, lo hablamos mucho, dijo que lo intentaría...

Colin se hizo una idea de lo que había ocurrido de inmediato y procuró mantener la calma porque fue evidente que Marie estaba muy cerca de perderla por completo.

–Está bien –dijo él con voz tranquila–. Entonces tal vez solo entrara en pánico. No tendría nada de raro; está asustado y solo se le ocurrió huir.

–Pero creí que lo había entendido.

–Tal vez lo haya hecho, pero cuando uno está acostumbrado a desconfiar de los demás es muy difícil superarlo. No tiene nada que ver contigo, Marie, hizo lo único que se le ocurrió –indicó él procurando infundir tanto sosiego como pudo a su voz y a la forma en que la miraba–. Escucha, ahora lo que tenemos que hacer es intentar encontrarlo. Quizás, incluso esté arrepentido de haberse ido, pero le costará reconocerlo y volver y en tanto podría meterse en problemas. ¿Tienes idea de adónde podría haber ido?

Vio que ella se mordía el labio en señal de nerviosismo y que apretaba la chaqueta contra su cuerpo como si aquello le ayudara a recuperar el control. Al fin, pareció controlar su nerviosismo porque empezó a sacudir la cabeza de un lado a otro y a inhalar una y otra vez para centrarse.

–No estoy segura –dijo ella–. Él no iría a su casa, odia la idea de volver.

–¿Tiene amigos cercanos? ¿Alguien con quien acostumbrara andar en la escuela?

–No lo creo. Había algunos, pero no creo que fueran tan cercanos como para que Connor les pidiera ayuda en medio de la noche. Tal vez alguien de fuera de la escuela, de quien no me hablara nunca, no lo sé...

Colin la tomó por los hombros y buscó su mirada. Sus ojos claros se encontraron con los suyos, más oscuros y serios, y ella pareció encontrar cierta calma en ellos porque advirtió que su respiración recobraba la normalidad.

–Vamos a encontrarlo –aseguró él sin vacilar–. Pero necesito que pienses con calma. Has pasado mucho tiempo con él últimamente; quizás dijo algo que en este momento no recuerdas. ¿Alguna vez mencionó qué habría hecho si tú no hubieras aceptado que se quedara contigo? ¿Tenía una segunda opción?

Marie parpadeó y se mantuvo en silencio durante un par de minutos; Colin oyó el sonido de su corazón bombeando contra su pecho y quiso envolverla entre sus brazos, pero se contuvo con esfuerzo porque sabía que ese no era el momento para consuelos sino para actuar.

Al fin, cuando creyó que ella no diría nada, lo sorprendió al emitir una suave exclamación y abrir mucho los ojos.

–La escuela –dijo ella con voz ahogada–. Connor dijo que se habría quedado en el gimnasio de la escuela por las noches de no ser por el guardián. ¿Y si...?

–Tal vez decidiera que valía la pena correr el riesgo –completó él por ella–. Sí, es posible; el chico está desesperado, no tiene nada que perder. Vamos para allá.

Colin soltó a Marie de golpe y puso el coche en movimiento antes de que ella pudiera decir una palabra. Condujo al límite de velocidad y cada tanto llevaba la mirada a su rostro para encontrarse con que ella veía a la nada y que continuaba con expresión consternada. No me extraña que se sienta de esa forma, pensó con un suspiro. Ella estaba convencida de que había resuelto los problemas del muchacho y ahora se enfrentaba de golpe con que se había equivocado. Colin no lo mencionó en ese momento, pero él no se sentía tan sorprendido aun cuando no se le hubiera ocurrido culpar al chico; sabía mejor que muchos cuán frágil era el pensamiento humano cuando uno se veía obligado a abandonar todo lo que conocía, por malo que fuera, para iniciar una nueva vida.

Llegaron a la escuela en tiempo récord. La lluvia había parado del todo y el amplio estacionamiento se encontraba vacío a excepción del hombre en la caseta de vigilancia que salió a recibirlos al oír el chirriar de las ruedas contra el asfalto. Lo pusieron en antecedentes con rapidez, pero él aseguró que no había visto a nadie entrar y que, de haber sido de esa forma, lo hubiera detenido de inmediato. Al insistir, sin embargo, reconoció que no había empezado todavía la ronda de todo el perímetro y que en la parte trasera que conducía al gimnasio y a las oficinas administrativas había una cerca por la que no era imposible trepar.

Colin le pidió permiso para entrar a dar una mirada antes de dar la alarma y, como el hombre conocía a Marie, aceptó a regañadientes, pero solo les dio un cuarto de hora para que dieran una rápida mirada antes de dar aviso a la policía.

Marie estuvo dentro de la escuela antes de que Colin atinara a reaccionar y tuvo que acelerar el paso para ponerse a su altura. Ella apenas dudó, sus pasos los llevaron de inmediato en dirección al gimnasio y, cuando se encontraron ante las puertas dobles, se detuvo de golpe y lo miró sobre su hombro con expresión atormentada. Colin rozó sus dedos y se adelantó para abrir con cuidado para no alertar a Connor si, como sospechaban, se encontraba escondido en su interior.

Él atisbó de un lado a otro, pero no vio nada de inmediato y se internó con pasos lentos, procurando hacer el menor ruido posible. Oyó las pisadas también recelosas de Marie tras él y le hizo un gesto para que guardara silencio.

Lo vio en el extremo más alejado del recinto, hecho un ovillo bajo las gradas.

Marie contuvo el aliento e intentó ir hacia él, pero Colin la detuvo con el brazo levantado. El chico acababa de advertir su presencia y abrió los ojos de golpe, observándolos con expresión aterrada. Se incorporó con tanta brusquedad que golpeó su frente contra una de las gradas y eso le dio a Colin tiempo para actuar. Miró a Marie a los ojos y le habló con prisa.

–Déjame hablar un momento con él –pidió.

Ella lo observó con el desconcierto pintado en el rostro.

–Pero...

–Solo unos minutos –insistió él–. No tienes que irte, pero déjanos hablar.

Marie asintió, aun confusa por el pedido, y Colin la dejó tras él una vez que se encaminó al lugar en que se encontraba el muchacho, que había empezado a tironear de la enorme mochila que se le había enganchado en una de las gradas.

Al verlo acercarse, sin embargo, hizo amago de abandonarla y correr para alejarse de él, pero Colin lo detuvo con un gesto.

–No voy a hacerte daño –dijo él con semblante sereno–. Solo quiero hablar.

El muchacho echó un vistazo sobre su hombro y luego buscó a Marie con la mirada.

–Ella no se irá, está muy preocupada por ti, pero le pedí que me dejara hablar contigo un momento –comentó Colin leyendo en su expresión que nada le apetecía menos que estar a solas con él–. Lamento lo del otro día, por cierto; no quise asustarte.

Colin habló con la tranquilidad de quien se encuentra con un conocido en medio de una calle y se dejó caer luego sobre una de las gradas, extendiendo sus piernas ante él tras echar una mirada al chico que lo observaba, a su vez, con desconfianza.

–No me asustó. –La voz del muchacho surgió entrecortada, menos firme de lo que sin duda le habría gustado.

Colin asintió, sin ánimos de contradecirlo. En lugar de ello, lo miró de reojo, atento a su rostro enrojecido.

–¿Por qué huiste? –preguntó él–. Marie... la señorita Worth creyó que estabas dispuesto a ir a ese lugar.

El muchacho se encogió de hombros y pareció como si no quisiera responder, pero terminó por hacerlo al notar la mirada imperturbable de Colin fija en su rostro.

–Cambié de opinión –dijo al fin.

Colin arqueó una ceja.

–¿Y por qué?

–No quiero estar encerrado.

–Marie no dijo que se tratara de una prisión.

El chico chasqueó la lengua y lo observó con los ojos entornados.

–Pero parece una. Estuve leyendo los papeles que la señorita Worth presentó para que me admitieran y hay demasiadas reglas. ¡Hasta hay curas! Y hay un montón de cosas que no podré hacer, ni siquiera me dejarán salir cuando quiera.

–Dicho así no suena muy bien, pero tal vez deberías sopesar las cosas, ¿no crees? No puedes ver solo lo que no te gusta –comentó Colin en tono práctico–. También tendrás un techo sobre tu cabeza, una buena educación, y personas que se preocuparán por ti. Me parece un trato justo.

Connor hizo un gesto de desagrado.

–¿Y qué sabe usted? –espetó él.

Colin esbozó una sonrisa sesgada y lo observó de reojo.

–Te sorprenderías –replicó él–. ¿Sabes qué? Te contaré un par de cosas acerca de mí y tal vez eso te ayude a apreciar un poco más tu situación. Sea lo que decidas, lo único que te pido es que pienses en lo mucho que le importas. –Colin señaló a Marie de una cabezada; ella permanecía de pie, a unos metros, muy atenta a sus movimientos–. Ella confía en ti.

El muchacho apretó los labios y aunque se encogió de hombros como si con ese ademán pretendiera dar a entender que aquello no le importaba demasiado, para Colin fue evidente que, sin duda, sí lo era; quizás, incluso más de lo que él podía imaginar. Tal vez Marie tuviera razón y no fuera del todo un caso perdido, concluyó pensativo.

Con esa idea, decidió que bien valía la pena intentarlo y empezó a hablar, escarbando en lo más profundo de sus recuerdos como hacía mucho tiempo no se había atrevido a hacer. Las palabras salieron de sus labios como si las hubieran arrancado una tras otra dejando una herida limpia que encontró sorprendentemente consoladora.

Contó a Connor de su relación con su padre y de la pérdida de su madre cuando no era mucho mayor que él; de su miedo al ir a vivir con Claudine cuando se encontró solo en el mundo y de cómo había descubierto que las cosas no son tan malas como parecen cuando aceptas las cartas que la vida te ha dado y estás dispuesto a jugar con ellas para sacarles el mayor provecho. Le habló de su vida en la escuela, de lo mucho que disfrutaba estudiar y de su experiencia en el ejército; de las amistades que hizo y de lo satisfecho que se encontraba con su vida pese a que era consciente de que había cosas que nunca podría olvidar y con las que tendría que aprender a convivir por siempre.

Cuando terminó, sostuvo la mirada de Connor sin parpadear, atento a su reacción y a las muchas emociones que se reflejaron en su rostro. Cuando estimó que él ya había tenido suficiente tiempo para calibrar la idea que había intentado fijar en su mente, miró su reloj para comprobar que ya habían pasado esos quince minutos que el guardián les diera, y lo señaló con una cabezada.

–¿Y bien? ¿Qué piensas hacer? –preguntó sin intentar sonar indulgente, tan solo comprensivo–. La decisión es tuya ahora; se trata de tu vida y te aseguro que, decidas lo que decidas, no importa lo que yo o la señorita Worth pensemos, el único que tendrá que vivir con ello eres tú.

El muchacho suspiró y alternó la mirada de su rostro a la figura de Marie, que lo veía a su vez con expresión inquieta. Se oyeron entonces unos pasos resonando por el corredor al otro lado de la puerta y Colin supuso que debía de tratarse del guardián qué venía a ver qué había ocurrido. Sin embargo, al ponerse de pie para ir a su encuentro, reparó en que Connor hacía otro tanto, pero en lugar de correr, se mantuvo a su lado y, tras vacilar solo un instante, le dirigió una mirada de entendimiento y fue con Marie con la cabeza agachada en un gesto de resignación.

Colin apenas contuvo una sonrisa al verla tomándolo por los hombros para envolverlo en un abrazo que el chico no rechazó y, cuando sus miradas se encontraron por encima de su hombro, a través de los metros que los separaban, se dijo no por primera vez al verla dirigirle una mirada agradecida, que no había nada en el mundo que no hubiera estado dispuesto a hacer con tal de hacerla feliz.

Marie no soltó a Connor durante todo el camino de vuelta a casa. Se sentó con él en el asiento trasero en tanto Colin conducía y aunque sus miradas se encontraron un par de veces a través del espejo retrovisor, ninguno dijo una palabra que no fuera para mantener una charla insustancial con el muchacho, que parecía aun un poco alterado por lo ocurrido esa noche.

Tan pronto como llegaron, Marie envió a Connor a darse un baño y aunque ofreció a Colin entrar un momento para beber algo, este rehusó la invitación. Sin embargo, cuando ella pensó que se despediría sin más, resignada a verlo desaparecer nuevamente de su vida sin nada que pudiera hacer para evitarlo, la sorprendió al sugerir pasar por ella y Connor la tarde siguiente para acompañarlos al centro.

Marie ni siquiera se detuvo a considerarlo. Se sintió tan agradecida por su oferta que dijo que sí antes de que él terminara de hablar. No se había permitido pensarlo demasiado, pero sabía que sería un momento complicado para ella y Connor, y estaba convencida de que nadie sería capaz de comprenderla mejor que Colin.

Luego de acordar una hora para que él pasara por ellos, Marie lo acompañó a la puerta y aunque había muchas cosas que deseaba decir, sabía que ese no era el momento; Connor estaba allí y la necesitaba para mantenerse calmado y ella asegurarse de que no cambiaba nuevamente de opinión. Después...

Colin se despidió con un gesto y Marie lo vio marchar sin decir una palabra, preguntándose qué aguardaba para ellos el día siguiente y si, lo que fuera, le traería más dolor del que sentía en ese momento o si, por el contrario, tal vez resultara en una alegría que ni siquiera se atrevía a soñar.

Para sorpresa de Marie, Connor se mostró mucho más sosegado a la mañana siguiente. Se levantó sin que hiciera falta que lo despertara, como había ocurrido cada mañana en todo el tiempo que llevaba viviendo con ella. Se dio una ducha y tomaron un rápido desayuno antes de ponerse a ordenar sus cosas para dejar todo listo.

Mientras lo veía reunir su ropa, doblándola con mucho cuidado para hacerla caber dentro del maletín, Marie no pudo evitar preguntarse si lo que fuera que Colin le dijera el día anterior no habría provocado ese cambio en él. De pronto le pareció más consciente de sus circunstancias y dispuesto a aceptarlas sin quejarse por todo lo que hasta el día anterior había considerado injusto; era como si hubiera madurado de golpe.

No se atrevió a preguntarle al respecto, sin embargo, y para cuando llegó Colin poco después del almuerzo, ellos ya esperaban en el salón con todo listo. Esta vez, Marie ocupó el asiento del copiloto, pero se pasó todo el viaje parloteando sin poder disimular su nerviosismo; miraba por encima del hombro en dirección a Connor para repasar todo lo que podría haber olvidado, le pidió que repitiera su número al menos un par de veces para asegurarse de que lo sabía de memoria y le hizo prometer que la llamaría cuando menos dejando un día sin falta o ella se presentaría en el centro a preguntar qué ocurría.

Colin tuvo la delicadeza de no mencionarlo, pero hubiera apostado su cuello a que para cuando llegaron al centro el muchacho estaba agradecido de que el viaje terminara. Un par de funcionarios salieron a recibirlos al vestíbulo y les ofrecieron dar un recorrido por el edificio pese a que Marie ya lo conocía. Querían que Connor se sintiera cómodo y Colin aprovechó para dar una mirada a fin de hacerse una idea clara de qué lugar se trataba exactamente. No se lo había comentado a Marie, pero pasó buena parte de la mañana usando sus contactos para averiguar todo lo posible acerca de ese centro. Lo único que recibió fueron buenas referencias y, al atender a las explicaciones del director y ver todo con sus propios ojos, no pudo menos que encontrarse de acuerdo. Incluso Connor pareció encantado con lo que veía, aunque era obvio que estaba determinado a dejar en claro, al menos por un tiempo, que de haber sido por él tal vez no se encontrara allí.

Cuando terminaron con el recorrido, les concedieron un momento a solas con Connor y, luego de desearle suerte y dejarle su tarjeta para que se comunicara con él por si necesitaba algo, aun cuando fuera tan solo charlar, Colin lo dejó con Marie para darles algo de privacidad y esperó en el estacionamiento hasta que ella se reunió con él unos minutos después. Ella tenía los ojos llorosos y la nariz enrojecida y aunque nada le habría gustado más que envolverla entre sus brazos, tan solo atinó a tomar su mano cuando se sentó en el coche a su lado.

Hicieron el viaje en silencio, pero una vez que estacionó ante su puerta y apagó el motor, ambos permanecieron sumidos en una tensión casi palpable que pareció a punto de explotar hasta que Marie abrió la boca y giró para mirarlo directamente a los ojos. Sus dedos envolvían los suyos y Colin jamás se sintió más unido a alguien que en ese momento.

–Debí decírtelo –empezó ella en un hilo de voz–. Debí contarte de Connor; hice mal en ocultártelo y creo que lo hice porque sabía que intentarías convencerme de que estaba equivocada...

–Pero no lo estabas –él sacudió la cabeza de un lado a otro y exhaló un suspiro–. Y habría estado mal de mi parte saberlo entonces e intentar convencerte de lo contrario. Eres una buena persona, Marie, e hiciste lo que tenías que hacer. Solo lamento que pensaras que no podías confiar en mí; si he dicho o hecho algo que te hiciera pensar...

–No. Sabes que no se trata de eso –negó ella–. Cualquier error que haya podido cometer es responsabilidad mía; me alegra haber tomado la decisión que tomé, sé que era lo correcto, pero no soporto pensar que eso nos separe. Confío en ti y me importa lo que pienses, aun cuando no siempre estemos de acuerdo. Tenía tantas dudas acerca de ayudar a Connor, que no se lo dije a nadie porque hacerlo habría sido como reconocer que podía estar haciendo mal. En el fondo... –ella carraspeó y se llevó la mano libre al rostro–... esto ha terminado bien, pero pudo ser un desastre; lo sé, así como sé que te preocupas por mí y que te decepcionó que actuara a tus espaldas. Tenías derecho a ello.

–Y tú a dudar de que fuera capaz de hacer a un lado mi desconfianza y dar al chico una oportunidad –completó él con un casi imperceptible tono de burla en su voz–. Vaya par hacemos, ¿no?

Marie asintió y esbozó una pequeña sonrisa.

–Vaya par –repitió ella–. Pero nunca me he sentido más feliz con alguien, Colin, creo que debería decirte eso.

Él la observó con los ojos entornados; fue evidente para ella que no esperaba oír algo como eso, pero al mismo tiempo sus palabras se colaran profundamente en su mente hasta hacerle esbozar una sonrisa que hizo aletear su corazón.

–Me ocurre igual –reconoció él, llevando las manos unidas a su pecho–. ¿Qué vamos a hacer con eso, Marie?

Ella se encogió de hombros e hizo un mohín resignado.

–No tengo idea –dijo sonriendo–. ¿Te importa mucho?

–La verdad es que no –negó él–. Mientras dure...

Marie cabeceó y se mordió el labio inferior; sus ojos brillaban al recorrer su rostro.

–Haremos que dure –prometió ella.

Colin tiró de su mano para besarla, pero ella se escurrió con una risa y tiró de él haciéndole un gesto para que la siguiera a la casa.

Los animales se hicieron a un lado tan pronto como los vieron entrar trastabillando, sin prestarles demasiada atención; cuando mucho cerraron la puerta y los dejaron en medio del salón; el perro se quedó con expresión consternada, demasiado confuso por esa llegada como para atinar siquiera a ladrar, en tanto que el gato pareció tan aburrido como siempre.

Colin jamás había estado en la habitación de Marie; pero no le extrañó en absoluto cruzar el umbral y que pareciera como si acabara de entrar a otro mundo. Luces propias de un árbol de Navidad se enroscaban en la cabecera de la cama, montones de velas en cada superficie despedían un olor que identificó automáticamente con ella y hubiera podido jurar que vio también un gran pergamino con unas extrañas palabras escritas en un idioma que no pudo identificar enmarcado en la pared sobre una estantería atestada de libros antiguos.

Era todo raro y extraordinario, pero él no se detuvo a estudiar el conjunto; pensaba dejarlo para luego y hacer muchas preguntas entonces. En ese momento todos sus sentidos estaban puestos en Marie y en que le pareció como si hubiera pasado una eternidad desde la última vez que la tuvo entre sus brazos. Su piel ardía bajo sus dedos y, antes de darse cuenta siquiera de cómo ocurrió, si fue él o ella quien lo hizo, se sorprendió al notar que sus ropas habían caído a sus pies. Echó su jersey a un lado de una patada y el vestido blanco de Marie se le enredó entre las piernas al empujarla para tenderla sobre la cama.

Cayeron entre risas. Los dedos de Colin buscaron los broches con los que sujetaba su cabello para dejarlo caer sobre sus hombros mientras ella luchaba para deshacerse de sus pantalones. Marie gimió al sentir los labios de él sobre su cuello, descendiendo hasta sujetar un pezón entre los dientes por encima del sujetador, lamiendo y succionando sin tregua mientras sus manos se perdían entre sus muslos.

Él nunca se había mostrado tan impetuoso como en ese momento, advirtió ella al oírlo susurrar palabras sin sentido a su oído; sin importar cuánto placer le diera, hasta entonces Colin siempre había parecido contenerse de alguna forma, como si temiera entregarse del todo a lo que sentía. En ese momento, sin embargo, Marie casi pudo ver caer cualquier rastro de murallas entre ambos, hechas pedazos a sus pies, reemplazadas por una entrega absoluta.

Los restos de ropa desaparecieron en un parpadeo y ella se vio de espaldas apoyada contra la cabecera de la cama con Colin tendido sobre ella; él la sujetaba por las caderas, sus dedos tirando de sus muslos para abrirlos y Marie arqueó la espalda levantando los talones para apoyarlos sobre sus hombros con los ojos fijos en los suyos. Cuando entró en ella exhaló un grito que vibró en la habitación y que él correspondió con un bramido tras otro según embestía hasta que Marie se vio obligada a sujetarse de las sábanas con las manos aferradas haciendo puños para resistir sus embates.

Los minutos se le hicieron eternos y, al mismo tiempo, parecieron disolverse en lo que dura un suspiro. El tiempo cobró un nuevo significado mientras sentía su vientre arder y sus ojos devoraban cada rasgo del rostro de Colin, que la veía a su vez como si lo hiciera por primera vez. Cuando ella creyó que no podía más y que iba a estallar en cualquier momento, llevó una de sus manos a su mejilla y cerró los ojos dejándose llevar por todas esas emociones que hicieron presa de ella, dejándola hecha un revoltijo y abandonada del todo a nada que no fuera sentir. Colin arremetió nuevamente, con mayor rapidez, pero ella estaba muy lejos de darse cuenta de ello; de haber sido posible, juraría que se había desmayado, pero fue cosa de solo unos segundos porque entonces recuperó el sentido y reparó en que él había dejado de moverse y que permanecía sobre ella, respirando como si acabara de correr un maratón. Su corazón latía a toda velocidad y su eco resonaba en sus oídos acompañado del de Colin, que palpitaba también con furia contra su propio pecho.

Habría querido decir algo, lo que fuera; con seguridad una experiencia como esa se lo merecía, se dijo él poco después en tanto aguardaba a ser capaz de respirar con normalidad, aun aferrado a Marie y sin hacer un movimiento para retirarse de ella. No era posible compartir una entrega de ese tipo y no decir una palabra, pero no pudo pensar en nada; su mente era un montón de pensamientos inconexos y lo único que tuvo claro, aun cuando no fuera capaz de decirlo, era que sentía como si acabara de llegar a casa.

A Marie nunca le había parecido que su apartamento fuera más luminoso o reparó en que, si abría las ventanas del salón de par en par y sacaba la cabeza por entre los barrotes, podía oír el canto de los pájaros que se posaban en los árboles de la avenida. Además, la mañana de pronto le pareció más cálida de lo que había sido en los últimos meses y los aromas que despedían sus velas cobraron una fuerza mayor, tanto que le pareció como si acabara de mudarse a un lugar distinto, o tal vez tan solo lo viera con otros ojos.

Y eso se debía a la presencia de Colin, comprendió de inmediato al día siguiente de esa noche compartida en su casa. Ella no tuvo que sugerir que se quedara; él lo dio por hecho y le alegró que así fuera. Pasaron buena parte del tiempo hablando y, cuando no, hicieron el amor de todas las formas en que se les ocurrió, algunas apasionadas, otras tan tiernas que Marie se sorprendió lagrimeando porque no creyó que fuera posible experimentar todo aquello y no morir de amor en el proceso.

Y pese a ello, a todos esos momentos compartidos, no se atrevió en ningún momento a confesar sus sentimientos. Estuvo a punto de hacerlo más de una vez, pero algo la detenía; la última muralla que aún mantenía en pie, sostenida a duras penas y a punto de derrumbarse, la detenía cuando las palabras empezaban a trepar por su garganta.

Habría terminado por decirlo, estaba segura, en algún momento, mientras compartían la ducha o devoraban los restos del almuerzo del día anterior, habría encontrado el momento para hacerlo. Hubiera procurado que fuera algo bonito, claro. Tal vez buscara su mano cuando él menos lo esperara, lo mirara a los ojos y dejara caer esas dos palabras que no había dicho nunca antes y que comprendió que habían estado aguardando por él. O quizá le hubiera dado un ataque de pánico y habría terminado gritándolo, cosa que sin duda habría terminado por destrozar los nervios de Napoleón, que se había mostrado frenético en tanto veía a ese hombre que casi empezaba a encontrar tolerable moverse por su casa como si perteneciera allí.

Pero Marie no tuvo la oportunidad de hacer muchos planes o de descubrir cómo sería capaz de decir a Colin lo que sentía antes de que él se fuera una vez más porque, cuando ella estaba a punto de hacerlo, consciente de que se le acababa el tiempo, el ruido del teléfono quebró la tranquilidad que compartieran hasta entonces.

En un primer momento, un resquicio de su mente le dijo que tal vez podría tratarse de algo relacionado con Connor; pero entonces reparó en que era el teléfono de Colin el que vibraba y lo observó contestar con una extraña y desagradable sensación que se asentó de golpe en su estómago.

Colin pareció un poco desconcertado al oír lo que su interlocutor tenía que decir, pero Marie vio que se reponía de inmediato y que una expresión entre enojada y ansiosa reemplazaba la tranquilidad que mostrara hasta entonces. Apenas entendió lo que decía salvo que preguntaba un par de cosas referentes a una hora y una dirección, asegurando que estaría allí tan pronto como pudiera.

Cuando colgó, él dejó caer la mano que sostenía el teléfono y buscó la mirada de Marie.

–¿Qué? –preguntó ella–. ¿Qué ha ocurrido?

Él sacudió la cabeza sin responder y lo vio inhalar con fuerza antes de que pareciera cobrar nuevos bríos y, saliendo de su desconcierto, se apresuró a ir al dormitorio para buscar su ropa. Marie fue tras él y lo vio vestirse a toda velocidad.

–Colin, ¿qué ocurrió? –insistió ella.

Él apenas la miró mientras se ponía la camisa.

–Morgan –dijo al fin–. Encontraron a ese hombre del que nos habló la señora Phillips, ¿recuerdas? El que dijo que tuvo esos problemas con Seth. Creemos que él podría tener algo que ver con su muerte; es el único enemigo que tenía en Baltimore, y también la única persona relacionada con esa organización que tiene los conocimientos y contactos como para hacer lo que le hicieron a su cuerpo.

Marie reprimió un estremecimiento al recordar los dibujos que había visto de la escena del crimen y se llevó las manos al pecho; de pronto toda la calidez que sintiera hasta entonces pareció disolverse.

–¿Y dónde está él? ¿Lo arrestaron para interrogarlo? –preguntó ella una vez que se recuperó de la impresión.

–Ese es el problema; Morgan ha ido solo a buscarlo –respondió Colin terminando de vestirse y saliendo del dormitorio y hablando sobre su hombro en tanto ella lo seguía–. Era Logan quien había llamado. Dijo que recibió un mensaje suyo esta mañana y que no han sabido de él en horas. Si fue ese hombre quien mató a Seth se trata de alguien muy peligroso, y posiblemente no esté solo; Morgan debió esperar a hablar conmigo, organizar un equipo. ¿En qué diablos estaba pensando?

–Quizá solo quería protegerte.

Colin se detuvo de golpe al oírla y la miró con expresión atormentada, pero no dijo nada hasta que encontró su chaqueta tirada sobre el sofá y se aseguró de tener las llaves del coche.

–Tengo que irme; le dije a Logan que nos encontraríamos en la dirección de ese hombre –indicó él.

Marie lo detuvo antes de que pudiera abrir la puerta. Habría deseado decirle que no fuera, que se quedara con ella, pero sabía que era imposible y, también, egoísta. De modo que asintió, pero fue hacia él y buscó sus labios, besándolo como si la vida se le fuera en ello antes de apartarse y mirarlo con el ceño fruncido y una profunda expresión de advertencia.

–Llámame tan pronto como puedas –exigió ella–. Para saber que estás bien. Y dile a Morgan de mi parte que es un idiota.

Colin hizo una mueca y apoyó una mano sobre su mejilla, acariciando su piel antes de asentir y marcharse, cerrando la puerta tras él. Cuando se quedó a solas, Marie exhaló todo el aliento contenido y se apoyó contra la encimera de la cocina cubriendo sus ojos con fuerza.

—Te amo.

El susurro se perdió en la nada, desvaneciéndose y dejándola con el corazón encogido y una espantosa sensación de pérdida.

15

Marie pasó toda la mañana dando vueltas alrededor de su pequeño salón con la mirada puesta en el teléfono. Tenía dos clases a mediodía, pero por primera vez en todo el tiempo que llevaba trabajando en Baltimore, llamó a la escuela y se excusó por no asistir aquel día. Si se presentaba en su aula en el estado en que se encontraba era muy probable que terminara por aterrorizar a sus alumnos.

Las horas pasaron sin saber nada y estaba a punto de mandar todo al diablo, y presentarse en la comisaría para saber si había alguna noticia, cuando el sonido del teléfono la sobresaltó haciendo que tirara lo que tenía en ese momento en las manos. Corrió a responder y tardó un momento en comprender de quién se trataba. No fue la voz de Colin la que oyó al otro lado sino la de una de mujer, una que no reconoció de inmediato.

Se trataba de Ángela, descubrió una vez que consiguió disipar la nube de algodón en que parecía haberse convertido su mente.

La esposa de Morgan se oía tan preocupada como ella; le dijo que había hablado con Colin hacía horas y que este le aseguró que estaba cerca de llegar al lugar en que esperaba encontrar a Morgan, que no creía que hubiera nada de lo que debiera preocuparse y que le llamaría tan pronto como hubieran resuelto ese asunto.

Había pocas personas en el mundo en quienes Ángela confiaba, le aseguró ella procurando sonar serena, y Colin era una de ellas. Quizás en la que más, si exceptuaba a su esposo; si alguien haría lo que estuviera en su mano para mantenerlo a salvo, ese era él. Pero, ¿qué ocurría si las cosas salían mal? Ella estaba acostumbrada a los riesgos en el trabajo de Morgan; había pasado un susto tras otro en todo el tiempo que llevaban de casados, pero tal vez se debiera a que hacía mucho que no se encontraba envuelto en un caso tan complejo o a que ahora era madre y sus miedos parecían haberse agudizado; tenía un mal presentimiento y no sabía qué hacer.

Marie procuró calmarla; fue precisamente eso, en realidad, lo que le ayudó a recuperar el autodominio. Se esmeró por infundirle ánimos y acordaron que quien supiera algo primero llamaría a la otra de inmediato. Cuando colgó, dejándola más tranquila, se sentó a esperar en el sillón, aun inquieta, pero mucho más dueña de sus emociones.

El teléfono resonó apenas un cuarto de hora después y una vez más sintió la decepción atragantarse en su pecho al no oír la voz de Colin al otro lado de la línea.

Fue Logan quien llamó esta vez y, según lo oía y tomaba unas notas apresuradas en un trozo de papel en un caminar frenético para buscar sus llaves y la cartera dejando después la casa tras ella, se dijo que nada la había preparado para vivir un momento como ese, pero que ocurriera lo que ocurriera, iba a plantarle cara.

Colin se miró las manos vendadas y respiró un par de veces para ahuyentar el dolor que no había dejado de martillear sus sienes desde que puso un pie en el hospital. Dio una mirada alrededor, sorprendido por esa luz mortecina que le hería los ojos y agachó la cabeza para repasar las últimas horas.

Le pareció como si hubiera pasado una eternidad desde el momento en que dejó la casa de Marie y se reunió con Logan en la carretera que conducía a un almacén propiedad de ese hombre, Marvin Quinn, a quien Morgan había ido a buscar.

Logan esperaba por él y Colin dejó su coche junto a la carretera para ocupar la patrulla que había llevado con él. Había un par de oficiales de uniforme, los únicos refuerzos que había conseguido reunir en tan poco tiempo y con los escasos recursos de la comisaría, como le dijo según iba poniéndolo en antecedentes sin apartar la vista de la vía mientras conducía a toda velocidad.

Al parecer, los acontecimientos se habían desarrollado con sorprendente rapidez tan pronto como Colin informó a Morgan el día anterior de lo que la señora Phillips le dijo del enfrentamiento entre Seth Smith y ese amigo suyo. Entonces habían acordado que Logan se ocuparía de rastrear a Quinn, buscar su expediente, e indagar en qué tan posible era realmente que fuera responsable de lo ocurrido con Seth.

Entonces Morgan le había dicho que ellos se encargarían de eso y que le avisaría tan pronto como tuviera noticias, que usara ese tiempo para ocuparse de otros asuntos. Él no lo dijo entonces, pero Colin sabía que se refería a Marie y aunque estuvo tentado a negarlo y a insistir en que prefería quedarse allí para darles una mano con la investigación, hubiera sido hipócrita de su parte negarse a reconocer que no había nada que quisiera más que ir con ella. Fue por eso por lo que pudo tomarse el día libre para acompañarla a dejar a Connor en el centro y pasar la noche con ella. Jamás hubiera imaginado que seguir a su corazón pondría a su mejor amigo en peligro.

Según le dijo Logan, tal y como ya le había adelantado en su llamada, recibió un mensaje de Morgan muy temprano por la mañana en el que le decía que había leído su informe y que estaba convencido de que tenían al hombre correcto. Luego de cotejar la información y hacer un par de llamadas, además, había conseguido la dirección de un almacén propiedad de Quinn y también un registro de sus movimientos bancarios, con lo que había conseguido averiguar que desembolsó unos cuantos miles de dólares en una fecha cercana a la desaparición de Seth. Sus instintos le decían que tal vez esos hombres que arrestaron hacía unos días podrían saber más de lo que reconocieron en su momento y que si los enfrentaban con Quinn quizá todos terminaran por confesar.

A Logan aquello le había parecido estupendo, claro; lo que le preocupó fue que Morgan culminó la llamada tras asegurar que él se ocuparía del arresto y que lo mantendría informado. Luego de eso, no hubo forma de comunicarse con él y por eso decidió llamar a Colin.

Llegaron al almacén solo unos minutos después de que Logan lo pusiera en antecedentes de todo y, al descender de la patrulla, ambos estudiaron el edificio ante ellos con una rápida mirada. Era un gran bloque de concreto sin mayor decoración; la clase de lugar que se utiliza como depósito y al que nadie parece prestar mayor atención. No oyeron un solo sonido ni vieron a nadie asomado a las ventanas; la zona parecía abandonada, pero al estudiar los jardines advirtieron que se veían bien cuidados y que había huellas de vehículos en la entrada.

Logan y Colin rodearon el edificio luego de ponerse de acuerdo, destinando a los oficiales para que custodiaran las salidas en tanto ellos iban por la entrada principal. Colin mantuvo su arma desenfundada en todo momento, familiarizado con la sensación de enfrentarse al peligro y consciente de que era precisamente eso lo que le mantendría alerta. Su respiración se hizo acompasada, sus manos adquirieron una firmeza absoluta y siguió a Logan con pasos medidos hasta que reparó en que el agente no se encontraba tan calmado como él. Hizo un gesto para que le permitiera abrir la marcha y, tras dudar, este asintió de mala gana y retrocedió unos pasos para cederle el lugar.

Era un lugar mucho más grande de lo que había calculado al verlo desde fuera, se dijo Colin avanzando un paso a la vez y sin dejar de mirar de un lado a otro con expresión alerta. Estaba dividido por gruesos tabiques que delimitaban los espacios hasta hacerlos parecer un laberinto. Pilas de cajas se encontraban desperdigadas en cada habitación y tuvieron que rodearlas más de una vez para evitar chocar con ellas y desatar algún sonido que alertara a quien se encontrara allí.

Sus pies se deslizaban por los tablones que componían el suelo y, al fin, cuando creyó que no llegarían nunca al final de ese lío, un sonido casi imperceptible llegó a sus oídos e hizo un gesto a Logan para que se detuviera tras él, señalando un pasillo ante ellos sumido en la penumbra.

Colin aguzó el oído tanto como le fue posible, inclinando el cuerpo hacia adelante y muy atento a cualquier cosa que le pareciera fuera de lugar. El sonido se repitió y sus fosas nasales se contrajeron al reconocer la voz de Morgan. Fue apenas un gemido, pero lo habría reconocido en cualquier lugar.

Más inquieto de lo que le habría gustado reconocer, Colin dio un paso hacia adelante y señaló el espacio a su lado para que Logan se pusiera a su altura; después, hizo un gesto para que intentara oír con atención y no pasó mucho tiempo para que el sonido se repitiera y el agente hizo un gesto de reconocimiento.

Con las señales que había aprendido en el ejército y que rogó porque Logan pudiera entender porque algo le dijo que si abría la boca y hacían cualquier ruido estarían perdidos, Colin le dio algunas indicaciones que, para su alivio, él pareció captar al vuelo. Avanzaron con las armas en alto, uno tras otro y atentos hasta atravesar el corredor, deteniéndose con sigilo ante una puerta entornada de la que surgía el ruido provocado por Morgan. Una vez allí, advirtieron una luz mortecina y el resplandor de una lámpara intensa. Luz artificial y velas, concluyó Colin con el ceño fruncido.

Tras hacer un gesto a Logan para que se mantuviera en su lugar, Colin dio un paso más y atisbó por la puerta con cuidado de no delatar su posición. La luz lo cegó por un instante antes de que sus ojos se acostumbraran a lo que veía, rastreando el interior de la habitación con una mirada alerta. Distinguió varias estanterías adosadas a las paredes, un escritorio sólido y pequeño bajo una ventana cerrada y, cerca de él, encogida, reconoció la silueta de Morgan que lo veía a su vez con el rostro apoyado contra el suelo.

Colin dejó escapar el aire por entre los dientes apretados y sostuvo la mirada de su amigo. No podía verlo con claridad desde esa distancia, pero estuvo seguro de que sufría algún tipo de dolor. Tenía los párpados caídos y su boca se fruncía en una mueca extraña, aunque también advirtió que elevaba una mano para hacer unos gestos y señalar el espacio tras él.

La respiración de Logan cerca de él llegó a sus oídos y Colin se puso de lado, cabeceando en dirección a la abertura para que diera una mirada sin hacer ruido. El agente asintió y, tras hacer lo que le indicaba, Colin vio que abría mucho los ojos, pero tuvo el suficiente autodominio para conservar la calma. Al encontrarse sus miradas, asintió como si acabaran de llegar a un acuerdo silencioso.

Salvo por los esporádicos ruidos emitidos por Morgan, ningún otro sonido se oyó en la habitación, pero Colin sabía que no podía confiarse. Inhaló con fuerza, sostuvo el arma con mayor firmeza y entró empujando la puerta con el hombro. Los goznes chirriaron, pero él apenas lo oyó; todos sus sentidos estaban puestos en la figura tendida que lo observaba con expresión de alivio. Aun así, no se permitió ir directamente con su amigo; en su lugar, dio una rápida mirada alrededor pero no vio a nadie más allí.

Logan iba tras él cubriendo sus pasos y atento a cualquier sonido que viniera tras ellos. El aire era espeso, una mezcla de especias y aroma floral que a Colin le revolvió el estómago y le irritó las pupilas. Cuando estuvo seguro de que nadie los sorprendería, fue hacia Morgan y se acuclilló a su lado, inspeccionado su rostro y sus miembros extendidos de forma extraña.

Su amigo tenía los ojos cerrados y su pecho amplio subía y bajaba con un ritmo demasiado lento. Al observarlo a profundidad, rozando la piel de su cuello para medir su pulso, el cual iba tan ralentizado como su respiración, reparó en que su camisa oscura se encontraba empapada a la altura del estómago. Llevó la mano allí y la apoyó con suavidad; aun así, Morgan debía de sentir mucho dolor porque abrió los ojos de golpe al sentirlo y emitió un gemido bajo.

La sangre destelló en la palma abierta de Colin y se obligó a tragar espeso para conservar la calma. Su amigo lo veía con una expresión febril; pese a ello, parecía que era capaz de reconocerlo porque esbozó una mueca triste antes de mirar hacia el techo.

Colin supo que no tenían tiempo que perder; tenían que sacarlo de allí. Resuelto, miró tras su hombro para encontrarse con el rostro preocupado de Logan y lo envió a despejar el camino para llevar a Morgan al auto. Sin embargo, en ese precisamente momento se oyó un bramido al otro lado del corredor y el agente reaccionó girando de golpe con el arma en alto para enfrentarse a lo que fuera que hubiera emitido ese sonido. Colin parpadeó y se echó hacia adelante para proteger el cuerpo de Morgan con el suyo mientras examinaba la escena ante él.

Un hombre enorme de barba entrecana y la mirada más horrible que había visto en su vida se erguía al otro lado de la puerta. Tardó un momento en darse cuenta, pero advirtió entonces que sostenía un cuchillo tan largo como su brazo en una de las manos y lo enarbolaba contra Logan, que había corrido para enfrentarse a él sin vacilar.

Colin había visto fotografías de Marvin Quinn, pero en todas tenía la misma expresión sosegada y un tanto arrogante; ahora, en cambio, le hizo pensar en un desquiciado con el rostro distorsionado por la furia y los ojos oscuros llameantes. Llevaba una túnica rojiza sobre el pantalón, pero aquello no le impedía moverse con libertad. Aunque era un hombre que superaba la mediana edad, no tuvo problemas en resistir el embiste de Logan y lo desestabilizó antes de que este pudiera hacerlo caer.

El agente tropezó, pero mantuvo el brazo en alto para obstruir el paso del otro hombre. Este, furioso, blandió el cuchillo ante sus ojos y echó el brazo hacia atrás para dejarlo caer sobre la espalda de Logan, pero Colin actuó más rápido. Sin vacilar, se incorporó y corrió lo más rápido que pudo, lanzándose sobre el hombre hasta hacerlo impactar de espalda contra el suelo.

El eco de un hueso quebrándose resonó en los oídos de Colin, pero no tuvo tiempo para sentirse satisfecho; Quinn parecía estar lejos de darse por vencido y, con un rugido, elevó el cuchillo que aún sostenía para intentar clavárselo en el cuello. Colin esquivó el arma, llevando las manos a sus brazos para intentar sujetarlo, con lo que se llevó algunas cortadas en las palmas expuestas. Oyó la voz de Logan tras él, pero no pudo entender lo que decía; tan solo intentaba protegerse e inmovilizar al hombre que tenía sujeto con las piernas.

En un momento, aprovechó que Quinn intentaba incorporar su torso para hacer un último esfuerzo y tomarlo por el cuello para impactar su cráneo contra el suelo. Se oyó un nuevo crujido y esta vez el hombre se detuvo de golpe, cerrando los ojos demoniacos con un parpadeo.

Colin no hizo ningún movimiento inmediato, se mantuvo alerta hasta asegurarse de que Quinn se encontraba inconsciente y solo entonces le midió el pulso, asegurándose de que seguía con vida. Se levantó a rastras sin reparar en que dejaba un reguero de sangre a sus pies por las heridas de las manos; ni siquiera sentía dolor.

Logan fue con él, pero le hizo un gesto para que vigilara al hombre tendido por si despertaba e intentaba atacarlos de nuevo. Sin esperar respuesta, fue con Morgan, que permanecía desmayado, y tras comprobar una vez más que respiraba y quitarse la camiseta para taponear la herida en su abdomen, buscó el teléfono para pedir una ambulancia. No se atrevía a moverlo en esas condiciones, ni siquiera para arrastrarlo al coche que esperaba por ellos afuera. Necesitaba que lo estabilizaran antes de llevarlo a un hospital.

Jamás una espera se le hizo más eterna y cuando oyó las sirenas de la ambulancia apenas un cuarto de hora después y su mirada se encontró con la de Logan, que se veía tan angustiado como él, exhaló un hondo suspiro de alivio.

Los paramédicos apenas parpadearon al encontrarse con esa escena sangrienta una vez que Logan salió a recibirlos a la entrada para guiarlos a ese lugar. Uno de ellos se ocupó de Quinn en tanto el otro fue con Morgan. Luego de tomar sus signos vitales, comprobó la profundidad de la herida y pareció preocupado por la cantidad de sangre que había perdido. Su compañero avisó de que el atacante tenía tan solo un par de fracturas y que no hacía falta que perdieran el tiempo priorizando su atención, que él se quedaría con él para llevarlo con otra ambulancia en tanto cifraban sus esfuerzos en Morgan.

Colin no necesitó oír más. Ayudó al paramédico a

maniobrar la camilla y, poco después, se encontraba en la ambulancia sentado sobre el suelo y atento al rostro pálido de su amigo que permanecía inerte. Llegaron al hospital con una rapidez asombrosa y los médicos ya esperaban por ellos, alertados por la radio; Logan se había quedado custodiando a Quinn, así que fue Colin quien se mantuvo al lado de Morgan hasta que lo ingresaron por unas puertas que no le permitieron cruzar.

Una enfermera le salió al paso poco después y al verlo con el torso desnudo y las manos sangrantes emitió un quejido de horror. Sin darle tiempo de discutir, lo llevó con ella para curar los cortes; por suerte, eran superficiales y no habían afectado ningún nervio, pero le dolió como el infierno cuando aplicó un antiséptico antes de vendarlo. Luego le consiguió una camiseta de un compañero y lo acompañó a la sala de espera. Colin le dio las gracias con una voz venida de muy lejos y se preparó para pasar las próximas horas sumido en la incertidumbre.

Había visto heridas terribles en su vida, sin duda mucho peores que las de Morgan, pero sabía también lo suficiente para saber que el mayor problema en su caso era el tiempo que permaneciera sin atención y toda la sangre que había perdido.

Intentó ponerse en contacto con Ángela, pero descubrió que había perdido el teléfono en la refriega y, al preguntar en recepción, le aseguraron que ya habían avisado a los familiares. Supuso que ella llegaría en cualquier momento y volvió a su lugar; sus hombros inclinados hacia adelante y las manos apoyadas sobre las rodillas.

Su mente no funcionaba de una forma normal, descubrió al cabo de un momento parpadeando. Era consciente de todo lo que ocurría a su alrededor, pero no conseguía asimilarlo en verdad; parecía como si se encontrara fuera de su cuerpo y lo contemplara todo desde otra dimensión.

No supo cuánto tiempo permaneció allí, pero en algún momento oyó unos pasos resonando en el linóleo del corredor y sus sentidos se pusieron en alerta. Levantó la mirada y se encontró con el rostro de Marie a solo un par de metros; ella se había detenido de golpe al verlo y lo observaba a su vez con semblante preocupado. Sus ojos recorrieron su postura rendida, el rostro pálido y las manos vendadas en lo que le parecieron tan solo unos segundos antes de reanudar el paso e ir hacia él.

Ella se dejó caer en la silla a su lado sin dejar de mirarlo ni un instante. La vio suspirar y elevar las manos para posarlas sobre sus antebrazos luego de mantenerlas temblando sobre sus manos, quizá temerosa de hacerle daño.

−¿Qué...? Colin, ¿qué fue lo que ocurrió?

Nunca como hasta entonces un sonido le había sonado tan precioso, se sorprendió pensando Colin; no se permitió pensarlo antes, pero sabía que no volver a oír la voz de Marie había sido una posibilidad. Si en lugar de herirle las manos, Quinn hubiera conseguido rebanarle el cuello, como había sido su propósito, él no se encontraría allí. No hubiera podido verla de nuevo, encontrarse con su mirada angustiada atenta a cada uno de sus movimientos, no habría podido inhalar nuevamente ese aroma increíble que despedía o sentir el tacto de su piel contra la suya, como hacía en ese momento.

La posibilidad de perderla lo golpeó como un mazo y aunque lo intentó con todas sus fuerzas no fue capaz de decir una palabra; tan solo pudo mirarla y eso pareció ser suficiente para ella, quien le dirigió una mirada compasiva y, tras dudar un segundo, lo envolvió entre sus brazos con suavidad. Colin apoyó el rostro contra su pecho y cerró los ojos, seguro de que no había otro lugar en el mundo en que deseara estar y que le hiciera sentir tan a salvo.

Marie enterró el rostro en su cuello y sintió su alien-to rozando su piel. Permanecieron así un buen rato hasta la llegada de Ángela, a quien Logan había avisado también.

Contrario a lo que Marie había supuesto que ocurri-ría luego de lo nerviosa que se mostrara al teléfono, la esposa de Morgan parecía extraordinariamente calma-da. Insistió en que le dijeran todo lo que había ocurrido en las últimas horas y fue así, mientras Colin procuraba hilar sus ideas, que ella se enteró también de todo.

Aunque Colin no conocía todos los detalles, ni lo haría hasta que Morgan no recobrara el conocimiento, ambas se hicieron una idea clara de lo ocurrido; pero en ese momento ninguna de ellas pensaba en el resultado del caso o en si ese hombre, Quinn, recibiría su mereci-do. Lo único importante, aunque ninguno se atrevió a ponerlo en palabras, era que Morgan sobreviviera.

Logan llegó un rato después y Colin fue con él luego de que saludara a Ángela y Marie y ellas le agradecieran por el aviso. La mirada del agente se detuvo un momen-to de más en el rostro de la segunda, pero no pareció re-sentir su cercanía con Colin o el que este pareciera tan necesitado de permanecer cada momento a su lado.

En un aparte, informó a Colin de lo ocurrido luego de que dejara el almacén con la ambulancia.

Como Quinn permanecía inconsciente, pero al pa-recer estable, él decidió dejarlo con el paramédico y uno de los policías para inspeccionar el lugar. Encon-tró una gran cantidad de objetos embalados; una rá-pida mirada le mostró que se trataba de todo tipo de antigüedades, pero no habría podido asegurar de si se trataba de un cargamento legal porque no vio los sellos correspondientes; había dado aviso al departamento encargado de esa área y suponía que ellos se encarga-rían de comprobarlo.

Luego registró las otras habitaciones y encontró varios objetos que llamaron su atención. Cuchillos antiguos de extrañas marcas muy similares al que encontraran junto al cuerpo de Seth Smith con el aspecto de haber sido usados recientemente, y también, unos cuantos documentos que le llevaron a sospechar que Quinn llevaba un registro cuidadoso de sus pasos. No pudo leerlo a fondo, pero estaba seguro de que allí podrían encontrar respuestas a muchas de sus preguntas.

Por otra parte, tal y como Logan dijo à Colin durante su charla, estaba seguro de que el hombre debía de estar bajo la influencia de algún tipo de sustancia porque no era normal que un hombre de su edad y condición hubiera podido hacerles frente de la forma en que lo hizo en el almacén. Con seguridad, en una inspección más detallada también darían con drogas o cualquier otro tipo de alucinógenos que hubiera podido consumir.

Colin lo oyó con atención y aun cuando no lo mencionó entonces porque le pareció que, sin duda, él también debía de haberlo pensado, creía que una vez que Quinn fuera interrogado y enfrentado a los hombres que tenían en custodia, no le quedaría otra opción que no fuera confesar.

No hablaron más porque, precisamente en ese momento, uno de los médicos que recibieran a Morgan y a Colin a su llegada, fue en su búsqueda y se plantó ante Ángela, después de que ella se identificara como la esposa de su paciente, con esa expresión imperturbable tan propia de los hombres de su profesión.

Colin apenas se dio cuenta de que al ir con ellos había buscado la mano de Marie de forma casi automática como si necesitara de su apoyo para resistir lo que fuera a oír. Ella, que parecía estar mucho más allá de necesitar cualquier explicación y que pareció adivinar lo que sentía tan solo con verlo a los ojos, envolvió sus dedos vendados con delicadeza y apoyó, atenta, la mano libre sobre su hombro.

Luego de tener a todos en vilo por lo que les pareció

una eternidad tras dar un montón de nombres técnicos, números y conteos que estaban lejos de entender en toda su dimensión, el médico concluyó indicando que Morgan había resistido a la operación a la que debieron someterlo y que, si todo iba bien, y no había motivos para suponer que no fuera así, debía de superar el cuadro que aún lo mantenía inconsciente. Luego, si todo salía bien, tendría que quedarse un par de semanas en el hospital, amén de regresar cada tanto para monitorear sus progresos; pero eso ya lo verían sobre la marcha.

Cuando se marchó y los dejó a solas, prometiendo que les avisaría tan pronto como pudieran verlo, Ángela pareció llegar al límite de sus fuerzas y se echó a llorar. Se había mantenido serena desde su llegada, pero al verse aliviada de su más grande temor simplemente se derrumbó. Marie se mantuvo a su lado hasta que se calmó e incluso le hizo compañía cuando una hora después le dieron el aviso para que pasara a la habitación que asignaron a Morgan para que fuera ingresado. Se hizo a un lado cuando lo llevaron inconsciente y conectado a una máquina y la dejó a solas para que pudiera quedarse con él, no sin antes dirigirle una mirada cargada de afecto que ella agradeció con un nuevo sollozo.

Colin aguardaba por ella en la sala de espera; no había señales de Logan y supuso que habría ido a encargarse del papeleo. Ella le contó que Morgan ya se encontraba bien instalado y que Ángela le había dicho que pensaba quedarse con él todo el tiempo. Aliviado, él asintió y aunque no fue sencillo y debió insistir mucho, Marie consiguió convencerlo de ir a casa a darse un baño y descansar un poco. Ella dejó su número en recepción por si debían comunicarse con él pese a que sabía que con Ángela y Logan por allí eso no sería necesario; pero supuso que así Colin se quedaría más tranquilo.

Fueron al apartamento de Colin y apenas intercambiaron una sola palabra mientras él tomó una ducha y ella le preparaba un café que dejó en su habitación para que lo bebiera al salir. Con el sonido del agua corriendo, Marie fue al balcón del salón y permaneció allí con la mirada perdida en la nada y sumida en sus pensamientos.

¿Qué habría hecho de encontrarse en el lugar de Ángela?, se preguntó más de una vez en tanto la tarde moría a su alrededor y las estrellas empezaban a destellar sobre su cabeza. ¿Hubiera podido soportar la posibilidad de perder a Colin para siempre? La idea en sí le pareció tan espantosa que no se permitió ahondar demasiado en ella; no se veía capaz de afrontar esa clase de dolor y la verdad era, concluyó, que no deseaba hacerlo. No quería pensar en una vida en la que él no se encontrara a su lado.

Por eso, cuando él se reunió con ella poco después, vestido y con las manos vendadas, se quedó mirándolo como si fuera lo más valioso que hubiera visto hasta entonces.

–¿Todo bien? –preguntó ella con voz serena, estudiando sus manos.

Colin asintió y exhaló un hondo suspiro.

–Sí, eso creo; apenas duele –respondió él–. Es un poco incómodo, pero...

–Debiste llamarme para que te ayudara.

Colin sonrió y arqueó una ceja con expresión divertida.

–Te tomaré la palabra la próxima vez –prometió él.

Marie sonrió también y cabeceó, pensativa.

–¿Habrá una próxima vez? –se preguntó ella.

–¿A qué te refieres?

Marie suspiró y lo observó a los ojos.

–Para nosotros. Me gustaría saber si habrá una próxima vez para ambos –explicó ella.

Colin cabeceó al comprender y su rostro adquirió un aire de entendimiento.

–Claro que sí.

–¿Y luego de esa? ¿Habrá otra? –insistió ella– ¿Y una más después de esa?

Colin rodeó su rostro con una de sus manos y Marie sintió la aspereza del vendaje contra su piel.

–Siempre habrá una próxima vez para nosotros, Marie. Siempre –respondió él inclinándose lo suficiente para hablar muy cerca de sus labios, sus ojos fijos en los suyos.

–¿Siempre? –repitió ella.

–Sí. Si tú quieres.

–¿Lo quieres tú?

Colin delineó sus labios con el pulgar y su sonrisa se acentuó.

–¿En verdad necesitas que responda a eso? –preguntó él a su vez.

Marie cabeceó y exhaló un suspiro.

–No, creo que no hace falta –reconoció ella en tono risueño–. Pero hay algo que creo que sí necesitamos decir. Bueno, yo lo necesito.

Colin aguardó en silencio y la observó vacilar solo un segundo antes de dirigirle una mirada resuelta.

–Te quiero –dijo ella al fin con voz entrecortada y queda–. He debido decírtelo antes, por lo menos, antes de que te fueras esta mañana, pero no pude hacerlo; tenía mucho miedo de que tú no sintieras lo mismo. Pero entonces ocurrió todo lo de Morgan y pensé que no te vería más, que podrías desaparecer antes de saberlo y me dije que si tenía la oportunidad no callaría otra vez. Te quiero y no importa si tú no lo haces, nada tiene por qué cambiar entre nosotros; podemos seguir tal y como acordamos, un día a la vez y viendo qué ocurre al final, pero es importante para mí que lo sepas.

Sus palabras se atropellaron con torpeza y creyó que él no la había entendido, pero sí que lo hizo; lo descubrió al verlo sonreír antes de apoyar su frente contra la suya.

–Gracias por decirlo primero; eres mucho más valiente que yo –susurró él sobre sus labios–. También te quiero, Marie; lo hago desde hace mucho, pero creo que no me he dado cuenta hasta hoy cuando pensé también en qué haría si todo terminaba y no tenía la oportunidad de decírtelo.

Ella lo observó por debajo de las pestañas entornadas; su aliento se colaba en su interior y se puso de puntillas para rodear su cuello con las manos.

–No soy más valiente que tú –replicó ella con una sonrisa cargada de amor–. Ambos somos igual de cobardes.

Colin rio y se encogió de hombros.

–No estoy muy seguro de eso, pero si así fuera, creo que eso solo confirma que hacemos la pareja perfecta –indicó él–. ¿Qué piensas tú?

Marie no necesitó responder; tan solo asintió y atrajo su rostro al suyo para buscar sus labios. Él lo sabía de la misma forma en que lo hacía ella y eso hacía toda la diferencia del mundo.

EPÍLOGO

–¿Qué es ese olor?

Marie ignoró la voz de Colin y continuó con lo suyo.

Estaba arrodillada en un rincón del vestíbulo del apartamento de Colin en Chicago y en tanto recitaba una breve oración que llevaba anotada en un trozo de papel, iba dejando caer una pizca de una mezcla de plantas que tomaba de un frasquito a sus pies.

Las ventanas se encontraban abiertas de par en par y la luz del sol se colaba iluminándolo todo a su alrededor creando un efecto muy hogareño. A ella eso le pareció una estupenda señal y no se le ocurrió detenerse aun cuando Colin fue con ella tras dejar las llaves sobre una mesita sin dejar de olisquear con expresión sorprendida.

–¿Por qué huele todo el lugar a menta? –insistió él.

Marie contuvo un suspiro y detuvo su letanía para observarlo de reojo. Colin se había quitado los zapatos y se dejó caer a su lado sin prestar atención a las partículas de polvo que se pegaron a su elegante traje de tres piezas. Aún le iba a costar acostumbrarse a ese estilo más formal respecto a lo que acostumbrara usar mientras se encontraban en Baltimore, pero se veía tan atractivo que supuso que no sería un gran sacrificio.

–No es solo menta. También tiene naranja, agua de rosas y un poco de bergamota, sándalo...

–De acuerdo, me hago una idea –la interrumpió él con una sonrisa–, pero, ¿para qué sirve?

–Intento alejar las energías negativas –explicó ella con naturalidad.

Colin arqueó una ceja.

–¿Causadas por mí, supongo?

Marie fingió pensarlo antes de responder.

–Claro. Estás infestado de negatividad; no puedo recordar a nadie que pareciera cargar con más escepticismo –resumió ella sonriendo burlona–. Aunque...

–¿Sí?

–Debo reconocer que has mejorado mucho últimamente –indicó ella señalándolo con el trozo de papel que aún sostenía–. Tu aura se ve más clara.

–¿Tengo un aura?

–Sí. Antes de que yo llegara a tu vida, era negra y sombría, y mantenía a todo el mundo apartado. –Marie usó una fingida voz grave sin dejar de sonreír.

Colin cabeceó sin parecer muy convencido y tiró de ella por la cintura para pegarla a su pecho, con lo que a Marie no le quedó más alternativa que dejar a un lado el papel y el frasquito con un suspiro de rendición.

–No tenía idea de que todo eso pudiera verse con tanta facilidad –comentó él pensativo, y no pareció como si pretendiera continuar con la broma–. ¿En qué estabas pensando al dejar que me acercara a ti?

Marie se encogió de hombros e hizo un mohín.

–Bueno, tampoco estás tan mal. La primera vez que te vi supe que tenías un gran potencial –indicó ella.

–¿Aunque te hubiera encantado convertirme en sapo?

–Sí, a pesar de eso.

Marie rio sin poder contenerse y apoyó el rostro contra su pecho, fascinada como le ocurría siempre por esa sensación de familiaridad que la embargaba cada vez que se encontraba entre sus brazos.

No había sido sencillo tomar la decisión de dar ese último paso a su lado, pero una vez que lo hizo supo que no habría podido hacer otra cosa.

Durante el tiempo en que Morgan se recuperaba del todo de sus heridas, fue Colin quien se ocupó de llevar al final el caso de Seth Smith, siempre ayudado por Logan, quien tenía un mayor conocimiento de los procedimientos policiales. Juntos, se ocuparon de interrogarlo tan pronto como recuperó el conocimiento y consiguieron arrancarle una confesión una vez que desplegaron ante él todas las pruebas con las que contaban.

La declaración de la señora Phillips, quien se presentó en persona acompañada por Marie para repetir todo lo que ya le había contado a Colin, y también la confesión de los hombres a quienes detuvieron semanas antes y que, acorralados y enfrentados a Quinn, terminaron por reconocer que lo conocían y que había sido él quien les había dicho dónde podrían encontrarlo. Ellos se ocuparon de vigilar la tienda de la señora Phillips día tras día en espera de que Seth se acercara, cosa que terminó por hacer. Le tendieron una trampa y lo capturaron antes de que él siquiera supiera lo que estaba ocurriendo. Luego, según lo acordado con Quinn, le dieron una buena paliza y lo llevaron ante él a ese almacén en las afueras y se desentendieron del todo.

Seth no tuvo una oportunidad ante Quinn una vez que estuvo a su merced. Golpeado y asustado, el hombre pudo llevar a cabo ese ritual macabro y luego se deshizo del cuerpo sin mayores remordimientos.

Al hacerlo confesar una vez que se encontró del todo descubierto y sin posibilidad de librarse de lo que le esperaba, reconoció que siempre había sentido un profundo desprecio por él y que la idea de que se atreviera a recopilar información de él y de los suyos para luego exponerlos como si se trataran de un chiste, había terminado por hacerle perder la razón. Nadie lo extrañaría, supuso, y podría destruir también toda la información que él pudiera tener en su poder para desaparecer también su recuerdo, pero el hombre no contó con que Seth tuviera la precaución de dejar sus libretas con la señora Phillips.

Al leer estas últimas, Colin descubrió que se trataba de un trabajo realmente asombroso. Seth había documentado con la atención al detalle de un monje escribano todo lo que viera tanto en Baltimore como en Phoenix respecto al funcionamiento de las órdenes de wiccas y sus seguidores. Los rituales, las creencias, incluso contaba con un organigrama detallado y bien explicado que haría las delicias de cualquier académico. Lo curioso, se dijo Colin poco después, era que no le dio la impresión de que Seth pretendiera exponer o burlarse de todo aquello; se expresaba con respeto e incluso con cierta admiración en cada párrafo y supuso que eso se debía en gran parte a la influencia que la señora Phillips tuvo sobre él.

Luego de aquello, con la confesión de Quinn, no hubo mucho más por hacer. Dejó todo en manos de Logan para que presentara un informe a sus superiores y se ocupara de trabajar con la fiscalía para presentar la denuncia. Colin se volcó entonces a hacer compañía a Morgan, que se recuperaba con rapidez; y, por supuesto, a pasar el tiempo con Marie.

Cuando su amigo se encontró del todo listo para volver a casa, supo que él también iba a tener que tomar una decisión, y fue por eso por lo que, sin necesidad de pensarlo demasiado, le pidió a Marie que fuera con él a Chicago.

Sabía que no era un pedido del todo justo y habría entendido si ella se negaba. Eso nunca hubiera supuesto una diferencia en sus sentimientos porque estaba dispuesto a viajar tanto como fuera necesario para verla; encontrarían un equilibrio, le aseguró, incluso si él debía cambiar la sede de su empresa a Baltimore o buscar la forma de organizar una sucursal tan pronto como fuera posible.

Marie apenas lo dejó terminar entonces; le dio un «sí» mucho antes de que hubiera terminado de enumerar sus opciones. Ella ni siquiera lo pensó, aun cuando Colin estaba seguro de que en su mente estaba tan claro como en la suya.

Según ella, no había nada que la retuviera en Baltimore; había sido una buena opción cuando necesitó dejar Los Ángeles, pero no tenía familia allí; su hermano continuaba viajando por el mundo y cuando decidiera visitarla le daría igual donde estuviera. En cuanto al trabajo, contaba con la suficiente experiencia como para encontrar otro en Chicago. Lo único que le inquietaba un poco era Connor, pero estaba determinada a continuar en contacto con él y podían hablar por teléfono y organizar unos cuantos viajes al año para mantenerse informada de sus progresos.

De modo que no hubo mucho más que decir, o acordar. Marie dio el aviso en la escuela, organizó sus cosas y empezó a hacer planes incluso antes de haber empezado a armar su maleta. Mientras tanto, Colin la puso en antecedentes de su vida en Chicago para que se hiciera una idea de lo que le esperaba, aunque ella tuvo que reconocer al llegar a su casa en la ciudad que era mucho más de lo que había imaginado que sería.

Hasta entonces no había considerado del todo el ambiente mucho más acomodado en que se movía Colin. Se quedó con la boca abierta al ver su enorme apartamento y la distinción que encontraba a su paso, pero se recuperó de la sorpresa con rapidez y se dijo que podría acostumbrarse a todo eso; en especial cuando cayó en la cuenta de que no era la única deslumbrada y que no tendría problemas en disfrutar del lugar.

Napoleón y Suerte no llevaron muy bien el viaje en avión, en especial el gato, que odiaba los lugares cerrados y que salió despedido de la jaula tan pronto como los bajaron de la bodega. Pero bastó con que pusieran una pata en el piso, mimados por Marie y con tan buenas perspectivas en el lugar reservado para ellos junto a la chimenea del salón, para que parecieran mucho más animados.

De eso había pasado poco menos de una semana y a Marie aún le sorprendía sentir como si llevara allí toda la vida. Había procurado darle su toque al lugar; para su sorpresa, Colin no tenía una sola vela en el apartamento, pero ella lo resolvió de inmediato. Aún tenía mucho trabajo por delante y pensaba ponerse con ello antes de empezar el curso en un par de meses en la escuela en que había conseguido una vacante; pero antes decidió *curar* el lugar, tal y como lo llamara la señora Phillips cuando fue a verla poco antes de dejar Baltimore para despedirse. La anciana le había dado el papel, las velas y esa mixtura de plantas para que preparara su nuevo hogar y le había deseado mucha suerte. Marie prometió que la llamaría con frecuencia y que procuraría visitarla cuando fuera a la ciudad.

Ahora, en tanto observaba el rostro de Colin y delineaba la línea de su barba con la yema de los dedos, se dijo una vez más que había tomado la decisión correcta. Era difícil dejarse llevar por el corazón cuando este se encuentra receloso y dañado, pero ella había dejado todo eso atrás. Jamás se sintió más segura de algo y dispuesta a entregarse por entero a una nueva experiencia. Tenía fe en el futuro y podía sentir la magia fluyendo a su alrededor tan solo con mirar a ese hombre que tenía ante sus ojos. No podía pensar en un hechizo más extraordinario que el que encerraba su amor y estaba dispuesta a disfrutarlo durante el resto de su vida.

A CONTRALUZ

CLAUDIA CARDOZO

La esperanza es algo con plumas
que se posa en el alma
y canta su canción sin palabras
y jamás se calla.

Emily Dickinson

A aquellos que creen en los amores a primera vista y los finales felices, porque los milagros ocurren cuando miras con el corazón.

1

BALTIMORE, MARYLAND

Logan llegó al edificio principal de la Escuela de Arte de Maryland quince minutos antes de que iniciara la clase de retrato y figura humana, a la que llevaba asistiendo cada sábado desde los últimos tres meses.

Su premura no estaba relacionada con el hecho de que era escrupulosamente puntual, que también. En realidad, y le había costado reconocerlo en tanto hacía el camino de ida, se sentía un poco nervioso. Hasta entonces, la clase había sido netamente teórica; incluso, habían llevado un interesante seminario de anatomía artística en el que aprendió todo lo relacionado con el estudio de las articulaciones, las proporciones humanas y las perspectivas de movimiento. Ahora, sin embargo, tocaba llevar todo ese conocimiento a la práctica.

Como un artista aficionado que llevaba dibujando desde que tenía uso de razón, a Logan le gustaba pensar que tenía ya una base sólida sobre la cual trabajar y no era tan modesto como para no reconocer que era bastante bueno. Pero nunca había trabajado con modelos vivos y la idea no dejaba de ser un poco extraña.

Dibujar algo que se le ocurría de la nada o recordar algo o a alguien que deseara perpetuar en el papel, no era en absoluto lo mismo que contemplar a un ser humano cuyo único fin era posar durante horas ante un auditorio que podía analizar cada detalle de su cuerpo para plasmarlo en un block de dibujo.

Tal vez se estaba inquietando por nada, se dijo según ascendía las escalinatas de mármol que conducían al salón principal. Quizás él fuera un principiante en todo aquello pero, sin duda, los modelos no lo eran y tampoco la extraordinaria maestra que impartía el curso.

Casi como si la hubiera conjurado, oyó una voz pronunciando su nombre y giró a su izquierda para encontrarse con la ávida mirada de Lisa Vossler. La claraboya en lo alto del vestíbulo arrancó destellos de su cabello de un rubio dorado que caía en lisas cascadas hasta los hombros y que ella despejó con un movimiento elegante. Iba de negro, como acostumbraba, con un vestido ceñido hasta debajo de la rodilla; Logan suponía que era muy consciente de lo bien que le quedaba el color y de la forma en que resaltaba sus curvas, y procuraba sacar al mejor partido a aquello.

Cuando un conocido le habló de ese taller no dudó dos veces en inscribirse. Seguía la obra de Lisa desde que descubrió su trabajo en una galería de Baltimore y creyó que sería fascinante conocerla y aprender de ella. Y así había sido, reconoció componiendo una sonrisa al verla llegar a su lado y ponerse de puntillas para depositar un par de besos sobre sus mejillas, una costumbre a la que no creía que fuera a acostumbrarse.

Apoyó las manos sobre sus codos para apartarla con delicadeza y dio un paso hacia atrás de forma casi inconsciente. Había algo en ella, en la forma en que lo veía y la postura que asumía cada vez que se encontraban, que no dejaba de hacerlo sentir incómodo. Se trataba de una mujer muy atractiva, sin duda; voluptuosa y con una sensualidad casi palpable; era, en suma, totalmente su tipo. Y era evidente, además, que ella lo encontraba también muy atractivo. Sin embargo, Logan no podía evitar el mantener la guardia en alto cuando se encontraban cerca. Deformación profesional, lo habría llamado su madre.

–Has llegado justo a tiempo para acompañarme al salón. –Lisa le sonrió y se echó a un lado la melena con un movimiento delicado; tenía una voz áspera y extrañamente musical–. Nos espera una buena clase.

–Precisamente pensaba en eso al llegar.

Logan la siguió por las escalinatas camino al segundo nivel y desvió la mirada de su rostro para admirar el vestíbulo desde lo alto antes de girar en un recodo en dirección al ala destinada a las clases de arte y diseño. Nunca dejaría de estremecerse al contemplar la belleza del edificio; era, de lejos, su favorito en la ciudad.

–¿Nervioso?

Logan parpadeó y llevó su atención a Lisa, que lo observaba a su vez con una pequeña sonrisa sardónica.

–Algo, supongo –reconoció él con sencillez, encogiéndose de hombros–. Nunca he trabajado con modelos vivos; será un reto.

–Lo harás bien. Eres bueno, Logan; mejor de lo que piensas. –Ella lo sondeó con la mirada y sus tacones resonaron sobre el mármol del corredor–. No entiendo cómo no te dedicas al arte en exclusiva.

–Bueno, eso se debe a que no soy tan bueno como crees; estás siendo demasiado generosa. No soy un artista de verdad, no como tú.

Lisa entornó los párpados y lo observó con interés.

–Nunca he creído que la modestia sea una virtud tan atractiva como algunos piensan –señaló ella–. Aunque debo reconocer que en ti resulta encantadora.

Logan sonrió, sin responder, y dio una mirada hacia adelante, agradecido al reconocer la puerta que conducía al auditorio destinado a la clase y donde un pequeño grupo aguardaba la llegada de la maestra. Esta, al notar su mirada, hizo un pequeño mohín y simuló una expresión animada de bienvenida que engañó a todos, excepto a él.

¿Por qué no?, se preguntó Logan tras ingresar al salón mientras ella se ocupaba de saludar a los otros estudiantes. Estaba claro que cualquier avance suyo sería bien recibido y, considerando que aquel era un curso libre, no tenía que enfrentarse a ningún problema de ética por involucrarse con la maestra que lo impartía.

Lisa era preciosa, inteligente y una artista renombrada; la consumación de sus sueños húmedos. Estaba claro, además, que lo mismo que él, no estaba interesada en una relación seria, lo que la hacía prácticamente perfecta. Podría invitarla al final de esa clase, llevarla a cenar y algo le dijo que no encontraría muchos obstáculos para pasar una noche estupenda a su lado.

¿Por qué no?, ciertamente, se repitió al dar un rodeo a las sillas dispuestas alrededor de la plataforma en que se ubicaría el modelo. Eligió el lugar más apartado a la izquierda en primera fila y rebuscó en su mochila para sacar el block de dibujo y los útiles que tendría que utilizar durante la clase para disponerlos en el caballete situado a su derecha.

Los otros estudiantes empezaron a entrar también y a ocupar sus lugares y dio una nueva mirada a la mujer que se ubicó en el centro de la clase. Su mirada se detuvo un segundo en su rostro afilado y ella, al notarlo, le dirigió una pequeña sonrisa que terminó por convencerlo de que se estaba portando como un idiota. Tan pronto como terminara esa clase le propondría una salida, se prometió, aliviado en parte de haber tomado una decisión.

Lisa cerró la puerta a la hora exacta en que iniciaba la clase y atenuó las luces del salón hasta que quedaron sumidos en una semi penumbra, aunque mantuvo una potente lámpara encendida sobre la plataforma. Logan dio una mirada alrededor y comprobó que los otros estudiantes parecían encontrarse en su misma posición: expectantes y un poco nerviosos. Supuso que todos esperaban que en cualquier momento se abrieran las puertas tras la plataforma y un hombre con el tipo de Apolo reencarnado apareciera para empezar la clase.

El auditorio estaba compuesto por hombres y mujeres en similar proporción: todos artistas aficionados, como él, aunque Logan pudo reconocer a un par de expositores que conocía de sus recorridos por las galerías de la ciudad. Ellos captaron su mirada y le sonrieron alzando las manos; Logan hizo un gesto discreto de saludo y volvió su atención a la plataforma precisamente en el momento en que las puertas batientes tras ella se abrieron y una figura alta y espigada se abrió paso.

Lo primero que Logan pensó al mirarla con atención fue que se había equivocado de plano con la idea de Apolo reencarnado. Era Artemisa.

Sus dedos sujetaron el lápiz que acababa de afilar y lo sostuvo de forma casi inconsciente ante su rostro en tanto analizaba los rasgos de la modelo. Ella vestía una bata blanca que la cubría del cuello a los tobillos y por un momento se permitió admirar su rostro.

Tenía una fisonomía realmente extraña, se dijo él; pero en el buen sentido. Unas cejas bien perfiladas enmarcaban unos ojos grandes y de un tono marrón con matices de verde que destellaban bajo la luz; sus pómulos pronunciados y una nariz aquilina remataban en una barbilla puntiaguda que lo llevó a pensar, irremisiblemente, en un ser sobrenatural, tal vez, un duende. Y su boca... labios de proporción perfecta que mantenía entreabiertos en tanto miraba a la nada.

La vio intercambiar un rápido gesto con Lisa, que se había puesto a un metro de su lado, y una maraña espesa de cabello castaño corto hasta la barbilla refulgió en el momento en que se puso de espaldas y dejó caer la bata a sus pies.

Logan estaba seguro de que no imaginó el suspiro colectivo que emitió la clase por el asombro al observar la piel expuesta bajo la luz de la lámpara. Hasta entonces había creído que se sentiría incómodo al encontrarse ante una persona que se desnudaba con el fin de que un grupo de gente estudiara sus formas y la plasmara en el papel; pero en ese momento comprendió que se sentía demasiado fascinado como para hacer nada que no fuera admirarla.

Había visto mujeres desnudas antes. Varias y en distintas circunstancias, y definitivamente estaba lejos de ser un mojigato. Así que no vio nada que no hubiera contemplado antes; sin embargo, recorrer el cuerpo de la mujer en la plataforma le hizo pensar que nunca se había detenido a apreciar los muchos matices de la naturaleza humana. Tal vez las últimas clases tuvieran algo que ver con eso, supuso al tomar el lápiz con mayor fuerza y asentarlo sobre el papel sin ser muy consciente de lo que hacía.

Las líneas del cuerpo de la mujer le parecieron perfectas bajo la luz; tenía una figura delgada pero atlética; los músculos de los hombros y los brazos estaban bien definidos y hacían un conjunto armonioso con la línea de los omóplatos y su estrecha cintura. Sus caderas delgadas se unían a unas piernas que le parecieron interminables.

–El modelo es una de las armas primordiales del arte.

La voz de Lisa lo devolvió a la realidad y apartó la mirada de la joven para fijarla en ella, que alternaba sus ojos azulados alrededor de la clase con una expresión levemente sardónica.

–Es importante no olvidar esa frase; me la dijo mi maestro de anatomía durante mi primera clase de dibujo humano y la repito ahora –continuó ella iniciando un lento paseo alrededor de la modelo–: Admiren la perfección humana e intenten replicarla lo mejor que puedan. Ya hemos estudiado la teoría y ahora es momento de llevarla a la práctica; hoy nos centraremos en el contorno. Recuerden la importancia del análisis, la atención al detalle y dejen que su imaginación fluya. No se preocupen si tienen problemas esta primera vez y no se encuentran satisfechos con su trabajo al final de la clase; lo intentaremos de nuevo en la siguiente.

Lisa apenas había terminado de decir la última frase cuando el sonido de los blocks de dibujo y los lápices siendo afilados reemplazaron a su voz. Logan, que tenía todo ya listo y en las manos, le prestó atención a medias; todos sus sentidos estaban puestos en la modelo y en la forma en que permanecía de pie sobre la plataforma sin mover un solo músculo y sin que pareciera como si le afectara que la maestra se refiriera a ella como un cuerpo sin emociones. Claro que no podía verle el rostro, concluyó Logan; tal vez estuviera lejos de sentirse tan serena como aparentaba.

Trazó unas líneas sobre el papel con los ojos entrecerrados; alternaba la mirada de la modelo a sus manos e iba bosquejando el contorno con expresión concentrada. Fue más sencillo de lo que había pensado que sería y, al mismo tiempo, lo más complejo a lo que se había enfrentado en su vida; al menos en lo que a su inclinación artística se refería.

El tiempo pasó de una forma extraña, lo que le ocurría siempre que se hallaba embebido en su trabajo. Dibujó sin pausa excepto para beber un trago de agua de la botella que llevara consigo y para tender un borrador al hombre ubicado a su derecha quien, por algún motivo, parecía haber olvidado algo tan importante. Cuando su mirada se encontró con la suya, luego de que le diera las gracias en un murmullo, lo reconoció como uno de sus conocidos de las galerías. Este le sonrió y señaló a la modelo con una cabezada y un guiño lascivo que, por algún motivo que no se vio capaz de analizar en ese momento, le provocó estampar su rostro contra el caballete.

Tal vez se debiera a que no soportaba a la gente que no podía controlar sus instintos, se dijo luego desviando la mirada con una mueca de desagrado y retomando su trabajo. Se perdió de nuevo en lo suyo y no se detuvo hasta que una campanilla marcó el final de la clase. El sonido de los lápices rasguñando el papel se detuvieron de golpe y él dejó caer el suyo con un suspiro y un molesto adormecimiento en la muñeca.

Al mirar en dirección a la modelo, advirtió que ella se inclinaba para tomar su bata y se vestía con ella con movimientos calmados; después, se perdió en un parpadeo por la puerta por la que había llegado. Por un momento, Logan se preguntó si no la habría imaginado, pero al mirar a su caballete y encontrarse con el contorno de su figura y la línea de esa espalda que había dibujado y vuelto a dibujar una y otra vez, se dijo que no, que desde luego que había sido muy real.

Lisa dio otro breve discurso entonces, antes de dar una mirada a los trabajos de la clase; señaló errores y alabó avances. Al detenerse ante el suyo, arqueó las cejas y le dirigió una mirada entendida, sin decir una palabra. Tal vez quisiera implicar con eso que estaba impresionada; Logan no lo tenía muy seguro, pero no se quedó a averiguarlo.

Sus compañeros comenzaron a despedirse y él hizo otro tanto, pero cuando llegó a la puerta del auditorio recordó que se había prometido invitar a Lisa al salir. Sin embargo, cuando la vio en medio del salón, reuniendo sus cosas, sus miradas se encontraron un segundo, la suya expectante, tan solo atinó a elevar una mano en señal de despedida y se dirigió a la salida del edificio sin pensarlo dos veces. De alguna forma, la idea de pasar el tiempo con ella le pareció menos tentadora que antes.

Estaba cansado, se dijo al encaminarse al estacionamiento en busca de su auto. Había tenido una semana difícil y le esperaba una más dura aún. Quizás el sábado siguiente, decidió al iniciar el regreso a casa. Entonces estaría bien.

Tara olisqueó el aire y emitió un corto gemido de anhelo al tiempo que su estómago empezaba a rugir. Estaba mucho más hambrienta de lo que había pensado y el delicioso aroma proveniente de la cocina que le salió al paso tan pronto como puso un pie en casa solo incrementó la sensación.

Pasta. En salsa boloñesa, si su olfato no la engañaba.

–¿Papá? –llamó en voz alta.

–¡Lávate las manos primero!

Tara sonrió y se encogió de hombros, dirigiéndose al baño bajo la escalera para hacer lo que su padre ordenara. No importaba la edad que tuviera, los hábitos de higiene del señor Duncan permanecían inalterables.

Cuando fue a la cocina, lo encontró afanándose ante la estufa; la pequeña mesa bajo la ventana que acostumbraban compartir cuando coincidían a la hora de las comidas se encontraba puesta y Tara se acercó a darle un beso en la mejilla antes de llevar unos vasos y el agua que sacó de la nevera.

–¿Qué tal el trabajo? –preguntó su padre.

Tara se encogió de hombros y dobló unas servilletas con expresión concentrada antes de responder.

–Aburrido, como siempre –dijo ella, al fin, observándolo servir el contenido de la cacerola en una fuente–; pero está bien.

–Bueno, es una suerte que lo tengas y que sea solo los sábados. No podrías hacerlo entre semana con la escuela y todo lo demás.

–Me las arreglaría.

Su padre arqueó una ceja rojiza y le tendió la fuente que ella se apresuró a sostener en tanto él cogía el bastón que dejara apoyado contra la encimera de la cocina.

–Sí, claro –comentó él–. ¿Y cuándo dormirías?

–En clase, claro. ¿Dónde más?

El señor Duncan se dejó caer sobre la silla con un suspiro ahogado y sostuvo su plato para que Tara lo rellenara luego de ocupar el asiento frente a él.

–Más te vale estar bromeando –dijo él señalándola con el tenedor.

Tara no respondió. No hacía falta; él sabía que bromeaba.

Comieron en un silencio armonioso, roto apenas para que ella respondiera las preguntas acerca de cómo había ido su día y si la semana siguiente tendría que salir también tan temprano como lo hizo en esa ocasión. Tara respondió con monosílabos, y no solo porque se encontrara encantada con el almuerzo; nunca se sentía cómoda respondiendo a las preguntas de su padre referidas a su empleo de fin de semana.

–En serio. No es nada interesante; de no ser por lo bien que pagan ni siquiera me lo plantearía –comentó ella ante su insistencia.

El señor Duncan se limpió la comisura de los labios con una servilleta y la observó por encima de su vaso con el ceño fruncido.

–No deberías de hablar así –la reprendió él–. Y vaya que te pagan bien; en especial considerando que es solo por unas horas. ¿Qué clase de dibujos dijiste que hace esa gente?

Tara bajó la mirada a su plato.

–Retratos –respondió esquiva–. Ya sabes. Dibujan rostros y esas cosas.

–Ya. Bueno, no puede culpárseles por pagar bien por dibujarte. Con el rostro tan bonito que tienes.

Tara sonrió y puso los ojos en blanco. Ese era otro tema con el que tampoco se sentía muy cómoda; pero siempre era más fácil lidiar con un padre al que cegaba el orgullo que con uno intrigado por cómo se ganaba la vida. En especial cuando hacía ese dinero posando desnuda; cosa por la que, si se enteraba, posiblemente la repudiara. O le diera un infarto. Quizás ambas cosas, supuso antes de responder.

–No es bonito. Es regular, y hay quienes piensan que un poco raro; pero como a los artistas les gusta lo que se sale de lo normal, bien por mí –dijo ella sin dar la impresión de que tuviera interés en descifrar la mente de quienes pensaban así–. Por cierto, antes de venir pasé por casa del señor Robinson para dejarle la paga de la semana que viene.

Su padre asintió tras dirigirle una mirada pensativa.

–Gracias –dijo él–. Me quedo más tranquilo.

–También yo. Y seguro que al señor Robinson le ocurre lo mismo; dijo que su hijo se ha quedado sin empleo, así que le viene bien –comentó ella tras encogerse de hombros–. Vendrá el lunes por la tarde.

El señor Duncan cabeceó.

–Le tendré una fuente de lasaña para que la lleve a casa luego.

Tara sonrió. Su padre siempre había sido un buen cocinero, pero últimamente se le había dado por hornear a ritmos forzados; dudaba de que tuvieran un vecino que no hubiera probado alguno de sus platillos, pero a ella le alegraba porque era obvio que lo mantenía entretenido y ya que ella pasaba buena parte del día fuera, no podía pensar en algo que la aliviara más.

El señor Robinson era además uno de sus favoritos. Él no solo se ocupaba de ir tres veces por semana para ocuparse de su terapia, sino que además de fisioterapeuta en retiro era también uno de los hombres más divertidos con los que había tratado y siempre lo hacía reír. Algo que su padre hacía más bien poco.

El accidente le había afectado más de lo que le gustaba reconocer. Hasta entonces fue un hombre muy activo y no solo le obligó a retirarse antes de lo que pensaba, sino que también le afectó mucho emocionalmente. De eso habían pasado cinco años, pero aún le parecía como si hubiera sido ayer. Las cosas no eran sencillas entonces para ninguno de ellos; su madre había muerto tres años antes y apenas empezaban a aprender a sobrellevar su ausencia. Tara tenía quince años entonces, tres menos de los que contaba cuando su padre perdió el movimiento de la pierna y aún le costaba hacerse una idea de todo lo que había cambiado en ese tiempo.

La pérdida de su madre aún les pesaba a ambos y las secuelas del accidente iban más allá de que su padre hubiera tenido que dejar su empleo antes de lo previsto. Su pensión les daba para vivir, pero eso era todo. El seguro costeó su recuperación, pero no la terapia necesaria para recuperar parte de la movilidad y hacer sus días más llevaderos, así que debían pagarla como mejor podían. Al principio, lo hicieron usando sus ahorros, pero estos siempre fueron más bien pequeños, de modo que se terminaron pronto y fue Tara quien se ocupó de buscar un empleo que le permitiera costearla.

Para entonces acababa de dejar el instituto y tuvo que replantear sus opciones. Dejó a un lado su sueño de estudiar medicina y buscó algo que le permitiera empezar a trabajar pronto. Estaba a punto de graduarse y las cosas mejorarían en cuanto tuviera una paga fija, pero hasta entonces, alternaba sus estudios con el modelaje en la escuela de arte. Una cosa no se interponía con la otra y a diferencia de otro tipo de ocupaciones, esa última no requería mucho tiempo y sí bastante coraje. Y a Tara lo segundo le sobraba.

Aunque no tanto como para confesárselo a su padre, claro, reconoció para sí de mala gana.

–¿Qué vas a hacer mañana?

La voz de su padre la obligó a apartar sus pensamientos y le sonrió después de terminar con el último bocado de su plato.

–Dormir hasta mediodía, por lo menos –respondió ella sin vacilar, aunque hizo una mueca al encontrarse

con la mirada irritada de su padre–. Pero te acompañaré por la tarde a donde sea que necesites ir.

–Había pensado en visitar a tu madre.

Tara apretó los labios y contuvo un suspiro antes
de asentir con los párpados caídos, buscando su mano
por encima de la mesa. Su padre sostuvo sus dedos y le
dio un cálido apretón.

–Claro –asintió ella–. Iremos a la hora que quieras.

El señor Duncan cabeceó, pensativo, y luego se puso
de pie con esfuerzo, apoyándose sobre el bastón.

–Estupendo. Ahora, tenemos unos pasteles para el
postre que la señora Nieva dejó esta mañana. ¿Te queda sitio?

Tara ni siquiera se molestó en responder. No hacía
falta, y su padre lo sabía; podría con eso y con un café
sin mayor esfuerzo.

Satisfecha de haber visto a su padre algo más animado de lo habitual, y luego de un almuerzo como
aquel, Tara subió a su habitación y se dejó caer sobre
una butaca con un suspiro.

Había sido un día tan bueno como el que más, lo
que tal vez no fuera decir mucho, pero tratándose de
ella era suficiente. La clase fue bien y apenas había prestado atención a los estudiantes en tanto posaba, como
procuraba hacer siempre. Había advertido un par de
miradas poco ceñidas al interés artístico luego de desnudarse, pero no era nada fuera de lo común; siempre
había un idiota o dos de ese tipo, pero ella apenas les
prestaba atención y como no tenía por qué interactuar
con ellos le daba más bien igual. Ella nunca prestaba
atención a nadie.

Aunque ese día hubo alguien, sin embargo... alguien distinto. Un hombre en lo más alejado del salón
al que no recordaba haber visto antes. En realidad, no
podía decir que lo hubiera visto en verdad; el área del
alumnado se encontraba en penumbra, precisamente
para que ella se sintiera más cómoda y el contraste con

la luz que la iluminaba les permitiera apreciar mejor lo que debían dibujar, pero aun así fue capaz de captar el brillo de unos ojos grises tras los cristales de sus gafas y un rostro enérgico que la miró de una forma que le provocó un estremecimiento. Era la primera vez que le ocurría. Fue un alivio girar y despojarse de la bata para esquivar la mirada pese a que pudo sentir sus ojos puestos en ella durante todo el tiempo que duró la clase.

En ese momento se dijo que estaba pensando tonterías porque desde luego que había tenido que mirarla. Para eso estaba allí. Y ella se hacía ideas ridículas al suponer que pudiera sentir cualquier tipo de interés que no estuviera relacionado con la clase. Eso era todo.

Consciente de que estaba dedicando tiempo precioso a pensar en un desconocido al que apenas había visto una vez en lugar de usarlo en algo más útil, se puso con los apuntes que debía estudiar para su clase del lunes. Faltaba poco. Unos meses y estaría graduada y trabajando en algo que le hacía mucha ilusión.

Si ese no era un pensamiento agradable, nada lo sería. Ni siquiera un atractivo extraño en la oscuridad.

2

–A ver, dime todo de nuevo pero esta vez intenta que no suene tan extraño y, por favor, procura no parecer un maniático mientras lo haces.

Logan apretó los labios y se recordó que, en el fondo, su jefe era un hombre estupendo y que le caía muy bien. Eso y cuando no le daban ganas de estrangularlo, claro.

Estaban en su oficina en el segundo piso de la comisaría de policía de Parkville, donde Morgan Reynolds, su inmediato superior, ejercía el cargo de consultor civil.

Logan llevaba dos años sirviendo en esa estación cuando Morgan llegó y, aunque entonces encontró un poco extraño trabajar a órdenes de un hombre que no pertenecía formalmente a la policía, era justo reconocer que había aprendido mucho gracias a él. Como ex soldado, Morgan era extremadamente disciplinado y muy cauto en sus formas, lo que para un detective de policía recién ascendido, como era él entonces, significó un buen ejemplo.

Desde entonces, habían forjado una buena amistad. Logan admiraba a su jefe y este lo tenía por su mejor activo. Cuando estudió el expediente del personal que tendría a su cargo, lo primero que llamó su atención fue ese joven detective que tenía una hoja de servicio impecable y a quien todos sus conocidos ponían por las nubes. Un prodigio, le llamaban. Y, al conocerlo, debió reconocer que eso era verdad.

Eso fue hace cuatro años y ambos habían pasado por muchas cosas desde entonces. Cosas que cimentaron su compañerismo y que solo habían reafirmado la impresión que Morgan tenía de Logan. Claro que el admirar sus virtudes no impedía que viera también sus defectos. Como que era tal vez demasiado obcecado para su bien y que creía que todo el mundo era capaz de seguir su línea de pensamiento, como hacía precisamente en ese momento.

–¿Parezco un maniático? –preguntó él un poco ofendido por sus palabras.

–Algo –reconoció Morgan sin dudar–. Nada fuera de lo normal para mí, pero podrías asustar a un extraño.

–No es gracioso.

–No estaba bromeando.

Morgan recostó la espalda sobre el sillón que presidía la oficina y lo señaló con una cabezada. Era un hombre enorme, de grandes músculos remarcados por las costuras de la camisa y aunque quienes no lo conocieran podían considerar su presencia un tanto intimidante, sus amigos sabían que en el fondo tenía un carácter bondadoso y poco inclinado a las discusiones.

–De acuerdo. –Logan suspiró y se pasó una mano por la frente–. ¿Te parece si empiezo de nuevo?

–Por favor.

Logan cabeceó y se quitó los anteojos para limpiarlos con el borde de la camisa; un gesto más propio de una manía que de la necesidad. Sus anteojos siempre se encontraban impecables, igual que el resto de él.

–Sabes que estudié a fondo el expediente de Marvin Quinn para presentar su caso a la fiscalía y que ellos aceptaron remitirlo al juzgado; van a procesarlo por asesinato y con las pruebas que tenemos es posible que cuando menos le den treinta años –empezó él.

Morgan cabeceó, pensativo. Había sido un caso que llevaron juntos; él y otro de sus amigos, un ex compañero del ejército y ahora empresario de Chicago que fue a darle una mano con eso. Colin se había quedado hasta que lograron arrestar a Marvin Quinn y reunir las pruebas para incriminarlo por el asesinato de un hombre bajo un extraño ritual. A su parecer, Quinn estaba seriamente trastornado y pocas veces en su vida se había sentido tan satisfecho de encerrar a alguien. Además, ese caso le había costado una estadía de semanas en el hospital por una herida en el abdomen, así que nada le tentaba menos que revivir todo aquello, pero Logan se había presentado en su oficina para decirle que tal vez sí debieran hacerlo porque, al analizar los bienes de ese hombre para armar la acusación, se había topado con algunas cosas que llamaron su atención y estaba dispuesto a investigarlas.

–¿Sabes que, antes de todo esto, Quinn era un hombre con una excelente reputación? Lleva cuando menos treinta años comerciando con antigüedades y tiene contactos en todo el mundo. –Logan continuó tras hacer una pausa para ponerse nuevamente los anteojos; sus ojos de un gris azulado destellaron a través del cristal–: Al comienzo no le di demasiada importancia, pero al estudiar sus finanzas y sus movimientos migratorios, caí en la cuenta de que había algo que no calzaba. Tiene demasiado dinero, incluso para alguien que lleva tanto tiempo en el negocio. No proviene de una familia acomodada...

–A diferencia de la tuya.

Logan puso los ojos en blanco antes de dirigir a su jefe una mirada acerada y se encontró con su rostro risueño. Era una pulla común. Desde que Morgan descubriera, al poco de conocerlo, que Logan pertenecía a una familia bastante acaudalada y que su apellido se remontaba hasta los tiempos del Mayflower, no perdía oportunidad de mofarse de él por eso. No importaba que Logan le asegurara que provenía de una rama de los Spencer que estaba lejos de ser millonaria y que, en realidad, el dinero ni siquiera era suyo sino que pertenecía a su madre, quien heredara la mayor parte de los bienes a la muerte de su padre. A Morgan eso le parecía graciosísimo porque estaba acostumbrado a ver policías pobres, no nadando en la abundancia.

Su jefe tenía un espantoso y retorcido sentido del humor, se dijo Logan no por primera vez al tragarse la réplica que subía por su garganta. Prefirió ignorarlo y enfocarse en su caso.

—Como decía... —carraspeó él antes de continuar—, según iba indagando para esclarecer el origen de la fortuna de Quinn, me di cuenta de que buena parte de ella no pudo provenir de una entrada legal. Es posible que su negocio de antigüedades sea una fachada para algo más.

—Contrabando.

El tono de Morgan adquirió un matiz serio y la sonrisa se esfumó de su rostro. De pronto, se convirtió nuevamente en el viejo soldado alerta e inteligente que había conseguido asumir una posición de poder en un lugar como aquel sin mayores pergaminos que su experiencia.

—Es posible —asintió Logan, satisfecho de que hubiera llegado tan rápido como él a esa conclusión—. Y explicaría muchas cosas. Como su posición dentro de la comunidad pese a que en realidad no es un hombre precisamente sociable, sus cuentas en el banco y, también, el hecho de que actuara con la impunidad con la que lo hizo en su momento. Tiene amigos poderosos que intentaron protegerlo hasta el final y eso solo puede explicarse si le deben algunos favores.

—Eso o que, al protegerlo a él, se protegen ellos también —sugirió Morgan, tan práctico como siempre—. ¿Has

considerado que pueda tratarse de tráfico de antigüedades? Llevé un caso parecido hace unos años...

–Quizá se trate de algo como eso o el comercio de
antigüedades sea tan solo una fachada para algo más.

–¿Drogas?

–O cualquier otra cosa –continuó Logan adelantando
el torso en el asiento; se le notaba realmente emocionado al poner sus ideas en palabras–. Para estar seguro
necesito continuar con la investigación. Si me das el
visto bueno me pondré con eso de inmediato y estoy
seguro de que podré tenerte algo pronto. Quinn ya está
perdido, y lo sabe; le espera mucho tiempo en prisión
y si ve que algo de lo que me diga le permite reducir la
condena lo hará sin dudar.

Morgan lo oyó pensativo y unió sus manos sobre el
escritorio; su sortija de bodas relumbró en su dedo.

–Supongo que solo puedo decirte que sí, aunque
preferiría que encierren a ese hombre y tiren la llave sin
darle ninguna oportunidad de librarse ni un día antes
–reconoció él recordando el sufrimiento que el ataque
provocó en su familia.

Logan cabeceó haciéndose una idea de lo que pensaba.

–Bueno, considerando su edad dudo que tenga oportunidad de ver de nuevo la luz del día, con reducción de
pena o no –comentó él.

Su jefe hizo una mueca sin que pareciera muy satisfecho con ello, pero debió de considerar que era mejor
que nada porque terminó por asentir de mala gana.

–De acuerdo, puedes ocuparte de eso; pero quiero
que me mantengas informado –advirtió.

–Por supuesto; vendré a decírtelo tan pronto como
tenga algo –asintió Logan de inmediato, encantado de
haber obtenido el permiso–. Me pondré con esto ahora
mismo.

Morgan carraspeó y lo detuvo con un gesto antes de
que se levantara.

–Bien, pero antes de eso recuerda que tienes otras obligaciones –mencionó él con una mirada ceñuda–. Porque si estás pensando que puedes escaparte armando todo este asunto...

Logan abrió la boca y la cerró antes de decir lo que estaba pensando, lo que pareció confirmar las sospechas de su superior.

–Sabía que había algo de eso –pese a sus palabras, Morgan se divirtió habiendo llegado a esa conclusión–. Logan, tienes que ir a dar esa charla.

Su amigo suspiró y extendió las manos ante él como si pretendiera con eso pedir algún tipo de clemencia.

–Pero, ¿por qué? –preguntó él con voz torturada–. Sabes que odio hablar en público, soy pésimo con eso.

–Claro que no.

–Y no hay nada que pueda decir a esos chicos que ellos no sepan –él continuó como si no lo hubiera oído–. No soy un profesor, soy policía.

Morgan resopló.

–Exacto. Y como policía irás a compartir tu experiencia con los nuevos reclutas para que sepan lo que les espera –remarcó él con una ceja arqueada–. Además, no eres cualquier agente sino el mejor que tenemos, y no lo digo para alabarte, es la verdad. La mayor parte de estos chicos han querido ingresar al cuerpo durante toda su vida y sueñan con llegar a donde tú lo has hecho. Sabes que el fin de cualquier policía medianamente ambicioso es convertirse en detective.

Logan contuvo un gemido. No importaba qué tan bien lo pintara Morgan, la idea no dejaba de parecerle una pesadilla. Cuando su jefe sugirió que fuera a dar algunas charlas a la academia de policía de Baltimore para los reclutas de los últimos cursos, puso el grito en el cielo; pero nada había conseguido convencerlo de enviar a alguien más. En el fondo, y le avergonzaba un poco reconocerlo, se había volcado de la forma en que lo hizo para armar el caso de Quinn y conseguir su permiso de continuar con la investigación con la secreta esperanza de usarlo como excusa para zafarse de ese tema. Ahora veía que tal vez no tuviera tanta suerte.

–Pero, ¿qué les voy a decir? –insistió él.

–Eso es cosa tuya, prepara algo. Puedes hablarles de tu trabajo en el departamento de reconocimiento; tu talento como artista nos ha sido muy útil –sugirió Morgan–. O háblales de ética, es algo que se te da bien.

–Porque me la han machacado desde que nací –rezongó Logan con un estremecimiento y miró a su amigo con mirada suplicante–. ¿En serio no puedes...?

–No, lo siento; la programación ya está hecha. Empiezas el lunes que viene; serán solo unas cuantas visitas a la academia, supéralo de una vez y ponte a trabajar. –Morgan habló con gesto risueño, aunque su mirada decía claramente que no estaba dispuesto a discutirlo más.

A Logan no le quedó otra alternativa que no fuera suspirar y ponerse de pie de mala gana, tomando su informe del escritorio con un gesto brusco antes de despedirse con una cabezada.

Una vez en su propia oficina, un lugar más pequeño que el que acababa de abandonar, dejó sus anteojos sobre un archivador y se llevó una mano a la sien. Temblaba tan solo ante la idea de pararse frente a un auditorio de mocosos convencidos de que lo sabían todo porque les habían puesto un arma en las manos y se creían capaces de realizar cualquier tipo de hazaña. El tiempo y la experiencia les enseñarían que estaban equivocados, claro, pero no le tentaba la idea de contribuir a aquello.

Maldijo por lo bajo y su mirada se vio atraída por el calendario sobre el escritorio. Iba apenas a media semana y ya estaba hasta el cuello de pendientes; pero en un par de días tendría una nueva clase en la escuela de arte, algo que siempre le ayudaba a relajarse luego de una semana complicada.

Una lástima que el tiempo no pasara más rápido cuando uno lo deseaba, reconoció poco animado antes de ponerse con el expediente de Quinn para organizar los pasos a seguir en el nuevo caso. Muy pronto, sin embargo, se vio absorbido por el trabajo. Le pasaba con frecuencia, lo que tan solo le recordaba por qué había decidido tomar esa línea de carrera.

Recordó las palabras de Lisa respecto a por qué no se había dedicado al arte en exclusiva y tuvo que reconocer, al menos para sí, que aun cuando pocas cosas le daban más satisfacción que dibujar, era su labor en el departamento y la oportunidad de servir lo que le hacían sentirse del todo pleno. De todas formas, se dijo algunas horas después al dar una nueva mirada al calendario cuando tenía los músculos del cuello agarrotados por la tensión, no le vendría mal una sesión de dibujo en ese momento.

Dos días, recordó. Dos días más y podría ponerse con ello.

Tara contó hasta diez y respiró profundamente, antes de atravesar las puertas que conducían al auditorio, con la barbilla en alto y la mirada vacía.

Era un ritual al cual se apegaba a rajatabla cada vez que debía posar. Le ayudaba a enfocarse en lo que se esperaba de ella y a que nada la perturbara. El público se convertía en un ente borroso al cual apenas prestaba atención; tan solo se mantenía en parte atenta para seguir las indicaciones de quien llevara la clase, en ese caso, Lisa, que le dirigió una leve sonrisa al verla aparecer y le señaló la plataforma iluminada.

Tara ocupó su lugar y mantuvo el rostro imperturbable en tanto oía el ajetreo de los ocupantes del salón disponiendo sus útiles de dibujo. Sabía que no debía hacerlo, pero no pudo reprimir el impulso de mirar en dirección al lugar en que se encontrara ese hombre la última vez.

Y allí estaba, descubrió no sin cierto agrado al distinguir de nuevo su rostro atento y ver la forma en que sostenía el lápiz con la mirada fija en su rostro. Sus miradas se encontraron un instante y se quedó sin respiración; sintió un retortijón en el estómago que estuvo a punto de obligarla a doblarse, pero logró recuperar el autodominio con rapidez, desviando la mirada. Sintió sus mejillas enrojecer y le pareció una ridiculez considerando que jamás le ocurría cuando se encontraba desnuda y en ese momento aun la cubría la bata.

–Hoy continuaremos con el contorno. –La voz de Lisa llegó a sus oídos y le ayudó a centrarse–. Algunos de ustedes realizaron estupendos trabajos la última vez; otros tal vez necesiten practicar un poco más, pero lo importante es que todos han progresado de forma notoria y estoy segura de que para el fin de curso podremos armar una exposición muy interesante. Ahora, recuerden enfocarse en líneas limpias y fluidas; pasaré por sus lugares por si tienen alguna pregunta.

Ante un gesto suyo, Tara asintió y dio la espalda al salón, despojándose de la bata en el proceso.

Permaneció de pie sin mover un músculo, reprimiendo un escalofrío. Estaban en julio, por lo que el clima era bastante cálido, pero había amanecido nublado; le costó salir de la cama esa mañana y apenas mordisqueó una manzana camino a la escuela. Su casa se encontraba lejos de allí y debía tomar dos autobuses para llegar a tiempo. La seguridad de que su padre la esperaría con un plato caliente de algo delicioso le procuró cierto alivio y se aseguró de asentar bien los pies sobre la plataforma para mantener su postura.

Sentía los ojos de todos en el auditorio puestos en ella, pero era una sensación con la que ya estaba familiarizada e intentó que no le afectara. Sería un poco distinto cuando en las próximas clases debiera posar de frente, se recordó apretando los labios; eso siempre le había costado un poco más, pero en realidad no era tan malo, no cuando se hacía a la idea de que para quienes la veían no era más que un cuerpo y que no podían verla. No en realidad.

Excepto...

Se concentró para enfocar sus sensaciones en el lugar en que se encontraba el hombre que le llamara tanto la atención y fue capaz de percibir su mirada puesta en ella, lo mismo que las de los otros. Pero en su caso era distinto. Lo sintió al verlo y lo sentía incluso en ese momento en que le daba la espalda.

De alguna forma extraña, algo le dijo que él sí la veía. A ella, Tara. Por completo.

La clase transcurrió interrumpida tan solo por los paseos de Lisa y sus susurros al llegar ante alguno de los alumnos e intercambiar algunas palabras con ellos, fuera para alabarlos o corregir algo. Cuando sus dientes empezaron a castañear, el timbre sonó y exhaló un casi imperceptible suspiro de alivio.

Al fin.

Tomó su bata y se cubrió, arrebujándose pese a que el delgado tejido estaba lejos de ser abrigador. Como siempre, abandonó el auditorio sin mirar a nadie y una vez que se encontró en el pequeño cuarto en que dejara su ropa, se vistió lo más rápido que pudo. Había elegido unos jeans oscuros y una camiseta ceñida; pero se lamentó de no haber tomado su abrigo antes de dejar la casa en lugar del delgado cárdigan gris que recogió al vuelo del perchero al salir.

Necesitaba un café con desesperación, se dijo en tanto dejaba atrás el auditorio y atravesaba el vestíbulo de la escuela. No se había despedido de Lisa, pero no acostumbraba hacerlo y la profesora nunca pareció resentirlo. Cuando mucho, las unía una relación meramente comercial, ella hacía su trabajo y la otra le depositaba su paga sin falta; un trato perfecto para ambas. Además, aunque Tara era una chica de naturaleza amistosa y era sencillo simpatizar con ella, Lisa era más bien cortante y poco dada a las muestras de amistad.

Descendió por las escaleras que conducían a la salida y su mano se deslizó por la balaustrada de mármol. Le fascinaba ese lugar. Era tan hermoso como elegante y más de una vez se había quedado dando vueltas por el campus para admirar la arquitectura; pero eso no sucedería ese día. Solo deseaba tomar algo caliente y volver a casa.

Estaba ya en la puerta cuando sintió una mano sobre su hombro y al girar se encontró con un rostro que no supo reconocer. Dio un paso hacia atrás para zafarse del agarre con un gesto un poco brusco y observó al hombre ante ella con el ceño fruncido.

–Perdona. Te grité, pero como no sabía tu nombre no pude llamarte, así que seguro no entendiste que iba contigo.

Tara no varió el semblante receloso al encontrarse con la mirada de ese hombre que acababa de dar una excusa tan pobre. Al esforzarse, comprendió que lo había visto antes; sí, hacía unos minutos, en realidad, recordó con desagrado. Era uno de los que asistían a la clase y que la observara con gesto lascivo durante la sesión. Odiaba a esa clase de tipos.

–Ya –respondió ella sin darle mucho lugar a charla–. ¿Puedo ayudarte en algo?

En su experiencia, y desafortunadamente contaba con bastante, lo mejor en casos como aquel era mostrarse tan cortante como fuera posible. El hombre pareció resentir su tono y se ajustó la americana a la altura del pecho con un ademán incómodo. Era más bien bajo, o al menos para ella, que tenía una estatura muy por encima de la media, y sus cabellos claros enmarcaban un rostro anodino.

–Sí, no sé si me recuerdas; he estado en la clase de la profesora Vossler –señaló él, y continuó tras verla asentir con tirantez–. Me preguntaba si te gustaría ir a tomar algo.

Tara contuvo el impulso de poner los ojos en blanco

y sacudió la cabeza de un lado a otro mucho antes de que terminara de hablar.

–No, lo siento; llevo prisa, pero gracias –respondió ella.

–¿Estás segura?, porque conozco un lugar...

–Dije que no. De verdad, pero te lo agradezco.

El hombre exhaló un suspiro y miró sobre su hombro, evidentemente decepcionado. Tara reparó en que la mayor parte de los estudiantes que asistían a los cursos libres del fin de semana empezaban a marcharse y que ella continuaba allí en un extremo del vestíbulo tan solo en compañía de ese tipo, lo que no era en absoluto una perspectiva agradable.

–¿Quizás otro día? –insistió él.

–No lo creo –negó ella sin vacilar–. Mira, tengo que irme.

Tara dio media vuelta para marcharse, pero volvió a sentir el contacto de la mano del hombre sobre su brazo y le dirigió una mirada ceñuda antes de sacudir el hombro para alejarlo.

–No me toques de nuevo o no respondo –advirtió ella en tono helado.

–Disculpa, pero es que te marchas así como así y yo solo quería charlar contigo...

–Pero yo no quiero y creo que eso hace toda la diferencia del mundo –espetó ella dando un paso hacia atrás–. Ahora, me voy a ir y más te vale no volver a tocarme. Y ya que estamos, más te vale no volver a hablarme tampoco o presentaré una queja.

El hombre resopló y le dirigió una mirada irritada; una sonrisilla se dibujó en sus labios delgados.

–¡Vaya ínfulas! –exclamó él–. Te muestras muy digna, considerando que acabas de enseñar hasta el alma en un salón atestado.

Tara ni siquiera se planteó responderle; había oído cosas peores y sabía que era una estupidez prestar atención a una provocación como aquella. De modo que, tras dirigirle una mirada de desprecio, giró nuevamente para marcharse, pero apenas había dado un paso cuando sintió que el hombre tiraba de ella otra vez, ahora tomándola de la mano, y no se detuvo a pensarlo dos veces.

Le había dicho que no la tocara de nuevo, ¿no? Bueno, luego no podría decir que no le habían avisado.

Logan se sintió un absoluto idiota al abandonar el salón nuevamente sin hablar con Lisa. No solo no la invitó a salir, tal y como se prometió que haría, sino que ni siquiera se despidió de forma apropiada. Igual que la última vez, cuando mucho le hizo un gesto de despedida antes de marcharse.

Quería pensar que estaba tenso por la clase del lunes en la academia y porque había pasado la última hora del todo concentrado en su trabajo sobre el papel. En el fondo, sin embargo, sabía que no era tan sencillo; había algo más; pero no estaba seguro de qué era.

Se estaba comportando de una forma extraña; era consciente de ello. Pero él era un poco extraño, en realidad, se recordó al dirigirse el vestíbulo, y una sesión de dibujo como la última tan solo acentuaba aquello. Para él, dibujar era como internarse en otro mundo, uno del que le costaba luego salir. Además, igual que la última vez, se había sentido tocado de una forma extraña al estudiar el cuerpo de la modelo e intentar plasmarlo en el papel.

Tal vez se debiera a la mirada que intercambiaran antes de iniciar la clase, supuso tras exhalar un suspiro. Una conexión muy curiosa se entabló entre ambos entonces y le costó quitarse de encima la sensación de que había algo allí que no terminaba de calzar del todo; como una pieza de rompecabezas mal puesta que necesitaba destrabar.

Una vez en el vestíbulo, compuso una expresión más sosegada y dirigió sus pasos a la salida, resignado a esa rareza a la que ya estaba acostumbrado, cuando reparó en que el motivo de todos esos quebraderos de cabeza se encontraba allí.

La joven modelo estaba de pie junto a las puertas abiertas, pero su rostro no mostraba ni un ápice de la calma que la había visto adquirir en tanto posaba. Ahora distinguió una sombra de malestar en sus rasgos y el brillo de sus pupilas, incluso a lo lejos, hablaba de que se sentía bastante enfadada.

No fue difícil para Logan hacerse una idea de a qué se debía eso último. Reconoció al hombre ante ella como el que le hiciera ese gesto de mal gusto la clase anterior y supuso que habría intentado hacerle algún tipo de proposición que la había ofendido.

Fue hacia ellos sin siquiera considerar qué tan bien recibida sería su presencia. Sus pies se movieron antes de que les ordenara que lo hicieran y se sorprendió al reparar en que tenía las manos hechas puños a los lados y que las ganas de usar el rostro de ese tipo como borrador contra el lienzo solo se habían incrementado. Sin embargo, apenas se encontraba a unos cuantos pasos de ellos cuando reparó en que él la tomaba por el brazo cuando ella hacía amago de marcharse y, antes de que atinara a hacer algo, la vio girar de golpe y asestarle un golpe en la barbilla que resonó en el vestíbulo.

El tiempo pareció detenerse de golpe entonces y vio caer al hombre a sus pies con una mano sobre su rostro tras emitir un aullido ahogado. Luego, todo se sucedió con cierta rapidez cuando el tiempo se reanudó nuevamente y Logan llegó ante ellos alternando la mirada de uno a otro.

La joven tenía la mano caída a un lado y observaba al hombre con ojos brillantes en tanto este la veía a su vez como si le hubiera salido una segunda cabeza.

–Cuando una mujer dice que no, es no, ¿entiendes ahora? Y si vuelves a acercarte a mí, te rompo el brazo –espetó ella con voz cortante.

El hombre no respondió, parecía más interesado en

masajear la zona golpeada y solo entonces ella reparó en que no se hallaban a solas y, al encontrarse su mirada con la de Logan, lo observó con la boca abierta antes de exhalar un resoplido y marcharse con paso apurado.

Logan fue tras ella luego de dirigir al hombre una mirada de asco. En otras circunstancias, habría secundado la amenaza, pero dudaba de que hiciera falta; ella se lo había dejado muy claro y con seguridad no la necesitaba. Seguro que se pensaría cuando menos un par de veces antes de acercarse a una mujer que no pareciera interesada en él.

La alcanzó fuera del edificio, cuando atravesaba el jardín en dirección a la rampa que conducía a la berma central.

–¡Espera! –llamó él apurando el paso.

Ella no lo miró, por el contrario, caminó con mayor rapidez, pero Logan no tuvo problemas para ponerse a su altura.

–Espera un momento; no quiero molestarte –indicó él buscando su mirada– ¿Te encuentras bien?

La joven se detuvo de golpe y Logan hizo otro tanto, a punto de trastabillar luego de casi trotar para darle alcance. Ella tenía el rostro fijo en el pavimento, pero lo levantó al cabo de un par de segundos para fijar su mirada marrón en su rostro; reparó entonces en que sus labios temblaban y que respiraba con rapidez como si le costara contenerse de gritar.

–De acuerdo, pregunta estúpida; desde luego que no estás bien –dijo él, asintiendo y replanteándose volver para, después de todo, romperle el brazo a ese tipo, pero comprendió que tal vez sería más útil allí y continuó en tono amable–: ¿Puedo acompañarte hasta que te tranquilices? ¿Cómo está tu mano?

Ella pareció tentada a negarse, pero entonces llevó la mirada a su mano, que mantenía apretada a un lado y solo en aquel momento pareció reparar en que dolía porque flexionó los dedos con un gesto de enojo.

–No es nada; solo está agarrotada.

A Logan su voz le pareció preciosa; posiblemente la más bonita que había oído en su vida, aunque casi de inmediato se preguntó si acaso alguien iba por el mundo analizando la voz de las personas a las que conocía. Pero en el caso de ella, sin duda lo era. Con una claridad reconfortante y un timbre grave que le recordó a una canción de cuna.

Descartó la idea de inmediato, sin embargo, por considerarla ridícula y en absoluto apropiada, y se centró en lo que de verdad debía hacer.

–Necesitas ponerla en hielo o será peor –comentó él dando una mirada alrededor–. Hay un café cruzando el campus. ¿Quieres ir allí? Podemos pedirles un poco de hielo y tomar algo.

Ella lo observó con sus enormes ojos y Logan mantuvo la expresión inalterable, rogando porque tuviera buen ojo y se diera cuenta de que no había ningún interés oculto en su oferta. Y era sincero. En ese momento, solo podía pensar en que deseaba ayudarle.

Estuvo a punto de suspirar, aliviado, al verla asentir tras dudar un segundo y le hizo un gesto para que lo siguiera. En otras circunstancias tal vez la hubiera guiado tomándola del brazo, pero dudaba de que ella apreciara el gesto y él no sentía ningún deseo de recibir un derechazo.

Atravesaron el jardín sin decir una palabra y, cuando llegaron al café, que en ese momento se encontraba con pocos visitantes, pidió a una mesera la mesa más apartada y le susurró por lo bajo que iban a necesitar algo de hielo y una cubeta. La mujer se fue tras dirigirles una mirada curiosa, pero volvió poco después con lo que le pidió y se marchó nuevamente luego de que Logan ordenara un par de bebidas.

La joven sumergió la mano en la cubeta y emitió un leve gemido de alivio, cerrando los ojos al sentir el frío entumeciendo sus músculos adoloridos.

–Aguanta todo lo que puedas –recomendó él.

Ella abrió los ojos y le dirigió una mirada entendida.

–Lo sé. No es la primera vez que pego un puñetazo –replicó ella.

Logan arqueó una ceja y exhibió una sonrisa ladeada.

–Pierde cuidado, eso es bastante obvio –señaló él–. Buen alcance, por cierto.

–Tengo brazos largos.

Logan cabeceó, tentado a señalar que eso también lo había notado; después de todo, había pasado las últimas horas intentando dibujarlos. Pero no dijo nada de aquello, sino que recibió el café que la mesera puso ante él una vez que estuvo de vuelta. Dejó el otro ante la joven y se marchó luego de que Logan hiciera un gesto para dar a entender que no necesitaban nada más.

–¿Mejor? –preguntó él tras dar una cabezada para señalar su mano.

La joven asintió y usó la otra para llevarse la taza a los labios, bebiéndose cuando menos la mitad de un solo sorbo con expresión de satisfacción.

–Sí, gracias –dijo ella poco después–... por todo; no hacía falta...

Logan la observó por encima de su taza antes de hablar nuevamente.

–Descuida –dijo él–. Soy Logan, por cierto. Logan Spencer.

Ella observó la mano que él mantuvo extendida entre ambos y, tras vacilar un instante, dejó el café y la estrechó con brusquedad antes de soltarla.

–Tara Duncan –indicó ella.

Tara.

Logan repitió el nombre un par de veces en su mente y lo saboreó en la punta de la lengua. Bonito, se dijo al mirar a la joven con ojo crítico. Un nombre sencillo pero fuerte, de esos que dejaban una huella indeleble. Muy apropiado para ella.

Él carraspeó antes de hablar nuevamente porque dudó de que su voz fuera a oírse con normalidad si no lo hacía antes.

–Bueno, Tara, –Su nombre surgió en un timbre sedoso de sus labios–, lamento que nos conociéramos en estas circunstancias. ¿Quieres presentar una queja a la escuela por lo que ocurrió hace un momento? Puedo servir de testigo si hace falta.

Ella sacudió la cabeza de un lado a otro antes de que terminara de hablar.

–No. Está bien así –negó ella–. Creo que le habrán quedado las cosas claras.

–Sí, seguro, pero aun así... –Logan frunció el ceño–. Él no debería seguir asistiendo a las clases ni tú tienes por qué tolerarlo cerca.

–En serio, está bien; no tienes que hacer nada ni hablar con nadie –insistió ella–. No quiero provocar un escándalo con esto. Necesito el trabajo.

Logan terminó lo que quedaba de su café y suspiró.

–Entiendo eso, pero...

Tara sacó su mano del cubo y la sostuvo ante ella procurando secarla con una servilleta.

–De verdad, déjalo; he estado en situaciones así antes, los tipos como ese son unos cobardes. No volverá a acercarse a mí luego de esto –aseguró ella.

Logan apretó los labios, pero se abstuvo de insistir, aunque nada le hubiera gustado más. Todo en su interior se rebelaba ante la idea de dejarlo estar, como había dicho ella. Y odió con toda su alma tanto su expresión resignada como el tono apagado en su voz. Como si supiera de antemano que no había nada que hacer al respecto y prefiriera tan solo olvidarlo y seguir con su vida porque no creía que a nadie le importara lo suficiente como para hacer algo.

Bueno, a él le importaba, se dijo Logan en absoluto dispuesto a dejarlo pasar; sin embargo, no lo dijo entonces porque le pareció que Tara ya había tenido bastante de aquello ese día. Hizo una seña a la camarera para que les rellenara las tazas y la observó beber con curiosidad.

–¿Te gustaría comer algo? –sugirió él.

Ella negó con un gesto y terminó el segundo café de un trago.

–No, gracias; me esperan en casa –indicó–. En realidad, ya debería marcharme.

–Claro. Entiendo. –Logan cabeceó–. ¿Quieres que te acerque a algún lado?

Tara se puso de pie y vaciló un segundo antes de sacudir la cabeza; sus mechones de cabello castaño le acariciaron el rostro y Logan se preguntó cómo se sentirían bajo sus dedos.

–No, está bien –dijo ella mirándolo con la sombra de una sonrisa–. Gracias de nuevo, ha sido muy amable de tu parte.

Logan se encogió de hombros.

–No ha sido nada.

Tara se mantuvo en pie todo un minuto sin abrir la boca antes de asentir y hacer un gesto de despedida con la mano sana, dirigiéndose a la salida. Al llegar allí, lo miró sobre su hombro y Logan le sonrió sin poder evitarlo. Le pareció muy joven viéndola allí de pie en el dintel de la puerta con una campanilla sobre su cabeza y la luz del sol refulgiendo sobre su rostro arrancándole destellos cobrizos a sus ojos.

Él desvió la mirada y se preguntó qué edad tendría; no le calculaba más de veinte o veintidós y se sintió extrañamente mayor con sus treinta y uno recién cumplidos pero sin rastros de la energía que ella emanaba.

Al mirar de nuevo en su dirección, advirtió que ella se había marchado ya y sacudió la cabeza de un lado a otro, un tanto apenado de que hubiera rechazado su oferta de llevarla a casa; le habría gustado saber un poco más acerca de ella.

Aunque tal vez le hiciera un favor, se dijo poco después al abandonar también el café y dirigirse al estacionamiento. ¿Qué sentido hubiera tenido, después de todo? Era solo una chica con un trabajo cuando menos peculiar con la que, supuso, no debía de tener mucho en común.

Y pese a ello, reconoció de mala gana cuando ya se encontró en casa y se enfrascó en preparar la charla que daría el lunes en la academia, que no conseguía quitársela de la cabeza.

Logan esperó a la mañana siguiente para llamar a Lisa y ponerla al corriente de lo ocurrido el día anterior al finalizar su clase. A pesar de lo que Tara había dicho y aunque sabía que lo correcto era respetar sus deseos, le pareció imposible no decir una palabra al respecto de lo que había ocurrido; no era justo y sentía que de alguna forma era su deber hacer algo. El camino fácil era buscar a ese tipo, amedrentarlo y asegurarse de que no volviera por la escuela; se sentía totalmente capaz de hacerlo y estaba seguro de que sin duda le haría sentir mejor, pero él no acostumbraba tomar el camino fácil, nunca lo hacía. Y no se trataba tan solo de buscar algo que le diera satisfacción, se trataba de Tara.

–Y dices que Tara le rompió la nariz.

La voz de Lisa se oyó incrédula al otro lado de la línea y Logan se dijo que no era extraño que así fuera. Sin duda debió de sorprenderla recibir una llamada suya en domingo; quizá considerara incluso que había decidido usar la tarjeta que ella le diera en su primera clase para llamarle y hablar de algo más agradable que ponerla en antecedentes de un incidente como aquel.

–Bueno, no tanto así. Dudo de que le rompiera algo, y no que no lo mereciera –se apresuró a corregir Logan al cabo de un segundo.

Lisa suspiró y Logan pudo imaginarla intentando ordenar sus pensamientos.

–Bien por ella –dijo al fin la voz al otro lado del teléfono–. ¿Cómo dices que se llama ese hombre?

–No tengo idea, pero lo he visto en alguna galería de Camden. No es muy alto, cabello rubio...

–Ya. Peter Graham. Lo conozco y Tara hizo bien en pegarle; es un cerdo.

Logan se hallaba en el primer piso de su casa, en el salón donde acostumbraba trabajar y buscó un papel para garabatear el nombre casi sin darse cuenta de lo que hacía. Solo por si acaso. Cuando advirtió que Lisa no decía más, sujetó el teléfono con mayor fuerza.

–De acuerdo –dijo él con tono expectante–. ¿Y qué pasa ahora?

–¿Qué pasa con qué?

–Con todo esto. No seguirá en tu clase, ¿verdad?

El silencio se hizo al otro lado de la línea y Logan apretó los labios.

–Logan...

Cuando Lisa por fin habló, lo hizo usando una entonación hastiada que le dijo claramente lo que pensaba hacer. Nada.

–Lisa, ese hombre no puede seguir allí; no es justo que Tara tenga que soportarlo –procuró que su enojo no fuera demasiado evidente en su voz, pero dudaba de haberlo conseguido.

–Mira, Tara sabe cómo son estas cosas. Te aseguro que él no será el primer idiota que la trata de esa forma, y no digo que esté bien, me molesta tanto como a ti, pero, ¿qué puedo hacer? Soy solo una maestra y la escuela no lo expulsará. Cuando mucho le llamará la atención y la única perjudicada será ella. Y Tara lo sabe, por eso no quiere hacerse problemas. Te recomiendo que tampoco lo hagas tú.

Fue el turno de Logan para callar, y no que no tuviera nada que decir; las palabras se le amontonaban en la garganta, pero logró contener su irritación; aunque la conducta de Lisa era decepcionante, no era ella la principal responsable de todo ese asunto. Aun así, le costó usar un tono medianamente civilizado al responder.

–Lo siento, pero eso no es aceptable –dijo él.

–Escucha, Logan, entiendo de qué se trata. –Él frunció el ceño al oírla. ¿Cómo iba a saberlo ella si él no tenía idea de por qué le afectaba tanto todo aquello? Pero no tuvo tiempo de decir nada porque Lisa continuó en tono suave–: Eres policía y tienes un sentido del deber más desarrollado que la media; no te gustan las injusticias y eso está muy bien, pero el mundo no funciona así. Cuando el curso termine, Tara no verá más a este hombre y eso será todo. No hay necesidad de exagerar este asunto.

Logan exhaló el aliento contenido; no sabía si por el alivio de que ella hubiera llegado a esa conclusión, que lo salvaba de explicar algo que no tenía cómo siquiera empezar a comprender, o porque hablara con tal frialdad.

–¿Exagerar? –repitió él.

–Logan...

–Está bien, Lisa, entiendo que se te escapa de las manos, pero eso no altera el hecho de que está mal y que deberías de tener una postura más firme en casos como este. Tara no merece...

Un bufido exasperado cortó sus palabras.

–¡Deja a Tara en paz! –El tono de Lisa adquirió un matiz helado–. Ella ha actuado con mucha más sensatez que tú. No puedo creer que me llamaras para esto, pensé...

–Mira, olvídalo. Te veré en la clase el sábado.

Logan cortó abruptamente, más molesto de lo que creyó que sería posible. Tendría que disculparse por eso luego, supuso en medio de la maraña de pensamientos furiosos en que se había convertido su mente.

Y no era eso lo único que tenía que hacer, resolvió al subir a su habitación para vestirse. Había pensado quedarse en casa durante todo el día para preparar su exposición del día siguiente en la academia, pero se conocía bien y sabía que no iba a lograr concentrarse. Buscó ropa de deporte y salió a correr por un parque cercano para disipar su mente.

Su casa estaba situada en las inmediaciones de la región norte de Baltimore, en Roland Park; quizás la zona residencial más exclusiva de la ciudad a excepción de Mount Vernon, que era donde vivía su madre. Cuando se mudó tuvo cuidado de poner cierta distancia entre ambos, pero no tanta como para que fuera difícil desplazarse hasta su casa si lo necesitaba para algo. Como hijo único y, más allá de sus diferencias, se sentía responsable por ella y procuraba visitarla cuando menos una vez por semana.

Lo que le recordó que le había prometido pasar a cenar con ella esa noche, rumió luego de dar una mirada a su reloj. Llevaba un par de horas trotando y estaba lejos de sentirse más tranquilo que cuando dejó su casa; pero no podía darse el lujo de seguir así durante todo el día.

Redirigió sus pasos para regresar, determinado a ponerse con la odiosa charla aunque tuviera que enterrar los codos en el escritorio hasta que la tuviera lista y luego iría a ver a su madre.

Era un buen plan, intentó convencerse luego de tomar una ducha rápida y de preparar un almuerzo consistente en un par de emparedados de atún. Sin embargo, en tanto intentaba concentrarse en su trabajo, se le aparecían cada tanto un par de ojos marrón que solo conseguían recordarle que en el fondo estaba mucho menos concentrado de lo que le gustaría y que, le agradara o no reconocerlo, estaba también muy lejos de hallarse tranquilo. Y posiblemente no volviera a estarlo hasta que viera a Tara de nuevo.

3

La llegada de Tara a clases coincidió con la de la mayor parte de su grupo del último año de la Academia de policía de Baltimore. Eran veinte, entre hombres y mujeres, pero si bien sus instructores se afanaban mucho en inculcarles la importancia de la puntualidad, era habitual que cuando menos tres o cuatro de ellos llegaran siempre tarde.

Dudaba de que esos fueran a graduarse, concluyó ella sin rastros de malicia al dar una mirada a las filas formadas fuera del salón en que recibirían el seminario organizado por el director de la academia. No había lugar para la desobediencia en una institución como aquella; la exigencia era enorme y muy pocos conseguían terminar la carrera con la puntuación suficiente como para pasar a formar parte oficial de la policía.

Y esa era una de las razones por las que se había sentido tan orgullosa cuando consiguió entrar y logró mantenerse en un buen puesto en el cuadro de honor. No era la primera, pero estaba entre el tercio superior y confiaba en que, entre el puntaje sumado en los últimos tres años y el que esperaba obtener en los exámenes que daría en un par de meses, lograra asegurarse una buena asignación.

Tal vez la enviaran a la comisaría en que sirvió su padre, consideró, sin estar segura de si la idea le gustaba o no. El señor Duncan había hecho una carrera impecable antes de ser herido en una intervención de rutina y su nombre estaba muy bien considerado en la institución, pero a Tara no le seducía la idea de hacer una carrera a su sombra.

–¿Ya empezó?

Tara parpadeó y miró tras su hombro para encontrarse con el rostro curioso de una de sus personas favoritas en el mundo. Max Joyce era su amigo desde que entraron al parvulario y no se habían separado desde entonces; cursaron juntos la escuela, batallaron con la adolescencia lado a lado en el instituto y, cuando Tara declaró que postularía a la academia de policía una vez que comprendió que sus sueños de estudiar medicina tendrían que quedarse así, como sueños, Max no dudó en unirse a ella.

A diferencia de Tara, Max no provenía de una familia con tradición en la fuerza, la suya era dueña de un restaurante de comida rápida en el barrio en que ambos habían crecido, pero él siempre había dicho que no estaba interesado en seguir la tradición familiar; tenía dos hermanos mayores deseosos de hacerlo. Y la policía le pareció un destino tan bueno como cualquier otro.

En ese momento, sus pobladas cejas oscuras se unieron en un rictus de extrañeza ante la falta de respuesta de su amiga y Tara comprendió que no había respondido a su pregunta.

–Nada aun –dijo ella al fin y señaló al resto de la fila con una cabezada–. Supongo que entraremos en cualquier momento.

Max asintió y se metió las manos en los pantalones. Llevaba el mismo atuendo que Tara, el uniforme que usaban en la academia: pantalones oscuros y una sudadera de algodón gris sobre una camiseta blanca. Estaba lejos de ser asentador, pero era práctico y lo que se acostumbraba usar entre clases a menos que les ordenaran cambiarlo por el uniforme de reglamento para ocasiones especiales.

Y con seguridad, una clase de ética dada por un ex alumno, por bien que le fuera, no calificaba como tal. Así que el chándal de policía estaba bien, supuso Tara tirando de la sudadera para bajar la manga que se le había subido hasta el antebrazo. El movimiento le provocó una molestia en la mano, pero la ignoró.

El golpe dado al hombre en la escuela le había dejado los nudillos inflamados y una sensación desagradable en la muñeca, pero eso era todo; con seguridad en unos días estaría como nueva. Pudo ser peor, reconoció de mala gana para sí; si no hubiera recibido la ayuda de Logan posiblemente ni siquiera se habría molestado en poner la mano en hielo hasta llegar a casa.

–¿Qué te pasó en la mano?

Tara parpadeó nuevamente y se reprendió por evadirse de esa forma. Desafortunadamente, era algo que había hecho con frecuencia en los últimos días: maldecir al hombre de la escuela por llevarla a pasar por un momento tan desagradable y que su mano aún le molestara, y pensar en Logan. En particular lo segundo.

–No es nada; me golpeé por accidente.

Tara respondió en tono evasivo; por mucho que quisiera a Max, nunca se había atrevido a contarle en qué consistía exactamente su trabajo de fin de semana. Él, lo mismo que su padre, creía que servía como modelo de retratos para artistas aficionados. Y esperaba que siguiera así.

–¿De qué crees que hable este tipo? –preguntó ella para alejar la charla de un tema tan espinoso–. Es un agente en actividad, ¿no?

Su amigo cabeceó y no pareció que encontrara nada extraño en el cambio de tema; estaba acostumbrado a las salidas un tanto bruscas de Tara.

–Eso oí. Es detective en la comisaría de Parkville,

creo –respondió él–. Y no tengo idea de qué dirá. Tal vez solo quiera hablar de su experiencia y de cómo le va en el cuerpo, motivarnos de alguna forma. Ya sabes cómo es Bowie; quiere recordarnos la suerte que tenemos de estar cerca de graduarnos y que nos espera una gran responsabilidad. Es propio de él traer a alguien que nos sirva de ejemplo.

Tara asintió e hizo una mueca divertida. Bowie era el sargento que lideraba su clase; un tipo de apariencia dura que en el fondo era más blando que un conejo de felpa y que acostumbraba darles sermones acerca de lo que se esperaba de ellos una vez que terminaran su entrenamiento. A Tara le caía bien y, aunque a veces era demasiado aleccionador para su gusto, sabía que lo hacía con buena intención. Él siempre era amable con ella porque conocía a su padre y era habitual que se mostrara interesado por cómo le iban las cosas y le enviara saludos.

–Bueno, pues no está haciendo un buen trabajo –señaló ella su reloj de pulsera con un rictus de enojo–. Llega tarde.

–Aún faltan cinco minutos.

Max se irguió cuan alto era, apenas un par de centímetros más que Tara, atisbó en lo más alejado de la fila, a las puertas del aula, y entrecerró los ojos antes de volver su atención a su amiga.

–En realidad, creo que ya está allí; me pareció ver a alguien hablando con Bowie –comentó él–. Hay un poco de alboroto allí.

–¿Qué clase de alboroto?

–No sé. Un par de chicas le están respirando encima, creo.

Tara frunció el ceño e intentó mirar también, pero tenía a uno de sus compañeros más altos y corpulentos delante y no pudo distinguir nada.

–¿Y por qué iban a hacer eso? Ni que fuera un *beatle* –masculló entre dientes.

–Espera. Creo que ya están entrando. Si nos separamos, guárdame un lugar.

Tara asintió y se puso en movimiento en cuanto la fila empezó a avanzar. El aula estaba en penumbras, pero las luces se encendieron tan pronto como entraron y se apresuró a buscar un asiento cerca del estrado para no perderse de nada. Halló un par de sillas vacías en medio de la cuarta fila y ocupó una con rapidez, poniendo una mano sobre la que estaba a su lado hasta que Max se reunió con ella.

Se apartó un mechón de cabello de la frente y lo acomodó tras la oreja. Acostumbraba sujetar su cabello en una coleta apretada, pero como lo llevaba corto, siempre se le desordenaba a la primera oportunidad. Nunca se maquillaba en la escuela pese a que no estaba prohibido; tenía compañeras que lo hacían y que por obra de magia siempre parecían perfectamente compuestas incluso en clases de defensa personal, pero a ella le resultaba imposible. Lo había intentado en las primeras clases, pero terminó por lavarse la cara en el baño, refunfuñando al ver su rostro como el de un mapache.

–Está allí. Mira.

Tara siguió el dedo con el que Max señalaba al estrado y distinguió la figura del sargento Bowie. El oficial no solo le recordaba a un conejo de felpa por su carácter bonachón, también parecía uno en el exterior. Era tan alto y corpulento como un armario; tenía unos brazos cortos y regordetes que oscilaban a los lados cuando caminaba y sus mejillas rubicundas siempre parecían prestas a inflarse por una sonrisa. En ese momento, sin embargo, tenía el ceño levemente fruncido y hablaba con un hombre que daba la espalda a Tara con unos cortos susurros que ella no pudo descifrar, así que centró su atención en analizar a quien, supuso, sería el agente al que habían invitado.

Era tan solo un poco más bajo que Bowie; calculó

que, a ella, al menos, debía de sacarle unos cuantos centímetros, lo que no era poca cosa. Con su metro setenta y cinco, Tara estaba entre las más altas de su curso y aunque era algo que le había acomplejado un poco en la escuela, hacía mucho que había aprendido a apreciar las ventajas de ser más alta que la media.

El agente vestía pantalones oscuros y una chaqueta de pana gris con coderas, lo que le arrancó una sonrisa porque le hizo pensar en uno de esos maestros que se veían en las películas. Los presumidos.

Su mirada se vio atraída por el cabello oscuro levemente ensortijado que cubría su nuca y advirtió también que tenía hombros anchos bajo la chaqueta y que parecía un poco tenso por la forma en que sus manos caían inertes a los lados.

–¿Qué tanto hablan? –susurró Max a su lado.

–No lo sé.

–Tengo hambre.

Tara puso los ojos en blanco y le dirigió una mirada de reproche.

–Siempre tienes hambre –replicó ella entre dientes–. Acabamos de llegar y si te conozco de algo debes de haber arrasado con todo lo que tu madre puso para el desayuno.

Su amigo no respondió, lo que le dijo que estaba en lo cierto, y apartó su mirada de su rostro ofendido para volver su atención al estrado en el momento en que el sargento asentía con gesto cortés y se dirigía con paso lento al micrófono ubicado en el estrado.

–Buenos días –el hombre dio unos golpecitos al micrófono y el eco reverberó en el espacio arrancando unos cuantos gestos de malestar–. Lo siento. Se me oye, ¿no?

Hubo un par de asentimientos y el sargento se vio aliviado.

–Bueno, ya saben por qué estamos aquí y no quiero dar muchos rodeos. No es un secreto que me gusta remarcar cuán importante es la labor que realizarán la mayor parte de ustedes una vez que dejen la escuela –empezó él con esa voz cavernosa que contrastaba un poco con su exterior afable–. Los policías estamos para servir a nuestros conciudadanos; esa es la más importante de nuestras labores. Servimos y protegemos. Nunca lo repetiré lo suficiente. Sin embargo, a veces, nos encontramos en situaciones en que es difícil discernir entre lo que está bien y lo que el reglamento dice. Es natural, no somos robots –señaló él extendiendo un dedo ante la audiencia–. Para ello está el criterio, lo que nos permite interpretar lo que nos han enseñado, desde luego, pero también hay algo a lo cual debemos todos aferrarnos como a un clavo ardiendo. Ética.

El sargento dejó que la palabra hiciera eco entre sus oyentes y asintió complacido cuando varios de ellos cabecearon para mostrarse de acuerdo.

–Exacto. No digo que sea fácil, pero si nos ceñimos a las enseñanzas que recibimos en la escuela, usamos nuestro propio criterio y ponemos a la ética como nuestro norte, estoy convencido de que todos ustedes serán estupendos policías –indicó él con su voz de trueno–. Como lo es el que tenemos aquí hoy. El agente Spencer fue uno de mis mejores estudiantes y ha ascendido en el departamento año a año hasta ocupar un cargo importante en la comisaría de Parkville; y, sobre todo, es alguien de quien podrán aprender mucho acerca de la importancia de un correcto uso del reglamento y la ética en sus procedimientos. Estamos muy agradecidos de que viniera a hablar con nosotros hoy. Los dejo con él y si tienen alguna pregunta apreciaré que las dejen para el final.

El hombre al lado del sargento se dirigió al estrado; hasta entonces se había mantenido de perfil oyendo la presentación con semblante inescrutable. Si le habían halagado las alabanzas de Bowie o si, por el contrario, las encontró molestas, no había forma de decirlo.

Incluso cuando se puso ante el micrófono y carraspeó suavemente antes de desplegar unos papeles ante él, su rostro permaneció impasible; cuando mucho cabeceó en señal de saludo y los cristales de sus gafas relampaguearon cuando las acomodó con el índice para fijarlas sobre el puente de la nariz.

A Tara le habría gustado decir que fue ese el momento en que lo reconoció; pero hubiera estado mintiendo. Lo hizo mucho antes. Tan pronto como el sargento Bowie se apartó de él para dirigirse al estrado y su atención se mantuvo en su acompañante.

Cuando Logan se puso de perfil para atender a sus palabras, el tiempo pareció detenerse para ella y solo fue capaz de mirarlo con la boca abierta, tan sorprendida que sintió como si alguien acabara de quitar la silla en la que se encontraba sentada y hubiera terminado sobre el suelo de golpe.

Él.

Devoró su rostro sin parpadear, preguntándose si no se trataría de un sueño. Pero entonces las palabras de Bowie empezaron a colarse en su mente y reconoció su apellido. No pudo creerlo. ¿Cómo era posible? ¿Por qué? Si existía realmente alguien que controlara el universo, una idea con la que se debatía de cuando en cuando, dividida entre su naturaleza escéptica y las enseñanzas de sus padres, debía de estarla pasando en grande a su costa.

Logan no dio la impresión de haberla visto; debía de ser difícil distinguir a los asistentes a la charla desde allí, se dijo no sin cierto alivio cuando lo vio ocupar el lugar de Bowie y cabecear para agradecer los aplausos de sus compañeros. Al mirar a su lado, reparó en que Max daba un par de palmadas, pero ella se vio imposibilitada de moverse.

–Buenos días.

Su voz... esa voz que había usado para dirigirse a ella luego del incidente en la escuela, la misma que le pareció encantadora cuando la oyó por primera vez con ese acento cuidado que le debilitó las rodillas y le provocó un estremecimiento en el pecho. Tan ajena y familiar a la vez.

–Gracias, sargento Bowie. –Logan cabeceó en señal de reconocimiento al oficial–. Es obvio que usted recuerda mis años aquí con mucha más indulgencia que yo. Estoy seguro de que no pensaba igual cuando tenía que soportar mis preguntas.

Sus palabras arrancaron unas cuantas risas y Logan esbozó una pequeña sonrisa que, Tara habría podido jurarlo, provocó los suspiros de varias de sus compañeras sentadas en la fila de adelante.

–El sargento tiene razón en algo, sin embargo, y eso es que no les espera una labor sencilla una vez que dejen la escuela. –Logan enserió nuevamente el semblante al dirigirse al auditorio–. La labor de la policía muchas veces es incomprendida; la paga es regular en el mejor de los casos y muchas veces nuestra mayor compensación es regresar a casa por las noches sanos y salvos para volver a jugarnos la vida al día siguiente.

–Qué optimista.

Tara ignoró el murmullo de Max y mantuvo la mirada fija en el rostro de Logan, que no pareció alterado por la forma en que fueron recibidas sus primeras palabras.

–Y a pesar de lo poco tentador que suena dicho así, no conozco a un solo policía que no haga todo aquello con gusto y que no se sienta orgulloso de la labor que desempeña –continuó él en tono sereno–. De eso se trata ser policía. Es vocación. Compromiso. Y un valor que no se me ocurriría intentar explicar.

El sargento Bowie asintió satisfecho y dirigió una mirada a sus alumnos como si quisiera remarcar que estaba plenamente de acuerdo con eso último.

–Y para poder realizar nuestra labor de la mejor forma es importante que sigamos un criterio inflexible;

no se trata tan solo de obedecer el reglamento, como señaló su sargento, aunque espero que todos ustedes lo tengan aprendido de cabo a rabo. –Logan siguió, después de dar una rápida mirada a sus apuntes–. Se trata también de usar las enseñanzas que han recibido aquí y la reserva moral que hayan logrado acumular durante sus vidas. Su honestidad. La ética que les permita analizar cada una de las situaciones en que deberán elegir entre lo sencillo y lo correcto, e incluso entre lo que parece correcto y lo que pueda provocar un perjuicio mayor para el ciudadano. El bienestar de la gente estará en sus manos; serán los llamados a custodiar su tranquilidad y, muchas veces, sus vidas. No es una labor sencilla y hace falta un temple muy especial para no abandonar. Confío en que todos ustedes lo posean y sean capaces de sentirse satisfechos con la carrera que han elegido para sus vidas.

Logan calló para beber un sorbo de agua; el auditorio seguía sus movimientos y sus palabras como si se encontraran hipnotizados. Tara, al menos, se sentía así. No podía despegar la mirada de su rostro y él debió de notarlo; algo debió de decirle que había alguien en algún lado que lo veía de una forma distinta a los demás, como le había ocurrido a ella cuando, mientras posaba, había sido capaz de distinguir sus ojos puestos en ella por encima de los otros.

En un momento, sus ojos se encontraron y ella fue capaz de advertir exactamente el segundo en que la reconoció. Vio sus ojos abrirse con cierta sorpresa y que aspiró con fuerza al toparse con su mirada. Fue cosa de un instante, dudaba de que alguien más lo hubiera notado, pero ella lo hizo y le costó deshacerse de la sensación que la envolvió cuando él se repuso del asombro y desvió la mirada para dirigirse nuevamente al auditorio.

–La ética ha ocupado un lugar importante en mi vida desde que puedo recordarlo. –Él retomó la charla en un tono un octavo más grave, aunque quizá solo Tara se hubiera dado cuenta de ello; sus ojos rehuían el lugar en que ella se encontraba–. Pero en lugar de dar ejemplos que tengan que ver conmigo, me gustaría que fueran ustedes quienes me los proporcionaran. Háblenme de situaciones en las que imaginen que les resultaría difícil elegir la solución más apegada a lo que han aprendido; momentos en que se han visto o imaginen verse sin saber qué hacer si se sintieran divididos entre lo que les han enseñado y lo que creen que es correcto.

Logan aguardó en silencio a que alguien se animara a decir algo y al darse cuenta de que no sería así, sonrió a medias como si fuera algo que hubiera esperado y señaló a un joven sentado en la segunda fila y que lo veía a su vez con expresión concentrada.

–Empezaré yo y el señor...

–Morris, señor. –El joven se presentó con voz aflautada pero firme.

–Muy bien, señor Morris, me ayudará con esto –Logan asintió–. Digamos que ha recibido un aviso de un hombre sospechoso rondando un vecindario. Responde a la llamada y se presenta en el lugar; deja su patrulla y ubica al sospechoso, pero al darle el alto, él lo ignora y echa a correr. ¿Qué haría?

El joven respondió sin vacilar.

–Doy aviso y voy tras él, señor.

–¿Y después?

–Lo alcanzo, señor; tengo el récord de cien metros con obstáculos en la academia.

Varios de sus compañeros sonrieron y asintieron, divertidos por el tono orgulloso en su voz, y Logan esbozó una sonrisa de aprobación.

–Estupendo –dijo él–. Entonces digamos que no tarda mucho en alcanzarlo y lo acorrala en un callejón. ¿Qué haría entonces?

–Le doy orden de detenerse, señor.

–¿Y si no lo hace?

–Saco mi arma de reglamento y repito la orden, señor –indicó él tras dudar un segundo.

–¿No la ha sacado aun?

El joven frunció el ceño. Tara seguía fascinada el intercambio, al igual que el resto del auditorio, aunque aún resentía el hecho de que Logan hiciera todo lo posible por no mirarla, no hubiera sido humana de no encontrarse totalmente absorbida por la escena.

–No, señor; según el reglamento, lo correcto es dar el alto sin desenfundar –respondió él un poco indeciso.

–De acuerdo. Bueno, la ha sacado ahora y el sospechoso continúa sin responder. ¿Qué hace? –insistió Logan.

–Doy nuevamente la orden, señor.

–¿Y si él le ignora de nuevo?

El joven dudó otra vez.

–Intentaría ir a por él, señor; reducirlo –declaró él.

–¿Y si le parece que él tiene un arma también?

–Entonces disparo, señor.

Logan cabeceó y apoyó las palmas de las manos sobre el estrado con semblante pensativo.

–¿Y si está asustado? –sugirió él entonces.

–¿Quién? ¿Yo? –El joven se señaló con semblante un tanto ofendido.

Logan sonrió.

–No. No usted. El sospechoso –aclaró él–. ¿Qué ocurre si tiene miedo? Tal vez sea muy joven.

–Bueno, eso yo no tengo cómo saberlo.

–Pero es una posibilidad –continuó Logan en tono amable para descartar que lo estuviera culpando de algo–. Como lo es también que tan solo pasara por allí y que alguien lo señalara porque no le gustaba cómo vestía o la forma en que hablaba. Y que al verlo llegar a usted entrara en pánico y huyera por temor a ser culpado de algo que no hizo.

–Pero acaba de decir que tenía un arma...

–No lo he afirmado, solo lo sugerí –aclaró Logan sin parpadear–. Tal vez se llevó la mano al bolsillo para buscar su identificación.

–¿Y cómo iba a saber eso yo?

Logan asintió.

–Ese es el punto. No lo sabe –indicó él–. No hay una respuesta correcta en este caso, señor Morris. No la tengo yo y tampoco la tiene nadie más aquí. –Logan señaló al auditorio con una cabezada y sus ojos se encontraron un segundo con los de Tara antes de que los apartara para fijarlos una vez más en el joven–. Si dispara siguiendo el procedimiento, es posible que asesine a un inocente; pero si se trata de un criminal y duda, entonces será usted quien termine muerto. Y esta será tan solo una de las muchas ocasiones que dependerán totalmente de su juicio y, lamento decirlo, también de la suerte.

Logan dejó que sus palabras calaran en el auditorio y se dirigió entonces a Morris con expresión amable.

–Ha seguido el procedimiento de forma impecable, señor Morris –señaló él–. Para su tranquilidad, el sospechoso no tenía un arma y usted hizo lo correcto al intentar reducirlo antes de disparar. Es posible que salvara la vida de un inocente y la suya también usando su buen criterio.

El joven volvió a su lugar con expresión un tanto desconcertada y Tara no pudo culparlo; había sido una jugada engañosa. Logan lo llevó al límite poniéndolo a prueba y, aun cuando dejara en claro que había salido airoso de la situación, era imposible no plantearse todos los otros posibles escenarios en que podría haber terminado aquello. Algo le dijo, sin embargo, que eso era exactamente lo que Logan buscaba.

–Muy bien. No ha estado mal para comenzar, ¿no? –comentó él al cabo de un momento dando una nueva mirada a las primeras filas–. Ahora me gustaría que sean ustedes los que plantearan distintas situaciones en que podamos decidir entre todos lo que deberíamos hacer. ¿Alguien?

Esta vez, varias manos se elevaron en el aire y Logan esbozó una sonrisa satisfecha. Señaló a una chica que apenas conseguía controlar su impaciencia al extender el brazo tanto como lo permitía su altura y Tara aguardó impaciente, lo mismo que los otros. De improviso y de forma totalmente inesperada, aquella reunión había cobrado una importancia sorprendente.

En su caso, sin embargo, y a diferencia de lo que ocurría con sus compañeros, no se trataba tan solo de una oportunidad para poner a prueba su educación. Había mucho más, se dijo al mirar a Logan con el corazón latiendo en un compás irregular. Un abismo al que ni siquiera se atrevía a asomarse.

–Qué tipo tan raro.

Tara ignoró el comentario de Max y procuró apresurar el paso para dejar atrás al grupo que salía en tropel del auditorio y que hablaba a voces con distintas expresiones que iban del entusiasmo al desconcierto. No era para menos, supuso ella; Logan había pasado la última hora haciendo tambalear todo lo que hasta entonces habían tenido por seguro, desafiando sus conocimientos y sentido común como si estuviera ante un juego de ajedrez. Había sido agotador.

Ella no se atrevió a alzar la mano, aunque podía pensar en decenas de situaciones en que le hubiera gustado poner a prueba su criterio. Estaba segura de que Logan lo hubiera pasado genial haciéndola dudar y ella no podía pensar en nada más divertido que desafiarlo. Sin embargo, sabía que tratándose de ellos hubiera sido un juego peligroso que no se atrevía a buscar en presencia de todos sus compañeros y su superior en la escuela.

Había optado por permanecer en silencio y seguir

la clase en silencio; por suerte, Max tampoco dijo nada, lo que mantuvo el interés de Logan alejado de donde ella se encontraba. Cuando la clase terminó, salió tan rápido como le dieron los pies, pero no lo suficiente como para que su mirada y la de Logan no se encontraran nuevamente una vez que él se despidió entre aplausos y se reunió para hablar con el sargento Bowie.

Quería escapar. Era raro, pero era lo único en lo que podía pensar en tanto fingía prestar atención a las palabras de Max, quien parecía que todavía no conseguía hacerse una idea de qué le había parecido la clase.

–No digo que estuviera mal, ha sido muy interesante, pero me pareció como si en lugar de alentarnos, como quería Bowie, solo nos hubiera dejado preguntándonos si no deberíamos cambiar de carrera ahora que todavía podemos.

Tara esbozó una suave sonrisa al oír a su amigo. De nuevo, habría apostado sus escasas posesiones a que eso era también lo que Logan buscaba. Tal vez Max tuviera razón y fuera un tipo muy raro, reconoció con el ceño fruncido al considerarlo.

–¿Tienes clases con Beckley ahora?

Tara sacudió la cabeza al oír la pregunta referida a la que eran una de sus lecciones favoritas. Destacaba en tiro y mucho del puntaje que había acumulado ese semestre se lo debía a esa disciplina.

–No. Mañana –negó ella–. ¿Tú sí?

–La próxima hora –indicó él, no muy animado; Max tenía algunos problemas con su puntería–. ¿Quieres venir? Beckley te adora; te dejaría mirar.

Tara ladeó el rostro y suspiró. En circunstancias normales habría aceptado sin vacilar, aunque no le hiciera gracia reconocer que el instructor Beckley, un hombre que podía ser su abuelo y que la trataba con una indulgencia casi graciosa, siempre había mostrado cierta preferencia por ella, encantado con su habilidad.

–No lo creo. Tengo una hora libre y quiero repasar

la clase de esta tarde; no he tenido mucho tiempo para estudiar estos días y no quiero dejarlo para cuando tengamos los exámenes encima. Quizás la próxima.

Max se encogió de hombros sin que pareciera ofendido por el rechazo y apoyó una mano sobre su hombro con semblante preocupado.

–¿Estás bien? –preguntó él–. Te veo un poco rara.

Tara contempló sus ojos azules de un claro casi cegador y sonrió con una dulzura reservada solo para las personas a quienes realmente estimaba.

–No es nada. Solo estoy un poco cansada –dijo ella.

–De acuerdo. –Él no pareció creerle del todo, pero ambos sabían que no insistiría allí–. Ya sabes que cualquier cosa...

Tara asintió y apretó su mano antes de dejarla caer.

–Te avisaré. Ve a clase ahora o Beckley te reñirá.

Max suspiró y se despidió con una sonrisa antes de perderse por el corredor que conducía a la salida del edificio. El área de tiro se encontraba al otro lado del campus, apartada del resto de las instalaciones por una gran muralla.

Cuando su amigo desapareció, Tara dejó de forzarse a sonreír y exhaló el aire que había estado conteniendo hasta entonces. Oyó las voces de algunos de sus compañeros rezagados tras ella y supuso que estarían a punto de ir a sus respectivas clases; al menos los que, a diferencia de ella, no tenían la siguiente hora libre. Los otros, seguro irían a estudiar en los jardines o formarían corros en los corredores, una práctica habitual, aunque estaba prohibida.

Tara no tenía ganas de hablar con nadie ni de verse rodeada por grupos ruidosos, así que se dirigió a la biblioteca, que era un lugar tranquilo en el que siempre se sentía a gusto y donde sabía que nadie la molestaría. Sin embargo, acababa de dar un rodeo en el corredor, dejando al grueso del grupo tras ella, cuando distinguió un par de figuras al otro extremo del pasillo y no pudo hacer nada que no fuera quedarse estática en su lugar, mirando de uno a otro con expresión consternada. Ellos, que notaron su llegada de inmediato, la observaron con distintas expresiones de curiosidad.

El sargento Bowie arqueó las cejas y le hizo un gesto para que se acercara en tanto que Logan, que parecía hablar con él con lo que le pareció una soltura que no le había visto hasta entonces, enserió el semblante y le dirigió una mirada impenetrable.

–Duncan, venga aquí un momento. –El hombre mayor la alentó una vez más con una de sus grandes manos y a ella no le quedó otra alternativa que obedecer–. Deje que le presente al detective Spencer. Logan, esta es la recluta Duncan; una de las mejores que tenemos por aquí.

Tara se forzó a mantener una expresión cortés y estrechó la mano que Logan le tendió. Su calor le quemó la piel y tuvo que apartarse con rapidez, prestando toda su atención a lo que Bowie decía.

–Tara viene de una familia de policías, Logan; su padre fue uno de los mejores, lamentamos que se jubilara tan pronto –comentaba el sargento sin que pareciera percibir el enrarecimiento del aire entre ellos–. Hay algo especial cuando uno sigue la tradición familiar.

Logan asintió con cortesía y, al igual que ella, tampoco la observó de frente al responder.

–Eso he oído –dijo él.

–Aunque Tara tenía otras opciones, ¿no? –El sargento le dirigió una mirada afectuosa y Tara rogó porque no mencionara sus sueños truncos porque no soportaría que Logan le tuviera lástima–. En fin, estoy seguro de que serás una gran policía.

Tara agradeció sus palabras con una sonrisa temblorosa y estuvo a punto de echarse a llorar de alivio cuando lo vio mirar por encima de su hombro en dirección a una puerta entreabierta desde donde parecían intentar llamar su atención.

–Un momento. Tengo que ver de qué se trata.

Sin esperar respuesta, el oficial los dejó a solas y se dirigió a aquel lugar. Tara aprovechó ese momento para dirigirse a Logan con expresión suplicante.

–No le has dicho nada, ¿verdad? –preguntó en un susurro.

–Por supuesto que no –negó él–. ¿Por qué iba a decirlo?

–Porque no puede saberlo –insistió ella con la ansiedad pintada en el rostro.

–No sabía que estuviera prohibido.

Ambos tenían claro a qué se referían. Su trabajo de modelo en la escuela de arte no tenía nada de reprobable, pero estaba lejos de ser lo que uno pensaba al imaginar los empleos que muchos estudiantes tenían en su tiempo libre para pagar las cuentas.

–No lo está, leí el reglamento –aseguró apresurada–, pero aun así. Aquí no lo entenderían y tendría que dar muchas explicaciones. Mis compañeros...

–No hay nada de malo en lo que haces, Tara.

Ella lo observó con una sonrisa agradecida, en especial porque fue evidente que era sincero.

–Lo sé, pero aun así. –Tara suspiró y empezó a tirar del bajo de su sudadera, preguntándose de pronto qué tan mal se vería con el cabello desordenado, el rostro lavado y las ropas sin forma–. Prefiero que quede entre nosotros.

–Claro. –Logan asintió y sostuvo su mirada–. No diré una palabra.

–Gracias.

–¿Cómo está tu mano?

Ella observó sus nudillos magullados y se encogió de hombros.

–Mejor de lo que esperaba –reconoció con poco entusiasmo–. Pudo ser peor.

Logan vaciló antes de hablar nuevamente.

–Escucha, he estado pensando acerca de eso y...

–No deberías. Ya pasó, no hay nada más que hablar al respecto –lo interrumpió mirando sobre su hombro al advertir el sonido de pasos; Bowie estaba de regreso–. Mira, mejor me voy. Y recuerda: no digas nada. Solo haz como si no existiera.

Tara se alejó antes de que él pudiera responder e hizo un gesto de despedida en dirección al sargento dando a entender que llevaba prisa para su siguiente clase.

Al dejar atrás el corredor, sin embargo, se detuvo de golpe y se llevó una mano al pecho; su corazón martilleaba tan fuerte que le pareció extraño que nadie más pudiera oírlo. Le había pedido a Logan que la ignorara y que hiciera como si no existiera. No tenía idea de si él sería capaz de hacerlo, pero algo estaba claro: para ella eso era imposible.

4

Logan sostuvo una tensa reunión con el fiscal encargado del caso de Marvin Quinn. El abogado no recibió muy bien su interés en hablar con el acusado para desarrollar el caso que tenía entre manos. A su parecer, usarlo como fuente de información para que Logan pudiera ir tras la pista del origen de su fortuna y si esta estaba basada en algún negocio ilícito relacionado con el tráfico de antigüedades podría debilitar su acusación por el cargo de asesinato, para lo cual tenía ya todo el caso armado.

Desde luego, Logan no estuvo de acuerdo; lo que no hizo la situación más cómoda para ninguno. Al final, consiguió que aceptara no poner ningún tipo de traba en tanto él prometiera no inmiscuirse en su caso de asesinato y arregló una entrevista para un par de días después, cuando hubiera pasado la primera sesión en el juzgado de la lectura de cargos.

Regresó a la comisaría agotado y de mal humor, aunque tuvo que reconocer que esa sensación no estaba del todo basada en su encontronazo con el fiscal. Era algo más. Y no tenía sentido que perdiera tiempo preguntándose de qué podría tratarse. Lo tenía muy claro.

Tara.

No conseguía dejar de pensar en ella; lo que lo mantenía en un continuo estado de frustración e inquietud que no sabía cómo calmar. Le había dado vuelta tras vuelta a su breve charla en la academia pese a que no dijo nada que le sorprendiera entonces. Tenía claro que ella no deseaba que se hablara más del problema en que se había visto envuelta el último fin de semana y, al conocer ese otro aspecto de su vida como recluta, no podía culparla.

Había sido sincero al decir que no creía que hubiera nada de malo en su actividad como modelo; tal vez no fuera la ocupación más común del mundo y hubiera quienes la reprobaran por el grado de exposición al que debía someterse, pero en realidad era un trabajo tan honesto como cualquier otro. Él no cuestionaba eso pese a que, en el fondo, y sin tener aún muy claro por qué, le incomodaba que lo hiciera llevada más por la necesidad que por el gusto, lo cual era evidente que era su caso. Ella no debería tener que hacer nada que no deseara; en especial si ese algo le provocaba un problema como el que había tenido que sortear luego de la última sesión.

Logan suspiró y se apartó un mechón de cabello de la frente. Necesitaba un corte. Y una afeitada tampoco le vendría mal, se recordó al pasar una mano por su áspera mejilla. Su madre lo mencionó cuando fue a cenar con ella el domingo, y aunque lo hizo muy al vuelo, como acostumbraba hacer siempre, haciendo hincapié en que él había sido extremadamente pulcro y cuidadoso con su aspecto, sus palabras calaron en su inconsciente, como le ocurría siempre. Uno no crecía con unos padres acostumbrados a usar la manipulación para educar a su único hijo sin que algo quedara firmemente enraizado en su mente.

¡Qué diablos!, se dejaría el cabello como estaba y posiblemente la barba también; decidió en un rapto de rebeldía un tanto tardía.

Un golpecito a la puerta le obligó a abandonar sus pensamientos e hizo un gesto al reconocer la figura de Morgan, que ocupaba casi todo el umbral y que blandía una carpeta en la mano.

–Hola. Pasa –invitó observándolo con curiosidad; era poco habitual que su jefe fuera a buscarlo a su oficina–. ¿Alguna novedad?

–Algo así. –Morgan se dejó caer sobre una butaca junto al archivador y lo observó con curiosidad–. ¿Ha habido algún avance en el caso de Quinn? No por la acusación de asesinato, quiero decir; sé que eso va encaminado, acabo de hablar con el fiscal. Me refiero a tu investigación. La del posible tráfico de lo que sea.

Logan hizo una mueca, divertido de que lo llamara de esa forma, y se apoyó contra el escritorio frente a su jefe cruzando los brazos a la altura del pecho.

–Me hago una idea de a qué te refieres –respondió él–. Y sí, podríamos decir que algo de eso hay. No tengo muy claro aún de qué puede tratarse, lo sabré cuando haya hablado con él si consigo que acepte colaborar con nosotros. Pero el desbalance patrimonial está confirmado y hay también algunas cosas que no calzan en los formularios que se presentaron en aduanas al ingresar algunos cargamentos.

–¿Qué tipo de cargamento? –Se interesó Morgan.

Logan se encogió de hombros e hizo un gesto indeciso.

–No estoy seguro aún. Quinn declaró que se trataba de antigüedades sin demasiado valor; nada que estuviera fuera de las normas. La clase de cosas que se compran a bajos precios en el extranjero y se revenden aquí por mucho más.

–Ya. Me ha ocurrido –asintió su jefe con una mueca de disgusto–. Una vez hice un viaje con Ángela a Nueva York y ella se encaprichó en comprar una figura horrorosa por un dineral.

Logan sonrió al ver la expresión en el rostro de su

amigo. Conocía su debilidad por su esposa y no dudaba de que se hubiera mostrado mucho más dócil cuando ella lo convencía de comprar cualquier cosa.

–Sí, bueno, el punto es que eso no es ilegal...

–Pero debería.

Logan hizo como si no lo hubiera oído y continuó en tono pensativo.

–Y pese a eso, hay un desbalance importante allí. Quinn declaró cierto peso y costos que no coinciden con el reporte final; hay algo que no está bien aunque no estoy del todo seguro de qué puede ser –indicó él–. Si estoy en lo correcto con eso, es posible que Quinn trabaje con alguien en la aduana que le permitiera burlar la vigilancia e introducir al país más de lo que declaró.

–Bueno, eso es ilegal.

–Exacto. Pero no es lo que más me preocupa; más allá de si estafó al Estado con los impuestos para introducir una mayor cantidad de mercancía sin declarar, está el asunto de que pudo traer cualquier cosa. Sin un registro riguroso y con los contactos que parecía tener en altos puestos, y debieron serlo para burlar la vigilancia a ese nivel, podríamos estar hablando de patrimonio ilegal, drogas, dinero...

Logan suspiró y Morgan lo contempló con los ojos entrecerrados, asintiendo cada tanto con semblante ensimismado.

–Tal vez este asunto sea más complejo de lo que habíamos considerado –opinó él al cabo de un momento–. Tuviste buen ojo al fijarte en ello. Espero que puedas llevarlo al final sin problemas.

Logan cabeceó sin parecer demasiado convencido de aquello, pero en el fondo agradeció la muestra de confianza.

–Te diré lo que resulte de la entrevista con Quinn –prometió él.

–Muy bien. –Su jefe se puso de pie con un gruñido pero antes de marcharse blandió ante él la carpeta con la que había llegado–. Por cierto, acabo de recibir una llamada del sargento Bowie.

Los sentidos de Logan se pusieron en alerta de inmediato y observó a Morgan con atención.

–Quedó muy impresionado con tu exposición del otro día –indicó él en tono aprobador–. Bien hecho.

–Gracias.

–Quiere que vuelvas.

Logan apretó los dientes y empezó a sacudir la cabeza de un lado a otro.

–No...

–Solo un par de veces más.

–Pero ya no tengo nada por decir.

Morgan puso el legajo ante sus ojos y Logan no pudo resistir el impulso infantil de hacerlo a un lado de un manotazo, pero aquello no pareció ofender a su jefe, que le dirigió una sonrisa burlona.

–Seguro que se te ocurrirá algo –declaró él–. Te esperan el lunes.

–Pero...

Logan maldijo entre dientes al ver a su jefe hacer un gesto de despedida y marcharse sin darle tiempo de decir nada. Ambos sabían que no había ninguna excusa que pudiera urdir para librarse de esa; no si era una decisión tomada muy por arriba de sus atribuciones. Sin embargo, eso no le ayudó a sentirse mejor.

No sentía ningún deseo de volver a la academia, y no porque el lugar le trajera malos recuerdos; todo lo contrario, disfrutó mucho de su tiempo de instrucción allí e incluso le había alegrado encontrarse con sus viejos profesores durante su última visita. Pero si iba nuevamente era más que probable que viera a Tara de nuevo y no estaba seguro de qué tan bueno fuera aquello.

Ya tenía bastantes problemas para no pensar en ella cuando no se encontraba cerca y ahora, a verla posar en las clases de dibujo, debía sumarle los encuentros en la academia con ella como recluta.

Si Logan se hubiera esmerado por idear un escenario más extraño para encontrarse con una mujer a la que, ya no tenía sentido negarlo, se encontraba irremediablemente atraído, no habría estado ni cerca de imaginar algo como aquello.

Tara se apretó el nudo del cinturón de la bata con fuerza imaginando que lo hacía alrededor del cuello de cierto detective al que le habría encantado estrangular.

Apenas acababa de poner un pie en la escuela de arte y Lisa la había llamado un momento a su oficina para hablarle del incidente del último fin de semana. Según ella, uno de los estudiantes se había puesto en contacto con ella para hablarle al respecto y quería oír su versión del asunto.

Tara no necesitó preguntar de qué estudiante se trataba. La oyó con un semblante imperturbable y terminó por decirle lo que sin duda ella deseaba oír.

Sí, había ocurrido algo con otro de los alumnos, y sí, se había sentido muy incómoda, pero no se trató de nada que no pudiera manejar y estaba segura de que no se repetiría. No tenía ningún interés en presentar una queja formal y prefería olvidarlo. Desde luego, agradecía el interés del estudiante, quien quiera que fuera, al hacer el reporte, pero creía que lo mejor era dejar las cosas como estaban.

Lisa la oyó con una expresión amable e interesada, poco habitual en ella cuando se dirigía a Tara, y cabeceó satisfecha una vez que ella terminó con lo que tenía que decir. Luego respondió que le alegraba que se mostrara tan comprensiva y no alterara el ambiente de su clase, algo elemental en un ambiente de creación como aquel, y le aseguró que estaría al pendiente por si el incidente se repetía.

Cuando Tara dejó su despacho y se dirigió al auditorio para prepararse para la sesión de aquel día, no consiguió quitarse de encima la sensación de que a Lisa todo aquello le parecía tan solo una anécdota a la que no tenía interés en prestar mayor atención de la necesaria y que, de alguna forma, estaba en manos de Tara que no se repitiera.

Lo que, claro, era una absoluta injusticia, se dijo ella asegurando el nudo de la bata por tercera vez, atenta al sonido de los pasos en el auditorio. Los estudiantes empezaban a llegar y oyó algunas sillas correrse, así como el sonido de los caballetes siendo arrastrados a su posición habitual.

Intentó calmarse y no pensar en la conversación con Lisa y lo mucho que le enfadaba que Logan hubiera hablado con ella pese a que le pidió que no lo hiciera. Ya se ocuparía de eso luego. Le esperaba una sesión complicada.

Posar de cara al público siempre le había resultado especialmente difícil. No importaba que se esmerara por no ver a nadie y mantuviera la mirada puesta en la nada o en cualquier punto por encima de los rostros del alumnado. Era extraño porque se sentía expuesta de una forma demasiado directa. Cuando se hallaba de espaldas era más sencillo hacer como si se encontraba en cualquier otro lugar, pero en ese caso las cosas eran distintas.

Inhaló y exhaló un par de veces para recuperar la tranquilidad perdida en los últimos minutos y extendió sus manos ante ella hasta que dejaron de temblar. Flexionó sus hombros para relajar los músculos y elevó el mentón antes de dirigirse al auditorio.

Las luces se encontraban entornadas, como siempre, lo que le permitió situarse en su lugar antes incluso de que la mayoría advirtiera su presencia. Mantuvo el rostro sin emociones y se forzó a no mirar en dirección a donde sabía que debía de encontrarse Logan. A una señal de Lisa, una vez que todos se encontraron en sus lugares y ella dio las indicaciones de lo que esperaba que se hiciera en esa sesión, se despojó de la bata y mantuvo la mirada fija en la puerta al otro lado de la estancia.

Se internó en su mundo propio y apenas reparó en el sonido de los lápices al rasgar el papel y los susurros ahogados que intercambiaban algunos de los estudiantes al hacer alguna consulta con sus compañeros o con Lisa, que daba sus habituales paseos alrededor de la clase con ojo crítico.

Tenía que pasar por casa del señor Robinson para dejarle el dinero de las sesiones de su padre de esa semana y luego estudiar un rato por la tarde. Quizá si terminaba temprano podría llamar a Max y quedar para salir a tomar algo; hacía semanas que no podían hablar a gusto y creía que su amigo empezaba a resentir que siempre parecía estar ocupada. Era un buen plan para un sábado, se dijo tras reprimir un leve escalofrío, ladeando apenas el rostro tras ver un gesto sutil de Lisa.

El domingo se levantaría tarde; nadie la sacaría de la cama cuando menos hasta el mediodía, se prometió. Y convencería a su padre para dar un paseo; había un mercadillo cerca del puerto del que le habían hablado y que deseaba visitar, y a él le vendría bien el ejercicio.

Su mirada se vio atraída por un movimiento a su izquierda y al echar un vistazo en esa dirección se encontró con el rostro del hombre al que había golpeado el sábado anterior.

Genial, se dijo al reparar en que la veía con una mezcla de rencor y burla que le habría gustado borrar con un nuevo puñetazo. Suponía que un tipo como aquel tendría difícil superar que una mujer lo pusiera en su lugar de la forma en que ella lo había hecho y que, por otra parte, debía de encontrarse muy satisfecho de poder reafirmar aquello de que no tenía derecho a mostrarse particularmente digna cuando se exponía como lo hacía. Como en ese momento.

Tara desvió la mirada tras contener un gesto de desprecio. De pronto sintió un desagradable nudo en la garganta y tuvo que parpadear para que un par de lágrimas que se habían agolpado en sus ojos no cayeran por sus mejillas. Se encontraba furiosa y humillada, y le habría gustado marcharse. Por primera vez en todo el tiempo que llevaba haciendo aquello, deseó estar en cualquier otro lugar.

En un momento dado, sin embargo, su mirada se encontró con la de Logan, que parecía haber notado ese silencioso intercambio y hacerse una idea de cómo debía de sentirse y, por obra de lo que le pareció un extraño truco de magia, de pronto experimentó una cierta paz que le permitió volver a respirar con normalidad.

Recorrió el rostro de Logan con lentitud y no le sorprendió que se viera tan tenso como debía de encontrarse el suyo. Tal vez estuviera igual de disgustado; quizás quisiera marcharse también. A Tara nada le habría gustado más que ir con él y tomarlo de la mano para alejarse de allí juntos.

Parpadeó y exhaló antes de desviar la mirada, no sin antes captar un brillo en sus ojos, lo que barrió con cualquier rastro de frío que sintiera hasta entonces. Ahora sintió una calidez abrasadora subiendo por sus miembros hasta alojarse en lo más profundo de su pecho; le empezaron a sudar las palmas de las manos e hizo todo lo posible por regresar a ese mundo pequeño en que se sentía a salvo. Lejos de toda aquella gente y también de él, que no tenía cómo saber el efecto que tenía sobre ella.

Logan no consiguió trazar más que un par de líneas temblorosas durante toda la clase y, cuando esta terminó y Tara se perdió tras las puertas para abandonar el auditorio, las borró con furia y guardó el block de dibujo antes de que Lisa pudiera acercarse para evaluar su trabajo.

No había nada que ver, le dijo antes de marcharse cuando se encontró con su rostro consternado al ver que no tendría oportunidad de mirar su dibujo. No había sido un buen día.

Logan se fue tan rápido como le dieron los pies pese a que lo que más deseaba era quedarse allí e ir en busca de Tara. No sin antes buscar a ese hombre que la había mirado con descaro durante toda la clase como si pretendiera humillarla y quebrarle cada hueso del cuerpo hasta hacerlo añicos luego de hacerle jurar que no volvería a incomodarla de ninguna forma.

Pero no hizo ni una cosa ni la otra porque estaba seguro de que Tara lo odiaría si la ponía en evidencia de esa forma y porque él no hacía esa clase de cosas. Él era un hombre racional que pensaba antes de actuar y que nunca dejaba que lo dominaran sus impulsos. No era un salvaje que iba por allí dando de golpes y reclamando a una mujer que en realidad no tenía nada que ver con él. ¡Era un oficial de policía, por el amor de Dios!

Era el estrés, sin duda. Llevaba días sin dormir bien porque entre el caso de Quinn y las charlas que debía preparar para sus próximas visitas a la academia apenas tenía tiempo para él.

Y, no tenía sentido negarlo, había dedicado prácticamente cada momento del día, además, a pensar en Tara y en lo que le inspiraba; pero aún no conseguía llegar a ninguna conclusión que lo satisficiera o cuando menos lo convenciera de que no estaba perdiendo la razón.

La deseaba de una forma que amenazaba con ahogarlo y no sabía qué hacer con aquello. Era tan poco propio de él sentirse atraído a ese punto por una mujer a la que apenas conocía, que iba dando tumbos en la oscuridad sin saber qué hacer. De haberse tratado de cualquier otra a quien conociera en distintas circunstancias posiblemente hubiera intentado hacer algún tipo de avance, ver si ella también estaba interesada, y si ese era el caso, no lo habría pensado dos veces antes de llevársela a la cama. No había nada de malo con eso si ambos lo deseaban.

Pero las cosas con Tara eran distintas. Ella era distinta. No solo era demasiado joven para él, sino que además estaban en una posición cuando menos... extraña. No podía acostarse con una de las alumnas de la academia, quien además era la mujer a quien intentaba retratar una vez por semana y quien le inspiraba un instinto de protección que no había experimentado nunca antes. No quería lastimarla sino protegerla; aun cuando fuera de sí mismo.

Todo era un desastre.

Logan puso el auto en marcha y se dirigió a casa para asegurarse de no hacer ninguna tontería. Lo que fuera que estuviera ocurriendo en su cabeza no era culpa de Tara y pensaba que no era justo involucrarla cuando era obvio que ella ya tenía suficientes problemas.

Tendría que encontrar una solución para todo aquello por su cuenta. Y si no daba con una, bueno, eso también era asunto suyo.

–¿Segura de que te encuentras bien? ¿No te ha gustado el pastel de carne?, porque saqué la receta del libro de Martha Stewart que me regalaste para Navidad y, según ella, es uno de sus favoritos.

Tara forzó una sonrisa y sacudió la cabeza sin desviar la mirada del fregadero. Ella y su padre acababan de terminar de cenar y se había ofrecido a lavar los platos en tanto él se tomaba un café. La calefacción estaba encendida pese a que se trataba de una noche cálida, pero a su padre le molestaba el frío más que a la mayoría; su pierna se resentía ante cualquier descenso en la temperatura y aunque ella sentía su frente perlada de una leve película de sudor, no se le habría ocurrido pedirle que la apagara.

–No, ha estado muy bien; me gustó mucho –aseguró ella pese a que acababa de guardar la mitad de su plato en la nevera para el día siguiente–. Es solo que no tengo mucha hambre.

–Eso es raro.

Tara se encogió de hombros ante el tono extrañado en la voz de su padre.

–Deben de ser los exámenes –respondió ella.

El señor Duncan cabeceó, pensativo.

–Claro. Es un momento importante –aceptó él–. ¿Te gustaría jugar una partida de cartas para que te relajes un poco?

Tara sacudió la cabeza de un lado a otro.

–No, creo que iré a tomar un poco de aire luego de sacar la basura. –Ella lo miró sobre su hombro con expresión de disculpa–. ¿Te importa si lo dejamos para mañana?

–Claro que no. Haz lo que sea que te haga sentir mejor.

Tara suspiró y, tras terminar de secar los platos, depositó un beso en la frente de su padre, que le sonrió alentador. Tomó la bolsa de basura para dejarla en el contenedor al otro lado de la calle y después, en lugar de volver a casa, empezó un lento caminar alrededor de la manzana con expresión pensativa.

Giró por Erdman Avenue e hizo como que no veía a un grupo de chicos que oían música y hablaban a gritos entre ellos y que la miraron pasar sin hacer ningún comentario malsonante; una hazaña tratándose de un conjunto como aquel. Pero la conocían y también a su padre y nunca la habían puesto en una situación desagradable.

El este de Baltimore no era precisamente el mejor lugar para crecer, reconoció dando una mirada a las casas pequeñas y adosadas una a la otra con los jardincitos diminutos en el frente y donde había todo tipo de trastos tirados. A diferencia de aquellos, el suyo se encontraba mucho mejor cuidado, pero esa era la única diferencia.

Y pese a ello, le gustaba. Su infancia se encontraba impresa en cada una de sus calles: podía recordar su primera caída en bicicleta frente a la puerta de la señora Parker y que era el señor Mandolini quien le daba buena parte del botín en sus salidas para pedir dulces en Halloween.

A diferencia de muchos de sus amigos que se habían criado también allí, Tara no tenía mayor interés en abandonar su barrio y buscar un lugar que pudiera considerarse más privilegiado. Y estaba segura de que su padre compartía su opinión. Pero sí que quería algo más. Algo que iba más allá de las cosas y las apariencias. Quería cumplir sus sueños; sentirse útil y realizada. Tal vez no pudiera hacerlo asistiendo a la escuela de medicina, eso ya lo tenía asumido, pero el ser policía siempre había sido una estupenda opción para ella y ahora se encontraba muy cerca de verlo convertido en una realidad.

Estaba al alcance de su mano, pero por algún motivo no conseguía disfrutarlo. Y conocía bien cuál era ese motivo.

Lo que le ocurría con Logan no solo era raro, también era absurdo. No era una chiquilla deslumbrada por un hombre atractivo, tenía veintitrés años y aunque no contaba con una gran experiencia tampoco era totalmente inocente. Había salido con chicos, con uno de ellos durante todo un año antes de descubrir que iban por caminos distintos; y también había tenido un par de rollos de una noche, como cualquier otra chica de su edad. Sabía cómo eran las cosas, lo que se sentía al desear a alguien y lo bien que podría sentirse al satisfacer esa clase de deseos; pero por alguna razón que no conseguía identificar, las cosas con Logan se le antojaban distintas.

Él la hacía sentir demasiado, y eso a ella no le gustaba. Si con solo unas veces de verse había sido capaz de sacudir su mundo de esa forma, volviéndola un ente medio idiota cada vez que se encontraban en el mismo lugar, no quería ni imaginar lo que le ocurriría si profundizaban en esa conexión.

Sus pasos la llevaron hasta el final de la calle y al reparar en que llevaba caminando cuando menos media hora, exhaló un suspiro y dio vuelta para volver a casa. Su padre estaría preocupado y aún tenía varias cosas que hacer antes de irse a la cama. Tenía clases a primera hora del día siguiente y necesitaba su mente despejada.

Además, era posible que viera a Logan allí. No tenía muy claro si sus charlas se repetirían, pero luego del éxito de la primera era una posibilidad latente y no deseaba que volviera a cogerla con la guardia baja. Como si eso no fuera suficiente, sería la primera vez que se vieran luego de esa desastrosa sesión en que ella se mostrara tan incómoda. Estaba segura de que él había podido verlo y no estaba lista para enfrentar lo que tuviera que decir al respecto cuando tuvieran la oportunidad de hablar, se recordó con un suspiro al cruzar la puerta de casa luego de ahuyentar al gato del señor Robinson que, por algún motivo, acostumbraba ir cada noche; tal vez no pudiera resistirse a las sobras de la comida de su padre, supuso tras hacerle una caricia antes de que saliera brincando por el jardín.

Era eso lo que tenía que hacer, decidió. Era indispensable que intentara mantenerse lejos de Logan y no intercambiar ni una palabra con él. Claro que de la teoría a la práctica había un mundo de distancia, pero estaba dispuesta a intentarlo.

El padre de Logan fue profesor de ética en la universidad Johns Hopkins durante treinta años, antes de sufrir un infarto fulminante que no le dio tiempo ni siquiera para despedirse de su esposa e hijo. En agradecimiento a todo su tiempo de enseñanza, le pusieron una placa en el campus y una de las salas de estudio llevaba su nombre. Aunque Logan siempre había sospechado que las autoridades de la universidad nunca se habrían mostrado tan agradecidas de no ser por los donativos que su familia hacía cada año para el fondo de investigación.

Eso en realidad daba igual, se recordó; ese reconocimiento había supuesto un gran consuelo para su madre en su momento, en especial porque la pérdida del que había sido su compañero durante casi toda su vida supuso un golpe mucho más doloroso de lo que ella misma habría podido imaginar.

Sus padres no sostuvieron una relación particularmente afectuosa, al menos no en público. Logan no podía recordar haberlos visto intercambiar un abrazo en su presencia, ya no digamos cualquier otra muestra de amor. Eran corteses el uno con el otro y muy divertidos a su modo. Tenían un sentido del humor tan negro como la noche y podían incluso ser un poco hirientes, pero jamás ninguno pareció resentir algún comentario malintencionado.

A Logan, acostumbrado a ese ambiente, le costó comprender que tal vez no se tratara de una relación muy normal. Tuvo que salir de casa y tratar a otro tipo de personas para darse cuenta de que era posible amar y preocuparse por alguien sin necesidad de hacer alarde de un ingenio demasiado desarrollado. Bastaba con quererlo y preocuparse porque se encontrara bien.

Pensaba mucho en su padre últimamente. En especial desde que Morgan le pidiera dar esas clases en la academia. Aunque en un principio se había sentido sobrepasado por el encargo, la verdad era que casi empezaba a disfrutarlo y, gran parte de ello, se debía a las enseñanzas de su padre.

El señor Spencer había empezado a ponerle ejemplos de ética casi desde que empezó a compartir la mesa del comedor con él y su madre. Lo alentaba a leer a los grandes filósofos para alternar con sus lecturas de la escuela y le encantaba debatir con él cualquier tipo de problema que pudiera presentársele, preguntándole qué haría él en su lugar.

Fue por eso que se le ocurrió llevar sus disertaciones por esa senda en la academia. Tal vez su padre hubiera tenido algunos defectos, pero su uso de la moral y la ética calzaban perfectamente con la compleja psicología de la labor policial.

Y hasta entonces le había dado excelentes resultados.

Acababa de terminar su cuarta conferencia y hubiera sido una muestra de modestia ridícula no reconocer que los reclutas parecían encantados con ellas. Al comienzo habían parecido un poco desconcertados de verse obligados a usar todos los conocimientos adquiridos en la academia para darles vuelta y pensar por sí mismos cada vez que Logan ponía un ejemplo particularmente engañoso a fin de hacerlos dudar. Sin embargo, había terminado por convertirse en una práctica divertida.

Tal vez hubiera heredado de su padre algo de sus genes inclinados a la enseñanza, se dijo Logan al juntar sus cosas para dejar el auditorio y volver a la estación para ponerse con el caso que estaba lejos de avanzar. Tenía una reunión con Quinn al día siguiente y esperaba que las cosas mejoraran si conseguía convencerlo de cooperar con su investigación.

Todo se vería mucho mejor de no ser por esa constante sensación de incomodidad que estaba lejos de abandonarlo y que solo se incrementaba cada vez que se hallaba en la misma habitación que Tara, reconoció de mala gana.

Ella había asistido a todas y cada una de las charlas que diera en la academia y la había visto también un par de veces en la escuela de arte, pero no intercambiaron ni una sola palabra. A lo mucho, se veían cuando pensaban que el otro no se daba cuenta, hasta que sus miradas se encontraban; entonces desviaban la vista y se sumían en un silencio incómodo.

Y, sin embargo, Logan tuvo que reconocer que la conexión entre ambos no hacía más que fortalecerse con cada mirada y cada palabra no dicha. Era como un cable de acero que los unía y que permanecía tirante hasta el límite. Era posible que continuara así hasta que alguno de ellos hiciera algo, supuso, o tal vez tan solo terminara por hacerse añicos a sus pies.

Logan tomó el maletín que llevaba con él a la academia y abandonó el edificio principal, pero en lugar de dirigirse al estacionamiento, decidió dar una vuelta para disipar su mente. Tenía un recuerdo claro de la distribución del recinto y, al oír un ruido familiar, no pudo evitar esbozar una sonrisa nostálgica.

Sus pies lo condujeron al otro lado de la muralla que separaba las instalaciones de estudio académico y las oficinas administrativas del campo de tiro. Era un espacio a campo abierto pero cubierto por un techo alto de plexiglás que aislaba el ruido para evitar que los reclutas se distrajeran por el jaleo propio de la escuela.

Logan distinguió la figura esmirriada del sargento Beckley, que había sido su instructor de tiro en sus tiempos de estudiante. Un grupo lo rodeaba y Logan reconoció a Tara de inmediato. Ella tenía el mismo uniforme que usaba en la escuela en el día a día, pero portaba un arma en la mano derecha y unos lentes de acrílico protegían sus ojos en tanto asentía en dirección al profesor, que susurraba algunas palabras con semblante aleccionador.

Un muchacho que había visto sentado siempre a su lado durante sus conferencias se encontraba de pie junto a ella y asentía también, aunque él no se veía tan seguro como Tara por lo que fuera que Beckley les dijera.

Logan se mantuvo a cierta distancia, pero se aseguró de tener una buena visión del campo en tanto los estudiantes se situaban ante las rayas que marcaban el gras a sus pies, la distancia reglamentaria para disparar. El sargento Beckley dio la señal y una ristra de disparos quebró el silencio. Logan no apartó la mirada del rostro sereno de Tara y admiró la forma eficiente en que sostenía el arma en lo alto; su espalda apenas se inclinó hacia atrás para acusar el impacto del disparo; sus pies se encontraban firmes sobre el césped y, a diferencia de su amigo y varios de sus compañeros, no parpadeó por el sonido.

Era buena, muy buena, se corrigió al ver que Beckley le marcaba un puntaje casi perfecto una vez que estudió los blancos. Sin embargo, no estaba muy sorprendido, reconoció poco después al disponerse a alejarse una vez que vio al chico alto a su lado dándole una palmada en el hombro para felicitarla, lo que ella recibió con una sonrisa que él no le había visto antes.

Se le hizo un nudo en el estómago. Habría dado lo que fuera porque le sonriera de esa forma a él.

Sus pasos lo llevaron de vuelta al edificio principal, pero en lugar de irse permaneció dando vueltas fuera de él sin saber qué era exactamente lo que quería. Lo único que sabía era que la idea de marcharse una vez más sin hablar antes con Tara le pareció insoportable. ¿Por qué no podían tener una conversación civilizada como un par de adultos que se conocían y que, le gustaba pensar, se agradaban el uno al otro?

Solo una charla.

Tuvo suerte. La vio volver por el jardín acompañada por un grupo que fue dejando atrás según avanzaba en dirección al edificio principal con expresión pensativa. El muchacho que parecía ser muy cercano a ella, según pudo observar Logan con cierto resquemor, iba a su lado y parloteaba sin parar mientras Tara parecía responder con algunos monosílabos.

Logan se encontraba bajo un pabellón que conducía al estacionamiento, una bóveda cubierta por un techo cóncavo que lo mantenía semi oculto de la mirada exterior pero que le proveía de una vista estupenda de los jardines. Tenía las manos en los bolsillos y miraba al frente con la secreta esperanza de que Tara fuera capaz de percibir su mirada antes de que entrara al edificio de la escuela.

Y así fue.

La vio mirar en su dirección y abrir mucho los ojos antes de susurrar algo al chico junto a ella que, tras dirigirle una mirada intrigada, asintió con hosquedad antes de alejarse en dirección contraria.

Tara miró sobre su hombro antes de caminar hacia donde Logan se encontraba con pasos medidos y una falsa expresión desenfadada que no lo engañó ni un segundo. Cuando llegó a su altura, se hizo a un lado para que se ubicara tras él; su posición les impedía ser vistos desde fuera, pero aun así creyó que ella apreciaría cualquier precaución extra.

–¿Qué estás haciendo aquí?

Su pregunta no lo cogió desprevenido, pero sí la animosidad que vio en sus ojos. ¿Por qué estaba molesta?

–Acabo de dar una clase.

–Sabes a lo que me refiero.

Logan suspiró y se llevó una mano a la nuca. Debió imaginar que ella no se lo iba a poner fácil. ¿Y por qué lo haría?, tuvo que reconocer él, aunque la idea tan solo lo desesperó más.

–Quería hablar un momento contigo –dijo él.

Ella se cruzó de brazos y lo observó con el mentón elevado en un ademán receloso.

–¿Acerca de qué? –Tara torció el gesto y entrecerró los ojos–. ¿Vas a contarme que decidiste hablar con Lisa a pesar de que te pedí que no lo hicieras? Porque si se trata de eso, tal vez sea un poco tarde.

Logan sostuvo su mirada y el músculo de su barbilla empezó a latir. No le gustó en absoluto el tono que ella usó, y no porque no tuviera algo de razón en sentirse enojada por ello, sino porque le dio la impresión de que había algo más. Algo que la impulsaba a actuar como si él fuera capaz de hacerle daño. La idea le revolvió el estómago.

–Estás molesta –dijo él procurando imprimir un tono sereno a su voz–. Y tienes razón en estarlo, pero necesito que lo entiendas, tenía que hacerlo. No podía simplemente quedarme callado, no está bien. Lisa tenía que saberlo.

–¿Para qué? ¿Qué diferencia hace?

Logan tuvo que admitir que, vista la reacción de Lisa, en realidad no, no hacía mayor diferencia. Pero no se trataba tan solo de eso.

–Era lo correcto –dijo él.

Tara emitió un bufido.

–Claro. Lo olvidé; te gusta mucho la ética y siempre haces lo correcto, ¿no? –espetó ella de malos modos.

Logan frunció el ceño.

–No, la verdad es que no, no siempre hago lo correcto; pero lo intento –replicó él con frialdad–. Y no hay un gran conflicto moral aquí, así que no hace falta mencionarlo. Es bastante lógico: ese hombre no debería seguir asistiendo a las clases y tú no tienes por qué tolerarlo. ¿Por qué es eso tan difícil de aceptar?

Tara se irguió cuan alta era y lo miró a los ojos con una expresión burlona que no le gustó en absoluto.

–¿Qué clase de policía eres? –preguntó ella a su vez–. Parece como si vivieras en otro mundo. La vida no es justa, y mucho menos, lógica. –Sus labios se elevaron en una sonrisa cargada de mofa que, sin embargo, dejó traslucir también cierta amargura–. Deliras si piensas que las cosas se amoldarán a lo que piensas que es correcto. Puedes ser el hombre más decente del mundo, pero te aseguro que formas parte de una minoría y más te vale aprenderlo ya o lo vas a pasar muy mal.

Logan estuvo a punto de decirle que podía parar con su actitud de estar de vuelta de todo, que, aunque no lo pareciera, su vida había estado lejos de ser un lecho de rosas y que a lo largo de los años había visto cosas que le pondrían los pelos de punta y echarían abajo ese aire de sabelotodo que parecía adoptar cuando se encontraba asustada. Pero no lo hizo. Y fue precisamente por ello: porque se dio cuenta de que debajo de todas esas capas de seguridad se escondía una joven aterrada que solo conseguía mantenerse a salvo fingiendo una autosuficiencia que estaba lejos de ser real.

El enojo que sintiera hasta entonces se esfumó como por obra de magia y la observó bajo una nueva luz. Las penumbras en las que se encontraban les confería una intimidad que le dio a él la suficiente confianza para ir hacia ella y buscar su mirada con semblante tranquilo.

–¿Qué pasa contigo? –preguntó.

Tara parpadeó y pareció sorprendida; posiblemente fuera lo último que esperara oír y, cuando le devolvió la mirada, Logan notó que apretaba los labios con fuerza y que sus hombros parecían tan tensos como si se encontraran a punto de quebrarse.

–No me pasa nada –respondió ella al fin tras humedecerse los labios resecos.

–Entonces, ¿por qué actúas de esta forma?

–¿Cómo?

Logan dio otro paso hacia ella y Tara retrocedió hasta que su espalda dio contra el tabique del arco bajo el que se guarecían del exterior.

–Así. Como si fuera tu enemigo. –Logan se señaló a sí mismo con un ademán cansado, tan cerca que sus pies se tocaban–. Solo intento ayudarte.

–No necesito tu ayuda. Solo quiero que me dejes en paz.

Él odió la forma en que ella empezó a mirar de un lado a otro como si deseara huir de algún peligro que la tuviera al borde de un ataque de nervios. Y todo parecía indicar que el peligro era él. ¿Cómo no podía ver que él se encontraba igual o aún más asustado?, se preguntó.

–Eso no es justo. No te he hecho nada. –Logan suspiró e intentó sonar conciliador–. Vamos, dime qué es lo que te molesta tanto de mí.

Tara cogió aire de golpe y Logan se dio cuenta de que hacía todo lo posible por evitar mirarlo a los ojos; su rostro se encontraba a solo unos centímetros del suyo y por primera vez reparó en que apenas tenía que inclinar la cabeza para observarla. Parecía como si hubiera sido hecha para él.

–No se trata de eso. Es solo...

Logan oyó su débil balbuceo y, sin ser muy consciente de lo que hacía, apoyó las manos sobre la pared, una a cada lado de su rostro, y echó el cuerpo hacia adelante hasta rozar su pecho con el suyo.

–¿Qué?

–No es nada.

Él sonrió, lo que pareció sobresaltarla; fue una sonrisa cargada de conocimiento.

–Es esto, ¿verdad? Estás enfadada por esto. –Logan acercó los labios a su mejilla y la sintió temblar bajo él–. No puedo culparte; a mí también me está volviendo loco.

–Logan...

No la dejó terminar. No habría podido ni siquiera de haberlo deseado. Y con seguridad no lo hacía. Solo había una cosa que anhelaba hacer con todas sus fuerzas; lo mismo que, estaba seguro, deseaba ella también.

Por eso no vaciló al buscar sus labios con los suyos y emitió un gruñido de triunfo al sentirla recibirlo con la misma pasión que a él lo tenía sumido en un mar de desesperación. Envolvió su cintura con las manos y pegó su cuerpo al suyo hasta oírla gemir bajo sus caricias. Tara llevó las manos a su nuca y enterró los dedos en su cabello, entreabriendo sus rodillas para que Logan se asentara allí e intensificara así el contacto.

Los labios de Tara le supieron a gloria; había soñado con ese momento desde que sus miradas se cruzaron por primera vez, pero nada lo preparó para el torbellino en que se convirtió su mente cuando al fin la tuvo entre sus brazos. Deslizó las manos a lo largo de su espalda y sostuvo sus caderas con fuerza; sus dedos trajinaron con el borde de la sudadera para colarse bajo ella y buscar su piel desnuda, dejando una huella de fuego a su paso. Rozó el borde de su pecho y abandonó sus labios para besar sus mejillas, el puente de la nariz y el pliegue de su frente.

Tara tenía los ojos cerrados y sus dedos abandonaron su cabello para posarse sobre su rostro; abarcaba sus mejillas con la yema de los dedos y resopló cuando Logan lamió su cuello antes de buscar nuevamente sus labios. Ella lo recibió exhalando una bocanada de aire y apresó su lengua con la suya antes de tirar de él para que profundizara sus caricias; parecía como si hubiera perdido del todo el control y no hubiera nada que le impidiera entregarse allí mismo.

Logan se detuvo de golpe y Tara abrió los ojos, parpadeando como si acabara de salir de un sueño. Abrió la boca para preguntar qué había ocurrido cuando advirtió la expresión preocupada en el rostro de Logan y, al aguzar el oído, reparó en que se escuchaban unas voces provenientes del estacionamiento. Como si aquello no hubiera sido suficiente para despejar su mente del todo, habría podido jurar que una de ellas pertenecía al sargento Bowie.

Aterrada, se apartó de Logan y retrocedió llevándose las manos a sus mejillas ardientes. Él no intentó detenerla; por el contrario, le dio un suave empujón en el hombro y Tara pudo reconocer el desconcierto en su mirada. No solo por correr el riesgo de ser descubiertos en semejante posición, sino también, por haberse dejado llevar de la forma en que lo hizo.

Él no tuvo que decir nada, ella interpretó su expresión de inmediato y, tras asentir sin atreverse a mirarlo a los ojos, se pasó una mano por el cabello, intentó acomodar sus ropas lo mejor que pudo y se apresuró a correr de vuelta al edificio principal en tanto él se quedaba haciéndole de escudo para que quien fuera que se dirigiera allí no pudiera verla.

Tara no se detuvo hasta que se encontró dentro del edificio y una vez allí buscó la primera ventana que diera a los jardines ignorando algunas miradas curiosas de otros reclutas que pasaban por el vestíbulo.

Distinguió a Logan a través del cristal, pero a diferencia de como lo dejara hacía un minuto, ya no se encontraba solo. Hablaba con un pequeño grupo de cuatro o cinco hombres, entre ellos el sargento Bowie. No parecía como si ninguno de ellos le increpara algo; por el contrario, hubiera jurado que todos sonreían y hablaban con cierta confianza, así que con seguridad no la habían visto y mucho menos fueron testigos de lo que había ocurrido entre ella y Logan.

Su corazón estuvo lejos de recuperar la normalidad, sin embargo, y dudaba de que fuera a ocurrir pronto. Estaba sobrepasada por lo que acababa de hacer; al llevar sus manos frente a ella advirtió que temblaban y tuvo que llevárselas al pecho, inhalando una y otra vez para tranquilizarse. Pegó la frente sudorosa al cristal y buscó el rostro de Logan a lo lejos; no pudo distinguir sus rasgos con claridad, pero habría podido jurar que él advirtió su mirada y que dirigió la vista hacia donde ella se encontraba, entablándose un intercambio silencioso entre ambos.

Tara suspiró y se apartó de la ventana al oír el timbre que señalaba el final de la hora. Ni siquiera podía recordar a dónde debía ir, se sorprendió pensando al forzar a sus pies a moverse para dirigirse al segundo nivel de la escuela. Supuso que lo recordaría pronto, se consoló siguiendo a un grupo de compañeros que la saludaron antes de apresurar el paso y cruzar por su lado.

En realidad, era posible que diera igual de cualquier forma, reconoció al suspirar nuevamente. Dudaba de que fuera capaz de concentrarse en lo que restaba del día; no había un centímetro de su cuerpo y mente que no se encontrara aletargada por la emoción, y todo ello provocado por Logan.

Estaba metida en grandes problemas. Trastabilló al llevarse una mano a los labios y descubrir su calor asentado allí como si hubiera dejado una huella indeleble. Lo peor era que, pese a que sabía que de aquello no podría salir nada bueno, estaba lejos de sentirse arrepentida.

5

Logan llegó a la penitenciaria del Estado poco antes de que se iniciara la hora de las visitas. Se perdió entre la multitud que aguardaba para entrar y entregó su credencial al guardia para que lo guiara a la sala en la que debía encontrarse con Marvin Quinn.

Quinn no se perdería ninguna visita, comentó el fiscal luego de darle la hora de la cita y que Logan señalara que no hubiera tenido problemas en dejarlo para otro momento del día.

A Quinn no iba a verlo nadie.

Logan tuvo que reconocer que eso no era de sorprender, reconoció al toparse con el rostro del prisionero que aguardaba a por él sentado al otro lado de una mesa de acero con las muñecas sujetas por esposas afirmadas a las que llevaba alrededor de los tobillos.

Estudió su rostro en silencio mientras ocupaba la silla contraria y dejó su maletín sobre la mesa sin decir una palabra.

Quinn tenía un aspecto engañoso. Aunque estaba cerca de los setenta, Logan podía dar fe de que poseía la vitalidad de un hombre veinte años menor. Se había enfrentado a él durante su arresto y aun recordaba con claridad lo mucho que le había costado sujetarlo entonces; de no haber sido porque contó con ayuda entonces, posiblemente hubiera salido mucho más lastimado de lo que resultó.

Los dedos fibrosos del prisionero empezaron a martillear contra la mesa, pero Logan no permitió que lo alterara pese a que el sonido era realmente molesto. Sacó el contenido de su maletín sin prisa y estudió los documentos con expresión concentrada, satisfecho al advertir que era Quinn ahora quien parecía alterado y expectante.

Al final, se acomodó las gafas sobre el puente de la nariz y miró al hombre a los ojos cristalinos y apagados que le recordaron a los de un pez muerto.

–El fiscal ha pedido treinta y cinco años para usted ante la corte –resumió él sin ánimos de andarse con rodeos–; y es probable que los consiga sin esforzarse demasiado. Tiene un caso sólido y supongo que su abogado ya le habrá recomendado que lo dé por perdido y que procure acogerse a cualquier beneficio que le ayude a reducir la pena.

Logan observó la espiral de emociones que hicieron presa del hombre ante él: ira, rebeldía, odio y una buena cuota de conformismo que le dio a entender que tal vez su visita resultara tan satisfactoria como había esperado.

Quinn no dijo una palabra, pero no fue necesario; estaba claro que no tenía nada que objetar al resumen de Logan y este tomó aquello como una señal para continuar.

–No solo asesinó a un hombre a sangre fría con premeditación y ventaja, sino que lo sometió a un ritual abominable. Además, atacó a un servidor de la policía. A decir verdad, me sorprende que el fiscal no pidiera cadena perpetua –comentó él sin poder ocultar su animadversión.

Quinn cabeceó y le dirigió una mirada entre las rendijas de sus ojos fríos y se encogió de hombros, aun en silencio.

–De cualquier forma, no es ese el principal motivo de mi visita –continuó Logan en un tono algo menos beligerante–. En realidad, he venido a hacerle una oferta.

–¿Qué clase de oferta?

Logan contuvo un gesto de desagrado al oír la voz del hombre. Parecía provenir de lo más profundo de un lugar sórdido y pantanoso y era tan fría como su mirada. Pero cuando menos había dicho algo, se recordó con un gesto de satisfacción casi imperceptible al tiempo que disponía algunos documentos ante él e iba señalándolos al retomar la palabra.

–Al confiscar sus bienes y hacer un registro de ellos, descubrimos que hay un importante desbalance patrimonial en sus cuentas. No solo eso, también captamos una serie de movimientos en sus ingresos al país con mercancía que no declaró; seguro con la complicidad de algunos agentes de aduana –resumió Logan–. Hábleme acerca de eso.

Logan advirtió que Quinn no había esperado nada de aquello y que, por el contrario, acusaba sus palabras con cierta sorpresa.

–No sé a qué clase de cosas se refiere –espetó él pasados unos minutos en un silencio pensativo y receloso.

–Creo que he sido muy claro. –Logan no perdió la calma ni fingió que fuera una respuesta que no esperara recibir–. Es evidente que sus negocios han estado lejos de ser limpios y quiero saber en qué consistían realmente. Qué era lo que no declaraba al ingresar al país, a quién se lo vendía y quiénes eran los oficiales a quienes sobornó para que no le pusieran obstáculos. Dígame todo eso y, si compruebo que está diciendo la verdad, prometo que haré un trato con el fiscal para reducir su pena.

El hombre empezó a martillear nuevamente con los dedos y bajó la cabeza hasta tocar su pecho con la barbilla para ocultar su mirada; pero Logan pudo ver un brillo de interés en sus ojos hasta entonces apagados. El sonido de sus pies al golpear contra el linóleo haciendo resonar las cadenas que llevaba ajustadas a los tobillos provocó un eco desagradable en la sala.

Logan no intentó apurarlo y se cuidó de no mostrar cuán ansioso se encontraba en el fondo. Quería una respuesta; necesitaba llegar hasta el fondo de todo porque estaba convencido de que se trataba de algo mucho mayor de lo que todo parecía indicar. Pero para avanzar, necesitaba su ayuda; solo así conseguiría que Morgan consintiera en que siguiera con el caso hasta el final.

Cuando creyó que Quinn no diría nada y que iba a ser necesario que pensara en otra forma de plantear un trato, este lo sorprendió al elevar la mirada de golpe y fijar sus ojos sobre su rostro.

–¿Qué tanto? –preguntó él.

–¿Qué tanto qué?

El hombre hizo un gesto de fastidio.

–¿Qué tanto podría reducir la pena si le doy algo que le sirva?

Logan inclinó el cuerpo hacia adelante y mantuvo un semblante inmutable al sostener su mirada.

–No puedo asegurarle nada, pero puede estar seguro de que lo haré; eso dependerá, al final, de qué tan útil sea la información que me dé –respondió él–. Tal vez no sea necesario que pase el resto de su vida aquí; pero eso solo ocurrirá si me ayuda.

Quinn tragó espeso y frotó su muñeca envuelta por las esposas con un ademán nervioso. Guardó silencio un momento más, pero esta vez no tardó demasiado en retomar la palabra.

–Me está pidiendo que traicione a gente muy poderosa, ¿sabe? –Por primera vez, desde que empezara la charla, Logan notó un tono de inquietud en su voz–. Podría meterme en problemas.

–No le ocurrirá nada; me ocuparé de que esté a salvo aquí dentro –aseguró Logan sintiendo cómo su interés se incrementaba.

El hombre esbozó una sonrisa torcida.

–¿Y usted? –espetó él con un retintín burlón–. ¿Quién lo cuidará a usted?

Logan entrecerró los ojos.

–De eso me encargo yo –replicó él sin vacilar–. Ahora, ¿por qué no me cuenta lo que quiero saber? Su próxima audiencia es dentro de tres días y supongo que querrá que hable con el fiscal antes de eso.

Vio al hombre vacilar una última vez antes de que empezara a asentir, cabizbajo.

–Está bien –dijo él–. Pero irá bajo su propio riesgo.

Logan no respondió a la provocación; aún más, hizo como si apenas le hubiera oído, aunque en el fondo pensó que si aquel hombre se encontraba tan asustado como parecía y era capaz de hacerle esa clase de advertencias, tal vez las cosas fueran realmente tan serias como había pensado. Aquello, en lugar de asustarlo, le provocó una sacudida de anticipación. Quería saberlo todo.

Atento, hizo un gesto al hombre y tomó del maletín una grabadora que encendió y puso en medio de ambos sobre la mesa.

–Muy bien. –Logan dio una cabezada–. Lo escucho.

El prisionero cogió aire y Logan apoyó la lapicera sobre su libreta, atento a cada una de sus palabras. Según hablaba, iba tomando notas pese a que la grabadora registraba todo; y para cuando terminó de hablar, asintió con gesto serio. Luego hizo algunas preguntas antes de detener la grabación.

Para cuando dejó la prisión poco después, Logan se dijo que sus instintos no le habían engañado en absoluto. Tenía un gran caso entre manos.

Tara dejó su casa cuando menos una hora antes de lo habitual; a lo mucho bebió un café y tomó una tostada antes de despedirse de su padre para dirigirse a la escuela de arte.

Apenas conseguía estar en la misma habitación que

el señor Duncan sin que este empezara a hacer preguntas acerca de por qué parecía estar actuando tan raro; de modo que lo único que podía hacer para evitar ser sometida a un interrogatorio tras otro, era mantenerse tan alejada como podía, y cuando eso no era una opción, llevar la charla por otro camino menos espinoso.

Sabía que su padre estaba preocupado, y en el fondo le inspiraba ternura comprobar que, no importaba la edad que tuviera o cuán arisca pudiera mostrarse a veces, él siempre haría lo posible por entenderla y ayudarla. Sin embargo, lo que le ocurría en ese momento era tan privado, tan extraño incluso para ella, que ponerlo en palabras le parecía imposible. Y aún más en presencia de su padre.

¿Qué iba a decir?

Papá, he conocido a un hombre y aunque solo nos hemos visto unas cuantas veces jamás me había sentido tan atraída por alguien como me ocurre con él. Pienso que es maravilloso y no puedo dejar de actuar como una idiota cada vez que lo veo. Ah, sí, y estuve a punto de acostarme con él en la academia a la vista de todo el mundo. Por cierto, el sargento Bowie te envía saludos.

Tara tembló solo de imaginar esa conversación. Su padre no sobreviviría a algo como eso, y si lo hacía, sería sin duda solo para matarla.

Tara cambió de autobús sin darse cuenta de lo que hacía; tenía su rutina tan bien interiorizada que, pese a actuar como un autómata, no se pasó ni una sola parada, y cuando el vehículo se detuvo a un par de calles de la escuela de arte, bajó sin inconvenientes.

Aún era temprano para la clase, comprobó al ver el reloj en el vestíbulo. Tenía cuando menos media hora libre y decidió utilizarla para dar un paseo por la escuela; nunca contaba con tiempo para recorrerla a gusto y pensó que le ayudaría a evadirse un poco de todo lo que la mantenía en ese constante estado de tensión que empezaba a abrumarla.

Recorrió los pasillos flanqueados por representaciones de dioses griegos y romanos, y se animó a entrar a una clase libre en la que oyó unos cuantos minutos de una conferencia sobre arte y política que la dejó fascinada. Lamentó tener que marcharse antes de que terminara, pero había pasado más tiempo del que calculó y ahora, en lugar de ir con tiempo de sobra, tenía que apresurarse si no quería llegar tarde.

Corrió escaleras abajo, atravesó el vestíbulo a toda velocidad sin detenerse siquiera a admirar la claraboya en el techo, algo que acostumbraba hacer cada vez que pasaba por allí, y se dirigió al aula de dibujo. Al llegar allí, oyó un corrillo de voces en su interior y supuso que la mayor parte de los asistentes al curso ya se encontrarían allí, de modo que decidió entrar por la otra puerta que conducía a la oficina de Lisa y a la pequeña habitación en que solía dejar sus cosas antes de posar.

La puerta se encontraba entreabierta y supuso que Lisa la habría dejado así para que ella pudiera entrar en tanto se ocupaba de entretener a la clase hasta que llegara. Seguro que tendría algunas cosas que decirle luego acerca de esa tardanza, supuso Tara exhalando un suspiro al entrar a la oficina.

Sin embargo, apenas había puesto un pie allí cuando tuvo que detenerse con la mano en el picaporte y expresión de desconcierto al reparar en que no solo Lisa se encontraba allí, sino que además tenía compañía.

Su mirada se vio irremediablemente atraída por el rostro de Logan, que también pareció sorprenderse de verla de una forma tan abrupta. Él y Lisa se encontraban de pie, uno al lado del otro ante un archivador que ella mantenía entreabierto, y susurraban unas palabras que callaron de inmediato al reparar en la presencia de Tara.

Ella, de todos modos, no escuchó nada porque había estado muy distraída al entrar y, además, al verla al lado de Logan, con el cuerpo echado hacia adelante en una postura demasiado sugerente como para no advertirlo, con la mano libre rozando su brazo, no dejó de mirarlo a los ojos, carraspeó y miró a ambos con frialdad.

–Lo siento, creí que no había nadie, tan solo iba a...

Señaló la pequeña puerta al otro lado de la oficina que conducía al auditorio e hizo un gesto de incomodidad.

Fue Lisa quien respondió entonces, dirigiéndose a ella sin rastros de la seductora expresión con que pareciera dirigirse a Logan antes.

–Estaba a punto de llamarte; creí que algo te había retenido –indicó ella con el ceño fruncido.

–No. Solo me distraje, lo siento –respondió Tara con voz tensa.

–Está bien, hoy estamos un poco más flexibles, ¿no? –Lisa se dirigió a Logan con una sonrisa divertida–. Nosotros estamos por entrar; prepárate y te veremos allí en cinco minutos.

Tara mantuvo la mirada apartada de Logan; pudo sentir que él no dejaba de observarla. Pasó por su lado y por el de Lisa con la cabeza en alto y no consiguió volver a respirar con normalidad hasta que se encontró dentro del cubículo en que debía desnudarse.

Tomó una bata con manos temblorosas y se la puso una vez que se deshizo de su ropa. Sus dedos se enredaron con las cintas e hizo un gesto de malestar al caer en la cuenta de que sentía una sensación horrorosa en el pecho. Tenía ganas de llorar, pero no sabía por qué y tuvo que mirarse al espejo para apretar sus mejillas y recuperar el control. El reflejo le devolvió su imagen distorsionada; sus mejillas se veían pálidas y sus ojos brillaban por las lágrimas contenidas.

¡Qué estupidez!, se dijo una vez que consiguió reponerse y se dirigió al auditorio arrastrando los pies.

Mantuvo sus ojos puestos en el vacío al ubicarse en la plataforma, desconectada de lo que le rodeaba. No sintió las miradas de los estudiantes ni llegaron a sus oídos los continuos cuchicheos entre ellos o las palabras de Lisa. Aun así, parte de ella, una que se mantenía consciente y anclada en la realidad, fue capaz de distinguir la sensación que le provocaba siempre la mirada de Logan.

Pero no lo buscó; no hizo absolutamente nada que le llevara a pensar que podía sentirlo ni, mucho menos, saberlo allí, lo que le recordó de una forma brutal lo que sintiera la última vez que se vieron, la forma en que se besaron o la profunda emoción que provocaba en ella.

El tiempo pasó con una lentitud espantosa y, para cuando sonó el fin de la clase, estuvo a punto de echarse a llorar de alivio. Se cubrió con la bata y volvió por donde había llegado para vestirse, pero tuvo que sentarse antes de ponerse la cazadora porque sus rodillas temblaban y temió que fuera a terminar sobre el suelo en tanto no se calmara.

Se quedó allí durante quince minutos, cuando menos, lo que era raro para ella. Lo habitual era que se vistiera y dejara el edificio a la velocidad de la luz; pero si bien parte de ella quería poner tanta distancia entre ella y Logan como fuera posible, otra temía salir para encontrarse con que él hubiera retomado su reunión con Lisa. Quién sabía con qué fin.

Bueno, ella, al menos, tenía un fin muy claro entre manos, tuvo que reconocer una vez que reunió las fuerzas para ponerse en movimiento. Aunque no fue capaz de estudiar el rostro de Logan cuando lo encontró con ella en la oficina, en lo que a Lisa se refería era evidente que no lo habría pensado dos veces para abalanzarse sobre él. Y Tara dudaba de que estuviera interesada en hacerle un retrato.

Había visto el deseo en sus ojos; el mismo que debía de ser obvio en ella también, supuso con un gesto de enojo dirigido a sí misma. No le agradaba la idea de ser tan transparente y esperaba que nadie más se hubiera dado cuenta. A excepción de Logan, claro; él debía de saberlo de la forma en que sabía ella también que a él le ocurría exactamente lo mismo.

Confusa y desalentada a partes iguales, se detuvo un momento fuera del campus para respirar aire puro, dando una mirada a la parada de autobús a lo lejos. No le tentaba mucho volver a casa para someterse a otra tanda de preguntas de su padre; de modo que decidió ir al café al otro lado de la calle para beber algo y hacer un poco de tiempo. Con suerte, cuando llegara a casa su padre estaría entretenido con algún partido en la televisión y ella podría urdir alguna excusa para pasar el resto del día en su habitación.

Apenas puso un pie en el local, sin embargo, reparó en que tal vez estuviera lejos de encontrar la tranquilidad que estaba buscando.

Al buscar una mesa, su mirada se vio atraída de inmediato por la del fondo, la misma que ocupara con Logan hacía unas semanas cuando fueron allí para que atendiera su mano. Y la mesa no se encontraba vacía. Él estaba allí.

Tara ni siquiera lo pensó; sus pies se movieron antes de que fuera capaz de tomar una decisión. En unos segundos se encontraba de pie a su lado y, cuando él reparó en su presencia, no pareció que estuviera sorprendido del todo. Tal vez no hubiera esperado verla allí, pero fue evidente que, de alguna forma, como le ocurría a ella, creía que esos encuentros estaban de alguna forma destinados. Era tan natural como respirar.

No importaba si era ella quien iba hacia él o sucedía al revés. Ni siquiera si lo hacían de forma consciente. Era así y, comprendió Tara de golpe sin saber si sentirse en paz con ello o si debía de morirse de miedo, no había nada que pudiera hacer por cambiarlo.

Logan le sonrió y ella se encontró devolviéndole la sonrisa antes de ocupar la silla a su lado.

–Esperaba poder hablar contigo –dijo él. Su voz le pareció más profunda que nunca, o tal vez fuera cosa suya, que tenía los sentidos alterados–. Pero no sabía dónde buscarte.

Tara se encogió de hombros y deslizó un dedo para trazar el bordado en el mantel.

–Eres policía –replicó ella con un tono levemente burlón–. Seguro que podrías haber encontrado una forma.

La sonrisa de él se hizo más amplia y Tara advirtió que extendía una mano para rozar la suya; un gesto que a cualquiera que los viera le habría parecido sin duda accidental, un movimiento inconsciente e inofensivo; pero ella sabía que no era así. Sus dedos buscaron los suyos y no hizo nada para apartarlo, por el contrario, rozó sus nudillos con suavidad y contuvo el aliento al sentir su piel contra la suya.

–¿Estás sugiriendo algo ilegal? –preguntó él, sin que la idea pareciera molestarle del todo.

Tara arqueó una ceja y lo miró a los ojos con los labios entreabiertos; por alguna razón, le estaba costando respirar y necesitaba tragar aire con mayor rapidez de lo normal.

–¿Lo sería? –preguntó ella a su vez.

–No lo sé. Quizá. –Fue el turno de él para encogerse de hombros–. Pero debí hacerlo de cualquier forma porque es importante que hablemos.

–¿Acerca de qué?

Logan se inclinó hacia ella y Tara sintió el roce de su rodilla en el muslo.

–De nosotros. De lo que pasó...

–No pasó nada.

–¿No?

Tara se humedeció los labios y fijó la mirada en sus manos unidas sobre el mantel. En lugar de responder, cabeceó con suavidad y tensó los dedos alrededor de los suyos.

–¿Podríamos irnos? –preguntó ella de golpe.

Logan acusó sus palabras sin que se le alterara el semblante, pero Tara advirtió que su mano temblaba tanto como la suya y que su respiración surgía también agitada de entre sus labios.

–¿Tú y yo? –preguntó él, atento a su respuesta–. ¿Juntos?

Tara bajó la mirada un segundo antes de volverla a su rostro y, cuando lo hizo, una expresión determinada había sustituido a cualquier rastro de duda que abrigara hasta entonces. Pero no dijo una palabra, no pudo; eso habría sido demasiado. Tan solo atinó a asentir y, cuando Logan la miró a los ojos, supo que no hacía falta que lo hiciera. Él entendía. Y no hacía falta más.

Debí haber recogido los restos del desayuno que dejé sobre la mesa del salón, se dijo Logan sintiéndose un poco confuso en tanto Tara entraba en su casa tras él y se detenía un momento en el vestíbulo para dar una mirada alrededor con las cejas arqueadas y sin disimular su sorpresa.

Tal vez se preguntara cómo un oficial de policía, por muy detective que fuera, podía pagar un lugar como aquel en una zona tan exclusiva de la ciudad, o quizá tan solo le pareciera extraño el orden con el que se encontró. Aparte de la taza con restos de café y el plato con las migas del emparedado que desayunara ese día, todo estaba en su lugar; los muebles combinaban hasta el último detalle e incluso la chimenea del salón se encontraba lista para ser encendida, sin el más mínimo rastro de hollín.

Por primera vez en su vida, Logan se dijo que tal vez debería de tranquilizarse con esa manía por tener todo bajo control. No iba a pasar nada porque dejara algún cojín tirado por allí, ¿no? Quizá a ella no le gustara el orden a ese extremo; tal vez creyera que estaba un poco loco...

–¿Logan?

Él oyó su voz y la observó, atento a su reacción, reprendiéndose por haberse distraído con esa clase de tonterías. Sin embargo, pareció como si Tara pudiera hacerse una idea de lo que debía de estar pensando porque sonrió y tendió una mano hacia él que se apresuró a tomar.

—Me gusta —dijo ella—. Me gusta mucho.

Él cabeceó y tiró de ella con suavidad para que lo siguiera por las escaleras. Tara no vaciló, fue con él mirando de un lado a otro; su atención se vio atraída por un retrato colgado en lo alto del descansillo. Una pareja elegante posaba con un niño pequeño entre ambos que veía a la cámara con una mirada analítica que le arrancó una sonrisa. Pero no se detuvo a hacer preguntas. No era el momento para eso y no era tampoco el motivo por el que se encontraba allí.

Logan no se detuvo hasta que se encontraron dentro de su habitación y su mirada se vio inmediatamente atraída a la cama en el centro cubierta por una manta mullida; una ventana que ocupaba media pared y que, le pareció, conducía a un estrecho balcón que daba a la calle, dejaba entrar una suave brisa que le dio en el rostro cuando Logan la acercó para envolverla entre sus brazos.

Ninguno dijo nada; estaban ya muy lejos de necesitar palabras para expresar lo que sentían. Ella no dudó un segundo en ir con él; era posible, quizá, que fuera ella quien decidió por ambos. Algo le dijo que Logan no la habría puesto en la posición de aceptar o no de haber sido él quien lo sugiriera. Era un paso demasiado grande; incluso un poco peligroso, pero Tara nunca había estado tan segura de algo en su vida.

Cuando sintió las manos de Logan abarcando sus caderas, pasó los brazos por detrás de su cuello tal y como lo había hecho en la academia y suspiró sobre sus labios sin cerrar los ojos. Quería verlo; no deseaba perderse un segundo de aquello. Lo besó como no había besado a nadie nunca: con unas ansias nacidas de lo más profundo de su pecho y él devoró sus labios hasta hacerla gemir. Mordisqueó su lengua y lamió la comisura de su boca sin detener la exploración que habían iniciado sus manos al despojarla primero de la chaqueta y tirando luego de los botones de la blusa para deshacerse de ella dejándola caer por sus hombros.

Tara recorrió la línea de su cuello y descendió por el frente de su camisa, apartando un botón tras otro hasta sentir la piel de su pecho bajo sus dedos; una fina capa de vello le provocó un cosquilleo que estuvo a punto de hacerla sonreír. La prenda se unió a la blusa a sus pies y ella se recreó con la imagen de su torso desnudo; pegó la nariz a la altura de su corazón y aspiró con fuerza para empaparse de su olor. Le pareció como si hubiera formado parte de ella por siempre y se preguntó si a él le ocurriría lo mismo.

Logan soltó el broche de sus pantalones y tiró de ellos hacia abajo; Tara tuvo que apoyarse en sus hombros para quitárselos y, cuando al fin consiguió hacerlo sin caer, los lanzó al otro lado de la habitación de una patada. Su mirada se encontró con la de Logan y ambos sonrieron, quebrando parte de la tensión que los atenazara hasta entonces.

Él la desvistió capa por capa, dejando un rastro ardiente según iba pasando los dedos por la piel descubierta. Los restos de ropa fueron cayendo hasta que se encontró del todo desnuda ante él y se sorprendió al experimentar un leve rastro de vergüenza. Él la había visto antes así. Varias veces. Pero eso era distinto, comprendió luego cuando Logan llevó las manos a su pecho y acarició sus pezones con los dedos arrancándole un gemido de placer.

Tan distinto, se repitió al ir hacia él y apoyar las manos sobre sus caderas para mantener el equilibrio. Aquello no tenía ni punto de comparación con la intimidad que compartían en ese momento. Ella deseaba que la viera y la tocara como nunca había deseado que lo hiciera alguien antes; quería fundirse con él y verlo de la misma forma en la que lo hacía él.

Tara llevó las manos a sus pantalones con un jadeo de apremio y Logan sonrió al ayudarla, deshaciéndose de lo que le quedaba encima hasta encontrarse tan desnudo como ella. Sin perder tiempo, la atrajo hacia él y Tara percibió la dureza contra su piel, ansiosa por ir más allá, por sentirlo dentro de ella.

Logan la tendió sobre la cama y se postró ante ella con las rodillas afirmadas a cada lado de sus caderas. Sus labios cubrieron su rostro con un reguero de besos antes de descender por su cuello, deteniéndose para lamer y mordisquear sus pezones arrancándole un gemido tras otro que no intentó contener.

Su piel quemaba allí donde la rozaba y dirigió sus manos a su espalda, recorriendo la línea que la dividía con la punta de los dedos. Él resopló sobre su pecho al sentir sus caricias y levantó la cabeza de golpe para encontrarse con sus ojos antes de descender sin dejar de besarla hasta detenerse en el triángulo entre sus piernas.

Tara no pudo mantener los ojos abiertos por más tiempo cuando su lengua reclamó aquel punto y terminó por perder el control al sentirlo besar el interior de sus muslos; lamió y succionó con un ritmo cuidado que le dijo que, sin duda, debía de saber muy bien lo que hacía. Ella sujetó sus hombros y tensó las rodillas al sentirlo penetrar hasta dar con el lugar preciso que terminó por hacer estallar todas sus terminaciones nerviosas.

Habría deseado gritar, pero no fue capaz de hacer nada que no fuera gimotear y respirar una y otra vez golpeando su cabeza contra la almohada; apretaba los ojos con tanta fuerza que le dolían y, cuando consiguió abrirlos unos segundos después, unas luces titilaron ante sus ojos antes de que el rostro de Logan se dibujara sobre ella.

Él tenía la frente perlada de sudor y la veía con una

mezcla de satisfacción y necesidad que consiguió encender nuevamente el fuego que parecía encontrarse siempre en su vientre cuando se hallaban juntos. Los rescoldos ardieron una vez más y llevó las manos a su rostro para tirar de él y besarlo, sintiéndolo tenderse sobre ella hasta que no hubo un resquicio de piel que no se tocara.

Abrió las piernas y rodeó sus caderas, alentándolo a hacer lo que ambos deseaban. Logan no la defraudó. Sin dejar de mirarla, se hundió en ella con una sola embestida y Tara jadeó al sentirlo en lo más hondo; hundió los dedos en su espalda y se arqueó para ir hacia él pese a que no podían encontrarse más unidos.

Logan se retiró y volvió a arremeter; se movía con una suavidad enloquecedora que le arrancaba un gemido y otro más, según iba ascendiendo en velocidad. Sus acometidas se hicieron más rudas, más profundas, y Tara cogió aire una y otra vez para resistir sus embates, igualando ese ritmo frenético hasta que el mundo pareció detenerse para ellos. Algo dentro de ella se quebró del todo; la última línea que aún la sostenía a tierra terminó por soltarse y se oyó gritando una sarta de palabras que ni siquiera ella pudo descifrar.

Sintió que caía y lo único que pudo hacer fue cerrar los ojos sin intentar resistirse. Estaba bien. Podía dejarse ir. No estaba sola. Logan la sostenía.

Él, que no se había detenido y continuaba embistiendo cada vez con mayor rapidez, preso de una emoción muy parecida a la suya, se detuvo de golpe y emitió un rugido que resonó en su oído al tenderse sobre ella y abandonarse del todo sin dejar de temblar.

Tara lo envolvió con sus brazos y apretó sus caderas con las rodillas; a pesar del estado en que se encontraba, confusa y medio perdida en medio de ese mar de sensaciones al que habían llegado, supo que no quería que se apartara. No todavía. Necesitaba el contacto de su piel sobre la suya, sentir su aliento en su rostro.

Permanecieron así durante lo que le pareció mucho tiempo hasta que Logan levantó la cabeza que había mantenido enterrada en su pecho y buscó su mirada con ojos brillantes. Tara advirtió entonces que habían adquirido un tinte verdoso que no había conseguido apreciar antes; sus gafas habían caído por algún lugar en medio de la pasión y eso le permitió examinar su rostro a placer.

Pasó la mano por su cabello y descendió para cubrir la línea de su barbilla, donde una suave barba le arañó los dedos. Ella sonrió al sentirlo soplar sobre ellos y apresar uno con la boca antes de soltarlo y buscar sus labios.

Lo sintió en ella, sus manos explorando el contorno de su cintura con languidez y comprendió que no había lugar a arrepentimientos, que no deseaba pensar en a dónde los llevaría el paso que acababan de dar. En ese momento, al menos, estaba exactamente donde debía estar.

–¿Nunca has pensado en tener un perro o algo así?

Logan miró sobre su hombro y se encontró con el rostro sonriente de Tara que lo veía en tanto llevaba los restos del desayuno a la cocina para dejarlos en el lavaplatos. Acababan de bajar luego de pasar las últimas horas haciendo el amor y la noche estaba al caer; pero ni ella parecía tentada a marcharse ni a Logan le apetecía dejarla ir.

Tras mucho remolonear, había conseguido convencerla de que fuera con él para comer algo y ahora parecía interesada en inspeccionar la casa con mayor interés del que mostrara al llegar. La vio recorrer habitación tras habitación estudiando los objetos con los que se encontraba; pareció especialmente interesada al dar con su estudio y dio una mirada al escritorio, donde se encontraban sus libros de consulta y sus apuntes antes de dirigirle una sonrisa burlona por el orden en el que encontró todo.

Tendría que tirar algunas cosas de vez en cuando, se repitió él con el ceño fruncido antes de insistir para que lo acompañara a la cocina.

—Tuve un par de peces hace unos años.

Logan respondió a su pregunta poco después, cuando ya había dejado todo en su lugar e inspeccionaba el interior de la nevera con gesto crítico.

—Un pez no es un perro —negó ella ocupando una de las banquetas ante la isla en el centro de la cocina—. Tal vez un gato...

—Requieren mucha atención.

—Pero lo valen.

Logan sacó una caja con los restos de pizza de su cena de la noche anterior y la sostuvo ante Tara hasta verla asentir con entusiasmo para dar a entender que no podía pensar en nada que le apeteciera más.

—No digo que no. Tuvimos mascotas cuando era niño; perros, mayormente, pero cuando me mudé comprendí que no sería fácil cuidar de uno por mí mismo. Paso mucho tiempo fuera y no me parece justo con el animal —explicó él antes de poner los trozos de pizza en un plato y llevarlo al microondas.

Tara lo observó buscar hasta dar con una botella de vino que dejó sobre la mesa con un par de copas.

—Supongo que tienes razón; pero ellos se acostumbran bastante bien. Recuerdo que tuvimos una gata cuando era niña. Era preciosa —comentó ella con una sonrisa nostálgica.

—¿Sí?

—Ajá. Se llamaba Peggy.

Logan sonrió y descorchó la botella para servir el vino.

—Peggy —repitió él—. Bonito nombre.

—Sí, se lo puso mi madre; le encantaban los *Muppets* —recordó ella—. Luego papá recogió a un perro que encontró cerca de la estación al final de su turno por la noche y lo llevó a casa. Le pusimos Ulises.

–¿Y qué pasó con ellos?

Tara se encogió de hombros.

–¿Qué ocurre siempre con las mascotas? –replicó ella con un suspiro–. Murieron. Primero Ulises, en realidad; estaba ya algo viejo cuando llegó a casa. Luego Peggy; tenía quince años cuando menos. Pero fue genial tenerlos con nosotros.

–No lo dudo. ¿Y no pensaron en acoger a algún otro animal después?

Tara sacudió la cabeza de un lado a otro y miró a Logan en tanto él atendía al pitido del microondas y no respondió hasta que puso las humeantes rebanadas de pizza ante sus ojos.

–No. Para entonces mamá ya no estaba, yo aun iba a la escuela y lo último que necesitaba papá era otra responsabilidad –respondió ella.

–Ya. ¿Qué edad tenías cuando...?

Tara no necesitó que terminara la oración.

–Quince –respondió ella–. ¿Y tú?, cuando tu padre...

–Era algo mayor que tú. Veinte.

Logan suspiró y dio un mordisco a su pizza.

En realidad, sentía que sabía mucho más acerca de Tara de lo que había conseguido averiguar en todo el tiempo que llevaban de conocerse, y no es que eso fuera mucho.

No solo habían pasado las últimas horas teniendo sexo; también hablaron. Mucho. De todo y de nada; de las cosas más vanas acerca de ellos a las más profundas. Era, cuando menos, impresionante lo mucho que se habían permitido compartir el uno con el otro una vez que dejaron caer las barreras que mantuvieran entre ambos antes de que decidieran rendirse.

Por eso, ella sabía de su crianza un tanto rígida, lo que debió de explicar muchas de sus manías; le habló de su relación con sus padres, de lo mucho que les afec-

tó a él y a su madre la pérdida de su padre, en especial
a ella, y cómo había intentado superar una maraña de
años distantes con un acercamiento con ella que, si
bien estaba lejos de poder ser considerado afectuoso,
los mantenía al menos en medio de una relación algo
más propia de madre e hijo.

Tara, por su parte, compartió con él lo que habían
sido los últimos años. Había poco que decir acerca de
su infancia; fue de lo más común, como dijo ella. Padres amorosos, una casita en los suburbios y las necesidades cubiertas con lo justo y necesario; pero ella no
lo habría cambiado por nada. Lo duro vino después,
claro. Le contó de la enfermedad de su madre, de cómo
la vieron consumirse mes a mes hasta que simplemente pareció desvanecerse; la desolación de su padre y de
cómo, quizás, habrían conseguido sobrellevarlo todo
un poco mejor si él no hubiera tenido ese accidente.

Sin embargo, a su parecer, todo empezaba a mejorar, le aseguró ella. Su padre parecía cada vez más animado, a gusto con su nueva rutina y mejorando cada
día gracias a la rehabilitación. El verla a punto de terminar sus estudios había contribuido también a darle
cierta tranquilidad, de allí que ella estuviera tan afana-
da en hacer las cosas tan bien como podía.

–No existe una edad adecuada para perder a un padre –mencionó ella luego de dar un par de mordiscos a
su comida con semblante pensativo–. Solo… sigues con
tu vida como mejor puedes hasta que deja de doler un
poco y en lugar de sentirte miserable porque ya no está
allí puedes empezar a recordar las cosas buenas.

Logan asintió.

–Sí, creo que tienes razón –indicó él; su voz adquirió
un tono más ligero antes de continuar–. Pero respecto
a la mascota...

–Fue solo una sugerencia.

–¿Crees que le daría algo de vida a este lugar?

Tara se encogió de hombros y dio una mirada alrededor, deteniéndose en la encimera cubierta por aparatos modernos que parecían utilizarse con poca frecuencia.

–Quizás. Aunque bueno, estás tú, y creo que debería de bastar para eso, ¿no?

Logan le devolvió la sonrisa.

–Supongo –aceptó él–. Aunque...

–¿Sí?

Él apoyó los codos sobre la mesa y se inclinó hacia ella para hablar sobre sus labios.

–Nunca me he sentido más vivo que en este momento –reconoció él.

Tara tragó el trozo de pizza que se le había atascado en la garganta y exhaló de golpe.

–¿Sí?

Logan sonrió al oír su voz ahogada.

–Nunca –repitió él–. Y todo parece más vivo ahora también.

Tara apartó la mirada de sus ojos e intentó hacer como si no pudiera oír su corazón martilleando contra su pecho. Sin embargo, cuando se sintió lo bastante segura para levantarlos de nuevo, se encontró con que él continuaba mirándola y entonces no pudo hacer nada que no fuera obedecer a su corazón y buscar sus labios para besarlo como si necesitara tomar el aire de él y así continuar respirando.

Cuando se apartó, Logan tomó un mechón de su cabello y lo acomodó tras su oreja con expresión pensativa.

–Pero no descarto tomar tu sugerencia de la mascota –anotó él con una pequeña sonrisa.

Tara carraspeó y asintió.

–Bien. Eso estaría muy bien.

Fue Logan quien la besó entonces y ella dejó de pensar.

6

Los exámenes de Tara estaban a la vuelta de la esquina y apenas conseguía mantenerse concentrada para dividir su tiempo entre las clases, las horas que posaba en la escuela de arte y el rígido calendario de estudio que había elaborado, con la ayuda de Max, para no dejar nada al azar.

Y estaba Logan también, se recordaba ella con frecuencia cuando tenía un momento para darse un respiro de ese ritmo frenético que había adquirido su vida.

Procuraban verse tanto como sus horarios lo permitían. A veces él la esperaba fuera de la academia cuando terminaba sus clases para ir a comer algo; siempre eran lo bastante discretos para evitar llamar la atención. Logan había terminado con sus conferencias y técnicamente jamás fue un profesor, pero Tara dudaba de que el sargento Bowie fuera capaz de apreciar ese leve matiz. Además, no le gustaba ser el centro de las habladurías y, sin duda, salir con el hombre que hasta hacía unos días había impartido clases allí, levantaría algunas cejas.

Cuando sus horarios no les permitían reunirse, pasaban horas hablando por teléfono; una forma de mantenerse al día y de continuar con esas confidencias que habían iniciado la primera vez que pasaron la noche juntos. Tara estaba ansiosa por saberlo todo de él y lo mismo parecía ocurrirle a Logan. Cuando hablaban se interrumpían el uno al otro para hacer preguntas o recordar algo que habían olvidado mencionar durante su última charla. Ella no recordaba haber sentido antes una necesidad como aquella o sentirse conectada a ese grado con otra persona. Era raro, maravilloso y un poquito abrumador. Todo al mismo tiempo.

Sin embargo, no había nada que disfrutara más que pasar el tiempo con él en su casa. Allí podía verlo realmente; descubrir sus muchas manías, las cuales consideraba hilarantes, y también apreciar los mil y un detalles que componían a ese hombre que se había convertido, de la noche a la mañana, en una de las personas más importantes de su vida.

Logan dejaba que husmeara entre sus cosas e incluso había decidido compartir con ella el caso en el que trabajaba. Tara estaba fascinada por las complejidades del trabajo policial; aún más porque sabía que ella, como novata, tendría que esperar mucho tiempo antes de poder asomarse siquiera a algo como aquello. Oía a Logan sin perderse una palabra y nada le hacía más feliz que aportar alguna idea que pudiera ayudarle a resolver ese asunto.

Para su sorpresa, aunque él pareció algo menos asombrado que ella al mencionarlo, tenía una mente lo bastante analítica como para entender las cosas al vuelo y conseguir meterse en los entresijos de una mente criminal. A Tara aquello no le sonó muy bien, pero estaba encantada de escuchar cualquier halago que él quisiera dirigirle.

Reían mucho también. Todo el tiempo. En la cama, al hacer el amor, y después yacían uno en brazos del otro contándose sus secretos, o cuando Tara intentaba aleccionarlo de que podía vivir de algo que no fuera comida congelada. Después de todo, como le dijo ella más de una vez cuando le descargó algunas recetas sencillas y las pegó en la nevera, alterando con satisfacción el orden que él mantuviera allí, como hija de un gran cocinero no estaba dispuesta a cenar, más de lo necesario, pizza recalentada.

Logan la dejaba hacer y, aunque a veces refunfuñaba al encontrarse con las cosas en lugares en los que no recordaba haberlos dejado, era evidente que le hacía feliz cualquier rastro que ella dejara a su paso.

Cuando ya llevaban un par de semanas sumidos en esa rutina, Tara se sorprendió a sí misma al recibir la llave que él le dio sin poner un solo reparo. Logan insistió en que se trataba tan solo de un gesto práctico; con sus horarios que parecían siempre colisionar y sus turnos cambiantes en la estación, no les vendría mal que ella pudiera esperar por él y, también, que continuara destrozando su orden, como mencionó entre risas. Y podría usar sus libros para estudiar o pasar el rato hasta que él llegara; era, como insistió, tan solo una medida razonable en la situación un tanto extraña en que se encontraban.

¿Dónde había quedado la chica sensata y desconfiada que se había esmerado tanto por construir?, se preguntó Tara más de una vez en las tardes en que permanecía con las rodillas dobladas en el sillón, leyendo sus apuntes en tanto mordisqueaba la comida que llevara con ella. Logan le había hecho algo, sin duda; aunque no tenía muy claro de qué se trataba y la posibilidad de que se encontrara irremisiblemente enamorada permanecía bien refundida en el fondo de su mente. No se atrevía a explorar demasiado en ello. Primero tenía que rendir los exámenes y salir bien librada de ellos. Cuando hubiera pasado la graduación... bueno, quizás entonces se permitiera considerarlo.

Además, también estaba el tema de su padre. El señor Duncan no tenía un pelo de tonto y la conocía como nadie, así que fue el primero, incluso antes que

Max, que se dio cuenta de que algo ocurría en su vida. Y, sin embargo, la sorprendió al no hacer demasiadas preguntas; sin duda muchas menos de las que había esperado tratándose de él. Tan solo la contemplaba con las cejas arqueadas cuando la veía llegar tarde y con una sonrisa de boba en el rostro.

Y ella se metía a la cama sin dejar de pensar en que jamás habría podido imaginarse viviendo algo como aquello pero que daría cualquier cosa porque no terminara jamás.

—Tengo las ordenes que encargaste; no fue sencillo y es posible que termine pagando por esto, así que más te vale que tus instintos sean correctos. Por cierto, he decidido raparme el cabello y hacerme un tatuaje en la mejilla; a Ángela siempre le han gustado y queremos innovar en la relación.

Logan frunció el ceño y alternó la mirada entre las notas en que trabajaba y el rostro de su jefe, que lo veía a su vez desde el otro lado del escritorio con expresión socarrona.

—¿Cómo? —Logan miró el legajo que acababa de dejar ante él y asintió un tanto distraído—. Ah, sí, gracias.

—¿Y qué opinas de lo del cabello y el tatuaje?

—¿Perdón?

Morgan sacudió la cabeza y se pasó una mano por su espesa mata de cabello rubio oscuro en un gesto que dejaba en claro que nunca haría algo como deshacerse de él; pero al menos sirvió para confirmar que su agente estaba más despistado de lo usual.

—Olvídalo —dijo él—. ¿Y qué hay de nuevo?

Logan carraspeó y asentó los papeles sobre el escritorio; se quitó las gafas y masajeó el puente de la nariz. Llevaba horas allí sin parar de leer y tomar apuntes, y las letras empezaban a danzar ante sus ojos. Le vendría bien un descanso, reconoció prestando atención a su amigo.

–Precisamente pensaba buscarte luego para hablarte de eso. –Logan buscó entre los papeles y tendió uno a su jefe–. Gracias a la declaración de Quinn, creo que ya he dado con el punto de partida. Al parecer, él es solo un pequeño pez en un tanque de pirañas. Según me dijo, él se encargaba de introducir en el país piezas que pertenecían a un listado de bienes patrimoniales, en su mayoría asiáticos, que jamás debieron comerciarse; pero falseaba la documentación con la ayuda de algunos agentes de aduana a quienes mantenía sobornados. Hizo una buena fortuna así; pero no es nada comparado con lo que ganó la gente para la que trabajaba.

–¿Para eso necesitabas las ordenes? ¿Para requisar los almacenes de esta gente?

Logan asintió ante la pregunta.

–Sí. Y también sus oficinas –indicó él–. Si te fijas en los nombres, verás que se trata de gente con mucho poder en el mundo del arte; algunos incluso ocupan cargos importantes en el Museo de Baltimore; eso sin considerar que deben tener grandes amigos en el gobierno.

–Lo que les daría la oportunidad de pedir algunos favores para que se hicieran de la vida gorda en tanto ellos saqueaban algún país para enriquecerse con su historia. –Morgan hizo un gesto de desagrado–. ¿Conoces a alguno?

Logan asintió con el ceño levemente fruncido.

–A un par –reconoció él–. Los he visto en las galerías que acostumbro visitar y también me los he encontrado alguna vez en las cenas de mi madre.

Morgan cabeceó, haciéndose una idea de que debían de pertenecer al mismo círculo que su familia y que al parecer aquello estaba lejos de hacerle gracia.

–Ya. Supongo que eso no significará ningún problema –tanteó él.

Los ojos de Logan destellaron al fijarlos en el rostro de su amigo con expresión ceñuda.

–Desde luego que no –respondió sin vacilar–. Haré lo que tenga que hacer.

–Muy bien.

Ninguno dijo nada de inmediato y Morgan aprovechó ese silencio para examinar a su agente con ojo crítico.

–¿Y bien?

La pregunta surgió de sus labios en tono impaciente.

–¿Y bien... qué? –Logan le dirigió una mirada un tanto confusa.

–¿Qué más?

–Bueno, eso es todo hasta ahora; pero usaré las órdenes que conseguiste para hacer las requisas esta tarde. Ya tengo un equipo armado; te mantendré informado de lo que averigüe.

Morgan hizo un gesto para dar a entender que eso estaba muy bien, pero no había sido a aquello precisamente a lo que se refería.

–Sí, claro, estaré atento; pero yo preguntaba por algo más –explicó él.

–¿Algo como qué?

–Me refiero a ti.

El gesto de confusión se acentuó en el rostro de Logan y observó a su amigo sin comprender.

–¿Qué pasa conmigo? –preguntó él.

–Eso es lo que me gustaría saber.

–No entiendo.

Morgan hizo un gesto de desaliento, pero fue obvio que estaba lejos de darse por vencido.

–Estás raro –indicó él al fin–. Más de lo normal.

Logan ladeó el rostro y dirigió al otro hombre una mirada recelosa.

–No tengo idea de a qué te refieres.

–¿Estás saliendo con alguien?

–¿Qué?

La respuesta de Logan surgió en un tono más agudo de lo que le habría gustado y tuvo que carraspear cuando se encontró con el rostro burlón de su amigo.

–¿De dónde sacas eso? –preguntó él, entonces más seguro.

–Es evidente.

–No veo cómo.

Morgan hizo como que no advertía la postura envarada asumida por Logan o que lo observara como si estuviera tentado a hacerle tragar los papeles que aferraba entre los dedos en un gesto de desinterés poco propio en un hombre tan meticuloso como él.

–Podría pasarme horas enumerando todas las señales, pero tengo una reunión con el comisionado en diez minutos, así que basta con decir que se te nota en la cara –resumió él sin andarse con rodeos–. Nunca te había visto sonreír tanto.

–Yo sonrío –replicó su amigo en tono ofendido.

–No como ahora, y esa es solo la prueba más evidente. Estás raro, Logan, pero a diferencia de lo habitual, diría que ahora lo estás en el buen sentido. Y en mi experiencia eso solo ocurre cuando pasa algo importante en nuestras vidas, algo que nos hace felices. Como enamorarnos.

Logan abrió la boca para negarlo, pero no consiguió emitir ningún sonido y Morgan pareció tomar aquello como la confirmación de sus sospechas, por lo que adoptó una expresión satisfecha antes de ponerse de pie y sacudirse una mota invisible de la chaqueta.

–Me alegro por ti; ya era hora –indicó él, cabeceando y sin darle tiempo a decir nada; lo que fue un buen gesto de su parte porque no pareció que Logan hubiera podido hacerlo siquiera de haber querido–. Tienes que presentármela un día de estos. Tráela a cenar a casa para que Ángela pueda conocerla también.

Logan resopló y asentó las manos sobre el escritorio; parecía como si al fin hubiera recuperado el control sobre sí mismo y, de paso, la capacidad de hablar. Sin embargo, aunque se veía un poco consternado, no increpó a su amigo por llegar a esa conclusión sin que él dijera algo al respecto, ni tomó a mal que se arrogara el papel de compañero curioso. En lugar de ello, le dirigió una mirada cansada en la que se traslucía una buena parte de aprecio y asintió con gesto brusco.

–Te buscaré en cuanto vuelva de hacer los registros esta tarde –dijo.

Morgan sonrió y dio unos golpecitos al escritorio antes de marcharse con las manos en los bolsillos y, Logan habría podido jurarlo, silbaba en tanto atravesaba el corredor perdiéndose escaleras abajo unos minutos después.

Genial, se dijo Logan enterrando la cabeza entre las manos en cuanto estuvo seguro de que se encontraba a solas. Si Morgan, que vivía para el trabajo y apenas era capaz de mirar más allá de su nariz y cuyo mundo se dividía entre la estación y la vida en su hogar, había sido capaz de deducir algo que a él todavía le costaba procesar, entonces no tenía sentido negarlo más. Estaba perdido. O enamorado, como dijo él. A su parecer, daba más o menos lo mismo.

Por primera vez en mucho tiempo, Tara se levantó al amanecer del domingo y, tras dejar una nota a su padre en la que le decía que pensaba pasar el día fuera pero que volvería para la cena y que ella se encargaría del postre, se dirigió a casa de Logan.

Apenas eran las ocho cuando llegó y en lugar de llamar al timbre decidió abrir con la llave que él le había dado para sorprenderlo. Sonrió al notar una manta lanzada al descuido sobre el sillón y dejó las cosas que había llevado para el desayuno; panecillos y café recién hecho de una pastelería que encontró en el camino.

Logan necesitaba una mascota, se repitió como hacía con frecuencia. Un ser vivo que le moviera la cola al verlo llegar y que hiciera un poco de ruido para animar ese lugar que, aun cuando le parecía precioso, en su opinión necesitaba algo más para terminar de parecer un hogar.

Subió al dormitorio y encontró a Logan durmiendo boca abajo; las mantas se le enredaban en las piernas y tuvo una muy buena vista de su trasero cubierto por unos cortos *boxers*.

Tara sonrió y se inclinó sobre él, soplando con suavidad en su sien. Él tenía una almohada aferrada bajo el brazo y lo vio parpadear, suspirando aun sumergido entre sueños antes de enfocarla bien y sujetar su mano entre los dedos.

–En serio. ¿Cómo has sobrevivido todo este tiempo sin que un homicida despiadado te asesine mientras duermes? Eres un policía fuera de lo común –musitó ella con una risita, apartando un mechón de cabello oscuro de sus ojos–. Mi padre salta cuando alguien se le acerca incluso estando despierto.

Logan se desperezó y tiró suavemente de su brazo para que se tendiera a su lado y ella dejó sobre la mesa de noche el vaso con café que llevara antes de arrebujarse junto a él.

–Estaba soñando contigo.

Tara arqueó una ceja y procuró que no se le notara demasiado que su corazón se había saltado un latido.

–¿De verdad? –replicó ella sin dejar de sonreír–. Espero que no fuera una pesadilla.

Logan sacudió la cabeza de un lado a otro y empezó a deslizar una mano por debajo de su camiseta.

–No; no lo recuerdo muy bien, pero era algo bueno.

Tara suspiró al sentir el toque de sus dedos haciendo a un lado el encaje del sujetador para abarcar uno de sus pechos.

–Qué alivio –susurró ella ahogando un jadeo–. Deja eso, tenemos mucho que hacer.

Logan, que parecía ya despierto del todo, se incorporó y la sujetó por las caderas para que se tendiera sobre él.

–Lo sé; pero lo que tenemos que hacer es precisamente esto –dijo él–. Te he extrañado.

Tara se abstuvo de decir que ella también lo había hecho, aunque acababan de verse la tarde anterior, y se apoyó sobre su pecho con las palmas abiertas, frotando sus caderas con una sonrisa.

–Se nota –comentó ella, divertida y excitada a partes iguales–. Quiero que vayamos a dar un paseo.

–Pero es domingo.

–Y precisamente por eso tenemos el tiempo para hacerlo. Esta semana será difícil para mí; empiezo los exámenes en la academia y no sé cuándo tendremos la oportunidad de tomarnos un descanso. –Tara inclinó el cuerpo hacia adelante y habló sobre sus labios sin dejar de moverse–. ¿Qué dices?

Logan ahogó un gemido y echó la cabeza hacia atrás al tiempo que la asía por los muslos para incrementar la fricción.

–¿Puedo negarme? –preguntó él a su vez.

–Claro que sí, aunque no haría mayor diferencia.

Tara intentó apartarse, pero él no se lo permitió y no pareció como si eso le molestara mucho.

Por el contrario, jadeó cuando lo sintió tirar de sus pantalones hacia abajo para introducir una mano bajo las bragas.

–Pero...

Logan sonrió al ver el efecto que sus caricias tenían en ella y sostuvo su mirada mientras Tara se frotaba contra sus dedos y usaba la mano libre para buscar la abertura en sus *boxers*. Él gimió cuando lo sostuvo para llevarlo a su interior y enterró los dedos en su carne para hacerla descender hasta que se encontraron completamente unidos.

–Pero, ¿qué? –preguntó él con lo último que le quedaba de sentido común.

Tara se balanceó hacia adelante y atrás con el cuello arqueado y Logan admiró la línea de su mandíbula tirante y la forma en que sus ojos almendrados relampaguearon al buscar su rostro.

—Podemos ir más tarde —susurró ella vencida.

Logan sonrió y se incorporó a medias para buscar sus labios.

Había estado en lo cierto al considerar que estaba perdido, se dijo en medio de la maraña en que se convirtieron sus pensamientos poco después en tanto acallaba los suspiros de Tara, llevándolos a su interior para que se convirtieran también en parte de él, como muchas cosas suyas que sentía que ahora le pertenecían también.

Y nada lo había hecho sentir más feliz.

—¿Por qué alguien haría turismo en la ciudad en la que ha vivido toda su vida?

Tara torció el gesto al oír las quejas de Logan, que le parecieron menos firmes que hacía un par de horas antes cuando consiguió convencerlo de dejar la casa y dar una vuelta por el centro de Baltimore.

—Porque es hermosa —respondió ella sin vacilar—. Y porque tomar aire puro es muy saludable.

—No digo que no lo sea, siempre me ha gustado, pero podríamos...

Tara aferró la mano que sostenía la suya, algo que la había mantenido con una sonrisa idiota desde que fue él quien buscara el contacto tan pronto como iniciaron el paseo, y dio un leve tirón para acercar su rostro al suyo y mirarlo con el ceño fruncido.

—No —dijo ella—. Ya hemos tenido bastante de holgazanear por casa. Ahora vamos a dar un paseo.

Logan no lo discutió, aunque a él se le ocurrían muchas cosas por hacer en casa más que holgazanear, consideró, por ejemplo, le habría encantado usar la enorme tina que tenía en el baño con ella.

—Está bien. Paseamos entonces —aceptó él—. Serás mi guía, supongo.

Tara respondió con una sonrisa y Logan se sorprendió pensando que, de golpe, la idea de dar vueltas por la ciudad no le parecía tan mala. Siempre que ella le sonriera de esa forma.

Baltimore tenía un encanto muy particular, pero él jamás le había prestado demasiada atención; no más, al menos, de lo que la mayor parte de la gente le destina a los lugares que conocen de toda la vida. Él había nacido allí, como dijo a Tara, y no podía recordar que sus padres lo llevaran nunca a admirar la ciudad; cuando mucho había hecho un par de excursiones cuando estaba en la escuela, pero eso era todo. La vida le había llevado a preocuparse por otras cosas y, aun cuando disfrutaba de mirar las calles cuando conducía, estaba lejos de ser un caminante en toda regla, como parecía ser el caso de la mujer que iba a su lado parloteando y señalando cada cosa que llamaba su atención.

Tara lo arrastró por la zona norte, cruzando la calle que daba nombre a la ciudad, sin dejar de hacer comentarios que se incrementaron tan pronto como los carteles que señalaban la escuela de música de Baltimore y la casa de la Ópera se distinguieron a los lejos. Ella apresuró el paso y Logan fue tras ella al verla detenerse ante los edificios, leyendo las placas situadas en lo alto para repetir la información con voz emocionada.

Él estaba seguro de que no era la primera vez que ella se encontraba allí y leía esas mismas palabras, y por eso su admiración se redobló por conservar la capacidad de sorprenderse y apreciar las cosas una y otra vez sin que la repetición quitara un ápice de magia a la experiencia. No habría concierto esa tarde, comprobaron al buscar en la taquilla, pero él le prometió que encontrarían una oportunidad en el futuro y tomó como una buena señal que a Tara aquella promesa no pareciera asustarla.

Pasearon sin soltar sus manos por varias galerías de arte que Logan conocía y él ocupó el lugar de entendido entonces para contarle acerca de las obras dispuestas en las paredes, hablando de los artistas que conocía y de la influencia que podía ver en cada uno de ellos. Tara le sonreía cada vez que lo veía perderse en sus recuerdos y advertía cuán importante era todo aquello para él.

La mañana transcurrió con una rapidez asombrosa y, de no haber sido porque al salir de una galería llegó a ellos un aroma delicioso que les recordó que llevaban casi todo el día sin comer, no habrían atinado a buscar un lugar para almorzar.

Tara conocía un local de comida mexicana que sugirió tan pronto como reparó en qué parte de la cuidad se encontraban. Comieron sin dejar de parlotear y reanudaron el paseo tan pronto como se encontraron saciados, siguiendo la avenida Bolton Hill para regresar por una ruta distinta a la que habían usado para llegar.

Logan le señaló la casa en la que había crecido, cerca de allí, en una urbanización un tanto apartada y de la que se distinguían tan solo los techos a dos aguas y las verjas que separaban la propiedad de la acera y el parque frente a ella y donde él recordaba haber aprendido a andar en bicicleta.

Tara inspeccionó el lugar con ojo crítico y le dirigió una mirada curiosa antes de reanudar la marcha, pero no hizo comentarios, aunque Logan reparó en que le había sorprendido un poco. Si la sorpresa le había desagradado, eso no lo tenía muy seguro.

Reanudaron la charla una vez que se encontraron cerca de casa y Tara se detuvo un momento en la pastelería en que comprara el desayuno más temprano para hacerse con algunos pasteles para llevar a su padre para la cena, como prometiera. También eligió algunos para Logan. Así comería algo además de la pizza, mencionó ella sonriente una vez que los dejó en la encimera de la cocina y fue a recoger las cosas que dejara en el salón al llegar.

Él no intentó convencerla de quedarse; no había

absolutamente nada en el mundo que deseara más; sin embargo, sabía lo importante que era su padre para ella y cómo habría odiado romper su promesa. Pero sí que la persuadió de quedarse al menos un rato más y permitir que él la llevara a casa para disponer de un poco más de tiempo para ambos.

Hicieron el amor apurados sobre el sofá y se quedaron un rato hablando a media voz antes de que ella comprobara nuevamente la hora y diera un salto, gritando que llegaría tarde. Logan condujo con rapidez una vez que se pusieron en camino y, al detener el coche ante la calle de Tara, examinó las cercanías con curiosidad. No se lo dijo entonces, pero sentía la necesidad de conocer el lugar en que había crecido de la misma forma en que no había conseguido contener el impulso de mostrarle el suyo. Así como pensó antes que deseaba atesorar cada parte suya, convertirlas en parte de él, de la misma forma anhelaba que ella tuviera también algo que le perteneciera. Como sus recuerdos. E incluso su corazón.

Tara se mostró un poco nerviosa en tanto lo observaba curiosear sin ocultar su interés, pero no dijo una palabra hasta que reparó en que la luz del porche de su casa se encontraba encendida. Solo entonces buscó sus labios con rapidez y lo besó acunando su rostro entre las manos antes de tomar sus cosas y bajar corriendo para dirigirse a su casa.

Logan la observó entrar y, poco después, la puerta se cerró, pero la luz se mantuvo encendida y él se quedó contemplándola unos minutos antes de poner el auto en marcha y perderse en la oscuridad.

7

Tara estuvo en lo cierto al decir que, una vez que iniciaran sus exámenes, tendrían muy difícil verse. Tanto que, luego de esa salida, no pudieron hacerlo nuevamente hasta la siguiente semana durante la clase de Logan en la escuela de arte.

Si antes el posar ante Logan le había resultado un poco violento porque había sido muy consciente de la atracción entre ambos, ahora el que se encontraran juntos, aun cuando fuera en una dinámica incierta que ninguno se atrevía a nombrar, solo lo hacía más raro.

Era cuando menos perturbador desnudarse ante un grupo de personas sabiendo que una de ellas la conocía de una forma tan íntima y que, además, ocupaba un lugar tan importante en su vida. A Tara le costaba mantenerse impasible al sentir su mirada sobre su piel y tenía que hacer acopio de toneladas de autocontrol para no evocar las veces en que la había acariciado y cuán bien conocía cada resquicio de su cuerpo.

Podía decir a favor de Logan, sin embargo, que él adoptaba una actitud sorprendentemente profesional durante las sesiones. Lo mismo que la mayor parte del grupo, cumplía con su trabajo al intentar plasmar su figura en el papel y procuraba mostrar una expresión impávida cada vez que Lisa hacía algún comentario para que estudiaran determinada parte de su cuerpo o se inclinaba hacia ella para captar el efecto de la luz sobre su piel.

Él acostumbraba esperar a que ella se marchara una vez que terminaba la clase para retirarse también y Tara tuvo la satisfacción de comprobar que nunca se quedaba a hablar con Lisa pese a que eran evidentes los esfuerzos de la profesora por captar su atención.

Lo único que parecía molestarle, pese a que se cuidó de hacer algún comentario al respecto, era la presencia del hombre al que Tara golpeara hacía, según le parecía, mucho tiempo. Él continuaba asistiendo a las clases pese a que, al parecer de Logan, luego de haber atisbado en su trabajo en las primeras sesiones, estaba lejos de ser un retratista muy talentoso.

Tal vez no tuviera nada mejor que hacer un sábado, o le avergonzara reconocer que no servía para ello. O quizá solo disfrutara de incomodar a Tara luego de que ella lo humillara de la forma en que lo hizo. Como fuera, Logan mantenía una mirada de halcón puesta en él durante buena parte de la clase y tuvo la satisfacción de advertir, más de una vez, que él se revolvía incómodo en el asiento cada vez que notaba esa vigilancia. Alguna vez le había sonreído con una mueca cómplice, pero bastaba con que se encontrara con su gesto ceñudo para que borrara la sonrisa de su rostro y la fijara en la libreta de dibujo.

A Logan le importaba más bien poco lo que él pudiera deducir de su actitud. No era un hombre posesivo ni tenía un carácter particularmente sobreprotector; no más de lo normal, al menos. Pero odiaba la idea de que Tara debiera tolerar aquello solo porque era obcecada y estaba determinada a mantener una actitud estoica sin quejarse. El curso estaba por terminar, además, así que ella lo dejaría entonces, como le comentó un día en que hablaron acerca de qué pensaba hacer una vez que se graduara y empezara a hacer sus prácticas donde fuera que decidiera enviarla el departamento.

Posar estaba bien para pagar las cuentas mientras estudiaba, resumió ella con ese talante práctico y desenfadado que él había aprendido a admirar; pero no tenía ningún interés en continuar con ello una vez que empezara a recibir una paga formal.

Logan había tenido que reconocer que aquello había supuesto un enorme alivio para él aun cuando no se lo dijo entonces. De haber decidido continuar, además, jamás se le hubiera ocurrido oponerse; sabía que ella no lo hubiera tolerado. Pero en realidad daba igual, se dijo después al pensar en ello. La vida con Tara estaba plagada de tantas experiencias, la mayor parte de ellas buenas, aunque distaran de ser perfectas, así que había aprendido a relajar sus defensas y a tomar las cosas con más calma.

Excepto cuando no podía verla o abrazarla como le habría gustado hacerlo.

Luego de las sesiones en la escuela de arte él esperaba por ella cerca de la parada del autobús y se dirigían a su casa para hacer el amor sin prisas y pasar un rato juntos antes de que ella debiera marcharse y así continuó siendo todo durante un par de semanas más, hasta que ella terminó con los exámenes y solo quedó esperar para conocer los resultados.

Sin embargo, eso no permitió que pudieran verse como a ambos les hubiera gustado porque los horarios de Logan estaban lejos de haberse flexibilizado. Al contrario, estaba en la recta final de la resolución de su caso y pasaba más tiempo en la estación que en casa.

Era habitual que llegara muy temprano para ponerse con los avances y mantener largas reuniones con Morgan y los fiscales que habían sido asignados al caso tan pronto como se dieron cuenta de que, si actuaban con inteligencia, podrían desmontar una organización criminal de tráfico de antigüedades que operaba al más alto nivel. Por lo pronto, los abogados contaban ya con el nombre de dos senadores y, cuando menos, un par de oficiales del departamento de aduanas metidos hasta el cuello en todo ese desastre.

A todos se les había ofrecido beneficios con tal de mantener el caso en silencio hasta que dieran con las cabezas de la organización. Una vez que se hicieran las acusaciones, se les ofrecería una pena menor; eso, siempre y cuando dijeran algo que les sirviera, claro.

Logan iba de un lado a otro organizando requisas y facilitando información a Morgan para que fuera él quien se ocupara de llevarla al comisionado y entablar conversaciones con los gobiernos de los que fueron sustraídos los objetos que había conseguido incautar hasta entonces. Cuando todo terminara, las piezas volverían a sus lugares de origen, pero de eso se encargarían los canales que se ocupaban de las relaciones internacionales; muy lejos del trabajo destinado a una pequeña comisaría en uno de los suburbios de Baltimore.

Mientras tanto, Logan seguía abocado a su trabajo para no dejar un solo cabo suelto que pudiera traerles problemas más adelante. Y se sentía muy satisfecho por todo lo que lograra hasta entonces. Morgan ya había deslizado la posibilidad de que aquello le significara un nuevo ascenso; incluso una medalla si eso conseguía que el país robusteciera sus relaciones con los gobiernos a los que su trabajo permitiría recuperar sus tesoros.

A Logan aquello le halagó mucho, claro; no era de piedra y tenía un ego tan saludable como el de cualquiera, pero no era por eso por lo que lo hacía; tenía bastante con saber que estaba en lo cierto al seguir sus instintos y que todos sus esfuerzos estaban a punto de llevarlos a donde deseaba. Lo único que lamentaba era que aquello le impidiera pasar tanto tiempo al lado de Tara como le hubiera gustado.

Cada vez que pensaba en que ella se encontraba libre al fin de los exámenes que la tuvieran al borde de la locura durante semanas y que, de no ser por todo su trabajo, él podría encontrarse a su lado, sentía su corazón apretar contra su pecho y le costaba no ceder a la tentación de llamarla para, cuando menos, poder oír su voz.

Acordaron verse un par de veces, pero había tenido que cancelar a último momento y, aun cuando ella pareció entenderlo, eso estaba lejos de ser un consuelo para él. Quizá esa fuera una de las razones por las que se mostraba tan determinado a terminar con ese caso lo antes posible.

Veía finalmente un camino pavimentado para ambos en lo que a su relación se refería y estaba seguro de que había llegado el momento de que dejaran sus reservas a un lado y le pusieran un nombre a lo que sucedía entre ellos.

Él la amaba. Lo tenía muy claro y deseaba decírselo, aun cuando no estuviera seguro de si ella sentía lo mismo.

Posiblemente lo descubriera pronto, se dijo sin poder evitar el sentir una sensación desagradable en el estómago al considerar que tal vez no tuviera la respuesta que deseaba. Pero era eso o permanecer callado, y si había algo que tenía del todo claro era que, al menos en lo que a su relación con Tara se refería, no estaba dispuesto a guardarse nada.

Cuando Tara despertó la mañana en que recibiría finalmente los resultados de sus exámenes permaneció tendida un rato en la cama dando vueltas respecto a lo que podría esperar. Estaba segura de aprobar; no era tan modesta como para no reconocer que le había resultado medianamente sencillo desarrollar cada uno de ellos para obtener una buena calificación. Algunos se le resistieron más que otros, pero nada fuera de lo esperado; supo resolverlo todo.

Contaba con ocupar uno de los primeros puestos para tener la oportunidad de postular a las comisarías con mejor reputación; pero de eso no estaba tan segura. Supuso que lo sabría pronto.

Se puso de pie con un bostezo. Terminadas las clases, había decidido darse el gusto de dormir un poco más; últimamente tenía sueño todo el tiempo, además, y el señor Duncan decía que no era para menos considerando que había pasado los últimos tres años estudiando a sol y sombra, eso sin mencionar sus empleos de fin de semana y el poco tiempo que dedicaba a descansar. Que aprovechara ahora que podía, había recalcado, porque en cuanto estuviera al mando de algún sargento malhumorado en el lugar al que fuera enviada podía estar segura de que pasaría ya bastantes malas noches.

Había acordado cenar con Logan para contarle cómo le había ido con los resultados, así que tenía el día libre y pensaba pasarlo con su padre. El señor Robinson pasaría por la tarde para ocuparse de su terapia y deseaba estar presente para ver sus progresos; hacía mucho que no lo acompañaba en ese trance y se sentía un poco mal de haber esperado a ese momento para ocuparse de ello, aunque su padre nunca se lo había reprochado.

Lo encontró preparando el desayuno y lo saludó con un gruñido luego de darle un beso en la mejilla. No era una persona matutina y apenas conseguía hilar un par de palabras antes de haber bebido un par de tazas de café; él la conocía bien, así que le dirigió una sonrisa burlona al verla buscar una taza en el aparador y servirse una buena cantidad que él dejara para ella en la cafetera.

Tara sorbió con semblante pensativo, pero hizo un gesto de desagrado cuando iba por la mitad de la taza y observó a su padre con el ceño fruncido.

–Sabe raro –dijo ella–. ¿Le pusiste azúcar?

El señor Duncan la miró por encima del hombro y asintió antes de volver su atención a la sartén en que freía unas lonjas de jamón.

–Claro que sí, y es el mismo de siempre –comentó él–. Lo sentí bien cuando lo tomé.

Tara se encogió de hombros e hizo un mohín antes de hacer la taza a un lado. De pronto dejó de parecerle apetitoso empezar el día con eso y miró a su padre, atenta a sus movimientos sin decir más.

Esbozó una sonrisa al reparar en que iba de un lado al otro de la mesada sin usar el bastón y que apenas hacía un leve gesto de dolor al asentar el pie sobre el suelo.

–Estás muy ágil hoy –mencionó ella–. Y muy guapo. ¿Te has hecho algo en el cabello?

Su padre apretó los labios y sirvió unos panecillos y el jamón en un plato al lado de un par de huevos que puso ante ella.

–Apenas –respondió él volviendo ante la hornilla para servirse un plato similar–. La señora Nieva sugirió que podría usar un gel para asentarlo un poco.

La sonrisa de Tara se ensanchó al advertir el sonrojo en la nuca de su padre. No era un secreto para ambos que la vecina sorbía los vientos por él y que aprovechaba cualquier oportunidad para acercarse, fuera llevando un pastel o interesándose por su salud. O dando consejos de belleza, sumó ella a su lista al considerarlo.

–Tú no estás mal tampoco, por cierto. –Su padre se sentó ante ella sin darle tiempo a hacer algún comentario que pudiera avergonzarlo más–. Te ves descansada.

–Debo estarlo. He dormido... ¿cuánto? ¡Doce horas! –Sumó ella tomando el tenedor para hundirlo en el jamón–. Y podría con otras doce; es una locura, pero pasaría el día en la cama.

–Es el cansancio acumulado y el estrés; han sido unas semanas difíciles. –Su padre se encogió de hombros y le dirigió una mirada amorosa–. Pero valdrá la pena, ya lo verás.

–Eso espero.

Comieron en un agradable silencio; apenas se oía el tintinear de los cubiertos contra los platos y Tara se dijo que algo debía de estarle ocurriendo porque no recordaba haber estado nunca tan hambrienta. Pero no lo mencionó porque su padre lo achacaría también al estrés y no quería que se lamentara por ella.

En realidad, consideró al descartar el café nuevamente y tomar un buen sorbo de zumo de naranja, nunca se había sentido mejor.

Al levantar la mirada de su plato, se topó con la mirada de su padre fija en su rostro y se encontró sonriendo con expresión de desconcierto.

–¿Qué? –preguntó ella.

El señor Duncan dudó antes de responder.

–Es que me parece mentira... – resopló él y sacudió la cabeza de un lado a otro–. Te graduarás de la academia pronto y... no sé, no me había dado cuenta de que el tiempo había pasado tan rápido.

Tara sonrió.

–Bueno, si te sirve de consuelo, yo tampoco –reconoció ella–. Va a ser raro. Ya sabes, pasar a lo siguiente.

Su padre asintió. Posiblemente comprendiera ese temor al futuro tan bien como ella.

–Irá bien –dijo él, confiado–. Eres buena en todo lo que haces; no tendría por qué ser distinto ahora.

–Lo dices porque me quieres.

–Lo digo porque es la verdad. –Él la señaló con su taza vacía y gesto serio–. El departamento tiene suerte de tenerte.

Tara agradeció sus palabras con una sonrisa y suspiró, llevando la mirada a la ventana entreabierta. Hacía una linda mañana con el sol en lo alto y la brisa fresca que se colaba por las cortinas.

Sería agradable dar un paseo, se dijo pensativa, y lamentando de inmediato no poder compartirlo con Logan porque dudaba de que estuviera libre hasta esa noche.

–Oye, Tara...

Llevó la mirada al rostro de su padre al oírlo nombrarla y algo se tensó en su interior al reparar en que la veía de una forma un poco extraña; como si intentara adivinar lo que pensaba.

–¿Qué ocurre? –preguntó ella.

El señor Duncan dudó antes de responder, pero cuando lo hizo fue con una entonación grave poco habitual en él.

–Sabes que no hay nada de malo en que salgas con alguien, ¿no?

Tara parpadeó y se llevó una mano al cuello de forma inconsciente; no había esperado eso, pero su padre aguardaba una respuesta y supuso que no tenía sentido fingir que no entendía a qué se refería. Él habría tenido que estar ciego para no darse cuenta.

–Claro que lo sé –respondió ella en voz baja al cabo de un momento.

El señor Duncan asintió y pareció aliviado de que no intentara negarlo.

–¿Entonces por qué no me hablas de él?

–No hay nada que decir –Tara se encogió de hombros.

–¿Acaso hay algo de malo con este hombre?

–Por supuesto que no.

Su padre sonrió.

–Ah, bueno, al menos reconoces que existe –dijo él–. ¿Es un compañero de la academia?

–No.

–¿No?

Tara puso los ojos en blanco. Su padre no sabía cuándo parar.

–No –repitió ella.

–Entonces, ¿dónde lo conociste? No sales mucho... ¿es acaso de esa escuela a la que vas a posar? ¿Es un alumno? ¿Un profesor? ¿Es eso legal?

Tara decidió que aun cuando evidentemente su padre no tuviera idea de cuándo era un buen momento para dejar de hacer preguntas, ella sí lo tenía claro. Así que se puso de pie con un movimiento enérgico y tomó los platos de la mesa para llevarlos al fregadero.

–Dejaré todo limpio y luego iré a poner un poco de orden en mi habitación; parece la cueva de un oso –comentó ella en tono agudo y con una levísima inflexión de súplica en la voz–. Avísame cuando llegue el señor Robinson para bajar y darles una mano.

Por favor no preguntes más; no ahora, pareció querer decir. Y su padre, que era curioso, pero también muy considerado, terminó por entender, porque luego de emitir un resoplido de disgusto, asintió de mala gana y cogió su bastón para dirigirse al salón. Sin embargo, antes de desaparecer, le dirigió una profunda mirada por encima del hombro y la señaló con un dedo.

–Hablaremos luego –prometió en tono firme.

Tara forzó una sonrisa y asintió, exhalando un hondo suspiro de alivio tan pronto como lo vio marcharse.

Su relación con Logan estaba lejos de ser un secreto y sabía que no había nada por lo que debiera avergonzarse. Tal vez se hubieran conocido en circunstancias extrañas, pero no eran distintos a muchas otras parejas. Aun así, no se sentía cómoda aun hablando acerca de ambos, mucho menos con su padre. No, al menos, hasta que estuviera más segura de sus sentimientos y de adónde los llevaría aquello.

Si es que los llevaba a alguna parte, reconoció para sí poco después; pero hizo a un lado una idea que estaba lejos de animarla y siguió con lo suyo, segura de que cuando lo viera nuevamente esa noche cualquier asomo de dudas desaparecía.

Cuando Logan llegó a casa Tara aún no se encontraba allí y eso le dio tiempo para ocuparse de poner un poco de orden entre sus cosas. Guardó algunos archivos en los que había estado trabajando durante el día y envió unos correos para acordar una reunión con el fiscal del caso Quinn para el día siguiente, porque necesitaba un acta oficial con la oferta que hiciera a ese hombre para poder asegurarse de contar con su testimonio una vez que llevaran a sus cómplices a la corte.

Informó también de aquello a Morgan y de lo bien que habían ido las cosas en las requisas de ese día; sus sospechas habían sido correctas y tenía ya dos detenidos dispuestos a soltar todo lo que sabían con tal de que se mantuviera su identidad en reserva. Se trataba de un par de galeristas a los que él había frecuentado alguna vez y que se convirtieron en contactos de Quinn para ayudarlo a colocar las piezas de contrabando que ingresó al país por encargo de las cabezas de la organización.

Incluso tuvo tiempo de hablar un momento con su madre y le prometió que iría a cenar con ella el siguiente domingo, como acostumbraba hacer. La señora Spencer había estado escarbando en el ático y encontró algunas fotografías y libretas de su padre que creía que le gustaría ver. Logan prometió que estaría allí sin falta y colgó con esa sensación punzante que lo asaltaba siempre que pensaba en su padre y en lo poco que lo conociera estando con vida. Explorar en sus recuerdos luego de su muerte seguía dejándole un sabor amargo.

Por suerte, Tara llegó poco después y ya no tuvo tiempo para hundirse en esa clase de pensamientos.

Oyó el sonido de la puerta abrirse mientras terminaba de enviar el último correo y se dirigió al salón. Ella se estaba despojando de la chaqueta para dejarla sobre un sofá y, en cuanto sus ojos se encontraron, fue hacia él y se detuvo a unos centímetros de distancia con el rostro muy serio. Logan intentó leer en su expresión, pero no vio nada en claro, así que mantuvo la expectativa hasta que no pudo aguantar más.

–¿Y bien? –preguntó él–. ¿Qué tal salió todo? ¿Tienes los resultados de los exámenes?

Vio a Tara sonreír a medias antes de empezar a asentir con fervor.

–Todo aprobado –dijo ella al fin–. Y estoy en el cuadro de honor. Podré ir a la comisaría que quiera.

Logan exhaló el aire que había estado conteniendo y ando la distancia que los separaba para apresarla entre sus brazos; hundió el rostro en su cabello y la sintió reír contra su oído.

–No puedo creerlo –susurró ella.

–A mí no me sorprende.

–Lo mismo dijo mi padre cuando se lo conté.

Logan sonrió y la apartó tan solo lo suficiente para mirarla a los ojos; él se veía muy serio y su voz surgió segura al responder.

–Eso es porque ambos sabemos todo lo que eres capaz de lograr –dijo él.

Tara parpadeó para alejar las lágrimas que se agolparon en sus ojos, pero no pareció como si fuera capaz de dar con una respuesta apropiada. En su lugar, lo abrazó nuevamente y Logan percibió el lento latir de su corazón contra el suyo al rodear su cintura para pegarla a su pecho.

–Siento que debería premiarte de alguna forma –susurró él al cabo de un momento.

–No me oirás quejarme por eso. ¿En qué has pensado?

Logan fingió meditarlo.

–Bueno, tengo pizza congelada en la nevera –sugirió él.

Oyó la risa de Tara reverberando en su garganta y, como siempre, le produjo una agradable sensación de calidez en el pecho.

–Eso suena bien –indicó ella, sin ser consciente, quizá, del efecto que tenía en él–. Estoy hambrienta; parece que no puedo dejar de comer.

Logan sonrió y sostuvo su mano para tirar de ella y dirigirse a la cocina. En tanto él se ocupaba de servir la cena, ella empezó a contarle al detalle los resultados de los exámenes; cómo había estado a punto de morir de la angustia hasta que al fin pudo descargar la información en la página de la academia y que poco después recibió un correo del sargento Bowie en el que la felicitaba por haber ocupado un buen puesto en la promoción.

Max también había pasado, dijo, aunque lo había tenido un poco más difícil porque sus notas en la clase de tiro le jugaron un poco en contra. Lo logró, no obstante, y eso era lo único que importaba; si había suerte, quizá fueran designados a la misma comisaría.

Desde luego, su padre estaba exultante. Había saltado, incluso, en tanto ella se lo contaba. Aunque era posible que ello tuviera que ver con que precisamente en ese momento él se encontraba bajo las manos del señor Robinson y cualquiera daba un brinco mientras te aplican presión en una pierna con los nervios alterados. De cualquier forma, él estaba feliz y ella nunca se había sentido más orgullosa por hacer algo que le hiciera ver cuánto apreciaba todos los sacrificios que había hecho para llegar hasta allí.

Logan la oyó muy atento; incluso cuando parecía que se encontraba un poco distraído yendo de un lado a otro de la cocina. Pero si alguien le hubiera preguntado, habría podido recitar cada una de sus palabras de memoria; y no solo eso, tenía claros cada uno de sus gestos, los ademanes que hacía con las manos según se emocionaba; los casi imperceptibles botes que daba sobre la silla cuando le contaba la ansiedad que había sentido durante todo el día hasta que obtuvo los resultados.

Él la veía de una forma que no habría conseguido explicar. Sus sentidos parecían haber adoptado el grado preciso para captar los mil y un sutiles matices que componían a la mujer que le había robado el corazón. Hubiera podido reconocer su voz u olor entre una multitud y, al mirarla sonriendo, tan despreocupada y feliz como no la había visto en todo el tiempo que llevaba de conocerla, se dijo que podría vivir tan solo con eso.

8

Un leve revés en el caso de Logan le obligó a sumergirse nuevamente en sus investigaciones. Uno de los galeristas a los que le había arrancado la promesa de colaborar a cambio de ciertos beneficios se echó para atrás a último momento y decidió mantenerse apartado del caso, al parecer con la esperanza de que su falta de colaboración llevara a Logan a un callejón sin salida y no pudiera presentar ninguna prueba en su contra.

A su parecer, era posible que el hombre en cuestión hubiera recibido alguna amenaza de alguien poderoso a quien no le convenía que su nombre se ventilara en ese caso y había decidido jugar sus últimas cartas.

A Logan, al fin y al cabo, eso le daba más o menos igual. No tenía sentido lamentarse o intentar amedrentar al testigo porque si este presentaba alguna queja su caso podría hacerse pedazos. En lugar de ello, empezó a hacer averiguaciones para dar con algún otro conocido, no necesariamente involucrado en el caso, pero que tuviera los suficientes contactos y conocimientos para conducirlo a algún otro al que le resultara más sencillo llegar.

Sin embargo, no fue sencillo rastrear a alguien que fuera de utilidad. El círculo artístico era muy cerrado y pese a que tenía mucho tiempo en él, jamás lo hizo desde su papel de policía. Para el grueso de sus conocidos artistas, él era un dibujante talentoso que pertenecía a una familia con buenos contactos y a quien les convenía ver como uno de los suyos. Pero Logan dudaba mucho de que se mostraran tan receptivos si él se acercaba para sonsacarles información; en especial porque estaba seguro de que varios de los galeristas a los que había interrogado ya debían de haber hecho correr la voz de que, después de todo, tal vez no fuera tan de fiar.

Pero entonces, cuando estaba a punto de rendirse, se le ocurrió que había sido un poco idiota al no considerar que conocía a alguien que tal vez pudiera ayudarle. Aún más, la tuvo al alcance durante todo ese tiempo; pero él había estado tan concentrado en lo que ya daba por seguro y, también, abocado el resto del tiempo a todo lo que estuviera relacionado con Tara, que ni siquiera se permitió considerarlo. Ahora, sin embargo, estaba lo bastante desesperado para planteárselo.

Logan llegó a la escuela de arte cuarenta minutos antes de que iniciara la clase de dibujo y pasó cuando menos diez de ellos esperando a la puerta de la oficina de Lisa. Rogó porque ella fuera lo bastante puntual para contar con tiempo para hablar antes de que tuviera que empezar la clase.

Por suerte, ella llegó poco después y arqueó una de sus bien delineadas cejas al verlo de pie junto a la puerta con una expresión levemente ansiosa; pero no hizo preguntas hasta que se encontraron dentro de su oficina.

La última vez que Logan estuvo allí fue el día en que fue a hablar con ella acerca del hombre que insultara a Tara para insistir en que reportara el incidente. Lisa no había querido discutir una palabra al respecto y cuando Logan estaba a punto de decir lo que pensaba de su actitud, Tara había irrumpido en la oficina y no habían tenido oportunidad de hablar nuevamente.

Mucho de ello había sido responsabilidad suya, reconoció él dando una mirada para abarcar la fría decoración en tonos de blanco y ocre que le resultaron casi asépticas. Algunas de las obras dibujadas por su ocupante se encontraban colgadas en las paredes y Logan las estudió un minuto, admirando los trazos sencillos e impactantes, algo que siempre le había llamado la atención de su obra.

Tal vez Lisa estuviera lejos de ser una mujer con la que se sentía a gusto, pero como artista su talento era innegable.

—He estado pensando en armar una exposición para el otro trimestre; es posible que unos amigos artistas se sumen también.

Logan abandonó su inspección de los cuadros y observó a la mujer ante él con una sonrisa cortés.

—Eso suena muy bien. Avísame cuando tengas una fecha, me encantaría ir —respondió él.

—En realidad... —Ella se llevó una mano a la cadera y lo estudió con los ojos entrecerrados—... Había pensado que tal vez te gustaría sumarte.

Logan parpadeó, sin disimular su sorpresa.

—¿Yo? —Se señaló con gesto escéptico—. No lo creo; pero agradezco que lo consideraras.

—¿Por qué no?

—No tengo el nivel...

Lisa sacudió la cabeza y lo interrumpió antes de que pudiera empezar a esbozar una excusa.

—Tonterías. Tu nivel está muy por encima de lo que pareces pensar —negó ella—. Y si tenía alguna duda, te aseguro que eso quedó en el pasado, he visto tu trabajo en este curso. Me sorprende que no seas capaz de verlo también, aunque quizá has estado demasiado distraído últimamente como para pensar en tus progresos.

Logan sintió que una leve tensión hacía presa a sus

miembros al toparse con la mirada calculadora de Lisa y captar el leve tono burlón en su voz. Podía hacerse una idea de lo que pretendía implicar.

Por otra parte, ¿tendría razón ella? ¿Había estado tan metido en sus propios asuntos, en particular en todo lo relacionado con Tara, que no se había detenido un momento en pensar en lo que ese curso había influido en él como artista? Era posible que así fuera, reconoció al cabo de un momento de mala gana y tan solo para sí; no pensaba darle a ella la satisfacción de saber que estaba en lo cierto, en especial porque le pareció que su intención al decirlo, más que halagarlo, nacía de la necesidad de echarle en cara algo que evidentemente le disgustaba.

–Supongo que eso es algo que tendré que considerar luego, aunque tengo claro que este curso ha sido muy especial para mí –respondió él al cabo de un momento al reparar en que ella esperaba una respuesta–. Respecto a la exposición, dudo de que pueda aceptarlo, pero te lo agradezco.

Ella cabeceó y dio vuelta al escritorio sin dejar de dirigirle unas cuantas miradas escrutadoras.

–Como quieras. Pero si cambias de opinión puedes venir a hablar conmigo cuando lo desees –dijo ella ocupando su silla tras apartarla del borde del escritorio para cruzar sus largas piernas y observarlo por debajo de sus pestañas entornadas–. Pero sabes que tendrás que participar en la exposición de fin de curso aquí en la escuela; todos los alumnos están obligados a hacerlo.

Logan lo sabía, claro, y no se le había ocurrido zafarse de esa responsabilidad, por lo que asintió para dar a entender que eso lo tenía asumido.

–Bueno, ¿y de qué quieres hablar conmigo? Porque algo me dice que no se trata de un tema social –comentó ella tras exhalar un suave suspiro.

Logan asintió nuevamente, pero esta vez se dirigió al otro lado del escritorio para apoyar las palmas abiertas sobre él y empezó a decir lo que necesitaba de ella. Fue tan conciso como le fue posible y se guardó la mayor parte de la información que tenía, así como los nombres de los involucrados porque no había necesidad de que ella lo supiera; además de que, no tenía sentido negarlo, tampoco le inspiraba la suficiente confianza como para compartir datos confidenciales.

Lisa lo oyó con atención y Logan advirtió que su rostro iba despojándose de la frialdad que conservara hasta entonces para adoptar una expresión de desconcierto al ir asimilando lo que decía. Para cuando él terminó, ella se encontraba en el borde de la silla y buena parte de su fachada de *femme fatal* había desaparecido.

–De modo que eras tú –murmuró ella observándolo con el ceño fruncido–. Oí rumores acerca de un policía que había estado visitando algunas galerías para hacer demasiadas preguntas... pero nadie mencionó tu nombre.

Logan se encogió de hombros.

–La mayor parte de ellos no me conocen y supongo que los otros estarían demasiado comprometidos como para reconocer cualquier cosa que los relacionara conmigo –supuso él sin darle demasiada importancia–. Pero eso es lo de menos. Necesito saber si puedes ayudarme, ¿sabes algo que pueda ser de utilidad? ¿Algún nombre que hayas oído? ¿Cualquier cosa que llamara tu atención?

Ella resopló y Logan vio que una de sus manos asía el borde de su chaqueta con semblante pensativo.

–No lo sé. No es en absoluto mi línea; yo pinto y expongo mi trabajo en las galerías, sí, pero no tengo nada que ver con la importación de piezas de arte –indicó ella al cabo de un momento.

Logan no permitió que una excusa como esa le impidiera ir más allá y la observó atento.

–Pero formas parte de un círculo muy cerrado al que yo no tengo acceso –recordó él en tono persuasivo–. Es posible que oyeras algo al respecto; cualquier cosa fuera de lo normal que te hiciera sospechar de algo irregular.

Lisa cabeceó, ensimismada.

–No lo sé. Quizá... supongo que he oído rumores, pero nada fuera de lo habitual –reconoció ella adoptando un tono fastidiado al continuar–: Tú sabes cómo es el mundo del arte, Logan; hay muchos secretos. Los artistas son desconfiados por naturaleza, no importa qué tanto se esfuercen por ocultarlo. En el fondo, odian que se metan en sus asuntos, así que nadie va por allí ventilando sus pasos. Ahora, si te refieres a algo ilegal, lamento decirlo, pero eso también es bastante habitual; pero me refiero a pequeñas libertades que se toman de vez en cuando.

–Como falsear el precio de una obra o no pagar impuestos. Ya. Eso lo tengo claro y no pretendo cuestionarlo, aunque lo desapruebe; no es en eso en lo que estoy trabajando ahora y definitivamente no me corresponde a mí investigar al respecto –descartó él con un gesto ceñudo–. Pero sabes a lo que me refiero, he sido muy claro acerca de lo que necesito. ¿Has oído alguna vez de un hombre llamado Marvin Quinn y su trabajo con las altas esferas? Estoy hablando del gobierno, Lisa, de funcionarios oficiales. Si estás informada al respecto, me servirá mucho si me das el nombre de cualquier persona que pueda darme información acerca de eso. Prometo que no mencionaré tu nombre.

Ella vaciló y guardó silencio durante todo un minuto antes de dirigirle una mirada recelosa que él mantuvo sin parpadear. Al cabo de un momento, la vio garabatear algo en un papel que arrancó de una libreta y se lo tendió de mala gana. Logan se apresuró a tomarlo y ni siquiera lo leyó antes de guardarlo en el bolsillo de su chaqueta.

–Más te vale que te lo tragues luego de haber usado esa información –rumió ella entre dientes y con un brillo de enojo en los ojos–. No le digas que vas de mi parte, pero es posible que él pueda ayudarte. Eso sí, seguro que querrá algo a cambio.

Logan asintió; de pronto lo inundó una sensación de alivio tan palpable que se encontró sonriendo.

–Gracias –dijo él–. Te debo una.

Lisa asumió entonces una actitud más relajada, distinta a la tensa desconfianza que mostrara hasta entonces y cruzó los brazos a la altura del pecho sin dejar de observarlo.

–Puedes pagármelo con una cena –sugirió ella.

La sonrisa de Logan se borró de su rostro, pero procuró que no fuera demasiado evidente lo mal que le había caído la propuesta. No obstante, Lisa lo notó; fue obvio porque la vio fruncir el ceño y contemplarlo con una expresión de molestia, lo que le hizo a él agradecer haber conseguido esa información de su parte antes de que lo echara de su oficina.

–Ya, veo que eso no ocurrirá –dijo ella en tono gélido–. Debí suponerlo. En serio, Logan, ¿hasta dónde piensas llegar con esta locura?

Él parpadeó confundido.

–¿A qué te refieres?

–Sabes a qué me refiero –respondió ella de inmediato–. A lo tuyo con Tara. No pensarías que no me he dado cuenta.

Logan arqueó una ceja y se metió las manos a los bolsillos porque de no hacerlo lo habría delatado el temblor de sus dedos por la furia que sintió al oír la burla en su voz y ver la forma irónica en que ella lo contemplaba.

–No hay nada que deba hablar al respecto contigo –replicó él en un tono que habría amedrentado a alguien con menos agallas.

–A decir verdad, creo que tiene mucho que ver conmigo porque ella trabaja para mí. Y la verdad es que considero muy poco profesional de tu parte haber iniciado este jueguecito con ella a mis espaldas.

–No se trata de ningún juego...

Lisa no pareció oírlo, o tal vez sí lo hiciera, pero estaba mucho más disgustada de lo que se veía a simple vista y su tono subió una octava más al dirigirse nuevamente a él.

–No eres distinto de ese hombre; solo querías acostarte con ella –espetó ella, diciendo al fin lo que debía de haberla estado carcomiendo hasta entonces.

Logan aspiró con fuerza y le devolvió una mirada de desdén.

–No te atrevas a compararme con él; no es lo mismo –replicó él.

–Ah, ¿no?

–No.

Lisa esbozó una sonrisa irónica y se llevó un mechón de cabello platinado tras la oreja.

–¿Y cuál es la diferencia? –preguntó ella entonces sin variar el tono–. Ilústrame.

–Yo la quiero –Logan no vaciló al responder–. Pero eso no es asunto tuyo. No hay nada que puedas reprochar a Tara. O a mí. Ambos hemos cumplido con nuestras obligaciones y lo nuestro no ha afectado de ninguna forma a tu curso, que por si lo has olvidado, no forma parte del currículo formal, además de que ella no trabaja realmente para la escuela.

Logan se dio cuenta de que Lisa lo veía con la boca abierta y que, bien podría haber continuado hablando porque ella no lo interrumpiría; pero era lo último que deseaba. Se sintió enojado consigo mismo por no haber conseguido contener su temperamento y decir algo tan privado a la última persona a la que habría deseado confesárselo. Ni siquiera había tenido el valor para decírselo a Tara.

Cuando el silencio empezó a hacerse tan pesado que hubiera podido cortarlo con un cuchillo, hizo un gesto de malestar y se dirigió a la puerta no sin antes dedicar una última mirada a Lisa, que lo veía con el rostro lívido y una mueca de confusión en los labios.

–Gracias por tu ayuda.

Con eso, abandonó la oficina, cerrando con firmeza la puerta tras él.

Tara tomó aire un par de veces y mantuvo la quijada apretada en tanto se ponía de perfil luego de oír las indicaciones de Lisa, que sonaron algo más bruscas de lo habitual.

Alguien se ha levantado del lado equivocado de la cama, se dijo haciendo lo que le pedía tras dirigirle una rápida mirada para encontrarse con su rostro ceñudo.

Bueno, ella no se hallaba de mucho mejor humor, reconoció devolviéndole una mirada airada. Hacía todo lo que le indicaba; no veía por qué tenía también que tolerar su mal genio. Pese a ello, procuró que su enfado no fuera demasiado evidente y aguantó con gesto estoico hasta que la clase terminó y luego se quedó un rato dentro del cuartito en que acostumbraba vestirse.

No quería salir.

Aún más, le hubiera gustado poder desaparecer de allí y aparecer nuevamente en su casa. En su dormitorio, para ser más precisa; a ser posible debajo de su cama y con la puerta tapiada para no tener que ver a nadie.

Nunca había tenido tanto miedo en su vida como cuando dejó el edificio de la escuela tras ella y caminó en dirección a la parada de autobús. Sabía que Logan estaría esperando por ella, pero no deseaba verlo. Aún más, no podía.

Por eso dio un largo rodeo y se mantuvo a la sombra bajo unos árboles, tan apartada como le fue posible del estacionamiento donde sabía que él aguardaba, hasta que vio el autobús que acostumbraba tomar y solo entonces corrió para subir sin mirar atrás.

Se comportaba como una niña, se dijo cuando poco después su teléfono empezó a sonar y, al ver el nombre que aparecía en pantalla, lo apagó con manos temblorosas. No podía hablar con él. No todavía.

Hizo el resto del viaje con los ojos cerrados y la frente pegada a la ventana. Fue a una farmacia antes de tomar el siguiente que la dejaría cerca de casa y no pudo dejar de apretar su bolso durante todo el camino.

Su padre le dirigió una mirada de desconcierto al verla llegar apurada y, tras saludarlo al vuelo, correr a su habitación excusándose por no almorzar con él, diciendo que había comido algo al salir de la escuela. El señor Duncan sabía que eso no era su comportamiento habitual, y sin duda le habría encantado hacer varias preguntas, pero Tara se encerró en su habitación antes de que llegara siquiera a abrir la boca.

Cuando estuvo segura de que su padre no iría a buscarla porque era lo bastante considerado para no irrumpir en su espacio privado, aunque sin duda tendría mucho que decir una vez que ella bajara a cenar, Tara sacó su compra del bolso y se quedó mirando el paquete en sus manos antes de atinar a actuar.

Fueron los cinco minutos más largos de su vida. Y cuando al fin tuvo el resultado, no fue capaz de verlo durante al menos otros diez, mientras mantenía sus dedos cruzados y respiraba una y otra vez para que sus manos dejaran de temblar.

En cuanto consiguió reunir el valor para mirar, sin embargo, le bastó con ver las líneas en la pantalla para saber que estaba perdida.

Cerró los ojos y se llevó la mano al rostro dando patadas a la nada, furiosa consigo misma como no se había sentido nunca. ¿Cómo había podido ser tan idiota? ¿Qué diablos iba a hacer ahora? Su padre jamás se lo perdonaría. Ella no podía perdonarse en ese momento y posiblemente la culpa la carcomiera durante lo que le restaba de vida. Había luchado tanto para llegar a ese momento y ahora acababa de arruinarlo.

Lloró como no lo hacía desde la muerte de su madre y vio el tiempo pasar tendida sobre su cama con la vista fija en el techo y en las fotografías que tenía dispuestas en varios lugares de su habitación. Su mirada se vio atraída de inmediato por una pequeña y menos colorida que los demás que tenía en la mesa de noche junto a la cama.

Era la que tomaron el día de la graduación de su padre; él y su madre ya se conocían por entonces y ella aparecía a su lado con el resto de su familia. Tara no hubiera podido decir quién lucía más orgulloso.

Eso era lo que ella siempre deseó. Y había estado tan cerca...

Lloró de nuevo y empezó a golpear las almohadas con los puños, furiosa y dolida a partes iguales. ¿Era ese el precio a pagar por el tiempo compartido con Logan? ¿Era posible que el destino no pudiera darle un poco de felicidad antes de tirarle la factura a la cara?

No podía verlo o hablar con él. Hubiera deseado hacerlo, pero tenía demasiado miedo; por eso llevaba varios días inventado excusas para no verse y él se mostró tan comprensivo como siempre aun cuando ella sabía, por el tono de su voz al hablar, que no le creía del todo. Sus exámenes, que fueron lo que los mantuvo separados durante las últimas semanas, habían terminado ya y en teoría no había nada que les impidiera pasar tiempo juntos. Pero él no dijo nada, fingió entender. Quizá con la esperanza de preguntar lo que ocurría luego de la clase del sábado en la escuela de arte.

¿Pero qué había hecho ella? Huir como una rata asustada.

Tara suspiró y abrazó su almohada, cerrando los ojos con la esperanza de dormir para dejar de pensar; pero no pudo conciliar el sueño hasta muy avanzada la madrugada. Su padre subió poco antes a preguntarle si deseaba cenar, pero ella le dijo que no se sentía bien y que prefería descansar.

El señor Duncan tuvo el suficiente tacto para no insistir, pero Tara sabía que eso no duraría mucho. Iba a tener que decírselo.

Poco antes de quedarse dormida, conjuró el rostro de Logan y se preguntó si todo habría terminado entre ambos aun cuando él no lo supiera. La idea le pareció tan dolorosa que la sacudió una nueva tanda de sollozos y posiblemente hubiera continuado por horas de no ser porque ya no pudo resistir más y cayó rendida en un sueño intranquilo y plagado de pesadillas.

Logan miró la pantalla del móvil y contuvo una maldición. El teléfono de Tara continuaba apagado y él empezaba a ponerse nervioso.

¿A quién diablos quería engañar?, se dijo poco después en tanto recibía de un asistente una carpeta que apenas consiguió leer a medias antes de dejarlo por imposible. Llevaba días sumido en un mar de confusión y, si no había empezado a subirse a las paredes, era porque todavía le quedaba algo de dignidad; pero no habría podido asegurar durante cuánto tiempo iba a ser capaz de resistir.

Él había empezado a entender el carácter de Tara lo suficiente para saber que era una mujer reservada y que necesitaba su espacio, en especial cuando había algo que le preocupaba. El problema era que Logan no podía pensar en nada que hubiera podido afectarla al grado de no querer hablarle y desaparecer de la forma en que lo había hecho.

Aún le costaba creer que lo hubiera evitado de una forma tan extrema al huir de él después de la clase en la escuela. ¿Qué rayos hizo? ¿Se escabulló entre los árboles para correr a un autobús antes de que él pudiera acercársele? Era ridículo. Él no había hecho nada que mereciera un comportamiento como aquel.

Logan dio un nuevo suspiro y se masajeó el cuello con brusquedad, consciente de que toda esa situación empezaba a afectarlo más de lo que hubiera podido imaginar. No conseguía concentrarse y ya se había ganado un par de miradas de preocupación de Morgan y otros de sus compañeros. Él nunca se distraía. Y ahora apenas era capaz de leer dos renglones seguidos sin hacer sus informes a un lado.

A ese paso, ya podía olvidarse de dar por terminado su caso. Se encontraba en la recta final, a punto de cerrarlo al fin, tras hablar con el hombre con el que Lisa le recomendara y que había resultado ser una mina de información. Pero no era capaz de hilar un solo pensamiento más o menos coherente, y como siguiera así, iba a terminar por mandar al demonio meses de trabajo.

Tenía que hacer algo. Era eso o volverse loco.

Resuelto o desesperado, a esas alturas daba más o menos lo mismo, decidió ir en busca de Tara y exigirle que le dijera qué rayos estaba ocurriendo. ¿No quería contestar sus llamadas? Muy bien. Se plantaría ante ella en persona y entonces quería ver si continuaba evitándolo.

Dejó la comisaría a media tarde, varias horas antes de que terminara su turno del día, pero nadie se atrevió a detenerlo. Ni siquiera Morgan, que lo vio salir con semblante preocupado porque, a su parecer, había pocas cosas más peligrosas que un hombre desesperado que marchaba como si estuviera a punto de ir a la guerra.

Por sorprendente que pudiera parecer, Tara había conseguido eludir las preguntas de su padre durante varios días. En gran medida, porque pasaba tan poco tiempo en casa que aun cuando el señor Duncan hubiera deseado hablar con ella no habría encontrado un momento para hacerlo.

Salía muy temprano por la mañana con la excusa de tener que ocuparse de algunos trámites en la escuela, lo que en pequeña medida era cierto; sin embargo, era algo que le tomaba cuando mucho un par de horas, pero como nada le apetecía menos que volver a casa para enfrentar a su padre, deambulaba por el edificio y luego se reunía con Max para charlar.

Él no era tan perspicaz como el resto de los hombres de su vida, así que no pareció encontrar nada raro en su actitud; tal vez lo achacara tan solo al hecho de que su amiga se sentía un poco nostálgica por haber terminado las clases y deseaba pasar más tiempo con él antes de que debieran enfrentar sus obligaciones como parte del cuerpo de policía de forma oficial.

Tara llegaba a casa bien avanzada la noche y la golpeaba la culpa al encontrar una luz encendida en el porche, un plato con la cena en el microondas, y una nota de su padre en que le decía que esperaba que se encontrara bien.

¿Durante cuánto tiempo más iba a soportar eso?, se preguntó la última tarde en que dejó a Max luego de pasar algunas horas en el restaurante de su familia, oyéndolo pelear con sus hermanos.

Tenía que hablar con su padre, decidió ese día al dirigirse a casa algo más temprano con la esperanza de encontrarlo despierto. Él no la había criado para que fuera una cobarde sino para que le plantara cara a los problemas. Estaba dispuesta a oír cualquier reproche y a ver la decepción en sus ojos con tal de no guardarle más secretos; le hablaría de Logan y de cómo habían ocurrido las cosas entre ambos en los últimos meses, y del terrible error que acababa de cometer.

La luz de la tarde empezaba a morir, reemplazada por el leve brillo de una luna que apenas asomaba entre los árboles. La luz del porche ya se encontraba encendida y Tara se dirigió a la puerta con el corazón latiendo en un ritmo lento y acompasado que nada tenía que ver con el temblor de sus rodillas al introducir la llave en la cerradura. Sin embargo, una vez que cerró la puerta tras ella se mantuvo de pie en el pequeño vestíbulo y su corazón cobró velocidad al reconocer una de las voces provenientes del salón.

Por favor, que esté imaginando cosas, se dijo forzando a sus pies a moverse.

Al llegar al salón, no obstante, y encontrarse con el rostro de Logan, supo que no iba a tener tanta suerte.

Él estaba sentado al lado de su padre, en su sillón favorito, en el que no permitía que nadie que no fuera él se sentara; claro, con excepción de Tara, y sospechaba ella, también del señor Robinson. Logan no tenía cómo saberlo, pero el señor Duncan le había concedido un honor asombroso por tratarse de su primera visita.

Eso, o tan solo deseaba tenerlo tan cerca como fuera posible para estudiarlo a gusto y que no pudiera escapar cuando empezara a hacer preguntas, se dijo ella con un retortijón en el estómago.

–Has llegado temprano hoy. Le decía a Logan que tendría suerte si conseguía verte. –El señor Duncan le dirigió una mirada encantadora que no la engañó ni un segundo–. Estábamos hablando un momento para aprovechar la espera.

Tara dejó su bolso sobre un sillón y esquivó la mirada de Logan porque no creía que fuera capaz de verlo a los ojos sin romperse en mil pedazos y no quería hacerlo frente a su padre. Por eso, forzó una expresión desenfadada y se encogió de hombros antes de dirigirse al señor Duncan en un tono indiferente que dudaba que él fuera a creerse.

–Ya lo imagino –replicó ella.

Su padre hizo como que no captó el leve matiz burlón en su voz y continuó aun cuando era imposible que no se hubiera dado cuenta de la tensión entre ambos. Logan, que no había dicho una palabra desde su llegada, mantuvo su mirada firmemente puesta en el rostro de Tara y ella sintió un ardor familiar en cada fragmento de piel bajo su análisis. Que no dijera nada, rogó, no todavía.

–Logan me estaba contando de su trabajo en la comisaría de Parkville. ¿Sabes que varios de mis compañeros de promoción sirvieron allí? Tiene una estupenda reputación –continuó el señor Duncan a toda velocidad, como si sintiera la necesidad de llenar el silencio–. Y conozco a su capitán; fue instructor en la academia, aunque hace años que dejó de enseñar.

–Ah, ¿sí?

El señor asintió con fervor a la pregunta de su hija.

–Parece que las cosas han cambiado mucho últimamente en el trabajo policial porque solo he podido entender la mitad de los procedimientos que ha intentado explicarme –indicó él, dirigiendo al hombre a su lado una mirada de curiosidad–. Tienes que quedarte a cenar, por cierto, así podrás hablarme más de esos programas de reconocimiento que han empezado a usar. No recuerdo haber visto nada como eso antes de que pidiera la baja.

Logan estuvo a punto de responder, pero Tara se le adelantó y su voz surgió con una entonación suplicante.

–Quizás podrían dejarlo para otro día –sugirió ella–. No creo que Logan viniera pensando en quedarse a cenar.

Fue él quien respondió en lugar de su padre, lo que fue una suerte porque Tara estaba segura de que el señor Duncan no habría dudado en insistir.

–Tara tiene razón, señor Duncan; la verdad es que tengo mucho trabajo y necesito ponerme con eso hoy –dijo él con amabilidad–. En realidad, esperaba poder hablar un momento con Tara antes de marcharme.

Ella exhaló el aire que había estado conteniendo y dirigió a su padre una mirada de ruego para que no le pusiera ningún obstáculo. Este, que pareció comprender que se había visto envuelto en una situación más seria de lo que imaginaba, asintió con un ademán tirante y forzó una sonrisa.

–Claro, claro. Es de imaginar; no ibas a venir a verme a mí –intentó bromear él con pésimos resultados–. Si gustan, puedo irme...

El señor Duncan acababa de señalar el piso superior con un dedo cuando Tara ya había empezado a sacudir la cabeza en señal de negación. Definitivamente no quería sostener esa charla en casa con su padre a pocos metros.

–Podríamos dar un paseo –sugirió ella–. Le mostraré a Logan el vecindario.

Su padre cabeceó, sin que pareciera que la idea lo entusiasmara, pero como debió de hacerse una idea de que no podía opinar al respecto, los despidió con una sonrisa preocupada y los vio marchar calle abajo sin decir una palabra salvo para invitar a Logan a que volviera un día cualquiera. Entonces podría probar uno de sus platillos en tanto le hablaba de cómo iban las cosas en la comisaría.

Tara sintió la presencia de Logan a su lado y sus pasos resonaron sobre la acera apenas iluminada por los postes de luz mortecina que flanqueaban la avenida. Ninguno dijo una palabra hasta que se encontraron a un par de calles lejos de la casa y, cuando él se detuvo de golpe forzándola a que ella hiciera otro tanto, Tara solo atinó a sacudir la cabeza y a exhalar un hondo suspiro.

–Debes de estar muy enojado conmigo –dijo ella.

No se atrevió a levantar el rostro para mirarlo, pero supo que él la veía porque estaba tan acostumbrada a percibir sus emociones que en ese momento estuvo segura de que le costaba encontrar las palabras.

–No estoy enojado, solo preocupado –replicó él con esa voz grave y sedosa que nunca dejaría de alterar sus sentidos–. Y también un poco confundido. ¿Qué está ocurriendo, Tara? ¿Por qué estás huyendo de mí de esta forma? ¿Hice algo...?

–No, claro que no.

Lo oyó exhalar un suspiro de alivio. No se había detenido a pensarlo hasta entonces, pero era lógico que supusiera que su actitud debía de tener algo que ver con él. Se sintió aún más culpable entonces y habría empezado a gritar de no ser porque sabía que ya había tenido bastante de eso.

–Sé que hice mal en venir y lo siento; no era la forma en que me hubiera gustado conocer a tu padre –él continuó al reparar en que ella no diría nada más–. Pero necesitaba hablar contigo para saber... no pude pensar en otra cosa.

Fue el turno de Tara para suspirar. Ella levantó la mirada como si tuviera un peso enorme asentado en los hombros y le costara un esfuerzo sobrehumano apartar los ojos del suelo para posarlos sobre su rostro. Ojalá no lo hubiera hecho, se dijo luego; no podía mirarlo, recorrer su rostro y conservar un valor que no dejaba de ser tan solo una fachada.

–Está bien; no estoy enojada por eso, sé que no te di otra alternativa –reconoció ella, y se metió las manos en los bolsillos de los pantalones para no ceder al deseo de tocarlo–. ¿Te importa si caminamos un poco más? Hay un parque de juegos cerca; podríamos sentarnos allí.

Logan asintió y adecuó el paso al suyo, como hacía siempre. Ella acostumbraba andar a toda velocidad, como si estuviera siempre por llegar tarde, en tanto que él se movía con mayor lentitud con un andar seguro y sereno que hablaba de alguien que se tomaba las cosas con calma porque sabía que iba por el camino correcto. En el tiempo que llevaban de conocerse, sin embargo, había aprendido a acelerar un poco para mantenerse a la par, y también Tara, aunque ella no se hubiera dado cuenta de ello, procuraba bajar las revoluciones hasta llegar a un punto medio que les permitía conservar cada uno parte de su ritmo habitual y al mismo tiempo ceder un poco en consideración al otro.

Anduvieron por unas tres calles más hasta que Tara

dio un rodeo al final de la avenida y se internó en un callejón que daba al parque de juegos del que había hablado. Era pequeño y, sin duda, destinado a los chicos del vecindario; un campo de fútbol que ocupaba casi toda el área y dejaba una parcela reducida para unos cuantos juegos, entre ellos un par de columpios un tanto oxidados hacia los que ella se dirigió.

Eran los únicos allí en ese momento. Ella no lo mencionó, pero era habitual que a esa hora se encontrara deshabitado porque la mayor parte de los residentes se encontraban cenando en sus casas. Un par de horas después, sin duda, se llenaría de críos y gritos, pero en ese momento era tan solo para ambos y ella agradeció que así fuera.

Ocupó uno de los columpios e hizo un gesto a Logan para que hiciera lo mismo con el otro. Lo vio vacilar y sin duda se habría echado a reír al verlo tomar las cadenas antes de acomodarse con esfuerzo en el asiento, como si jamás hubiera hecho algo como eso, de no sentir su corazón a punto de estallar de miedo.

–Puedes sostenerte de las cadenas...

–Por favor, dime que no esperas que empiece a columpiarme.

Tara le sonrió sin poder evitarlo y asentó los pies en la tierra para dar vuelta al asiento y quedar frente a él. Ya no pensaba esquivar su mirada ni desviar su atención. En lugar de ello, fijó sus ojos en su rostro y mantuvo una expresión tan calmada como le fue posible.

–Lamento haberme portado de la forma en que lo hice estos días; ha sido una niñería y me sorprende que aún desees hablar conmigo –empezó ella tras exhalar un hondo suspiro.

Logan sacudió la cabeza y se balanceó un instante antes de fijar los pies de la misma forma en que lo había hecho ella y apoyó los codos sobre las rodillas para mantener el equilibrio. Lo mismo que Tara, no desvió un instante la mirada de su rostro.

–Nunca pensaría algo como eso –aseguró él–. Y siempre querré hablar contigo. No importa lo que ocurra, Tara, debes entender lo importante que eres para mí. Yo...

Ella lo detuvo con un gesto. Si decía lo que creía que estaba a punto de decir, no sería capaz de continuar.

–Espera. No lo digas –pidió ella–. Deja que yo me explique primero.

Logan asintió y Tara pudo ver que contenía el aliento. ¿Qué esperaría él oír?, se preguntó. ¿Tendría acaso la más mínima sospecha? Algo le dijo que era una de esas cosas que nadie podía imaginar hasta que le estallaba entre las manos.

–No me he sentido muy bien últimamente –empezó ella tras aclararse la garganta–. Creí que se debía al estrés de los exámenes y todo lo que ha pasado los últimos meses entre tú y yo.

Logan entrecerró los ojos al oírla. Era evidente que no había esperado oír eso.

–Espera. ¿Estás enferma? –preguntó él con una entonación preocupada que no le había oído antes–. ¿Has ido a ver a un médico? ¿Es algo serio?

Tara exhaló un hondo suspiro y contuvo el impulso de sonreír, poner los ojos en blanco y echar a correr. Todo al mismo tiempo. En lugar de ello, sin embargo, sostuvo su mirada sin parpadear y se humedeció los labios antes de hablar.

–Estoy embarazada –dijo al fin.

Un sordo rumor proveniente del viento agitando las hojas de los árboles se asentó entre ellos tan pronto como las palabras salieron de sus labios. Ella experimentó un alivio extraordinario que le llenó los ojos de lágrimas en tanto que Logan pareció enmudecer. Pareció como si lo dicho por Tara se colara en su mente de a pocos y no fuera fácil para él procesarlo del todo.

Tara unió sus manos sobre el regazo y empezó a retorcerlas una contra otra sin poder contener la ansiedad que empezó a hacer trizas el alivio que sintiera hasta hacía un minuto. Tal vez fuera él quien deseara echar a correr entonces, se dijo sin saber cómo tomaría eso de estar en lo cierto. Supuso que no podría culparlo; seguro que hubiera podido pensar en una mejor forma de decirlo; ella se había sentido conmocionada al confirmarlo pese a que había tenido tiempo para hacerse a la idea. Él, en cambio...

Cuando sus ojos y los de Logan se encontraron al fin, sin embargo, se sorprendió un poco al verlo resoplar como si hubiera estado conteniendo el aire y reparar en que la veía con una expresión curiosa que no supo interpretar. Entonces una de sus manos se movió hasta posarla sobre las suyas y sintió que sus dedos dejaban de temblar ante el contacto de su piel cálida contra la suya helada.

Y supo, aunque no habría sabido explicar cómo estaba tan segura de ello, que no se hallaba tan sola como había pensado. Aunque eso, claro, estaba aún lejos de ser un consuelo.

Logan trató de imprimir en su voz una serenidad que estaba muy lejos de sentir y sostuvo las manos de Tara con más fuerza de la necesaria, pero no pudo aflojar el agarre porque tenía los dedos agarrotados alrededor de los suyos. Le pareció como si hubiera sido incapaz de soltarla incluso si alguien hubiera intentado forzarlo a ello. Era posible que la mantuviera asida por lo que le quedaba de vida, se dijo en medio de los pensamientos desordenados que se debatían en su mente.

–¿Cuándo...?

Tara pareció hacerse una idea de lo que intentaba preguntar y se encogió de hombros, mirándolo con una mueca de desconcierto.

–No estoy segura. Supongo que alguna de las veces en que...

–Pero tuvimos mucho cuidado.

Ella suspiró.

–Lo sé. Creo... creo que fue esa vez en que fui a tu casa y estabas dormido, y yo... fue mi culpa.

Logan hizo memoria y recordó ese día con una claridad sorprendente: abrir los ojos y encontrarse con el rostro de Tara; abrazarla y hundirse en ella incluso en medio del sueño. Sí, era posible que entonces hubieran sido un poco descuidados, reconoció, y se sintió un tanto avergonzado de haber sido tan irresponsable.

–No digas eso, no fue tu culpa –negó él entonces, dando una suave sacudida a sus manos para darle más fuerza a sus palabras–. Yo debí preocuparme por eso.

–Estabas medio dormido.

–Estaba muy despierto; sabía lo que hacía.

La voz de Logan surgió un poco cortante y Tara debió de comprender que no tenía sentido discutir por eso. No importaba cuándo había ocurrido o en qué circunstancias; el resultado era el mismo.

Cuando él volvió a hablar, un par de minutos después de que el rugido del viento empezó a incrementarse y un frío afilado los envolvió, su voz surgió más tranquila y sostuvo su mirada sin parpadear.

–¿Has decidido qué hacer? –preguntó él de golpe.

Tara carraspeó antes de responder y su semblante adquirió una expresión pensativa.

–No estoy segura. No he dejado de pensarlo y se me ocurren tantas cosas...

–¿Quieres tenerlo?

Ella contestó como si fuera una pregunta que hubiera esperado y a la que le había dedicado mucho tiempo.

–Sí.

Él exhaló un casi imperceptible suspiro de alivio.

–¿Quieres conservarlo?

–No lo sé. Quizá. –Tara no se oyó tan segura al responder a eso último–. No lo he pensado bien aún.

Logan asintió y escarbó en su mente para continuar. Aunque en realidad, tuvo que reconocer de mala gana, tenía muy claro lo que deseaba decir, solo necesitaba reunir el valor para hacerlo porque tenía miedo de lo que ella fuera a responder cuando lo oyera.

–Está bien –dijo él unos segundos después en un tono firme que contradecía su inquietud–. ¿Crees...? Me gustaría estar a tu lado. Decidas lo que decidas, quiero estar allí.

Tara le dirigió una mirada cargada de dulzura que le encogió un poco el corazón.

–No tienes que...

–No se trata de lo que tenga o no que hacer. Quiero hacerlo. Si a ti te parece bien.

Ella no respondió nada, pero él no necesitó que lo hiciera; tuvo clara su respuesta incluso antes de verla asentir con los ojos empañados. Sin vacilar, soltó sus manos para envolverla en un abrazo apretado que ella correspondió con tanta fuerza que le cortó el aliento. Su cuerpo oscilaba sobre el columpio y pareció como si lo único que la mantuviera firme sobre el suelo fuera el calor de su piel y la firmeza con la que la sostenía.

–Todo irá bien.

La voz de Logan se perdió entre el aullido del viento y aun así ella fue capaz de oírlo y de forzar a su mente a hacer suyas sus palabras. A él, sin embargo, le pareció como si intentara convencerla de la misma forma en que intentaba convencerse a sí mismo, pero no estaba seguro de creerlo del todo.

9

Tara estudió el rostro de Max con la secreta satisfacción de haber conseguido dejarlo sin habla durante cinco minutos seguidos. Nunca había ocurrido antes, y lo conocía desde preescolar. Era una lástima, sin embargo, se dijo apartando cualquier sensación de alegría, que tuviera que haber dejado caer una bomba a sus pies para obtener ese triunfo.

–Pero... pero... ¿no estás bromeando? –Su amigo recuperó finalmente el habla y la miró con los ojos abiertos al máximo–. ¿Y qué ha dicho tu padre? ¿Cómo es que aún estás viva?

Tara hizo una mueca y se llevó unas patatas fritas a la boca, sin responder de inmediato. Se encontraban en el restaurante de la familia de Max. Era un local amplio y de temática ochentera, precisamente la década en que fue abierto. Eran los únicos allí porque aún faltaba una hora para que abriera al público; la madre de Max, como hacía siempre que Tara llegaba de visita, los alentó a ocupar una mesa antes de dejar una bandeja con comida ante ellos.

No era extraño que Max la adorara y que él y Tara pasaran mucho tiempo allí cuando eran pequeños. Ese lugar se había convertido en una suerte de refugio para ella; era donde iba con frecuencia cuando se sentía triste y no deseaba llorar frente a su padre, como ocurrió después de la muerte de su esposa o de su accidente.

Hacía mucho tiempo, sin embargo, que no iba allí con el fin de escapar de algo. Desde que se convirtió en una adulta había aprendido a enfrentar sus problemas y a no ceder a la autocompasión, pero de pronto se sentía una niña otra vez y estaba demasiado asustada por todo lo que ocurría como para fingir una seguridad que estaba muy lejos de sentir.

–Se lo dije hace un par de días –respondió ella al fin luego de tomar un sorbo de soda y mirar a su amigo con los labios apretados–. No está muy contento.

Max cabeceó y Tara supo lo que estaba pensando: decir que el señor Duncan no estaba contento ante la noticia era un total eufemismo. Y ella tuvo que reconocer, aun cuando fuera tan solo para sí, que tenía toda la razón del mundo.

Aún le entraban ganas de llorar cada vez que pensaba en el rostro de su padre cuando habló con él a la mañana siguiente de la visita de Logan. No había una forma de preparar a alguien para recibir semejante noticia en sus circunstancias, de modo que simplemente lo dejó caer. De golpe y sin rodeos.

El señor Duncan no lo mencionó entonces, pero ella supuso que en el fondo agradeció que lo hiciera de esa forma. Sin embargo, eso estuvo lejos de ser un consuelo para él, y mucho menos para ella, porque jamás podría olvidar la expresión de desconcierto, y luego de decepción, que asomó a sus rasgos una vez que la idea fue abriéndose paso en su mente.

Tara podía decir algo en su defensa, sin embargo. El señor Duncan no gritó ni le reprochó nada; tan solo se mantuvo en silencio durante lo que le pareció una eternidad antes de sacudir la cabeza y dejarla sola para ir a su habitación con un paso cansado y renqueante que a Tara le dolió más que cualquier reproche que hubiera podido hacerle. Desde entonces apenas habían hablado y a ella empezaba a desesperarle esa camaradería formal que se instaurara entre ellos. Hubiera preferido que le gritara por horas en lugar de permanecer distante y callado; como si se encontrara tan defraudado que las recriminaciones estuvieran muy lejos de poder resumir todo lo que sentía.

Y por eso Tara procuraba pasar poco tiempo en casa. Max y su familia habían sido siempre un puerto seguro para ella, pero su amigo, aunque un tanto despistado, no tenía un pelo de tonto, y de allí que hubiera empezado a sospechar que tantas visitas luego de permanecer los últimos meses un poco apartada debían de tener un significado oculto.

Tara no necesitó que insistiera en que le dijera lo que le ocurría. En cierta medida, fue un alivio hacerlo, así como también contarle acerca de la reacción de su padre; sabía que Max era una de las pocas personas en el mundo que podría comprender en su real dimensión el golpe que había significado para aquel, así como lo mucho que todo aquello le dolía a ella.

–Bueno, era de esperar; el señor Duncan es así, ¿no? No es de los que montan un alboroto cuando están disgustados –comentó él una vez que ella guardó silencio–. ¿Recuerdas cuando nos metíamos en problemas en la escuela? Mi madre me gritaba por horas y él te mandaba a tu habitación para que pensaras en lo que habías hecho y luego te ponías a llorar por el remordimiento. En esa época te envidiaba, pero creo que tal vez no fuera lo mejor a la larga. Mejor dejar salir las cosas, ¿no?

Tara cabeceó porque, a su pesar, no podía menos que estar de acuerdo con él; pero sabía también que su padre hacía lo mejor que podía y que, en esa ocasión al menos, tenía razón en comportarse de la forma en que lo hacía.

–En todo caso, tienes que darle un poco de tiempo

a que se haga a la idea; tal vez termine alegrándole y todo. –Su amigo usó una voz más animada al continuar, pero Tara no se sintió tan esperanzada como él–. Vamos, quita esa cara. No es nada del otro mundo. No estás sola en esto; tu padre te perdonará a la larga, estoy seguro, y te apoyará en todo lo que pueda. Y está ese tipo, ¿no? Todavía no puedo creer que te hayas estado tirando a un maestro de la academia.

Max se hizo a un lado para esquivar la patata frita que su amiga le lanzó y, con una sonrisa, la recogió de encima de la mesa y se la llevó a la boca.

–Y a ese maestro, además –continuó él arqueando una ceja.

–No era realmente un maestro y no hay nada de malo con él –masculló ella con el ceño fruncido.

–No dije que lo hubiera. Cuando menos media promoción estaría encantada de estar en tu lugar; y no hablo solo de las chicas. –Max se encogió de hombros sin dejar de sonreír–. Pero ustedes son tan distintos; me cuesta imaginarlos juntos.

Tara apoyó los codos sobre la mesa y observó a su amigo con ojos brillantes.

–No lo conoces –indicó ella.

–Pero te conozco a ti.

–Quizás no tan bien como crees.

Para su sorpresa, Max no le respondió con una réplica burlona, que era lo que normalmente hacía para hacerla rabiar, sino que la observó con semblante pensativo y, al cabo de un momento, suspiró y sacudió la cabeza de un lado a otro.

–Puede que tengas razón –reconoció él al cabo de un momento–. Por ejemplo, creí que ya te había visto enamorada y va a resultar que estaba equivocado.

Tara detuvo la mano que había estado a punto de llevarse a la boca con una nueva tanda de patatas y devolvió a su amigo una mirada de desconcierto.

–Yo no...

–Antes de que lo niegues, haré como tu padre y te diré que te lo pienses un poco y luego ya me dices. –La atajó él con un gesto y una expresión de entendimiento que le provocó volcar la soda sobre su cabeza–. Ahora, ¿has pensado en que Max es un nombre fantástico para un bebé? Y aún mejor, da igual si es niño o niña, le quedaría estupendo.

Tara suspiró y puso los ojos en blanco, sin responder. Sabía que su amigo solo intentaba aligerar el ambiente y animarla pero, aunque no se lo dijo, en el fondo aquello solo la hizo sentir peor. No lo había comentado pero, tal y como se lo confesó a Logan, en realidad no estaba segura aun de si deseaba o no conservar al bebé. ¿Qué sentido tenía pensar en un nombre para él?

Luego de aquello, procuró llevar la charla por otro sendero y Max, que se dio cuenta de inmediato de que posiblemente acabara de meter la pata, empezó a parlotear de la última proeza de su hermano mayor, que era quien llevaba el restaurante de su padre. Mientras le oía contarle acerca del último problema en que se había metido y de cómo la familia estaba considerando seriamente desheredarlo, Tara hizo como que le prestaba atención aun cuando en realidad su mente se encontraba muy lejos de allí.

Logan sentía como si su vida hubiera dado un vuelco después de su última conversación con Tara, una sensación que no hizo más que acentuarse según fueron transcurriendo los días. Era como si hubiera un mundo antes y otro después de enterarse de lo que ella le dijo.

Simplemente no podía ver las cosas de la misma forma en que lo hiciera antes de aquello. Todo cobró una nueva dimensión y aun cuando se afanó en actuar como si nada ocurriera, en el fondo sabía que no había un solo paso que no diera que no estuviera influenciado por todo eso.

Y, sin embargo, no era una sensación desagradable. Para nada. Si se hubiera detenido a pensar en ello, cosa que procuraba no hacer porque temía las conclusiones a las que fuera a llegar, se habría dado cuenta de que jamás se había sentido mejor en toda su vida.

Tal y como dijera Morgan, estaba enamorado. Pero enamorado en serio; como creyó que no lo estaría nunca, la clase de sentimiento que uno considera patrañas de gente que habla de ello para dar nombre a cualquier emoción que en realidad no podía ser tan poderosa. Ahora, sin embargo, sabía que lo era. Lo más intenso que sintiera nunca; tanto que a veces le asustaba un poco. Pero entonces evocaba el rostro de Tara y la forma en que lo había abrazado aquella noche en el columpio; el aroma que despedía su cabello y el calor de su respiración sobre su cuello, y cualquier rastro de miedo se desvanecía en el aire.

Sabía que deseaba estar a su lado sin importar lo que ella decidiera hacer con el bebé, pero hubiera sido hipócrita de su parte no reconocer que se había imaginado ya mil escenarios en que compartían sus vidas. El problema era que no consideraba justo presionarla; era consciente de que ella se encontraba en una posición mucho más delicada que él y, aun cuando se le ocurrían muchas opciones para ayudarla, sabía que era algo que tendría que surgir de ella. No soportaría aprovecharse de su vulnerabilidad para obligarla a hacer nada que no deseara.

Y mientras tanto, vivía en un estado de incertidumbre constante que lo orillaba a cometer un error tras otro y que ya había estado a punto de arruinar su caso, entre otras cosas.

Morgan no lo sabía, porque él se había cuidado bien de no mencionarlo en sus últimas reuniones, pero el contacto que consiguiera gracias a Lisa y quien le fuera tan útil en un primer momento, había empezado a darle algunos problemas.

Se trataba de un curador bastante conocido en el medio y quien en un inicio respondió a sus problemas sin mayores aspavientos. A Logan le había parecido que, al ejercer un puesto poco importante y al ser su trabajo en algunas galerías de la ciudad relativamente esporádico, no tenía mayores intereses en guardar los secretos de nadie.

Por eso, supo gracias a él que, tal y como sospechara, los galeristas que hablaron con él cuando empezó a desgranar el caso estuvieron lejos de decirle toda la verdad. En especial ese testigo que terminó por echarse atrás a último momento. El curador se refirió a él como uno de los más poderosos en el circuito artístico, y no solo eso, también mencionó que había sido un contacto frecuente de Marvin Quinn, lo que confirmaba el vínculo que el prisionero le diera cuando fue a hablar con él; además, lo que hizo emocionar a Logan, el hombre aseguró que ambos y otros tantos que tenía ya en su lista, se movían en las más altas esferas del gobierno.

El nombre del senador que tenía en la mira también fue mencionado entonces y por un momento estuvo seguro de que ya tenía todo lo que necesitaba y podía dar su caso por finalizado en cualquier momento.

Sin embargo, cuando volvió en busca del curador para obtener un testimonio formal, se topó con que el hombre había desaparecido. Lo buscó por cielo y tierra; tanto en la dirección que indicara como su domicilio como en los lugares en los que acostumbraba trabajar, pero no hubo forma de dar con él.

Hasta la tarde anterior.

Tras rastrear todo lo que tenían de él en el sistema y de sus allegados, dio con el nombre de su ex esposa y, al dirigirse allí, se topó con que ciertamente él se encontraba en su casa, pero le bastó con verlo para saber que iba a necesitar un milagro para obtener algo de él.

El rostro del curador había adquirido un tono entre rojizo y azulado propio de quien acaba de recibir una paliza y, al encontrarse con sus ojos, mientras lo atendía por una rendija de la puerta que parecía determinado a no abrir del todo, Logan pudo ver un miedo tan profundo en ellos que apenas se atrevió a insistir. No, en cuanto no pudiera asegurarle que lo mantendría a salvo, porque era obvio que el hombre debía de haber llegado a ese estado debido a su conversación con él.

De modo que no le quedó otra alternativa que hacerle prometer que se mantendría oculto allí y que él volvería para hablar con él una vez que hubiera conseguido una orden de protección. Estaba dispuesto a hacer el papeleo para ponerlo bajo resguardo del departamento si era necesario; pero un trámite como ese llevaba un poco de tiempo y por eso había decidido ocuparse de eso personalmente y hablar con los fiscales sin involucrar a Morgan en el asunto.

Aunque su jefe era discreto y no compartía sus preocupaciones con frecuencia, Logan había escuchado algunos rumores referidos a que sus pesquisas habían empezado a levantar una polvareda nada discreta en el ambiente político, lo cual siempre influía en el trabajo policial por mucho que las cabezas del departamento se afanaran en negarlo.

Sabía, por ejemplo, que no había uno solo de sus informes que no fuera enviado de inmediato ante el comisionado y ya había recibido un par de llamadas del capitán de la comisaría, que no dudó en saltarse la autoridad de Morgan, para pedirle u ordenarle directamente que tuviera cuidado con los callos que pisaba y que más le valía que si continuaba agitando el avispero en la forma en que lo había venido haciendo, tuviera un caso sólido y unas pruebas que no pudieran rebatirse de ninguna manera, o no podría hacer nada por él de recibir alguna queja con su nombre.

A Logan aquello le daba más bien igual; no era del tipo que se intimidaba con facilidad y aquella no era la primera vez en que su trabajo se tornaba peligroso o se veía involucrado en juegos de poder. Sin embargo, nunca le había ocurrido que su vida personal le impidiera concentrarse del todo en cumplir con su deber.

Actuaba de forma un poco errática y, aunque procuraba no mezclar las cosas, muchas veces se sorprendió pensando en Tara y en lo que sería de ambos, aun cuando su mente debería estar del todo puesta en su trabajo.

Cualquier día recibiría un disparo y ni siquiera sabría de dónde había venido, se dijo más de una vez cuando sintió que sus nervios no daban para más y que si no liberaba toda esa tensión que hacía presa de él terminaría por cometer una locura.

Tara esperó a que la clase terminara para dirigirse a la oficina de Lisa y hablar con ella. Era una charla que había estado evitando durante varios días; debió presentarse allí mucho antes, pero cada vez que se decía que era necesario enfrentar ese asunto, encontraba alguna excusa para dilatarlo.

Durante toda la semana había hecho planes para presentarse en la galería en la que sabía que trabajaba con el propósito de hablar fuera de la escuela, pero al final decidió que lo más correcto era que esperara al final de la clase del sábado para ir con ella. Después de todo, tenía que ir a posar de cualquier forma; no tenía sentido hacer un viaje tan largo para hablar unos minutos cuando iba a estar allí unos días después.

Cuando se presentó en su oficina, sin embargo, y estuvo ante ella, supo que su jefa habría preferido cualquier cosa antes que verla. A Tara no se le había escapado que, si antes se había mostrado fría con ella, como si se tratara tan solo de uno más de los utensilios necesarios para dictar su clase, en las últimas semanas aquella diferencia había dado lugar a una antipatía casi palpable. Y Tara tenía una idea muy clara de a qué se debía eso.

Logan.

Para ella y para la mayoría del grupo estaba claro desde el inicio que mostraba cierto favoritismo por él y no tan solo porque lo considerara un artista talentoso. Lo suyo no era como lo que ocurría con Tara y su maestro de tiro; el viejo profesor la trataba como si fuera una nieta de la que se sentía especialmente orgulloso y a quien deseara premiar con una paleta cada vez que obtenía un puntaje perfecto. Lo que Logan le inspiraba a Lisa era muy distinto y Tara tenía clarísimo lo que a ella le hubiera gustado darle.

Pero eso no sería posible, se recordó ella cuando la idea le provocó una sacudida de náuseas. Logan jamás había correspondido a ese interés y en el fondo eso provocaba que Lisa le inspirara un poco de lástima. Un sentimiento que duraba más bien poco, en especial cuando se portaba tan déspota y desagradable con ella, como cuando se presentó en su oficina poco después de terminar la clase para decirle que no pensaba continuar trabajando como modelo una vez que ese curso terminara.

En realidad, Tara había estado tentada a dejarlo antes aun cuando hubiera tenido que devolver parte del dinero que Lisa le diera por el curso completo; pero al considerar que solo restaban tres clases y que era poco probable que su embarazo fuera aun evidente en esas fechas, no tenía sentido dar más problemas de lo necesario. Pero desde luego que Lisa no agradeció el detalle.

–Pero, ¿qué pasa con el curso de otoño? –preguntó ella–. Ya habíamos acordado que seguirías una vez que este terminara.

Tara se mantuvo de pie, ya que la otra mujer no había tenido la cortesía de ofrecerle un asiento y la observó sin parpadear.

–Nunca acordamos nada. Tú ofreciste que me quedara y yo respondí que lo pensaría. Para entonces sabía que era probable que estuviera trabajando en un empleo regular y no habría forma de que pudiera alternar ambas cosas.

Lisa hizo un gesto de enojo.

–Pero es solo los sábados. Con seguridad que podrías organizarte; son solo unas horas y sabes tan bien como yo que la paga es buena.

Tara contuvo un resoplido. Sabía, desde luego, que la paga era buena; nunca habría aceptado ese empleo de no ser así, pero también tenía claro que incluso si su vida no hubiera dado el vuelco que acababa de dar, nunca se hubiera sentido cómoda compaginando un trabajo de policía con el de modelo. No lo deseaba sin importar cuánto le pagaran o lo mucho que lo necesitara; se las arreglaría de alguna forma.

Pero eso no era asunto de Lisa ni sentía la suficiente confianza como para decírselo. De la misma forma en que habrían tenido que torturarla para que le confesara que el motivo principal por el que no pensaba posar más, independientemente de lo que la vida laboral le tuviera destinado, era porque su embarazo se lo impedía de plano. Era demasiado personal y algo le dijo que ella nunca hubiera logrado entenderlo.

–Lo siento, Lisa, pero es imposible; quise avisarte con tiempo para que pudieras conseguir a alguien más para el próximo curso.

–Pero...

–Estoy segura de que podrás encontrar a alguien que esté encantada de ocupar mi puesto – continuó Tara sin darle tiempo a interrumpirla.

No le sorprendió, sin embargo, que la otra mujer hiciera un gesto de fastidio y le dirigiera una mirada de desagrado.

–No es tan fácil encontrar a una modelo para este tipo de clase. Deberías de saberlo –espetó ella de mala gana–. ¿Estás segura de que no cambiarás de opinión?

Tara sacudió la cabeza de un lado a otro y ajustó su

bolso al hombro, lista para marcharse, cuando la mujer la detuvo con un gesto.

–Espera. ¿Esto tiene algo que ver con Logan? –preguntó ella de golpe.

Tara arqueó las cejas y sus labios simularon una línea apretada, tentada a no responder; pero terminó por hacerlo porque nunca había conseguido aprender a dejar pasar las provocaciones.

–Esto no tiene nada que ver con él –respondió ella sin fingir que no la entendía–. Es cosa mía y no hay nada más que tengamos que hablar al respecto.

La vio aspirar con fuerza y sus ojos acuosos relampaguearon antes de asentir, no sin antes dirigirle una mirada de reproche propia de una niña a quien acabaran de arrebatar un dulce que le habría hecho reír en otras circunstancias.

–Sabes que no durará, ¿no? –Soltó ella cuando Tara ya tenía la mano en el picaporte, a punto de marcharse–. Me refiero a lo que sea que tengan. Es un capricho suyo y tú serías una idiota si cifras tus esperanzas en eso. Más te vale tenerlo en cuenta; quizá, si te decides, pueda conservar ese puesto para ti el curso que viene.

Tara ni siquiera se molestó en responder aun cuando le habría encantado hacerlo. Lisa debió de ver algo en sus ojos al darle una última mirada antes de abandonar la habitación, sin embargo, porque llegó a notar que se repantigaba en la silla como si acabaran de golpearla.

Bien, se dijo Tara al descender las escalinatas para atravesar el vestíbulo de la escuela, porque era precisamente lo que le habría gustado hacer. Eso y decirle que estaba totalmente loca si creía que estaba siquiera cerca de comprender lo que ella y Logan sentían el uno por el otro.

Más enojada de lo que le habría gustado reconocer, anduvo con el ceño fruncido sin molestarse en aligerar su paso o fijarse por dónde iba hasta que dio de lleno con un cuerpo sólido que le salió al paso de no sabía dónde pero que estuvo a punto de hacerla trastabillar. Tuvo que sujetarse de lo primero que encontró, un brazo tendido ante ella, y estuvo a punto de agradecer a su dueño por sus buenos reflejos, ya que era ella quien iba distraída, cuando se encontró con un rostro desagradablemente familiar.

El hombre con quien tuviera el problema hacía lo que le parecía ya una eternidad, aunque de eso hubieran pasado solo unos cuantos meses, la observaba con una sonrisa ladina que le provocó un escalofrío. Advirtió entonces que aún continuaba asida a su brazo y lo soltó de golpe dando un paso hacia atrás.

Había poca gente a su alrededor, cuando mucho algunos empleados de la escuela y unos alumnos rezagados que atravesaban las puertas de salida sin prestarles ninguna atención; ellos se encontraban justo debajo de la gran claraboya del techo abovedado, a unos metros de las esculturas de dioses que a Tara le gustaban tanto y que siempre se detenía a admirar, pero que en ese momento le molestaron porque le impedían el paso.

–¿Apurada? –El hombre, a quien si no recordaba mal Lisa se había referido como Peter, se dirigió a ella en un tono levemente burlón–. Tengo la impresión de que cada vez que nos encontramos estás corriendo. Excepto en el aula, claro, allí siempre se te ve muy quietecita. Parece difícil: no mover un músculo mientras todo el mundo te mira. ¿Cómo lo haces?

Tara apretó los puños de forma inconsciente.

–Hazte a un lado –pidió ella de malos modos.

Él negó con un gesto brusco y buena parte de la amabilidad que mostrara hasta entonces, que a Tara no la engañó en absoluto, pareció desaparecer y ser reemplazada por un gesto de encono.

–Hace tiempo que esperaba un momento como este para hablar a solas contigo –indicó él dando un pequeño paso a su derecha al notar que Tara miraba en esa dirección–. No hemos tenido oportunidad de charlar después de lo que ocurrió. Empezamos con muy mal pie y me parece que podríamos intentar superar ese malentendido.

–No sé cómo podrías considerar que mi puño sobre tu nariz es un malentendido, pero eso es asunto tuyo –replicó Tara sin cortarse y con una nueva mirada al otro lado para escabullirse por allí–. Déjame pasar, no te lo voy a pedir de nuevo.

–¿Y qué harás si no quiero? ¿Vas a intentar golpearme de nuevo? Porque te recuerdo que aquella vez me tomaste desprevenido –refutó él con la barbilla elevada.

El mundo estaba repleto de idiotas, masculló Tara para sí, aunque tuvo que reconocer que algo de razón tenía él. No parecía del todo un blandengue, en realidad, y era cierto que ya no contaba con el elemento de la sorpresa, pero, si tenía que darle una patada en la espinilla, no pensaba dudar. Aun así, le sabía mal verse envuelta en un problema de ese tipo nuevamente, además de que en los últimos meses su mal temperamento parecía haberse aplacado lo suficiente para pensar dos veces antes de actuar. Debía de ser culpa de Logan. Ejercía una mala influencia en ella, se dijo con un resoplido, procurando armarse de paciencia; algo le dijo que ese hombre encontraba algún tipo de satisfacción en alterarla y ella no estaba dispuesta a seguir su juego.

–No voy a intentar golpearte –negó ella–. Pero si no te mueves de mi camino, voy a gritar para que todos vengan y les diré que no has dejado de molestarme desde el primer día. Y luego iré con el director y presentaré una queja formal, que es lo que debí hacer desde un principio –continuó Tara, después de considerarlo un segundo, y su rostro adquirió una nueva determinación–: ¿Sabes qué? Voy a hacerlo de cualquier forma porque se me revuelve el estómago tan solo de pensar que vayas a molestar a otra chica que ocupe mi lugar. Los tipos como tú deberían estar encerrados. Ahora dime qué será: ¿vas a salir de mi camino o no?

El hombre dudó solo un segundo como si considerara las implicancias de sus palabras y no le hiciera ninguna gracia verse amenazado de aquella forma, pero al mismo tiempo temiera que estuviera diciendo la verdad. Tara aprovechó ese momento de duda para ponerse en movimiento. Lo rodeó con rapidez y se alejó de él, pero cuando creyó que ya lo había dejado atrás y volvió a respirar con cierta normalidad, sintió que tiraba de su mano y, en esta ocasión, no fue lo bastante rápida. Sus reflejos se habían relajado, supuso al notar que no atinaba a levantar la mano libre para deshacerse de él, debilidad que el hombre aprovechó para rodearle la cintura con un movimiento rudo.

Genial. Tendría que gritar, después de todo, se dijo Tara un tanto confusa, pero aliviada en el fondo, y terminar con eso de una buena vez.

Sin embargo, ni una sola palabra llegó a escapar de sus labios. No tuvo tiempo. Y no porque el hombre la forzara a callar o porque no diera con lo que debía decir, eso lo tenía bastante claro. Lo que cortó cualquier cosa que hubiera pensado hacer fue que precisamente en ese momento una sombra salida de la nada se interpuso entre ambos y la alejó del otro hombre con tal brusquedad que tuvo que apoyarse sobre el borde de la balaustrada para no irse de bruces.

–¡Qué día...!

Tara se calló de golpe al comprender lo que había pasado y tardó un momento en registrar la imagen que se presentó ante ella. El hombre que hasta hacía un instante la mantenía sujeta, ahora se hallaba tendido de espaldas y su cabeza hacía un ruido horrible al impactar contra el mármol del vestíbulo.

Logan estaba sobre él y eran sus golpes sobre su rostro lo que provocaban ese vaivén. Al mirarlo a la cara, se dio cuenta de que él estaba más furioso de lo que había visto a nadie antes y apenas dudó un segundo al ir hacia él para detener su brazo antes de que lo descargara nuevamente sobre el hombre que había empezado a gimotear.

El ajetreo había atraído la atención del resto de gente que pasaba por allí y la mayoría se acercó con paso apurado para detenerlo de la misma forma en que intentaba hacerlo ella. Pero aquello no fue del todo necesario, comprendió Tara tan pronto como su mirada se encontró con la de Logan y él detuvo su brazo de golpe al sentir el contacto de su mano. Sus ojos parecieron decir tanto que a ella se le cortó el aliento y, pese a los gritos a su alrededor, le pareció como si cualquier sonido se viera apagado por el miedo que sintió al percibir su propia desesperación.

Fue cosa de un segundo, un instante en que ninguno dijo una palabra y entonces el tiempo pareció reanudarse, lo mismo que el ruido que fue creciendo en intensidad, y ya no hubo oportunidad de más.

Lo había visto todo rojo.

Era la única explicación que Logan podía encontrar a la forma en que actuó. Él no era un hombre violento, nunca lo fue, su comportamiento era siempre irreprochable. Jamás se había aprovechado de su fuerza o de su posición de poder, primero como parte de una familia privilegiada y luego en su puesto de oficial de policía. A él le gustaba hablar, llegar a acuerdos, discutir la mejor forma de evitar conflictos. ¡Había dado clases de ética, por Dios Santo!

Y, aun así, no había dudado en echarse encima de un imbécil en su afán de proteger a Tara. Pero, ¿protegerla de qué?, se cuestionó luego cuando consiguió calmarse siquiera lo suficiente para intentar pensar y una vez que las cosas parecieron transcurrir con menor velocidad. Él podía dar fe de que Tara era perfectamente capaz de defenderse a sí misma pero, aun así, todo en su interior le empujó a apartar a ese hombre de ella. Y no solo eso; también, y muy en el fondo, no tenía sentido negarlo, quería castigarlo. Por intentar lastimarla entonces y por la ocasión anterior. Había estado incubando ese odio durante meses y bastó con ver la forma en que la sujetaba y la expresión de angustia en el rostro de Tara para que dejara de pensar.

Si ella no lo hubiera detenido, si no hubiera visto el horror en su rostro...

Logan suspiró y dio una mirada alrededor. Estaba sentado en una pequeña habitación anexa a la recepción de la estación de policía de Pikesville; el cuarto de la comisaría, si no recordaba mal.

Las cosas habían sucedido muy rápido luego de que recuperara el control y dejara al hombre bajo él para reunirse con Tara. Aún se encontraba furioso y no fue capaz de decir ni una palabra, lo que tal vez fue una suerte, porque ella también pareció demasiado consternada para hacer nada que no fuera mirarlo y esperar al hombre que intentaba ponerse de pie con pésimos resultados. A diferencia del daño que le hiciera Tara en su momento, Logan sí que parecía haberle roto algo. La nariz, posiblemente, supuso él al estudiar su perfil y ver la sangre que manaba en un hilo constante hasta hacer un pequeño charco a sus pies. Tenía además un buen moretón en la barbilla y era obvio que tardaría un poco en moverse por su propia cuenta.

Logan no estaba precisamente incólume, aunque en su caso, cualquier rastro de dolor estaba relacionado con un leve arañón en la mejilla provocado por el hombre al intentar defenderse y a sus nudillos adoloridos por los golpes que propinara.

Alguien había decidido dar parte del incidente a la policía y un par de ellos se presentaron poco después. Logan se identificó entonces, con lo que se ganó unas cuantas miradas de reproche de sus colegas, en especial cuando consiguieron poner al hombre en pie y comprobaron su estado. Este, que apenas podía hablar, se las arregló para decir que estaba determinado a presentar cargos, y ya que la mayor parte de los testigos solo habían reparado en el momento en que Logan lo atacó y no en lo que ocurriera antes con Tara, fue poco lo que se pudo hacer al respecto.

Logan hizo el viaje a la estación en el asiento trasero de la patrulla sin presentar resistencia, pero, aunque el otro hombre también debía ir para hacer la acusación formal, se negó a viajar con él y tuvieron que esperar a otro patrullero para que lo llevara por separado. Logan no pudo hablar con Tara en ningún momento y aunque le pidió con la mirada que se mantuviera apartada, él no dudó un segundo de que ella no pensaba hacerle ningún caso. Desde luego, lo confirmó al verla descender de un taxi poco después cuando él se encontraba ante el oficial encargado rindiendo su manifestación.

Ella se apresuró a ir hacia él, pero los otros oficiales le indicaron que debía esperar y que si tenía algo que decir la escucharían con mucho gusto cuando fuera su turno.

Logan habría jurado que la oyó maldecir en tanto ocupaba una silla en el pasadizo, pero entonces tampoco pudo hablar con ella. Luego de oírlo, el oficial sugirió que lo mejor sería que esperara en otra habitación porque lo último que deseaba era que todo ese asunto hiciera más ruido del necesario. Odiaba procesar a sus compañeros, le dijo; pero si el hombre al que había atacado persistía en presentar la denuncia era lo único que podría hacer.

Logan lo entendió y, por primera vez desde que empezara todo ese embrollo, lamentó haberse dejado llevar de la forma en que lo hizo. No porque el hombre no lo mereciera; posiblemente haría lo mismo de encontrarse nuevamente en esa situación. El problema era qué tanto podría perjudicar eso a las personas que le importaban.

Tara. Sus compañeros. Morgan.

Logan se pasó la mano por el rostro e hizo un gesto de dolor al mirar sus nudillos con la piel expuesta. A Morgan le daría un ataque en cuanto se enterara. Si lo procesaban, con seguridad le abrirían un proceso disciplinario; era probable que lo suspendieran y no solo eso: el caso en que trabajaba desde hacía meses se iría al diablo. Sería la excusa perfecta para las grandes cabezas que no deseaban que sus nombres se vieran involucrados.

No, Morgan no iba a sufrir ningún ataque, concluyó él poco después. Iba a matarlo.

Como si lo hubiera conjurado, oyó la voz de su amigo al otro lado de la puerta e hizo un gesto de desconcierto cuando poco después sintió esta abrirse y se topó con su mirada ceñuda.

Morgan ocupaba casi todo el umbral y pareció como si estuviera tentado a ir hacia él y no precisamente para abrazarlo. Sin embargo, a Logan no le quedó más alternativa que admirar su autocontrol porque lo vio intercambiar un par de rápidas miradas con el oficial que lo guio hasta allí y, cuando este se fue, entró con paso tranquilo, cerró la puerta tras él y se dejó caer en la silla ante Logan, a quien no le dio oportunidad de abrir la boca antes de señalarlo con un dedo.

–Escúchame bien –indicó él con la voz grave que solo usaba cuando se encontraba muy disgustado–. Quiero que me cuentes exactamente lo que ha pasado y más te vale pensar bien cada palabra antes.

Logan se aclaró la garganta porque le pareció que llevaba demasiado tiempo en silencio.

–¿No te han dicho qué ocurrió? –preguntó él a su vez.

Su amigo y jefe cabeceó un par de veces sin variar su expresión.

–Sí, claro, y con todo detalle, pero ahora quiero oírlo de ti –insistió él–. Y Logan, no te dejes nada.

Este se encogió de hombros y vaciló un segundo antes de dar con las palabras con las cuales empezar, pero una vez que lo hizo fluyeron con sorprendente facilidad. No solo le explicó lo que había ocurrido aquella mañana sino también del incidente anterior en que ese hombre acosara a Tara. De cómo había intentado convencerla de que presentara una queja y de que habló con la profesora del curso pero que nadie hizo nada entonces, aunque él había estado lejos de olvidarlo. Y que fue por eso, cuando lo vio sobre ella de nuevo, por lo que había actuado de la forma en que lo hizo.

No se sentía orgulloso, explicó; en realidad, le avergonzaba un poco su comportamiento, en especial porque era consciente de que en su posición debía conservar la calma en todo momento y de que su actitud solo perjudicaba al departamento e incluso también a la misma Tara. Si decidían procesarlo, lo que posiblemente tuviera que ocurrir porque dudaba de que el hombre se echara atrás con la denuncia, estaba dispuesto a cumplir con cualquier sanción que decidieran imponerle. No haría un solo problema. Podía darle su placa allí mismo si él lo quería así.

Morgan lo oyó sin decir una palabra y permaneció en silencio durante varios minutos luego de que Logan terminara. Al cabo de un rato, se llevó una mano al mentón y cabeceó un par de veces antes de ponerse de pie y observarlo con gesto serio.

–Vi una chica al llegar –dijo él–. Muy bonita, alta, ojos grandes. Parecía querer hacer pedazos al hombre ese mientras rendía su manifestación en la recepción. Supongo que sería Tara.

Logan sonrió sin poder evitarlo. Era una forma estupenda de describirla.

–Está molesta –comentó él tras encogerse de hombros.

–Ya me di cuenta –replicó su amigo con una ceja arqueada–. Creo que tendrás bastante con enfrentarte a ella en su momento como para también tener que arreglártelas conmigo.

Logan lo observó con el ceño fruncido al notar el tono risueño en su voz. Su amigo, que pareció comprender su desconcierto, suspiró y le dio una palmada en el hombro.

–Yo me ocuparé de todo esto –indicó él sin parecer tan alterado como se vio al llegar.

–¿Cómo? Incluso si no abren un proceso, ese hombre me denunciará de cualquier forma. No puedes intentar encubrirme, Morgan, te meterás en problemas.

Morgan hizo un gesto para restar importancia a sus palabras.

–Déjamelo a mí –pidió él en tono confiado–. Pero mañana hablaremos de nuevo y más vale que hayas resuelto este enredo para entonces porque no estoy dispuesto a tolerar ninguna explosión como esta otra vez.

–Pero...

Su amigo lo dejó con la palabra en la boca y le hizo un último gesto de advertencia antes de desaparecer por donde había llegado.

Logan nunca tuvo del todo claro qué fue lo que Morgan hizo para arreglar las cosas, aunque sospechaba que había tenido una charla, en absoluto amical con ese hombre, para persuadirlo de que retirara su denuncia. Eso y que de alguna forma debió de usar sus contactos para borrar cualquier registro de ese incidente para que no apareciera en su hoja de servicio. Pero él nunca le habló al respecto ni dio demasiados detalles.

Lo único que Logan supo fue que, poco menos de una hora después, el oficial apareció en el cuarto en que lo dejara esperando y le dijo que podía marcharse. A él no se le ocurrió discutirlo y, al salir a la recepción, se topó con Tara, que continuaba exactamente donde la dejara antes.

Sus miradas se encontraron y la vio exhalar un hondo suspiro. Pero no fue hacia él ni él intentó tocarla tampoco, aunque no pudo pensar en nada que deseara más. No había rastros de ese hombre ni de Morgan y, luego, de firmar unos formularios, se despidió del oficial en tanto ella permanecía cerca sin decir una palabra.

Dejaron la comisaría y Logan detuvo un taxi para que los llevara a su casa. Para su sorpresa, Tara no protestó y él supuso que todo aquel silencio se debía a que no deseaba llamar la atención, pero que tan pronto como estuvieran a solas tendría mucho que decir.

10

En verdad necesitaba una mascota, se dijo Logan al abrir la puerta de su casa y encontrar tan solo un pesado silencio para recibirlos. Tara entró tras él y continuaba tan callada como se había mostrado en las últimas horas. Logan dejó sus cosas sobre la mesita del vestíbulo y la vio hacer otro tanto con las suyas, aunque ella eligió hacerlo sobre un sofá, un gesto que le recordó las muchas veces en que hiciera algo similar solo por alterar el orden que él se había esmerado tanto por poner.

No se encontraban en un ambiente tan íntimo como aquel desde hacía un tiempo ya; exactamente desde el momento en que ella empezó a evitarlo antes de hablarle de su embarazo. Desde entonces habían hablado con frecuencia, pero solo por teléfono. Él había pensado aprovechar su encuentro en la escuela de arte para convencerla de almorzar juntos y así hablar acerca de lo que ocurriría entre ellos en el futuro, pero luego de lo ocurrido dudaba de que esa fuera una charla que a ella le importara mucho sostener en ese momento.

Cuando sintió que no podría tolerar más ese silencio, buscó su mirada y ella se detuvo de golpe ante él con una expresión de angustia parecida a la que debía de reflejarse en su rostro.

Logan sentía las manos tensas a los lados y su corazón empezó a latir con fuerza cuando ella dio unos pasos hacia él hasta detenerse muy cerca.

–Antes de que digas nada... –Él se adelantó sin darle tiempo siquiera a abrir la boca–. Sé que estás molesta; posiblemente furiosa, en realidad, y sé que tienes razón en sentirte de esa forma; pero necesito que me entiendas. Cuando vi a ese hombre... –Él hizo un gesto de desaliento sin apartar la mirada de su rostro–, no pensé en lo que hacía, y sé que estuvo mal, pero no quiero mentir: lo haría de nuevo. No podía soportar... no se trata tan solo de lo que siento por ti y el que no pueda soportar que alguien te lastime, Tara, también se trata de que no lo mereces. Nadie lo merece. Y tenía que hacer algo. Pero entiendo si tú no puedes verlo de la misma forma que yo; tal vez...

Logan no terminó de decir lo que tenía en mente, lo que quizá fuera mejor porque en el fondo no estaba muy seguro de lo que decía, solo dejaba salir las ideas que lo torturaban desde hacía horas. De cualquier forma, tuvo que cortarse de golpe porque reparó en que Tara daba un nuevo paso hacia él y que apenas los separaban unos cuantos centímetros, los suficientes para no perder la cordura del todo.

Su rostro adquirió un semblante pensativo y Logan contuvo el aliento al verla posar su mano sobre su mejilla. Sintió su piel fría sobre el moratón que empezaba a formarse y habría cerrado los ojos debido al alivio que le produjo el contacto de no ser porque hubieran tenido que matarlo para que dejara de mirarla.

–Estoy molesta –susurró ella delineando la línea del golpe con la yema de los dedos en una caricia suave y cuidadosa–; pero no contigo. Lo estoy con ese hombre y también un poco conmigo. Debí oírte cuando me dijiste que lo denunciara, pero pensé que podría arreglármelas. Lo he hecho siempre.

Logan acortó ese pequeño espacio entre ambos y su

pecho tocó el suyo; la mano de Tara buscó la suya e hizo un leve gesto de dolor al sentirla sobre sus nudillos dañados. Ella bajó la mirada y sostuvo su mano ante sus ojos; la vio parpadear y notó entonces que lo hacía para contener las lágrimas que parecían haberse agolpado en sus ojos, pero estas empezaron a caer de cualquier forma.

Él llevó los dedos a su rostro y barrió con los restos de humedad en una caricia cargada de amor que la hizo sonreír.

–No me alegra lo que hiciste; te expusiste de una forma muy tonta, es la clase de cosas que me habrías aconsejado no hacer –continuó ella luego de tragar el nudo que tenía atravesado en la garganta. Lo observaba con una nueva energía, como si hablar y decir lo que sentía en ese momento le procurara un gran consuelo–. Pero no podemos hacer nada por cambiarlo y me alivia que no te vayas a meter en problemas en el trabajo.

–Sí, bueno, eso tenemos que agradecérselo a Morgan –mencionó él.

–Lo sé. Lo reconocí tan pronto como lo vi entrar a la comisaría; me has hablado tanto de él que fue como si lo hubiera visto mil veces antes.

Logan sonrió.

–Sí, bueno; él también se hizo una idea inmediata de que eras tú –comentó él sin entrar en detalles de lo que le había contado su amigo–. Creo que se mostró tan comprensivo porque pensó que estabas a punto de matarme.

Tal y como esperaba que ocurriera, Tara rompió a reír.

–Lo consideré un momento –reconoció ella sacudiendo la cabeza–. Pero luego me di cuenta de que eso no habría sido justo.

Logan cabeceó y dudó antes de decir lo que pensaba; pero terminó por hacerlo porque sintió que no podría callar por más tiempo.

–¿Y ahora? –preguntó él–. ¿Qué pasa con nosotros ahora?

Tara sostuvo su mirada y no pareció como si encontrara sorpresiva la pregunta; tal vez llevara tanto tiempo esperándola como él. Sin embargo, no dijo nada de inmediato, sino que dio un paso hacia atrás y soltó su mano para mirarlo con una pequeña sonrisa.

–Bueno, para empezar, vas a darte un baño –indicó ella señalándolo con un gesto de la barbilla–. Has estado en prisión.

Logan no pudo evitar sonreír también aun cuando en el fondo sintió un espasmo causado por la aprehensión de que rehuyera su pregunta.

–No he estado exactamente en prisión...

–Te han fichado –cortó ella cualquier excusa que a él se le hubiera podido ocurrir–. Lo siento, pero eso te convierte en un presidiario. Ve a darte una ducha mientras yo preparo algo para comer.

Logan se encogió de hombros y exhaló un hondo suspiro, pero no discutió más. Asintió y le dirigió una mirada insondable en tanto ella se encaminaba a la cocina con paso apurado; como si le costara permanecer a su lado. Él procuró ignorar la desagradable sensación que lo asaltó al ver la distancia abriéndose nuevamente entre ambos y obedeció, haciendo lo que ella le había dicho. Tal vez después, consideró en tanto subía las escaleras con paso cansado. Tal vez después.

Tara dejó la cafetera conectada y sacó un trozo de pollo frío que encontró en el refrigerador dentro del horno antes de dirigirse al piso de arriba. Entró a la habitación de Logan y oyó el ruido del agua a través de la puerta que conectaba con el cuarto de baño.

Se quedó un momento de pie en medio del dormitorio y dio una mirada alrededor aun cuando era evidente que no veía nada en realidad; su mente se encontraba muy lejos de allí, repasando lo ocurrido en las últimas horas.

No había sido capaz de cuestionar a Logan porque, tras pensarlo durante el tiempo que se mantuvo en espera en la estación y después durante el viaje en taxi, llegó a la conclusión de que eso habría sido una muestra de hipocresía de su parte. ¿Acaso no había hecho algo similar antes? ¿No había caído en el impulso de atacar a ese hombre cuando se sintió en peligro? Logan hizo lo mismo. La única diferencia era que él lo hizo para protegerla a ella. ¿Cómo iba a culparlo por eso? Ella habría hecho lo mismo sin dudar.

Tara ahogó un suspiro y se llevó las manos a la cintura. Su vista se vio atraída por las ropas de Logan tiradas sobre la alfombra y sacudió la cabeza, preguntándose dónde había quedado el hombre contenido y ordenado que había conocido.

Al parecer, ella no era la única que se había visto influenciada por la presencia del otro en su vida, se dijo al recoger las prendas y dejarlas sobre una silla. El sonido del agua llegó nuevamente a sus oídos y, tras considerarlo solo un segundo, tomó una decisión. No se permitió pensarlo más; si lo hacía, posiblemente terminara por arrepentirse.

Se despojó de la blusa y de los pantalones con movimientos apurados; la ropa interior cayó poco después sobre el lío de ropa que dejó a un lado de la cama y, tras aspirar un par de veces para darse valor, se dirigió al baño sin molestarse en tocar antes de entrar.

La mampara de vidrio le concedió una imagen borrosa de Logan en su interior y admiró su perfil bajo el chorro del agua. Sintió el suelo frío bajo las plantas de los pies y dio unos pasos hasta situarse ante la pantalla con una mano apoyada sobre ella.

Logan se dio cuenta de inmediato de su llegada. Lo supo porque vio la forma en que se detenía de golpe antes de girar y pegar una mano también donde se encontraba la suya; Tara sintió como si fuera capaz de tocarla pese al vidrio que los separaba. Fue cosa de un segundo, y no tuvo tiempo para considerar lo raro de una idea como esa, porque entonces él hizo la puerta corrediza a un lado y se le quedó mirando sin parpadear.

Tara entreabrió los labios, un poco avergonzada de golpe por haber dado un paso tan atrevido como aquel; pero no pareció que Logan fuera a permitirle que se arrepintiera porque extendió una mano ante ella y Tara no vaciló al tomarla y entrar con él. Lo vio correr nuevamente la pantalla y se quedó un poco indecisa; el agua caliente le golpeó en el costado y parpadeó para despejar unas gotitas de sus ojos.

Sintió las manos de Logan rodeando su cintura y, antes de que se diera cuenta de lo que ocurría, se vio dando un par de pasos vacilantes hacia atrás hasta apoyar la espalda contra la cerámica de la pared, pero no sintió frío; Logan la envolvía entre sus brazos y buscó sus labios sin darle tiempo de decir una palabra.

Tal vez fuera mejor así, se dijo Tara con lo último de sentido común que le quedaba en tanto rodeaba su cuello con las manos y cerraba los ojos para devolver el beso con toda la pasión que llevaba días conteniendo. ¡Lo había echado tanto de menos! Deseó decírselo, pero no pudo, y luego comprendió que no hacía falta. Él lo sabría.

Logan llevó las manos a sus caderas y luego a la curva de su pecho antes de separar sus labios para recorrer la línea de su clavícula dejando un reguero de besos en cada porción de piel que iba tocando. Ella suspiró y lo dejó hacer tras apoyar la cabeza contra la pared sin abrir los ojos.

Sus manos, que eran la última parte de su cuerpo que parecía conservar la capacidad de moverse, se enterraron en su cabello cuando se hincó a sus pies y enterró los labios entre sus piernas. Sus rodillas se doblaron y habría caído si él no la hubiera mantenido sujeta por las caderas. El agua que los salpicaba quemaba contra su piel ya ardiente y apretó los dientes con fuerza para ahogar un grito al sentirlo hurgar en lo más profundo de su interior en busca del punto exacto en que se encontraban todas sus terminaciones nerviosas. Al dar con él, lamió y succionó sin darle tregua y Tara ya no se molestó en contener los jadeos que empezaron a escapar de su boca.

Golpeó su cabeza contra la pared un par de veces sin reparar del todo en lo que hacía; estaba mucho más allá de poder actuar con sensatez y, cuando las oleadas de placer se sucedieron una tras otra, dio gracias porque cuando menos eso le permitía ser consciente de donde se encontraba y de que debía sujetarse de algo, de lo que fuera con tal de no echar a volar, porque era así como se sentía, como si flotara en medio de la nada, sin peso y totalmente ingrávida. Era Logan a lo que se mantenía asida, quien de una forma extraña que había aprendido a apreciar y que no podía imaginar no siendo parte de ella, conseguía mantenerla en tierra firme.

Cuando aquellas ondas empezaron a remitir y logró volver al presente, parpadeó y dio un leve brinco al encontrarse con el rostro de Logan ante ella. Ni siquiera lo sintió levantarse o advirtió el momento en que la llevaba hacia él para abrazarla; pero sí que notó la forma en que sus manos se enterraban en su espalda y correspondió a sus caricias al pasar las manos por sus hombros y su pecho húmedo.

Él tomó una toalla para secarla y Tara se abandonó del todo en sus brazos. Se habría dejado caer con gusto en medio del piso del baño para dormir allí pero, por suerte, él no pareció muy tentado con la idea. La alzó en brazos y la llevó de vuelta al dormitorio, tendiéndola sobre la cama para volver luego con una toalla limpia con la que terminó de secarla y hacer otro tanto con él.

Tara mantenía los ojos cerrados, pero advirtió con claridad el momento en que los cubrió con una manta luego de tenderse a su lado. Sintió sus manos rodeando su cuerpo; la sostenía por detrás y pegó su pecho a su espalda con el rostro apoyado sobre su cabello. Ella entrelazó sus manos y las llevó a su abdomen en un movimiento instintivo; lo sintió exhalar con fuerza contra su oído y esbozó una sonrisa cansada cuando sus palmas se ciñeron a su cintura.

El sueño fue envolviéndola hasta que terminó por arrastrarla del todo y lo último que recordó antes de quedarse dormida fue el sonido de la respiración acompasada de Logan y el latido de su propio corazón, más tranquilo de lo que recordaba haberlo sentido nunca.

Logan recordaría las siguientes semanas como las más extrañas de su vida. Y no tan solo en lo que se refería a su vida personal, sino también a su trabajo como policía.

Gracias a algunos contactos en la fiscalía, consiguió la orden de protección para el curador que pasó a convertirse en el testigo principal de su caso. No fue fácil convencerlo de confiar en él, pero consiguió hacerlo luego de llevarlo a una casa segura y probarle que estaba dispuesto a hacer cualquier cosa con tal de mantenerlo a salvo.

El hombre aceptó de mala gana luego de hacerle prometer que protegería también a su ex esposa y aquello permitió a Logan enfrentar la recta final de su investigación. Hizo los arrestos que mantuviera pendientes hasta no contar con las pruebas suficientes y, si todo marchaba como esperaba, una vez que los arrestados empezaran a hablar, tendría a los peces gordos al alcance de su mano en los próximos días. No importaban las relaciones que tuvieran o las amenazas que pudieran hacer; iba a apresarlos a todos.

Por otra parte, las cosas con Tara parecían haber llegado a un punto en que, si bien ninguno se atrevía a poner un nombre a lo que ocurría entre ambos, cuando menos habían dejado de actuar como si no fuera serio. Porque lo era, los dos lo sabían, y empezaron a actuar en concordancia.

Logan no mostró reparos en hacer a un lado la prudencia con la que actuara hasta entonces. Aunque no había encontrado aun el valor para reconocer que la quería, él lo tenía muy claro, y era así como se comportaba a cada momento con ella: como un hombre enamorado y preocupado por la mujer a la que amaba. De allí que se atreviera a pedirle que le permitiera acompañarla a su primera cita en el médico porque, incluso si ella aún no había decidido lo que haría con el bebé una vez que naciera, él deseaba estar a su lado en cada paso y respetaría cualquier decisión que tomara. Tara solo lo dudó un momento antes de aceptar, lo que él tomó como una buena señal, y aun cuando ella apenas habló durante la cita, fue evidente para Logan que se sentía feliz de tenerlo a su lado.

Según le había confesado ella, las cosas con su padre estaban lejos de haber vuelto a la normalidad. El señor Duncan aun continuaba mostrándose decepcionado, y cada vez que su hija intentaba hablar con él, hacía como si no la hubiera oído y mantenía esa distancia que a ella tanto le lastimaba. Sin embargo, Tara no aceptó la sugerencia de Logan de hablar con él. Ese era un asunto que tendría que resolver sola; y cuando su padre se sintiera listo para oírla, entonces ella intentaría hacer que lo entendiera. Él lo comprendió porque, al fin y al cabo, estaba familiarizado con la idea de un progenitor un tanto difícil.

Solo había que conocer a su madre.

Esa fue precisamente otra de las razones por las que él considerara esas semanas como una experiencia, cuando menos, fuera de lo común.

Hasta entonces, había procurado mantener a la señora Spencer tan ignorante como era posible de su relación con Tara. No porque tuviera ningún problema con ello, todo lo contrario; no tenía otra familia en el mundo, cuando menos cercana, y por muy reservado que fuera, habría tenido que carecer de sangre en las venas si no sintiera el deseo de compartir lo que le ocurría. Estaba enamorado e iba a ser padre. Si esa no era la clase de cosas que uno sentía el deseo de decir a quien lo había traído al mundo, entonces sin duda tenía un problema.

Pero su madre era una mujer complicada y nunca resultaba sencillo adivinar cómo iba a tomarse las cosas. De allí que Logan fuera muy cauto al hablarle al respecto, pero cuando fue a su casa para cumplir con el ritual en que se habían convertido sus cenas de los domingos, decidió que no podía continuar ocultándoselo. De modo que se lo dijo. Sin un solo rodeo y sin profundizar en detalles, aunque fue bastante claro al recalcar que su relación con Tara aún se encontraba en un punto incierto y que el hecho de que ella estuviera embarazada no aseguraba que fueran a convertirse en una familia.

Por primera vez desde que podía recordarlo, su madre pareció no saber qué decir. Ella, que era una experta en encontrar las palabras precisas para expresar lo que sentía y, aún más, de convencer a los demás de que sabía lo que era lo mejor para ellos, como se había esforzado tanto por hacer con Logan desde que aprendió a andar, no atinó a nada que no fuera mirar a su hijo como si se tratara de un pez fuera del agua.

La señora Spencer boqueó varias veces y tuvo que tragar el resto de su copa de un sorbo antes de recuperar el habla y, cuando lo hizo, Logan hubiera jurado que sonó realmente conmovida. Como no le había oído nunca.

—Quiero conocerla —dijo ella con una voz entrecortada que no acostumbraba usar.

Logan hubiera podido encontrar una excusa para

hacerle entender que esa no era una buena idea, que tal vez solo terminara por asustar a Tara y que eso era lo último que él necesitaba; pero vio tal ilusión en los ojos de su madre, que no se vio capaz de negarse. Desde luego, tan pronto como puso un pie fuera de su casa y cayó en la cuenta de lo que acababa de prometer, se dijo que tal vez acababa de cometer un gran error.

–¡Dios mío!, deja eso o vas a terminar ahogándote. ¿O es eso lo que estás buscando?

Tara masculló entre dientes algo referido a hombres cobardes y a que no importaba la edad que tuvieran, siempre le temerían a su madre, antes de ir con Logan y hacer a un lado sus manos, que intentaban ajustar el nudo de la corbata ante el espejo del recibidor, y empezó a hacerlo por él con movimientos calmados y seguros.

–No se trata de eso –dijo él con un suspiro de rendición y dejándola hacer–. Odio estas cosas.

–Ya me he dado cuenta; creo que es la primera vez que te veo con una –Tara dio un paso hacia atrás y admiró su trabajo con expresión satisfecha–. Una pena, porque te queda muy bien.

–¿Sí? –Logan se miró en el espejo e hizo un mohín de disgusto–. Como sea, es incómodo.

–¿Y por qué decidiste ponerte una?

–Por el mismo motivo por el que tú te has puesto un vestido –señaló él con una ceja arqueada mirándola a través del reflejo del espejo.

Él tenía un punto allí, tuvo que reconocer ella con un resoplido; pero, ¿qué quería? ¿Que se presentara en pantalones y una cazadora de cuero ante su madre? No es que eso tuviera algo de malo, le gustaba su ropa, pero aunque ella tomó con mucha naturalidad el pedido de Logan para que fueran a cenar con la señora Spencer, la verdad era que llevaba días dándole vueltas al asunto.

En un inicio pensó en negarse; sabía que él no hubiera insistido. En realidad, algo le dijo que tal vez se hubiera sentido aliviado; parecía tan nervioso como ella. Pero también se dio cuenta de que, aunque intentó no hacerlo evidente, le importaba lo suficiente como para haber prometido a su madre que le hablaría del asunto y que, si aceptaba, entonces irían el siguiente domingo para que Tara pudiera conocerla.

No se trataba de ningún tipo de compromiso, se había apresurado a asegurar Logan. Su madre tenía muy claro lo que ocurría entre ellos y estaba advertida de que no debía hacer ningún comentario que pudiera incomodarla, pero la señora Spencer tenía curiosidad luego de que Logan le hablara acerca de Tara y deseaba verla.

Entonces Tara no pudo negarse, y no solo porque sabía cuán importante era para él sino porque, en el fondo, y aunque hubieran tenido que torturarla para reconocerlo, quería ver el lugar en el que Logan creció y conocer a la mujer que lo había criado y con quien, él reconocía, lo unía una relación tan compleja.

Aunque llevaban meses conociéndose y había aprendido a descubrir una cosa tras otra en lo que se refería a él, estudiando sus manías y todo lo que lo convertía en el hombre que era y que significaba tanto para ella, sentía que aún le faltaba un trozo del rompecabezas para tener finalmente una visión completa. Y eso solo lo obtendría conociendo a su madre.

De modo que, tras pensarlo un poco, le pidió que dijera a su madre que aceptaba y que estarían el domingo siguiente en su casa para cenar con ella.

Y en eso estaban entonces, preparándose para ir hacia allí. Eso siempre y cuando Logan dejara de dar vueltas por el vestíbulo como si fuera él quien estuviera tentado a urdir alguna excusa de último momento para librarse de asistir.

Para sorpresa absoluta de Tara, sin embargo, ella se sentía bastante tranquila ante la idea. Salvo por el hecho de que se había esmerado por elegir un vestido apropiado para la ocasión, uno negro y sin mangas de falda recta hasta la rodilla que solo usaba en ocasiones especiales, podía decir que estaba ansiosa por ponerse en camino.

Y Logan lo había notado de inmediato, por lo que le dirigió una mirada resentida en tanto la veía dar vueltas con impaciencia mientras él se afanaba en ajustar la maldita corbata. Por eso ella se había compadecido de él y fue en su ayuda, pero dudaba de que estuviera muy tentado a apreciar el gesto.

No había exagerado al decir que se le veía muy bien vestido de una forma tan formal, reconoció ella al admirar la forma en que la chaqueta del traje se ajustaba a sus hombros y cómo la descuidada distinción que poseía se veía acentuada por el buen corte de los pantalones.

El señor Spencer tenía clase, eso era innegable. Y, en cierta forma, y aun cuando fuera algo en lo que no se permitía pensar demasiado porque ya tenía bastantes problemas como para sumar uno más, en el fondo se sintió orgullosa porque lo consideraba un poco suyo. Tan solo un poquito, remarcó al darse una última mirada al espejo tras hacerlo a un lado y dirigirle una mirada de reojo. O, tal vez y como le ocurriera también en lo que se refería a él, Logan había decidido compartir quien era con ella.

—¿Vamos?

Tara sacudió la cabeza para desechar esos pensamientos porque era el momento menos apropiado para ello, y asintió. Sus miradas se encontraron a través del espejo y ambos sonrieron como si compartieran un secreto.

Había algo de eso, se dijo ella poco después al subir al auto. Pero eso era algo en lo que tampoco debía pensar.

***

Logan frunció el ceño, algo que llevaba haciendo durante buena parte de la noche, y dirigió una nueva mirada a Tara, pero ella no pareció advertirlo; estaba demasiado concentrada oyendo a su madre como para reparar en que él no hacía otra cosa que observarla desde el momento en que pusieron un pie en el que había sido su hogar durante buena parte de su vida.

Para su infinita sorpresa, todo pareció indicar que su madre estaba encantada con ella. Bueno, tal vez no fuera una sorpresa, se reprochó él al considerarlo; Tara era capaz de encantar a cualquiera, pero había supuesto que su madre se mostraría más reservada, incluso recelosa. Era la primera vez que la veía, después de todo, y la señora Spencer estaba lejos de ser una mujer de natural afectuoso, ya no digamos dicharachero.

Pero allí estaba. Hablando hasta por los codos como no recordaba haberle oído antes y sin dejar de mirar a Tara como si la considerara un ángel caído sobre la tierra. Logan dudaba de que se hubiera mostrado tan afectuosa alguna vez con él, tuvo que reconocer sin que ello le provocara ni el más mínimo ápice de envidia. No se trataba de eso. Le alegraba que congeniaran tan bien. Pero no dejaba de desconcertarlo.

—Recuerdo que una vez hubo una nevada terrible, muy poco habitual para Baltimore, dudo de que lo recuerdes, serías una niña entonces. Pero Logan ya estaba en la escuela y yo tenía que entregar un estudio con el que iba retrasada; no se me ocurrió mejor cosa que usarlo de conejillo de indias. Tuvo pesadillas por semanas.

Logan arqueó una ceja al oír la voz de su madre y la forma tan animada en que describía uno de los grandes traumas de su adolescencia. El hecho de que Tara rompiera a reír al escucharla no ayudó mucho a que se sintiera mejor.

—Sí, bueno, estoy seguro de que debe de haber alguna norma que impide a los terapeutas usar a sus hijos como ratas de laboratorio –replicó él sin ocultar la burla en su voz.

Tara ladeó el rostro para mirarlo y a él se le secó la boca al encontrarse con sus ojos brillantes. De acuerdo. Tal vez estuviera dispuesto a tolerar cualquier humillación si eso la hacía sonreír, reconoció dejando escapar el aliento por entre los dientes apretados y llevó la vista a su plato para recuperar el control.

Su madre había dispuesto que cenaran en el comedor pequeño en que acostumbraba recibir a Logan durante sus visitas, un gesto que él apreció porque no deseaba que Tara se sintiera abrumada. O no más de lo razonable, admitió al contemplar la vajilla de porcelana y la araña de cristal que pendía sobre sus cabezas.

–Supongo que no habrá sido bonito entonces –comentó ella sin dejar de observarlo y sin que pareciera, en realidad, ni un poquito incómoda por el lujo a su alrededor–. Pero tienes que reconocer que tuviste una infancia interesante.

–Maravillosa –masculló él con ironía luego de dar un sorbo a su sopa–. Era la envidia de mis amigos.

Su madre intervino entonces con esa voz irónica que le era más familiar.

–Bueno, entonces es una suerte que no tuvieras muchos porque no recuerdo que trajeras a más de uno o dos a casa.

–Esos eran los valientes, no me atrevía a invitar al resto; habrían salido aterrados.

Tara alternó la mirada de uno a otro como si se encontrara en medio de un partido de tenis y por un segundo pareció como si se preguntara si hablaban con seriedad, pero debió de reparar tanto en la sonrisa de Logan como en el gesto burlón en el rostro de su madre y aquello pareció aliviarla. Tal vez no estuvieran muy cuerdos, pero era obvio que se querían.

–Bueno, ya basta con eso, vas a hacer pensar a Tara que soy un monstruo. –Su madre tomó su copa con una de sus elegantes manos y la dirigió hacia la joven a su lado en un brindis silencioso.

–Nunca se me ocurriría hacer eso. Prefiero dejar a que te conozca bien por sí misma.

La señora Spencer se atoró con el contenido de su copa y Tara fue hacia ella para ofrecerle una servilleta tras dirigir a Logan una mirada entre divertida y reprobadora, pero él continuó comiendo con toda tranquilidad, al menos hasta que su madre se recuperó y, tras obsequiar a Tara con una sonrisa brillante, pronunció las palabras que Logan llevaba toda la noche temiendo.

–Tara querida, recuérdame que te muestre las fotografías que conservo de cuando Logan era niño –pidió ella con una voz angelical–. Ya verás como hice bien en estudiarlo.

Logan exhaló un hondo suspiro y se llevó una mano al nudo de la corbata. De pronto, la idea de usarla para ahorcarse, como había comentado Tara, le pareció más tentadora que nunca.

–Es que no lo entiendo. ¿Por qué pasabas tanto tiempo oculto en el desván?

Logan se estiró para echar un leño a la chimenea y se cruzó de piernas intentando imitar la postura desenfadada de Tara. Estaban sobre la alfombra del salón de su casa y ella se había deshecho del abrigo y los tacones nada más llegar. Se veía cansada, pero también relajada; tanto que no puso una sola pega cuando él sugirió que se quedara a dormir. Envió un mensaje a su padre que, supuso, el señor Duncan apreciaría, sin importar cuán disgustado se encontrara aún, y se tendió sobre la alfombra con un gemido de alivio.

Él se ocupó de encender la chimenea y luego se sentó junto a ella; ambos admiraron el brillo de las llamas danzando ante sus ojos antes de que Tara girara a verlo con un gesto de curiosidad al recordar las anécdotas de

su madre y algunas de las fotografías que efectivamente la señora Spencer le había mostrado. En la mayoría
de ellas, Logan se encontraba en el desván de su casa
con un libro entre las manos, un cuaderno de dibujo, o
tan solo pensativo y con la mirada perdida en la nada.

—No estaba ocultándome —explicó él al cabo de un
momento con semblante pensativo y una sonrisa un
tanto avergonzada—. Solo... necesitaba un espacio para
mí. No sé cómo llamarlo. Supongo que ya te habrás
dado cuenta de que mi madre puede ser un poco...

—¿Abrumadora? —sugirió ella.

Logan sonrió. Así que también lo había notado.

—Algo así —asintió él—. No me malentiendas, la quiero, y creo que se ha suavizado un poco con la edad; o
yo he madurado y lo sobrellevo mejor. Pero cuando
era niño no resultaba tan sencillo, y mi padre era igual.
Eran perfectos, el uno para el otro, lo que es genial; parecían un par de cómplices siempre metidos en sus cosas, sus clases e investigaciones. Pero yo...

—Tú solo eras un niño y querías que te prestaran
atención como lo querría cualquier otro en tu lugar —
completó ella en tono suave.

—Supongo. —Logan se encogió de hombros y continuó
en un tono algo más ligero—. O que cuando menos dejaran de tratarme como si fuera un objeto de estudio más.

Tara apoyó los codos sobre las rodillas y lo miró de
reojo. Logan extendió una mano para acariciar su mejilla y la sintió como seda bajo sus dedos.

—No fue tan malo —musitó él poco después—. He pensado mucho en eso y entiendo que hicieron lo mejor
que pudieron; esa era la forma en que mostraban su
cariño. Y no tengo nada que reprocharles salvo el hecho de que por algún motivo mi madre aún continúa
disfrutando avergonzarme.

Tara rio y apoyó la barbilla sobre su hombro; Logan
pasó una mano alrededor de su cintura y suspiró sobre
su sien.

–A los padres les gusta hacer eso –señaló ella–. En realidad, creo que no lo hacen a propósito.

–Supongo que tienes algo de razón.

–Y la verdad es que te veías realmente adorable en esas fotografías –continuó ella elevando el rostro para mirarlo a los ojos.

–¿En serio?

–Sí. Tan formal para ser tan pequeño. Y parecía como si siempre estuvieras pensando en algo importante.

Fue el turno de Logan para romper a reír.

–Lamento decirlo, pero te decepcionará saber que la mayor parte del tiempo solo me preguntaba a qué hora me llamarían para cenar. –Él habló sobre sus labios y absorbió el sonido de su risa como si necesitara hacerlo suyo para conservarlo en un lugar muy profundo de su corazón–. Aunque a veces sí que pensaba en cosas importantes.

–¿Cómo en qué?

Logan lo consideró antes de responder.

–Como en qué sería de mi vida cuando saliera de allí –reconoció él en tono grave–. Mis padres lo hicieron muy bien y yo temía no estar a su altura.

Tara asintió como si aquel fuera un pensamiento con el que pudiera sentirse identificada.

–Bueno, creo que has hecho un buen trabajo –dijo ella muy seria–. Deberías de sentirte orgulloso.

Logan sonrió y apoyó los labios sobre su frente. No lo dijo, no se atrevió a hacerlo; pero no pudo evitar pensar que, de haber sabido entonces que todos los pasos que diera en el futuro lo llevarían a ese momento a su lado, no habría cambiado absolutamente nada. Lo hubiera hecho todo igual.

11

Tara despertó la mañana de su graduación con una sensación desagradable que intentó achacar al hecho de que se sentía nerviosa. Era normal, se dijo más de una vez al ponerse el uniforme de gala de la academia y enviar un mensaje a Max para confirmarle que se verían allí un par de horas después.

Cuando bajó, su padre se encontraba esperando por ella en el salón. Se había puesto su mejor traje y el bastón que mantenía apoyado contra el pie relucía como si hubiera pasado horas sacándole brillo. Tara se detuvo un momento al pie de la escalera y lo observó con ternura; cuando el señor Duncan advirtió su mirada, se puso de pie con lentitud y le dirigió una pequeña sonrisa que Tara apreció con todo su corazón.

Claro que la sonrisa se borró de inmediato y fue reemplazada por el ceño fruncido que parecía destinar solo para ella desde hacía un par de semanas, pero decidió dejarlo pasar y quedarse con el primer recibimiento.

—Te ves bien —dijo él tras carraspear—. Te sienta el azul.

Tara sonrió y recorrió la suave lana de su chaqueta con los dedos. Le encantaba ese uniforme. No solo era bonito, sino que tenía un significado especial para ella; hubiera podido enumerar sin problemas todas las veces en que había visto a su padre usando uno similar cuando era niña y tenía que asistir a alguna ceremonia oficial. Cuando creció se dijo que, si no podía usar una bata de médico, haría cualquier cosa por conseguir uno de esos y usarlo con tanto orgullo como lo había hecho él.

–Gracias. –Ella comprendió que no había dicho nada y parpadeó para que su padre no viera sus ojos húmedos.

Su padre cabeceó como si se hiciera una idea de lo que estaba pensando y dudó un momento ante ella antes de rebuscar en el bolsillo de sus pantalones para tenderle una cajita que ella recibió con una sonrisa. Al abrirla, se encontró con una medalla sujeta por una fina cadena dorada que, al estudiarla, le recordó a una que ya había visto antes.

–Tu medalla de san Miguel –susurró ella.

El señor Duncan asintió y la tomó de entre sus dedos para ponérsela alrededor del cuello.

–Para que te cuide –dijo él.

San Miguel era el patrón de los policías y, su padre, como descendiente de escoceses, creía a pie juntillas en la importancia de la fe, en especial en una carrera como la suya. Tara lo había visto portar esa medalla cada día desde que podía recordarlo y el que decidiera dársela la dejó sin palabras.

–Pero... –Ella carraspeó una vez que encontró la voz para hablar y esta surgió entrecortada y conmovida–. Pero es tuya.

–Ya no la necesito, a menos que consideres que me vendría bien durante mis sesiones de rehabilitación. –El señor Duncan se permitió bromear con una risa áspera, pero de inmediato enserió el semblante y le dirigió una mirada afectuosa–. Te servirá más a ti ahora y me alegra poder dártela.

Tara asintió y acarició la medalla antes de meterla debajo de su blusa; el frío del metal rebotó contra su pe-

cho y, extrañamente, se sintió un tanto más segura de
lo que se había sentido hasta hacía un momento. Esta
vez le costó contener las lágrimas, con lo que se ganó
una ojeada alarmada de su padre, que se apresuró a
tenderle un pañuelo.

–Lo siento –dijo ella tomando el trozo de tela con
una sonrisa de disculpa–. Lloro mucho últimamente.

El señor Duncan la observó con semblante entendido antes de encogerse de hombros.

–Lo mismo le ocurría a tu madre cuando... –Él vaciló un momento antes de continuar en tono levemente
nostálgico–. Bueno, cuando te estaba esperando a ti.

Tara cabeceó y se mantuvo un momento en silencio
sin dejar de secar su rostro. Luego, aspiró y sacudió sus
manos como si con eso pretendiera calmarse del todo y
prepararse para lo que le esperaba.

–Ya. Estoy lista –anunció ella poco después.

Su padre asintió y le dirigió una mirada de reojo en
tanto tomaba sus cosas.

–¿Y Logan? –preguntó él–. ¿Irá?

Ella respondió por encima de su hombro antes de
detenerse ante la puerta.

–Dijo que lo haría –indicó su hija sin darle demasiada importancia.

El señor Duncan no dijo nada y Tara agradeció que
así fuera porque no podía pensar en nada que le apeteciera menos que enfrascarse en una discusión en ese
momento. Aunque debía decir a favor de su padre que
se había mostrado algo más conciliador en los últimos
días y que ya no parecía tentado a maldecir cada vez
que el nombre de Logan surgía en una conversación.

Ella rogó porque se mostrara igual de civilizado
cuando se encontraran en la academia, porque aunque
había procurado sonar un poco despreocupada al responder a su pregunta de si Logan iría a la graduación,
la verdad era que estaba muy ilusionada con la idea de
que así fuera. Era un día importante para ella, quizás

el más importante de su vida, y quería allí a las personas más significativas.

Su padre. Max. Y desde luego, Logan.

En tanto hacían el viaje en el taxi, ella se dijo que era increíble que alguien a quien apenas conociera hacía unos meses ocupara en ese momento un lugar tan importante en su vida. Al grado que no podía imaginar un futuro sin él, reconoció con un suspiro y prometiéndose mencionarlo a Logan en algún momento de ese día.

Seguro que él estaría feliz, supuso sin poder reprimir una sonrisa al pensar en ello; pero estaba dispuesta a tolerar su aire de sabelotodo cuando lo oyera. No tenía sentido continuar ocultando sus sentimientos, no cuando la vida no cesaba de refregarle en la cara mil y una señales para hacerle ver que nunca podría amar a alguien de la forma en que lo amaba a él. Y Logan la amaba también, de eso no tenía ninguna duda; había podido comprobarlo en sus ojos y en la forma en que la miraba cuando pensaba que ella no se daba cuenta.

Sí, se repitió sintiendo una emoción en el pecho que no tenía nada que ver con la graduación. Quería verlo a él y decirle todo lo que llevaba mucho tiempo callando. De pronto, el día le pareció más claro y el viaje más lento, al grado que empezó a golpear el asiento con los dedos hasta que su padre, que notó su nerviosismo, apresó sus dedos con los suyos y le dirigió una sonrisa calmada que ella terminó por corresponder.

Logan había estado en lo cierto, se dijo suspirando. Todo estaría bien.

Todo era un desastre y la vida era muy injusta, se dijo Logan por tercera vez en lo que iba de la mañana al comprobar nuevamente la hora en el reloj de la estación.

Hasta entonces, él nunca había tenido problemas para aceptar la premisa según la cual el crimen nunca descansa y la policía tiene que mantenerse vigilante para cumplir con su deber, sin importar lo que tuviera que dejar a un lado. Pero claro, él nunca antes había deseado tanto estar en otro lugar que no fuera su estación, reconoció de mala gana mientras hacía todo lo posible por ordenar bien sus ideas para transmitirlas a su equipo.

Tara iba a odiarlo.

Logan le aseguró que estaría en la academia a tiempo para asistir a su graduación, pero por cómo iban las cosas, era probable que tuviera que romper su promesa. Él había organizado su día al milímetro de modo que nada le impidiera estar allí con ella.

Se presentó en el trabajo casi al amanecer con el traje con el que pensaba ir la graduación; incluso se puso la maldita corbata. Ya había arreglado sus horarios para que uno de sus compañeros lo cubriera; él le pagaría el favor tan pronto como el otro lo necesitara. Lo único que Logan tenía que hacer era terminar de pasar unos informes para que Morgan los estudiara durante el día y, si hacía falta, podría ocuparse de disolver cualquier duda que él pudiera tener al día siguiente.

Pero entonces se desató todo el caos y no hubo nada que pudiera hacer al respecto.

Acababa de encender su ordenador cuando recibió una llamada del fiscal encargado del caso de Quinn para informarle que este había recibido una puñalada mientras se encontraba en su celda la noche anterior y que no se había dado el aviso hasta esa mañana. Logan maldijo en todos los idiomas antes de cortar, convencido de que aquel ataque debía de estar relacionado con la colaboración del prisionero en su caso.

Eso no tenía nada que ver con su juicio por asesinato; era un caso aislado en el que el único interesado era él, aseguró al fiscal cuando este intentó esbozar alguna teoría absurda al respecto. Le hizo prometer que lo mantendría informado de su evolución y se puso en contacto de inmediato con los otros testigos que tenía resguardados en distintos puntos de la ciudad. Por suerte, todos se encontraban a salvo, pero eso podría cambiar en cualquier momento.

Logan no era ingenuo ni confiaba en la ética humana hasta el punto de cegarse y no ver la realidad. Había hombres poderosos que se encontraban amenazados por sus investigaciones y debían de considerar que bien valía la pena correr el riesgo si eso les ayudaba a salir libres de esa situación. El caso estaba a punto de cerrarse; Logan tenía a toda aquella gente al alcance de la mano y, como ocurría siempre con los animales acorralados, era de esperar que empezaran a actuar con desesperación.

Tenía que moverse, decidió tras terminar con sus llamadas y llegar a un acuerdo con Morgan y el otro fiscal ocupado del caso. No podía permitirse perder ni un solo minuto porque aquello sería una ventaja para los otros. Era ahora o nunca.

Reunió las evidencias y decidió que bien valía la pena arriesgarse. Organizó un equipo para ir en busca de las cabezas de la organización, después de que Morgan le prometiera que él se ocuparía de informar a sus superiores para que ellos a su vez se pusieran en contacto con el FBI, que era después de todo el organismo encargado de hacer operaciones a ese nivel cuando se encontraba involucrado un alto funcionario del Estado, y envió un mensaje a Tara para decirle que no podría asistir a la graduación.

No entró en detalles, pero le prometió que se lo explicaría todo tan pronto como terminara y que iría a buscarla sin importar la hora que fuera. No le dijo que la quería, aunque le hubiera encantado hacerlo; aún más, todo en su interior le dijo que era la clase de cosas que debían confesarse cuando te enfrentabas a una situación como la esperada, pero le pareció injusto con ella y, una vez más, se tragó las palabras dejándolas asentadas como una roca en su estómago.

Cuando tuvo a su equipo reunido en la sala de conferencias, cuatro oficiales y un par de detectives de su rango con los que llevaba un lustro trabajando, y les explicaba todo lo que esperaba de ellos, los pasos que debían dar y el procedimiento que se requería en un caso tan delicado como aquel, se dijo que no podría haberlo hecho mejor. Lo que ocurriera luego, bueno, eso escapaba de sus manos, como siempre en esa clase de situaciones, pero algo tenía por seguro.

Por primera vez en su vida, él, que siempre se había ufanado de tomar las cosas con calma y de sobrellevar cualquier obstáculo que se le pusiera al frente sin preocuparse demasiado por su propia integridad, se dijo que no había nada que ansiara más que salir bien librado de aquello para ver nuevamente a Tara y decirle a la cara lo mucho que la amaba.

–¿Estás listo?

Logan apenas miró sobre su hombro al advertir la llegada de Morgan. Luego de dirigir a su amigo un leve asentimiento, volvió su atención a la ruma de papeles que llevaba horas estudiando con una concentración obsesiva. Por la mirada que captó en el rostro de Morgan, fue evidente que él se había dado cuenta y debía de haber pasado un buen rato pensando si sería buena idea interrumpirlo; pero no estaba en su naturaleza guardarse sus opiniones, así que no era de extrañar que hubiera optado por hacerlo sin importar cómo fuera a ser recibido.

Logan apenas había dejado su pequeña oficina en horas y cuando Morgan entró en ella, estudiando en un rápido vistazo el escaso mobiliario y las anotaciones de Logan, dio una seca cabezada antes de apoyar su ancha espalda contra un archivador y dirigir a su amigo una de sus profundas miradas.

–No pareces listo –comentó él.

—Acabo de decir...

Logan calló de golpe y exhaló un hondo suspiro, sin ganas de decir más. Pero alguien como Morgan sería incapaz de dejarlo allí, de modo que, luego de cabecear con suavidad, dio otro paso más al interior de la oficina, no sin antes entornar la puerta para asegurarse de que nadie pudiera oír su charla desde fuera. El ajetreo propio de los minutos previos a un operativo de la envergadura que Logan tenía entre manos, se alzaba sobre los ruidos habituales en la comisaría.

—Estás nervioso —comentó Morgan con una entonación pensativa muy propia de él.

Su amigo se encogió de hombros.

—Claro que estoy nervioso; siempre lo estoy antes de un trabajo como este —respondió él procurando restar importancia al asunto.

—Eso no es del todo cierto. Lo normal es que el nervioso sea yo y que tú parezcas como si estuvieras por ir a un día de campo.

—¿Cuándo...?

—Te encantan estas cosas, Logan. —Morgan lo interrumpió antes de que pudiera decir más—. La adrenalina, la sensación de que estás haciendo lo correcto, atrapar a los malos...

—Ni que fuera Batman.

Su amigo sonrió ante el tono vagamente fastidiado usado por Logan.

—Sabes a lo que me refiero —insistió él.

Logan abrió la boca como si estuviera tentado a negarlo, pero luego de permanecer por algunos segundos en silencio, optó por sacudir la cabeza de un lado a otro y dejó de fingir que necesitaba alinear los papeles sobre su escritorio de forma milimétrica, que era lo que había estado haciendo hasta entonces, al tiempo que procuraba mantener la mirada apartada del rostro alerta de su jefe.

—Es un caso complicado, Morgan, y no tengo problemas en reconocer que es también uno de los más peligrosos que he tenido a mi cargo –dijo él al fin.

–Lo sé.

–Entonces entiendes por qué estoy más nervioso de lo habitual. Y sí, digo habitual porque siempre lo estoy, aunque no se me note.

Morgan esbozó la sombra de una sonrisa.

–De acuerdo. Digamos que eso es cierto. –Él lo señaló con una cabezada–. ¿Qué vas a hacer ahora?

Logan lo observó como si le costara comprender.

–¿A qué te refieres con eso? Haré mi trabajo, claro –respondió, un tanto confuso.

–Eso ya lo sé; me refiero a qué harás antes para calmarte. –Morgan, antes de que su amigo pudiera responder, continuó–: A mí me funciona ver caricaturas.

Logan frunció el ceño.

–¿Caricaturas? –repitió él–. ¿Es eso lo que haces antes de una redada?

–Ajá.

–Creí que te encerrabas en tu despacho para hablar con Ángela o algo así.

Morgan bufó.

–Si hiciera eso me pondría aún más nervioso –replicó él sin vacilar–. Ni siquiera puedo verla antes de salir para aquí cuando sé que tendré un trabajo de estos; sé que terminaría haciendo algo tan ridículo como decirle que tiene mi bendición para casarse con otro si muero.

Logan arqueó una ceja.

–Y luego dices que no eres dramático –señaló él.

–Oye, la presión puede hacer cosas muy raras sobre un hombre –se defendió su amigo con una mueca–. Pero nos estamos desviando. Lo que quiero decir es que deberías hacer algo para tranquilizarte antes de salir para ese lugar.

–¿Algo como qué?

–No lo sé. Te gusta darle vueltas a las cosas, asegurarte de que estás en lo correcto –comentó él–. ¿Por qué no haces eso? Habla. Cuéntame de qué va este trabajo y por qué estás tan seguro de que estás en lo cierto.

–Tú ya sabes eso.

–Quiero oírlo de nuevo.

Logan exhaló un largo y pesaroso suspiro al tiempo que observaba a su jefe con una mezcla de exasperación y agradecimiento. Porque sí, estaba nervioso, y Dios sabía que necesitaba mantener su mente ocupada para no pensar en todo lo que podría salir mal, pero nunca lo hubiera puesto en palabras si Morgan no hubiese ido en su busca.

–No quieres oírlo –dijo al cabo de unos segundos en tono levemente burlón solo por mantener la fachada un poco más.

Morgan tuvo la delicadeza de no negar eso último; ambos sabían que era verdad, tanto como que lo haría mil y una veces si con eso conseguía ayudarle.

–No, no quiero; puedes ser muy pesado cuando te pones aleccionador, pero haré el sacrificio –resumió él con una sonrisa–. Vamos, habla.

Logan se encogió de hombros y dudó solo un instante antes de asentir. ¡Qué diablos! Tal vez él tuviera razón y ayudara. O quizá tan solo hiciera pasar el tiempo más rápido. En ese momento estaba dispuesto a conformarse con eso.

–Todo está allí; sé que no estoy equivocado. Hay nombres y números; tengo el testimonio de Quinn, de los galeristas... incluso de los que están demasiado asustados como para declarar en la corte; me basta con las cosas que han dicho y he podido comprobar. ¡Incluso han intentado amedrentarme para que me mantuviera al margen!

Luego de que Morgan oyera pacientemente todas y cada una de las palabras de Logan: esa larga recopilación de todas las pruebas que había ido acumulando en los últimos meses y las manifestaciones de toda la gente que había interrogado para armar el caso, sin interrumpirlo una sola vez y como si no hubiera oído todo aquello antes, asintió con gesto sereno. Sin embargo, parte de esa aparente despreocupación flaqueó al registrar lo último que su amigo expresó con más enojo que inquietud; como si ser amenazado de forma sistemática fuera el pan de cada día.

–Hemos debido de hablar un poco más de esas amenazas en su momento –comentó él en tono serio–; pero sí, no dudo de que estés en lo cierto. Alguien con tus instintos no se equivocaría en algo como esto.

Logan dio una cabezada, pero, aunque agradecía el inesperado y sutil halago de su amigo, no fue eso lo que más le impactó de sus palabras.

–No se trata solo de mis instintos, sino de hechos –acotó él.

–Ambas cosas van de la mano –señaló Morgan sin vacilar; era evidente que no se trataba de algo acerca de lo que estuviera dispuesto a cambiar de opinión–. De cualquier forma, ¿estás seguro de que encontrarás lo que necesitas en ese lugar? Porque si no es así, las amenazas que has recibido serán el menor de tus problemas; el comisionado te cortará el cuello por haber incomodado a tanta gente importante. Es posible incluso que me ordene que sea yo quien sostenga el hacha.

Logan hizo una mueca e intentó apartar la desagradable imagen mental que asomó a su mente al imaginar a su amigo apartando su cabeza cercenada de un puntapié.

–Estoy seguro de que no llegaremos a eso –aseguró él convencido–. Encontraré todo, Morgan. Sé que está allí.

Con eso, se refería a las últimas pruebas que necesitaba para encarcelar a las cabezas de la organización que traficaba con las antigüedades robadas. Y era así.

Solo requería documentación que los implicara y, si tenía suerte, también esperaba encontrar en la sede del consorcio alguna pieza que no dudaría en utilizar como el último clavo del ataúd en que planeaba sepultar a todos.

–Muy bien. –Morgan asintió y le dirigió una mirada pensativa–. Entonces estás listo.

Logan apretó la mandíbula y entrecerró los ojos, lo que el otro tomó como una respuesta afirmativa. Sin decir más respecto a lo que le esperaba, fue hacia él y le dio una palmada en el hombro que habría hecho tambalear a un hombre menos recio.

–Voy a avisar allá arriba. –Morgan continuó ante su silencio–. Te dejo para que termines de arreglar todo. Tal vez quieras hacer una llamada...

Dijo aquello último con una inflexión extraña en la voz y cuando Logan lo miró al rostro, advirtió la sombra de una sonrisa divertida que lo llevó a poner los ojos en blanco.

–Ya he hablado con quien necesitaba hablar –comentó evasivo.

Morgan se encogió de hombros, al parecer resignado a que no iba a sacarle más, pero satisfecho de haber obtenido siquiera esa respuesta.

–Perfecto –indicó él dirigiéndose a la puerta; pero cuando estaba por marcharse, se detuvo un momento y habló en un tono más serio que el que había usado hasta entonces–. Tara es una de los nuestros, Logan, o está a punto de serlo. Si alguien puede entender todo esto es ella. La verás de nuevo pronto.

Su amigo sostuvo su mirada, pero no encontró las palabras para agradecer una declaración como aquella. No por primera vez, le pareció que debajo de ese exterior duro y a veces inflexible, Morgan ocultaba una sensibilidad extraordinaria y, como siempre, se sintió agradecido de contar con él.

Poco después, cuando se quedó a solas, apoyó las

palmas de las manos sobre el escritorio y respiró a profundidad. Faltaba poco. Muy poco.

—¿Segura de que no quieres un trozo de tarta? La hizo la tía Lucy y está buenísima, tiene toneladas de chocolate. Te encanta el chocolate.

Tara hizo un gesto de negación y apartó la vista del plato que Max sostenía ante sus ojos como si posara para un anuncio.

No se lo dijo, pero no habría podido probar bocado ni aunque le pusieran un embudo en la boca; sentía como si tuviera el estómago cerrado a cal y canto y era un milagro que hubiera contenido las ganas de vomitar durante buena parte del día.

Y aquello no se debía a su embarazo, aunque no descartaba que tuviera algo que ver. Lo que pasaba era que estaba muy preocupada, tanto que le costaba respirar y la ceremonia de graduación se había convertido en un suplicio en lugar de la ocasión feliz que había pensado que sería.

Cuando recibió el mensaje de Logan en el que le decía que no podría asistir porque había surgido algo imprevisto en el trabajo no lo tomó muy bien; no tenía sentido negarlo. Se sintió decepcionada y también un poco dolida; quería que él estuviera allí. Pero según fue desvaneciéndose el enfado comprendió que, aun cuando Logan no lo dijera, era obvio que debía de tratarse de un asunto muy serio. Él nunca hubiera dejado de ir a menos de que se viera obligado.

De modo que decidió que no era justo enojarse con él, que sin duda le explicaría todo en cuanto pudieran verse. Después de todo, le aseguró que se las arreglaría para encontrarse con ella en algún momento del día sin importar la hora que fuera, que la mantendría informada.

El problema era que el día estaba por terminar y ella no sabía nada de él.

Toleró la ceremonia, se tomó un sinfín de fotografías tanto con su padre como con sus compañeros, los maestros y autoridades de la academia, y para cuando la tarde estaba a punto de terminar, al fin pudo marcharse, pero no importaba cuántas veces mirara su teléfono: no había noticias de Logan.

En lugar de organizar una celebración en casa, Tara y su padre habían aceptado la invitación de los padres de Max para asistir a la fiesta que ellos pensaban dar en el restaurante. Ellos no contaban con más familia, así que les pareció una buena idea. El señor Duncan pasó dos días preparando un platillo tras otro y dejó todo en el restaurante la noche anterior aunque la señora Joyce le dijo que no tenía idea de qué iban a hacer con tanta comida.

Tara habría preferido ir a casa luego de la graduación, la ausencia de Logan le pesaba demasiado, pero su padre parecía tan animado y odiaba la idea de quitarle esa ilusión tanto como hacer un desplante a Max y su familia, de modo que intentó poner su mejor cara y posó con una sonrisa artificial en todas las fotografías que le pidieron. Sin embargo, para cuando la noche se encontraba ya avanzada, decidió que no podía más. Buscó una mesa apartada y allí había pasado la última hora revisando sus mensajes sin ninguna novedad.

Desde luego, ni su padre ni Max pudieron permanecer indiferentes a su actitud. Ambos sabían lo que le ocurría y tuvieron la consideración de no hacer comentarios, pero eso no quiere decir que permanecieran apartados. Ocuparon sendas sillas a cada lado de la suya e incluso el segundo fue un par de veces en busca de comida para tentarla; pero Tara no aceptó nada. Solo quería marcharse.

—Pero si no has probado nada desde que llegaste; mi madre se va a ofender, anda. —Max sostuvo el tenedor en lo alto, pero terminó por dar un bufido al encontrarse con sus ojos apagados—. Está bien. Me lo como yo.

Tara hizo un gesto irónico al verlo devorar el pastel bajo la mirada del señor Duncan, que alternaba la atención entre uno y otro, y quien empezaba a parecer tan nervioso como su propia hija.

–No creo que sea nada. Nada serio, digo. Lo de Logan –comentó él entre dientes al cabo de un momento.

Era evidente que, aun cuando no lo dijo, era algo a lo que llevaba dándole vueltas y Tara se sintió agradecida de que compartiera parte de su preocupación.

–Si no lo fuera, ya habría llamado –replicó ella.

–Bueno, pero se le habrá olvidado. O está cansado y habrá preferido ir a dormir; es tarde, después de todo. Seguro que te llama mañana y...

Max se cortó de golpe y apretó los labios al advertir que tanto padre como hija le dirigían similares miradas de indignación.

–Él habría llamado –remarcó Tara pronunciando bien cada palabra–. Sabrá que estoy preocupada y nunca dejaría de hacerlo sin importar la hora que fuera o qué tan cansado esté.

–Eso es cierto –terció el señor Duncan en tono entendido–. Yo nunca dejé de hacerlo. Tu madre me hubiera matado de no llamarla para decir que estaba bien; pero no lo hacía solo por eso. Es un tema de consideración; uno no puede quedarse tranquilo sabiendo que alguien espera saber si te encuentras bien, no cuando es alguien a quien quieres.

Max cabeceó, pero fue obvio que le costaba entenderlo del todo. Espérate a querer a alguien al grado que te cuesta respirar sabiéndolo en peligro, le habría gustado decir a Tara, pero le pareció que estaba de más. Su amigo no tenía la culpa de no haber experimentado nada como eso; tal vez lo hiciera en el futuro, o quizás no, pero no iba a molestarse con él por eso.

Además, se dijo ella dirigiendo una mirada pensativa a su padre, aún le costaba procesar el hecho de que él la apoyara de esa forma tan racional, en especial cuando al hacerlo parecía aceptar no solo que Logan era un hombre lo bastante decente como para esperar que actuara de la misma forma en que había procurado hacerlo él, sino que con ello también reconocía que lo que sentía por Tara era real, tanto como lo que debía haber notado ya que sentía ella.

–En ese caso, tal vez se trata tan solo de que todavía está hasta el cuello con ese asunto del que te habló, ¿no? –Max buscó otra alternativa con desesperación y forzó una de sus mejores sonrisas al dirigirse a su amiga–. Seguro que mañana cuando despiertes tendrás un mensaje suyo y podrán hablar luego, tómalo con calma. Es un día importante, no tienes que...

–¡Maxie! ¡Ven para que te tomes una fotografía con el tío Harold!

Max puso los ojos en blanco y se llevó una mano al rostro que había adquirido un tono encendido al oír la voz de su madre llamando desde el otro lado del local. Cuando menos la mitad de la concurrencia lo veía entre risas y algunos incluso lo señalaban sin reparo.

–No puede ser –murmuró él sin saber dónde meterse–. Soy un policía recibido y mi madre aún me llama Maxie.

El señor Duncan no se molestó en ahogar una risa y le dio una palmada con expresión divertida.

–Lamento ser yo quien te lo diga, pero es probable que lo haga incluso si algún día te hacen comisionado –comentó él–. Anda, ve con tu madre, yo me quedo aquí con Tara.

Max asintió de mala gana y se marchó arrastrando los pies. Cuando se encontraron a solas, el señor Duncan buscó la mirada de su hija, que permanecía distante, y tomó sus manos por encima de la mesa.

–Deja de pensar, eso solo hace que todo parezca peor –sugirió él en un murmullo ahogado–. Logan estará bien.

Tara levantó el rostro hacia él y asintió aun cuando

lo hiciera solo para que no se preocupara. En el fondo, sin embargo, estaba lejos de sentirse tranquila. La incómoda sensación con la que se levantara aquella mañana no hacía más que acentuarse según pasaban las horas y comprendió entonces que aquello se debía a algún tipo de presentimiento que posiblemente no le dejara en paz en tanto no pudiera ver a Logan de nuevo.

Logan siempre recordaría el olor que despedía el sótano en que estuvo a punto de perder la vida. Lo curioso fue que, en realidad, no estaba tan mal.

El edificio en que estableció la redada para dar con los altos mandos de la organización de tráfico de arte se hallaba en una de las avenidas más importantes de Baltimore y estaba a nombre de un consorcio con el que su familia llevaba haciendo negocios por décadas.

A su madre le daría un infarto cuando lo supiera, pensó él mientras impartía instrucciones a sus hombres para que ocuparan las posiciones que ya les había señalado durante las largas jornadas en que procuró organizar ese plan al milímetro.

Las cosas transcurrieron con bastante calma al inicio. Irrumpieron por la entrada principal luego de asegurar el perímetro y de espantar a algunos de los asistentes que revoloteaban por el vestíbulo y que cuando los vieron desaparecieron de su camino como si hubieran visto aparecer a una horda de demonios.

En ese momento, al juzgar sus expresiones de pánico, a Logan lo asaltó un ramalazo de entendimiento porque fue evidente para él que buena parte de ellos sabían por qué estaban allí y lo que iban a encontrar en el lugar una vez que lo hubiesen registrado. Pese a ello, no se permitió perder el tiempo con ellos, solo gritó algunas órdenes a sus hombres para que dos de ellos se aseguraran de escoltarlos fuera del edificio y no les quitaran los ojos de encima.

Después, él y la otra parte del grupo se ocuparon de revisar la primera planta, siempre con las manos asentadas sobre las armas.

Otra de las cosas que llamó la atención de Logan en los primeros minutos fue el hecho de que, salvo por el guardia en la entrada, que desapareció casi tan pronto como el resto de los trabajadores cuando sus hombres los conminaron a salir, no vio a los agentes de seguridad que sabía que prestaban servicio en distintas áreas del edificio. Según había conseguido averiguar, se trataba al menos de una docena.

¿Dónde diablos estaban todos?

Ni siquiera vio al ascensorista cuando él y su gente empezaron a registrar los pisos. Encontró a algunos otros trabajadores dispersos, pero estos salieron de su camino igual como lo habían hecho sus compañeros en la primera planta. Al final, solo quedaron Logan y el pequeño grupo que había seleccionado para que se mantuviera a su lado.

Luego de hablar con el agente que dejó encargado en el piso inferior y que en ese momento le informó que se dirigía a los ascensores de la otra ala del edificio para registrar la azotea, Logan decidió tomar el camino contrario. Había estudiado los planos de la estructura con esa meticulosidad obsesiva de la que acostumbraba burlarse Morgan y gracias a eso había descubierto algo que no terminaba de encajar en esa área.

Para empezar, según el sitio web de la corporación ese espacio estaba destinado a labores administrativas, pero a Logan le parecía absurdo que se le diera semejante uso a una zona que debía de estar mal ventilada y era más bien estrecha en comparación al resto del edificio, cuando podían situar a sus trabajadores en alguna de las decenas de oficinas que tenían disponibles en los pisos superiores. Además, el metraje registrado en los planos que él había examinado no cuadraba con el que el consorcio aseguraba.

Una vez que él y su equipo confirmaron que no había más trabajadores dispersos en los pisos que fueron dejando atrás, se dirigieron a los ascensores de servicio y dieron un rodeo hasta encontrarse ante la entrada que conducía al sótano. Fue allí donde se llevaron la primera sorpresa.

La entrada estaba disimulada tras un grueso tapiz que servía de tapadera a una puerta de acero asegurada por un mecanismo complejo que le llevó a pensar más en una bóveda de banco que en una oficina administrativa, como habían intentado hacerla pasar los dueños de aquel lugar.

Por suerte, Logan había tenido la precaución de llevar con él a uno de sus expertos en abrir esa clase de unidades y lo puso a trabajar de inmediato. Solo diez minutos después, oyeron el seguro de la puerta al abrirse y pudieron continuar, más convencidos que nunca de que iban en el camino correcto.

Oficinas administrativas; sí, claro, rumió Logan mientras daba una mirada al largo pasillo iluminado por una hilera de lámparas que pendían del techo. El piso de linóleo resonó bajo sus pies mientras atravesaba el pasadizo y, luego de intercambiar una mirada con sus hombres y repartir una serie de indicaciones en voz baja, avanzó con su atención cien por ciento puesta en lo que les esperaba al final del camino.

Y pese a ello, a que no era la primera vez que se encontraba en una situación como esa y a que sabía que la falta de concentración podía hacer toda la diferencia del mundo entre la vida y la muerte, antes de dar el último paso para dejar atrás el pasaje e internarse en la oscuridad, una fracción de su mente dudó al pensar en Tara y en lo que estaría haciendo en ese momento. Si ya habría terminado la ceremonia de graduación y si aguardaba a que se reuniera con ella. Pero, aún más importante, se preguntó si eso llegaría a suceder: si tendría oportunidad de verla de nuevo.

Fue un presentimiento, una sensación punzante y desagradable que se alojó en su estómago y que se mantuvo allí a cada segundo, incluso cuando intentó convencerse de que ese era el peor momento para pensar en algo como aquello.

Poco después, al atender a una señal de uno de sus hombres, que se había adelantado pese a que Logan había sido muy claro en que sería él quien abriría la marcha, redobló sus esfuerzos por acallar esa vocecita pesimista que no dejaba de retumbar en su cabeza y volvió su atención a lo que tenía entre manos; lo que fue una suerte porque justo en ese momento se abrió la puerta al final del pasadizo y fue entonces cuando se desató el infierno.

Al menos ahora sabía dónde se habían metido todos esos guardias que no encontraron en el resto del edificio, se dijo Logan en la fracción de segundo antes de que, lo que le pareció un batallón de hombres armados, empezara a abrir fuego en su dirección.

Se trataba de una emboscada en toda regla, comprendió al dar una mirada alrededor y ver a su grupo replegarse en dirección a la puerta por la que habían llegado. Una bala silbó junto a su oído y tuvo que tirarse de cara al suelo para esquivar una nueva ráfaga que impactó contra la pared a su espalda. Oyó un grito ahogado que le heló la sangre porque reconoció la voz de uno de los suyos y al reptar en su dirección atisbó por el rabillo del ojo a una mancha oscura y veloz que corría hacia él, por lo que levantó el arma de forma inconsciente y disparó sin pensarlo dos veces.

No se quedó a comprobar si le había dado a su blanco o no; terminó de arrastrarse hasta su compañero y comprobó que no había nada que pudiera hacer por él, pero no se quedó a lamentarse por ello. Comprobó su munición y prácticamente saltó para parapetarse tras una columna y esquivar una nueva andanada de balas.

El resto de su escuadrón se recompuso casi tan rápido como él y, en lo que dura un suspiro, percibió, más que vio, a todos a su alrededor disparando con mucha mayor eficacia y sensatez que el otro grupo, lo que hizo pensar a Logan en que sus oponentes, aunque numerosos y bien armados, no estaban tan bien entrenados como cabría esperar. Quizás habían sido un refuerzo adquirido a último momento por los dueños del consorcio luego de que él empezara a mover el avispero para indagar en sus actividades, supuso él, aunque en ese momento eso no le importó mucho. Le pareció más importante aprovechar esa inesperada y pequeña ventaja a su favor.

Aprovechó una breve pausa, en el intercambio de disparos, para hacer unas señas a sus hombres y, luego de inhalar con fuerza y mentalizarse para lo que estaba a punto de hacer, se permitió una milésima de segundo para conjurar el rostro de Tara y cerró los ojos con todas sus fuerzas. Tal vez rezó, o solo invocó a cualquier fuerza en el universo que le ayudara a salir de allí con vida para volver con ella; eso nunca lo supo. Lo único que tuvo claro después, fue que ese instante pareció infundirle nuevas fuerzas y, luego de asentir como dándose ánimos, se puso de pie en un movimiento arriesgado y cargó hacia adelante.

Logan no dio señales de vida hasta el día siguiente, tal y como más o menos predijera Max, aun cuando él no podía imaginar las circunstancias en las que lo haría o todo lo que habría pasado para entonces.

Tara se había ido a dormir poco después de la media noche al poco de volver a casa y solo porque su padre insistió al darse cuenta de que apenas se tenía en pie. Ella habría deseado protestar, pero la verdad era que sí, se sentía demasiado agotada como para mantener sus ojos abiertos. Miró el teléfono una vez más para comprobar que no había ningún mensaje de Logan y sus ojos fueron cerrándose incluso antes de que se diera cuenta. Se aferró a las últimas trazas de conciencia tan solo para rogar que aquellas últimas horas no fueran más que una pesadilla y que todo volviera a la normalidad a la mañana siguiente.

Un rayo de luz le lastimó los ojos cuando despertó solo algunas horas después y al comprobar la hora vio que apenas eran las siete. El día se presentaba más radiante de lo habitual, pero solo dio una mirada al exterior para buscar su teléfono, que había caído debajo de la cama durante la noche.

Nada, comprobó al buscar algún mensaje o una llamada perdida de Logan.

Bueno, se dijo ella una vez que entendió que no podía continuar así; si él no podía ir con ella, entonces sería ella quien fuera a él. Porque estaba segura de que algo grave debía de haber ocurrido que le impedía ponerse en contacto y se dejaría matar antes que permanecer sin hacer nada como una damisela en espera.

¡Qué diablos! Debió haberse puesto en movimiento antes, decidió en tanto cambiaba su pijama por unos jeans y una sudadera delgada. Ni siquiera se dio un baño, tan solo metió la cabeza en el lavabo para despejarse del todo y sujetó su cabello en una coleta tras dirigir una mirada determinada a su reflejo.

Acababa de poner un pie en el descanso, sin embargo, preguntándose si debería avisar a su padre de lo que pensaba hacer o cuando menos dejarle una nota, cuando oyó el timbre de la puerta y bajó corriendo tan rápido como le dieron los pies. Su corazón empezó a latir con rapidez y fue solo después cuando se encontró con la hoja de la puerta abierta y el rostro de Logan ante ella, que comprendió que había sido un aviso porque de alguna forma, muy en el fondo, sabía que se trataba de él.

Por un momento no supo qué decir. Se quedó allí de pie con la boca abierta y la respiración agitada mientras intentaba hacerse una idea de lo que podría haber ocurrido mirándolo a la cara, pero no vio nada fuera de lo normal. Él se veía tal y como siempre. El cabello revuelto enroscándose en su cuello; la sonrisa que parecía destinar solo para ella: cálida y cargada de un significado secreto que ambos comprendían sin necesidad de palabras; la misma postura desenfadada y segura. Pero entonces reparó en algo más.

Sus ojos.

Logan no siempre la veía de la forma en que lo hacía en ese momento en tanto ambos permanecían estáticos y sin atinar a decir una palabra, como si estuviera aterrado y al mismo tiempo tan feliz que el aire se le atragantara en los pulmones, dejándolo imposibilitado de encontrar la voz por mucho que lo intentara. Tara debía saberlo; ella sentía lo mismo.

Entonces notó un par de cosas más: parecía haber perdido los lentes y se sujetaba una mano contra el pecho con un gesto de dolor que la llevó a observarlo mejor. Sus ojos se abrieron al máximo al caer en la cuenta de que su camisa gris se encontraba hecha girones a la altura de la cintura y que la chaqueta apenas conseguía disimular una mancha rojiza que se extendía por todo lo largo del flanco izquierdo.

Aquello pareció ayudarle a recuperar el habla y antes de que él alcanzara a hacer otro tanto, se lanzó sobre él, pero entonces lo oyó soltar un gemido de dolor y se apartó sin saber qué hacer.

–Estás herido –murmuró ella recorriendo su mejilla con dedos temblorosos–. ¿Por qué no estás en un hospital?

Solo entonces, sin dejar de murmurar incoherencias, lo sostuvo de la mano para que entrara y no se quedó tranquila hasta que él se sentó en un sillón. No podía apartar la mirada de su rostro, y algo similar ocurría con Logan, porque aun cuando atendió a sus pedidos, no soltó su mano ni un segundo, ni siquiera cuando ella se dejó caer a su lado.

–Vengo de allí. –La voz de Logan surgió en un tono que no le había oído antes: apagado y lejos de esa segura gravedad que le era tan familiar–. No es tan malo como parece; fue solo una rozadura.

–¿La rozadura de qué? ¿Una bala?

Tara no se dio cuenta de lo chillona que sonó su voz hasta que el eco empezó a reverberar en la habitación.

Logan cabeceó con suavidad y ladeó el rostro para apoyarlo sobre el respaldar del sillón. Ella apretó su mano y lo miró con atención, reparando también en que se veía pálido y tenía los labios agrietados.

–No fue nada –insistió él.

–Pues no se ve como si fuera nada. –Tara llevó una mano a su costado y rozó muy suavemente la piel por encima de la camisa, pero la apartó de golpe al oírlo exhalar con fuerza–. ¿Cómo es que te dejaron salir del hospital?

Logan esbozó una pequeña sonrisa irónica, lo que le hizo parecer un poco más él.

–No me dejaron –replicó él con descaro.

Tara resopló e intentó ponerse de pie, pero Logan se lo impidió al tirar de su mano para que se mantuviera a su lado. Para ser un hombre herido y que a ojos vista necesitaba encontrarse tendido en una cama clínica en lugar de en un sillón en medio de su sala, parecía sorprendentemente fuerte. Y muy decidido, comprendió ella al encontrarse con su mirada fija en su rostro.

–Volveré –prometió él antes de que ella pudiera decir nada–. Sé que tengo que hacerlo. En realidad, es posible que Morgan aparezca en cualquier momento con una ambulancia para obligarme, así que no tenemos mucho tiempo.

–¿Tiempo para qué?

Logan apretó su mano y Tara se vio a sí misma en el reflejo de sus ojos, sorprendida de una forma confusa al considerar que parecía tan alterada como él. Su pulso martilleaba en sus oídos y le dolía el rostro por la tensión al apretar sus labios para contener un sollozo.

–Te quiero –susurró él–. Luego te lo contaré todo, pero es importante que te diga eso. Prometí venir como fuera, ¿recuerdas? Pero no se trataba tan solo de que quisiera estar a tu lado en tu graduación; también necesitaba hablar contigo para decírtelo porque no puedo callarlo más. –Logan se humedeció los labios agrietados–. Ayer... solo podía pensar en que necesitaba verte de nuevo, que eso no podía ser todo, que tenía que encontrar una forma de venir aquí y buscarte para decir que te quiero porque me iría al infierno si me quedaba con eso guardado dentro. Tara, quizás tú no...

Ella lo calló posando una mano sobre sus labios, aunque al notar su resequedad la reemplazó por los suyos. Usó su lengua para humedecerlos y lo sintió tensarse bajo ella con una pequeña sonrisa.

–Deja de ser tan considerado. ¿Qué ibas a decir? ¿Que quizá yo no te quiera y que no hace falta que lo diga solo porque pareces estar en el umbral de la muerte?

–No estoy en el umbral de la muerte, o al menos no me siento como si así fuera, muchas gracias –balbuceó él.

Tara hizo como si no lo hubiera oído, aunque le alegró que estuviera lo bastante consciente como para ofenderse.

–Porque no me importa. No lo diría si no lo sintiera y lo sabes –continuó ella sin parpadear; quería que él viera la verdad en sus ojos aun cuando estaba convencida de que ya lo sabía, de la misma forma en que lo hacía ella–. Te quiero. Llevo queriéndote desde la primera vez que te vi y no me importa si piensas que eso es imposible porque en tu cabeza no hay lugar para una cursilería como esa. Sé que es verdad.

Para su sorpresa, Logan sonrió y llevó una mano a su rostro para abarcar su mentón en un gesto amoroso.

–Creí que el cursi era yo –comentó él–. Pero me alegra que tú lo seas un poco también; en realidad es un alivio. Yo también te quiero desde la primera vez que te vi, Tara. Estoy seguro de que mi madre tendrá una teoría fantástica y retorcida para un caso como el nuestro, pero me da igual.

–Bueno, si puedes burlarte de tu madre seguro que no te encuentras tan mal como te ves.

Una sirena se oyó a lo lejos y Tara arqueó una ceja al mirarlo.

–Me atrevo a suponer que todo eso es por ti –comentó ella.

Logan cerró los ojos y exhaló un suspiro.

–¿Te quedarás conmigo? –preguntó él cuando el ruido aumentó en intensidad hasta detenerse de golpe ante la puerta.

Tara asintió y posó sus labios sobre los suyos antes de apartarse con una sonrisa.

–Me gustaría ver quién se atreve a intentar impedírmelo –comentó ella, sonando muy confiada.

Logan abrió los ojos y, al verla y encontrarse con su mirada divertida y la forma en que sostenía su mano contra su pecho, se dijo que a él también le gustaría verlo.

Porque supo con absoluta certeza que no habría fuerza humana sobre la tierra que pudiera separarlos de ahí en adelante y que, pasara lo que pasara, y sin importar lo que la vida les tuviera destinado, lo enfrentarían juntos.

EPÍLOGO

Un año después

–¿Seguro de que estarás bien? Porque puedo avisar y decir que me ha surgido algo.

–¿Y cómo crees que se verá eso en tu hoja de servicios?

Tara contuvo el deseo de replicar porque sabía que Logan estaba en lo cierto; pero eso no le ayudó a sentirse mejor y él debió verlo porque fue hacia ella y la abrazó. Su calor pareció obrar la magia de calmarla; algo a lo que a esas alturas ya debería de encontrarse acostumbrada.

–Fatal –reconoció ella apoyando la barbilla en su hombro–. Pero es que...

–Es que nada.

Logan la sujetó por los brazos y la apartó lo suficiente para recorrer su silueta con una mirada risueña.

–¿Te he dicho que el azul te queda muy bien? –preguntó él.

Tara fingió considerarlo.

–Sí, ayer por la noche cuando me lo probé para ver cómo me quedaba y tú... bueno, ya sabes –enumeró ella con un falso semblante reprobador–. Y esta mañana antes de bajar...

–Eso fue cosa tuya.

–Sí, claro, cúlpame a mí. –Ella sonrió sin que pareciera que eso le molestara mucho, pero entonces pareció otra vez preocupada y lo observó con el ceño fruncido–. En serio, puedes llamarme a cualquier hora. Estaré pendiente y te responderé de inmediato. No dejes de hacerlo, no importa que te parezca una tontería...

Logan resopló y se pasó una mano por el cabello revuelto. A diferencia de ella, parecía como si se encontrara listo para pasar un día en casa con el pantalón del pijama y una camiseta holgada.

–¿Es que no vas a irte nunca? –inquirió él.

–Pareces muy emocionado con la idea, ¿no?

Tara lanzó la pulla sin poder contenerse; era muy poco considerado de su parte verse tan a gusto.

–Vuelve a decir eso y seré yo quien se ocupe de que no dejes la casa –refunfuñó él.

–Ah, ¿sí? ¿Y qué tienes en mente?

–Bueno...

Logan la atrajo hacia él y pareció estar a punto de demostrárselo cuando el sonido de un berrido los obligó a separarse. A este le siguió un ladrido y, antes de que hubieran pasado un par de segundos, ya tenían un concierto a toda marcha.

–No podías solo irte, ¿no? –comentó él con voz lastimera tras dirigirle una mirada de pesar.

Tara procuró no sonreír, pero no pudo resistirlo por mucho tiempo.

–Lo siento –dijo ella conteniendo la risa–. ¿Voy yo?

Logan la señaló con un dedo antes de dirigirse al piso de arriba.

–No te atrevas a moverte –ordenó por encima del hombro.

Cuando Logan volvió un par de minutos después, lo hizo con un pequeño bulto que sostenía con bastante pericia entre los brazos; una bola de pelos bajó trotando tras él. Tara no se acercó a ellos, sin embargo, no hasta que Logan se situó ante ella y descubrió la cabeza del bebé que extendió las manos en su dirección.

–No. Hoy te quedas conmigo. –Logan lo apartó sujetando sus manos con suavidad–. Despídete de tu madre; le espera un día importante hoy. Va a proteger la ciudad.

Tara sonrió y acarició la mejilla de su hijo con suavidad.

–Bueno, en realidad es posible que me quede todo el día en un escritorio para familiarizarme con el papeleo –reconoció ella.

–Yo no estaría tan seguro, pero si fuera así, lo harás genial –se apresuró a aclarar Logan sin dejar de sostener al niño para que no tirara de su cabello.

Tara asintió y dio un paso hacia atrás, pero entonces pareció vacilar y lo observó con semblante preocupado.

–¿De verdad estás seguro de que puedes con esto?

Ya que era, cuando menos, la sexta vez que se lo preguntaba en la última hora, Logan pensó que a lo mejor tendría que sentirse un poco ofendido. Pero la entendía. Era la primera vez que iba a dejar al bebé a su cuidado desde que nació; habían sido cuatro meses difíciles en los que ambos intentaron aprender sobre la marcha cómo criar a un ser vivo sin morir en el intento, y debía reconocer que habían hecho un buen trabajo, al menos hasta el momento.

Pero hasta entonces habían estado juntos a cada paso, excepto en los momentos en que Logan había tenido que ir a trabajar. Y Tara había logrado sobrellevar todo de una forma estupenda, tanto como lo hizo al llevar el embarazo y decidir dejar en suspenso durante todo un año su incorporación oficial al cuerpo de policía.

Pero ya había sido suficiente, acordaron cuando el bebé cumplió su tercer mes. Era tiempo de que ella retomara sus sueños y Logan estaba dispuesto a hacer su parte. Por eso no dudó un segundo en pedir una excepción en el trabajo para tomarse un par de meses y cuidar del bebé mientras Tara iniciaba el entrenamiento que dejara en suspenso al graduarse. No fue complicado; hasta entonces tenía tantas vacaciones acumuladas que Morgan recibió el pedido con buen ánimo. Además, el cierre del caso que le había costado un disparo, lo había convertido en un agente bien considerado y los arrestos que hizo aun resonaban entre sus compañeros.

Tara, en tanto, había tenido que hacer varios trámites y rendir algunos exámenes para obtener el permiso y ponerse a la par que el resto de sus colegas, pero ya estaba apta y lista para empezar.

Siempre y cuando se decidiera a marcharse, se repitió Logan al empezar a ir hacia ella con el bebé en brazos para obligarla a retroceder en dirección a la puerta.

–¿No podría sostenerlo un segundo? –preguntó ella con una mirada atormentada en dirección al niño.

–¿Quieres llegar en tu primer día de trabajo oliendo a vómito de bebé?

Tara hizo un gesto de desagrado, pero no tenía sentido hacer como que él no tenía razón, de modo que se encogió de hombros e hizo una nueva caricia a su hijo mientras el perro que habían adoptado poco antes de su nacimiento daba vueltas a su alrededor.

–También voy a extrañarte, René, pero te prometo que volveré pronto. –El ovejero correspondió a sus palabras frotándose contra sus piernas–. ¿Tienes el número de papá a la mano? Sabes que puedes llamarlo por cualquier cosa.

Logan rodó los ojos y le hizo un nuevo gesto para que se fuera. Él no lo dijo, pero aun cuando él y su suegro mantenían una estupenda relación, no se creía tan inútil como para necesitar su ayuda para atender a su propio hijo. Lo que tampoco mencionó fue que desde luego que tenía el número a mano y también el de su madre. Solo por si acaso.

–Te llamaré en un par de horas para ver cómo va todo.

Tara tenía la puerta abierta tras ella, pero aun parecía reacia a marcharse y Logan exhaló un suspiro. Le pareció un poco perdida y muy asustada; por un instante, le recordó a la chica que lo miró desde un columpio algo poco más de un año atrás y que le dijo lo que habría de poner de vuelta su mundo para siempre.

Por eso, no dudó en hacer lo mismo que hizo entonces. Sostuvo al bebé con una mano y usó la otra para envolverla en un abrazo apretado antes de susurrar unas palabras a su oído.

–Todo estará bien –dijo él.

Ella parpadeó y le devolvió una mirada mucho más serena.

–No sé por qué, pero siempre te creo cuando dices eso.

Logan sonrió.

–Eso es porque en el fondo sabes que tengo razón.

–Qué presumido eres.

Él sostuvo la puerta y la vio dar un rápido beso al bebé en la frente antes de buscar sus labios.

–Te quiero –dijo ella.

–Yo también.

Logan permaneció en la puerta hasta que ella se subió al coche y lo puso en marcha para perderse un par de calles más allá al dar la vuelta. Solo entonces cerró la puerta y entró de nuevo a la casa.

No estaba nada mal, se dijo al dejar al bebé nuevamente en su cuna una vez que consiguió dormirlo de nuevo, y se cambió la camiseta por una limpia después de que aquel le vomitara. René daba vueltas a su alrededor, pero sabía que en cualquier momento desaparecería escaleras arriba para guardar el sueño del niño; era algo que hacía desde el primer día en que lo llevaron a casa.

Logan dio una mirada al vestíbulo y al salón, donde se apilaban algunos juguetes, el coche del bebé y varios de los libros de Tara. Se ocupó de poner un poco de orden sin llegar a lo que ella llamaba un punto maniáti-co, del que, por cierto, cada vez se distanciaba más, y se dejó caer sobre el sillón con una sonrisa satisfecha.

Su rostro no se alteró ni siquiera cuando el sonido del bebé llorando rompió nuevamente el silencio, tan solo media hora después, ni cuando le siguieron los la-dridos del perro. Se dirigió de vuelta al piso de arriba y, al dar una mirada a las fotografías en el descanso, a las cuales se habían sumado un par más de la graduación de Tara, del bebé en el hospital y de una salida de los tres un par de semanas antes, se dijo que, de hecho, su vida no estaba nada mal.

AGRADECIMIENTOS

A mis padres, por la maravillosa influencia que han tenido y tendrán siempre en mi vida.

A Carlos.

A mis queridas amigas del Club de lectura Leo Romántica Perú por su constante apoyo.

A Elizabeth Bowman, amiga querida y autora admirada. Nunca agradeceré lo suficiente por tu amistad.

A Victoria Delgado, por su amistad y su apoyo incondicional.

A Nathaly Pedreros (Tita), por su cariño y su buena vibra de siempre; gracias por creer en mis historias.

A Anabel Reyes, por estar siempre al pie del cañón.

A todas y cada una de las personas que han marcado mi vida y me han impulsado a luchar por mis sueños.

A ti, querido lector, por haber leído esta historia; por tu tiempo y por permitirme abrirte mi corazón.

Y a todos los lectores que en algún momento han leído alguna de mis historias; todos y cada uno de ustedes han contribuido con su apoyo, sus opiniones y sus ánimos para que continúe en este camino que tanto amo. Infinitas gracias por eso.

TÍTULOS PUBLICADOS EN TIFFANY

Tiffany

Claudia Cardozo

Magia peligrosa

Colin y Marie comparten una cita a ciegas en la que todo parece ir mal. Él es demasiado serio y ella es demasiado... esotérica. Colin se burla de Marie cuando le habla de la magia y a ella le parece que no tienen nada en común.

El destino, sin embargo, tiene otros planes. Colin debe ayudar a su mejor amigo a desentrañar el misterio tras un extraño ritual. Hay un hombre muerto y muchas pistas.

De modo que Colin y Marie se reencuentran..., y esta vez no podrán resistirse ni a la atracción ni a la magia.

A contraluz

Logan no cree en el amor a primera vista. No cree en casi nada a lo que no pueda poner un nombre; cosas reales como su trabajo de detective en la policía de Baltimore o sus clases semanales de dibujo. Entonces, ¿qué es eso que siente cuando conoce a la joven modelo de la escuela de arte?

Tara no puede perder tiempo. Ha llevado una vida difícil y, al fin, sus sacrificios comienzan a dar frutos. No está interesada en enamorarse, no quiere nada que complique una vida que se ha esforzado en planear al milímetro. Pero cuando conoce a Logan se da cuenta de que las cosas no son tan sencillas...

JULIA™

HELEN R. MYERS
ROMANCE TRAS LAS CÁMARAS

La presentadora del telediario Hunter Harding estaba acostumbrada a dar las noticias, no a ser su protagonista. A su nuevo jefe, Cord Rivers, un conocido mujeriego, no le unía más que una historia que prefería no recordar.

Cord Rivers podría tener a cualquier mujer que quisiera. Sin embargo, a la única que deseaba le culpaba de haber roto sus sueños, tanto personales como profesionales. Ahora tendría que convencer a Hunter de que podía aspirar a mejores sueños y de que él podía ayudarla a hacerlos realidad. Pero para ello, ella tendría que permitirle formar parte de su vida…

N.º 465

KIMBERLY LANG
PASIONES DEL PASADO

A Jack Garrett le gustaban las mujeres dóciles… y compartir con su rebelde exmujer los viñedos que había heredado no le apetecía mucho. Tenía claro lo que iba a hacer: visitar a Brenna, hacerle una oferta y… marcharse. De inmediato.

Pero con sólo mirar una vez la bronceada piel de Brenna su cuerpo no pudo evitar recordar las apasionadas noches que habían compartido…